포르투나의 선택
3

포르투나의 선택

Fortune's Favorites

COLLEEN
McCULLOUGH

3

콜린
매컬로
지음

강선재 · 신봉아
이은주 · 홍정인
옮김

교유서가

MASTERS OF ROME

FORTUNE'S FAVORITES 3

CONTENTS

7장

CHAPTER SEVEN
Sept. 78 B.C. ~ Jun. 71 B.C.

기원전 78년 9월부터
기원전 71년 6월까지

마르쿠스 리키니우스 크라수스

푸블리우스 세르빌리우스 바티아 휘하에서 복무를 마친 후, 카이사르에게는 서둘러 집으로 돌아갈 이유가 없었다. 그래서 로마로 향하는 도중에 이제껏 방문한 적이 없었던 아시아 속주와 리키아의 여러 지역을 탐험했다. 하지만 레피두스와 카툴루스가 집정관이던 해의 9월 말, 그는 로마로 돌아왔다. 그 무렵 로마인들은 레피두스의 행동에 대해 심히 걱정하고 있었다. 그는 그에게 주어진 임무인 고등 정무관 선거를 치르지도 않고 모병을 위해 에트루리아로 떠난 것이다. 내전의 기운이 감돌았고, 다들 그 이야기뿐이었다.

하지만—사실이든 뜬소문이든 간에—내전은 카이사르에게 그리 중요한 문제가 아니었다. 그에게는 먼저 처리해야 할 개인적인 문제들이 있었다.

그의 어머니는 그간 전혀 늙지 않은 듯했으나, 달라진 점이 있었다. 그녀는 아주 슬퍼하고 있었다.

"술라가 죽어서겠죠!" 아들은 어머니를 비난하듯 말했다. 그의 목소리에 담긴 도발적인 기운은, 어머니를 술라의 애인이라고 짐작했던 그 시절에서부터 비롯된 것이었다.

"그래."

"어째서요? 어머니는 그에게 빚진 게 없어요!"

"나는 그에게 너의 목숨을 빚졌어, 카이사르."

"애초에 그 사람 때문에 제 목숨이 위험해졌죠!"

"그래도 난 그의 죽음이 안타까워." 아우렐리아는 딱 잘라서 말했다.

"전 아니에요."

"그렇다면 화제를 바꾸자꾸나."

카이사르는 패배를 인정하고 한숨을 내쉬며 의자에 등을 기댔다. 어머니의 턱은 추켜올려져 있었고, 그것은 그가 아무리 설득력 있는 주장을 한들 넘어오지 않겠다는 분명한 신호였다.

"이제 아내를 제 침대로 데려갈 때가 된 것 같아요, 어머니."

아우렐리아는 눈살을 찌푸렸다. "걔는 이제 겨우 열여섯 살이야."

"결혼하기에 너무 어린 나이라는 거 인정해요. 하지만 킨닐라는 결혼한 지 벌써 9년이나 됐으니 남들과는 상황이 다르다고 할 수 있죠. 아까 저를 반겨주는 눈빛을 보니까, 이제 제 침대로 올 준비가 된 것 같았어요."

"그래, 네 말이 옳다고 생각해. 하지만 너희 할아버지라면 두 파트리키 귀족이 결합했을 때 출산에 따르는 위험이 커진다고 말씀하셨을 거야. 나는 킨닐라가 조금 더 자란 다음에 그 일을 겪었으면 좋겠구나."

"킨닐라는 괜찮을 거예요, 어머니."

"그럼 언제가 좋겠니?"

"오늘밤이요."

"하지만 먼저 혼인을 재확인하는 자리라도 마련해야지, 카이사르. 가족끼리 저녁식사를 한다든가. 마침 네 누나들도 다 로마에 있거든."

"가족 만찬은 하지 않을 거예요. 소란 떨 거 없어요."

가족 만찬은 없었다. 아우렐리아는 소란 떨 것 없다는 아들의 말에 따라, 며느리에게 이제 어떤 변화가 찾아오게 될지 미리 알려주지 않았다. 킨닐라는 자신이 머무는 작은 방으로 가려다가 텅 빈 식당에서 카이사르에게 저지당했다.

"오늘은 이쪽이야, 킨닐라." 카이사르가 말했다. 그는 그녀의 손을 잡고 안방의 침대로 이끌었다.

그녀의 얼굴이 창백해졌다. "오! 하지만 난 준비가 안 됐어요!"

"이 일에 대해서라면 준비가 되어 있는 여자는 없어. 그러니 더더욱 빨리 해버리고 극복하는 게 낫지. 그래야 더 안정적인 결혼생활을 할 수 있을 테니까."

그녀에게 당장 무슨 일이 벌어지게 될지 생각할 시간을 주지 않은 것은 훌륭한 작전이었다. 물론 그녀는 지난 4년이라는 긴 세월 동안 매일같이 이 일에 대해 생각해왔다. 그는 그녀가 옷을 벗도록 도와주었고, 지독히 깔끔한 성격답게 직접 그 옷을 조심스럽게 개었다. 아버지가 죽고 어머니가 다른 방으로 옮긴 후 오랫동안 여주인이 부재했던 안방에 이제 여성의 흔적이 남는다는 사실이 즐거웠다. 킨닐라는 침대 끄트머리에 걸터앉아 그가 옷을 개어주는 모습을 지켜보았다. 하지만 그가 옷을 훌훌 벗기 시작하자 그만 눈을 감아버렸다.

그는 옷을 다 벗고 그녀 옆에 앉았다. 두 손으로 그녀의 두 손을 붙잡고 자신의 맨 허벅지에 올려놓았다.

"무슨 일이 벌어질지 알고 있어, 킨닐라?"

"네." 그녀는 여전히 눈을 감은 채였다.

"그러면 내 얼굴을 봐."

거무스름한 빛깔의 큰 눈이 열렸다. 그녀의 눈은 힘겹게 카이사르의 얼굴에 고정되어 있었다. 그 얼굴은 웃고 있었고, 그녀는 사랑으로 가득한 그의 표정에 매료되었다.

"정말이지 아름다워. 너무도 훌륭하게 빚어진 몸이야." 그는 풍만하고 봉긋하게 솟은 그녀의 가슴을 어루만졌다. 유두는 그녀의 황갈색 피부와 거의 같은 빛깔이었다. 그녀는 손을 올려 그의 손을 쓰다듬으며 숨을 내쉬었다.

그는 이제 두 팔로 그녀를 안고 입맞춤을 했다. 그녀가 오랫동안 상상해왔던 그 입맞춤은 상상보다 훨씬 더 황홀했다. 그녀는 입술을 벌리고 그에게 적극적으로 입을 맞추며 그의 몸을 어루만지고, 그와 나란히 침대에 누웠다. 그와 전신을 맞댄 그녀의 몸은 달콤한 떨림과 움찔거림으로 반응했다. 그녀는 그의 피부가 자신의 피부만큼이나 매끄럽다는 것을 알게 되었고, 그 피부가 주는 황홀감에 아주 뜨겁게 달아올랐다.

그녀는 무슨 일이 벌어질지 정확히 알고 있었지만, 상상은 현실에 비할 바가 아니었다. 오랜 세월 동안 그녀는 그를 사랑해왔고 자기 삶의 중심으로 여겨왔다. 그렇기 때문에 법적인 아내를 넘어 육체적 아내가 되는 것은 영광스러운 일이었다. 기다릴 만한 가치가 있는 일이었다. 그 기다림의 시간은 그녀가 느끼는 환희의 일부가 되었다. 그는 서두르지 않고 그녀가 그를 완전히 받아들일 수 있도록 도왔고, 숫처녀의 상상을 넘어서는 자극적인 기교는 일절 시도하지 않았다. 그녀는 약간의 통증을 느꼈지만, 점점 고조되는 흥분을 꺾을 만큼의 통증은 아니었다. 그중에서도 최고는 자신의 안에 들어온 그를 느끼는 것이었다. 그녀는 전혀 예상치 못한 경련이 마법처럼 온몸 구석구석 퍼지는 순간까지 그를 자기 안에 붙들고 있었다. 누구도 미리 말해주지 않은 이것. 하지만 그녀는 이것이야말로 여자들이 결혼생활을 유지하는 진짜 이유임을 알게 되었다.

새벽녘, 그들은 화덕에서 구워낸 따끈한 빵과 채광정의 석조 수조에서 퍼낸 차가운 물을 찾아서 나왔다. 식당 안은 장미로 가득했고, 찬장에는 향이 은은하고 달콤한 포도주 한 병이 놓여 있었다. 등잔마다 작은 양모 인형과 밀 이삭이 달려 있었다. 때마침 아우렐리아가 나타나 두 사람에게 입맞춤을 하며 그들의 행복을 기원해주었다. 모든 하인들과 루키우스 데쿠미우스, 그의 아들들도 그들의 행복을 기원해주었다.

"마침내 진정한 부부가 되어 얼마나 좋은지 모르겠소!" 카이사르가 말했다.

"동감이에요." 킨닐라가 말했다. 그녀는 첫날밤을 잘 치른 여느 신부처럼 아름답고 만족스러운 얼굴이었다.

마지막으로 도착한 가이우스 마티우스에게는, 축하를 위해 마련된 이 조촐한 아침식사 자리가 너무도 감동적이었다. 그는 카이사르가 얼마나 많은 여자를 만나왔는지 누구보다도 잘 알고 있었다. 하지만 이 여인은 그의 아내였고, 아내에게 실망하지 않은 남편의 모습은 너무 보기 좋았다. 마티우스는 자신이라면 9년간 오누이처럼 지낸 킨닐라 나이의 여자를 취할 수 없을 것 같았다. 하지만 카이사르는 그보다 더 단단한 무언가로 만들어진 사람이 분명했다.

카이사르가 참석한 첫번째 원로원 회의에서 필리푸스는 레피두스를 로마로 불러들여 고등 정무관 선거를 실시해야 한다고 의원들을 설득하는 데 성공했다. 그가 참석한 두번째 회의에서는 레피두스의 퉁명스러운 거절 편지가 낭독되었고, 그 직후 카툴루스를 로마로 소환하는 원로원 결의가 통과되었다.

그 두번째 회의와 세번째 회의 사이에 카이사르는 처남인 루키우스 코르넬리우스 킨나의 방문을 받았다.

"곧 내전이 벌어질 거요." 젊은 킨나가 말했다. "나는 당신이 이기는 편에 섰으면 좋겠소."

"이기는 편?"

"레피두스의 편이지."

"그는 이기지 못할 거요, 루키우스. 이길 수 없소."

"에트루리아와 움브리아 사람들이 모두 그를 지지하는데 패배할 리가 없잖소!"

"그거야 태초부터 사람들이 늘 해오던 말이지. 내가 아는 중에 패배할 리가 없는 사람은 딱 한 명뿐이오."

"그게 대체 누구요?" 심기가 불편해진 킨나가 물었다.

"바로 나요."

킨나는 이 대답이 아주 웃겼는지 포복절도했다. "그런데 말이지," 그는 가까스로 진정되자 말했다. "당신은 정말 괴상한 물고기요, 카이사르!"

"어쩌면 애초에 물고기가 아닐 수도 있소. 난 원래 조류라서 괴상하게 생긴 물고기처럼 보이는 걸지도 모르지. 아니면 푸줏간의 갈고리에 걸린 양고기일 수도 있고."

"당신 말은 어디까지가 농담인지 도통 모르겠소." 킨나는 머뭇거리며 말했다.

"그건 내가 농담을 거의 안 하기 때문이오."

"헛소리! 당신이야말로 절대 패배할 리가 없는 유일한 인물이라는 건 진심이 아닐 텐데."

"완전히 진심이었소."

"레피두스에게 합류하지 않을 거요?"

"그가 로마의 성문 앞에 진을 치고 있지 않는 한 합류하지 않을 거요, 루키우스."

"당신 판단은 틀렸소. 나는 그에게 합류할 거요."

"당신을 탓하진 않겠소. 술라의 로마는 당신을 아주 가난뱅이로 만들어놨으니까."

이리하여 젊은 킨나는 레피두스와 그의 군단들이 머물고 있는 사투르니아로 떠났다. 이번에는 카툴루스가 원로원을 대신해 레피두스에게 두번째 소환장을 전달했고, 레피두스는 로마로의 귀환을 재차 거부했다. 카툴루스가 그의 군단이 머물고 있는 캄파니아로 돌아가기 전에, 카이사르는 군관이 되기 위한 면접을 신청했다.

"원하는 게 뭐요?" 카툴루스 카이사르의 아들이 차갑게 물었다. 그는 지나치게 잘생기고 다재다능한 이 젊은이에게 단 한 번도 호감을 느낀 적이 없었다.

"내전에 대비해 당신의 군관이 되고 싶습니다."

"난 절대 당신을 내 군관으로 쓰지 않을 거요."

카이사르의 눈빛이 바뀌면서, 술라가 흔히 이용하던 무시무시한 표정이 내려앉았다. "퀸투스 루타티우스, 반드시 나를 좋아해야만 나를 이용할 수 있는 건 아닙니다."

"어디다 이용하란 말이지? 아니, 더 정확히 말해서 당신이 내게 무슨 쓸모가 있단 거요? 당신은 이미 레피두스 편에 서기로 했다고 들었소."

"그건 거짓말입니다!"

"들리는 소문은 그렇지 않던데. 젊은 킨나가 로마를 떠나기 전에 당신 집을 찾아갔고, 둘이서 계획을 다 맞췄다고 들었소."

"젊은 킨나는 내게 행운을 빌어주러 온 겁니다. 내가 그의 여동생과 마침내 첫날밤을 치렀으니 처남으로서 마땅히 해야 할 일을 한 것 뿐이죠."

카툴루스는 등을 돌렸다. "카이사르, 당신은 술라로부터 충성심을 인정받았지만, 나로부터는 문제아라는 것말고 다른 평가를 절대 받지 못할 거요. 나는 충성심이 의심스러운 군관을 수하에 둘 수 없기 때문에 당신을 쓰지 않을 거요."

"레피두스가 로마로 진군한다면 나는 로마를 위해 싸울 겁니다. 당신의 군관으로 싸울 수 없다면 다른 곳에서라도 싸워야겠죠. 나는 당신과 같은 혈통의 로마 파트리키 귀족이고, 그 누구의 피호민도 추종자도 아닙니다." 카이사르는 문으로 걸어가다가 멈췄다. "당신 마음속에 나라는 사람을 언제나 로마법에 따라 행동하는 부류로 분류해놓으면 좋을 겁니다. 나는 훗날 집정관이 될 겁니다. 하지만 레피두스 같은 겁쟁이를 독재관 자리에 앉힘으로써 그 목표를 달성하진 않을 겁니다. 레피두스는 용기나 배짱이 없는 사람이죠. 하긴 카툴루스 당신도 마찬가지고."

이리하여 상황이 점점 빠른 속도로 반란을 향해 치닫는 동안 카이사르는 로마에 머물러 있었다. 원로원 결의가 통과되었고, 원로원 최고참 의원 플라쿠스가 사망했으며, 두번째 섭정관을 뽑기 위한 선거가 개최되었고, 마침내 레피두스가 로마로 진군했다. 카이사르는 다양한 신분의 로마인 수천 명과 완전무장을 하고 마르스 평원의 카툴루스 앞에 나타났다. 그는 다른 병사 수백 명과 함께 트란스티베림에서 로마 시내

방면의 수블리키우스 목교를 수비하는 임무를 맡았다. 카툴루스는 시민관을 수여받은 이 청년에게 그 어떤 종류의 지휘권도 허락할 마음이 없었으므로, 카이사르는 일개 사병으로 참전해야 했다. 그에게는 전투를 구경할 기회조차 주어지지 않았다. 퀴리날리스 언덕의 세르비우스 성벽 아래에서 전투가 마무리된 후, 카이사르는 에트루리아 해안으로 레피두스를 추격하는 임무에 자원하지 않고 그냥 집으로 돌아갔다.

카툴루스의 오만과 악의는 절대 잊지 않으리라. 하지만 가이우스 율리우스 카이사르는 사람을 증오할 때에도 인내심을 발휘할 줄 알았다. 때가 되면 카툴루스의 차례가 올 터였다. 카이사르는 그때까지 기다릴 작정이었다.

카이사르 입장에서는 애석하게도 그가 로마에 도착했을 때 작은 돌라벨라는 이미 자진해서 추방지로 떠난 뒤였고, 가이우스 베레스는 고결함과 정직함의 기운을 뿜어대며 도시를 활보하고 있었다. 베레스는 이제 메텔루스 카프라리우스의 사위가 되었고 기사계급 유권자들로부터 큰 인기를 끌고 있었다. 기사계급 유권자들은, 작은 돌라벨라에게 불리한 증거를 제시한 베레스의 행동이야말로 배심원 직을 박탈당한 기사계급에 대한 대단한 찬사라고 여겼다. 동료 원로원 의원을 기소하기를 두려워하지 않는 의원이 마침내 여기 나타난 것이다!

카이사르는 루키우스 데쿠미우스와 가이우스 마티우스를 통해, 자신이 수부라 지구의 모든 사람을 위해 변호인으로 나설 것이라는 말을 퍼뜨렸다. 레피두스와 브루투스가 추락하고 폼페이우스가 승승장구하던 몇 달 동안 그는 바쁘게 움직이며 사소하지만 아주 성공적인 법정 경력을 차곡차곡 쌓아나갔다. 법정에서 그의 명성은 나날이 커졌다. 변호와 수사학에 일가견이 있는 사람들은, 그가 나타나는 법정이라면 종류를 불문하고(대체로 수도 담당 법무관이나 외인 담당 법무관의 법정이었으나 간혹 살인 법정인 경우도 있었다) 구경을 하러 몰려들기 시작했다. 카툴루스는 어떻게든 그의 명성에 먹칠을 하려 했지만, 대중은 카이사르의 말이나 그가 말하는 방식을 좋아했으므로 카툴루스의 말은 점점 듣지 않게 되었다.

마케도니아와 중부 그리스의 몇몇 도시 대표들이 찾아와 큰 돌라벨라(아피우스 클라우디우스 풀케르가 속주에 도착한 덕분에 긴 총독 직을 마치고 로마로 돌아와 있었다)의 기소를 의뢰했을 때 카이사르는 그 제안을 받아들였다. 이 재판은 부당취득 법정에서 진행될 예정이었고 정치적 영향력을 지닌 귀족 가문의 인물이 연루되어 있었으므로, 카이사르에게는 최초의 대형 사건이었다. 그는 큰 돌라벨라의 총독 직에 관한 내막을 거의 몰랐지만, 증인들을 만나고 세심한 주의를 기울여 증거를 수집했다. 행정장관 출신 의뢰인들은 카이사르가 아주 유쾌한 사람임을 알게 되었다. 그는 그들의 지위를 신중하게 배려했고, 늘 명랑하고 서글서글했다. 가장 놀라운 것은 그의 기억력이었다. 그는 한번 들은 말을 절대 잊어버리지 않았고, 다른 사람이 무심코 내뱉은 사소한 말에서 어느 누구도 깨닫지 못한 한층 더 중요한 정보를 포착해냈다.

"미리 경고해두겠습니다." 그는 재판 당일 아침 의뢰인들에게 말했다. "배심원단은 전원 원로원 의원들이고, 돌라벨라에게 훨씬 더 우호적입니다. 그는 스코르디스키족을 물리쳤다는 점에서 훌륭한 속주 총독으로 비치고 있어요. 저는 우리가 승소할 수 있다고 생각지 않습니다."

그들은 승소하지 못했다. 강력한 증거가 있었지만, 원로원 의원들로

만 구성된 배심원단은 동료 의원이 연루된 사건의 증거를 깡그리 무시했다. 카이사르의 연설은 더할 나위 없이 훌륭했으나 결과는 압솔보(무죄)였다. 카이사르는 의뢰인들에게 사죄하지 않았고, 그들 역시 카이사르의 변론을 아쉬워하지 않았다. 카이사르의 증거 제시 방식이나 법정 연설은 적어도 한 세대를 통틀어 최고라는 찬사를 받았고, 많은 사람들이 그에게 연설 내용을 출간할 것을 권했다.

"그 연설은 수사학과 법을 공부하는 사람들을 위한 교과서가 될 거요." 마르쿠스 툴리우스 키케로는 카이사르에게 연설 사본 하나를 부탁하며 말했다. "물론 당신이 패소해서는 안 될 재판이긴 했지만, 그래도 때마침 귀국해서 당신이 호르텐시우스와 가이우스 코타의 코를 납작하게 해주는 장면을 직접 볼 수 있었던 게 아주 기뻤소."

"나도 기쁘다오, 키케로. 케테구스에게 찬사를 듣는 것과 당신 같은 변호인으로부터 내 연설 사본을 요청받는 것은 천지차이니까." 카이사르가 말했다. 그는 키케로의 부탁에 진심으로 기분이 좋아졌다.

"웅변술에 대해서라면 난 당신에게 배울 게 없소." 키케로는 무심결에 자신이 앞서 한 칭찬을 깎아먹는 발언을 했다. "대신 당신의 사건 조사 방식과 증거 제시 방식을 면밀히 살펴볼 작정이오, 카이사르." 그들은 함께 포룸 로마눔 위쪽으로 걸어갔고, 키케로는 계속 말을 이어나갔다. "가장 놀라웠던 점은 당신의 발성법이었소. 당신은 평소에 목소리가 아주 낮고 굵지! 하지만 군중 앞에서 연설할 때는 맑고 높은 소리를 내는데, 그 목소리는 아주 훌륭하게 전달된단 말이오. 누구한테 그런 걸 배웠소?"

"누구한테 배운 게 아니오." 카이사르는 놀란 표정으로 답했다. "낮고 굵은 목소리는 높은 목소리보다 전달력이 떨어진다는 것을 진작부터 알고 있었소. 그래서 내 목소리가 잘 전달되었으면 하는 마음에 높은 목소리를 내게 된 거요."

"나는 지난 2년간 아폴로니오스 몰론에게 가르침을 받았소. 그의 말에 따르면 목소리는 목의 길이에 따라 결정된다고 하더군. 목이 길수록 목소리가 굵어진다는 거지. 그러고 보니 당신 목은 아주 길고 말라빠졌군!" 그는 득의양양하게 덧붙였다. "다행히 내 목은 딱 적당한 길이지."

"짧은 것 같은데." 카이사르는 눈을 굴리며 말했다.

"중간이오." 키케로는 단호하게 말했다.

"당신은 아주 건강해 보이는군. 살도 적당히 붙었고."

"난 아주 건강하오. 게다가 법정으로 복귀하고 싶어 온몸이 근질근질하단 말이지." 키케로는 생각에 잠겨 말했다. "하지만 법정에서 당신과 실력을 겨루게 될 것 같지는 않소. 거인들끼리 서로 부딪쳐서는 안 되는 법이오. 호르텐시우스나 가이우스 코타 같은 사람들과 맞붙는 게 낫겠지."

"난 그들이 더 잘할 줄 알았소." 카이사르는 말했다. "배심원들이 재판을 시작하기 전에 미리 마음을 정해두지 않고 내 변론에 귀 기울였다면, 두 사람은 분명 패소했을 거요. 그들의 변론은 아주 어설프고 조악했소."

"나도 같은 생각이오. 그나저나 가이우스 코타는 당신의 외삼촌 아니었소?"

"그렇소. 하지만 그건 중요하지 않소. 외삼촌과 나는 이런 충돌을 즐기는 사이니까."

그들은 유피테르 대제관 관저 근처에서 수년째 맛있는 간식을 판매하고 있는 노점상을 찾아가 패스티를 샀다.

"내 생각에는 말이오," 키케로는 패스티가 입에 맞는지 게걸스럽게 먹어대며 말했다. "과거 유피테르 대제관 직을 맡았던 당신에 대해 아직도 법적인 논란이 많은 것 같소. 그걸 잘 활용해서 가비우스의 노점 뒤에 있는 저 널찍하고 멋들어진 저택으로 돌아갈 마음은 없소? 당신이 수부라 지구의 아파트에 거주하고 있다는 건 잘 알고 있소. 하지만 거긴 당신처럼 품격 있는 변호인에게 어울리는 곳이 아니오, 카이사르!"

카이사르는 어깨를 으쓱하더니 음식을 구걸하는 새들에게 남은 패스티를 던져주었다. "키케로, 내가 에스퀼리누스 언덕에서도 가장 허름한 가축우리에 살지 않는 한, 그럴 일은 없을 거요!" 그는 단호하게 말했다.

"나는 팔라티누스 언덕에 살고 있어서 아주 행복하다는 말을 하고 싶었소." 키케로는 패스티를 두 개째 먹기 시작하며 말했다. "내 동생 퀸투스는 카리나이 지구에 오래된 가족 저택을 소유하고 있소." 그는 자기가 어릴 때 가족이 저택을 매입한 것이 아니라 마치 수세대에 걸쳐 소유하고 있었던 것처럼 대단히 거만하게 말하고, 잠깐 무언가를 떠올리더니 낄낄거렸다. "무죄판결 이야기가 나와서 말인데, 퀸투스 칼리디우스가 부당취득 법정에서 동료 원로원 의원들에게 유죄 선고를 받은 뒤 뭐라고 했는지 아시오?"

"안타깝게도 그 소식은 못 들었소. 뭐라고 했소?"

"그는 자신의 패소가 놀랍지도 않다고 했소. 왜냐하면 술라가 배심원을 전원 원로원 의원으로 교체하면서 배심원단 매수를 위한 시세가 30만 세스테르티우스로 정해졌는데, 그는 도저히 그 정도의 돈을 횡령할 수 없었기 때문이랬소."

카이사르도 이 일화가 우습다고 느꼈는지 웃음을 터뜨렸다. "그렇다면 나는 부당취득 법정 근처에는 얼씬도 말아야겠군!"

"렌툴루스 수라가 배심원단 대표일 때는 더더욱 조심해야지."

푸블리우스 코르넬리우스 렌툴루스 수라는 큰 돌라벨라의 재판에서 배심원단 대표를 맡은 인물이었기에, 카이사르의 눈썹이 위로 올라갔다. "그것참 유용한 정보요, 키케로!"

"친애하는 동지여, 내가 우리 법정에 대해 당신에게 알려줄 수 없는 일은 아무것도 없다오!" 키케로는 한 손으로 웅장한 손짓을 해보이며 말했다. "질문이 있으면 뭐든 다 물어보시오."

"반드시 그렇게 하겠소." 카이사르는 말했다. 그는 키케로와 악수를 나누고 괄시받는 수부라 지구를 향해 총총히 걸어갔다.

퀸투스 호르텐시우스가 기둥 뒤에 숨어 있다가 나타나서는, 키가 큰 카이사르의 뒷모습이 점점 작아지는 것을 지켜보고 있던 키케로에게로 슬며시 다가갔다.

"저자는 아주 훌륭하더군." 호르텐시우스가 말했다. "친애하는 키케로, 저자가 앞으로 몇 년 더 경험을 쌓는다면 언젠가 당신과 내게서 월계관을 빼앗아갈 거요."

"친애하는 호르텐시우스, 배심원단만 정직했더라면 당신은 당장 오늘 아침에 그에게 월계관을 빼앗겼을 겁니다."

"그런 무례한 말을!"

"어차피 얼마 가지 못할 테죠."

"무슨 소리요?"

"원로원 의원만으로 구성된 배심원단 말입니다."

"웃기는 소리! 원로원은 되찾은 통제권을 영원히 유지할 거요."

"그거야말로 웃기는 소리예요. 조만간 호민관들이 권력을 되찾게 될 거라는 소문이 돌고 있어요. 호르텐시우스, 만약 그들이 과거의 권력을 되찾게 된다면, 배심원단은 다시 기사계급으로 구성될 겁니다."

호르텐시우스는 어깨를 으쓱했다. "그렇다고 해서 달라질 건 없소, 키케로. 원로원 의원이든 기사든 간에 필요할 때 뇌물을 먹이는 건 다 똑같으니까."

"나는 배심원단에게 뇌물을 쓰지 않습니다." 키케로는 완고하게 말했다.

"당신이 그렇다는 것은 알고 있소. 저 인간도 마찬가지고." 호르텐시우스는 수부라 지구 방향으로 손짓하며 말했다. "친애하는 키케로, 하지만 그건 일반적인 관행일 뿐이오, 일반적인 관행!"

"변호인에게 아무런 만족감도 안겨주지 못하는 관행이죠. 나는 재판에서 승소했을 때, 그것이 내가 의뢰인에게 받아 배심원들에게 전달한 뇌물의 액수 때문이 아니라 나의 변론 덕분이라는 것을 확실히 하고 싶어요."

"그렇다면 당신은 멍청이일 뿐이고, 절대 오래가지 못할 거요."

잘생겼으나 전형적인 미남상과는 거리가 먼 키케로의 얼굴이 뻣뻣하게 굳었다. 그의 갈색 눈동자는 위험하게 번쩍거렸다. "나는 당신보다 더 오래갈 겁니다, 호르텐시우스! 거기에 대해선 의문의 여지가 없어요!"

"나는 너무 강한 상대라 절대 밀어낼 수 없을 텐데."

"그건 헤르쿨레스가 안타이오스를 번쩍 들어올리기 전에 안타이오스가 했던 말이죠. 그만 가보겠습니다, 퀸투스 호르텐시우스."

이듬해 1월 말, 킨닐라는 카이사르의 딸 율리아를 낳았다. 서리처럼 희고 여린 그 어린것은 아버지와 어머니에게 대단한 기쁨을 안겨주었다.

"아들에게는 엄청난 비용이 들기 마련이오, 사랑하는 부인." 카이사르는 말했다. "반면 딸아이는 양쪽 부모에게 모두 파트리키 혈통을 물려받고 지참금이 충분한 경우, 무한한 가치를 지닌 정치적 자산이지. 아들은 훗날 어떤 인물이 될지 예측할 수 없지만, 우리 율리아는 지금 이대로 완벽하오. 아우렐리아 할머니처럼 이 아이도 나중에 구혼자 수십 명 중에서 신랑감을 선택하게 될 거요."

"지참금이 충분할 것 같지는 않은데요." 아이 어머니가 말했다. 분만 과정이 순탄치 않았지만 이제는 몸이 회복되고 있었다.

"걱정하지 마시오, 내 사랑 킨닐라! 율리아의 혼기가 찰 무렵에는 지참금이 다 준비되어 있을 테니까."

아우렐리아는 기꺼운 마음으로 아기 돌보기를 책임졌고, 손녀에게 홀딱 반해 있었다. 그녀에게는 손주가 네 명 더 있었다. 큰딸 리아에게는 각각 아버지가 다른 두 아들이 있었고 작은딸 유유에게는 딸과 아들이 하나씩 있었지만, 그들은 한집에 사는 손주들이 아니었다. 게다가, 그녀에게 삶의 빛이나 다름없는 외아들에게서 태어난 자손도 아니었다.

"이 아이는 커서도 파란 눈동자일 거야. 눈이 아주 옅은 색이구나." 아우렐리아가 말했다. 그녀는 손녀 율리아가 제 아버지를 닮은 것이 무척이나 기뻤다. "게다가 머리카락이 얼음 빛깔보다도 옅은걸."

"머리카락이 보인다니 참 다행이네요." 카이사르는 진지하게 말했다. "제 눈에는 완전히 대머리로 보이거든요. 카이사르 집안사람이라면 자고로 머리숱이 풍성해야 하는데, 대머리는 전혀 달갑지 않아요."

"말도 안 되는 소리! 당연히 머리카락이 있지! 첫돌이 될 때까지만 기다려보렴, 아들아. 이 아이의 풍성한 머리카락을 직접 확인할 수 있을 테니까. 머리카락 빛깔도 그리 짙어지지 않을 거야. 이 작고 귀한 것의 머리카락은 금발보다는 은발에 가까울 테지."

"제 눈에는 가련한 나이아만큼이나 못생겼어요."

"카이사르, 카이사르! 아직 신생아잖니! 이 아이는 널 아주 많이 닮게 될 거야."

"잔인한 운명이네요." 카이사르는 이 말을 남기고 떠났다.

그는 오르비우스 언덕길과 포룸 로마눔의 모퉁이에 위치한 로마 최고의 여행자 숙소로 갔다. 그에게 큰 돌라벨라의 기소를 청탁했던 의뢰인들이 다시 로마로 왔고, 한시바삐 그를 만나고 싶어한다는 소식을 전해 들은 것이다.

"다른 사건을 의뢰하고 싶습니다." 그리스 방문단의 대표인 테살로니카의 이피크라테스가 말했다.

"영광이로군요." 카이사르는 살짝 찡그리며 말했다. "그런데 기소할 만한 사람이 누가 있죠? 아피우스 클라우디우스 풀케르는 아주 최근에 총독으로 부임해 아직 기소당할 만한 일을 벌이지도 못했을 텐데요. 원로원으로부터 현직 총독 기소를 위한 허락을 받아내는 것은 둘째치고라도 말이죠."

"이것은 마케도니아 총독들과는 아무런 연관이 없는 조금 특이한 사건입니다." 이피크라테스가 말했다. "우리는 10년 전 술라 밑에서 기병 사령관으로 일할 당시 잔혹행위를 일삼았던 가이우스 안토니우스 히브리다를 기소하고 싶습니다."

"맙소사! 이렇게 오랜 세월이 지난 후에? 대체 어째서죠?"

"승소를 기대하지는 않습니다, 카이사르. 그건 우리의 목표가 아니죠. 우리는 두 돌라벨라 중 나이가 많은 쪽의 통치를 받으면서, 짐승보다 전혀 나을 것이 없는 로마인들이 우리 지역의 관리로 파견되기도 한다는 사실을 깨달았어요. 그리고 이제 로마도 그 사실을 깨달아야 할 때라고 생각합니다. 진정서는 아무짝에도 쓸모없죠. 아무도 그걸 읽으려 하지 않고, 원로원에서는 더더욱 읽지 않으니까요. 반역이나 부당취득 혐의는 일반인들이 이해하기 어려운 개념이라 관련 법정에도 로마의 상류층만 찾아오죠. 그런데 우리가 원하는 것은 기사계급의, 나아가 하층민의 관심을 끄는 겁니다. 그래서 모든 계급의 사람들이 와서 구경하는 살인 법정에서 재판을 하는 게 어떨까 생각해봤어요. 그리고 목표로 삼을 만한 적당한 사람을 물색했는데, 곧바로 가이우스 안토니우스 히브리다라는 이름이 모두의 머릿속에 떠올랐죠."

"그가 무슨 짓을 했습니까?" 카이사르가 물었다.

"그는 술라 혹은 그의 군대가 보이오티아에서 지낼 당시 테스피아이, 엘레우시스, 오르코메노스 지역을 책임지던 기병 사령관이었어요. 하지만 군인으로서의 활동은 거의 하지 않았고, 그 대신 끔찍한 행위를 통해 희열을 느꼈죠. 고문, 신체 절단, 남녀노소 모두를 상대로 한 강간, 살인 같은 것들이죠."

"히브리다가?"

"네, 히브리다가 그랬습니다."

"그가 전형적인 안토니우스 집안사람이라는 것은 익히 알고 있었어요. 정신이 멀쩡할 때보다 술에 취해 있을 때가 더 많고, 지갑 안의 돈을 그대로 두는 법이 없고, 식욕이나 색욕이 과하다는 것도요." 카이사르의 얼굴에 불쾌한 표정이 떠올랐다. "그런데 고문이라니? 아무리 안토니우스 집안사람이라도 괴이한 일이군요. 차라리 아헤노바르부스 가문 출신이라면 모를까!"

"우리가 가진 증거는 논쟁의 여지없이 완벽합니다, 카이사르."

"그런 성향은 아마도 어머니에게 물려받은 것 같군요. 그의 어머니는 품위 있는 여성이라고 들어왔지만, 어쨌건 로마인은 아니거든요. 아풀리아 출신이죠. 아무리 그래도 아풀리아인들은 야만인이 아닌데, 지금 설명하신 내용은 지독한 야만행위예요. 가이우스 베레스도 그 정도는 아닌데!"

"우리가 가진 증거는 논쟁의 여지없이 완벽합니다." 이피크라테스가 재차 말했다. 그는 약간 능글맞아 보였다. "이제 우리의 어려움이 무엇인지 느끼셨을 겁니다. 모든 로마인이 두 눈으로 직접 증거를 확인하고 이 사건에 대해 떠들지 않는 한, 로마 고위층 출신 중 누가 우리를 믿어주겠어요?"

"증인으로 출석할 피해자들은 있습니까?"

"필요하다면 수십 명도 더 있습니다. 모두 나무랄 데 없는 인격과 지위를 갖춘 사람들이죠. 눈이나 귀가 없는 사람, 혀나 손이 없는 사람, 발이나 생식기나 자궁이나 팔이나 피부나 코가 없는 사람, 혹은 이중에 몇 가지나 없는 사람도 있어요. 그자는 짐승입니다. 그의 패거리도 매한가지지만, 그들은 지체 높은 귀족이 아니니 그리 중요하지 않죠."

카이사르는 역한 표정을 지었다. "그렇다면 그에게 당한 사람들은 안 죽었다는 거군요."

"사실 대부분은 죽지 않았어요. 안토니우스는 자신의 행동을 일종의 예술로 여깁니다. 가장 지독한 고통과 심각한 신체 절단을 안겨주면서 상대를 죽이지는 않는 예술이죠. 안토니우스의 가장 큰 즐거움은, 몇 달 뒤에 마을로 되돌아와 그에게 당했던 사람이 아직 살아 있는지 확인하는 거였어요."

"뭐, 제 입장이 조금 곤란해지긴 하겠지만 어쨌든 이 사건을 맡겠습니다." 카이사르는 단호하게 말했다.

"입장이 곤란해지다뇨? 어째서 곤란하다는 겁니까?"

"그의 형인 마르쿠스는 제 육촌누이와 혼인한 사이거든요. 집정관을 지내고 나중에 가이우스 마리우스에게 살해당한 루키우스 카이사르의 딸 말이죠. 두 사람 사이에는 세 아들이 있는데, 히브리다에게는 조카가 되고 저에게는 칠촌조카죠. 친척을 기소하는 것은 예의가 아니라고 여겨진답니다, 이피크라테스."

"하지만 가이우스 안토니우스 히브리다는 당신과 실제로 피가 섞인 친척이 아니지 않습니까? 당신의 육촌누이가 그와 직접 혼인한 것도 아니고요."

"그렇죠, 그래서 이 사건을 맡겠다고 한 겁니다. 하지만 안 좋게 보는 사람도 많을 거예요. 율리아의 세 아들에게는 양쪽 집안의 피가 다 섞여 있으니까요."

그는 이 문제를 논의하기 위한 상대로 가이우스 마티우스나 그와 비슷한 신분의 인물 대신 루키우스 데쿠미우스를 선택했다.

"아빠 귀에는 안 들어오는 소식이 없잖아요. 혹시 들은 이야기 없어요?"

데쿠미우스는 젊었을 때는 늙어 보이고 늙어서는 젊어 보이는 외모를 타고나서 늘 한결같은 모습이었다. 카이사르는 그의 나이를 가늠하기 힘들었지만 대략 예순 정도 되리라 짐작했다.

"많이는 아니고 조금씩 들어봤지. 그의 노예들은 6개월을 버티지 못하고 죽는데, 시신을 매장하는 것을 본 사람이 없다더군. 난 시신을 매장하는 장면을 보여주지 않으면 늘 의심이 들더라고. 그건 보통 온갖 끔찍한 장난을 의미하거든."

"노예를 잔인하게 다루는 것만큼 야비한 짓은 없어요!"

"너니까 그렇게 생각하겠지, 카이사르. 너는 세계 최고의 어머니를 두었고 제대로 된 교육을 받았으니까."

"그건 교육 방식과는 무관해요!" 카이사르는 분개하며 말했다. "타고난 심성과 관련된 문제니까요. 야만인이 그런 잔인한 행동을 하는 것은 이해할 수도 있어요. 그들의 관습과 전통, 그들이 모시는 신들은 로마인들이 이미 수세기 전에 불법으로 규정한 행동을 그들에게 강요하니까요. 하지만 로마 귀족이…… 그것도 안토니우스 가문 출신이, 타인에게 그런 고통을 주는 행위에서 희열을 느낀다니……. 오, 아빠, 정말 믿을 수가 없어요!"

하지만 데쿠미우스는 지혜로운 모습을 보였다. "네 주변에서 전부 벌어지는 일이란다, 카이사르. 너도 잘 알고 있잖니. 물론 이렇게까지 끔찍한 일은 드문데, 그건 사람들이 발각을 두려워하기 때문이야. 잠깐만 생각해보렴! 이 안토니우스 히브리다라는 작자는 네가 말한 것처럼 로마 귀족이야. 법정이 그를 보호하고, 그의 동료 귀족들이 그를 보호하지. 그런 그가 일단 시작을 해버렸는데 대체 뭐가 무섭겠니? 대부분의 사람들이 시도조차 못 하도록 저지하는 것은 발각에 대한 두려움이란다, 카이사르. 발각은 처벌을 의미해. 게다가 신분이 높을수록 더 깊이 추락하게 되는 법이지. 하지만 이따금씩 뭐든 자기 뜻대로 할 수 있는 힘을 가진 사람들이 있기 마련인데, 그들은 일단 일을 저지르고 자기 뜻대로 해버리기도 해. 안토니우스 히브리다처럼. 어디를 가나 그런 사람이 많지는 않지. 많지 않아! 하지만 항상 몇 명씩은 있단다, 카이사르. 몇 명씩은 말이지."

"네, 맞는 말이에요. 그건 당연하죠." 피곤한 눈꺼풀이 아래로 떨어지면서 카이사르의 생각을 차단했다. "그러니까 아빠 말씀은 그런 사람들이 반드시 대가를 치러야 한다는 거군요. 처벌을 받아야죠."

"비슷한 놈들이 판치는 것을 원하지 않는다면 말이지. 한 놈을 잡으면, 다른 두 놈은 겁을 집어먹고 시도조차 못 하게 될 거야."

"그렇다면 나는 그자가 반드시 대가를 치르도록 해야겠어요. 쉽지는 않을 거예요."

"쉽지는 않겠지."

"사라지는 노예에 대한 어두운 소문말고 그자에 대해 들은 건 없어요, 아빠?"

"별로 없어. 그자가 미움을 받는다는 것 외에는. 상인들은 그자를 싫어해. 보통 사람들도 마찬가지지. 그는 길에서 작고 예쁜 여자아이를 꼬집을 때, 너무 심하게 꼬집어서 꼭 울리고 만다고 하더구나."

"내 육촌누이 율리아도 무슨 연관이 있는 걸까요?"

"나말고 너희 어머니께 여쭤보렴, 카이사르!"

"그럴 순 없어요, 루키우스 데쿠미우스!"

데쿠미우스는 잠깐 고민하더니 이내 고개를 끄덕였다. "그래, 그럴 순 없겠지. 네 말이 맞아." 그는 말을 멈추고 곰곰이 생각했다. "글쎄, 그 율리아는 아주 어리석은 여자야. 너희 가문의 다른 똑똑한 율리아들과는 확실히 다르지! 그녀의 남편인 안토니우스는 하는 짓이 유치하긴 해도 잔인한 사람은 아니야. 생각이 없을 뿐이지. 언제 그 버릇없는 아들놈들의 엉덩이를 걷어차야 하는지도 모르고."

"그 집 아들들이 천방지축인가요?"

"야생멧돼지 저리 가라지."

"어디 보자…… 마르쿠스, 가이우스, 루키우스. 오, 가족 문제를 더 잘 안다면 좋을 텐데! 평소에 내가 여자들의 이야기를 귀담아듣지 않는 것이 문제예요. 뭐든 어머니께 여쭤보면 즉시 답을 알려주시니까요……. 그런데 어머니는 너무 똑똑해요, 아빠. 어머니는 내가 왜 그런 일에 관심을 가지는지 알려고 하실 테고, 결국 내가 이 사건을 맡지 않도록 설득하려고 하실 거예요. 그러면 우린 또 싸우게 되겠죠. 어머니 귀에는 내가 이 사건을 맡는 것이 기정사실이 된 후에나 들어가는 편이 훨씬 나아요." 그는 애처로운 표정으로 한숨을 내쉬었다. "히브리다의 형의 아들들에 관한 이야기를 더 들어두는 게 좋겠어요, 아빠."

데쿠미우스는 눈을 찡그리고 입술을 뾰족하게 내밀었다. "수부라 지구에서 그애들을 자주 봤어. 원래 가정교사나 하인도 없이 애들끼리 수부라 지구를 후다닥거리며 돌아다니면 안 되지만, 걔들은 그렇게 하더구나. 가게에서 음식을 훔치기도 해. 배가 고파서가 아니라, 다른 사람들을 괴롭히기 위해서지."

"다들 몇 살인가요?"

"정확히는 모르겠어. 하지만 마르쿠스의 경우 덩치는 열두 살, 하는 짓은 다섯 살 정도로 보이니까 대략 일고여덟 살쯤이겠지. 다른 두 녀석은 더 어리단다."

"그렇겠죠, 안토니우스 가문 출신들은 전부 덩치 큰 야수니까요. 이 아이들의 부친은 돈이 많지 않은가봐요."

"늘 위태로운 상태란다, 카이사르."

"내가 기소를 맡으면 그와 그의 아들들에게는 좋을 일이 없겠군요."

"그렇겠지."

"그래도 이 사건을 맡아야만 해요, 아빠."

"그래, 나도 알고 있다!"

"필요한 건 증인 몇 명이에요. 노예가 아닌 남자라면 제일 좋을 테고, 아니면 여자나 아이들도 좋겠죠. 기꺼이 증언을 할 용의가 있어야 해요. 그는 분명 이곳에서도 같은 짓을 하고 있을 거예요. 그리고 피해자는 사라진 노예만이 아닐 거고요."

"내가 한번 알아보마, 카이사르."

카이사르가 현관문으로 들어서는 순간, 집안 여자들은 그에게 무슨 문제가 있다는 사실을 알아차렸다. 하지만 아우렐리아도 킨닐라도 그 문제를 캐묻지 않았다. 평소였다면 아우렐리아가 분명 물어봤을 테지만, 그녀로선 인정하기 싫을 만큼 손녀에게 관심이 팔려 있어 그럴 여유가 없었다. 그리하여 카이사르가 자신의 가까운 친척을 조카로 둔 가이우스 안토니우스 히브리다를 기소하는 일을 말릴 수 있는 기회도 없어졌다.

살인 법정은 상식적으로 타당한 무대였지만, 카이사르는 이 사건에 대해 생각하면 할수록 살인 법정에서의 재판이 마음에 들지 않았다. 우선 한 가지 이유를 들자면 살인 법정의 재판장은 법무관 마르쿠스 유니우스 융쿠스였는데, 그는 올해 전직 조영관 중에 마땅한 지원자가 없어 본인이 살인 법정을 배정받은 것에 대해 억울해하고 있었다. 카이사르는 1월에 맡은 재판에서 이미 한차례 그와 충돌한 전적이 있었다. 다른 큰 어려움은 고소인이 로마인이 아니라는 점이었다. 고소인이 외국

국적자이고 피고인이 귀한 혈통과 지위를 타고난 로마인일 경우, 고소인에게 유리한 판결을 받아내기란 지독히 어려웠다. 물론 카이사르의 의뢰인들은 패소해도 상관없다고 말했지만, 카이사르는 융쿠스 같은 재판관이라면 군중이 많이 몰릴 수 없는 장소를 재판소로 지정함으로써 이 재판을 아주 조용히 덮어버릴 것임을 알고 있었다. 설상가상으로 호민관 나이우스 시키니우스는 호민관단에게 과거에 허락되었던 모든 권력을 돌려주어야 한다고 쉴새없이 떠들며 포룸 로마눔의 군중을 독차지하고 있었다. 시키니우스는 정치 풍자를 좋아하는 문학 애호가들 사이에서 이미 소문이 자자한 입담을 선보였기 때문에, 사람들은 그의 연설 외에 다른 일에는 도무지 관심을 보이지 않았다.

"대체 어째서요?" 집정관 가이우스 스크리보니우스 쿠리오는 몹시 화를 내며 시키니우스에게 물었다. "당신은 나와 내 동료 집정관 나이우스 옥타비우스를 괴롭히고 법무관, 조영관, 당신의 동료 호민관, 푸블리우스 케테구스, 모든 전직 집정관과 위대한 인물, 티투스 아티쿠스 같은 은행가, 심지어 불쌍한 재무관들까지 마구 괴롭혀왔소! 그런데 어째서 마르쿠스 리키니우스 크라수스에 대해서는 한마디 악평도 없는 거지? 마르쿠스 크라수스는 당신이 독설을 퍼부을 만큼 가치 있는 존재가 아니라서? 아니면 당신에게 이 웃긴 짓거리를 시키는 배후가 마르쿠스 크라수스라서? 말해보시오, 시키니우스, 작은 똥개처럼 요란하게 짖어대는 양반아, 왜 크라수스는 안 건드는 건지 말해보라고!"

시키니우스는 쿠리오와 크라수스의 사이가 틀어진 것을 잘 알고 있었다. 그는 대답하기 전에 잠깐 진지하게 고민하는 척했다.

"그건 마르쿠스 크라수스의 양쪽 뿔에 건초가 감겨 있기 때문입니다." 그는 진지하게 말했다. 수많은 군중은 그 말에 담긴 뉘앙스를 온전히 만끽하며 포복절도했다. 한쪽 뿔에 건초가 감긴 황소는 흔히 볼 수 있었다. 이는 황소가 온순해 보여도 언제든 건초에 감싸인 뿔로 뭔가를 들이받을지 모른다는 뜻이었다. 그러니 양쪽 뿔에 건초가 감긴 황소는 문둥병 환자처럼 슬금슬금 피해 다녀야 하는 대상이었다. 마르쿠스 크라수스가 태연한 소를 닮은 외모와 황소 같은 몸집의 소유자가 아니었더라면 그 발언은 이렇게까지 적절하게 느껴지진 않았으리라. 하지만 군중이 이 농담에 완전히 자지러진 이유는 크라수스가 이 두 가지를 모두 갖춘 인물이라는 암시가 가능했기 때문이다.

상황이 이럴진대, 시키니우스를 열렬히 따르는 사람들의 관심을 무슨 수로 빼앗아온단 말인가? 어떻게 주목받아 마땅한 이 사건에 세간의 이목을 집중시킨단 말인가? 카이사르가 이 문제를 곱씹는 동안, 의뢰인들은 보이오티아로 돌아가 철저히 카이사르의 지시에 따라 증거와 증인을 모았다. 몇 달이 지나 의뢰인들이 돌아왔지만, 카이사르는 그때까지도 융쿠스에게 재판 신청을 하지 않은 상태였다.

"이해가 안 됩니다!" 실망한 이피크라테스가 외쳤다. "서두르지 않으면 아예 재판 기회를 놓칠 수도 있어요!"

"더 나은 방법이 있을 것 같아서요." 카이사르가 말했다. "조금만 더 인내심을 갖고 기다려주십시오, 이피크라테스. 당신과 동료들이 로마에서 몇 달씩 기다리게 하지는 않겠습니다. 증인들은 잘 숨겨두었죠?"

"물론이죠. 정확히 지시를 따랐어요. 쿠마이 외곽의 빌라에 있습니다."

6월 초의 어느 날, 답이 나왔다. 카이사르는 때마침 외인 담당 법무관 마르쿠스 테렌티우스 바로 루쿨루스의 재판소 앞에 멈췄다. 그는 대부분의 로마인들에게 가장 촉망받는 인재로 꼽히는 루쿨루스의 동생으로, 형과 많이 닮아 있었고 형제간에 우애가 깊었다. 운명의 장난으로 어린 시절에 헤어져야 했지만 형제애는 약해지지 않았다. 아니, 오히려 더 강해졌다. 루쿨루스는 관직의 사다리에 오르는 시기를 늦추면서까지 바로 루쿨루스를 기다려 동생과 나란히 고등 조영관을 지냈고, 그들이 함께 준비했던 경기대회는 너무도 훌륭해서 아직까지도 널리 회자되고 있었다. 루쿨루스 형제가 머지않아 집정관에 오르리라는 것은 이미 모두가 아는 사실이었다. 그들은 귀족 출신인 동시에 유권자들에게도 인기가 많았기 때문이다.

"오늘은 좀 어떠십니까?" 카이사르가 웃으며 물었다. 그는 외인 담당 법무관을 좋아했고, 그의 법정에서 다른 재판관들은 거의 허락하지 않는 자신감과 자유를 만끽하며 이미 여러 차례 작은 사건을 다룬 바 있었다. 바로 루쿨루스는 법 지식이 해박한 동시에 청렴결백했다.

"지루하기 그지없는 날이오." 바로 루쿨루스는 특유의 미소를 지으며 답했다.

카이사르의 놀라운 묘책은, 그가 질문을 던지고 바로 루쿨루스가 답하는 그 짧은 순간에 처음으로 생명을 얻어 완전한 형태까지 갖추게 되었다. 보통 그런 식이었다. 몇 개월 동안 끙끙대던 난제에 대한 해답은 번개처럼 한순간 머릿속에 떠오르곤 했다.

"언제쯤 시골 지역으로 순회 재판을 떠나실 겁니까?"

"여름 더위가 못 견딜 정도로 심해질 때쯤 외인 담당 법무관이 캄파니아에 나타나는 것이 일반적인 관례라오." 바로 루쿨루스는 이 말을 내뱉고 한숨을 쉬었다. "하지만 앞으로 적어도 한 달은 로마에 묶여 있게 될 것 같소."

"그렇다면 너무 서두르진 마세요!" 카이사르가 말했다.

바로 루쿨루스는 눈을 깜빡거렸다. 조금 전까지만 해도 그는 법조인으로서의 감각과 능력을 높이 평가하고 있는 한 인물에게 말을 하고 있었는데, 정신을 차려보니 카이사르가 있던 자리는 텅 비어 있었다.

"방법을 알아냈습니다!" 얼마 지나지 않아 카이사르는 이피크라테스가 머무는 여행자 숙소에 따로 마련된 개인 응접실에서 그에게 이렇게 말하고 있었다.

"어떻게요?" 테살로니카의 명사가 잔뜩 기대하며 물었다.

"역시나 미루길 잘했어요, 이피크라테스! 우리는 살인 법정을 이용하지 않을 겁니다. 또 가이우스 안토니우스 히브리다에게 형사소송을 제기하지도 않을 거예요."

"형사소송을 제기하지 않는다고?" 이피크라테스는 숨이 턱 막혔다. "하지만 그것이 가장 중요한 목적인데요!"

"터무니없는 소리! 가장 중요한 목적은 로마에 큰 파장을 일으키는 겁니다. 융쿠스의 법정에서는 목표를 달성할 수 없을 테고, 그의 법정에서 재판을 해봐야 시키니우스에게서 포룸 로마눔의 관중을 빼앗아오지도 못할 테죠. 융쿠스는 포르키우스 회당이나 오피미우스 회당의 가장 협소하고 바람도 안 통하는 한구석을 재판 장소로 지정할 겁니다. 현장에 반드시 출석해야 하는 사람들은 더위에 정신이 혼미해질 것이고, 현장에 반드시 출석하지 않아도 되는 사람들은 아예 한 명도 나타나지 않겠죠. 배심원단은 괜히 우리를 미워하게 될 테고, 융쿠스는 배심원들과 변호인들의 부추김에 못 이기는 척 재판을 순식간에 마무리해버릴 겁니다."

"그렇다면 무슨 대안이 있단 말입니까?"

카이사르는 앞으로 몸을 기울였다. "이 사건을 외인 담당 법무관의 법정에서 민사소송으로 진행할까 합니다. 히브리다에게 살인혐의를 제기하는 대신에, 그가 10년 전 그리스에서 기병 사령관으로 활동할 당시 그의 행동으로 인해 발생한 손해에 대해 배상금을 청구하는 겁니다. 그리고 외인 담당 법무관에게 어마어마한 금액의 공탁금을 맡겨야 해요. 히브리다의 전 재산을 넘어서는 액수로 말이죠. 혹시 2천 탈렌툼을 준비할 수 있겠습니까? 또 일이 잘못되었을 때 그 돈을 잃을지도 모른다는 마음의 준비도 되어 있나요?"

이피크라테스는 숨을 들이쉬었다. "어마어마한 금액이군요. 하지만 우리는 로마인들에게 히브리다 같은 인간들을 보내 우리를 괴롭히는 일을 중단해야 한다는 걸 보여주기 위해서라면 무슨 대가라도 치르겠다는 마음으로 여기 왔어요. 큰 돌라벨라 같은 인간도 마찬가지죠. 좋습니다, 카이사르." 이피크라테스는 결심했다는 듯 말했다. "2천 탈렌툼을 준비하겠어요. 시간이 조금 걸리긴 하겠지만 이곳 로마에서 그 돈을 마련할 수 있을 겁니다."

"좋아요, 그렇다면 우리는 가이우스 안토니우스 히브리다를 상대로 민사소송을 제기하면서 외인 담당 법무관에게 2천 탈렌툼의 공탁금을 맡기는 겁니다. 이것만으로도 선풍적인 반응을 일으킬 수 있겠죠. 또한 모든 로마인들에게 우리가 아주 심각하다는 것을 보여줄 수 있을 테고요."

"히브리다는 그 돈의 4분의 1도 마련하지 못할 텐데요."

"맞는 말씀입니다, 이피크라테스. 당연히 못 구하겠죠. 하지만 재판이 반드시 진행되어야 한다고 생각되는 경우, 외인 담당 법무관은 재량껏 공탁금 예치를 면제해줄 수 있어요. 바로 루쿨루스에 관해 하나 확실한 것이 있다면 그는 공정한 사람이라는 겁니다. 그러니 히브리다에게 공탁금 예치를 면제해줄 것이라 확신해요."

"그런데 우리가 승소하고 히브리다는 우리처럼 2천 탈렌툼의 공탁금을 맡기지 못한 경우에는 어떻게 되죠?"

"이피크라테스, 그런 경우에 그는 어떻게든 그 돈을 마련해야 합니다! 반드시 그 돈을 지불해야 하니까요! 그것이 로마법 내에서 민사소송의 작동방식입니다."

"오, 그렇군요!" 이피크라테스는 부드러운 미소를 지으며 의자에 편히 앉아 양손을 무릎 위에 모았다. "패소한다면 그는 거지가 되겠군요. 파산 상태로 로마를 떠나야만 할 거예요. 다시는 이곳으로 못 돌아오겠죠?"

"다시는 돌아오지 못할 겁니다."

"하지만 우리가 패소한다면 그가 우리의 2천 탈렌툼을 가져가는 건가요?"

"그렇죠."

"우리가 질 거라고 생각합니까, 카이사르?"

"아니요."

"그렇다면 왜 일이 잘못될 수 있다고 미리 경고하는 겁니까? 왜 우리의 돈을 빼앗길 마음의 준비를 해야 한다는 거죠?"

카이사르는 얼굴을 찌푸리며, 뼛속부터 로마인인 그는 젖먹이 때부터 알아왔던 것을 이 그리스인에게 어떻게 풀어서 설명해야 할지 고민했다. "왜냐하면 로마법은 겉보기처럼 물샐틈없이 완벽하진 않기 때문이죠. 많은 것이 재판관의 손에 달려 있는데, 술라의 법에 따르면 바로 루쿨루스는 그 재판관이 될 수 없어요. 그 점에 있어서 저는 바로 루쿨루스의 청렴결백함을, 또 그가 공평무사한 사람을 재판관으로 선정하리라는 제 판단을 믿어보기로 한 겁니다. 그리고 다른 위험도 존재합니다. 가끔은 출중한 변호인이 법에 존재하는 작은 허점을 찾아내 그 틈으로 바닷물이 쏟아져 들어오게 만드는 경우도 있거든요. 히브리다는 분명 로마 최고의 변호인들에게 변호를 받을 겁니다." 카이사르는 긴장하여 갈퀴 모양으로 손가락을 구부렸다. "제가 우리 문제에 대한 답을 찾아낼 수 있었으니, 다른 누군가는 히브리다의 문제에 대한 답을 찾아낼 수도 있다고 생각하지 않으세요? 그것이 바로 제가 법정 공방을 즐기는 이유입니다, 이피크라테스. 재판관과 재판 과정이 모두 편견이나 뇌물의 영향을 받지 않는다는 가정하에 말이죠! 우리가 아무리 철저하고 물샐틈없이 준비했다고 자신해도, 상대측에 있을지도 모르는 똑똑한 인물을 경계해야 합니다. 만약 키케로가 변호인으로 나선다면? 만만치 않겠죠! 물론 키케로는 자세한 내막을 접한다면 이 사건을 결코 맡지 않을 거라고 생각합니다. 하지만 호르텐시우스는 그렇게 까다롭게 굴지 않겠지요. 누구든 한쪽은 반드시 지게 된다는 점을 명심해야 합니다. 우리는 원칙을 위해 싸우는데, 그것은 법에 있어서는 가장 위험한 동기이기도 하죠."

"먼저 동료들과 논의해보고 내일쯤 우리의 답변을 알려드리지요." 이피크라테스가 말했다.

외인 담당 법무관의 재판소에서 가이우스 안토니우스 히브리다를 상대로 민사소송을 제기하겠다는 답변이 카이사르에게 돌아왔다. 카이사르는 의뢰인들과 함께 곧장 바로 루쿨루스의 재판소로 향했고, 그곳에서 히브리다에게 요구하는 손해배상금에 해당하는 2천 탈렌툼을 공탁금으로 걸었다.

바로 루쿨루스는 숨이 턱 막혀 말없이 앉아 있었다. 그는 감탄하며 고개를 젓더니 손을 뻗어 은행 수표를 자세히 살폈다. "이건 가짜가 아니고, 당신은 지금 아주 진지하군요." 그는 카이사르에게 말했다.

"물론입니다, 외인 담당 법무관님."

"왜 부당취득 법정으로 가지 않고?"

"왜냐하면 이 사건은 부당취득과 전혀 무관하니까요. 이 사건은 살인과 관계가 있지만 그 이상을 포함하고 있죠! 고문, 강간, 영구적인 신체 절단 말입니다. 이제 너무 오랜 세월이 흐른 탓에 제 의뢰인들은 형사상의 유죄판결을 원하지 않습니다. 이들은 가이우스 안토니우스 히브리다가 테스피아이, 엘레우시스, 오르코메노스 주민들에게 끼친 손해에 대한 배상금을 받아내고자 합니다. 피해자들은 일을 할 수도, 생계를 유지할 수도, 부모나 남편이나 아내 노릇을 할 수도 없습니다. 그들의 편안한 생활을 위해 테스피아이, 엘레우시스, 오르코메노스의 주민들은 막대한 비용을 지불하고 있죠. 제 의뢰인들은 그 비용을 가이우스 안토니우스 히브리다가 지불해야 마땅하다고 생각하고 있습니다. 외인 담당 법무관님, 이것은 손해배상금을 받기 위한 목적의 민사소송입니다."

"그렇다면 증거를 간단히 제시해보시오, 변호인. 그걸 보고 이 재판을 진행할 것인지 결정하겠소."

"저는 법무관님과 법무관님이 임명한 재판관 앞에 잔혹행위의 피해자 및 증인 여덟 명을 데려와 증언하도록 할 겁니다. 그중 여섯 명은 테스피아이, 엘레우시스, 오르코메노스의 주민들입니다. 나머지 두 명은 로마 거주민들인데, 하나는 해방노예 신분의 로마 시민, 다른 하나는 시리아 국적자입니다."

"어째서 로마인의 증언을 포함시킨 것이오, 변호인?"

"가이우스 안토니우스 히브리다가 지금도 잔혹행위를 일삼고 있다는 것을 이 법정에서 보여주기 위해서입니다, 외인 담당 법무관님."

두 시간 뒤, 바로 루쿨루스는 자신의 법정에서 이 재판을 진행하기로 결정하고 그리스인들의 공탁금을 받아들였다. 히브리다에게는 다음날 아침 법정에 출두해 혐의에 대해 답변하라는 내용이 담긴 소환장이 발부되었다. 그런 다음에 바로 루쿨루스는 재판관을 임명했다. 푸블리우스 코르넬리우스 케테구스였다. 카이사르는 표정 관리를 하며 속으로 쾌재를 외쳤다! 그 재판관은 스스로 너무 돈이 많아 절대 매수될 수 없다고 당당히 주장하는 사람이자, 지극히 교양이 넘치고 섬세해서 애완용 물고기나 개가 죽으면 눈물을 흘리는 사람이며, 시장에서 닭의 목을 따는 장면을 보지 않으려고 토가 자락을 덮어쓰는 사람이었다. 또한 그는 안토니우스 가문에 대해 어떤 식으로든 호감을 갖고 있지 않았다. 케테구스는 어떤 형사상의 범죄를 저질렀든 간에 반드시 동료 원로원 의원을 보호해야 한다고 생각할까? 혹은 민사재판에서 그렇게 생각할까? 아니, 케테구스는 그런 사람이 아니다! 게다가 이 재판에서는 로마 시민권 박탈이나 추방의 가능성도 없다. 이건 민사재판이고, 오로지 돈이 걸린 문제니까.

소문은 달리는 발보다도 빠른 속도로 포룸 로마눔 주변에 퍼졌다. 카이사르가 외인 담당 법무관의 재판소를 떠나기도 전에 구경꾼들이 몰리기 시작했다. 카이사르가 히브리다에게 피해를 당한 사람들의 상태를 자세히 언급함으로써 호기심을 자극하자 군중이 점점 늘어났고, 그들은 내일 시작될 재판을 얼른 보고 싶어 안달이 났다. 과연 그 끔찍한 모습을 직접 눈으로 확인할 수 있을까? 살점이 다 떨어져나간 남자와, 생식기가 너무 많이 잘려 소변도 제대로 보지 못하는 여자를?

이 재판에 대한 소문은 카이사르보다 한발 앞서 그의 집에 도착했다. 그는 어머니의 표정을 통해 그 사실을 알 수 있었다.

"들리는 소문은 대체 어떻게 된 거니?" 그녀는 발끈하며 물었다. "가이우스 안토니우스 히브리다를 상대로 한 소송에서 변호를 맡는다고? 그건 안 될 일이야! 넌 혈연관계잖니."

"저와 히브리다 사이에는 혈연관계가 없어요, 어머니."

"그의 조카들은 너와 칠촌이야!"

"그애들은 그의 형의 자식들이에요. 저와 혈연으로 맺어진 사람은 그애들의 엄마고요. 혈족관계가 문제가 되는 것은 히브리다의 아들이 저의 친척일 때뿐이에요. 어디까지나 그에게 아들이 있다면 말이죠!"

"우리 가문의 여자에게 이래서는 안 돼!"

"저도 우리 가문이 연루되는 건 싫어요, 어머니. 하지만 이번 사건은 우리 가문의 여자와 직접적인 연관이 전혀 없어요."

"율리우스 카이사르 가문은 혼인을 통해 안토니우스 가문과 연을 맺었어! 이유라면 그것만으로도 충분해!"

"아니요, 그렇지 않아요! 안토니우스 가문과 연을 맺다니 율리우스 카이사르 가문은 참 어리석었어요! 그 집안사람들은 죄다 천박한 놈팡이예요! 미리 말씀드리지만 제 딸은 절대 안토니우스 가문 출신과 결혼시키지 않을 거예요." 카이사르는 홱 돌아서며 말했다.

"다시 생각해보렴, 카이사르, 제발 부탁이야! 넌 지탄받게 될 거야."

"다시 생각해볼 것 없어요."

이러한 충돌로 인해 그날 오후의 식사 자리는 아주 불편했다. 킨닐라는 고집 센 남편과 시어머니 사이에서 어찌할 바를 몰라 배앓이, 젖니앓이, 발진 등 머릿속에 떠오르는 아기와 관련된 온갖 질환을 핑계로 대고 최대한 빨리 육아실로 달아났다. 고개를 치켜든 아우렐리아와, 마찬가지로 고개를 치켜들고 무시하는 카이사르를 남겨두고.

못마땅하게 여기는 목소리도 있었지만, 카이사르가 이 사건을 맡음으로써 새로운 선례를 세운 것도 아니었다. 이 사건의 경우보다 훨씬 더 가까운 혈족관계로 맺어진 사람들끼리 소송에서 부딪친 일도 많았다. 가이우스 안토니우스 히브리다의 기소와 관련해서는 카툴루스 같은 인물들이 사소한 이의를 제기하는 정도로 끝났다.

히브리다는 물론 소환장을 무시할 수 없었으므로, 퀸투스 호르텐시우스와 카이사르의 큰외삼촌 가이우스 아우렐리우스 코타 등 유명인들을 여럿 대동하고 외인 담당 법무관의 재판소에서 대기했다. 마르쿠스 툴리우스 키케로는 없었고, 심지어 군중 틈에서도 안 보였다. 그러나 카이사르는 케테구스가 공판을 시작하려는 순간 그의 모습을 곁눈질로 확인할 수 있었다. 키케로가 이렇게 기괴망측한 사건을 놓칠 리 없지! 특히 이런 사건이 민사소송으로 다루어진다면 더더욱.

카이사르는 히브리다가 불안해하고 있음을 한눈에 알아차렸다. 히브리다는 커다란 근육질 몸에, 골이 진 기둥처럼 목이 두꺼운 전형적인 안토니우스 집안사람이었다. 붉은빛 도는 구불구불하고 억센 머리카락과 적갈색 눈동자는, 입술이 두툼한 작은 입 위로 거의 맞닿을 듯 뻗어 있는 매부리코와 주걱턱만큼이나 안토니우스 가문의 특징적인 외모였다. 히브리다의 잔혹행위에 대해 듣기 전까지, 카이사르는 그 짐승 같은 외모가 과음과 과식을 일삼고 성적 쾌락을 지나치게 탐닉하는 개망나니의 얼굴이라 생각했다. 하지만 지금 생각은 달랐다. 그것은 진정한 괴물의 얼굴이었다.

호르텐시우스가 이 소송은 취소되어야 한다고 주장하며 고압적인 태도를 취할 때부터 상황은 히브리다에게 불리하게 돌아갔다. 호르텐시우스는 만약 이 소송에서 제기된 내용이 10분의 1이라도 진실이라면, 그 재판은 형사 법정에서 진행되어야 마땅하다고 말했다. 바로 루쿨루스는 재판관이 조언을 청하기 전까지는 개입할 마음이 없었으므로 아무런 감정도 드러내지 않고 앉아 있었다. 케테구스는 조언을 청할 마음이 없었다. 조만간 그가 이 법정의 재판장을 맡아야 할 차례가 돌아오고 있었고, 그에게는 돈을 두고 벌이는 단조로운 논쟁이 전혀 반갑지 않았다. 그런데 지금 그의 눈앞에 알짜배기 사건이 하나 나타난 것이다. 그에게 혐오감을 줄지도 모르지만 적어도 지겹게 느껴지지는 않을 사건. 그래서 그는 호르텐시우스의 이의 제기에 현명하게 대처했고, 권위를 발휘해 상황을 매끄럽게 정리했다.

정오 무렵, 케테구스는 증인들의 발표를 들을 준비가 되어 있었다. 증인들의 겉모습은 큰 파문을 일으켰다. 이피크라테스와 그의 동료들은 그리스에서 데려올 피해자를 선정하면서 동정심을 유발할 만한 극적인 요소를 고려했다. 가장 짠해 보이는 사람은 자기 힘으로는 증언조차 할 수 없는 그리스 남자였다. 히브리다가 그의 얼굴 대부분은 물론 혀까지 제거한 탓이었다. 하지만 그의 아내는 증오로 가득차 있는 만큼이나 정확하게 의사를 전달했다. 그녀는 옴짝달싹할 수 없는 증거를 제공했다. 케테구스는 가만히 앉아 그녀의 증거를 청취하고, 파랗게 질린 얼굴로 땀을 삐질삐질 흘리며 그녀의 불쌍한 남편을 쳐다보았다. 증언 청취가 끝나자 그는 욕지기가 나기 전에 집으로 돌아갈 수 있기를 기도하며 그날 일정을 마무리했다.

하지만 마지막 발언을 하려고 나선 사람은 히브리다였다. 재판소를 떠나면서 그는 카이사르의 팔을 붙잡고 막아섰다.

"이 불쌍한 인간들을 어디서 다 모아왔지?" 그는 짜증과 당혹감이 뒤섞인 표정으로 물었다. "온 세상을 아주 샅샅이 뒤진 모양이군! 당신도 알겠지만 어차피 통하지 않을 거야. 이 사람들이 대체 뭐라고? 행실 나쁜 사회 부적응자 몇 명이잖아! 그뿐이야! 그리스인에게 하찮은 적선을 받는 대신 로마인에게 손해배상금이나 넉넉히 챙기려고 안달난 몇몇 족속들!"

"몇몇 족속들?" 카이사르는 목청껏 소리를 질러 흩어지는 군중의 소음을 잠재웠고, 그들은 그의 말에 귀를 기울였다. "그게 전부요? 분명히 말하겠소, 가이우스 안토니우스 히브리다. 한 명만으로도 천벌을 받을 일이오! 단 한 명만으로도! 이렇게 끔찍한 꼴을 당한 남자 혹은 여자 혹은 아이 하나만으로도 천벌을 받을 일이라고! 젊음과 아름다움, 살아 있음에 대한 자부심을 약탈당한 남자 혹은 여자 혹은 아이 한 명만으로도! 어서 꺼지시오! 집으로 가란 말이오!"

히브리다는 변호인들조차 그와 동행하지 않으려는 것에 충격을 받고 집으로 돌아갔다. 심지어 그의 형도 핑계를 대고 다른 곳으로 갔다. 하지만 그는 혼자가 아니었다. 원로원에 입성한 이후로 1년 6개월 동안 꽤 가까워진 작고 통통한 사내 하나가 그를 졸래졸래 따라오고 있었다. 그 사내의 이름은 가이우스 아일리우스 스타이에누스였다. 스타이에누스는 힘있는 동지에, 다른 사람의 식탁에서 무료로 제공되는 음식에, 무엇보다 돈에 아주 목말라 있었다. 그는 작년 마메르쿠스의 재무관으로 일하면서 반란을 선동해 폼페이우스로부터 돈을 약간 챙기기도 했다. 오, 피로 얼룩진 끔찍한 반란 같은 건 아니었다! 종국에는 모든 일이 아주 잘 해결되었고, 그는 일말의 의혹조차 받지 않았다.

"분명 패소할 겁니다." 그는 팔라티누스 언덕에 위치한 히브리다의 아주 멋진 저택으로 돌아오는 길에 히브리다에게 말했다.

히브리다는 다툴 마음이 없었다. "알고 있소."

"그렇지만 승소한다면 정말 좋지 않을까요?" 스타이에누스는 꿈꾸듯 말했다. "2천 탈렌툼의 여윳돈, 그것이 승리에 대한 대가지요."

"나는 2천 탈렌툼을 구해야만 할 텐데, 그러려면 내가 살날보다 더 오랜 시간을 파산 상태로 보내야 할 거요."

"꼭 그렇지만은 않죠." 스타이에누스는 기분좋은 목소리로 말했다. 그는 히브리다의 피호민이 이용하는 의자에 앉아 주변을 둘러보았다. "키오스 섬에서 난 포도주는 안 남았나요?" 그가 물었다.

히브리다는 탁자로 가서 물을 타지 않은 포도주를 두 잔 따랐고, 한 잔을 손님에게 건네주며 자리에 앉았다. 그는 포도주를 길게 한 모금 들이킨 뒤 스타이에누스를 응시했다. "지금 뭔가 꿍꿍이가 있군, 안 그렇소?"

"2천 탈렌툼은 어마어마한 금액입니다. 실은 1천 탈렌툼도 어마어마한 금액이긴 하죠."

"맞는 말이오." 히브리다의 두꺼운 입술이 벌어지면서, 조그마하고 징그러운 입속으로 작고 완벽한 흰 치아가 드러났다. "나는 멍청이가 아니오, 스타이에누스! 내가 2천 탈렌툼을 당신과 반씩 나누는 데 동의한다면 당신은 내가 위기를 모면하도록 도울 것이다. 뭐, 그런 거 아니오?"

"바로 그겁니다."

"그렇다면 동의하겠소. 내가 위기를 모면하도록 돕는다면 그리스인들의 공탁금 중 1천 탈렌툼은 당신 차지가 될 거요."

"방법은 아주 간단합니다." 스타이에누스는 생각에 잠겨 말했다. "우선 술라에게 감사해야 할 겁니다. 하지만 그분은 이제 죽었으니, 대신 저에게 감사한다 해도 그분이 크게 신경쓰진 않으실 거예요."

"나 좀 그만 괴롭히고 빨리 말하시오!"

"오, 알겠어요! 당신은 괴롭힘을 당하는 쪽보다 남을 괴롭히는 쪽을 선호한다는 것을 깜빡했네요." 갑자기 권력을 얻게 된 소인배들이 늘 그러하듯, 스타이에누스는 권력을 휘두르는 즐거움을 감출 수가 없었다. 이로 인해 모든 일이 마무리될 무렵이면 그와 히브리다의 우정 또한 끝날 수밖에 없을지라도. 그의 술책이 아무리 큰 성공을 거두더라도 그렇게 될 수밖에 없었다. 하지만 그는 개의치 않았다. 1천 탈렌툼이면 충분한 보상이었다. 게다가 히브리다 같은 인간과의 우정이 뭐 그리 중요하단 말인가?

"당장 말하시오, 스타이에누스. 아니면 당장 여기서 나가든지!"

"평민 구제권."

"그게 뭐 어쨌다는 거요?"

"호민관들의 고유한 권한이자 술라가 그들에게서 빼앗지 않은 유일한 권한입니다. 바로 정무관의 손아귀에서 평민을 구제하는 권한 말이죠."

"평민 구제권!" 히브리다는 놀란 얼굴로 외쳤다. 입술이 삐죽 튀어나온 그의 얼굴은 잠시 밝아졌으나 이내 다시 어두워졌다. "그들은 나를 위해 그 권한을 사용하지 않을 거요."

"사용할 수도 있습니다." 스타이에누스가 말했다.

"시키니우스는 안 그럴 거요! 시키니우스라면 절대! 호민관 중에 한 명이라도 거부권을 행사하면 나머지 아홉 명이 찬성해도 소용이 없소. 시키니우스는 평민 구제권을 지지하지 않을 거요, 스타이에누스. 그는 아주 끔찍한 골칫거리지만 뇌물에 넘어오는 사람이 아니니까."

"시키니우스는 나머지 호민관 아홉 명 사이에서 인기가 없습니다." 스타이에누스는 만족스럽게 말했다. "그는 아주 지독한 골칫거리처럼 행동해왔기 때문에 동료들은 그를 죽도록 미워해요. 게다가 그는 포룸 로마눔에서 혼자 관심을 독차지하고 있지요! 실은 저번에 호민관 두 명이 그에게 호민관단 권한 회복에 대해 입 닥치지 않으면 타르페이아 바위에서 던져버리겠다고 협박하는 걸 듣기도 했습니다."

"그러니까 시키니우스를 위협할 수 있다는 거요?"

"네, 물론이죠. 하지만 당장 내일 아침 전까지 상당한 액수의 돈을 마련하셔야 할 겁니다. 호민관 중 누구도 충분한 대가 없이는 나서지 않을 테니까요. 이 일로 인해 2천 탈렌툼을 얻게 될 테니 그 정도는 문제없으시겠죠."

"얼마나 필요하지?" 히브리다가 물었다.

"9 곱하기 5만 세스테르티우스. 그럼 총 45만 세스테르티우스군요. 구하실 수 있겠어요?"

"노력해보겠소. 형님은 우리 집안과 관련된 추문이 퍼지는 걸 싫어하니 형님을 찾아가보겠소. 또 부탁해볼 만한 사람이 몇 명 더 있소. 좋소, 스타이에누스, 할 수 있을 것 같소!"

일은 계획대로 처리되었다. 스타이에누스는 그날 저녁 서둘러 호민관들의 저택을 차례로 방문해 마르쿠스 아틸리우스 불부스, 마니우스 아퀼리우스, 퀸투스 쿠리우스, 푸블리우스 포필리우스 등 호민관 열 명 중 아홉 명을 만났다. 하지만 나이우스 시키니우스의 저택으로는 아예 발걸음을 돌리지 않았다.

공판은 동이 트고 두 시간 뒤에 열릴 예정이었다. 그 무렵 포룸 로마눔은 벌써부터 극적인 기운으로 가득했으므로 포룸 로마눔을 자주 찾는 사람들에게는 대단한 하루가 될 듯했다. 그들은 아주 들떠 있었다. 동이 튼 직후, 시키니우스의 동료 호민관 아홉 명은 단체로 나타나 그를 카피톨리누스 언덕 꼭대기로 끌고 가더니 온몸에 시퍼렇게 멍이 들도록 구타했다. 그런 다음 타르페이아 바위라 불리는 툭 튀어나온 절벽 끝으로 데려가 바늘처럼 날카로운 광상의 노두를 내려다보도록 했다. 호민관의 권한을 회복하겠다는 그 지긋지긋한 선동을 당장 그만두시오! 그들은 위태롭게 매달려 있는 그에게 소리쳤고, 그에게서 앞으로 동료 호민관 아홉 명이 시키는 대로만 하겠다는 맹세를 받아냈다. 이후 시키니우스는 가마에 실려 집으로 옮겨졌다.

케테구스가 히브리다의 둘째날 재판을 시작한 지 얼마 지나지 않아, 호민관 아홉 명이 바로 루쿨루스의 재판소로 내려왔다. 그들은 지금 평민 한 사람이 본인의 의지와 상관없이 정무관에 의해 억류되어 있다고 외쳤다.

"평민 구제권의 사용을 부탁드립니다!" 히브리다는 애처롭게 양팔을 뻗으며 말했다.

"마르쿠스 테렌티우스 바로 루쿨루스, 우리는 평민 한 사람에게 평민 구제권의 사용을 요청받았소!" 마니우스 아퀼리우스가 말했다. "그러므로 우리는 그 권한을 사용할 것임을 당신에게 알리는 바요!"

"이건 명백히 말도 안 되는 짓이오!" 바로 루쿨루스는 벌떡 일어나 소리쳤다. "그 권한의 사용을 거부하겠소! 열번째 호민관은 어디 있소?"

"몸이 아주 안 좋아서 자택 침실에 누워 있소." 마니우스 아퀼리우스는 비웃듯이 말했다. "원한다면 그 집으로 사람을 보내시오. 어차피 그는 우리를 반대하지 않을 테니."

"당신들은 지금 정의를 짓밟고 있소." 케테구스가 고함쳤다. "있을 수 없는 일! 수치스러운 일! 가증스러운 일이오! 히브리다에게 얼마를 받았소?"

"가이우스 안토니우스 히브리다를 풀어주시오. 안 그러면 우리에게 반대하는 사람들을 하나도 빠짐없이 타르페이아 바위에서 떨어뜨리겠소!" 마니우스 아퀼리우스가 소리쳤다.

"당신들은 정의 실현을 방해하고 있소!" 바로 루쿨루스가 말했다.

"바로 루쿨루스, 당신도 잘 알겠지만 정무관의 법정에 정의 따위는 없소." 퀸투스 쿠리우스가 말했다. "한 사람만으로는 배심원단이 구성될 수 없으니까! 가이우스 안토니우스의 재판을 진행하고 싶으면 평민 구제권이 적용되지 않는 형사 법정으로 가시오!"

카이사르는 반대하려 나서지 않고 가만히 서 있었다. 의뢰인들은 그의 뒤에서 부들부들 떨고 있었다. 그는 굳은 표정으로 의뢰인들을 돌아보더니 조용히 말했다. "저는 파트리키 귀족이고, 정무관이 아닙니다. 우리는 외인 담당 법무관이 이 문제를 처리하도록 둬야 합니다. 아무 말도 하지 마세요!"

"잘 알겠소. 그렇다면 당신네들의 평민을 데려가시오!" 바로 루쿨루스가 말했다. 그는 한쪽 손으로 케테구스의 팔을 잡아 그를 저지했다.

"하나 더 있소." 히브리다는 싸울 준비가 된 호민관 아홉 명 사이에 서서 말했다. "내가 이 재판에서 이겼으니, 그리스를 사랑하는 우리 카이사르의 의뢰인측이 맡겨둔 공탁금을 가져가겠소."

그리스를 사랑한다는 언급(그리스 사랑[Greek love]은 항문 성교를 뜻하는 속어이기도 하다 — 옮긴이)은 의도적인 모욕이었으며, 순식간에 카이사르에게 니코메데스 왕과 관련된 비방의 고통을 되살려놓았다. 카이사르는 한 치의 망설임도 없이 호민관들을 뚫고 들어가 양손으로 히브리다의 멱살을 잡았다. 히브리다는 늘 본인이 남자들 중에서 헤르쿨레스 같은 장사 축에 속한다고 믿어왔다. 하지만 그는 자신보다 키가 큰 카이사르의 손을 뿌리칠 수도, 반격을 할 수도 없었다. 직접 멱살을 잡혀보지 않았다면 믿기 어려울 정도의 완력이었다. 바로 루쿨루스와 그의 릭토르 여섯 명이 모두 달려든 끝에야 히브리다에게서 카이사르를 떼어놓을 수 있었다. 몇몇 군중은 왜 그때 호민관 아홉 명이 히브리다를 돕지 않고 가만히 있었는지 의문스럽게 여겼다.

"이 재판은 취소되었습니다!" 바로 루쿨루스는 목청껏 소리쳤다. "이 재판은 아예 없었던 겁니다! 나, 마르쿠스 테렌티우스 바로 루쿨루스가 그렇게 명하는 바입니다. 원고는 공탁금을 되찾아가세요! 그리고 모두들 집으로 돌아가십시오!"

"그 공탁금은! 그 공탁금은 가이우스 안토니우스의 것입니다!" 다른 목소리가 들렸다. 가이우스 아일리우스 스타이에누스였다.

"그것은 히브리다의 돈이 아니오!" 케테구스가 고함쳤다. "이 재판은 외인 담당 법무관에 의해 취소되었고, 이는 외인 담당 법무관의 권한 내에서 결정된 일이오! 공탁금은 원래 주인에게 돌아가야 하고, 돈을 건 법정 공방은 애초에 없었던 거요!"

"이제 당신들의 평민을 데리고 내 법정에서 꺼지시오!" 바로 루쿨루스는 호민관들에게 이를 갈며 말했다. "어서 떠나시오, 한 명도 빠짐없이! 하나 알려주자면 당신들은 호민관의 권한을 불미스럽게 오용함으로써 호민관단의 대의를 저버렸소! 이제 나는 당신들에게 영원히 재갈을 물리기 위해 최선을 다할 거요!"

아홉 명의 남자는 히브리다와 함께 떠났다. 스타이에누스는 사라진 공탁금을 아쉬워하며 그 뒤를 쫓아갔고, 히브리다는 멍든 목을 살살 만져보았다.

들뜬 군중이 서성거리는 동안, 바로 루쿨루스와 카이사르는 서로를 마주보았다.

"저 짐승이 목 졸려 죽는 꼴을 보고 싶었지만, 차마 그렇게 둘 수 없었다는 걸 이해해줬으면 좋겠소." 바로 루쿨루스가 말했다.

"이해합니다." 카이사르는 여전히 떨면서 말했다. "제가 충분히 감정을 억제하고 있다고 생각했어요! 아시다시피 저는 다혈질이 아니거든요. 하지만 히브리다 같은 쓰레기에게 성도착자로 불리는 건 참을 수가 없었습니다."

"그건 당연한 일이오." 바로 루쿨루스는 자신의 형이 이 문제에 대해 했던 말을 떠올리며 무미건조하게 말했다.

카이사르도 잠깐 멈추고 지금 자신의 대화 상대가 누구의 동생인지를 떠올렸다. 하지만 그는 바로 루쿨루스가 독자적인 판단을 내릴 수 있는 사람이라는 결론을 내렸다.

"저 기생충 같은 놈은 어쩜 저리도 뻔뻔할 수 있소?" 폭력 사태가 진정되자 갑자기 나타난 키케로가 말했다. "공탁금을 내놓으라니, 맙소사!"

"저런 짓을 하려면 엄청난 뻔뻔함이 필요할 거요." 카이사르는 신체를 훼손당한 남자와 그의 아내를 가리키며 말했다.

"정말 혐오스러운 짓이오!" 키케로가 소리쳤다. 그는 재판소 계단에 앉아 손수건으로 얼굴을 닦았다.

"그래도 최소한 2천 탈렌툼을 잃지는 않았군요." 카이사르는 머뭇거리며 주변을 맴도는 이피크라테스에게 말했다. "게다가 원래 목적이 로마에서 큰 파문을 일으키는 것이었다면 그건 성공했습니다. 원로원에서는 앞으로 마케도니아로 파견할 관리를 선택할 때 세심한 주의를 기울일 것이라 생각해요. 이제 여행자 숙소로 돌아가시고, 저 불운하고 가엾은 사람들도 데리고 가세요. 저들이 사는 마을의 주민들이 계속해서 저들을 부양해야 하는 점은 안타깝게 생각합니다. 하지만 그건 제가 미리 경고를 했죠."

"아쉬운 점은 한 가지뿐이에요." 이피크라테스는 떠나면서 말했다. "가이우스 안토니우스 히브리다에게 벌을 주는 데 실패한 것 말이죠."

"우리는 그를 재정적으로 파멸시키지 못했어요." 카이사르가 말했다. "하지만 그는 이제 로마를 떠나야 할 겁니다. 다시 이 도시에 얼굴을 내놓고 다니려면 아주 오랜 시간이 필요하겠죠."

"당신이 생각하기에는," 키케로가 물었다. "히브리다가 진짜로 호민관 아홉 명에게 뇌물을 먹인 것 같소?"

"그것 하나만큼은 내가 확신하네!" 케테구스가 재빨리 말을 낚아챘다. 그의 분노는 좀처럼 식지 않았다. "개인적으로 시키니우스에 대한 호감은 전혀 없네! 하지만 그를 제외하면 올해 호민관들은 죄다 엉망진창이지!"

"어떻게 호민관들이 훌륭한 사람이길 기대할 수 있겠습니까?" 카이사르가 반문했다. 그의 분노는 완전히 식어 있었다. "요즘에는 호민관이라는 직위에 아무런 영광도 따르지 않잖아요. 장래성이 없는 직위죠."

"궁금한 점이 있는데요." 키케로는 자신의 생각이 흘러가는 방향을 포기할 수 없어 물었다. "히브리다가 호민관 아홉 명에게 얼마를 지불했을까요?"

케테구스는 입술을 오므렸다. "한 명당 4만 세스테르티우스 정도일 걸세."

바로 루쿨루스의 눈동자가 흔들렸다. "절대적인 확신을 가지고 말씀하시는군요, 케테구스! 그걸 어떻게 아십니까?"

뒷자리 평의원들의 왕은 잠시 노여움을 한쪽으로 치워두었다. 평소 그의 스타일은 아니었지만, 이 상황에서는 충분히 용납될 수 있다고 생각했다. 그는 눈썹을 치켜세우고 으레 그렇듯 느린 말투로 외인 담당 법무관의 질문에 답했다. "친애하는 외인 담당 법무관, 원로원 의원들의 탐욕에 관해서라면 내가 모르는 것은 하나도 없소! 뇌물을 먹을 만한 원로원 의원들이 원하는 액수를 1세스테르티우스도 안 틀리고 정확히 알려줄 수 있소. 저 끔찍한 호민관들의 경우에는 한 명당 4만 세스테르티우스요."

그것은 스타이에누스가 지불한 금액과 정확히 일치했다. 히브리다도 곧 그 사실을 알게 되었다. 스타이에누스는 중간에서 9만 세스테르티우스나 가로챈 것이다.

"그 돈을 돌려주시오!" 타인의 신체를 절단하며 고문하는 일을 즐기는 남자가 말했다. "남은 돈을 내놓으시오, 스타이에누스. 안 그러면 내 손으로 당신 눈알을 뽑아버리겠어! 난 그걸 돌려받아도 36만 세스테르티우스를 잃은 꼴이오. 당신과 그 2천 탈렌툼은 말할 것도 없고!"

"잊지 마십시오." 스타이에누스는 전혀 겁먹지 않고 악랄한 표정으로 말했다. "평민 구제권을 사용하는 것은 애초에 제 생각이었습니다. 그러니 9만 세스테르티우스는 제 차지죠. 당신은 그저 전 재산을 잃지 않은 것에 대해 모든 신들에게 감사해야 할 겁니다!"

열릴 뻔했다가 중단된 공판의 파문이 사그라지기까지는 오랜 시간이 걸렸다. 그로 인해 한동안 지속될 몇 가지 결과가 나타났다. 먼저 올해의 호민관단은 정치 기록자들의 글 속에 가장 수치스러운 조직으로 남게 되었다. 또한 마케도니아는—비록 호전적이기는 해도—책임감 있는 총독들의 통치를 받게 되었다. 시키니우스는 더이상 포룸 로마눔에서 호민관단의 권한 회복에 관해 연설하지 않게 되었고, 변호인으로서 카이사르의 명성은 하늘 높은 줄 모르고 치솟았다. 히브리다는 몇 년간 로마는 물론, 로마인이 자주 찾는 그 어떤 곳에도 모습을 드러내지 않았다. 그는 문명인(그를 과연 문명인이라 불러도 될지 모르겠지만)이라고는 자신밖에 없는 이오니아 해의 케팔레니아 섬으로 짧은 여행을 떠났다. 그리고 그곳에서 섬세한 돋을새김과 상감기법을 이용한 단검, 순금 가면, 호박금 술병, 수정으로 만든 잔, 다양한 보석이 산더미처럼 쌓여 있는 아주 오래된 무덤을 여러 개 발견했다. 2천 탈렌툼보다 훨씬 값진 보물이었다. 또한 그가 로마로 돌아간 뒤 필요에 따라서는 모든 표를 매수해 집정관 직을 확보할 수 있을 만큼의 보물이었다.

이듬해 내내 카이사르에게 딱히 신나는 사건은 없었다. 그는 로마에 남아 변호인으로 활동하며 대단한 성공을 거두었다. 하지만 키케로는 그해에 로마에 없었다. 재무관으로 선출된 그는 근무지 추첨에서 서부 시칠리아의 릴리바이움을 뽑았고, 그 지역의 총독 섹스투스 페두카이우스 밑에서 일하게 되었다. 재무관으로 뽑혔다는 것은 이제 원로원 의원 신분이라는 뜻이었으므로, 키케로는 기꺼이 로마를 떠나—원래 이탈리아 내에서 근무하기를 희망했기에 불운한 추첨 결과를 저주하기도 했지만—열정적으로 업무에 임할 준비가 되어 있었다. 업무 내용은 대부분 곡물 공급과 관련된 것들이었다. 그해는 흉년이었지만 집정관들은 향후 예상되는 곡물 부족 사태에 효율적으로 대비했다. 그들은 시칠리아의 창고에 쌓여 있는 어마어마한 양의 곡물을 사들였고, 곡물법을 제정함으로써 그 곡물을 싼값으로 로마인들에게 제공했다.

글을 읽고 쓸 줄 아는 대부분의 사람들이 그러하듯 키케로도 편지를 쓰거나 받는 것을 좋아했다. 서른한 살이 된 그해 이전부터도 그는 편지 쓰기에 열심이었다. 하지만 그가 끊임없이 편지글에 쏟아부었던 노력이 오늘날까지 전해지게 된 것은 서부 시칠리아에 머물던 그 시기 덕분이었다. 다시 말해, 그와 박식한 금융가 티투스 폼포니우스 아티쿠스가 꾸준히 주고받았던 편지 덕분이었다. 아티쿠스가 로마의 모든 인물과 사건에 관한 정보와 떠도는 소문을 꾸준히 전해주었기 때문에, 릴리바이움에 고립되어 지내는 여러 달 동안 키케로는 외로움을 달랠 수 있었다.

키케로의 시칠리아 임기가 거의 끝날 무렵 아티쿠스는 다음과 같은 편지를 보냈다.

> 우려했던 식량 폭동은 일어나지 않았어. 전부 집정관들의 노력 덕분이지. 내년 집정관 당선인이자 가이우스 코타의 동생인 마르쿠스와 몇 마디 대화를 나누었네. 나는 그에게 물었지. 똑똑한 인물들로 넘치는 이 나라에서 대체 왜 일반인들은 때때로 수수와 순무만으로 연명해야 합니까? 나는 이제 로마가 시칠리아를 비롯해 곡물이 생산되는 여러 속주를 압박해야 할 때라고 말했네. 개인 곡물상들에게 높은 가격을 받기 위해 창고에 곡식을 쌓아두는 대신 바로 로마에

판매하도록 말이지. 일반인들의 입에 들어가야 할 곡식이 시칠리아의 곡물 저장소에 쌓여 있는 경우가 허다하거든. 똑똑한 인물들로 넘치는 이 나라의 안녕에 악영향을 미치면서까지 곡물을 비축해 이윤을 남겨서는 안 되지. 마르쿠스 코타는 내 말에 큰 관심을 보이더니 내년에 관련 조치를 취하겠다고 약속했네. 나는 곡물 분야에 지분이 없기 때문에 이런 애국적이고도 이타적인 행동을 할 수 있었던 것이지. 그런데 그만 좀 비웃게, 마르쿠스 툴리우스.

한 세대를 통틀어 가장 자만심 강한 우리의 평민 조영관 퀸투스 호르텐시우스께서 아주 멋들어진 경기대회를 준비해주셨네. 게다가 무료로 곡물까지 제공했지. 그는 나중에 집정관이 될 작정이야! 자네가 로마에 없으니 그는 법정에서 최고의 주가를 올리고 있네. 하지만 젊은 카이사르가 항상 그를 위협하고 있어. 이따금씩 그의 월계관을 슬쩍하기도 한다네. 호르텐시우스도 그게 불만스러운지 한 번은 카이사르도 로마를 떠났으면 소원이 없겠다고 불평하더군. 호르텐시우스와 관련된 이런 웃기지도 않은 일화들은, 그가 조점관 취임식 연회(그래, 일이 그렇게 되고 말았어!)에 내놓은 음식에 비하면 새발의 피라네. 그는 구운 공작을 내놓았어. 자네가 지금 잘못 읽은 게 아니야. 정말 '구운 공작'이었어. 요리사들은 총 여섯 마리의 공작을 굽고 그 위에 다시 깃털을 꽂았지. 덕분에 화려한 깃털의 공작은 고개를 높이 쳐들고 꼬리털이 활짝 펼쳐지고 볏이 흔들리는 상태로 금접시에 담겨 제공되었어. 그 요리는 충격 그 자체였지. 케테구스, 필리푸스, 수석 집정관 당선인 루쿨루스를 비롯한 미식가들은 그 자리에서 자살이라도 해야 할까 고민했다네. 친애하는 마르쿠스, 그런데 등장부터 요란했던 그 공작 요리는 너무 맛이 없었어. 아마 오래된 군화가 더 맛있었을 거야. 더 잘 씹히기도 했을 테고!

작년에 발생한 마케도니아 총독 아피우스 클라우디우스 풀케르의 죽음은 아주 흥미로운 상황으로 이어졌다네. 그 집안은 여태껏 지지리도 운이 따르지 않았어, 안 그런가? 우선 나이 많은 조카 필리푸스가 감찰관을 지낼 때, 아피우스 클라우디우스에게서 모든 것을 빼앗아갔지. 이후 아피우스 클라우디우스는 공권박탈자들의 재산을 경매 처분하는 자리에서 큰돈을 벌 만큼 진취적으로 나서지 못했고, 또 병세가 깊어져 속주 총독으로 떠나지 못했어. 나중에 마침내 속주로 가서 군사적인 성과를 거두었지만, 자신의 운명을 바로잡기도 전에 요절함으로써 한스러운 생을 마감했지.

그가 남기고 떠난 여섯 아이를 모르는 사람은 없을 걸세. 정말 엉망진창이지! 그중에서도 특히 나이 어린 아이들이 문제야. 하지만 장남 아피우스 클라우디우스는 알고 보니 아주 똑똑하고 진취적인 젊은이더군. 그는 우선 아버지가 떠나자마자 장녀인 클라우디아를 지참금 한 푼도 없이 퀸투스 마르키우스 렉스에게 넘겼어. 내 생각에 렉스는 그녀를 얻기 위해 터무니없이 많은 돈을 지불했을 거야! 클라우디우스 풀케르 가문 출신답게 그녀는 기막히게 아름다운데, 분명 그 미모가 한몫했을 테지. 소문에 따르면 그녀는 세 딸 중에 유일하게 얌전한 처녀라고 하더군. 그러니 렉스는 그녀의 남편으로서 그럭저럭 행복하게 살 거라고 생각해.

누구도 부인할 수 없을 테지만 문제는 세 아들이라네. 게다가 입양은 불가능한 상황이야. 막내(자칭 푸블리우스 클로디우스라고 하더군)는 하는 짓이 밉살스럽고 제멋대로라 아무도 입양하지 않으려 한다네. 차남인 가이우스 클라우디우스는 미련퉁이야. 그러니 차남도 입양이 불가능하지. 그렇다보니 이제 막 스무 살이 된 장남 아피우스 클라우디우스는, 본인은 물론 두 동생의 원로원 의원 직까지 확보하기 위해 애써야 하는 입장이었어. 퀸투스 마르키우스 렉스가 신부를 데려가면서 지불한 돈은 클라우디우스 풀케르 가문의 텅 빈 양동이에 떨어진 물 한 방울에 불과했지.

하지만 그 장남은 아주 훌륭하게 대처했네, 친애하는 마르쿠스 툴리우스. 그는 조금이라도 현실감각이 있는 아버지라면 자신을 사위로 받아주지 않으리라 판단하고 돈 많은 신부를 물색했어. 그런데 결국 누구를 찾아가 구혼했는지 짐작이 가나? 바로 형편없이 못생긴 노처녀 세르빌리아 나이아라네! 누구를 말하는 건지 자네도 알 테지. 그녀는 스카우루스와 마메르쿠스에게 고용되어 죽은 드루수스의 여섯 아이를 돌보는 일을 맡았어. 지참금도 한푼 없고, 로마에서 가장 무시무시한 포르키아 리키니아나를 어머니로 둔 여인이지. 하지만 스카우루스와 마메르쿠스는 드루수스의 아이들이 모두 성인이 되는 즉시 그녀에게 200탈렌툼을 지급하기로 계약한 모양이더군. 그런데 그 아이들이 다 성인이 되었어! 그 집의 막내인 마르쿠스 포르키우스 카토는 열여덟 살이 되어 그의 아버지 저택에 머물고 있고, 이제 독립을 선언했네.

스무 살 난 아피우스 클라우디우스 풀케르가 구혼하자 세르빌리아 나이아는 그를 놓치지 않았지. 소문을 듣자니 그녀는 올해 서른두 살이고 뼛속까지 노처녀라고 하더군. 하지만 얼굴에 면도까지 한다는 소문은 믿을 수 없다네! 그녀의 어머니가 면도를 한다는 사실은 모르는 사람이 없을 테지만. 아피우스 풀케르의 거래에서 가장 멋진 부분은 아까 말했던 포르키아 리키니아나, 다시 말해 그의 장모가 널찍한 해변의 빌라로 떠난다는 사실이지. 스카우루스와 마메르쿠스가 그녀의 딸을 고용하면서 이 순간을 위해 미리 손을 써둔 것 같더군. 그러니 아피우스 클라우디우스는 장모와 함께 살 필요가 없다네. 200탈렌툼도 유용하게 쓸 수 있겠지.

하지만 더 놀라운 부분은 따로 있다네, 마르쿠스. 가장 놀라운 것은 아피우스 클라우디우스가 막내 여동생 클로딜라를 다름 아닌 루쿨루스에게 시집보냈다는 사실이야! 그와 루쿨루스의 주장에 따르면 클로딜라는 열다섯 살이라더군. 물론 틀렸을 수도 있지만, 내 눈에는 열넷으로밖에 안 보였네. 얼마나 기막힌 조합인가! 술라 덕분에 루쿨루스는 어마어마한 부자가 되었고, 게다가 저 천상의 쌍둥이의 재산까지 관리하고 있지. 오, 날로 보나 등으로 보나 올곧은 루쿨루스께서 파우스투스와 파우스타의 재산을 가로챌 거라는 의미로 한 말은 아니야. 하지만 그가 자기 주머니를 채우고자 마음먹는다면 막을 사람이 있겠나?

이렇다 보니, 저 스무 살 젊은이의 놀라운 에너지와 진취성 덕분에 아피우스 클라우디우스 풀케르 가문의 재정 상황은 믿기 힘들 만큼 확 좋아졌어. 모든 로마인들이 재미있어하고, 동시에 진심으로 감탄하고 있네. 우리의 아피우스 클라우디우스, 그를 주목해야 할 거야! 열네 살 난 푸블리우스 클로디우스—그렇다면 클로딜라는 열다섯 살이 맞겠군—는 벌써부터 아주 못된 녀석인데, 그의 큰형은 동생 버릇을 고치려고 하지 않네. 그 아이는 아주 잘생기고 조숙해서 여자들을 많이 후리고 다니고, 온갖 못된 짓을 일삼고 있지. 하지만 지적 능력은 탁월하기 때문에 세월이 흘러 조금만 안정되면 전형적인 로마 파트리키 귀족의 모습으로 바뀔지도 모른다고 믿고 있어.

자네에게 또 무슨 이야기를 해줘야 할까? 아, 그렇지. 나이우스 시키니우스가 마르쿠스 크라수스에 대해 했던 농담 말이야. 설마 크라수스의 두 뿔에 감긴 건초 농담을 까먹진 않았겠지! 그건 당시 우리가 생각했던 것보다 훨씬 재치 넘치는 농담이었어. 최근 알려진 사실에 따르면 시키니우스는 몇 년째 크라수스에게 큰 빚을 지고 있었다더군. 그러니 그 건초 농담에는 또하나의 뉘앙스가 더해져 있었던 거지. '파이눔(faenum)'은 '건초'를 의미하고, '파이네라토르(faenerator)'는 '돈놀이꾼'을 의미하니까. 크라수스의 두 뿔에 감긴 건초는 결국 '대출금'이었던 거야! 로마인들이 이 사실을 알게 된 계기는, 시키니우스가 이제 산송장처럼 변해 크라수스의 대출금을 못 갚고 있기 때문이지. 나는 크라수스가 돈을 빌려주는지 미처 몰랐어. 안타깝게도 그는 문제가 될 만한 짓은 전혀 안 한다네. 원로원 의원에게만 돈을 꿔주고 이자도 받지 않지. 많은 의원들을 자신의 피호민으로 만들기 위한 수작이랄까. 크라수스 그 친구를 유심히 살펴보는 게 좋을 것 같네. 절대 그에게 돈을 꾸지 말게, 마르쿠스! 무이자는 대단히 유혹적이지만, 크라수스는 본인이 내킬 때 사전 통보도 없이 돈을 갚으라고 한다네. 그것도 전액 일시 상환으로 말이지. 그에게 제때 돈을 갚지 못하면 자네 인생은 끝장이야. 감찰관들도 어찌 손을 쓸 수가 없는데(우리에게는 당장 감찰관도 없지만) 그가 이자를 부과하지 않기 때문이지. 쿼드 에라트 데몬스트란둠Quod erat demonstrandum('더이상 증명할 것이 없다'를 뜻하는 라틴어—옮긴이). 그는 고리대금업자로 분류될 수 없네. 그냥 원로원 의원 동료들을 도와주느라 바쁜, 아주 마음씨 좋은 친구일 뿐이지.

자네에게 전할 소식은 이게 전부야. 테렌티아는 잘 지내고 있고,

어린 툴리아도 마찬가지네. 자네 딸은 얼마나 착한 아이인지! 자네 남동생도 평소와 다름없이 지내고 있어. 그가 내 여동생과 사이좋게 지내는 법을 배운다면 얼마나 좋을까! 하지만 나나 자네나 그 문제에 대해서는 이미 포기했다고 생각해. 폼포니아는 바가지를 잘 긁고, 퀸투스는 타고난 시골 대지주니까. 그러니까 내 말은, 그는 고집 세고 검소하고 자부심이 대단하다는 거야. 또한 본인의 가정에서 주인이 되기를 원한다는 뜻이기도 하고.

몸 건강히 지내시게. 로마를 떠나 에페이로스로 가기 전에 또 편지하겠네. 그곳에서는 소를 키우는 내 목장이 아주 번창하고 있지. 양을 키우기에는 너무 습한 곳이야. 양의 발이 썩을 테니까. 하지만 다들 양모 생산에만 열중하느라, 세상 사람들이 소가죽을 얼마나 소비하는지 까먹곤 하더군. 소는 투자 대상으로서 과소평가되고 있어.

8월 말, 카이사르는 비티니아로부터 급한 호출을 받았다. 니코메데스 왕이 죽어가고 있으며 그가 카이사르를 찾는다는 내용이었다. 카이사르에게 딱 필요했던 소식이었다. 로마는 날이 갈수록 숨쉬기도 힘들 정도로 답답해졌고, 법정은 시시하기 짝이 없었다. 비티니아에서 날아온 소식은 비록 좋은 내용이 아니었으나 예상했던 일이었다. 오라달티스의 서신을 전달받고 하루도 지나지 않아 그는 떠날 채비를 마쳤다.

부르군두스는 언제나처럼 카이사르와 함께 움직일 예정이었다. 카이사르의 체모 관리를 담당하는 데메트리오스나, 카이사르에게 떡갈잎으로 시민관을 엮어주었던 스파르타인 브라시다스도 빠질 수 없었다. 카이사르의 이번 여정은 이전보다 훨씬 화려해졌다. 그의 지위가 높아졌으니 이제는 서기, 필경사, 개인 수행원은 물론 그의 해방노예로 구성된 작은 호위대를 이끌고 갈 수밖에 없었다. 그리하여 그는 총 스무 명으로 구성된 수행단과 함께 동쪽으로 떠났다. 만만치 않은 경비가 예상되는 여정이었다. 그는 이제 스물다섯 살이었고, 원로원에 입성한 지 5년차였다.

"그렇다고 해서 아주 편안한 여행을 기대해선 안 돼요." 부르군두스는 수행단의 새로운 구성원들에게 말했다. "가이우스 율리우스는 움직여야 할 땐 진짜 움직이는 사람이니까!"

카이사르가 비티니아에 도착했을 때 니코메데스는 아직 살아 있었다. 하지만 이번 병환으로부터 완전히 회복하기는 힘들어 보였다.

"당연한 노환 그 이상도 이하도 아니에요." 오라달티스 왕비는 훌쩍이며 말했다. "오, 저이가 그리울 거예요! 나는 열다섯 살 때부터 저이의 아내로 살아왔어요. 저이가 떠나면 어떻게 견딜 수 있을까요?"

"견딜 수밖에 없으니 견디게 될 거예요." 카이사르는 왕비의 눈물을 닦아주며 말했다. "애견 술라가 아직 건강해 보이니 곁에서 친구가 되어줄 겁니다. 왕비의 말씀을 들어보니 니코메데스 왕께서도 이제 기쁜 마음으로 떠나실 것 같군요. 저는 제가 쓸모없는 몸이 된 후에도 오랫동안 목숨이 붙어 있는 상황이 개인적으로 너무 두렵거든요."

"침상에서 아예 못 일어난 지 열흘은 족히 흘렀어요." 오라달티스는 대리석 복도를 걸어가며 말했다. "의사들은 언제 떠날지 모른다고 했어요. 오늘이 될지, 내일이 될지, 다음달이 될지, 아무도 몰라요."

카이사르는 나무를 조각해 만든 큰 침대 위에 누운 수척한 인물을 눈으로 확인하고 그가 오늘을 넘기기조차 힘들 것 같다고 생각했다. 거죽과 뼈만 남아 있을 뿐, 왕의 신체적인 특징을 드러낼 만한 것은 전혀 남아 있지 않았다. 그는 겨울 사과처럼 바싹 마르고 쭈글쭈글했다. 하지만 카이사르가 그의 이름을 부르자 곧바로 눈을 뜨더니 양손을 내밀었고, 잇몸을 드러내며 환한 웃음을 띠고 눈물을 흘렸다.

"자네가 왔군!" 그는 놀라울 정도로 강한 목소리로 말했다.

"어떻게 안 올 수 있겠어요?" 카이사르가 말했다. 그는 해골처럼 삐쩍 마른 두 손을 단단히 맞잡으며 침대에 걸터앉았다. "니코메데스 왕께서 오라고 하시면 당연히 와야지요."

카이사르가 환자를 침대에서 긴 의자로, 또 긴 의자에서 볕이 잘 들고 바람이 안 들어오는 곳의 일반 의자로 옮겨주자 니코메데스는 한결 밝아졌다. 다만 그의 다리는 이제 다시는 걸을 수 없는 상태가 되었다. 그는 말을 하던 중에 까무룩 잠들었다가 나중에 깨서는 아까 무슨 말을 하던 중이었는지 전혀 기억하지 못했다. 고형식을 씹어 삼킬 수 없어 진한 포도주와 꿀을 섞은 염소젖으로 연명했다. 그나마도 입안으로 들어가는 것보다는 입 밖으로 흘리는 양이 더 많았다. 이것 참 흥미롭군. 평소 깐깐한 성격에 깔끔한 것을 좋아하는 카이사르는 생각했다. 너무도 아끼는 사람에게 이런 일이 벌어지니까 평소와는 다른 반응을 보이게 된단 말이지. 전혀 역겹지 않아. 하인을 불러 왕을 깨끗이 닦아드리라고 시키고 싶지도 않고. 그를 돌봐주는 것은 내게 즐거운 일이니까. 그의 요강도 기꺼이 치울 수 있겠어.

"따님 소식은 좀 들었나요?" 카이사르는 니코메데스의 상태가 평소보다 좋은 날에 물었다.

"직접 들은 건 없네. 그래도 카베이라에서 아직 잘 살고 있는 것 같더군."

"미트리다테스와 협상해서 따님을 모셔올 수는 없나요?"

"그 대가로 왕국을 넘겨야겠지, 카이사르. 자네도 알고 있을 텐데."

"하지만 따님을 모셔오지 않는 한, 이 왕국에는 후계자도 없잖습니까."

"비티니아 왕국의 후계자는 바로 이곳에 있네." 니코메데스가 말했다.

"니코메디아에요? 누구 말씀이죠?"

"자네에게 비티니아를 넘겨주려던 참이야."

"저에게요?"

"그래, 자네에게. 왕이 되어주게."

"아니, 그건 불가능합니다."

"자네라면 분명 훌륭한 왕이 될 거야, 카이사르. 자네에게 속한 땅을 다스려보고 싶지 않나?"

"저에게 속한 땅은 로마예요, 니코메데스. 저는 여느 로마인과 마찬가지로 공화정의 가치를 굳게 믿으며 자라왔어요."

왕의 아랫입술이 떨렸다. "내가 어떻게 해도 넘어오지 않을 건가?"

"네."

"비티니아에는 젊고 아주 강한 누군가가 필요하네, 카이사르. 그런데 자네밖에 떠오르지 않아!"

"로마가 있잖아요."

"가이우스 베레스 같은 로마인들도 있고 말이지."

"그건 사실이에요. 하지만 저 같은 로마인들도 있어요. 로마가 유일한 해답이에요, 니코메데스. 그렇지 않으면 폰토스가 이곳을 다스리는 꼴을 보게 될 거예요."

"그보다 더 나쁜 상황은 없겠지!"

"그러면 비티니아를 로마에 유증하세요."

"자네가 내 유언장을 로마식으로 적절히 작성해주겠나?"

"물론이죠."

"그렇다면 그렇게 해주게, 카이사르. 나는 내 왕국을 로마에 유증하겠네."

12월 중순에 접어들어 비티니아의 왕 니코메데스 3세는 세상을 떠났다. 한 손은 카이사르가, 다른 한 손은 그의 아내가 쥔 채였다. 하지만 그는 긴 꿈에서 깨어 마지막 작별인사를 남기지 못했다.

유언을 일찍이 로마로 전달한 덕분에, 카이사르는 올해 여든다섯 살이 된 왕이 죽기 전에 원로원의 답변을 받아볼 수 있었다. 왕이 죽으면 그 즉시 아시아 속주 총독인 마르쿠스 유니우스 융쿠스가 비티니아로 가서 그곳을 아시아 속주로 편입시키는 작업을 담당하게 될 것이라는 내용이었다. 카이사르는 왕이 떠날 때까지 비티니아에 머물 계획이었으므로 융쿠스에게 왕의 죽음을 알리는 역할을 맡았다.

참으로 유감스러운 일이었다. 비티니아의 첫 총독은 선하지도 않고 이해심도 부족했다.

"이 왕국의 모든 보물과 예술품들을 목록으로 작성해야 해요." 카이사르는 남편을 여읜 왕비에게 말했다. "또한 국고 안에 든 내용물, 선단의 규모, 군대의 규모, 왕국이 소유한 모든 갑옷, 검, 창, 포, 공성장비도 목록으로 작성해야 해요."

"그렇게 할게요. 그런데 어째서죠?" 오라달티스는 눈살을 찌푸리며 물었다.

"아시아 속주 총독이 창 한 자루라도, 혹은 1드라크마라도 몰래 챙겨 자기 지갑을 불리려고 한다면 제가 알아야 하니까요." 카이사르는 단호하게 말했다. "만약 그렇게 한다면 제가 기필코 그를 로마에서 기소할 것이고, 반드시 유죄판결을 받아낼 거예요! 그러려면 우선 왕비께서 목록을 작성하실 때 이 왕국에 거주하는 최소 여섯 명의 저명한 로마인들을 증인으로 세워 그 목록이 틀리지 않음을 확인받아야 해요. 그렇게만 된다면 그 목록은 원로원 의원으로 구성된 배심원단도 절대 무시하고 넘어갈 수 없는 확실한 증거가 되겠죠."

"오, 세상에! 나는 무사할까요?" 왕비가 물었다.

"물론 신변이 위험해지는 일은 없을 겁니다. 하지만 필요한 것들은 다 챙겨서 거처를 궁전이 아닌 일반 주택으로 옮기신다면 남은 생을 더 평화롭고 안락하게 보내실 수 있겠죠. 그럴 경우 이곳 니코메디아나 칼케돈이나 프루사 같은 도시는 피하는 게 좋을 거예요."

"마르쿠스 유니우스 융쿠스라는 사람을 끔찍이 싫어하는군요."

"저는 그를 끔찍이 싫어해요."

"가이우스 베레스 같은 류의 인간인가요?"

"그렇진 않을 거예요, 오라달티스 왕비. 그저 평범한 탐관오리예요. 스스로 로마를 대표하는 가장 중요한 관리라고 여기며, 로마에 발각되지 않을 만한 물건은 모조리 훔치려고 들겠죠." 카이사르는 평온하게 말했다. "그는 모든 물품의 목록을 작성해 로마에 보고할 텐데, 제 생각에 오라달티스 왕비께서 작성한 목록과 그가 작성한 목록은 불일치할 거예요. 그렇다면 우리는 그를 벌할 수 있겠죠!"

"미리 작성한 목록이 있을 거라고 그가 의심하지는 않을까요?"

카이사르는 웃었다. "그라면 안 그럴 거예요! 동방 지역은 보통 그렇게 꼼꼼하지 않아요. 꼼꼼함은 로마의 특징이죠. 그는 제가 여기 있다는 사실을 알고 있으니, 제가 먼저 보물을 일부 훔쳐갔다고 생각할 거예요. 왕비와 공모해 그를 잡기 위한 덫을 놓으리라고는 상상도 하지 못할 테죠."

12월 말이 되자 모든 일이 마무리되었다. 왕비는 흑해의 보스포로스 해협 인근에 위치한 작은 어촌 레바로 거처를 옮겼다. 그곳에는 니코메데스 왕의 개인 빌라가 한 채 있었는데, 왕비는 그곳이 통치자가 은퇴 후에 머물기에 이상적인 장소라고 생각했다.

"융쿠스가 그 빌라를 내놓으라고 요구하면 소유권 증명서의 사본을 보여주고, 원본은 왕비의 은행가들이 가지고 있다고 말하세요. 그런데 어느 은행에 보관해둘 생각인가요?"

"비잔티온이 어떨까 해요. 내 거처에서 가깝기도 할 테고."

"아주 좋아요! 비잔티온은 비티니아에 속한 땅이 아니니 융쿠스도 왕비의 계좌를 확인하지는 못할 거예요. 왕비의 자금에 함부로 손을 대지도 못할 테고요. 또한 융쿠스에게 빌라 안의 물건은 모두 왕비께서 결혼 지참금으로 가져온 것들이라고 하세요. 그러면 그는 왕비로부터 아무것도 빼앗지 못할 거예요. 그러니 왕비께서 가져가실 물건들은 그 목록에 포함시켜서는 안 돼요! 이 궁전의 보물을 챙겨갈 자격이 있는 사람은 단 한 명, 왕비뿐이니까요."

"내 생각엔 니사에게도 자격이 있어요." 나이 지긋한 여인은 애석한 목소리로 말했다. "누가 알겠어요? 어쩌면 내가 죽기 하루 전에 딸아이가 내 품으로 돌아올지도 모르죠."

융쿠스가 배를 타고 헬레스폰트 해협으로 떠났으며 며칠 후면 니코메디아에 도착한다는 소식이 전해졌다. 그의 전령은 그가 오는 길에 프루사를 조사차 방문할 예정이라고 전했다. 카이사르는 오라달티스 왕비가 빌라에서 잘 적응하도록 돕고, 왕비에게 충분한 소득을 보장할 만큼의 자금을 국고에서 떼어놓고, 그 자금과 완성된 목록을 왕비가 선택한 비잔티온의 은행가들에게 직접 전달했다. 그런 다음 자신의 수행원 스무 명과 함께 배를 타고 비잔티온을 떠났다. 그는 트라키아와 면한

프로폰티스 해를 지나 곧장 헬레스폰트 해협으로 향했다. 아시아 속주의 총독이자 이제 비티니아의 총독이 된 마르쿠스 유니우스 융쿠스와 마주치는 일을 피하기 위해서였다.

카이사르는 로마로 돌아갈 생각이 아니었다. 대신 로도스 섬으로 가서 아폴로니오스 몰론 밑에서 한두 해 정도 공부할 계획이었다. 키케로는 카이사르의 웅변술이 이미 훌륭하기는 하지만 더 공부하면 훨씬 나아질 것이라고 그를 설득했다. 카이사르는 키케로와 달리 로마를 그리워하거나 가족을 그리워하지 않았다. 물론 가족이 있다는 사실 자체는 아주 든든하고 기분좋았다. 하지만 그는 아내와 아이, 어머니가 늘 그 자리에 있을 것이며 언젠가는 자신이 그들에게 돌아갈 것이라고 믿었다. 그가 떠나 있는 사이, 죽음이 가족 중의 누군가를 그로부터 낚아채 갈 수도 있다는 생각은 단 한 번도 해본 적이 없었다.

그는 이번 여정의 비용이 만만치 않음을 알아가고 있었다. 그럼에도 불구하고 니코메데스 왕이나 오라달티스 왕비가 주는 돈은 한사코 거절했다. 그는 기념품 하나면 충분하다고 했고, 스키티아에서 생산된 진품 에메랄드를 하나 받았다. 아라비아 만에서 생산된 훨씬 탁하고 흐린 보석과는 비교가 되지 않았다. 둥글납작하게 가공한 계란 크기의 에메랄드에 비티니아 왕과 왕비의 옆모습이 새겨져 있었다. 얼마를 준다 해도 팔 수 없는 물건이었지만 딱히 필요한 물건도 아니었다. 하지만 카이사르는 단 한 번도 돈 걱정을 하지 않았다. 현재로서는 돈이 충분했고, 앞으로는 어떻게든 되리라는 확신이 있었다. 이런 태도는 조심성 많은 그의 어머니를 기겁하게 만들었다. 그런데 이번 여정에서는 수행원 스무 명과 대여한 선박 때문에 이전 여행에 비해 경비가 무려 열 배나 불어났다!

그는 스미르나에서 푸블리우스 루틸리우스 루푸스를 만났고, 그 노인이 들려주는 키케로 이야기를 들으며 무척 즐거워했다. 키케로는 로도스 섬에서 로마로 돌아가는 길에 루푸스를 방문했던 것이다.

"아주 대단한 젊은이야!" 루푸스가 카이사르에게 들려준 평가는 이러했다. "너도 알다시피 키케로는 로마를 숭배하지만 절대 그곳에서 행복할 수 없을 거야. 나라면 그를 지상의 소금이라고 부르겠어. 아주 반듯하고 마음이 따뜻하고 다소 구식인 친구지."

"무슨 말씀인지 알고 있어요." 카이사르는 고개를 끄덕였다. "문제는 그가 너무도 뛰어난 지성과 대단한 야심의 소유자란 거예요."

"가이우스 마리우스처럼."

"아뇨." 카이사르는 단호하게 말했다. "가이우스 마리우스와는 달라요."

밀레토스에서 카이사르는 베레스가 그 도시의 가장 훌륭한 양모와 직물과 융단을 훔쳐갔다는 소식을 접했다. 그는 그곳 행정장관에게 로마 원로원으로 항의서를 전달하라고 조언했다.

"그래도 말입니다," 그는 할리카르나소스로 떠날 채비를 하면서 말했다. "그 인간이 이곳의 예술품을 약탈하거나 신전을 털어가지 않았다는 건 행운이에요. 다른 지역에서는 그런 짓까지 했거든요."

카이사르가 비잔티온에서 빌린 배는 노가 마흔 개 달린 깔끔한 화물선이었다. 높은 선미루에는 방향을 잡기 위한 거대한 노가 두 개 달려 있었고, 선체 중앙에는 그가 사용하는 선실이 위치하고 있었다. 니사이아 품종의 말과 그가 사랑하는 발부리를 비롯해 다양한 말과 노새 서른 마리는 그의 선실과 선미루 사이의 마구간에 머물렀다. 그들은 하루

80킬로미터 이상 이동하지 않으며 매일 밤 항구에 정박했다. 따라서 항해를 재개하기 전에 말과 노새를 다시 배에 태우고 진정시키는 일은 야단스럽고 고된 노동이었다.

밀레토스는 앞서 들렀던 스미르나, 피타네를 비롯한 대여섯 개의 항구도시와 다를 바 없었다. 항구 주변의 모든 사람들은 이 선박을 빌린 인물이 로마 원로원 의원이라는 것을 알고 있었고, 모두들 큰 관심을 보였다. 저기 봐, 바로 저 사람이야! 새하얀 토가를 걸치고 마치 본인이 세상을 다 가진 것처럼 걷고 있는 저 사랑스러운 젊은이를 보라지! 따지고 보면 세상을 다 가졌다는 게 틀린 말일까? 그는 로마 원로원 의원인데 말이지. 물론 그의 수행원들도 이러한 소문에 일조했다. 그리하여 항구 주변을 얼쩡거리는 사람들은 그가 지체 높은 귀족 출신에 아주 똑똑한 것은 물론, 혼자 힘으로 니코메데스 왕이 비티니아를 로마에 유증하도록 설득한 인물이라는 것까지 알게 되었다. 그러니 카이사르가 선박과 육지를 연결하는 널빤지를 치우고, 닻을 올리고, 항해를 재개하는 순간을 손꼽아 기다렸던 건 어쩌면 당연한 일이었다.

하늘이 맑고 파도는 잔잔한 날이었다. 부드러운 바닷바람이 아마포로 만든 돛을 가득 채웠고, 덕분에 노잡이들은 쉴 수 있었다. 카이사르와 함께 선미루에 서 있던 선장은 다음 날까지 할리카르나소스에 도착할 수 있을 것이라 했다.

연안을 따라 10킬로미터쯤 이동하자 곶 하나가 바다 쪽으로 뻗어 있었다. 카이사르가 탑승한 선박은 튀어나온 곶과 서서히 보이는 섬 사이를 유유히 항해했다.

"파르마코사예요." 선장이 손가락으로 섬을 가리키며 말했다.

그들은 섬 쪽으로 붙어서 이동했고, 덕분에 육지의 이아소스와는 훨씬 멀어졌다. 그 길을 이용하면 복잡한 해안선을 따라 튀어나온 그다음 반도를 피해 갈 수 있었다. 파르마코사는 아주 작은 섬으로, 크기가 짝짝이인 유방 형상이었으며 남쪽의 유방이 더 큼직했다.

"저곳에 사는 사람이 있나?" 카이사르는 느긋하게 물었다.

"목동과 양조차도 살지 않는 곳이죠."

섬을 거의 지나갈 무렵, 큼직한 남쪽 유방 뒤에서 선체가 낮고 매끈한 전투용 갤리선이 나타나더니 아주 재빠르게 카이사르 선박의 항로를 막아섰다.

"해적이에요!" 하얗게 질린 선장이 외쳤다.

카이사르는 뒤를 돌아보더니 고개를 끄덕였다. "그렇군. 게다가 다른 갤리선이 우리 뒤를 쫓아오고 있어. 앞쪽의 갤리선에는 몇 명이나 타고 있을 것 같나?" 그가 물었다.

"전투원 말인가요? 완전무장을 한 전투원이 적어도 100명은 타고 있겠죠."

"그렇다면 뒤쪽 갤리선에는?"

선장은 목을 길게 빼며 말했다. "더 큰 배군요. 150명쯤은 될 거예요."

"그렇다면 자네는 우리가 저항하는 걸 권하지는 않겠군."

"아, 의원님, 당연하죠!" 선장은 숨이 턱 막혔다. "우리를 보자마자 죽일 거예요! 저들이 원하는 게 몸값이기를 바라는 수밖에요. 우리 모양새를 보면 화물을 운반하는 중이 아니라는 걸 알고 있을 테니까요."

"그럼 몸값이 많이 나가는 사람이 타고 있다는 걸 저들이 안다는 건가?"

"저들은 모르는 게 없답니다, 의원님! 에게 해의 모든 항구에 첩자를 심어두고 있으니까요. 짐작건대, 어제 밀레토스에 있던 첩자들이 이 선박의 외양과 여기에 로마 원로원 의원이 타고 있다는 소식을 전한 것 같아요."

"그렇다면 저 해적들은 파르마코사 섬을 기지로 삼고 있나?"

"아닙니다, 의원님. 만약 그렇다면 밀레토스나 프리에네에서 진작 해적을 소탕했겠죠. 저들은 며칠 전부터 저곳에 숨어 그럴듯한 사냥감을 기다리는 중이었을 거예요. 며칠 이상을 기다릴 필요는 없어요. 언제든 달콤한 무언가가 나타나기 마련이니까요. 우리는 운이 나빴어요. 겨울철엔 보통 날씨가 험악해서 해적을 무사히 피해 갈 줄 알았죠. 하지만 애석하게도 날씨가 너무 좋았어요!"

"저들이 우리를 어떻게 할 것 같나?"

"기지로 데려가서 몸값을 받을 때까지 기다리겠죠."

"기지는 어디에 있지?"

"아마도 리키아겠죠. 파타라와 미라 사이 어딘가 말이에요."

"여기선 꽤 멀군."

"배로 며칠은 걸리겠죠."

"왜 그렇게나 먼 곳을 기지로 삼는 거지?"

"그곳은 아주 안전하니까요. 해적들의 천국이죠! 숨겨진 만과 골짜기가 수백 개나 되는데, 그 지역에 위치한 대규모 해적 정착촌만 해도 서른 개가 넘을 겁니다."

갤리선 두 척이 바싹 거리를 좁혀오고 있음에도 불구하고 카이사르는 태연자약했다. 무장한 사내들이 뱃전마다 줄지어 있는 모습이 보였고, 그들의 고함소리가 들렸다. "내가 몸값을 지불해서 풀려난 뒤에 선단을 이끌고 해적 소굴로 돌아가서 저들을 소탕한다면?"

"저들의 소굴은 절대 찾아내지 못할 겁니다, 의원님. 그곳에는 수백 개의 만이 있고, 전부 다 똑같이 생겼어요. 크노소스 궁전의 미로와 비슷하다고 할 수 있어요. 다만 정사각형이 아니라 한 줄로 된 미로죠."

카이사르는 하인을 불러 침착하게 토가를 가져오라고 명령했다. 겁에 질린 하인이 하얀 토가를 한 팔 가득 안고 돌아왔다. 카이사르는 하인이 옷을 입혀줄 수 있도록 가만히 서 있었다.

부르군두스가 나타났다. "싸울까요, 카이사르?"

"아니, 물론 안 되지. 이길 가능성이 낮은 싸움과 시도 자체가 자살행위인 싸움 정도는 구분할 줄 알아야 해. 우리는 아주 온순하게 행동할 거야, 부르군두스. 알아들었어?"

"알아들었어요."

"그럼 다른 사람들에게도 분명히 전하게. 무모하게 덤비는 영웅은 필요 없다고 말이야." 그는 선장을 돌아보며 말했다. "그렇다면 내가 저들이 머무는 만을 절대 못 찾는다는 건가?"

"절대 불가능해요, 의원님. 제 말을 믿으세요. 이미 많은 사람이 시도했어요."

"로마에서는 푸블리우스 세르빌리우스 바티아가 이사우리아를 정복하면서 해적을 전부 소탕했다고 믿고 있네. 그의 소탕작전이 얼마나 대단했던지, 그에게는 바티아 이사우리쿠스라는 별명까지 붙었지."

"해적이란 우글거리는 벌레 같은 존재예요, 카이사르. 연기를 피워 다 몰아냈다고 생각해도, 연기가 빠지면 곧바로 다시 나타나기 마련이죠."

"그렇군. 그렇다면 바티아가…… 아니, 바티아 이사우리쿠스라고 하셨나! 어쨌든 그가 해적왕 제니케테스의 왕국을 끝장낼 당시, 그는 그

저 겉만 한번 훑었을 뿐이라는 거군. 내 말이 맞나, 선장?"

"맞기도 하고 틀리기도 해요. 제니케테스 왕은 한 해적 무리의 족장에 불과하니까요. 그리고 이사우리아의 경우에는," 선장은 어깨를 으쓱했다. "이 주변을 항해하는 사람 중에, 어째서 위대한 로마 장군이 해적을 소탕한답시고 피시디아 내륙의 야만인 부족과 전쟁을 벌인 것인지 영문을 아는 사람은 한 명도 없어요! 어쩌면 이사우리아 부족의 손자 몇 명이 해적이 되었을지도 모르죠. 하지만 이사우리아 자체는 해적단이나 해적행위와 연관을 짓기에 너무 바다에서 멀리 떨어져 있어요."

두 척의 갤리선은 이제 양옆에 서 있었다. 가운데의 상선으로 해적들이 쏟아져 들어왔다.

"아! 이제 지도자가 나타나셨군." 카이사르는 침착하게 말했다.

키가 크고 상당히 젊은 남자가 금빛으로 화려하게 수를 놓은 티로스 자주색 튜닉을 입고 나타났다. 그는 갑판에 몰려든 무리 사이를 지나 선미루의 널빤지 계단 위로 올라섰다. 무장도 하지 않은 상태였고, 전혀 호전적으로 보이지 않았다.

"만나서 반갑소." 카이사르가 말했다.

"당신은 로마 원로원 의원이자 시민관을 수여받은 가이우스 율리우스 카이사르 같은데, 혹시 내가 잘못 본 건 아니겠지?"

"잘못 보지 않았소."

해적 대장은 밝은 녹색 눈을 가늘게 떴다. 그는 손톱에 색을 칠한 손을 올려, 정성스럽게 말아둔 금발을 매만졌다. "아주 침착한 태도로군, 원로원 의원 양반." 해적 대장이 말했다. 그리스어 억양으로 짐작해볼 때, 그는 스포라데스 제도의 작은 섬 출신 같았다.

"다른 태도를 취해봐야 달라질 건 없을 테니까." 카이사르는 눈을 치켜뜨며 말했다. "또 당신은 몸값만 받으면 나와 내 일행을 풀어줄 텐데, 두려워할 게 뭐 있겠소."

"그렇지. 하지만 아무리 그래도 내 인질들은 겁을 집어먹고 바지에 오줌을 지리곤 하던데."

"여기 이 인질은 다르오!"

"그래, 당신은 전쟁 영웅이라더군."

"이제 어떻게 되는 건지…… 아, 그러고 보니 통성명도 안 했군요. 이름이?"

"폴리고노스." 해적 대장은 부하들을 돌아보았다. 그의 부하들은 상선의 선원들을 한쪽에, 카이사르의 수행원 스무 명을 반대쪽에 모아놓았다.

나머지 해적들도 모두 대장만큼이나 멋쟁이였다. 가발을 쓴 사람도 있고, 긴 머리를 뜨거운 고데로 구불구불하게 만 사람도 있고, 매춘부처럼 화장을 한 사람도 있고, 깔끔하게 면도를 하고 남자다운 모습을 한 사람도 있었다. 그들은 하나같이 잘 차려입고 있었다.

"이제 어떻게 되는 거요?" 카이사르가 다시 물었다.

"당신의 수행원들은 전부 내 배에 태우고, 내 부하 중 일부가 이 배에서 노를 잡을 거요. 우리는 최대한 빨리 남쪽으로 이동할 겁니다, 원로원 의원. 해 질 무렵이면 크니도스를 지날 테지만, 멈추지 않고 계속 움직일 거요. 앞으로 사흘 후면 당신은 안전한 내 집에 도착할 것이고, 몸값이 도착할 때까지 그곳에서 나의 손님으로 지내게 될 거요."

"내 하인들 중 일부를 이곳에서 풀어주면 일이 더 쉽지 않겠소? 그들을 거룻배에 태워 밀레토스로 보내는 거요. 그곳은 부유한 도시이니 몸값을 구하는 데 어려움을 겪지도 않을 테고. 그런데 내 몸값은 얼마요?"

해적 대장은 일단 두번째 질문은 무시해버렸다. 그는 단호히 고개를 저었다. "아니, 가장 최근에도 밀레토스에서 몸값을 구했소. 풀려난 인질이 몸값을 마련해준 도시에 돈을 늦게 갚는 경우가 많아서, 그 부담을 다양한 지역에 분산하고 있소. 이번에는 크산토스와 파타라 차례요. 리키아 말이지. 그러니 파타라에 도착한 뒤 당신 하인들을 풀어줄 것이오." 폴리고노스는 머리를 살짝 흔들어 구불구불한 머리카락이 찰랑거리도록 했다. "그리고 몸값은 은화 20탈렌툼이오."

카이사르는 경악했다. "은화 20탈렌툼?" 그는 분개하며 소리쳤다. "내 몸값이 그것밖에 안 된다는 거요?"

"이미 정해진 원로원 의원의 몸값이오. 모든 해적들이 동의한 사항이기도 하고. 게다가 당신은 정무관을 지내기에는 너무 어린 나이니까."

"나는 가이우스 율리우스 카이사르요!" 인질이 거만하게 말했다. "그게 무슨 의미인지 모르는 모양이군! 나는 파트리키 귀족인데다, 율리우스 집안 출신이오. 율리우스 집안 출신이란 게 무슨 의미냐고 묻겠지, 안 그렇소? 그건 내가 아프로디테의 아들을 통해 그 여신의 피를 물려받았다는 뜻이오. 나는 집정관을 배출한 가문 출신이며, 나 역시 때가 되면 집정관을 지낼 거요. 나는 그저 평범한 원로원 의원이 아니라고! 시민관을 수여받았고…… 원로원에서 발언권도 있고…… 원로원의 가운뎃줄에 앉고…… 내가 원로원 의사당에 들어가면 모든 의원들이 자리에서 일어나 박수를 쳐준단 말이지. 심지어 전직 집정관과 감찰관까지도! 그런데 고작 은화 20탈렌툼? 내 몸값은 은화 50탈렌툼이오!"

폴리고노스는 이 말에 넋이 나갔다. 여태껏 이런 인질은 듣도 보도 못했다! 이렇게도 확신에 차 있고 겁이 없고 거만하다니! 하지만 인질의 잘생긴 얼굴에는 폴리고노스에게 호감을 불러일으키는 무언가가 있었다. 저 반짝이는 눈동자 때문일까? 이 가이우스 율리우스 카이사르란 자는 지금 나를 조롱하는 건가? 하지만 왜 남을 조롱하면서 본인이 갚아야 할 몸값을 두 배 이상 올려놓겠는가? 그의 말은 농담이 아니다. 농담일 리 없다! 하지만…… 그래, 분명 저 반짝이는 눈동자 때문이다!

"알겠습니다, 전하. 그럼 은화 50탈렌툼으로 하지요!" 폴리고노스도 눈동자를 반짝이면서 말했다.

"그게 낫겠소." 카이사르가 말했다. 그는 등을 돌렸다.

사흘 후—그 기간 동안 바다를 순찰하는 로도스 섬이나 다른 지역의 선단은 하나도 보이지 않았다—카이사르의 수행원들은 파타라 해안에서 풀려났다. 폴리고노스는 계속 본인의 갤리선에 머물렀고, 카이사르는 그때까지 그를 볼 일이 없었다. 그러던 그가 카이사르의 수행원들을 거룻배에 옮겨 태우는 작업을 감시하기 위해 나타났다.

"원한다면 한 명만 보내고 나머지는 데리고 있어도 좋소." 해적 대장이 말했다. "몸값을 구하러 다니는 건 한 명이면 충분할 테니."

"나 정도 인물의 몸값을 구하러 다닐 때는 한 명으로 충분하지 않소." 카이사르는 차갑게 말했다. "나는 세 명만 곁에 두겠소. 하인 데메트리오스와 필경사 둘만. 오랜 시간 기다리게 된다면 내 시를 받아 적을 사람이 필요할 테니까. 아니면 희곡을 쓰는 것도 좋겠지. 희극으로 말이오! 그렇지, 희극 소재가 될 만한 게 많을 거요. 아니면 익살극도 괜찮고."

"당신의 수행원들을 이끄는 사람은 누구요?"

"나의 해방노예인 가이우스 율리우스 부르군두스요."

"저기 저 거인? 정말 어마어마하군! 노예로 팔면 한몫 거하게 챙기겠는걸."

"노예일 때는 그랬소. 그에게는 니사이아 말을 딸려 보내야 할 거요." 카이사르는 분주한 목소리로 덧붙였다. "다른 수행원들에게도 말이나 노새를 주시오. 그들이 어느 정도 품위를 유지하도록 해줘야 한다고 주장하는 바요."

"마음껏 주장하시지요, 전하. 당신의 말들은 아주 훌륭하군. 전부 내가 갖겠소."

"그럴 순 없소!" 카이사르가 재빠르게 말했다. "내 몸값으로 50탈렌툼을 받게 될 테니 말들은 보내주시오. 대신 발부리는 내 몫으로 데리고 갈 거요. 혹시 그곳의 도로는 포장이 되어 있소? 발부리는 편자를 박지 않아서 포장도로 위에서는 타고 다닐 수가 없거든."

"당신은 정말이지 골때리는 사람이군!" 폴리고노스는 감탄하며 말했다.

"말들을 육지로 보내주시오, 폴리고노스." 카이사르가 말했다.

말들은 육지로 갔다. 부르군두스는 카이사르를 이 악당들의 손에 맡겨두고 떠나는 상황이 심히 불만스러웠지만, 거기에 반박할 만큼 어리석지 않았다. 그의 임무는 몸값을 구하는 것이었다.

그런 다음, 세상 어느 곳보다 외롭고 적막한 해안을 따라 리키아 동부로 이동했다. 그곳에는 도로나 촌락이나 어촌 마을이 없었다. 정상에 만년설이 덮여 있고 바다로 가파르게 떨어지는 솔리마의 웅장한 산들만 있었다. 작은 만들이 줄줄이 보였고, 산 옆구리를 따라 살짝 안으로 들어간 부분에는 적황색 절벽 아래로 적황색 모래톱이 놓여 있었다. 하지만 해적 소굴의 흔적은 전혀 안 보이는군! 아주 흥미로워! 카이사르는 그의 배가 파타라와 크산토스 인근의 강을 지나온 이후로, 눈앞을 스쳐가는 해안선을 선미루에 서서 꼼짝도 않고 몇 시간이고 관찰했다.

해 질 무렵, 두 갤리선과 그 갤리선들이 호위하는 상선은 비슷비슷해 보이는 수많은 만 중 하나를 향해 방향을 틀었다. 그러더니 해변 모래톱에 닿을 때까지 안으로 들어갔다. 카이사르는 배에서 내려 안쪽으로 더 들어간 후에야 바다 쪽에서는 절대 볼 수 없는 광경을 확인할 수 있었다. 만의 안쪽에 위치한 절벽은 실은 하나가 아니라 두 개였다. 앞쪽의 절벽이 두 절벽 사이의 틈을 가리고 있었다. 그 틈으로는 커다란 빈 그릇 모양의 낮은 땅이 있었다. 해적 소굴이었다!

“이제 겨울인데, 당신의 몸값으로 50탈렌툼을 받아내면 우리는 이른 봄에 서둘러 나설 필요 없이 아주 느긋한 휴가를 보낼 수 있을 거요.” 폴리고노스는 절벽 사이의 틈으로 걸어들어가는 카이사르를 따라잡으며 말했다.

그의 부하들은 벌써 갤리선과 상선의 뱃머리 아래에 굴림대를 설치했다. 카이사르와 폴리고노스가 지켜보는 가운데 세 척의 배는 모래톱에서 절벽 사이로 옮겨졌고, 숨겨진 골짜기의 버팀목 위에 보관되었다.

“늘 이렇게 해두는 거요?” 카이사르가 물었다.

“다시 나갈 일이 없으면 이렇게 해두지. 하지만 곧바로 다시 나가는 건 드문 일이오. 한번 일을 마치기 전에는 집에 돌아오지 않으니까.”

“이곳은 아주 훌륭하게 정비되어 있군요!” 카이사르는 감탄 섞인 목소리로 말했다.

빈 그릇 같은 공간은 너비가 대략 2.5킬로미터, 길이는 그 절반쯤으로 타원형에 가까웠다. 만의 가장 안쪽에는 어디서부터 시작되는지 보이지 않는 가느다란 폭포가 물웅덩이를 이루었다. 이 물웅덩이는 실개천으로 변해 굽이굽이 흐르다가 만으로 이어졌다. 하지만 이조차도 바다 쪽에서는 보이지 않았다. 해적들이(아니면 대자연이) 절벽 아래의 모래로 덮인 땅 가장자리에 가느다란 수로를 만들어놓은 덕분이었다.

그 골짜기에는 적절히 조직되고 정교하게 건설된 마을이 있었다. 3~4층 높이의 석조주택이 자갈 도로를 따라 늘어서 있었고, 아주 큼직한 석조 곡물 저장소와 창고 들은 배들을 보관해둔 장소 맞은편에 자리하고 있었다. 신전이 들어선 시장은 공동체 생활의 중심지 역할을 했다.

"거주민은 몇 명이나 됩니까?" 카이사르가 물었다.

"아내와 정부와 아이들, 게다가 일부 남자들이 거느린 남자 애인까지 더하면…… 글쎄, 한 1천500명쯤 될 거요. 거기에 노예들도 있소."

"노예는 몇 명이오?"

"한 2천 명쯤 될 거요. 우리는 손가락 하나 까딱하지 않지." 폴리고노스는 자신만만하게 말했다.

"남자들이 이곳을 비운 사이 노예들이 들고 일어서지 않는 게 이상하군. 혹시 이곳 여자와 동성애자 들은 무시무시한 전사라도 된단 말이오?"

해적 대장은 깔보는 듯한 웃음을 지었다. "이보쇼, 원로원 의원, 우린 그렇게 멍청하지 않아! 노예는 항상 사슬로 묶어둔단 말이오. 탈출할 방법도 없는데 왜 들고 일어서겠소?"

"그래도 나라면 포기하지 않을 거요." 카이사르가 말했다.

"어차피 우리가 돌아왔을 때 바로 잡힐 거요. 이곳에는 탈출에 이용할 배를 남겨두지 않으니까."

"어쩌면 당신들이 돌아왔을 때 내가 당신들을 잡을지도 모르지."

"그렇다면 당신 몸값이 도착할 때까지 우리가 이곳을 떠나지 않을 거란 사실을 기쁘게 생각해야겠군, 원로원 의원! 당신이 일어서는 일은 없을 거요."

"아!" 카이사르는 실망한 표정이었다. "그렇다면 내가 50탈렌툼이나 지불하는 마당에, 여기서 기다리는 동안 여자와 즐길 기회도 제공받지 못한다는 거요? 나는 남자 앞에서는 서지 않지만 여자 앞에서는 잘 서기로 유명한데."

"성향이 그렇다면야 뭐." 폴리고노스는 낄낄대며 말했다. "걱정 마시오! 여자를 원한다면 얼마든지 준비돼 있으니까."

"이 작고 멋진 안식처에 도서관은 있소?"

"책이 조금 있기는 하지. 우리는 학자가 아니지만."

두 사람은 아주 커다란 주택 앞에 도착했다. "여긴 내 집이오. 당신은 이곳에 머물게 될 거요. 내가 직접 감시하는 편이 낫다고 생각하니까. 물론 욕실이 딸린 편한 거처를 마련해주겠소."

"목욕이 가능하다니 너무 반가운 소리군."

"이곳에선 팔라티누스 언덕의 주택 못지않게 호화로운 삶을 누릴 수 있으니, 목욕은 당연히 가능하오, 원로원 의원."

"카이사르라고 부르시오."

"알겠소, 카이사르."

욕실이 딸린 거처는 카이사르는 물론 데메트리오스와 두 필경사가 함께 머물 수 있을 만큼 공간이 넉넉했다. 카이사르는 곧바로 적당히 따뜻한 목욕물에 몸을 담그는 호사를 누렸다.

"며칠이 될지 모르겠지만 여기 머무르는 동안 내 털을 뽑는 건 물론 면도까지 해줘야 할 거야, 데메트리오스." 카이사르는 살짝 구불구불한 옅은 빛깔의 머리카락을 정수리부터 내리 빗으며 말했다. 그는 금에 돋을새김으로 무늬를 넣고 보석을 박은 거울을 내려놓더니 고개를 가로저었다. "이곳의 보물들은 정말 어마어마해."

"보물을 많이 훔쳤을 테니까요." 데메트리오스가 말했다.

"이 많은 건물 중 일부에는 분명 수많은 약탈품이 보관되어 있을 거야. 전부 사람이 사는 집은 아닐 테지." 카이사르는 목욕을 마치고 폴리고노스가 기다리는 식당으로 갔다.

음식은 종류가 다양하고 훌륭했으며 포도주는 최고급이었다.

"요리사 솜씨가 훌륭하군요." 카이사르가 말했다.

"음식은 절제해서 먹고 포도주는 아예 입에도 안 대는군." 폴리고노스가 말했다.

"일을 제외한 다른 데는 열정을 쏟지 않는 사람이라 그렇소."

"여자가 아니라?"

"여자란 말이지," 카이사르는 손을 씻으며 말했다. "내겐 일이나 다름 없소."

"여자를 그렇게 칭하는 사람은 여태 본 적이 없는데!" 폴리고노스는 소리내어 웃었다. "오직 일에만 열정을 쏟다니 카이사르 당신은 참 괴짜요." 그는 배를 살짝 두드리고, 수정으로 만든 술잔에 담긴 내용물의 향을 음미했다. "나로 말할 것 같으면, 해적 생활에서 유일하게 마음에 드는 부분은 해적질을 하는 중간중간에 이렇게 육지에서 안락한 삶을 누리는 거요. 하지만 그런 삶의 백미는 뭐니뭐니해도 훌륭한 포도주지!"

"그 맛을 싫어하지는 않소." 카이사르는 말했다. "다만 내 지성이 무뎌지는 느낌이 너무 싫을 뿐이지. 물을 탄 포도주 반잔만 마셔도 정신이 탁해지는 것 같아서 말이오."

"하지만 아침에 일어나면 어느 때보다 더 정신이 맑아지지 않소!" 폴리고노스가 크게 외쳤다.

카이사르는 활짝 웃었다. "꼭 그렇다고 할 수도 없지."

"무슨 소리요?"

"이를테면 말이오, 친애하는 해적 양반, 나중에 내가 선단을 이끌고 돌아와 이곳을 장악하고 당신들을 모두 잡아들이게 될 그날 아침, 나는 평소처럼 정신이 멀쩡하고 심신이 건강한 상태일 거요. 그런데 당신이 사슬에 묶여 있는 모습을 눈으로 확인하면 분명 자고 일어난 직후보다 훨씬 더 정신이 맑아지겠지! 하지만 그것도 어디까지나 상대적으로 그렇다는 거요. 왜냐하면, 폴리고노스 당신을 십자가에 묶는 날이 오면 생전 경험하지 못한 기분을 맛보게 될 테니까!"

폴리고노스는 우렁찬 웃음을 터뜨렸다. "카이사르, 당신은 내 집에 묵었던 손님 중 가장 웃기는 사람이오! 그 유머감각이 너무 마음에 들어!"

"그렇게까지 칭찬해주다니 참 고맙소. 하지만 내가 당신을 십자가형에 처하는 순간에는 지금처럼 웃을 수 없을 거요."

"그럴 일은 없소."

"분명히 그렇게 될 거요."

온몸을 금색과 자주색으로 도배하고 손가락에는 반지를, 목에는 반짝이는 목걸이를 잔뜩 걸친 폴리고노스는 긴 의자에 몸을 기대며 다시 웃었다. "당신이 배 위에 서서 해안선을 관찰하는 걸 내가 못 본 줄 아시오? 전부 쓰잘머리 없는 짓이오, 카이사르! 이곳을 다시 찾아온 사람은 단 한 명도 없으니까!"

"당신은 찾아오잖소."

"천 번을 드나들었으니 가능한 일이지. 처음에 한 백 번쯤은 나도 계속 길을 잃었소."

"그건 믿기 어렵지 않군. 당신은 총명함으로 따지면 내 발끝에도 못 미치니까."

그 말은 조금 과했다. 폴리고노스는 몸을 일으켰다. "로마 원로원 의원을 생포할 만큼의 총명함은 있소! 또 그에게서 50탈렌툼을 뜯어낼 만큼 똑똑하고!"

"당신의 알은 아직 부화하지 않았소."

"이 알이 부화하지 못한다면 이곳에서 가만히 썩어가게 될 거요!"

이 기백 넘치는 논쟁을 마친 직후 폴리고노스는 화가 나서 뛰쳐나가 버렸다. 그의 인질은 자신의 거처로 돌아갔다. 그곳에는 아주 예쁜 여자가 그를 기다리고 있었고, 그는 그 선물을 최대한 음미했다. 물론 데메트리오스에게 그녀를 보내 몸이 깨끗한지 확인한 이후의 일이었다.

그는 총 40일 동안 해적 소굴에 머물렀다. 그가 원하는 곳을 돌아다니거나 원하는 사람과 대화 나누는 것을 아무도 막지 않았다. 그의 명성은 해적 소굴 전역으로 퍼졌다. 그가 몸값을 지불하고 풀려난 후 해적 소굴로 돌아와 이곳 사람들을 죄다 십자가형에 처하겠다고 믿고 있음을, 얼마 지나지 않아 모두들 알게 되었다.

"아니, 아니, 남자들만 그렇게 하겠단 거죠!" 카이사르는 그에게 질문을 던지기 위해 몰려든 여자들에게 아주 매력적인 미소를 던지며 말했다. "어떻게 감히 여러분 같은 미인들을 십자가형에 처하겠어요?"

"그렇다면 우리는 어떻게 하실 건가요?" 가장 앞쪽에 있던 여자가 유혹하는 눈길을 보내며 물었다.

"팔아야죠. 이곳의 여자와 아이 들은 모두 몇 명인가요?"

"천 명 정도죠."

"천 명이라……. 어느 노예 시장으로 보낼지 아직 모르겠지만 노예 한 명의 평균적인 가격은 1천300세스테르티우스 정도니까, 몸값을 마련해준 사람들에게 돈을 다 갚고 약간의 수익을 남겨줄 수 있겠군요. 하지만 이곳의 여자와 아이 들은 작은 마을 출신들보다 훨씬 아름다우니, 한 명당 평균 2천 세스테르티우스는 받을 수 있을 겁니다. 그렇다면 몸값을 마련해준 사람들에게 아주 큰 수익을 안겨줄 수 있겠죠."

여자들은 자지러지게 웃었다. 오, 얼마나 사랑스러운 남자인가!

모두들 그를 아주 좋아했다. 그는 더없이 유쾌하고 활기차고 유머감각이 넘치는데다, 두렵거나 우울한 기색이 전혀 엿보이지 않았다. 모든 사람에게 농담을 던졌고, 남자들을 십자가형에 처하고 여자와 아이 들을 노예로 팔아버리겠다는 말을 시도 때도 없이 했기 때문에 그것만으로도 지속적인 즐거움을 제공했다. 그럴 때마다 그는 눈을 반짝였고 입술을 씰룩거렸다. 다른 사람들과 마찬가지로 이것을 대단히 웃긴 농담쯤으로 여기는 듯했다. 그와 처음 밤을 보낸 여자는 연인으로서 그의 대단한 능력에 대해 입을 열었고, 이로 인해 많은 여자들이 그에게 추파를 던졌다. 하지만 그가 여자를 고르는 데 있어 아주 주도면밀하다는 사실을 그곳 남자들은 이내 깨닫게 되었다. 그는 다른 남자의 아내나 고정된 애인은 절대 건드리지 않았다.

"난 내 동료들의 마누라만 건드립니다." 그는 귀족적인 자태를 뽐내며 위풍당당하게 말했다.

"친구들 말인가요?" 누군가가 깔깔거리며 묻곤 했다.

"적이죠." 그러면 카이사르는 이렇게 대답했다.

"아니, 우리는 당신의 적이 아니던가요?"

"당신들은 적이기는 하지만 내 동료라고는 말할 수 없어요. 아주 비천하기 짝이 없는 밥벌레들이니까!"

그 순간이면 모두들 허리를 꺾고 웃음을 터뜨렸다. 그들은 카이사르가 애정 어린 유머를 섞어 그들을 모욕하는 것을 너무도 즐거워했다.

어느 날 오후, 해적 대장 폴리고노스는 카이사르와 식사를 하던 중 한숨을 내쉬었다.

"당신이 떠나게 되면 섭섭할 거요, 카이사르."

"아! 드디어 몸값이 마련됐군요."

"당신의 해방노예가 내일 여기로 몸값을 가져올 예정이오."

"어떻게 여기까지 찾아오는 거요? 이 장소는 절대 찾을 수 없다고 했으니, 곁에는 분명 길잡이가 있겠군."

"오, 내 부하 몇 명이 계속 그를 따라다녔소. 마지막 1탈렌툼까지 마련한 뒤에 부하는 내게 그 소식을 전했지. 내일 정오쯤에 여기 도착할 거라고 하더군."

"그렇다면 나는 풀려나는 거요?"

"그렇소."

"그럼 내가 대여한 배는?"

"배도 돌려줄 거요."

"그럼 선장은? 그의 선원들은요?"

"그들도 함께 배에 태워 보내겠소. 땅거미가 질 무렵에 서쪽으로 떠나게 될 거요."

"그렇다면 내 몸값에 배값까지 포함된 거요?"

"그건 아니지!" 폴리고노스는 혀를 내두르며 말했다. "선박과 선원들을 돌려받는 대가로 선장이 10탈렌툼을 따로 마련했소."

"아!" 카이사르가 탄식했다. "내가 도의상 갚아야 할 빚이 더 늘어났군."

부르군두스는 예상대로 다음날 정오쯤 도착했다. 카이사르가 인질로 잡힌 지 40일째 되는 날이었다.

"이제 카르딕사는 제가 계속 애들 아빠 노릇을 하도록 허락해주겠네요." 부르군두스는 눈물을 훔치며 말했다. "아주 건강해 보여요, 카이사르."

"이 사람들에게 아주 융숭한 대접을 받았거든. 몸값은 어디서 마련했지?"

"파타라에서 절반, 크산토스 절반을 구했어요. 그들은 기뻐하지 않았지만 그렇다고 거절하지도 못했죠. 바티아 일도 있고 하니까요."

"두 도시는 예상보다 빨리 돈을 돌려받게 될 거야."

해적 마을의 주민들은 모두 카이사르를 배웅하러 나왔다. 몇몇 여자들은 대놓고 눈물을 흘렸다. 폴리고노스도 마찬가지였다.

"당신 같은 인질은 다시 만날 수 없을 거요!" 그는 한숨을 쉬었다.

"그건 맞는 말이오." 카이사르는 웃으며 말했다. "당신의 해적 인생은 이걸로 끝났으니까. 나는 봄이 오기 전에 돌아올 거요."

늘 그렇듯, 폴리고노스에게는 이 농담이 너무 웃겼다. 그는 작은 모래밭에 서서 카이사르가 고용한 배의 선장이 서쪽으로 뱃머리를 돌리는 것을 지켜보며 계속 키득거렸다. 햇빛은 거의 사라진 뒤였다.

"멈추지 마시오, 선장!" 해적 대장은 소리쳤다. "만약 주춤한다면 내 부하들이 뒤에서 엉덩이를 들이받을 테니까!"

동쪽의 산 뒤편에서, 그 어떤 선박도 다 따라잡을 수 있는 헤미올리아 한 척이 나타났다.

하지만 동이 틀 무렵이 되자 뒤따라오던 헤미올리아는 사라졌고, 파타라로 연결되는 강이 눈앞에 나타났다.

"이제 금전적인 두려움을 달래줄 시간이군." 카이사르가 말했다. 그는 선장을 쳐다보았다. "자네가 이 선박과 선원들을 되찾기 위해 지불한 10탈렌툼은 내가 갚아주겠네."

선장은 카이사르에게 그럴 능력이 없다고 생각하는 것이 분명했다. "정말로 불운한 항해로군요!" 그는 탄식했다.

"모든 일이 마무리될 무렵이면 자네는 아주 행복한 마음으로 비잔티온으로 돌아갈 수 있을 거야. 이제 나를 육지에 내려주게."

그의 육지 방문은 아주 짧게 끝났다. 그는 다음날, 모든 말과 노새들을 다 옮겨 싣기도 전에 먼저 배에 올라타 떠날 순간만을 기다렸다. 나머지 수행원들도 그와 함께였다. 그는 생기가 넘쳤다. "선장, 서둘러 출발하게!"

"로도스 섬으로요?"

"당연히 로도스 섬으로 가야지."

그 여정은 사흘이 걸렸다. 첫날은 텔메소스에서, 둘째 날은 카우노스에서 정박했다. 카이사르는 둘 중 어느 도시에서도 짐승들을 육지로 내리지 않았다.

“지금은 너무 바빠 어쩔 수 없네. 짐승들은 죽지 않을 거야.” 그가 말했다. “오, 난 정말 운도 좋지! 늘 포르투나 여신에게 사랑받는다니까! 예전에 선단을 모집하는 임무를 맡은 적이 있어서 로도스 섬에 도착하자마자 어디로 가서 누구를 만나야 할지 정확히 다 알고 있거든!”

그의 말은 사실이었다. 그는 배가 정박한 지 두 시간도 지나지 않아 만나야 할 사람들을 모두 모았다.

“3단 노선 열 척으로 구성된 선단과 훌륭한 병사 500명 정도가 필요합니다.” 그는 항만 담당관의 사무실에 모인 일단의 로도스 섬 주민들에게 말했다.

“무슨 이유로요?” 젊은 해군 사령관 리산데르가 물었다.

“해적 대장 폴리고노스의 본거지를 습격하기 위해서요. 그의 소굴을 점령할 작정이오.”

“폴리고노스라고요? 그의 소굴은 절대 못 찾아낼 겁니다!”

“찾아낼 거요.” 카이사르가 말했다. “나를 위해 선단을 마련해주시오! 로도스 섬도 아주 큰 수익을 올릴 수 있을 겁니다.”

로도스 남자들이 이 허황한 계획에 동참하기로 한 것은 카이사르의 열정이나 자신감 덕분이 아니었다. 카이사르에게 3단 노선 열 척과 군인 500명을 마련해준 것은 그의 권위였다. 그들은 예전부터 카이사르를 알고 지냈고, 카이사르에게는 아직까지 바티아의 그림자가 남아 있었다. 비록 제니케테스 왕은 바티아가 도착하자마자 테르메소스 산 정상에 위치한 본인의 은신처를 태워버렸지만, 그 일로 인해 바티아에 대한 로도스 사람들의 존경심은 천 배는 더 커졌다. 바티아는 유례없는 규모의 약탈품이 사라지는 광경에 전혀 동요하지 않았고, 재가 식을 때까지 기다리더니 남은 재를 체로 걸러 녹아버린 귀금속을 수거했다. 바티아가 그렇게 할 수 있었다면 과거 그의 보좌관이었던 카이사르라고 그러지 못하란 법이 있겠는가. 그러므로 로도스 남자들은 카이사르에게 판돈을 걸어보기로 결정한 것이다.

폴리고노스의 해적 소굴을 수색하는 작업이 시작되기 전날 밤, 선단은 파타라의 강어귀에 정박되어 있었다. 카이사르는 도시로 들어가서 비어 있는 모든 상선들로 하여금 선단을 뒤따르도록 조치했다. 그리고 다음날, 그는 자신이 고용한 배의 선미루에 올라 작은 만들이 빼곡히 들어찬 해안선에 몇 시간이고 시선을 고정하고 있었다.

"폴리고노스와 함께 파타라를 떠나기 전부터 이곳의 만들이 어떤 모양일지 대충 알고 있었네." 그는 선장에게 말했다. "해적들이 하는 이야기를 하도 많이 들었으니까. 그래서 마음속으로 어떤 것을 만으로 간주하고 또 어떤 것을 만이 아니라고 간주할지 미리 기준을 세워두었어. 그런 다음엔 단순히 만의 개수를 세었고 말이지."

"저도 눈에 띄는 지형지물 같은 걸 기억해두려고 했습니다. 이런저런 모양의 바위라든지, 이상한 형상의 산이라든지, 뭐 그런 거 말이죠." 선장은 이 말을 내뱉고는 한숨을 쉬었다. "그런데 다 까먹었지 뭡니까!"

"사람은 지형지물에 잘 속네. 지형지물에 대한 기억은 신뢰할 수 없지. 하지만 나에게 숫자는 달라." 카이사르는 웃으며 말했다.

"숫자를 세다가 까먹으면요?"

"이제껏 그런 일은 없었네."

이번에도 그런 일은 일어나지 않았다. 로도스 섬의 병사 500명이 상륙한 만은 다른 수많은 만과 하나도 다를 바 없는 모습이었다. 선단은 적에게 발각되지 않도록 그 만의 서쪽에서 밤을 보냈다. 하지만 폴리고노스는 어차피 감시병도 세우지 않은 것으로 드러났다. 그의 전투용 갤리선 네 척은 모두 빈 그릇처럼 움푹 꺼진 땅 안쪽으로 옮겨져 있었다. 그는 자신이 안전하다고 굳게 믿었다. 하지만 해가 뜰 무렵, 그와 그의 부하들은 한때 그들의 노예를 묶어두던 쇠사슬을 온몸에 두른 신세가 되었다.

"내가 경고를 안 했다는 소리는 못 할 거요." 카이사르는 튼튼한 쇠고랑을 차고 있는 폴리고노스에게 말했다.

"나는 아직 십자가에 매달리지 않았소!"

"곧 매달리게 될 거요. 아주 곧!"

"어떻게 이곳을 찾았소?"

"산수를 좀 했소. 파타라와 이곳 사이에 존재하는 만의 개수를 세었거든." 카이사르는 뒤돌아서서 로도스 섬의 해군 사령관 리산데르에게 손짓을 했다. "이리 오시오. 폴리고노스가 어떤 보물을 감춰뒀는지 확인합시다."

감춰둔 보물의 양은 실로 어마어마했다. 곡물 저장소는 거의 꽉 차 있었고, 나머지 식재료들은 남은 겨울과 봄 동안 크산토스와 파타라 주민들을 모두 먹이기에 충분한 양이었다. 큰 건물 한 채는 값비싼 원단과 자주색 옷감으로 가득했고, 희귀한 무늬의 산다락나무 탁자와 황금빛 긴 의자와 아주 훌륭한 일반 의자 들이 놓여 있었다. 다른 건물에는 동전과 보석이 그득한 수많은 서랍장이 있었다. 보석류는 대부분 이집트에서 생산된 제품으로 파이앙스, 녹주석, 홍보석, 홍옥수, 줄마노, 청금석, 터키옥이 많이 사용되었다. 작은 서랍장 하나를 열어보니 진주가 수천 개씩 들어 있었다. 비둘기 알만큼 큼직한 것이 있는가 하면, 아주 희귀한 색상의 진주도 있었다.

"솔직히 아주 놀라진 않았습니다." 리산데르가 말했다. "폴리고노스는 지난 20년간 이 지역의 항로를 습격했고, 보물을 많이 쌓아두는 인간으로 유명하니까요. 하지만 그가 키프로스와 이집트 사이를 통과하는 배들도 습격해왔다는 사실은 미처 몰랐습니다."

"진주와 보석 때문이오?"

"다른 지역에서는 이런 물건을 볼 수 없으니까요."

"그렇다면 키프로스의 알렉산드리아인들은 뻔뻔하게도 내게 그들의 항로가 안전하다고 거짓말을 해왔던 거로군!"

"그들은 외부인에게 약점을 들키는 것을 싫어하니까요, 카이사르."

"그런 거라면 이해할 수 있겠소." 카이사르는 흔쾌히 말했다. "리산데르, 이제 전리품을 분배합시다."

"엄밀히 말해 저희는 카이사르 의원님의 고용인들입니다. 의원님께서 병사와 선박을 고용하는 데 드는 비용만 저희에게 지불하신다면 나머지 전리품은 전부 의원님 몫이죠." 리산데르가 말했다.

"일부는 그렇겠지만 전부 내 몫은 아니오. 나는 원로원으로부터 내가 온전한 진실을 답할 수 없는 질문을 받고 싶지는 않소. 그러니 로마 국고를 위해 1천 탈렌툼, 내 몫으로 500탈렌툼만 챙길 것이고, 이 진주들 중에서 마음에 드는 것을 한줌 가져가겠소. 나머지 동전과 모든 보석 들은 로도스 섬의 몫으로 가져가시오. 창고에 든 가구와 원단은 당신이 팔되, 그렇게 얻은 돈으로 로도스 섬에 나의 조상인 아프로디테 여신을 기리는 신전을 세워주시오."

리산데르는 눈을 깜빡거렸다. "너무도 관대하십니다, 카이사르 의원님! 그냥 진주가 든 서랍장 하나를 통째로 가져가시는 건 어떨까요? 그러면 남은 평생을 돈 걱정 없이 사실 수 있을 텐데요."

"아니요, 리산데르, 그냥 한줌만 가져가겠소. 나라고 남들처럼 돈이 좋지 않을까마는 너무 많은 돈은 나를 수전노로 만들 수도 있어요." 카이사르는 몸을 숙여 진주들을 뒤적이더니 이런저런 진주를 골라냈다. 팔레스티나의 사해 거품처럼 보는 각도에 따라 색깔이 달라지는 어두운 빛깔의 진주 스무 개, 크기와 색깔과 모양이 딸기를 꼭 닮은 진주 한 개, 보름달 빛깔의 진주 십여 개, 안쪽에 보랏빛이 도는 큰 진주 한 개, 은색과 크림색이 섞인 완벽한 진주 여섯 개. "이거면 됐소! 알다시피 나는 이것들을 팔 수 없어요. 그랬다가는 모든 로마인들이 이 진주들의 출처를 궁금해할 테니까. 하지만 필요에 따라 내가 원하는 여자들에게 선물로 줄 수는 있겠죠."

"이리도 욕심이 없으시다니, 의원님의 명성은 널리 퍼질 것입니다."

"어떤 말도 새어나가지 않기를 바랍니다, 리산데르. 명심해주시오! 내가 이렇게 절제하는 것은 절대 욕심이 없어서가 아니라, 오직 로마에서의 내 명성 때문이오. 나는 로마의 재산을 횡령하거나 절도했다는 혐의를 받을 만한 짓을 절대 하지 않겠다고 맹세했소." 그는 어깨를 으쓱했다. "게다가 난 돈이 많을수록 더 빨리 써대는 사람이라."

"그렇다면 파타라와 크산토스는요?"

"이곳 여자와 아이 들을 노예로 팔아 남는 돈을 전달하고, 이곳에 쌓인 곡식도 함께 전달하시오. 노예 판매금만 해도 그들이 마련한 내 몸값을 넘어설 것이고, 식량은 그냥 덤으로 제공하는 거요. 하지만 당신이 허락한다면 내가 고용한 배의 선장을 위해 10탈렌툼을 더 가져가고 싶소. 그도 해적들에게 돈을 지불했기 때문이오." 카이사르는 리산데르의 어깨에 한 손을 두르고 그를 건물 밖으로 이끌었다. "크산토스와 파타라의 선박들이 해가 질 무렵이면 도착할 겁니다. 그들이 도착하기 전에 로도스 섬의 몫을 당신의 갤리선으로 옮겨두는 게 어떻겠소? 나는 내 서기들에게 모든 물품의 목록을 작성하도록 하겠소. 로마 몫의 돈은 호위대를 붙여서 로마로 보낼 것이고."

"해적 남자들은 어떻게 하실 겁니까?"

"파타라나 크산토스의 선박에 태워 페르가몬으로 데려갈 거요. 나는 고위 정무관이 아니라 속주 내에서 그들을 처형할 권한이 없어요. 그러니 해적들을 페르가몬 총독에게 데려가 그의 허락을 받아야만 해적들에게 약속한 벌을 줄 수 있소. 바로 십자가형이지."

"그렇다면 로마의 몫은 제 갤리선에 실어서 옮기겠습니다. 그리 많지 않은 화물이니까요. 초여름 무렵에 바다가 잠잠해지면 그 돈을 로도스 섬에서 로마로 보내겠습니다." 리산데르는 잠깐 다른 생각을 하더니 말했다. "페르가몬으로 가시는 길이라면 제가 선박 네 척을 함께 보내 호위해드리겠습니다. 의원님은 로도스 섬에 너무도 큰 부를 가져다주셨으니, 저희 로도스 사람들도 모든 방면에서 기쁜 마음으로 의원님을 돕고 싶습니다."

"그저 내가 그렇게 했다는 걸 잊지 말아주시오! 누가 알겠소? 훗날 내가 도움을 청하게 될지도 모르지." 카이사르가 말했다.

해적들은 바다 쪽으로 끌려갔다. 끝없이 이어진 줄의 제일 끄트머리에 선 폴리고노스가 카이사르에게 침통한 인사를 건넸다.

"참으로 사치를 좋아하는 친구들이오." 카이사르는 고개를 절레절레하며 말했다. "해적이라고 하면 다 더럽고 배움이 부족하고 싸움을 일삼는 무리라고 생각했소. 하지만 이 친구들은 아주 무르더군."

"물론이지요." 리산데르가 말했다. "해적의 야만성은 지나치게 과장되어 있어요. 그들이 약탈행위를 하면서 실제로 싸울 기회가 얼마나 되겠습니까, 카이사르 의원님? 거의 없어요. 실제로 싸우는 경우는 아주 실력이 뛰어난 대규모 해적단 대장들의 감독을 받을 때뿐이죠. 폴리고노스가 이끄는 이런 소규모 해적단은 호송선을 습격하지 않아요. 호송선의 보호를 받지 않는 상선만을 먹잇감으로 삼죠. 선단 형태로 활동하는 해적들은 대부분 크레타 섬 주변에서 발견됩니다. 하지만 폴리고노스처럼 솔리마의 장벽 뒤에 머무는 해적들은 자신들이 영원히 안전하다고 생각하기 마련이에요. 말 그대로 독립왕국을 거느리고 있다고 여기죠."

"로도스 섬에서 해적의 도발을 꺾기 위해 지금보다 더 노력할 수도 있을 텐데." 카이사르가 말했다.

하지만 리산데르는 조용히 웃으며 고개를 가로저었다. "전부 로마 탓이죠! 로마는 우리 위대한 바다의 동쪽을 다스리는 짐을 떠안으면서부터 저희에게 선단 규모를 줄이라고 압박했어요. 로마인들은 그들이 항로를 비롯해 모든 곳의 치안을 책임질 수 있다고 생각했죠. 그러면서도 필요한 비용을 지불하는 데는 인색하게 굴었어요. 로도스 섬은 오늘날 로마의 직접적인 지배하에 있어요. 그래서 저희는 시키는 대로만 한답니다. 저희가 해적 근절을 위한 독립적인 소탕작전에 나서려고 해군력을 증강한다면, 로마인들은 그들이 새로운 미트리다테스를 키웠다고 생각할 겁니다."

카이사르는 그 말에 차마 반박할 수 없었다.

카이사르가 카이코스 강에 도착해 항구에 정박했을 때, 마르쿠스 유니우스 융쿠스는 페르가몬에 없었다. 로마 기준으로 3월 말에 가까운 시기였으므로 겨울은 아직 끝나지 않은 상태였다. 하지만 해안선을 따라 거슬러올라가는 여정은 순조로웠다. 고지대에 세워진 페르가몬은 위풍당당한 모습이었다. 강이 위치한 저지대에서도 신전 지붕이나 궁전 처마에 쌓인 눈과 얼음의 흔적을 확인할 수 있었다.

"총독님은 어디에 있습니까? 에페소스에 있나요?" 카이사르는 재무관 권한대행인 퀸투스 폼페이우스(혈통으로 봤을 때 폼페이우스 가문보다는 루푸스 가문에 가까웠다)를 만나자마자 다짜고짜 물었다.

"아니요, 그분은 니코메디아에 있소." 퀸투스 폼페이우스는 퉁명스럽게 답했다. "나는 이제 막 그분에게로 가려던 참이오. 이곳에서 사람을 만난 것을 다행으로 아시오. 요즘 우리가 비티니아에서 너무 바빠서 말이오. 나는 총독님께서 입으실 시원한 의복을 챙기려고 잠깐 여기로 돌아왔소. 니코메디아가 페르가몬보다 따뜻한 줄은 몰랐지 뭐요."

"오, 그곳은 항상 그렇죠." 카이사르는 진지하게 말했다. 그는 아시아 속주의 재무관 권한대행에게, 융쿠스 총독이 입을 시원한 옷을 가져다주는 것보다 더 시급한 일은 없느냐고 묻고 싶은 충동을 간신히 억눌렀다. "그렇다면 말입니다, 퀸투스 폼페이우스." 그는 사근사근하게 말했다. "당신이 허락한다면 총독님의 의복을 내가 전달해주고 싶군요. 또 떠나기 전에 당신에게 일을 하나 맡기고 싶고요. 저기 저 배들이 보이죠?"

"보이는군요." 퀸투스 폼페이우스가 말했다. 그는 자신보다 어린 사람에게 이걸 하라는 둥 저걸 하지 말라는 둥 명령받는 상황이 달갑지 않았다.

"저기에는 해적 500명이 타고 있어요. 저 사람들을 며칠간 어딘가에 가둬놓아야 합니다. 나는 비티니아로 가서 마르쿠스 유니우스 융쿠스 총독님께 공식 허가를 받아온 다음 저들을 십자가형에 처할 생각입니다."

"해적이라고? 십자가형?"

"그래요. 내가 리키아의 해적 소굴을 장악했지요. 더 정확히 말하자면 로도스 섬 해군이 제공한 배 열 척의 도움을 받았지만."

"그렇다면 당신이 여기 남아 저 귀찮은 무리를 직접 가둬두든지 하시오!" 퀸투스 폼페이우스는 쏘아붙이듯 말했다. "그 문제는 내가 직접 총독님께 여쭤볼 테니!"

"퀸투스 폼페이우스, 매우 유감이긴 하지만 일을 그렇게 처리할 수는 없어요." 카이사르는 부드럽게 말했다. "나는 현재 정무관이 아니고, 해적들을 체포할 당시에도 정무관이 아니었어요. 그러니 내가 직접 총독님을 면담해야만 합니다. 리키아는 그분의 속주에 포함된 땅이니 내가 직접 당시의 정황을 설명해야 한단 말입니다. 법에는 그리 명시되어 있어요."

말다툼은 꽤 오랫동안 이어졌지만, 결국 누가 이길지는 뻔한 싸움이었다. 카이사르는 로도스 섬의 쾌속 갤리선을 타고 니코메디아로 떠났고, 퀸투스 폼페이우스는 남아서 해적들을 감금하는 일을 맡게 되었다.

카이사르는 궁전 내의 작은 대기실에서 너무도 바쁜 융쿠스를 오랫동안 기다렸다. 궁전이 예전 모습을 찾기 힘들 정도로 많이 달라졌다는 사실에 슬퍼졌다. 금으로 도금한 장식은 그대로였고, 뜯어내는 순간 파괴의 흔적이 남을 만한 프레스코화와 기타 예술품도 그대로였다. 하지만 아름다운 조각상들은 이미 방과 복도에서 자취를 감췄고 여러 그림들도 보이지 않았다.

햇빛이 사그라질 무렵에야 융쿠스는 여봐란 듯이 대기실로 들어왔다. 그는 오랫동안 자신을 기다린 동료 원로원 의원을 만나러 오기 전에 저녁식사까지 마친 것이 분명했다.

"카이사르! 이렇게 만나다니 정말 반갑소! 그런데 무슨 일이오?" 총독은 한 손을 내밀며 물었다.

"반갑습니다, 융쿠스 총독님. 바쁘셨던 모양입니다."

"그렇소. 당신은 이 궁전을 본인 손바닥 안처럼 잘 알고 있지 않소?" 지극히 평범한 질문 같았지만 거기 담긴 암시는 뻔했다.

"니코메데스 왕의 부고를 제가 총독님께 전했으니 그 질문에 대한 답은 알고 계실 텐데요."

"하지만 이곳에서 나를 기다리는 예의를 보이지는 않았지."

"저는 정무관이 아닙니다, 융쿠스 총독님. 제가 있었더라면 오히려 방해만 됐겠죠. 기존 속주에 새로운 속주를 편입시키는 중요한 작업은 총독님이 단독으로 재량껏 진행하는 것이 최선이라고 생각합니다." 카이사르가 말했다.

"그렇다면 여기에는 왜 나타난 거요?" 융쿠스는 방문객에게 강한 반감이 담긴 눈빛을 보냈다. 그는 두 사람이 살인 법정에서 벌인 공방은 물론, 그 공방의 승자가 대체로 누구였는지도 잘 기억하고 있었다.

"저는 두 달 전 파르마코사 섬 근처에서 해적들에게 인질로 잡혔습니다."

"뭐, 흔히 일어나는 일이지. 지금 내 앞에 서 있는 것을 보니 몸값을 지불하고 풀려난 모양이군. 하지만 내가 그 몸값을 갚는 것을 도와줄 수는 없소, 카이사르. 하나 당신이 굳이 원한다면 내 부하에게 시켜 로마 원로원에 항의 서신을 띄워줄 수는 있겠지."

"그건 저 혼자서도 할 수 있습니다." 카이사르는 기분좋게 말했다. "저는 불만을 제기하러 이곳에 온 것이 아닙니다, 융쿠스 총독님. 제가 생포한 해적 500명을 십자가형에 처할 수 있도록 허가를 받기 위해

왔죠."

융쿠스는 화들짝 놀랐다. "뭐라고?"

"총독님의 통찰력 넘치는 짐작처럼, 저는 몸값을 지불하고 풀려났습니다. 이후 로도스 섬에서 소규모 함대와 병사들을 요청해 해적 소굴을 찾아갔고 그곳을 소탕했죠."

"당신에게는 그런 일을 벌일 권한이 없소! 내가 총독이고, 그건 내가 할 일이오!" 융쿠스는 쏘듯이 말했다.

"제가 페르가몬으로 서신을 보내고 그 서신이 다시 니코메디아에 있는 총독님께 전달될 무렵이면 아마 겨울이 다 끝났을 겁니다. 그러면 해적 대장 폴리고노스는 다시 노략질을 하러 해적 소굴을 떠났겠죠. 저는 지금 막 페르가몬에서 왔는데, 해적 포로들은 그곳에 가둬뒀습니다. 저는 비록 정무관이 아니지만, 로마 원로원 의원에게 요구되는 방식으로 행동했습니다. 로마의 적들이 로마의 응징을 피해가지 못하도록 조치를 취한 것이죠."

이 신속한 반박에 융쿠스는 잠시 주춤했다. 그는 적당한 대답을 찾고 있었다. "칭찬받아 마땅한 조치요, 카이사르."

"저도 그렇게 생각합니다."

"그런데 건장한 사내 500명을 십자가형에 처하는 것을 나에게 허락해달라는 거요? 그럴 수는 없소! 당신의 포로는 이제 내 소유니까. 나는 그들을 노예로 팔아치우겠소."

"십자가형에 처하겠다고 제가 그들에게 엄숙히 맹세했습니다." 카이사르는 이 말을 내뱉고 입술을 굳게 닫았다.

"그들에게 엄숙히 맹세했다고?" 융쿠스는 아연실색했다. "그들은 불한당에 도둑놈들이잖소!"

"그들이 야만인에 원숭이라고 해도 그건 달라지지 않습니다, 융쿠스 총독님! 저는 그들을 십자가에 매달겠다고 맹세했습니다. 저는 로마인이고, 제 말은 지켜져야 합니다. 저는 반드시 약속을 지킬 겁니다."

"당신이 함부로 해서는 안 되는 약속이었소! 아까 당신 입으로 말했다시피 당신은 정무관이 아니오. 로마의 적들이 로마의 응징을 피해가지 못하도록 신속히 움직인 부분은 높이 사겠소. 하지만 내 권위가 미치는 구역 내에서 포로를 처리하는 방식은 전적으로 내가 결정할 사안이오. 그들은 노예로 팔려가게 될 거요. 이 문제에 대해서는 더 할말이 없소."

"알겠습니다." 카이사르는 멍한 눈빛으로 답했다. 그는 자리에서 일어났다.

"잠깐만!" 융쿠스가 외쳤다.

카이사르는 다시 그를 쳐다봤다. "네?"

"그곳에서 전리품이 나오지 않았소?"

"나왔지요."

"그건 어디에 있소? 페르가몬에 있나?"

"아니요."

"그걸 혼자 꿀꺽해선 안 되지!"

"그러지 않았습니다. 대부분은 인력과 해군력을 동원해준 로도스 주민들에게 넘겨줬습니다. 또 일부는 제 몸값으로 50탈렌툼을 마련해준 크산토스와 파타라 주민들에게 주었죠. 제 몫은 아프로디테 여신에게 바쳤습니다. 로도스 주민들에게 여신의 이름으로 신전을 건설해달라고 부탁했죠. 그리고 로마의 몫은 로마로 보낼 겁니다."

"그럼 내 몫은?"

"총독님 몫을 따로 챙겨줘야 하는지 미처 몰랐군요."

"나는 이 속주의 총독이잖소!"

"전리품은 넉넉한 편이었지만 그 정도로 넉넉하진 않았습니다. 폴리고노스는 제니케테스 왕과는 다르니까요."

"로마로 얼마를 보냈소?"

"동전으로 1천 탈렌툼을 보냈습니다."

"그렇다면 이미 충분한 양인데."

"로마 몫으로는 그렇죠. 총독님 몫까진 챙겨주긴 부족하고요." 카이사르는 부드럽게 말했다.

"이 속주의 총독으로서 국고위원회로 로마의 몫을 전달하는 것은 내 역할이오!"

"얼마나 제외하고 말이죠?"

"속주 총독의 몫을 제외해야지!"

"그렇다면 말입니다." 카이사르는 웃으며 말했다. "국고위원회에 직접 총독님의 몫을 요구하시죠."

"그럴 거요! 내가 안 그럴 거라고 생각하지 마시오!"

"그럴 거라 믿습니다, 융쿠스 총독님."

"당신의 오만함에 대해 원로원에 항의 편지를 보내겠소, 카이사르! 당신은 총독의 직무 범위를 침범했소!"

"맞는 말씀입니다." 카이사르는 대기실을 빠져나가며 말했다. "동시에 그건 정당한 행동이었죠. 안 그랬다면 로마 국고위원회는 1천 탈렌툼을 얻지 못했을 테니까요."

그는 말을 빌려 언 땅이 서서히 녹고 있는 육로를 통해 페르가몬으로 돌아갔다. 부르군두스와 데메트리오스는 그를 뒤따르느라 고생했다. 그는 쉬지 않고 계속 달렸다. 그의 분노는 지친 머리와 욱신거리는 근육에 연료를 제공했다. 페르가몬을 떠난 지 고작 이레 만에 다시 그곳으로 돌아왔다. 아직도 헬레스폰트 해협을 통과하지 못한 로도스 섬의 갤리선이 페르가몬으로 돌아오기 이틀 전이었다.

"전부 해결됐어요!" 그는 재무관 권한대행 퀸투스 폼페이우스에게 쾌활하게 외쳤다. "당신이 십자가를 미리 좀 만들어뒀으면 했는데요! 시간이 너무 부족해서 말이죠."

"십자가를 만들어?" 퀸투스 폼페이우스는 깜짝 놀라 물었다. "마르쿠스 유니우스는 이 포로들을 팔아넘길 게 분명한데, 어째서 십자가를 만들어야 한다는 거요?"

"총독님도 처음에는 그리하실 마음이었어요." 카이사르는 가볍게 말했다. "하지만 내가 해적들에게 십자가형을 내리기로 맹세했다고 설명하자 결국 이해하셨죠. 그러니 어서 십자가를 만듭시다! 나는 이미 두 달 전에 아폴로니오스 몰론 밑에서 학업을 시작했어야 했어요. 시간은 쏜살같이 날아가고 있어요, 폼페이우스. 그러니 어서 서두릅시다!"

어리둥절해진 퀸투스 폼페이우스는 융쿠스에게는 한 번도 보여준 적 없었던 속도로 열심히 서둘렀다. 하지만 그마저도 카이사르를 만족시키지는 못했다. 카이사르는 목재 저장소에서 나무를 구해오더니 해적들에게 직접 본인이 매달릴 십자가를 만들도록 했다.

"제대로 만들어, 이 쓸모없는 것들아. 그건 너희들이 매달리게 될 십자가니까! 허술하게 만든 십자가 탓에 빨리 못 죽고 며칠씩 매달려 있는 것만큼 끔찍한 운명도 없지."

"총독은 어째서 우리를 노예로 파는 쪽을 택하지 않은 거요?" 폴리고노스가 물었다. 그는 연장을 다루는 데 서툴러서인지 십자가 만드는 작업에 진척이 없었다. "분명 노예로 팔 거라고 생각했는데."

"그렇다면 당신 생각이 틀렸소." 카이사르는 그에게서 볼트를 빼앗아 십자가의 연결부위를 조이면서 말했다. "이래 가지고 어떻게 해적으로 승승장구할 수 있었던 거요, 폴리고노스? 한심하도록 무능한 인간 주제에!"

"어떤 사람들은 말이오," 폴리고노스는 삽에 몸을 기대며 말했다. "무능함을 무기로 승승장구하기도 하지요."

카이사르는 몸을 세웠다. 볼트는 단단히 고정되었다. "난 그렇지 않소!" 그가 말했다.

"그건 진작 깨달았소." 폴리고노스는 한숨을 쉬며 말했다.

"이제 어서 땅을 파시오!"

"저건 다 뭐요?" 폴리고노스가 물었다. 그는 자신의 삽을 카이사르가 가져가도록 내버려두고, 정작 자신은 잔뜩 쌓여 있는 나무못을 가리켰다.

"쐐기요." 카이사르는 모래가 튀는 가운데 짜증 섞인 목소리로 답했다. "십자가와 사람 무게를 감당할 만큼 땅을 깊이 판 다음에 십자가를 세울 생각이오. 그런데 이곳은 지반이 물러 십자가를 똑바로 세우기 힘들단 말이지. 그래서 십자가 기둥 주변으로 쐐기를 박아 지반에 잘 고정되도록 할 거요. 게다가 처형이 끝나고 당신들이 다 죽으면 쐐기를 제거해 손쉽게 십자가를 뽑을 수 있겠지. 그렇게 하면 총독은 내가 다음번에 잡아들일 해적들에게도 이 훌륭한 장비를 재활용해 불명예스러운 죽음을 안겨줄 수 있을 테고."

"숨도 안 차시오?"

"나는 일하면서 말을 해도 숨이 딸리지 않소. 폴리고노스, 당신의 최후를 함께하게 될 이 십자가를 땅에 심도록 도와주시오……. 바로 거기!" 카이사르는 물러섰다. "이제 틈으로 쐐기를 박아요. 십자가가 한쪽으로 기울고 있잖소." 그는 삽을 내려놓고 나무망치를 들었다. "아니, 아니, 그 반대쪽! 기울어지는 방향으로 박아야지! 당신은 이쪽으로는 아예 재주가 없군, 안 그렇소?"

"물론 이런 쪽으로는 아예 재주가 없소." 폴리고노스는 웃으며 말했다. "하지만 내 십자가 만드는 일을 사형 집행인에게 슬쩍 떠넘기는 재주는 가지고 있지!"

카이사르는 소리내어 웃었다. "내가 그걸 눈치채지 못했을 것 같소? 하지만 모든 일에는 대가가 따르는 법. 훌륭한 해적이라면 이미 다 아는 사실이겠지만."

즐거움은 사라졌다. 폴리고노스는 그를 가만히 쳐다보았다. "대가?"

"나머지 해적들은 모두 다리를 부러뜨릴 거요. 그러면 빠른 죽음을 맞게 되겠지. 하지만 당신의 경우, 십자가에 매달린 상태에서 가해지는 무게가 줄어들도록 다리를 안 부러뜨릴 생각이오. 그러면 죽기까지 며칠씩 걸릴 거요, 폴리고노스!"

니코메디아에서 카이사르를 뒤따라온 로도스 섬의 갤리선이 페르가몬 항구로 이어지는 강에 도착했을 때, 노잡이들은 입을 떡 벌리고 몸을 덜덜 떨었다. 로도스 섬에서도 사람은 죽기 마련이고 죄인을 처형하는 일도 있었다. 하지만 로마 방식의 정의는 로도스 사람들의 삶과 너무나 동떨어져 있었다. 로도스 섬은 로마의 우호동맹이었으나 속주가 아니었다. 그렇기 때문에 항구와 바다 사이의 노는 땅에 세워진 십자가 500개는 엽기적이고 낯선 장면이었다. 죽은 자들의 들판이었다. 하지만 단 한 사람, 상아색 디아데마를 머리에 두른 해적 대장만은 살아 있었다. 그는 그때까지도 신음하며 비명을 지르고 있었다.

퀸투스 폼페이우스는 카이사르가 떠날 때까지 페르가몬에 남아 있으려 했다. 마치 영락없이 똑같은 모양의 나무들로 이루어진 숲을 닮은, 저 십자가들의 광경 탓이었다. 십자가형은 종종 있는 일이었으나 이렇게 대규모로 진행된 경우는 이전까지 단 한 번도 없었다. 또한 그것은 노예에게 내려지는 형벌이지 자유인에게 내려지는 형벌이 아니었다. 그런데 바로 저곳에, 정확히 일정한 간격으로 줄지어 있는 십자가에는 철저히 통제된 죽음이 내걸려 있었다. 그렇게 짧은 시간에 이런 작업을 계획하고 실행할 수 있는 사람이라면 절대 간과할 수 없는 상대였다. 또 비공식적이든 어쨌든 간에, 그런 사람에게 페르가몬을 맡겨둘 수도 없었다. 그러므로 퀸투스 폼페이우스는 카이사르의 배들이 각각 로도스 섬과 파타라로 떠날 때까지 잠자코 기다렸다.

재무관 권한대행이 니코메디아에 도착해보니 총독은 신이 나 있었다. 카이사르와 오라달티스의 덫인 줄도 모르고, 융쿠스는 궁전의 지하 감옥에 숨겨진 금괴를 발견해 자기 몫으로 꿀꺽했던 것이다.

"폼페이우스, 자네는 지금까지 비티니아를 아시아 속주에 편입시키는 작업을 진행하면서 애써왔네." 융쿠스는 관대하게 말했다. "그러니 자네의 청을 들어주겠네. 이제 본인을 비티니쿠스라고 부르는 것을 허락하겠어."

이 말을 들은 폼페이우스(비티니쿠스)는 거의 총독만큼이나 날아갈 듯한 행복감에 젖었다. 두 사람은 유쾌한 분위기 속에서 편안하게 누워 저녁식사를 즐겼다.

카이사르 이야기를 먼저 꺼낸 것은 융쿠스였다. 마지막 코스 요리를 다 먹은 이후였다.

"살면서 그렇게 오만한 인간은 처음 봤네." 그는 입술을 삐죽거렸다. "내 몫의 전리품을 챙겨주지도 않으면서 장정 500명을 십자가형에 처하도록 허락해달라는 건방진 부탁을 하다니. 그들을 노예 시장에 내다 팔면 내 피해를 적어도 어느 정도 보상받을 수 있는데 말이지!"

폼페이우스는 입을 떡 벌리고 총독을 쳐다봤다. "그들을 판다고요?"

"왜 그러나?"

"하지만 해적들을 십자가형에 처하라고 명령하셨잖습니까, 융쿠스 총독님!"

"그런 적 없어!"

폼페이우스(비티니쿠스)는 눈에 보일 정도로 심하게 떨고 있었다. "이런, 망할!"

"왜 그러나?" 융쿠스는 뻣뻣하게 굳은 채로 재차 물었다.

"카이사르는 총독님을 만나기 위해 페르가몬을 떠난 지 이레 만에 돌아와서는, 총독님께서 십자가형을 허락하셨다고 말했어요. 솔직히 저도 좀 놀랐지만, 그게 거짓말일 거라는 생각은 전혀 못했어요! 융쿠스 총독님, 그는 해적 무리를 전부 십자가형에 처했어요!"

"감히 그런 짓을!"

"감히 그런 짓을 저질렀다고요! 그것도 확신에 찬 태도로 아주 느긋하게! 저를 무슨 노예처럼 부려먹었죠! 전 심지어 총독님께서 십가자형에 동의하셨다니 의외라는 말까지 했어요. 그때 그의 표정에 불편함이나 죄책감이 느껴졌냐고요? 아뇨, 전혀! 융쿠스 총독님, 저는 진심으로 그가 하는 말을 다 믿었어요! 총독님께서 아니라는 서신을 보내지도 않으셨고요." 그는 마지막 말을 아주 교묘하게 덧붙였다.

융쿠스는 너무 분해서 눈물을 줄줄 흘렸다. "그 포로들을 시장에 팔았으면 200만 세스테르티우스는 받았을 텐데! 폼페이우스, 자그마치 200만 세스테르티우스야! 또 그는 나한테 먼저 보고도 안 하고, 내 몫을 따로 챙겨주지도 않고, 로마 국고위원회로 1천 탈렌툼을 보냈어! 이제 내가 직접 국고위원회에 내 몫을 떼어달라고 신청해야 하는데, 그게 얼마나 한심한 짓거린지 자네도 알지 않나! 운이 억세게 좋으면 내 증손주가 태어나기 전에 답을 주겠지! 그 빌어먹을 놈은 분명 중간에서 수천 탈렌툼을 가로챘을 거야! 수천 탈렌툼을!"

"그건 아닌 것 같더군요." 폼페이우스(비티니쿠스)는 어떻게든 절망에 빠진 융쿠스를 쳐다보지 않으려고 애쓰며 말했다. "로도스 섬 출신의 고위급 선장과 대화를 나눠봤는데, 카이사르는 정말 모든 전리품을 로도스, 크산토스, 파타라에 나눠준 것 같았어요. 전리품의 양은 넉넉했지만 이집트의 보물 수준은 아니었다더군요. 로도스 사람들은 카이사르가 개인 몫으로는 거의 아무것도 안 가져갔다고 믿고 있어요. 그게 모든 관계자들의 공통된 의견인 듯했고요. 그의 해방노예 중 한 사람의 말에 따르면, 카이사르도 돈을 좋아하긴 하지만 너무 똑똑해서 정치 경력보다 돈을 우선시하지는 않는다고 하더군요. 그는 음흉하게 웃으면서 카이사르라면 부당취득 혐의로 기소될 만한 짓은 절대 하지 않을 거라고 했어요. 또 카이사르는 해적 소굴에서 본인의 몸값이 도착하기를 기다리면서 해적들에게 그들을 십자가형에 처하겠다고 맹세했던 모양이에요. 그가 해적에게서 얻은 전리품을 가로챘다는 것을 증명하기는 아마 어려울 것 같습니다, 융쿠스 총독님."

융쿠스는 눈물을 훔치고 코를 풀었다. "그가 니코메디아나 비티니아의 다른 지역에서 무언가를 가져갔다는 것도 결코 증명할 수 없겠지. 하지만 분명 뭔가 가로챘을 거야! 아닐 리가 없어! 이제껏 살면서 도덕적인 인물들도 봐왔지만, 맹세코 그는 절대 그런 부류가 아니야, 폼페이우스! 도덕적인 인물이라기엔 지나치게 자신만만하니까. 또 지나치게 오만해. 마치 세상을 다 가진 것처럼 행동하지!"

"해적 대장은 카이사르를 아주 이상한 사람이라고 했어요. 포로로 잡혀 있을 때조차 마치 세상을 다 가진 것처럼 행동했다고 하더군요. 웃긴 농담으로 모든 사람들을 모욕하고 말이죠! 몸값도 원래 20탈렌툼이었는데 카이사르가 그 말을 듣고 분개했대요! 자신의 가치는 최소 50탈렌툼은 된다면서, 몸값을 50탈렌툼으로 상향 조정했다더군요."

"그래서 그에게서 50탈렌툼이란 말이 나왔던 거군! 당시에는 좀 이상하다 생각했지만 너무 화가 나서 물어보질 못했네. 그러다 곧 잊어버렸지." 융쿠스는 고개를 가로저었다. "어쩌면 그게 원인일지도 몰라, 폼페이우스. 그 인간은 미쳤어! 50탈렌툼은 감찰관의 몸값이네. 그래, 그 인간은 정신이 나간 게 분명해."

"아니면 크산토스와 파타라 주민들에게 빨리 몸값을 마련하도록 겁주기 위해서였는지도 모르죠." 폼페이우스가 말했다.

"아니! 그는 정신이 나갔어. 그 정신이상은 지나친 자만심에서 비롯된 것이지. 그게 그가 보여준 일관된 모습이기도 했고." 융쿠스의 얼굴에 씁쓸한 표정이 내려앉았다. "하지만 그에게는 일관된 동기가 안 보인단 말이야. 내가 원하는 건, 그가 내게 한 짓에 대한 대가를 치르도록 하는 걸세. 오, 믿을 수가 없어! 200만 세스테르티우스를 날리다니!"

카이사르가 자신의 행동으로 인해 빚어질 갈등에 대해 조금이라도 불안해했는지는 분명치 않다. 만약 그랬다 해도 그는 그 불안감을 아주 완벽하게 숨긴 것이 분명했다. 그가 탄 배가 로도스 섬의 항구에 입항하자 그는 선장에게 아주 넉넉한 대가를 지불하고, 도시 외곽의 쾌적하지만 지나치게 호화롭지 않은 주택을 빌려 위대한 아폴로니오스 몰론 밑에서 학업을 시작했다.

아시아 속주의 발치에 위치한 크고 독립된 섬 로도스는 지중해의 동쪽으로 이어지는 교차로였다. 그래서 온갖 소식과 소문이 쏟아져 들어왔고, 그곳의 로마인 유학생들은 로마 및 로마가 지배한 다른 세계로부터 단절된 느낌을 받지 않았다. 카이사르는 곧 폼페이우스가 원로원에 보낸 편지나 그 편지에 대한—루쿨루스의 지지발언을 비롯한—원로원의 반응을 전해 들었다. 또한 작년 수석 집정관 루키우스 옥타비우스가 킬리키아 총독으로 부임하려고 3월 초 타르소스에 도착한 직후 사망했다는 소식도 접했다. 원로원에서 그를 대신할 사람으로 누구를 뽑을 것인지는 아직 밝혀지지 않았다. 로마에서는 계급을 막론하고 모든 이들이 비티니아의 유증 소식을 반겼다. 하지만 카이사르가 알게 된 바에 따르면, 로도스 섬에서는 이 새로운 땅이 아시아 속주로 편입되는 게 모든 이의 바람은 아니었다. 또한 융쿠스에게 속주 편입 작업을 진행하라는 명령이 떨어졌다고 해서 다툼이 다 끝난 것도 아니었다. 올해의 집정관인 루쿨루스와 마르쿠스 코타는 비티니아를 별도의 총독이 관리하는 별도의 속주로 지정하는 데 찬성하는 입장이었다. 마르쿠스 코타는 이듬해 비티니아 총독 직을 노리고 있었다.

하지만 로도스인들이 더 관심을 보이는 것은 아무래도 지역 소식이었다. 폰토스와 카파도키아에서 벌어지는 사건은 로마나 히스파니아에서 벌어지는 사건보다 더 중요하게 다가왔다. 소문에 따르면 티그라네스 왕이 4년 전 카파도키아를 침략한 이후 에우세베이아 마자카에는 주민이 한 사람도 남지 않았다고 한다. 왕이 주민들을 죄다 티그라노케르타로 강제 이주시킨 탓이었다. 과거 카이사르에게 깊은 인상을 심어주지 못했던 카파도키아 왕은 침략을 당한 이후 알렉산드리아에서 망명 생활을 하고 있었다. 굳이 그 지역을 망명지로 선택한 이유는 타르소스의 경우 티그라네스와 너무 가깝고, 로마의 경우 그의 지갑이 감당하기에 물가가 부담스러워서라고 했다.

미트리다테스 왕은 비티니아가 유증을 통해 로마의 손에 넘어갔다는 소식에 너무 화가 난 나머지 폰토스에서 분주하게 대규모 신규 군대를 모집중이라는 소문이 여기저기서 들렸다. 하지만 구체적인 내용을 아는 사람은 아무도 없었다. 미트리다테스는 여전히 그의 국경 내에 머무르고 있는 것이 분명했다.

융쿠스에 관한 소문도 빠질 수 없었다. 소문에 따르면 그는 비티니아—특히 흑해의 헤라클레이아 지역—에 거주하는 명망 높은 로마인 몇몇과 사이가 틀어졌으며, 융쿠스가 비티니아의 가장 위대한 보물을 약탈했다는 혐의가 담긴 공식 항의서가 로마로 발송되었다고 했다.

6월 초, 아시아 속주 전체는 강한 충격으로 뒤흔들렸고 몸을 떨었다. 미트리다테스 왕이 진군을 시작했으며, 파플라고니아를 지나 비티니아와의 국경인 헤라클레이아까지 당도했다는 소식 때문이었다. 폰토스 국왕이 비티니아를 접수할 작정이라는 소식은 로마에도 전해졌다. 혈통, 태생, 근접성을 모두 따져봤을 때 비티니아는 로마가 아니라 폰토스에 귀속되어야 마땅했다. 그러므로 미트리다테스 왕은 로마가 비티니아를 가로채는 상황을 가만히 지켜보지 않을 터였다! 하지만 대규모 폰토스 군대는 헤라클레이아에서 갑자기 진군을 멈췄고 그곳에서 꼼짝도 하지 않았다. 늘 그랬던 것처럼 미트리다테스는 로마를 향해 먼저 도전장을 던지고서는 로마의 반응을 살피며 조용히 기다리는 모습이었다.

융쿠스와 폼페이우스(비티니쿠스)는 페르가몬으로 피신했다. 그들은 그곳에서 아시아 속주와 폰토스 국왕 간의 전쟁을 준비하기보다는 원로원에 보낼 장황한 보고서를 작성하는 데 훨씬 많은 시간을 할애했다. 루키우스 옥타비우스의 죽음으로 킬리키아 총독 직이 공석인 탓에 타르소스에 주둔중이던 2개 군단은 아시아 속주를 도우려고 나서지 않았다. 융쿠스도 그 군단들을 불러들이지 않았다. 에페소스와 사르디스에 주둔중인 핌브리아군 2개 군단을 페르가몬으로 불러들이기는 했으나, 페르가몬에서 비티니아로 군대를 파견할 낌새가 안 보였다. 융쿠스가 비티니아보다는 본인의 목숨을 지키는 데 더 혈안이라는 추측이 나오곤 했다.

카이사르는 로도스 섬에서 그 소식을 들었지만 페르가몬으로 떠나지 않았다. 그가 더욱 걱정한 것은, 아시아 속주는 미트리다테스와 얽히기를 원하지 않지만 동시에 총독이 단호한 명령을 내리지 않는 한 그와 전쟁을 치를 마음도 없다는 소문이었다. 그런데 총독은 그 어떤 것에 대해서도 단호한 명령을 내릴 기미가 안 보였다. 아시아 속주 남부에서는 7월경 추수를 시작해야 하고 북부에서도 8월경에는 수확을 시작해야 했다. 하지만 융쿠스는 아무 일도 하지 않았고, 전쟁의 가능성에 대비해 군량을 비축하지도 않았다.

8월이 되자 두 집정관 루쿨루스와 마르쿠스 코타가 원로원의 승인을 받아 미트리다테스 문제를 직접 해결하기로 했다는 소식이 전해졌다. 비티니아는 별안간 별도의 속주로 분리되어 마르쿠스 코타가 담당하게 되었고, 킬리키아는 루쿨루스에게 돌아갔다. 아시아 속주 총독은 겨우 법무관 신분이었고 올해의 두 집정관 사이에 낀 상태가 되었다. 따라서 아시아 속주의 운명은 그 누구도 짐작할 수 없었다. 융쿠스는 직위에서 루쿨루스와 마르쿠스 코타에게 밀리는 까닭에 그들의 명령에 무조건 복종해야 했다. 하지만 그는 루쿨루스의 입맛에 맞는 인물이 아니었다. 능률적이지도 않았고 나무랄 데 없이 훌륭하지도 않았다. 융쿠스에게는 나쁜 조짐이었다.

며칠 지나지 않아 카이사르는 집정관 루쿨루스의 동생인 바로 루쿨루스로부터 편지를 받았다.

당신도 예상할 수 있겠지만 지금 로마는 아주 소란스럽소. 내가 굳이 카이사르 당신에게 편지를 쓰는 이유는 당신이 현재 이곳에 없어서기도 하고, 종이 위에 생각을 정리하고 싶은데 나는 일기를 쓰는 사람이 아니기 때문이기도 하고, 달리 편지를 쓸 대상이 떠오르지 않아서이기도 하오. 두 집정관이 모두 사망하지 않는 한, 나는 로마에 묶여 있을 수밖에 없는 운명이오. 수석 집정관은 내 형님이고 차석 집정관은 당신 외삼촌이니 우리 둘 다 그런 일이 일어나길 원하지는 않겠지요. 내가 왜 로마에 묶여 있을 수밖에 없는 운명이냐고? 내년 수석 집정관으로 당선되었기 때문이오! 참 놀랍지 않소? 차석 집정관 당선인은 가이우스 카시우스 롱기누스인데, 괜찮은 인물 같소.

지역 소식을 먼저 전해주겠소. 우리의 친구 가이우스 베레스가 유권자와 추첨 담당관에게 손을 써서 수도 담당 법무관에 뽑혔다는 소식은 분명 들었을 거요. 그런데 노력에 비해 보상이 적은 그 직위를 그가 어떻게 수익이 짭짤한 직위로 바꿔놓았는지도 들었소? 금융가 루키우스 미누키우스 바실루스가 유언을 남기지 않고 죽자 그의 가장 가까운 친척이 유산 상속을 요구하는 탄원서를 베레스에게 전달했소. 바로 고인의 조카인데, 이름은 마르쿠스 사트리우스라고 하더군요. 그런데 누가 반대하고 나섰는지 아시오? 다른 사람도 아닌 호르텐시우스와 마르쿠스 크라수스였소. 두 사람은 바실루스 생전에 그로부터 호화저택을 각각 한 채씩 임차했소. 그런 사람들이 베레스 앞에 나타나서, 바실루스가 유언을 남겼다면 분명 그 저택들을 그들 몫으로 떼어주었을 것이라 주장했소! 그런데 베레스는 그들의 주장이 타당하다는 데 동의했지! 덕분에 호르텐시우스와 마르쿠스 크라수스는 한층 더 부유해졌고, 처량한 사트리우스는 한층 더 가난해졌소. 그렇다면 과연 가이우스 베레스는 어떻게 됐을까…… 설마 그가 진정한 선의에서 호르텐시우스와 마르쿠스 크라수스의 손을 들어준 것이라고 생각하진 않겠지, 안 그렇소?

늘 그렇듯이 올해 호민관 열 명 중에도 성가신 인물이 섞여 있소. 올해의 골칫거리는 루키우스 퀸티우스요. 나이 쉰 살에 자수성가한 사람인데, 반드시 토가를 입어야 하는 자리가 아니면 발목까지 오는 티로스 자주색 의복을 걸치고, 말투와 몸가짐에 가증스러울 정도로 꾸밈이 많은 게 특징이오. 호민관단이 취임한 지 만 하루도 지나지 않아 그는 포룸 로마눔의 관중 앞에서 호민관단의 전권 회복에 관해 열변을 토해냈소. 또 원로원에서는 나의 형님에 대해 독기에 찬 말을 쏟아냈지.

하지만 퀸티우스는 이제 조용해졌고 행동거지도 조신해졌소. 친애하는 루쿨루스 형님께서 일명 두 갈래 작전을 통해 그를 아주 보기 좋게 처리해버렸거든. 첫번째 갈래는 작년 호민관인 퀸투스 오피미우스를 개들에게 던져버리는 것이었소. 여기서 개들이란 카툴루스와 호르텐시우스를 말하는 거요. 둘은 오피미우스를 지속적인 월권 혐의로 기소했고, 그에게 그가 가진 재산과 정확히 일치하는 금액의 벌금형을 내렸소. 이로 인해 오피미우스는 처참한 신세로 공직에서 물러나야 했소. 두번째 갈래는 루쿨루스 형님께서 퀸티우스에게 입 다물고 행동거지를 조심하지 않으면 그 역시 카툴루스와 호르텐시우스에게 내던져질 것이고, 가진 재산과 정확히 일치하는 금액의 벌금형을 받게 될 거라는 경고를 아주 논리적이고 줄기차게 주입하는 거였지. 시간이 좀 걸리긴 했지만 이 작전은 결국 통했소.

당신이 로마에서 완전히 잊혔다고 생각한다면, 실제로는 그렇지 않다는 걸 알려주고 싶소, 친애하는 카이사르. 모든 로마인들은 당신이 해적들을 골탕 먹인 사건이나, 총독의 명령을 거스르고 그들을 십자가형에 처한 일에 대해 떠들고 있소. 당신의 질문이 들리는 것 같군요. 그 소식이 벌써 로마에 전해졌냐고? 그렇소, 다 전해졌소! 융쿠스가 직접 입을 연 건 아니오. 실은 그의 재무관 권한대행이자 전혀 특별할 것 없는 이름 뒤에 '비티니쿠스'라는 코그노멘을 덧붙인 저 뻔뻔한 폼페이우스가 편지를 써서 모두에게 그 이야기를 전했소. 그의 원래 의도는 융쿠스를 영웅으로 만드는 것이었던 모양인데, 대중의 변덕 탓인지 모두들—심지어 카툴루스조차도!—당신을 영웅으로 여기고 있소. 시민관에 이어 해전관을 수여해야 한다는 말까지 나왔지만 카툴루스는 그렇게까지 할 마음은 없었던 모양인지, 원로원 의원들에게 당신은 당시 정무관 신분이 아니었으므로 무공훈장을 받을 자격이 없다는 사실을 상기시켜주었소.

올해 원로원에서는 해적을 주제로 많은 논의가 이어졌소. 다만 '논의'라는 단어에 방점을 찍어야만 할 거요. 필리푸스가 줄곧 무기력의 늪에 빠져 있어서인지, 케테구스가 대부분의 회의에 불참해서인지, 카툴루스와 호르텐시우스가 최근 원로원보다는 법정에 더 관심을 쏟고 있어서인지, 나도 원인을 모르겠소. 하지만 분명한 사실은 올해 원로원이 민달팽이와 다를 바 없다는 거요. 결정을 내린다? 오, 절대 불가능하지! 박차를 가한다? 오, 그것도 불가능하고!

어쨌거나 1월에 우리의 법무관 마르쿠스 안토니우스는 지중해에서의 해적 근절을 위한 특별 직권을 자신에게 맡겨줄 것을 강력히 주장했소. 그가 이 임무를 요구하는 주된 이유는, 그의 아버지인 웅변가 양반께서 30년 전 비슷한 임무를 수행한 적이 있다는 사실인 것 같았소. 해적 문제가 웃고 넘기기 힘들 정도로 커졌다는 데는 이견이 없소. 또 지금처럼 곡물이 부족한 시기에는 동방에서 이탈리아로 이동하는 곡물 수송선을 반드시 보호해야 마땅하지. 하지만 지중해 전역의 해적 근절이라는 어마어마한 임무를—동생인 히브리다처럼 괴물은 아니지만 사근사근하고 무기력한 머저리임에 틀림없는—안토니우스에게 맡기는 상상만으로도 다들 웃음을 참을 수 없었소.

한없이 논의가 이어졌지만 결국 아무 결론도 나오지 않았소. 숫염소 카프라리우스의 장남 메텔루스(그는 올해 법무관이오) 역시 그것이 좋은 생각이라 여겨서 같은 임무를 맡기 위해 물밑작업을 시작한 것만 제외한다면. 그런데 메텔루스의 물밑작업이 위협으로 다가오자 안토니우스가 누구를 찾아갔는지 짐작할 수 있겠소? 모르겠다고? 바로 프라이키아요! 케테구스의 정부 말이지. 그녀는 그 앙증맞은 발로 케테구스를 완전히 찍어누르고 있소. 그래서 요즘에는 사람들이 케테구스에게 원하는 것이 있으면 곧바로 프라이키아에게 아부를 한다지. 안토니우스가 결국 그 임무를 따낸 것을 보면 프라이키아는—정신의 크기보다도 음경의 크기가—우람한 백치를 남몰래 갈망했던 것 같소! 작은 염소 메텔루스는 자존심에 상처를 입고 이번 경쟁에서 물러났지만 아마 훗날을 기약하고 있을 거요. 케테구스의 지원사격이 얼마나 대단했던지 안토니우스는 해상에서는 무제한의 임페리움을, 지상에서는 집정관급의 임페리움을 얻게 되었소. 1개 군단 규모의 지상군을 모집하라는 명령도 받았고. 하지만 함대는 그가 앞으로 마음껏 다니게 될 이곳저곳의 항구도시에 요청해 마련하라는 명을 받았소. 그는 올해 지중해의 서쪽 끝에 머물게 될 거요.

원로원으로 날아들기 시작한 지중해 서쪽 항구도시들의 항의서가 전부 사실이라면, 마르쿠스 안토니우스는 해적 소탕보다 자금 마련에 더 탁월한 재주를 지닌 것 같소. 지금껏 그가 잡아들인 해적은 당신의 기록보다 훨씬 저조하단 말이지! 그는 캄파니아 연안에서 교전을 벌였고 대승을 거두었다고 주장했소. 하지만 적선의 충각이라든지 포로 같은 증거는 전혀 없었소. 그가 리파라에서 주먹을 휘두르고 발레아레스 제도를 향해 힘껏 호통을 쳤을지 몰라도, 히스파니아의 동부 연안은 여전히 세르토리우스와 동맹을 맺은 해적들이 단단히 움켜쥐고 있는 것 같소. 리구리아도 아직 길들지 않았고. 항의서에 따르면 그는 시간과 에너지를 대부분 시끌벅적하고 호화로운 생활에 쏟는다고 하더군. 가장 최근 원로원으로 발송한 공문서에서 그는 내년에 지중해 동쪽 끝인 펠로폰네소스 반도의 기테이온으로 이동하겠다고 했소. 그곳을 기지로 삼아 대규모 해적 무리가 숨어 있는 크레타 섬을 공격할 계획이라고 했소. 하지만 내가 듣기로 기테이온은 기후가 끝내주고 여인들이 아름답기로 명성이 자자한 곳이라 하더군.

다음은 미트리다테스 소식이오.

니코메데스 왕의 사망 소식은 3월이 되어서야 로마에 도착했소. 아마 겨울철 폭풍 탓에 늦어진 것 같소. 물론 유언장은 베스타 신녀들이 안전하게 보관중이었고, 융쿠스에게는 당신에게 왕의 부고를 전달받는 즉시 비티니아를 아시아 속주로 편입시키는 작업을 진행하라고 진작 일러두었으니 원로원에서는 아무 문제가 없다고 생각했소. 그런데 니코메데스 왕의 부음이 전해진 직후 미트리다테스 왕의 공식 서한이 도착했소. 그는 비티니아가 니코메데스 왕의 나이 든 딸인 니사의 몫이며, 니사를 왕좌에 앉히기 위해 진군중이라 전했소. 아무도 그 말을 심각하게 받아들이지 않았소. 그 딸에 대한 소식은 벌써 몇 년째 들리지 않았으니까. 우리는 미트리다테스에게 비티니아의 왕위를 노리는 그 어떤 사람도 용납하지 않겠다는 엄중한 경고를 보냈소. 또 그에게 그의 국경 내에 머물 것을 명령했소. 보통 우리가 이 정도로 경고하면 그는 달팽이처럼 움츠러들었기 때문에, 이 문제에 대해 아무도 더 깊이 생각하지 않았소.

어디까지나 우리 형님을 제외한다면 말이오. 형님은 수년 동안 동방에서 생활하고 전쟁을 치르며 단련된 후각으로 다가오는 전쟁의 냄새를 맡았소. 형님은 원로원에서 전쟁 가능성에 대해 언급했으나 의원들은—반박의 함성도 아닌—코웃음으로 대응했소. 형님은 내년에 이탈리아 갈리아 총독으로 부임할 예정이었소. 신년 첫날의 추첨에서 그 지역을 뽑은 뒤 정말 기뻐하셨지. 그때까지 형님이 생각한 최악의 상황이란 원로원이 폼페이우스에게서 가까운 히스파니아를 빼앗아 형님에게 넘겨주는 것이었소! 그렇기 때문에 형님이 늘 원로원에서 폼페이우스를 열성적으로 지지하는 발언을 했던 거요. 오, 가까운 히스파니아라면 정말 질색하셨소!

어쨌든 4월 말에 루키우스 옥타비우스가 타르소스에서 사망했다는 소식이 전해지자 형님은 본인에게 킬리키아 총독 직을 맡겨달라고 원로원에 요청했소. 이탈리아 갈리아 총독 직은 법무관 중 한 사람에게 넘기고 말이오. 형님은 앞으로 계속 미트리다테스 왕과의 충돌이 발생할 것이라 주장했소. 이 불길한 예감에 대한 원로원의 반응은 어땠을 것 같소? 무기력 그 자체였소! 억지로 하품을 참는 모습이었지! 마치 미트리다테스가 15년 전 로마인 8만 명을 학살한 일이 없었던 것처럼! 또 술라가 나서기 전까지 그가 그 모든 지역을 장악한 일이 없었던 것처럼 말이오. 원로원 의원들은 논의하고, 논의하고, 또 논의했지만……. 아무런 결론도 내놓지 못했소.

미트리다테스가 진군중이며 30만 병력을 이끌고 헤라클레이아에 당도했다는 소식이 전해지자, 이쯤 되면 당연히 무슨 결론이라도 나오겠거니 했소! 그런데 세상에, 아무 일도 없었소. 원로원은 누구를 동방으로 파견할지는커녕 어떤 조치를 취해야 할지조차 합의하지 못했소. 한번은 필리푸스가 동방에서의 전쟁 지휘권을 폼페이우스 마그누스에게 주는 게 어떻겠냐고 했소! 그는 히스파니아에서 박살 난 명성을 회복하는 데 아주 관심이 많을 테니까 말이오.

마침내 불쌍한 우리 루쿨루스 형님은 끔찍이 싫어하는 짓을 해야만 했소. 프라이키아를 찾아가는 거였지. 당신도 상상할 수 있겠지만, 형님이 그 여자에게 접근한 방식은 안토니우스의 접근법과는 상당히 달랐소! 루쿨루스 형님은 목이 뻣뻣해 알랑거리지도 못하고 자존심이 강해 구걸도 하지 못하는 사람이니까. 그래서 값비싼 선물을 건네거나 연정 섞인 한숨을 내쉬거나 영원한 사랑과 욕정을 내보이는 대신, 아주 딱딱하고 사무적으로 나갔소. 형님은 그녀에게 원로원이 죄다 멍청이들로 구성되어 있으며 그곳에서 쓸데없이 힘 빼는 일이 지긋지긋하다고, 반면 프라이키아는 교육을 잘 받은 것은 물론 놀랍도록 지적이라는 말을 항상 들어왔다고 말했소. 과연 그 여자가 미트리다테스를 처리할 사람을 한시바삐 파견해야 한다는 사실과, 그 임무의 적임자가 루키우스 리키니우스 루쿨루스 형님이라는 사실을 알았을 것 같소? 또 이 두 가지를 모두 안다고 할 때, 그녀가 기꺼이 케테구스의 엉덩짝을 걷어차 이 문제가 해결되도록 했을 것 같소? 듣자 하니 그녀는 자신이 어떤 원로원 의원보다(그녀는 케테구스까지도 거기에 포함시킨 것 같소!) 교육을 잘 받았고 지적이라는 말이 아주 반가웠던 모양이오. 그녀가 케테구스의 엉덩짝을 아주 세게 걷어찬 게 분명한데, 그 덕분에 원로원에서는 즉각 일이 돌아가기 시작했소!

이탈리아 갈리아는 아직 구체적으로 정해지진 않았지만 법무관에게 맡기기로 하고, 킬리키아는 우리 형님이 맡기로 했소. 또 형님은 집정관 임기 동안 동방으로 이동하고, 신년 첫날이 오면 킬리키아 총독 직을 내놓지 말고 아시아 속주 총독 직까지 맡으라는 명령을 받았소. 원래는 융쿠스가 임기 연장을 통해 내년에도 아시아 속주 총독을 지낼 예정이었지만 그 계획은 전부 취소되었소. 그는 연말에 로마로 귀환해야 할 거요. 불쌍한 비티니아에서 그의 행동에 대한 항의서가 쏟아지는 바람에 원로원은 만장일치로 그를 소환하기로 했소.

현재 이탈리아에는 1개 군단의 병력밖에 없소. 원래 그 병력은 훈련을 마친 후 히스파니아로 파견될 예정이었으나 이제 루쿨루스 형님과 함께 동방으로 떠나게 됐소. 프라이키아가 케테구스를 어찌나 세게 걷어찼는지, 원로원 의원들은 루쿨루스 형님에게 함대 마련 비용으로 7천200만 세스테르티우스를 지급하기로 표결했소. 마르쿠스 안토니우스는 한푼도 받지 못했는데 말이지. 마르쿠스 코타는 새로운 로마 속주인 비티니아의 총독으로 임명되었는데, 비티니아 해군이 주어졌다는 이유로 그 역시 함대 마련 비용을 한푼도 받지 못했소! 카이사르, 집정관들보다 한 여자가 더 큰 권력을 휘두르다니 우리가 어쩌다 이 꼴이 된 거요?

친애하는 우리 형님은 영예롭게도 그 7천200만 세스테르티우스를 사양했소. 형님은 술라가 아시아 속주와 관련해 제정한 법만으로도 충분한 경비를 마련할 수 있다고 했소. 아시아 속주의 다양한 도시와 지역으로부터 함선을 징발하고, 앞으로 징수할 공물에서 그 비용을 제할 것이라고 말이오. 돈이 거의 바닥난 마당이라 원로원 의원들은 우리 형님에게 진심으로 고마워했소.

이제 7월 말이고, 루쿨루스 형님과 마르쿠스 코타는 한 달 안에 동방으로 떠날 예정이오. 술라의 법제에 따르면 다행히 집정관 당선인이 수도 담당 법무관보다 서열이 높아서, 그 끔찍한 가이우스 베레스 대신 나와 카시우스가 로마를 책임지게 될 거요.

원정대는 목적지까지 줄곧 배를 이용할 예정인데—이송 병력이 겨우 1개 군단이라 힘든 작업은 아닐 거요—여름에는 마케도니아를 가로지르는 육로보다는 해로가 빠르기 때문이지. 또 술라처럼 헬레스폰트 해협 서쪽에서의 교전에 휘말리게 되지 않기를 바라는 것 같소. 형님은 쿠리오에게 마케도니아를 침공한 폰토스 세력을 감당할 능력이 충분하다고 믿고 있소. 쿠리오와 코스코니우스는 작년에 일리리쿰에서 손발이 잘 맞았던지 다르다니족과 스코르디스키족을 물리치는 데 성공했소. 쿠리오는 이제 베시족과 맞서고 있다더군.

루쿨루스 형님은 9월 말경에 페르가몬에 도착할 거요. 물론 그 이후의 일은 전혀 모르겠소. 아마 우리 루쿨루스 형님도 모를 거요.

이걸로 모든 소식을 전했소, 카이사르. 무슨 소식이라도 접하면 꼭 내게 편지를 주시오. 루쿨루스 형님은 내게 일일이 그런 소식을 전해줄 시간이 없을 테니까!

이 편지는 카이사르를 한숨짓게 만들었다. 갑자기 호흡 연습이나 수사학이 흥미롭지 않게 느껴졌다. 그는 루쿨루스로부터 호출을 받지 않았고, 앞으로 호출받을 가능성도 희박했다. 특히나 그가 해적을 소탕했다는 소문이 로마 내에 자자하다면 더더욱. 루쿨루스는 그 행위 자체는 인정할지 몰라도 행위의 주체는 인정하지 않을 터였다. 그는 모든 것이 행정적으로 정돈된 상태, 공식적으로 깔끔한 상태를 선호했다. 루쿨루스는 카이사르가 그렇게 행동할 수밖에 없었던 이유를 이해할지도 모른다. 하지만 총독의 권위를 위협하는, 정무관 신분도 아닌 모험가를 곱게 보지는 않으리라.

소망은 실제의 아버지일까? 카이사르는 다음날 생각했다. 입 밖에 내지 않은 욕망의 힘으로 실제 사건에 영향을 줄 수 있을까? 아니면 모든 게 다만 포르투나 여신의 섭리일까? 나는 포르투나 여신에게 사랑받는 사람이므로 나에게는 운이 따른다. 이제 다시 그것이 나를 찾아왔다. 기회! 누구도 나를 막을 수 없는 상황에 다시금 주어진 기회. 융쿠스 같은 인물들이 있긴 하지만, 뭐, 어차피 그들은 전혀 중요하지 않으니까.

로도스 섬에서는 미트리다테스 왕이 한 개가 아닌 세 개의 경로로 진군중이며, 모든 군대는 폰토스의 젤라에서 출발했다고들 했다. 젤라에는 군 사령부와 대규모 군사 훈련시설이 있었다. 주요 병력은 미트리다테스 왕이 직접 이끌었다. 총 30만의 보병과 기병들이 파플라고니아 해안을 따라 비티니아 방면으로 이동했고, 미트리다테스의 친척이자 장군인 헤르모크라테스와 탁실레스가 이 병력을 지원했다. 또한 해적선이 상당수 포함된 함선 1천 척 규모의 함대가 뒤따랐고, 왕의 친척이자 해군 사령관인 아리스토니코스가 지휘를 맡았다. 한편 두번째 병력을 이끄는 것은 왕의 조카인 디오판토스였고, 이들의 최종 목적지는 킬리키아였으며, 규모는 10만 정도였다. 세번째 병력도 10만 정도였다. 이들을 지휘하는 것은 왕의 친척이자 장군인 에우마코스와, 세르토리우스가 왕에게 보낸 가이우스 마리우스의 사생아 마르쿠스 마리우스였다. 이 세번째 병력은 프리기아를 통과해 아시아 속주로 은밀히 진입하라는 명령을 받았다.

카이사르는 루쿨루스와 마르쿠스 코타가 이 소식을 한시바삐 듣지 못하리라는 사실이 안타까워 한숨을 쉬었다. 킬리키아에 소속된 2개 군단은 루쿨루스의 명령에 따라 벌써 배를 타고 페르가몬으로 이동중이었다. 이로 인해 킬리키아는 디오판토스의 침략을 방어할 수 없는 처지였다. 디오판토스의 발목을 잡을 만한 사건이 발생하기를 기도하는 수밖에 달리 방법이 없었다. 물론 그는 티그라네스 왕 덕분에 카파도키아에서는 거의 저항을 만나지 않을 터였다.

핌브리아군 2개 군단은 이미 페르가몬에 도착해 비겁한 총독 융쿠스와 함께 있었다. 융쿠스가 그들을 남쪽으로 보내 에우마코스와 마르쿠스 마리우스에게 맞설 가능성은 희박했다. 15년도 지나지 않아서 아시아 속주가 또다시 미트리다테스에게 넘어가는 상황을 대비해, 그는 자신의 탈출을 도울 수 있도록 2개 군단을 곁에 두려고 했다. 그들을 이끌어줄 강인한 로마인이 부재하는 이상, 아시아 속주 주민들은 저항하지 않을 터였다. 아니, 저항할 수가 없었다. 이제 8월 말이었지만 루쿨루스와 마르쿠스 코타는 적어도 한 달은 더 바다에 있을 예정이었다. 그 한 달이야말로 아시아 속주의 운명에 아주 중요한 한 달이 될 것이라고 카이사르는 생각했다.

"달리 나설 사람이 없어." 카이사르는 자신에게 말했다.

마음속의 또다른 카이사르가 답했다. "하지만 내가 성공한다 해도 고맙다는 소리는 전혀 못 들을 거야."

"고맙다는 소릴 들으려고 하는 일이 아냐. 자기만족을 위해서지."

"자기만족? 자기만족이라니 무슨 뜻이야?"

"내가 해낼 수 있음을 나 자신에게 증명한다는 뜻이지."

"사람들은 폼페이우스 마그누스에게 그랬던 것만큼 널 칭찬하지 않을 거야."

"물론 그렇겠지! 폼페이우스 마그누스는 신통치 않은 피케눔 출신 인물이고 절대로 공화정 체제에 위협이 될 수 없으니까. 그에게는 혈통이 없어. 반면 술라에게는 혈통이 있었지. 나도 마찬가지고."

"그러면 왜 자신이 위험해지는 상황을 만드는 거지? 반역죄 혐의를 뒤집어쓸지도 몰라. 반역 따윈 없었다고 설명해봐야 소용없다고! 그런

건 애당초 필요하지도 않아. 네 행동은 결국 해석하기 나름일 텐데, 과연 누가 그 해석을 맡게 될까?"

"루쿨루스."

"바로 그거야! 그는 이미 너를 말썽꾼으로 점찍어뒀어. 이번 사건도 그런 맥락에서 바라보게 될 거야. 아무리 그가 너에게 시민관을 수여했다 하더라도 말이지. 해적에게서 빼앗은 전리품을 대부분 다른 사람에게 나눠줄 만큼의 현명함을 갖췄다고 해서 너무 자만하지는 마. 어쨌든 넌 그중 일부를 보고하지 않고 챙겼어. 루쿨루스 같은 사람이라면 반드시 네가 그런 재산을 챙겼을 거라고 의심할 거야."

"그렇다 해도 난 이 일을 해야만 해."

"그렇다면 폼페이우스의 방식이 아니라 율리우스의 방식으로 처리해! 호들갑이나 야단법석이나 소란 없이, 완벽한 성공을 거둔다 해도 우쭐대는 일 없이."

"그래, 이건 자기만족을 위한 조용한 임무야."

그는 부르군두스를 불러들였다.

"우리는 내일 새벽에 프리에네로 가야 해. 너랑 나, 그리고 가장 입이 무거운 필경사 두 명만 떠날 거야. 1인당 말과 노새를 한 마리씩 준비하고, 나에게는 발부리말고도 편자를 박은 말과 노새를 따로 준비해줘. 너랑 나는 갑옷과 무기도 가져가야 할 거야."

카이사르를 오랫동안 모셔오면서 부르군두스는 이제 어지간한 일에는 놀라지 않게 되었다. 그는 아무런 감정도 드러내지 않았다. "데메트리오스는요?" 그가 물었다.

"그렇게 오래 떠나 있지 않을 테니 그는 필요 없어. 게다가 여기 두는 게 백번 나을 것 같아. 입이 가볍거든."

"배편을 알아볼까요? 아님 아예 한 척 빌릴까요?"

"배를 한 척 빌려. 작고 가볍고 아주 빠른 배로."

"해적선을 따돌릴 만큼 빠른 배로 말이죠?"

카이사르가 웃었다. "물론이지, 부르군두스. 그런 일은 한 번이면 족하니까."

가는 길은 나흘이 걸렸다. 크니도스, 민도스, 브랑키다이를 거쳐 마이안드로스 강어귀의 프리에네에 도착했다. 카이사르에게 이제껏 이토록 즐거운 항해는 처음이었다. 갑판 없는 날렵한 배는 노잡이 쉰 명이 북소리에 맞춰 움직일 때마다 신속하게 앞으로 미끄러졌다. 노잡이들의 가슴과 어깨는 오랜 세월 반복된 동작으로 인해 아주 건장하게 발달해 있었다. 배에는 첫번째 팀만큼이나 훌륭한 두번째 팀의 노잡이들이 있었다. 양쪽 팀은 심각한 피로가 쌓이기 전에 서로 교대했으며, 다시 노를 젓기 전까지 충분히 먹고 마셨다.

그들은 넷째 날 이른 시간에 프리에네에 도착했다. 카이사르는 멤논이라는 아이티오피아식 이름을 가진 행정장관을 찾아갔다.

"당신이 미트리다테스에게 동조하는 사람이었다면, 미트리다테스가 아시아 속주에서 물러난 뒤 이렇게 빨리 행정장관 자리에 오르지는 못했을 테죠." 카이사르는 관습적인 인사치레를 싹 생략하고 말했다. "그러니 당신에게 묻겠습니다. 미트리다테스가 통치하는 시대가 다시 오면 좋겠습니까?"

멤논은 움찔했다. "천만에요, 카이사르!"

"좋습니다. 그렇다면 멤논 행정장관께 부탁할 것이 많습니다. 최대한 빠른 시일 내에 처리해야 하는 일이죠."

"노력해보겠습니다. 무슨 부탁이신지요?"

"프리에네에서는 행정장관이 직접 민병대를 소집하고, 할리카르나소스부터 사르디스까지 모든 도시에 사람을 파견해 민병대를 소집하도록 하세요. 최대한 빠른 시일 내에 최대한 많은 병력을 모아야 합니다. 4개 군단과 그에 딸린 군관까지 말이죠. 집결지는 마이안드로스 강가의 마그네시아, 시간은 지금으로부터 여드레 뒤."

햇살이 비쳤다. 멤논의 얼굴이 밝아졌다. "총독님이 드디어 움직이시는군요!"

"오, 물론입니다." 카이사르는 말했다. "총독님은 내게 아시아 속주의 민병대 소집 임무를 맡기셨어요. 다만 안타깝게도 로마인 군관을 함께 보내지는 못하셨죠. 멤논 행정장관, 그것은 다시 말해 로마 군단이 모든 영광을 차지하도록 아시아 속주가 가만히 앉아 있을 것이 아니라, 스스로를 방어하기 위해 싸워야 한다는 뜻입니다."

"진작 그랬어야죠!" 멤논은 호전적인 눈빛으로 말했다.

"내 생각도 그래요. 로마식으로 훈련받고 로마식으로 무장한 훌륭한 현지 민병대는 제대로 평가받지 못하고 있어요. 하지만 이번 일 이후로는 분명 달라질 겁니다."

"우리는 누구와 싸우게 됩니까?" 멤논이 물었다.

"에우마코스라는 폰토스 장군과 마르쿠스 마리우스라는 히스파니아 출신 변절자예요. 내 고모부인 위대한 가이우스 마리우스와는 전혀 무관한 인물입니다." 카이사르는 거짓말을 했다. 그는 민병대가 자신감에 차 있기를 원했고, 그 이름으로 인해 겁먹지 않기를 원했다.

그리하여 멤논은 공문 확인을 요청하지도, 카이사르의 정체나 그가 본인을 소개한 내용에 대해 전혀 의심을 품지도 않고 아시아 속주의 민병대 소집 작업에 나섰다. 카이사르가 일단 밀어붙이기 시작하면 누구도 그에게 의문을 제기할 생각을 못하게 되기 때문이었다.

그날 밤 멤논의 저택에서 숙소로 돌아온 카이사르는 부르군두스와 이야기를 나눴다.

"내 오랜 친구, 넌 나와 함께 이번 전투에 참여하지 않을 거야." 그가 말했다. "네가 곁에서 날 지켜주지 않으면 카르딕사가 말도 걸지 않을 거라고 불평해봐야 소용없어. 속으로 전장에서 싸울 수 있기를 바라면서 한발 물러나 구경하는 것말고, 더 중요한 일을 너에게 맡기고 싶어. 말을 타고 앙키라로 가서 데이오타로스를 만났으면 해."

"갈라티아의 족장 말이죠." 부르군두스는 고개를 끄덕이며 말했다. "네, 그 사람 기억나요."

"그도 분명 널 기억할 거야. 갈라티아의 갈리아인 중에서도 너만큼 덩치가 큰 사람은 없으니까. 그는 분명 에우마코스와 마르쿠스 마리우스의 움직임에 대해 나보다 더 많이 알고 있을 거야. 하지만 널 그에게 보내는 것은 경고를 하기 위해서가 아니야. 그에게 내가 아시아 속주의 민병대로 군대를 조직중이고 마이안드로스 강으로 폰토스 군대를 유인할 계획이라고 알려줘. 마이안드로스 강 어딘가에서 그들을 덫에 빠뜨려 물리칠 거라고 말이지. 그렇게 되면 그들은 프리기아로 후퇴해 군대를 재정비하고 다시 침공에 나서겠지. 데이오타로스에게 폰토스군을 쓸어버리고 싶다면 그들이 군대를 정비중일 때 공격하는 것보다 좋은 기회는 없을 것이라고 전해줘. 다시 말해, 그는 나와 협공작전을 펼치게 될 것이라고 말이지. 나는 아시아 속주에서, 그는 프리기아에서, 우리가 각자 역할을 제대로 해낸다면 올해 아시아 속주나 갈라티아가 다시 침략당하는 일은 없을 거라고 말해줘."

"어떻게 하고 갈까요, 카이사르? 그러니까, 제가 어떻게 보여야 할까요?"

"내 생각에 넌 전쟁의 신처럼 보여야 해, 부르군두스. 가이우스 마리우스에게 받은 금빛 갑옷을 입고, 시장에서 찾을 수 있는 가장 큰 자줏빛 깃털들을 투구에 꽂고, 무시무시한 게르만족의 노래를 목청껏 불러. 폰토스 병사들을 만나면 마치 그들이 존재하지 않는 것처럼 그들 한가운데로 지나가는 거지. 니사이아 말에 오른 너는 전쟁 공포의 화신처럼 보일 테니까."

"데이오타로스를 만난 다음에는요?"

"마이안드로스 강을 따라 내게 돌아와."

에우마코스와 마르쿠스 마리우스의 지휘를 받으며 봄에 젤라를 떠난 폰토스 병사 10만 명에게는 아시아 속주로 잠입하는 것을 최우선 목표로 삼으라는 명령이 떨어졌다. 하지만 폰토스의 젤라에서 프리기아의 시골 지역까지 최단거리로 가려면 우선 갈라티아를 가로질러야 했다. 미트리다테스는 갈라티아에 대해 확신할 수 없었다. 거의 30년 전 그가 연회에서 살해한 기존 족장들의 자리를 새로운 세대의 족장들이 차지한 지 오래였고, 갈라티아에 대한 폰토스의 영향력은 미약하기 그지없었다. 어울리지 않는 땅에 터를 잡은 이 갈리아인들을 손봐줘야 할 날이 언젠가 찾아오리라. 하지만 그것이 무엇보다도 시급한 일은 아니었다. 최고의 병사들은 미트리다테스가 이끄는 군대에 소속되어 있었다. 따라서 에우마코스와 마르쿠스 마리우스 휘하의 병사들은 실전 경험이 부족했다. 하지만 체계가 부족한 아시아 속주의 그리스인 마을들을 상대로 전투를 치르는 동안, 이 군대는 더 단단해지고 병사들은 자신감을 얻게 될 터였다.

폰토스 국왕은 이러한 구상을 하면서, 초반에는 에우마코스와 마르쿠스 마리우스의 군대를 함께 이끌고 파플라고니아로 진군했다. 그는 로마를 겨냥한 이번 출격이 철저히 준비되어 있음을 자축했다. 폰토스의 곡물 저장소에는 200만 메딤노스의 밀이 쌓여 있었다. 1메딤노스는 30일간 매일 약 300그램의 빵을 두 개씩 만들 수 있는 양이었다. 저장된 밀만 해도 모든 국민과 병사 들을 몇 년간 먹이기에 충분한 양이었다. 그러니 파플라고니아까지 추가로 10만 병력을 이끌고 가는 것은 전혀 문제가 되지 않았다. 어마어마한 양의 곡물과 식재료를 어떻게 운송할 것인가 같은 사소한 문제는 그가 고민할 사안이 아니었다. 그것은 부하들의 소관이었다. 그는 부하들이 마술 지팡이를 휘둘러 군량을 뚝딱 옮기면 끝날 문제라고 생각했다. 하지만 실제로 그의 부하들은 로마 공병대장이라면 쉽게 해결할 이런 상황에 대해 전혀 교육을 받지 않았고, 스스로 문제를 해결할 상상력도 없었다. 물론 로마 사령관이라면 10개 군단이 넘는 병력을 이끌고 장거리 진군에 나설 리 없었다.

따라서 에우마코스와 마르쿠스 마리우스가 휘하의 10만 병사를 이끌고 미트리다테스에게 소속된 30만 병사로부터 떨어져나올 무렵, 식량 사정은 심각하게 악화되었다. 국왕의 명령에 따라, 뱀처럼 이어진 행렬의 병사들은 소달구지가 허우적대고 있는 수 킬로미터 떨어진 지점으로 되돌아갔다. 그들은 전군을 먹일 무거운 식량을 어깨에 짊어지고 돌아와야 했다. 따라서 늘 병사들 중 일부는 짐꾼 노릇을 하느라 기진맥진했다. 함대가 헤라클레이아로 식량을 운송중입니다, 하고 누군가 국왕에게 전했다. 헤라클레이아에 가면 모든 문제가 바로잡힐 것입니다, 하고 누군가 국왕에게 전했다.

하지만 헤라클레이아는 에우마코스와 마르쿠스 마리우스에게 위안이 될 수 없었다. 그들은 본대를 떠나 빌라이오스 강을 따라 내륙으로 진군했고, 산맥을 넘으니 상가리오스 강의 골짜기가 나타났다. 비티니아의 비옥한 지역을 지날 무렵엔 현지 농부들을 착취해 배불리 먹었다. 하지만 수목이 우거진 고지대로 들어서자 경작지라고는 아주 작은 땅 외에는 찾아보기 힘들었다.

따라서 에우마코스와 마르쿠스 마리우스가 결국 갈라지게 된 원인은, 폰토스 병사 10만 명을 먹이지 못하는 그들의 무능함 때문이었다.

"아시아 속주의 그리스인 몇 명을 상대하는 데 군대 전체가 필요하진 않을 거요." 마르쿠스 마리우스가 에우마코스에게 말했다. "또 기병대는 분명 불필요할 겁니다. 그러니 나는 보병 일부와 기병 전원을 데리고 템브리스 강에 남아 있겠소. 이곳에서 땅을 경작하고 식량을 찾아가며 당신의 소식을 기다리겠소. 다만 반드시 겨울까지 돌아오시오. 아시아 속주 주민의 절반을 식량 나르는 짐꾼으로 대동하고 말이지! 갈라티아의 톨리스토보기족 거주지는 템브리스 강 상류에서 멀지 않으니, 봄에는 우리가 함께 그들을 쳐서 전멸시킬 것이오. 그러면 내년에는 갈라티아 부족의 식량으로 배불리 먹을 수 있을 거요."

"내 친척인 국왕께서는 그분의 영예로운 군사작전을 식량과 결부시켜 언급하는 것을 좋아하지 않을 것 같은데요." 에우마코스는 결코 사납거나 오만하지 않게 말했다. 미트리다테스에 대한 두려움이 너무 커서 사나움이나 오만함을 드러낼 겨를도 없었다.

"당신의 친척인 국왕께는 훌륭한 로마식 훈련이 절실히 필요하오. 그래야 진군 도중에 이렇게 많은 병사를 먹이는 것이 얼마나 힘든 일인지 알게 될 테니까." 마르쿠스 마리우스는 덤덤하게 말했다. "내가 이곳으로 보내진 이유는 당신들에게 매복과 급습 기술을 가르쳐주기 위해서였소. 하지만 지금까지 내가 장군으로서 한 일이라고는 군대를 끌고 다니는 것뿐이었지. 나는 그 일의 전문가가 아니오. 하지만 어느 정도 상식은 있는데, 그 상식에 따르면 이곳 병력 중 절반은 반드시 평지가 충분한 강가에 머물며 농사를 짓고 식량을 생산해야 하오. 이번 군사작전을 식량과 결부시켜 언급하는 게 국왕의 신경을 건드릴 수 있다니, 거참 안됐소! 개인적인 의견을 말하자면, 그는 우리 같은 사람들과 같은 땅에 발을 딛고 사는 것 같지 않더군."

마르쿠스 마리우스가 병력을 이동시키는 과정에 추가로 시간이 지체되었다. 에우마코스는 나중에 어디로 돌아와야 마리우스를 찾을 수 있는지 정확히 파악하기 전까지는 떠나지 않으려 했다. 이리하여 그와 보병 5만 명은 9월 초가 되어서야 딘디모스 산맥을 건너 마이안드로스 강의 지류를 따라 진군할 수 있었다. 당연한 말이지만 병사들은 강의 하류로 내려갈수록 더 쉽게 식량을 구할 수 있었다. 그것은 이 비옥한 땅이 또다시 폰토스 국왕 미트리다테스의 소유가 되는 그 순간까지 멈추지 말아야 한다는 강한 자극제가 되었다.

구불구불한 마이안드로스 강 주변의 큰 마을들은 대부분 남쪽 강기슭에 위치하고 있었다. 그래서 에우마코스는 북쪽 강기슭을 따라, 트리폴리스 마을에서 시작하는 포장도로를 이용해 이동했다. 그는 병사들에게 아시아 속주를 완전히 손에 넣은 이후에 약탈을 허락해주겠노라 약속하며 처음으로 마주친 큰 마을인 니사를 그냥 지나쳤다. 그런 다음 트랄레스 방면으로 계속 내려갔다. 진군중에 병사들을 완전히 통제하는 것은 불가능했다. 통통한 어린 양떼나 살진 거위들이 나타나면 병사들은 최후의 짐승이 붙잡혀 도살당하는 순간까지 함성을 지르며 쫓아

다녔다. 그럴 때면 군대 전체가 심하게 동요했다.

비옥한 땅을 쾌적하고 평화롭게 지나다보니 일종의 축제 같은 분위기가 형성되었다. 에우마코스의 정찰병들은 하루 두 번, 매일 똑같은 소식을 들고 나타났다. 저항의 조짐이 보이지 않는다는 것이었다. 저항의 조짐이 안 보인다는 건 페르가몬 이남에 저항의 구심점이 아예 존재하지 않기 때문이겠지! 에우마코스는 깔보듯이 생각했다. 모든 로마 군단은(심지어 킬리키아의 군단조차도) 총독의 귀하신 몸을 보호하려고 페르가몬 외곽에 주둔중이었다. 이는 진작부터 모든 폰토스 장군들에게 알려져 있었고, 마르쿠스 마리우스가 카이코스 강으로 정찰병을 파견해 직접 확인한 바 있는 사실이었다.

에우마코스는 너무 안심한 나머지, 어느 날 저녁 정찰병들이 평소처럼 석양이 지기 한 시간 전에 나타나지 않았음에도 전혀 심려치 않았다. 이제 그와 그의 병사들은 앞서 지나온 니사보다 목적지인 트랄레스에 더 가까운 위치에 있었다. 마이안드로스 강은 경사가 완만한 강 골짜기의 곡선을 따라 구불구불 휘어져 흘렀다. 추수를 마친 들판은 석양이 비치면서 금빛으로 물들어 있었다. 에우마코스는 밤을 보내기 위해 진군을 멈추라는 명령을 내렸다. 방어벽을 세우지도 않았고, 장군의 막사를 설치하면서 체계적인 순서를 따르지도 않았다. 재잘재잘, 티격태격, 우왕좌왕하는 그 모습은 찌르레기떼를 닮아 있었다.

완벽한 로마식 대형의 4개 군단이 어두운 그림자 속에서 나타나더니 저녁식사중이던 폰토스군을 급습해 고깃덩이로 만들어놓은 것은 겨우 앞만 보일 정도로 빛이 남아 있을 때였다. 폰토스군은 아시아 속주의 민병대보다 머릿수가 두 배 이상 많았지만, 너무 놀란 나머지 감히 저항할 수 없었다.

에우마코스와 그의 선임 보좌관들은 말이 있어서, 또한 아주 운좋게도 카이사르의 공격 방향과 정반대 쪽에 있어서 달아날 수 있었다. 그들은 템브리스 강의 군대와 마르쿠스 마리우스의 운명에 대해서는 생각할 겨를도 없이 말을 달렸다.

하지만 그해 미트리다테스 왕에게는 운이 따르지 않았다. 에우마코스가 마침내 템브리스 강으로 돌아왔을 때, 데이오타로스가 이끄는 갈라티아의 톨리스토보기족은 마르쿠스 마리우스가 통솔하는 나머지 절반의 침략군을 공격하고 있었다. 기병 중심의 싸움이었으나 치열한 접전으로까지 발전하지는 못했다. 미트리다테스의 기병은 대부분 사르마티아나 스키티아 출신으로, 탁 트인 초원에서는 능숙하게 싸울 수 있었지만 템브리스 강 상류의 가파른 골짜기에서는 제대로 움직일 수 없었다. 결국 수천 명이 전사했다.

12월이 되자 프리기아 군대의 패잔병들은 에우마코스의 통솔 아래 젤라로 돌아갔다. 마르쿠스 마리우스는 직접 미트리다테스를 찾아나섰다. 보고서를 통해 자세한 내용을 알리는 것보다는 직접 왕을 만나는 편이 낫다고 판단해서였다.

아시아 속주의 민병대는 승리감에 도취되어 있었다. 마이안드로스 강 인근의 모든 주민들이 며칠씩 이어진 전승 축하연에 참석했다.

카이사르는 전투 직전 병사들에게 연설을 하면서 아시아 속주는 스스로를 방어한다는 점, 로마는 멀리 떨어져 있어 도움을 줄 수 없다는 점, 이번만큼은 아시아 속주의 운명이 이곳 주민이기도 한 그리스인들에게 온전히 달려 있다는 점을 재차 강조했다. 그가 그 지방 특유의 그리스어를 구사하며 애국심과 자립심을 강조하자, 그와 함께 매복작전에 나선 리디아인과 카리아인 2만 명은 몹시 불타올랐다. 덕분에 실제 전투는 오히려 시시하게 느껴질 정도였다. 4주가 지나는 동안 그는 병사들을 훈련시키고 규율을 가르쳤다. 4주가 지나는 동안 그는 병사들에게 그들의 가치에 대한 인식을 심어주었다. 그 결과는 그가 기대할 수 있는 최상에 가까웠다.

"올해는 폰토스군이 더 나타나지 않을 겁니다." 그는 에우마코스를 격퇴한 지 이틀 후 트랄레스의 전승 축하연에서 멤논에게 말했다. "하지만 내년에는 또 나타날 수 있습니다. 나는 당신들에게 무엇을 어떻게 해야 하는지 보여줬어요. 이제 아시아 속주의 운명은 이곳 주민들의 손에 달렸습니다. 로마는 다른 지역을 돌보느라 너무 바빠 아시아 속주에까지 군단이나 사령관을 파견할 수 없을지도 몰라요. 하지만 이제 당신들에게 스스로 방어할 능력이 있음을 알게 되었을 겁니다."

"물론입니다. 모두 카이사르 의원님 덕분입니다." 멤논이 말했다.

"당치않은 소리! 당신들에게 필요한 것은 단지 시작을 도와줄 한 사람이었어요. 마침 운좋게도 내가 그 일을 맡을 수 있었던 겁니다."

멤논은 몸을 앞으로 기울였다. "우리는 강물이 범람하지 않으면서 전장에서 가장 가까운 땅에 승리의 여신에게 바치는 신전을 건설할 작정입니다. 트랄레스 외곽에 작은 언덕이 있다고 하더군요. 이 전투를 이끈 사람이 누구인지 잊지 않도록 신전 내부에 의원님의 조각상을 세우는 것을 허락하시겠어요?"

루쿨루스가 그 자리에 있어 반대한다 해도, 카이사르는 이 이례적인 영광을 절대로 거절하지 않았을 것이다. 트랄레스는 로마에서 아주 멀리 떨어져 있었고 아시아 속주에서도 규모가 큰 마을이 아니었다. 그가 속한 계급의 로마인 중에 역사도 오래되지 않고 (아마) 위대한 예술작품도 안치되어 있지 않을 이 승리의 여신전을 찾아올 사람은 거의 없으리라. 하지만 카이사르에게 이 영광은 큰 의미로 다가왔다. 스물여섯 살 나이에 장군의 의복을 차려입은 실물 크기 조각상이 승리의 여신전 안에 세워지는 것이다. 그는 스물여섯 살 나이에 군대를 승리로 이끈 것이다.

"내게는 큰 영광입니다." 그는 엄숙하게 말했다.

"그렇다면 내일 글라우코스를 보내 치수를 재도록 하겠습니다. 아프로디시아스의 작업실에서 일하는 실력 있는 조각가인데, 민병대 소속이라 지금 이곳에 와 있습니다. 그에게 화가를 데려와 채색화도 함께 그리라고 일러둘게요. 그러면 오랫동안 자리에 앉아 있을 필요가 없죠. 의원님이 다른 곳에서 할 일이 있을 수도 있으니까요."

카이사르는 실제로 다른 곳에서 할 일이 있었다. 가장 중요한 일은 트랄레스 인근에서의 승전 소식이 다른 방식으로 루쿨루스의 귀에 들어가기 전에 페르가몬으로 가서 그를 직접 만나는 것이었다. 부르군두스는 전투가 있기 이레 전에 돌아왔다. 그래서 카이사르는 그 게르만족 거인에게 필경사 두 명과 소중한 발부리를 맡겨 로도스 섬으로 돌려보낼 수 있었다. 페르가몬까지는 카이사르 혼자서 가야 했다.

200킬로미터를 달리면서 그는 말들을 교체하는 시간을 제외하고 한 순간도 멈추지 않았다. 말은 자주 갈아주어 낮에는 시속 15킬로미터, 밤에는 시속 10킬로미터를 유지하도록 했다. 로마인이 닦은 훌륭한 도로를 달렸고, 달빛이 흐릿했지만 하늘에는 구름 한 점 없었다. 그는 운이 좋았다. 카이사르는 전승 축하연이 끝난 다음날 새벽에 트랄레스를 떠났고, 같은 날 어둠이 내린 지 세 시간 뒤에 페르가몬에 도착했다. 때는 10월 중순이었다.

루쿨루스는 즉시 그를 맞았다. 카이사르는 루쿨루스가 총독 관저에 함께 머물고 있는 카이사르의 외삼촌 마르쿠스 코타와 함께 나타나지 않은 것을 의아하게 여겼다. 집정관의 요청에 따라 그 자리에는 융쿠스도 나타나지 않았다.

카이사르가 내민 손은 무시당했다. 루쿨루스는 그에게 앉으라는 말도 하지 않았다. 접견은 두 사람 모두 선 상태로 이루어졌다.

"무슨 일로 학업 도중에 이곳으로 온 건가, 카이사르? 해적이라도 더 만났나?" 루쿨루스는 냉담한 목소리로 물었다.

"해적은 아닙니다." 카이사르는 사무적으로 답했다. "대신 미트리다테스의 군대를 만났죠. 마이안드로스 강을 따라 5만 명이 내려오더군요. 집정관님이 동방에 도착하기 전에 그 소식을 들었는데, 총독에게 보고하는 것은 무의미하다고 생각했습니다. 총독은 분명 저보다 더 많은 정보를 알고 있을 텐데, 그때까지 마이안드로스 강 골짜기를 방어하기 위해 아무런 조치도 취하지 않았으니까요. 그래서 저는 프리에네의 멤논 행정장관에게 아시아 속주의 민병대를 소집할 것을 요청했습니다. 집정관님도 아시다시피, 로마의 지시가 있을 경우 그에게는 그렇게 할 권한이 있죠. 또한 그에게는 제가 로마를 위해 움직이는 것이 아니라고 의심할 근거가 전혀 없었습니다. 9월 중순 무렵 리디아와 카리아의 현지 지도자들이 총 2만 병력을 모았고, 저는 전투에 대비해 그 병사들을 훈련시켰습니다. 폰토스군은 9월 하순에 아시아 속주를 침입했습니다. 저의 지휘 아래, 아시아 속주 민병대는 사흘 전 트랄레스 인근에서 에우마코스 왕자를 격퇴했습니다. 에우마코스 왕자는 달아났지만 폰토스 병사들은 거의 다 죽거나 생포당했습니다. 히스파니아 출신인 마르쿠스 마리우스는 톨리스토보기족의 사분왕 데이오타로스가 처리할 겁니다. 며칠 안에 데이오타로스로부터 성공 여부에 관한 소식이 도착할 겁니다. 그뿐입니다." 카이사르는 말을 마쳤다.

기름한 얼굴의 회색 눈은 여전히 얼음처럼 차가웠다. "그뿐이라니! 왜 총독에게 보고하지 않은 건가? 총독의 계획에 대해 자네가 알 방법은 없었을 텐데."

"총독은 무능하고 부패한 멍청이입니다. 저는 그자의 됨됨이를 이미 경험했습니다. 그럴 리도 없겠지만, 설사 무슨 계획이 있었더라도 그자는 충분히 신속하게 움직이지 않았을 겁니다. 그래서 그자에게 보고하지 않았습니다. 제가 그보다 뭘 해야 하는지 더 잘 알고 있었기에, 그에게 방해받고 싶지 않았습니다."

"자네는 자네 권한을 넘어섰네, 카이사르. 아니, 애당초 자네에겐 넘어설 권한조차 없었어."

"맞는 말씀입니다. 그러니 전 아무것도 넘어서지 않은 셈이죠."

"지금 궤변 대결을 하자는 게 아니잖아!"

"그랬다면 차라리 나을 뻔했습니다. 제가 무슨 말을 하길 원하시죠? 저는 나이가 아주 많진 않습니다, 루쿨루스. 하지만 로마가 임페리움을 부여해 속주로 파견하는 사람들을 충분히 많이 봐왔습니다. 그런데 융쿠스, 돌라벨라 형제, 베레스 같은 치들에 대한 맹목적인 충성보다는 저 같은 사람들이 로마에 훨씬 더 도움이 된다고 생각합니다. 임페리움이 있든 없든 말이죠. 저는 무슨 일을 해야 하는지 알았고 그래서 그렇게 했습니다. 덧붙이자면 고맙다는 소리도 듣지 못할 것을 알면서 그렇게 했습니다. 비난받을 수도 있다고, 심지어 경반역죄로 기소될 수도 있다고 생각하면서 이 일을 했단 말입니다."

"술라의 법에 따라 이제 경반역죄라는 건 없네."

"아, 그렇다면 대반역죄가 되겠군요."

"왜 나를 찾아온 건가? 자비를 구걸하려고?"

"그럴 바엔 죽는 게 낫겠죠!"

"변한 게 없군."

"적어도 나쁜 방향으로 변하진 않습니다."

"자네가 한 짓을 용납할 수 없네."

"용납하실 거라고 생각지도 않았습니다."

"그런데도 나를 찾아오다니 대체 무슨 이유지?"

"지휘권을 보유한 정무관에게 상황을 보고하기 위해서입니다. 그게 저의 의무니까요."

"로마 원로원 의원으로서의 의무를 말하는 것 같군." 루쿨루스가 말했다. "하지만 자네는 나뿐만 아니라 총독에게도 그 의무를 다했어야 했어. 그렇지만 나는 그렇게 불공정한 사람이 아니고, 로마가 자네의 신속한 조치에 감사해야 할 부분도 있다고 생각하네. 비슷한 상황이었더라면 나라도 비슷한 방식으로 행동했을 거야. 단, 내가 총독의 임페리움을 침해하지 않는다는 확신이 있을 때만. 나에게 한 사람의 임페리움은 그의 자질보다 훨씬 중요하네. 어떤 사람들은 미트리다테스 왕이 로마를 상대로 세번째 전쟁을 벌이고 있는 지금 상황을 두고 나를 비난하기도 하지. 왜냐하면 내가 피타네에서 핌브리아를 도와 미트리다테스를 체포하는 것을 거절했으니까. 항간의 말에 따르면 그 때문에 미트리다테스가 달아날 수 있었다고 하더군. 자네라면 결과가 수단을 정당화한다는 전제 아래 핌브리아와 손을 잡았겠지. 하지만 나는 불법적인 로마 정부의 무법자와 같은 대리인을 결코 인정할 수 없다고 생각했네. 나는 임페리움을 소유한 모든 로마인을 지지하는 입장이야. 결론적으로 나는 자네가, 본인을 마그누스라 칭하며 허황한 생각을 품고 사는 젊은이 나이우스 폼페이우스를 아주 닮았다고 생각하네. 하지만 카이사르 자네는 그 어떤 폼페이우스보다 훨씬 더 위험한 존재야. 자네는 귀족 가문 출신이니까."

"참 신기하네요." 카이사르가 불쑥 끼어들었다. "저도 방금 하신 말씀과 똑같은 생각을 했거든요."

루쿨루스는 그에게 경멸하는 눈빛을 보냈다. "카이사르, 자네를 기소하지도 않겠지만 그렇다고 인정하지도 않겠네. 트랄레스에서의 전투 소식은 내가 긴급 공문을 통해 간단히 로마에 알릴 것이고, 순전히 아시아 속주 민병대와 현지 사령관에 의해 전투가 진행되었다고 기록할 거야. 자네 이름은 일절 언급되지 않을 걸세. 또한 자네를 내 군관으로 임명하지 않을 것이고, 다른 어떤 총독의 군관으로도 임명되지 못하게 할 거야."

카이사르는 냉담한 표정과 초점 없는 눈으로 듣고 있었다. 하지만 루쿨루스가 갑작스러운 몸짓을 통해 할말이 끝났음을 알렸을 때, 카이사르의 표정은 고집 센 황소처럼 변했다.

"긴급 공문에 아시아 속주 민병대의 사령관으로서 제 이름을 언급해 달라고 하진 않겠습니다. 하지만 마이안드로스 강변에서 전투가 진행되는 기간 내내 제가 그곳에 있었던 사실은 반드시 언급되어야 합니다. 이름이 언급되지 않으면 제가 이로써 네번째 전투를 마쳤다고 주장할 수 없을 테니까요. 저는 재무관 선거에 출마하기 전에 열 번의 전투를 마칠 작정입니다."

루쿨루스는 가만히 그를 쳐다봤다. "자네는 재무관 후보로 출마할 필요가 없잖나! 이미 원로원 의원이니까."

"술라의 법에 따르면 법무관이나 집정관이 되기 전에 반드시 재무관을 지내야 합니다. 그리고 저는 재무관이 되기 전에 열 번의 전투를 마칠 생각입니다."

"재무관 당선자 중 상당수는 의무 출전 횟수인 열 번을 채우지 않은 사람들이네. 지금은 스키피오 아프리카누스와 감찰관 카토의 시대가 아니라고! 자네 이름이 재무관 후보 명단에 기록될 때, 아무도 자네가 몇 번이나 전투에 출전했는지 세고 있지는 않을 거란 말이지."

"제 경우는 다릅니다." 카이사르는 단호하게 말했다. "누군가 나서서 저의 전투 출전 횟수를 세고 있을 겁니다. 제 인생의 양식은 이미 정해졌어요. 저는 아무것도 호의로 얻지 않을 것이고, 세상의 강력한 반대와 싸워 많은 것을 얻을 겁니다. 다른 모든 이들 위에 설 것이고, 다른 모든 이들을 넘어설 겁니다. 하지만 맹세코 위헌적인 수단을 쓰지는 않을 겁니다. 정확히 법에 명시된 방식대로 관직의 사다리를 오를 겁니다. 의무 출전 횟수인 열 번을 채웠다고 하면, 또 그중 첫 전투에서 시민관을 수여받았다고 하면 최다 득표로 재무관에 당선될 수 있겠죠. 그 오랜 세월을 원로원 의원으로 지내다가 재무관으로 뽑히니만큼, 그것만이 저에게 어울리는 유일한 결과라 할 수 있습니다."

루쿨루스는 무감정한 눈빛으로 카이사르의 잘생긴 얼굴과 술라를 닮은 눈을 쳐다봤다. 그 이상은 힘들어도, 딱 거기까지는 해줄 수 있다고 생각했다. "세상에, 오만함이 하늘을 찌르는군! 잘 알겠네, 자네가 전투 기간 내내 현장에 있었고, 전투에도 참여했다고 긴급 공문에 기록하겠네."

"그것이 제 권리지요."

"카이사르, 자네는 언젠가 본인 능력으로 어찌할 수 없는 상황에 맞닥뜨리게 될 거야."

"그런 일은 불가능합니다!" 카이사르는 웃으며 말했다.

"그런 말 때문에 자네를 곱게 볼 수 없는 걸세."

"진실을 말했을 뿐인데 왜 그런지 모르겠군요."

"한 가지 더."

카이사르는 떠나려던 발길을 멈췄다. "네?"

"집정관 권한대행인 마르쿠스 안토니우스가 올겨울 지중해의 서쪽 끝에서 동쪽 끝으로 옮겨와 해적 소탕 작전에 나선다고 했네. 아마도 크레타 섬 주변에 총력을 기울일 것 같더군. 그의 본부는 기테이온에 자리하게 될 것인데, 벌써 그의 보좌관들은 그곳에서 작업에 착수했네. 마르쿠스 안토니우스는 대형 함대를 마련해야만 하네. 그런데 자네는 함선을 모으는 데 가장 탁월한 재능을 갖고 있지. 비티니아에서의 활동을 통해 내가 확인한 바 있고, 키프로스에서의 활동을 통해 바티아 이사우리쿠스가 확인한 바 있네. 로도스 섬은 자네에게 두 번이나 빚을 진 셈이지! 출전 횟수를 한번 더 늘리고 싶다면, 카이사르, 지금 즉시 기테이온으로 가게. 내가 마르쿠스 안토니우스에게 미리 일러 자네 계급은 하급 군관이 되도록 할 것이고, 자네는 현지 로마 시민권자의 집에서 하숙해야 할 거야. 따로 저택을 빌리거나 그 밖에 하급 군관 신분에 어긋나는 짓을 한다는 소리가 들리면, 가이우스 율리우스 카이사르, 내 맹세코 자네를 마르쿠스 안토니우스의 군사법정에 세우겠네! 그를 설득하는 게 어렵지도 않을 거야! 자네의 인척이기도 한 그의 동생을 자네가 직접 기소했으니, 그에게는 자네를 좋아할 이유가 전혀 없지. 물론 이 출전을 거부할 수도 있네. 그게 로마인으로서의 권리이기도 하니까. 하지만 내가 편지를 몇 장 돌린 이후엔 자네가 출전할 수 있는 전투는 이것밖에 남지 않을 걸세. 나는 집정관이네. 다시 말해, 나의 임페리움은 차석 집정관을 포함해 다른 모든 정무관의 임페리움보다 더 강력하지. 그러니 다른 곳에서 전투에 참여할 생각일랑 하지 말게, 카이사르!"

"하나 간과하신 게 있습니다." 카이사르는 부드럽게 말했다. "마르쿠스 안토니우스는 해상에서 무제한의 임페리움을 휘두를 수 있습니다. 그러니 해상에서는 그의 임페리움이 올해 수석 집정관의 임페리움보다 더 강력합니다."

"그렇다면 나는 안토니우스가 기웃거리는 바다 근처에는 얼씬도 하지 않는 편이 좋겠군." 루쿨루스는 피곤한 목소리로 말했다. "떠나기 전에 자네 외삼촌인 마르쿠스 아우렐리우스 코타를 만나보게."

"아니, 오늘밤을 보낼 침상도 마련해주지 않는 겁니까?"

"내가 자네에게 마련해주고 싶은 침상은 말일세, 카이사르, 프로크루스테스(침대 길이에 맞춰 사람의 몸을 늘리거나 자르는 그리스 신화 속 인물 — 옮긴이)의 침대뿐이라네."

카이사르는 잠시 후 외삼촌 마르쿠스 아우렐리우스 코타를 만나서 이렇게 말했다. "에우마코스를 직접 처단하면 제가 끓는 물에 빠지게 된다는 사실은 진작 알고 있었어요. 하지만 루쿨루스가 이렇게 나올 줄은 꿈에도 몰랐어요. 더 정확히 말하자면 온전히 용서받든지 반역죄로 기소되든지 둘 중 하나일 거라 생각했어요. 그런데 루쿨루스는 저의 경력에 해를 가하는 개인적인 차원의 복수에 집중했죠."

"나는 그에게 실질적인 영향력을 행사할 수 없단다." 마르쿠스 코타가 말했다. "루쿨루스는 독선적이거든. 하지만 그건 너도 마찬가지지."

"전 여기 머물 수 없어요, 외삼촌. 당장 떠나라는 명령을 받았거든요.

우선 로도스 섬으로 돌아갔다가, 이런저런 준비를 마치고 기테이온으로 가야 해요. 그곳에서는 반드시 로마인이 운영하는 하숙집에 머물러야 한다더군요! 외삼촌의 동료 집정관이 요구한 조건은 정말이지 기상천외해요! 부르군두스를 비롯해 제가 거느린 모든 해방노예는 집으로 돌려보내야 할 거예요. 조금이라도 그럴듯하게 생활해서는 안 된다고 하더군요."

"그것참 이상한 일이지! 지갑만 두툼하면 심지어 수습군관도 왕처럼 지낼 수 있는 법인데. 게다가 내 생각에는," 마르쿠스 코타가 심술궂게 말했다. "해적과의 일도 있고 하니 너는 이제 왕처럼 살 수 있는 형편이 되었을 테고."

"아니에요, 전 쪼들리는 생활을 하고 있어요. 그나저나 안토니우스를 콕 집은 건 아주 교묘했어요. 전 안토니우스 집안사람들에게서 미움을 받고 있으니까요." 카이사르는 한숨을 쉬었다. "게다가 하급 군관 직을 줄 줄이야! 전 적어도 참모군관은 될 거라고 생각했어요. 비선출직이라도 말이죠."

"카이사르, 다른 사람에게 사랑받고 싶다면…… 아, 이 무슨 헛소리람! 내가 지금 너에게 조언을 해줄 수 있겠니? 넌 내가 아는 질문보다도 더 많은 해답을 알고 있고, 네 삶을 어떻게 살아가고자 하는지도 다 알고 있어. 네가 지금 끓는 물 속에 있다면 그건 자진해서 가마솥으로 걸어들어갔기 때문이겠지. 그것도 두 눈을 부릅뜬 채로."

"인정할게요, 외삼촌. 이제 이 마을의 숙소 주인들이 모두 빗장을 지르기 전에 오늘밤을 지낼 만한 곳을 찾아봐야겠어요. 가이우스 큰외삼촌께서는 어떻게 지내시나요?"

"이탈리아 갈리아에는 계속 총독이 필요하지만 형님의 임기는 내년까지 연장되지 않았단다. 할 만큼 한 거지. 형님은 곧 개선식을 치르게 될 거야."

"비티니아에서 행운이 있길 빌어요, 외삼촌."

"그래, 내겐 행운이 필요할 것 같구나." 마르쿠스 코타가 말했다.

카이사르는 11월 중순이 되어 펠로폰네소스 반도의 작은 항구도시 기테이온에 도착했다. 그는 루쿨루스가 신속하게 움직였음을 알 수 있었다. 그가 도착하리라는 소식이 이미 전해져 있었고, 그가 맡게 될 하급 군관 직의 권한도 명확하게 정해져 있었다.

"대체 무슨 짓을 한 건가?" 보좌관 마르쿠스 마니우스가 물었다. 그는 안토니우스의 본부를 마련하는 작업을 책임지고 있었다.

"루쿨루스의 신경을 긁었어요." 카이사르가 짧게 답했다.

"더 자세히 설명해줄 마음은 없고?"

"네."

"그것참, 아쉽군. 궁금해 죽을 지경인데." 마니우스는 카이사르와 나란히 자갈이 깔린 좁은 길을 걸었다. "먼저 자네가 하숙하게 될 집을 보여주겠네. 그리 나쁘지 않은 곳이지. 아프로니우스와 카눌레이우스라는 로마인 홀아비 두 명이 살고 있는 오래된 대저택이야. 두 사람은 기테이온 출신의 자매와 각각 혼인했는데, 그 자매 중 동생이 죽은 뒤에 이 저택으로 들어와 함께 살게 되었다더군. 처음에 명령을 전달받자마자 그 사람들이 떠올랐네. 그 집에는 남는 방이 많고, 그들은 자네를 응석받이로 만들어놓을 테니까. 웃긴 노인네들이긴 한데, 좋은 사람들이지. 뭐, 자네가 기테이온에 그리 오래 머물지도 않을 테지만. 자네가 부럽지는 않네. 그리스인들 꽁무니를 쫓아다니며 배를 구하는 일이라니!

하지만 보고에 따르면 자네는 이 분야에서 최고라고 하니, 아마 잘해낼 거라고 믿네."

"저도 그럴 거라 믿습니다." 카이사르는 웃으며 답했다.

하지만 그리스 고전문학에 흠뻑 젖어 사는 사람에게 펠로폰네소스 반도에서 함선을 모으는 일은 즐거운 작업이기도 했다. 필로스에는 정말 모래가 많을까, 아르고스의 성벽은 거인들이 세운 것일까? 펠레폰네소스 반도의 오랜 과거에 대한 몽상에 빠져 있다보면 현재 따위는 아무래도 좋다는 생각이 들기도 했다. 이곳에 살았던 사람들에 비하면 신들조차 젖먹이에 불과한 것처럼 느껴졌다. 카이사르는 지체 높은 로마인들 사이에서 쉽게 적의를 샀지만, 소박한 사람들과 어울릴 때는 자신이 그들로부터 사랑받고 있음을 발견했다.

함대의 규모는 겨울 동안 느린 속도로 불어났다. 하지만 카이사르는 안토니우스가 흠잡을 수는 없을 정도의 속도라고 생각했다. 그는 세상에서 가장 함선을 잘 모으는 인물답게 단순히 구두서약을 받아두는 대신, 전투선으로 보이는 배가 발견된 마을들로 하여금 4월까지 새로 건조한 갤리선을 기테이온으로 보낸다는 내용이 담긴 계약서에 서명하도록 했다. 카이사르는 안토니우스가 3월 이후에나 마실리아에서 배를 타고 이곳으로 올 것이므로 4월 전까지는 출정 준비를 마칠 수 없으리라 예상했다.

2월이 되자 위인의 개인 수행원들이 하나둘 모습을 드러냈다. 카이사르는—눈썹을 치켜올리고 입술을 떨며—마르쿠스 안토니우스의 군사작전 진행방식을 확인했다. 기테이온에 적당한 저택이 없는 것으로 드러나자 수행원들은 아름다운 키테라 섬이 내려다보이는 라코니아 만에 저택 한 채를 세워야 한다고 주장했다. 또 그 저택에는 수영장,

폭포, 분수대, 샤워시설, 중앙난방, 다양한 색상의 수입산 대리석으로 장식된 바닥이 있어야만 했다.

"여름 전에 저택을 완공할 수 없을 텐데요." 카이사르는 눈을 굴리며 마니우스에게 말했다. "위인께 아프로니우스와 카눌레이우스의 저택에서 숙식을 제공받으면 어떨지 여쭤보고 싶군요."

"자기 저택이 완성되어 있지 않으면 달가워하지 않을 거야." 마니우스가 말했다. 그도 카이사르만큼이나 지금 상황이 우습게 느껴졌다. "그런데 말이지, 현지인들은 시바리스(사치와 향락으로 유명했던 고대 그리스 도시—옮긴이)풍의 흉물을 건설하는 데 마을의 귀한 자금을 들이붓는 이 상황에 대해 칭찬받아 마땅한, 아주 그리스인다운 태도를 취하고 있다네. 그들은 안토니우스가 떠난 다음에 권력가를 꿈꾸는 모든 종류의 인간들에게 그 저택을 임대해줄 작정이라더군."

"그렇다면 시바리스풍의 으리으리한 흉물에 대한 소문을 내가 널리 퍼뜨려주겠어요." 카이사르가 말했다. "어쨌거나 이곳은 아주 훌륭한 기후조건을 자랑하고, 장기요양을 하거나 남몰래 부도덕한 짓을 저지르기에 가장 이상적인 곳이니까요."

"마을 주민들이 쓴 만큼의 돈을 회수했으면 좋겠네." 마니우스가 말했다. "모든 사람의 재산을 이렇게 흥청망청 낭비하다니! 하지만 이 말은 못 들은 걸로 하게."

"방금 뭐라고 하셨죠?" 카이사르는 한 손을 둥글게 말아 귀에 대며 크게 외쳤다.

마르쿠스 안토니우스가 도착했을 때, 기테이온의 넓고 안전한 항구는 모든 종류의 배로 채워져 있었고(안토니우스는 1개 군단 규모의 지상군을 운송해야 했기에 카이사르는 상선까지 끌어모았다), 그의 저택은 아직 절반만 완성되어 있었다. 하지만 그 무엇도 그를 둘러싼 시끌벅적하고 유쾌한 분위기에 찬물을 끼얹지는 못했다. 그는 마실리아를 떠난 이래 단 한 번도 정신이 맑았던 적이 없을 정도로, 물 타지 않은 포도주를 끊임없이 마셔댔다. 넋이 나간 그의 보좌관 마르쿠스 마니우스와 하급 군관 가이우스 율리우스 카이사르가 보기에, 안토니우스가 생각하는 군사작전이란 가능한 많은 여자들의 은밀한 부위를, 소문에 따르면 어마어마하다고 알려진 그의 무기로 공격하는 것이었다. 그에게 승리란 폭격의 위력과 공성망치의 크기로 인해 여자들에게서 터져 나오는 울부짖음이었다.

"세상에, 무능한 주정뱅이 같으니라고!" 카이사르는 카눌레이우스와 아프로니우스의 저택에 있는 자신의 쾌적하고 안락한 방안에서 벽에 대고 말했다. 남이 듣는 곳에서는 감히 할 수 없는 말이었다.

물론 그는 함대 구축이라는 자신의 활동이 마르쿠스 마니우스의 긴급 공문에 언급되도록 했다. 그래서 안토니우스가 도착한 지 며칠 지나지 않은 4월 말에 어머니로부터 편지를 받았을 때, 참전 횟수를 인정받으면서 다행히도 기테이온에서의 병역으로부터 해방될 수 있었다.

카이사르의 큰외삼촌 가이우스 아우렐리우스 코타는 올해 초 이탈리아 갈리아에서 돌아왔다가 개선식이 있기 전날 밤 갑자기 사망했다. 그는 죽으면서 많은 것을 남겼는데, 그중 하나는 대신관단의 공석이었다. 그는 최장기간 자리를 지킨 대신관이었다. 술라의 법에 따르면 대신관단은 평민 여덟 명과 파트리키 일곱 명으로 구성되어야 했다. 하지만 가이우스 코타가 사망할 무렵에는 평민 아홉 명과 파트리키 여섯 명으로 구성되어 있었다. 술라가 이 사람, 저 사람에게 보상 차원에서 대신관과 조점관 자리를 나눠준 결과 발생한 일이었다. 보통 평민 대신관이 죽으면 대신관단은 그 자리에 다른 평민을 앉혔지만, 이번에는 술라의 규정에 맞춰 비율을 조정하기 위해 그 직위를 파트리키에게 넘기기로 했다. 그렇게 선택된 사람이 카이사르였다.

아우렐리아의 설명에 따르면 카이사르가 뽑힌 이유는, 13년 전 (대신관이었던) 카이사르 스트라보와 (조점관이었던) 루키우스 카이사르가 살해당한 이후로 단 한 번도 율리우스 가문에서 대신관이 배출된 적이 없기 때문이었다. 다음번에 조점관단에 공석이 발생하면 루키우스 카이사르의 아들이 그 자리를 채우리라는 것은 잘 알려진 사실이었지만, (아우렐리아에 따르면) 카이사르가 대신관이 되리라고 예상한 사람은 아무도 없었다고 했다. 아우렐리아에게 이 소식을 전해준 사람은 마메르쿠스였는데, 이런 결정이 만장일치로 이루어지지는 않았다고 전했다. 카툴루스는 카이사르의 임명을 반대했고, 숫염소의 장남 메텔루스도 반대했다. 하지만 수차례의 조점과 예언서 해석을 통해 마침내 카이사르가 승리했다.

어머니가 보낸 편지 중 가장 중요한 부분은 마메르쿠스의 메시지였다. 대신관 자리를 확실히 꿰차고 싶다면 하루빨리 로마로 돌아와 종교의식을 치르고 취임하라는 내용이었다. 그러지 않으면 카툴루스가 대신관단의 마음을 돌려놓을지도 모른다고 했다.

다섯번째 전투 참여 기록을 남긴 카이사르는 아쉬울 것 없이 자신의 얼마 안 되는 짐을 꾸렸다. 그가 그리워할 사람은 집주인인 아프로니우스와 카눌레이우스, 그리고 보좌관 마르쿠스 마니우스뿐이었다.

"솔직히 말하자면," 그는 마니우스에게 말했다. "시바리스풍의 으리으리한 흉물이 아주 영예로운 자태로 만 위에 서 있는 모습을 구경하지 못하고 떠나서 아쉽습니다."

"대신관이 되는 일이 훨씬 더 중요한 법이지." 마니우스가 말했다. 그는 카이사르가 얼마나 소중한 존재인지 그제야 깨달았다. 마니우스의 눈에 비친 그는 늘 땅에 발을 딛고 있는 겸손한 사람으로, 자신이 하는 모든 일에 아주 능했고 일하는 것을 좋아했다. "대신관 취임식을 마친 뒤에는 어떤 일을 할 생각인가?"

"감당하기 힘든 전쟁으로 고전하고 있는 겸손한 법무관급 총독을 찾아볼 겁니다." 카이사르가 말했다. "루쿨루스의 집정관 임기는 끝났으니, 그는 이제 다른 총독들에게 명령을 내릴 수 없을 테지요."

"그렇다면 히스파니아?"

"거긴 긴급 공문이 너무 잦은 지역이에요. 거기말고, 갈리아 너머 알프스의 마르쿠스 폰테이우스에게 젊고 유능한 군관이 필요하지 않은지 물어볼 계획입니다. 그는 무관인데, 무관들은 늘 분별 있게 행동하죠. 제가 맡은 일을 잘 해내는 한, 그는 저에 대한 루쿨루스의 평가를 무시할 겁니다." 흰 얼굴이 갑자기 어두워졌다. "하지만 제일 중요한 일을 먼저 해야 하는데, 마르쿠스 유니우스 융쿠스와 관련된 거예요. 저는 그를 부당취득 법정에 세울 작정이거든요."

"아직 못 들었나?" 마니우스가 물었다.

"뭘 말입니까?"

"융쿠스는 죽었네. 로마로 돌아가지도 못했지. 난파 사고였다나 뭐라나."

그는 트라키아인 아닌 트라키아인이었다. 카이사르가 대신관 직을 수락하려고 기테이온을 떠나던 그해, 이 트라키아인 아닌 트라키아인은 스물여섯 살 나이로 역사의 무대에 등장했다.

그는 명문가까지는 아니지만 꽤 훌륭한 집안에 태어났다. 그의 아버지는 캄파니아의 베수비우스 산 인근 출신으로, 이탈리아 전쟁 당시 통과된 플라우티우스 재판법에 따라 60일 이내에 로마 법무관에게 시민권을 신청해 로마 시민이 되었다. 로마인과의 전투에 직접 가담하지 않은 이탈리아인이었기에 가능한 일이었다.

농사짓는 집안에서 나고 자란 아이답지 않게, 소년은 전쟁과 군대에 관한 모든 것에 열광했다. 아버지는 이 둘째 아들이 열일곱 살이 되면 곧장 로마군에 입대하리라는 것을 알고 있었다. 물론 아버지도 영향력이 아주 없었던 것은 아닌지라, 마르쿠스 크라수스가 술라를 위해 모집하던 군단 내에 아들을 위한 수습군관 자리를 하나 마련해주었다. 술라가 이탈리아로 돌아와 카르보와 전쟁을 시작한 이후의 일이었다.

소년은 군대 생활에 아주 잘 적응했고 만 18세 이전에 이미 전장에서 무공을 세웠다. 그는 술라의 정예부대로 옮겨졌고 때마침 하급 참모

군관으로 승진되었다. 에트루리아에서의 마지막 전투 이후 전역할 기회가 주어졌지만, 그는 가이우스 코스코니우스의 군대에 입대해 '달마타이'라 불리는 부족 무리를 진압하기 위해 일리리쿰으로 진군하는 쪽을 택했다.

초반에는 전쟁 지역이나 전투 방식이 너무 흥미진진했다. 그는 아르밀라 팔찌와 팔레라이 등 무공훈장을 수집하는 데 여념이 없었다. 하지만 코스코니우스의 군대는 곧 포위전에 말려들었고, 2년 동안 그 상태가 지속되었다. 항구도시인 살로나의 주민들은 항복하려 들지도 싸우려 들지도 않았다. 이제 막 성년기에 접어들고 있던 소년에게 살로나 포위전은 못 견디게 지루했고 시시하기 그지없는 시간 낭비처럼 느껴졌다. 그의 목표는 이미 정해져 있었다. 그는 군대에서 경력을 쌓아 무관이 될 작정이었다. 무관으로 시작한 가이우스 마리우스는 마지막에 얼마나 높은 위치까지 갔던가! 그런데 정작 그는 몇 달씩 꿈쩍도 않는 성벽의 벽돌과 타일을 쳐다보며 아무런 작전도 아무런 성과도 없이 기다려야만 했다.

그는 히스파니아로의 근무지 변경을 요청했다. 다른 동료들과 마찬가지로 세르토리우스의 공훈에 크게 자극받은 까닭이었다. 하지만 그의 군단을 이끌던 보좌관은 그의 마음을 헤아리지 못했고 요청을 일언지하에 거절했다. 그는 재차 히스파니아로의 근무지 변경을 요청했지만 또 거절당했다. 이후 그의 근무 태도는 나날이 불성실해졌다. 그는 곧 불복종, 과음, 무단외출의 대명사가 되었다. 하지만 살로나가 함락되고 코스코니우스 사령관이 마케도니아 총독 가이우스 스크리보니우스 쿠리오와 손잡고서 대대적인 다르다니족 진압 작전을 시작하자, 이 모든 악행들은 말끔히 사라졌다. 이제야 뭔가 제대로 풀릴 것 같았다!

이 청년의 인생을 수렁으로 빠뜨린 사건에는 '반란'이라는 이름표가 붙었다. 청년의 마음을 헤아리지 못했던 보좌관이 밀고자로 드러났다. 이 청년은—다른 많은 병사들과 함께—코스코니우스의 군사법정에서 반란 혐의로 재판을 받았다. 법정에서는 그에게 유죄판결을 내렸다. 그가 보조군 출신이거나 로마 시민이 아니었다면 태형 직후 처형당했을 것이다. 하지만 로마인이자 하급 참모군관 신분이며 전장에서 무공훈장까지 많이 받았던지라 그에게는 두 개의 대안이 주어졌다. 이러나 저러나 시민권은 박탈당할 수밖에 없었다. 하지만 태형만 당한 후 영구적으로 이탈리아에서 추방당하든지, 아니면 검투사가 되든지 둘 중 하나를 선택할 수 있었다. 그는 당연히 검투사가 되는 쪽을 택했다. 그렇게 하면 적어도 가끔 고향에 다녀올 수 있었다. 캄파니아 사람인 그는 검투사에 관해 모르는 것이 없었다. 검투사 양성소가 카푸아 인근에 밀집되어 있는 까닭이었다.

반란 혐의로 나란히 유죄판결을 받고 검투사의 삶을 택한 동료 일곱 명과 아퀼레이아로 옮겨진 후, 그는 거래상의 손에 넘겨져 카푸아의 경매장으로 끌려갔다. 그는 자신이 이전에 로마 시민이었다는 것을 떠벌리고 싶지 않았다. 그의 아버지와 형은 검투 경기를 좋아하지 않았고, 경기를 구경하러 장례식에 찾아가지도 않았다. 그는 아버지의 농장에서 멀지 않은 곳에 머물면서, 아버지와 형에게 이 상황을 들키지 않고 지낼 수 있으리라 생각했다. 그래서 짧고 듣기 좋고 호전적인 어감에 싸움을 연상시키는 가명을 쓰기로 했다. 스파르타쿠스였다. 그렇다, 혀에 착 감기는 이름이었다. 스파르타쿠스. 그는 스파르타쿠스가 로마 전역에서 찾는 사람이 넘쳐날 정도로 유명한 검투사가 될 것이며, 여자들이 목을 매는 카푸아의 영웅이 되어 감당하기 힘들 만큼 많은 만찬에 초대받게 될 것이라 맹세했다.

그는 카푸아 경매장에서, 집정관과 감찰관을 지낸 루키우스 마르키우스 필리푸스가 소유하고 있는 유명한 검투사 양성소의 라니스타에게 팔렸다. 아주 매력적인 외모 덕분이었다. 그는 장신에 장딴지, 허벅지, 가슴, 어깨, 팔 근육이 놀랍도록 발달해 있었고 목은 황소 같았다. 피부는 흥미롭게 생긴 상처 몇 개만 제외하면 햇볕에 잘 그을린 소녀 같았다. 게다가 환한 금발에 회색 눈을 가진 잘생긴 청년이었다. 움직임은 귀공자처럼 품위가 넘치고 자못 당당했다. 필리푸스를 대신해(물론 필리푸스는 현장에 없었으며, 자신에게 큰돈을 벌어다주는 본인 소유의 검투사 500여 명을 직접 만나는 일도 없었다) 10만 세스테르티우스를 지불하고 스파르타쿠스를 사들인 라니스타는, 그가 외모로 보건대 타고난 검투사라고 판단했다. 필리푸스가 손해를 봐서는 안 될 일이었다.

검투사는 트라키아인과 갈리아인 두 가지 종류로 나뉘었다. 라니스타는 스파르타쿠스를 어느 쪽으로 훈련시켜야 할지 쉽게 결정할 수 없었다. 보통 외모를 보면 답이 나왔지만, 스파르타쿠스는 워낙 출중해서 어느 쪽으로 훈련시켜도 무방해 보였다. 보통 갈리아인이 더 많은 상처를 입기 마련이고 팔다리가 잘려나갈 위험도 약간 더 높았다. 그런데 스파르타쿠스를 사들이면서 만만치 않은 가격을 지불한 터였다. 그래서 라니스타는 스파르타쿠스를 트라키아인으로 훈련시키기로 결정했다. 스파르타쿠스가 보기 좋은 상태로 남아 있어야 명성을 얻은 이후에도 비싼 값을 받고 경기에 내보낼 수 있기 때문이었다. 또한 트라키아인 검투사는 투구를 쓰지 않았으므로 스파르타쿠스의 기품 있는 머리카락을 보여주기에도 그만이었다.

훈련이 시작되었다. 신중한 성격의 라니스타는 은도금 바탕에 금으로 돋을새김을 한 스파르타쿠스의 갑옷을 주문하기 전에, 그의 운동신경이 외모만큼이나 출중한지를 먼저 확인했다. 스파르타쿠스는 심홍색 살 가리개를 허리에 두른 넓은 검정색 가죽 검대(劍帶)로 고정시키고, 트라키아 기병이 사용하는 구부러진 칼을 들었다. 무릎 위까지 쑥 올라오는 정강이받이로 정강이를 보호했기 때문에, 그의 움직임은 상대인 갈리아인 검투사보다 다소 부자연스러울 수밖에 없었다. 이런 장치를 잘 이용하려면 더 똑똑한 머리와 운동신경이 필요했다. 오른팔에는 미늘 달린 가죽 소매를 둘러 목과 가슴에 걸친 줄로 고정시켰다. 가죽 소매는 오른손의 손가락 관절을 덮을 정도로 길었다. 여기에 작고 둥근 방패 하나를 추가하면 완벽한 복장이 갖추어졌다.

스파르타쿠스에게는 이 모든 것이 자연스러웠다. 그는 수수께끼 같은 인물이었다(함께 유죄판결을 받은 동료 일곱 명과는 모두 아퀼레이아에서 헤어졌다). 군대 이야기를 일절 꺼내지 않았고, 아퀼레이아 중개상의 편지에 담긴 설명은 지극히 개략적이었기 때문이다. 하지만 그는 캄파니아 억양의 라틴어와 그리스어를 구사했고, 적당히 글을 읽고 쓸 줄 알았으며, 군대에 대한 지식도 있는 듯 보였다. 라니스타에게는 이 모든 것이 불길하게 느껴졌다. 그는 앞날을 내다보고 있었던 것이다. 스파르타쿠스는 목검과 가죽 방패를 이용하는 연습 경기에서조차도 지나치게 전사다웠다. 처음에 몇 번 상대의 팔을 부러뜨렸을 때는 실수이겠거니 했지만, 훈련관 다섯 명이 심각한 골절상을 입고 몇 달간 쉬게 되자 라니스타는 스파르타쿠스를 찾아갔다.

"이봐." 그는 분별 있는 어조로 말했다. "자네는 경기장 안에서의 싸움이 오락이지 전쟁이 아니라는 걸 알아야 해. 지금 자네가 하는 건 스포츠야! 에트루리아인들은 천 년 전에 이 경기를 개발했고, 검투사는 오늘날까지도 고난도의 기술을 요구하는 영예로운 직업으로 이어져 내려오고 있어. 이탈리아 바깥의 어느 세계에서도 존재하지 않는 직업이지. 사람이 죽으면 유족들은 스포츠 형태의 전투를 통해 선수들이 운동능력을 겨루는 이 근엄한 경기를 준비하는 거라네. 아킬레우스가 파트로클로스의 죽음을 기리기 위해 준비했던 달리기, 높이뛰기, 권투, 레슬링 경기 대신에 말이지."

금발의 젊은 거인은 무표정한 얼굴로 가만히 듣고 있었다. 하지만 라니스타는 그의 오른손 손가락들이 마치 칼자루를 원하는 것처럼 계속 모였다가 펴지는 것을 놓치지 않았다.

"지금 내 말 듣고 있나, 스파르타쿠스?"

"네, 라니스타."

"훈련관은 자네의 적이 아니라 말 그대로 훈련 담당관일세. 분명히 말하지만, 훌륭한 훈련관을 구하기란 쉽지 않아! 자네의 그릇된 열정 탓에 한 달 만에 훈련관 다섯 명을 잃었네. 그들을 대체할 만한 좋은 훈련관을 구할 수도 없어. 오, 물론 그 부상으로 목숨을 잃는 사람은 없겠지! 하지만 그중 두 명은 이제 영영 훈련관으로 복귀할 수 없는 몸이 됐어! 스파르타쿠스, 자네가 싸우는 상대는 로마의 적이 아니고, 이 경기의 목적은 피를 철철 흘리는 것이 아니야! 사람들이 원하는 건 스포츠라네. 상대를 찌르고 막는 몸의 움직임, 힘과 우아함, 기술과 지략 따위란 말일세. 적당히 긁히고 베인 상처에서 흐르는 피만으로도 관중을 충분히 흥분시킬 수 있어. 관중은 두 검투사가 서로 죽이려 드는 장면을 보러 오는 게 아냐. 팔이 잘려나가는 걸 보려는 것도 아니고! 그들이 원하는 건 스포츠야. 스포츠 말일세, 스파르타쿠스! 운동능력을 겨루는 경기 말이네. 서로 죽이고 팔다리를 베는 모습을 보려고 한다면 당연히 전쟁터로 가겠지. 캄파니아가 유달리 많은 전쟁을 겪었다는 건 신들도 다 알고 있어!" 그의 눈이 스파르타쿠스를 향했다. "내 말 알아들었나? 이제 이해하겠어?"

"네, 라니스타." 스파르타쿠스가 말했다.

"그럼 이제 가서 착한 아이처럼 훈련이나 더 받게! 힘을 주체하지 못하겠으면 베개나 목각인형을 때리게. 그리고 다음번에 훈련관과 목검 훈련을 할 때에는 목검을 크게 휘둘러 멋진 동작을 연출하는 데 집중하게. 뼈가 부서지는 끔찍한 소리가 들리도록 하지 말고!"

스파르타쿠스는 라니스타의 설명을 이해할 만큼 똑똑했다. 그래서 그날의 대화 이후로 순수한 움직임의 의식과 절차에만 온 신경을 집중했다. 심지어 그것을 도전과제로 받아들이고 즐기기까지 했다. 걱정과 불안에 시달리던 훈련관들은 그가 자기들에게 골절상을 입히지 않고 관중을 열광시킬 만한 다양한 동작에 집중하자 크게 만족했다. 라니스타는 한참이 지난 후에야 스파르타쿠스에게서 피에 대한 굶주림이 완전히 사라졌다고 확신했다. 6개월이 지난 뒤, 그는 카푸아에서 구타 집안사람의 장례식 경기에 출전할 다섯 쌍의 검투사 명단에 이 문제의 검투사를 포함시켰다. 인근에서 벌어지는 경기라, 라니스타가 직접 경기장을 방문해 스파르타쿠스가 얼마나 성장했는지 눈으로 확인할 수 있을 터였다.

스파르타쿠스의 상대를 맡은 갈리아인 검투사는(두 사람은 다섯 팀 중 세번째로 출전했다) 썩 훌륭한 상대였다. 스파르타쿠스보다 약간 키가 컸고, 그만큼이나 건장했다. 작은 천으로 생식기를 가렸을 뿐 나체나 다름없는 갈리아인 역할의 검투사는 아주 길고 약간 휘어진 방패와 일직선의 양날검을 사용했다. 그가 몸에 걸친 것 중에서 가장 눈에 띄는 것은 투구였다. 멋진 은제 투구에는 양볼 덮개와 목 덮개가 달려 있었고, 투구 꼭대기에는 일반적으로 꽂는 깃털보다 훨씬 큼직한 물고기 형상의 장식이 붙어 있었다.

스파르타쿠스는 그 갈리아인 역할의 검투사와 초면이었고 대화를 나눈 적도 없었다. 필리푸스의 검투사 양성소처럼 어마어마한 규모의 시설 내에서 그가 대화를 나누는 상대는 훈련관, 라니스타, 비슷한 단계의 교육과정을 밟고 있는 동료뿐이었다. 하지만 그는 상대가 벌써 열네 번 경기에 출전한 경험 많은 검투사로, 주로 카푸아 지역에서 활동하며 큰 인기를 끌고 있다는 말을 경기 전에 전해 들었다.

처음에는 모든 것이 순조로웠다. 거추장스러운 장비를 걸친 스파르타쿠스는 느린 동작으로 아슬아슬하게 갈리아인 검투사의 공격을 피했다. 그의 잘생긴 얼굴과 헤르쿨레스 같은 몸매를 보고 일부 여성 관객은 귀에 들릴 정도로 크게 감탄의 한숨을 내쉬고 키스를 보냈다. 스파르타쿠스에게 열광하게 될 미래의 여성 팬들이 벌써부터 형성되고 있었다. 라니스타는 신입 검투사가 경기장의 여성 관중 앞에 서기 전까지 여자를 아예 못 만나도록 했다. 그 때문에 스파르타쿠스는 여성 관중이 보내는 키스 소리에 잠시 주의가 산만해져 갈리아인 검투사를 제대로 막아내지 못했다. 그는 작고 둥근 방패를 약간 높게 들고 있었는데, 갈리아인 검투사는 뱀장어처럼 순식간에 파고들어 그의 왼쪽 엉덩이를 칼로 깊이 베었다.

그걸로 끝이었다. 갈리아인 검투사는 끝장났다. 너무도 순식간이라, 무슨 일이 벌어진 것인지 정확히 목격한 관중은 아무도 없었다. 스파르타쿠스는 왼발을 중심축으로 휙 돌면서 살짝 휘어진 검으로 상대의 목을 측면에서 내리쳤다. 칼날은 경추를 끊을 만큼 깊이 박혔다. 갈리아인 검투사의 머리는 한쪽으로 넘어가더니 어깨 옆에 덩그러니 매달렸다. 섬뜩한 눈동자는 여전히 깜빡이고 있었고, 입술은 스파르타쿠스에게 키스를 보낸 여성 관중의 입술과 닮은 모양이었다. 기절하는 사람, 도망가는 사람, 구토하는 사람이 뒤섞이면서 관중석은 비명과 고함, 거대한 물결과 소용돌이로 가득찼다.

스파르타쿠스는 훈련소로 옮겨졌다.

"이제 됐어!" 라니스타가 말했다. "자네는 절대, 절대, 제대로 된 검투사가 될 수 없어!"

"하지만 그가 제게 부상을 입혔습니다!" 스파르타쿠스는 항변했다.

라니스타는 고개를 저었다. "그렇게 똑똑한 사람이 어찌 이리도 멍청할 수 있나? 이런 멍청이, 멍청이, 멍청이! 자네의 외모와 운동능력이면 이탈리아 최고의 검투사가 되고도 남았을 걸세. 자네는 손쉽게 명성을 얻고, 나는 중간에서 칭찬을 좀 듣고, 필리푸스는 아주 큰돈을 벌었겠지! 그런데 자네는 그걸 이해하지 못했어, 스파르타쿠스. 왜냐하면 너무 멍청하니까! 너무 똑똑한 동시에 너무 멍청해! 자네는 오늘부로 퇴출이야."

"퇴출이요? 그럼 어디로 가게 됩니까?" 아직 분이 풀리지 않은 트라키아인이 물었다. "저는 계속 검투사로 살아야 한단 말입니다!"

"오, 물론이지." 라니스타가 말했다. "하지만 여기에선 곤란해. 카푸아 도심에서 꽤 떨어진 곳에 루키우스 마르키우스 필리푸스의 검투사 양성소가 하나 더 있어. 그곳으로 자네를 보낼 생각이네. 작고 안락한 시설이지. 그곳에는 검투사 100여 명과 훈련관 10여 명, 그리고 업계에서 가장 악명 높은 라니스타가 있어. 나이우스 코르넬리우스 렌툴루스 바티아투스라는 사람이지. 늙은 바티아투스는 일리리쿰 출신의 야만인이네. 스파르타쿠스, 나와 비교하면 그 사람은 희석되지 않은 진한 독약처럼 느껴질 걸세."

"전 살아남을 겁니다." 스파르타쿠스는 태연하게 말했다. "반드시 그래야만 합니다."

다음날 새벽, 추방자를 태울 상자 형태의 수레가 도착했다. 그는 재빨리 수레 안으로 들어갔다. 입구의 빗장이 닫히자 실내와 실외를 연결하는 유일한 통로는 가지런하지 못한 널빤지 사이의 좁은 틈뿐이었다. 그는 자신이 어디로 향하는지조차 확인할 수 없는 죄수가 된 것이다! 죄수라니! 로마인에게는 너무도 이질적이고 끔찍한 개념이었다. 수레는 어마어마하게 높고 무시무시한 쇠창살이 달린 정문을 지났다. 나이우스 코르넬리우스 렌툴루스 바티아투스가 운영하는 검투사 양성소의 정문이었다. 죄수는 널빤지에 이리저리 부딪힌 나머지 온몸이 다 까지고 멍투성이에 정신을 반쯤 잃은 상태였다.

그것이 1년 전 일이었다. 그는 스물다섯번째 생일을 첫번째 검투사 양성소에서 보냈고, 스물여섯번째 생일을 일명 '빌라 바티아투스'라 불리는 두번째 검투사 양성소의 담장 안에서 보냈다. 빌라 바티아투스에서는 소속 검투사들을 애지중지하지 않았다! 그곳에 머무는 검투사들의 숫자는 매번 조금씩 차이가 있었지만 장부상으로 대략 100여 명이었다. 50여 명은 트라키아인, 나머지 50여 명은 갈리아인 역할이었다. 바티아투스에게 그들은 개별적인 인간이 아니라 그저 트라키아인과 갈리아인이었다. 전부 다른 검투사 양성소에서—대체로 폭력이나 폭동 등의—사고를 치고 이곳으로 옮겨진 사람들이었고, 노예처럼 생활했다. 노예와 다른 점이 있다면, 빌라 바티아투스에서 그들은 쇠사슬을 차지 않았고 좋은 음식과 편안한 잠자리를 제공받았다. 또한 여자까지 준비되어 있었다.

하지만 그것은 진정 노예의 삶이었다. 빌라 바티아투스의 모든 사람들은 죽을 때까지, 심지어 경기장에서 최후를 맞지 않고 살아남더라도 그곳을 빠져나가지 못하리라는 것을 알았다. 경기에 출전할 수 없을 만큼 나이가 들면 훈련관이나 하인으로 일해야 했다. 그들은 임금을 지급받지 못했고, 바티아투스의 사업이 한창일 때는 이전 경기의 상처가 다 아물기도 전에 다음 경기에 출전해야 했다. 물론 바티아투스의 사업은 늘 한창이었다. 그는 초저가에 서비스를 제공했다. 고인을 기리기 위한 장례식 경기를 원하는 유족들은 몇 세스테르티우스만 있으면 바티아투스의 검투사 몇 명을 고용할 수 있었다. 이렇게 저렴한 가격 때문인지 경기는 대부분 인근의 작은 경기장에서 펼쳐졌다.

빌라 바티아투스를 탈출하는 것은 사실상 불가능했다. 내부는 수많은 작은 공간으로 분리되어 있었는데, 그 사이에는 벽과 쇠창살이 존재했다. 게다가 검투사들이 이용하는 공간에서 한참 떨어진 곳에는 어마어마하게 높은 외벽이 버티고 있었고, 벽 꼭대기에는 안쪽을 향해 쇠못들이 박혀 있었다. 외부에서의 탈출(그들은 종종 경기 출전을 위해 바깥으로 나갔다)도 사실상 불가능했다. 각 검투사는 손목과 발목에 쇠사슬을, 목에는 쇠줄을 착용했다. 창문이 없는 감옥 형태의 수레를 타고 이동했으며, 걸어다닐 때에는 언제나 작은 활과 화살을 든 일단의 궁수들에게 감시를 받았다. 쇠사슬로부터 자유로워질 수 있는 유일한 순간은 경기장에 들어설 때뿐이었고, 그때조차도 궁수들이 근처에서 대기했다.

평범한 검투사와는 얼마나 다른 생활인가! 일반 검투사는 자유롭게 훈련소로 오갈 수 있고, 어디서나 귀한 대접을 받고, 많은 여성들의 우상으로 떠받들어지고, 상당한 돈을 저축할 수 있었다. 1년에 대여섯 번 정도만 경기에 출전하고, 5년이 지나거나 서른 번의 경기를 치른 뒤에는—어느 쪽 조건이든 먼저 충족되는 즉시—은퇴할 수 있었다. 자유인 중에도 검투사의 길을 선택하는 사람이 있었지만, 대부분은 로마군 탈영병이나 반란자 출신이었다. 애초에 노예 상태로 검투사 양성소로 보내지는 경우는 극히 드물었다. 이 모든 보살핌과 배려는, 잘 훈련된 검투사가 아주 비싼 투자 대상이며 검투사의 행복과 안녕이 보장되어야만 검투사 양성소 소유주가 큰돈을 벌 수 있다는 인식에서 기인했다.

하지만 바티아투스의 양성소에서는 상황이 달랐다. 그는 소속 검투사가 첫 경기에서 입에 톱밥을 물고 죽든 말든, 10년간 쉬지 못하고 싸우든 말든 전혀 개의치 않았다. 스무 살이 훨씬 넘은 남자는 검투사로 받지 않았고, 검투사 생활은 최대 10년이 한계였다. 이것은 젊은이의 스포츠였다. 바티아투스조차도 머리가 희끗한 검투사는 경기에 내보내지 않았다. 관중이나 비용을 지불하는 유족들이 유연하고 탄력 있는 검투사를 원하기 때문이었다. 은퇴한 검투사들은 계속 빌라 바티아투스에 머물며 그곳에서의 삶을 견뎌야 했다. 은퇴 후에는 원하는 삶을 살 수 있는 일반 검투사와 비교하면 아주 끔찍한 운명이었다. 일반 검투사는 대부분 은퇴 이후 로마나 다른 대도시로 가서 경비원, 경호원, 폭력 조직의 대행인이 되었다.

빌라 바티아투스에서는 하루 일과가 엄격하게 지켜졌다. 그 일과는 걸쇠가 열리면서 발생하는 금속음으로 시작해서, 낙서를 할 수 없을 만큼 높은 운동장 벽면에 적힌 일정표에 따라 매일같이 반복되었다. 해 질 무렵이면, 100여 명의 남자들은 일고여덟 명을 수용할 수 있는 석벽으로 둘러싸인 감방에 나뉘어 수감되었다. 그들은 옆 사람과 대화를 나누지도 않았고, 석벽 때문에 옆방 소리도 들리지 않았다. 숙소 배치는 매번 바뀌었기 때문에 매일 밤 예닐곱 명의 새로운 동료와 밤을 보내야 했다. 열흘 후에는 또 한번 대대적으로 배치가 바뀌었는데, 바티아투스가 이용하는 방식은 너무도 교묘해서 신참이 다른 모든 검투사들과 안면을 트려면 적어도 1년이 걸렸다. 청결한 감방에는 큼직하고 편안한 침대가 마련되어 있었고 욕조, 수도시설, 여러 개의 요강이 구비된 작은 방이 딸려 있었다. 검투사들은 정확히 해 질 무렵부터 동틀 무렵까지, 여름에는 서늘하고 겨울에는 따뜻한 이 감방에 머물렀다. 낮에는 입주 노예들이 감방을 청소했는데, 그들은 검투사들과 직접 접촉할 일이 없었다.

검투사들은 해가 뜰 무렵 빗장이 열리는 소리에 잠에서 깨어 일과를 시작했다. 검투사들이 그날 하루 동안 만날 수 있는 사람은 전날 밤을 함께 보낸 동료들뿐이었다. 그나마 대화조차 허용되지 않았다. 각 조는 감방 바로 앞쪽에 딸린 벽으로 둘러싸인 마당에서 아침식사를 했다. 비가 내리는 날에는 비를 가릴 수 있는 차양을 설치했다. 그런 다음 단체로 훈련 동작을 연습했다. 그러고 나서 훈련관은 그들을 두 개의 조로, 가능하다면 갈리아인과 트라키아인 조로 나눠 목검과 가죽 방패를 들고 대결하도록 했다. 이후 익힌 고기, 신선한 빵, 훌륭한 올리브오일, 제철 과일과 채소, 계란, 소금에 절인 생선, 빵을 찍어 먹기 좋은 콩죽, 다양한 음료 등 그날의 가장 푸짐한 식사가 준비되었다. 포도주는 겨우 향만 느껴질 정도로 약한 것이라도 나오는 법이 없었다. 식사 후에는 두 시간 정도 조용히 휴식을 취한 다음, 갑옷과 가죽을 닦거나 신발을 수리하는 등 각종 경기용 장비들을 손질했다. 이후 모든 장비들을 하나도 빠짐없이 반납해야 했고, 궁수들은 이 과정을 감시했다. 힘든 훈련을 마친 뒤 두번째 식사보다는 가벼운 세번째 식사가 이어졌고, 검투사들은 새로 배정된 동료들과 함께 감방으로 이동했다.

바티아투스에게는 여자 노예 마흔 명이 있었다. 주방에서 자잘한 일을 돕는 것을 제외하면 이들에게 주어진 유일한 임무는 검투사들의 성욕을 해소해주는 것이었다. 검투사들은 사흘에 한 번씩 여자들의 방문을 받았다. 이때도 마찬가지로, 검투사들은 여자 노예 마흔 명과 순서대로 한 번씩 잘 수 있었다. 예닐곱 명의 여자들은 순번에 따라 줄지어 감방으로 들어가 곧장 정해진 침대로 향했다. 여자들은 한 번의 정사를 마친 뒤 같은 침대에 머물 수 없었다. 남자들은 대부분 하룻밤에 서너 번씩 정사를 벌였고 매번 반드시 다른 여자와 관계를 가져야 했다. 이러한 과정에서 애착이 형성되는 중대한 위험을 미연에 방지하기 위해 바티아투스는 이런 행운을 누리는 감방에 감시자를 배치했다. 이날은 감방에 불을 켜두었기 때문에, 감시자 임무를 마다하는 하인은 없었다. 감시자는 여자들이 제때 자리를 옮기도록 했고, 남자들이 대화를 시도하지 못하도록 했다.

100여 명의 검투사가 전부 숙소에 남아 있는 경우는 없었다. 그중 3분의 1이나 절반은 경기를 치르기 위해 바깥에 있었다. 그들은 하나같이 바깥 생활을 끔찍이 싫어했다. 빌라 바티아투스에서보다 생활환경이 훨씬 열악하고 여자도 제공되지 않기 때문이었다. 반면 검투사들이 자리를 비우는 동안 여자들은 며칠간 휴식을 취할 수 있었고(근무자 명단과 조 편성에 집착하는 바티아투스는 쉬는 사람의 명단을 철저히 기록했다) 임신 막달의 여자들에게는 출산과 회복에 필요한 휴가가 주어졌다. 임산부에게 주어진 휴가는 출산 이전 한 달과 출산 이후 한 달뿐이라 여자들은 가능한 임신을 피하려 했다. 임신을 하더라도 곧바로 유산을 유도하는 경우가 많았다. 아기는 태어난 즉시 산모와 이별했다. 여아는 빌라 바티아투스의 쓰레기 더미 위에 버려졌고, 남아는 바티아투스에게 보내져 검사를 받았다. 그의 주변에는 늘 돈을 주고 남자아이를 사려는 여성 고객들이 몇몇씩 있었다.

여자 노예들의 우두머리는 진짜 트라키아인으로 이름은 알루소였다. 베시족의 여사제였던 그녀는 호전적인 성격이었다. 바티아투스의 매춘부로 9년간 일했으며, 그곳의 어느 검투사보다도 철저히 바티아투스를 증오했다. 빌라 바티아투스에 들어온 첫해에 그녀는 여자아이를 낳았는데, 그 딸아이는 부족 전통에 따라 그녀의 대를 잇는 여사제가 되어야 마땅했다. 하지만 바티아투스는 그녀의 애끓는 호소를 무시하고 아기를 쓰레기 더미에 버렸다. 알루소는 약을 먹었고, 이후로는 임신이 되지 않았다. 그녀는 큰 분노를 품었으며, 언젠가 바티아투스가 서서히 고통스럽게 죽도록 할 것이라고 무시무시한 신들에게 맹세했다.

이 모든 것은 나이우스 코르넬리우스 렌툴루스 바티아투스가 이 업계에 존재했던 그 누구보다 꼼꼼하고 효율적인 사람임을 증명했다. 그는 무엇도 놓치지 않았고, 경계를 늦추는 법이 없었으며, 사소한 것도 세심하게 살폈다. 이 때문에 자질이 떨어지는 검투사들로 구성된 이 양성소가 이토록 성공적으로 운영될 수 있었던 것이다. 다른 이유로는 라니스타로서 바티아투스의 개인적인 능력을 들 수 있었다. 그는 누구도 신뢰하지 않았으므로 스스로 더 잘할 수 있는 일을 절대 타인에게 위임하지 않았다. 갑옷과 무기를 보관해두는 석조 요새의 하나뿐인 열쇠를 직접 관리하고, 직접 예약을 받고, 모든 여행 일정을 직접 잡았다. 모든 궁수, 노예, 무기 담당관, 요리사, 세탁부, 매춘부, 훈련관, 조수 들을 직접 선발하고, 직접 장부를 작성했다. 또한 그만이 이 검투사 양성소의 실제 소유주인 루키우스 마르키우스 필리푸스를 직접 만났다. 필리푸스는 절대 본인 소유의 시설을 방문하는 일이 없었고 늘 바티아투스를 로마로 불렀다. 바티아투스는 몇 해 전 폼페이우스로 인해 엄청난 구조개혁이 실행될 당시 필리푸스의 고용인 중에서 유일하게 잘리지 않은 사람이었다. 사실 폼페이우스는 바티아투스에게 큰 감명을 받고 그에게 필리푸스의 총 관리자로 일할 것을 제안하기도 했다. 하지만 바티아투스는 미소를 지으며 그 제안을 거절했다. 그는 자신의 일을 사랑했다.

하지만 빌라 바티아투스의 최후가 다가오고 있었다. 카이사르가 대신관 직을 수락하기 위해 기테이온의 마르쿠스 안토니우스를 떠나던 해 8월 말, 스파르타쿠스와 동료 검투사 일곱 명은 라리눔에서 임무를 마치고 빌라 바티아투스로 복귀했다.

감옥형 수레에 갇혀 이동하고 경기장에서 싸우는 순간을 제외하고는 종일 쇠사슬을 차고 다녀야 했지만, 검투사들에게 라리눔에서의 여정은 대단히 흥미로웠다. 전해 말, 라리눔의 유명인사인 스타티우스 알비우스 오피아니쿠스가 의붓아들인 아울루스 클루엔티우스 하비투스에게 기소당했다. 의붓아들은 의붓아버지가 자신을 살해하려 했다고 주장했다. 재판은 로마에서 진행되었고, 무려 20년 전으로 거슬러올라가는 끔찍한 연쇄살인 사건의 전말이 밝혀졌다. 모든 로마인들은 오피아니쿠스가 부와 권력을 축적하려고 아내, 아들, 형제, 인척, 사촌을 비롯해 수많은 사람들을 손수 죽이거나 청부 살해했다는 사실을 알게 되었다. 그는 돈 많기로 유명한 귀족 마르쿠스 리키니우스 크라수스의 친구였기에 거의 무죄로 석방될 뻔했다. 호민관 루키우스 퀸티우스를 매수하고, 배심원을 맡은 원로원 의원들에게 뇌물을 먹이려고 큰돈까지 마련했던 것이다. 하지만 오피아니쿠스가 결국 유죄판결을 받을 수밖에 없었던 것은 그가 뇌물 전달을 위해 고용한 가이우스 아일리우스 스타이에누스의 탐욕 탓이었다. 스타이에누스는 몇 해 전 폼페이우스에게 도움을 준 인물이었고, 가이우스 안토니우스 히브리다를 대신해 호민관 아홉 명을 매수하면서 중간에서 9만 세스테르티우스를 착복한 바 있었다. 그는 가장 부도덕한 임무를 도덕적으로 수행할 만한 사람이 아니었기에, 배심원을 매수하라고 전달받은 돈을 가로챘다. 그 결과 오피아니쿠스는 유죄판결을 받았다.

장례식 경기를 치르기 위해 검투사들이 도착했음에도 불구하고, 라리눔 주민들은 여전히 오피아니쿠스의 파렴치한 범행에 대해서만 떠들었다. 라리눔에서는 장례식 경기가 너무 잦다는 것도 문제였다. 현지 숙소 안뜰의 식탁에서 쇠사슬에 묶인 채 식사하는 동안, 검투사들은 호기심과 흥미가 뒤섞인 얼굴로 궁수 네 명의 이야기를 엿들었다. 그들 사이의 대화는 금지되어 있었지만, 대화가 오가는 건 당연한 일이었다. 세월의 흐름과 오랜 연습 덕분에 슬쩍슬쩍 짧은 대화를 나눌 수 있었던 것이다. 게다가 라리눔 상류층 세계에서 벌어진 연쇄살인 사건은 아주 훌륭한 주제였다.

집착에 가까울 정도로 완벽을 추구하는 바티아투스가 곳곳에 마련해놓은 장애물에도 불구하고, 스파르타쿠스는—그가 빌라 바티아투스에 입소한 지도 어언 12개월이 넘어가고 있었다—대규모 탈출과 대규모 살인을 목표로 한 계획의 실마리를 하나씩 연결하고 있었다. 그는 마침내 모든 사람들과 안면을 텄고, 매일 혹은 한 달에 한 번 보기도 힘든 사람들과 의사소통하는 법을 터득했다. 바티아투스가 거미줄처럼 복잡한 장치를 고안해 매춘부와 검투사 들이 가까워지는 것을 막았다면, 스파르타쿠스는 마찬가지로 거미줄처럼 복잡한 장치를 마련해 매춘부와 검투사 들이 정보와 생각, 찬반 의견을 서로 전달하고 전달받을 수 있도록 했다. 사실 바티아투스의 시스템으로 인해 강요된 이 간접적 접촉방식은 스파르타쿠스에게 오히려 장점으로 작용했다. 구성원들이 자주 만날 일이 없어서 충돌을 피할 수 있었고, 다가오는 반란의 지도자로 스파르타쿠스 외에 다른 인물을 앉히려는 시도도 차단될 수 있었던 것이다.

그는 초여름부터 촉수를 뻗어 주변을 더듬었고, 여름의 막바지인 지금에 와서 계획을 완성했다. 검투사들은 스파르타쿠스가 탈출을 시도할 경우 한 명도 빠짐없이 동참하겠노라고 동의했다. 매춘부들도 탈출에 동의했으며 스파르타쿠스의 작전에서 중요한 역할을 맡았다.

그곳에는 로마군의 규율 및 작전 수행방식을 스파르타쿠스만큼이나 훤히 알고 있는 탈영병 두 명이 있었다. 스파르타쿠스는 속삭임을 이용한 통신망으로 그들을 이번 탈출 계획의 보좌관에 임명했다. 그들은 갈리아인 역할을 맡은 검투사들로, 경기장에서는 크릭수스와 오이노마우스라는 가명을 이용했다. 관중은 검투사 영웅들이 실은 대부분 로마군의 문제 병사라는 것을 상기시키는 라티움식 이름을 싫어했기 때문이다. 마침 다행스럽게도 크릭수스와 오이노마우스는 스파르타쿠스와 함께 라리눔 여정을 떠났다. 이는 스파르타쿠스에게 큰 행운이었고, 덕분에 탈출 감행 시기를 예정보다 앞당길 수 있었다.

그들은 라리눔에서 빌라 바티아투스로 복귀하고 정확히 여드레 뒤에, 그곳에 당장 머무는 검투사가 얼마나 많든 간에 탈출을 감행하기로 했다. 장날 다음날이라 평소보다 많은 검투사가 빌라 바티아투스에 남아 있을 가능성이 높았다. 9월이면 바티아투스가 공연 예약 횟수를 줄인다는 사실을 감안하면 더더욱 그랬다. 그는 매년 9월 필리푸스를 방문할 겸 휴가를 떠나곤 했다.

트라키아인 여사제 알루소는 스파르타쿠스의 가장 열렬한 아군이 되었다. 모든 사람이 탈출 계획에 동의한 이후, 스파르타쿠스가 머무는 감방에 알루소가 배정되는 날이면 같은 방의 검투사들과 다른 여자들은 합심해서 두 사람이 밤새 함께 있을 수 있도록 도왔다. 목소리보다는 숨소리에 가까운 대화로, 두 사람은 수많은 변수들을 재차 점검했다. 알루소는 여자들을 이용해 모든 남자들의 적극적인 참여를 유도하겠다고 맹세했다. 그녀는 초여름부터 스파르타쿠스를 위해 주방도구들을 훔쳐왔는데, 그 수법이 너무 교묘해 결국 요리사 한 명이 모든 혐의를 뒤집어썼다. 검투사들의 반란을 의심하는 사람은 아무도 없었다. 네모난 식칼, 고기 써는 칼, 튼튼한 노끈 한 타래, 깨진 부분이 날카로운 유리병, 고기를 걸어두는 갈고리. 이 모든 것들은 여자들이 직접 청소하는 여자 숙소에 숨겨졌다. 그러다 탈출 전날, 스파르타쿠스의 감방으로 배정된 여자들은 빈약하기 그지없는 그들의 옷 속에 이 도구들을 숨겨 들어갔다. 알루소는 그 여자들 중에 포함되지 않았다.

아침이 밝았다. 여덟 명의 검투사는 벽으로 둘러싸인 마당에서 아침식사를 하려고 감방을 나섰다. 그들은 샅 가리개만 착용하고 있었고 빈손이었다. 하지만 V자 모양의 심홍색 샅 가리개 속에는 1미터 길이의 노끈이 하나씩 들어 있었다. 그들은 궁수 한 명, 보조 훈련관 한 명, 이제는 허드렛일을 하는 전직 검투사 두 명을 목 졸라 죽였다. 너무 순식간에 벌어진 일이라 감방의 철문은 아직 활짝 열려 있었다. 스파르타쿠스와 동료 일곱 명은 침대 밑에 숨겨둔 무기를 꺼내들었고, 궁수의 시신에서 나온 열쇠를 챙겨 누가 이 사실을 눈치채기 전에 다른 감방으로 향했다. 각 감방의 검투사들은 일부러 못 일어나겠다고 미적대며 툴툴거리고 어물쩍거리는 방식으로 시간을 끌었다. 그들은 여덟 명의 조용하고 강인한 운동선수들이 나타날 때까지 감방에서 마당으로 이동하지 않고 있었다. 네모난 식칼이 번쩍이고, 칼이 가슴에 박히고, 날카로운 유리 조각이 목을 긋고, 여덟 개의 노끈이 전달되었다.

이 모든 과정은 대화도 비명도 경고도 없이 진행되었다. 스파르타쿠스와 다른 검투사들은 이제 한쪽 줄의 감방과 거기에 딸린 마당을 모두 점령했다. 죽은 사람 중 일부는 열쇠를 가지고 있었고, 덕분에 더 깊은 미로 속의 감방까지 문을 열 수 있었다. 빌라 바티아투스에 갇혀 있던 일흔 명의 남자들이 봇물처럼 밖으로 쏟아져나왔다. 그곳에는 도끼와 연장을 보관하는 창고가 있었다. 다들 금속음을 내지 않으려고 주의했다. 이제 조금이라도 유용한 도구는 모두 검투사들의 손에 쥐어졌다. 빌라 바티아투스의 또다른 결함이 드러나는 순간이었다. 내부의 벽이 너무 높아서, 아주 가까이 다가오지 않으면 안에서 무슨 일이 벌어지는지 도통 알 수가 없었던 것이다. 바티아투스는 진작 감시탑을 세우고 궁수를 배치했어야 했다.

남자들이 주방에 도착할 무렵 비상경보가 울렸지만 때는 이미 늦었다. 이제 날카로운 주방도구를 하나씩 집어든 검투사들은 냄비 뚜껑을 방패 삼아 화살을 막았고, 살아 있는 모든 사람들을 추격했다. 전날 휴가를 떠나려다 장부상의 문제점을 발견하고 출발을 하루 미룬 바티아투스도 그중 하나였다. 남자들은 여자들이 풀려날 때까지 그를 살려두었다. 바티아투스가 너무 빨리 죽지 않도록 알루소가 감시하는 가운데, 여자들은 그의 신체 부위를 한 번에 하나씩 잡아 뜯었다. 알루소는 그의 심장을 한껏 음미하며 씹어 삼켰다.

해가 다 떴을 무렵, 스파르타쿠스와 동료 예순아홉 명은 빌라 바티아투스를 완전히 장악했다. 보관창고에서 무기를 꺼내고 모든 수레에 황소나 노새를 연결했다. 주방에 있던 음식과 남은 무기를 죄다 수레에 싣고 정문을 활짝 열어젖힌 뒤, 이 소규모 탐험대는 바깥세상을 향해 용감하게 행진했다.

오래전부터 캄파니아를 잘 알고 있었기에, 스파르타쿠스의 계획은 단순히 빌라 바티아투스를 장악하는 것으로 끝나지 않았다. 빌라 바티아투스는 카푸아에서 10킬로미터 거리였으며 카푸아에서 놀라로 통하는 길가에 위치하고 있었다. 스파르타쿠스는 카푸아가 아니라 놀라 방향으로 이동했다. 그들은 길을 나선 지 얼마 되지 않아 다른 수레 행렬을 발견하고 공격에 나섰다. 그들이 어디로 이동하는지 목격한 사람은 단 한 명도 살려둘 수 없기 때문이었다. 아주 만족스럽게도, 그 수레에는 다른 검투사 양성소에서 이용할 예정이었던 무기와 갑옷이 잔뜩 실려 있었다. 이제 전쟁에서 유용하게 이용할 수 있는 갑옷과 무기의 숫자가 사람 숫자보다 많아졌다.

스파르타쿠스의 수레 행렬은 곧 큰 도로를 벗어나 인적이 드문 길로 접어들었다. 그 길을 따라 남서쪽으로 가면 베수비우스 산이 나왔다.

궁수의 미늘 갑옷을 걸치고 트라키아식 칼을 든 알루소가 행렬 앞쪽의 스파르타쿠스에게 다가왔다. 그녀는 이미 바티아투스의 피를 씻어냈지만, 그의 심장을 먹던 순간을 떠올릴 때마다 고양잇과 동물처럼 만족스럽게 가르랑거리며 입가를 혀로 핥았다.

"당신은 미네르바 같군요." 스파르타쿠스는 웃으며 말했다. 그는 알루소가 바티아투스를 처리한 방식에 대해 비난할 만한 부분을 전혀 찾지 못했다.

"10년 만에 처음으로 진정한 내가 된 것 같아요." 그녀는 허리춤에 달린 큰 가죽가방을 흔들어 보였다. 가방 안에는 바티아투스의 머리가 들어 있었다. 그녀는 자신의 부족 전통에 따라 그 머리 안쪽을 파내고 두개골로 잔을 만들 작정이었다.

"당신만 좋다면 당신을 나만의 여인으로 삼고 싶소."

"당신의 전시 내각의 일원이 될 수 있다면 더욱 좋겠지요."

알루소는 라틴어를 할 줄 몰랐기에 두 사람은 그리스어로 대화했다. 둘의 대화에는 격정에 눈멀지 않은 상태로 몸을 섞고, 새롭게 얻은 자유의 기쁨을 공유하고, 쇠사슬과 감시 없이 걷게 된 사람들 사이에서만 생겨날 수 있는 편안함이 깃들어 있었다.

베수비우스 산은 다른 산들과 확연히 달랐다. 이 산은 크라테르 만에서 그리 멀지 않았으며, 낮은 언덕뿐인 캄파니아 지역에 홀로 우뚝 솟아 있었다. 해발 900미터까지는 완만한 경사를 이루었고, 경사면에는 포도밭, 과수원, 채소밭, 밀밭 등이 깔끔하게 채워져 있었다. 토양은 깊고 토질은 훌륭했다. 경작지 위로는 수백 미터 높이의 뾰족한 바위산이 솟아 있었다. 그곳에는 간간히 바위틈으로 우툴두툴한 뿌리를 내릴 만큼 튼튼한 나무가 자랐지만, 인가나 경작지는 전혀 없었다.

스파르타쿠스는 그 산에 대해서라면 모르는 것이 없었다. 산의 서쪽 경사면에는 아버지의 농장이 있었고, 그는 수년간 형과 함께 험준한 바위산의 바위틈에서 놀곤 했던 것이다. 그래서 그는 수레 행렬을 이끌고 계속 위로 올라갔다. 그리고 마침내 북쪽 경사면을 통해, 사방이 바위로 둘러싸여 있고 가운데가 그릇처럼 움푹 파인 꼭대기에 도착했다. 이 구덩이 가장자리는 특히 가팔랐기 때문에 수레를 안으로 옮기는 일이 여간 힘들지 않았다. 하지만 구덩이 바닥에는 풀이 무성했고, 스파르타쿠스 일행보다 훨씬 많은 사람과 가축도 머물 수 있을 만큼 공간이 넉넉했다. 급경사면은 누런 유황으로 덮여 있었고 가운데의 흙더미에서는 고약한 냄새가 올라왔다. 하지만 그 덕분에 가축들은 이곳의 풀을 뜯지 않았으며 이곳으로 가축을 끌고 오는 사람도 없었다. 유령이 나타난다고 알려진 장소이기도 했으나, 스파르타쿠스는 추종자들에게 굳이 그 말을 전달하지 않았다.

그는 처음 몇 시간 동안 야영지를 정리하는 작업에 집중했다. 감옥형 수레의 널빤지를 뜯어내 임시 숙소를 만들고, 여자들에게는 식사 준비를 부탁하고, 남자들에게는 이런저런 일을 하나씩 맡겼다. 하지만 구덩이의 서쪽 가장자리 너머로 해가 낮아질 무렵, 그는 모두를 한자리에 모았다.

"크릭수스와 오이노마우스, 내 양옆으로 서게." 그는 덧붙였다. "알루소, 당신은 여자들의 우두머리이자 우리의 여사제이며 나의 여인이니 내 발 옆에 앉으시오. 나머지 사람들은 우리 네 사람과 마주보고 서십시오."

그는 사람들이 자리를 잡을 때까지 기다렸다. 그런 다음 크릭수스와 오이노마우스보다 더 높은 자리에 서기 위해 바위 위로 올라갔다.

"지금 당장은 자유의 몸이 되었지만, 우리는 법적으로 노예라는 사실을 절대 잊어서는 안 됩니다. 우리는 감시인들과 소유주를 죽였습니다. 당국에서 이 사실을 알아차리는 즉시 우리는 추격당할 것입니다. 하지만 그전에 함께 모여 우리의 목적, 운명, 미래에 대해 논의할 수는 있겠죠."

그는 심호흡을 했다. "우선, 나를 떠나려는 남자나 여자를 억지로 붙잡아두지 않을 생각입니다. 나와 다른 방식으로 살길을 찾고자 하는 사람은 언제든 자유롭게 떠날 수 있습니다. 나에 대한 충성의 맹세, 서약, 의식 따위는 원치 않습니다. 우리는 한때 죄수였고 쇠사슬을 경험했습니다. 자유인에게 주어지는 특권을 박탈당했고, 여자들은 매춘을 강요당했습니다. 그렇기 때문에 나는 여러분을 어떤 방식으로든 구속하지 않을 것입니다."

"그리고 이곳은 임시 숙소입니다." 그는 손을 휘두르며 야영지를 가리켰다. "우리는 조만간 이곳을 떠나야 합니다. 우리가 산을 오르는 장면이 목격되었으니, 금방 우리가 한 짓에 대한 소문이 퍼질 겁니다."

제일 앞줄에 웅크리고 앉아 있던 검투사 한 명이—스파르타쿠스는 그의 이름을 몰랐다—손을 들어 발언을 청했다.

"우리가 추격당하리라는 것은 잘 알고 있습니다." 그는 눈살을 찌푸리며 말했다. "그렇다면 당장 흩어지는 것이 낫지 않을까요? 우리가 백 개의 방향으로 찢어진다면 적어도 우리 중 일부는 탈출에 성공하겠지요. 하지만 모여 있으면 다 같이 체포당할 겁니다."

스파르타쿠스는 고개를 끄덕였다. "그 말도 일리가 있습니다. 하지만 나는 동의할 수 없습니다. 어째서? 우리에게는 돈이 없고, 바티아투스에게서 받은 옷밖에 없기 때문입니다. 이 옷은 우리의 정체를 그대로 드러내죠. 또한 무기 외에는 도움이 될 만한 것이 전혀 없으니 이대로 흩어지면 위험합니다. 바티아투스는 양성소 내에 1세스테르티우스도 남겨두지 않았습니다. 하지만 돈은 꼭 필요하기 때문에, 돈을 구할 때까지는 함께 있어야 한다고 생각합니다."

"어떻게 구하죠?" 아까 그 검투사가 물었다.

스파르타쿠스가 그에게 보낸 미소는 씁쓸하지만 매력적이었다. "나도 모릅니다!" 그는 솔직히 말했다. "여기가 로마라면 누군가의 돈을 강탈하면 되겠죠. 하지만 이곳은 캄파니아입니다. 조심성 많은 농부들은 전 재산을 은행에 보관하거나, 아무도 찾을 수 없는 곳에 묻어두죠." 그는 호소하듯이 양손을 넓게 펼쳤다. "우선 내 계획을 들려줄 테니, 다들 한번 생각해보십시오. 그런 다음 내일 같은 시간에 다시 모여 투표를 합시다."

나머지 사람들과 마찬가지로 이 계획에 대해 처음 듣는 것이었지만, 크릭수스와 오이노마우스는 힘차게 고개를 끄덕였다.

"들려주십시오, 스파르타쿠스." 크릭수스가 재촉했다.

빛은 조금씩 잦아들고 있었다. 하지만 바위 위에 선 스파르타쿠스는 그에게 쏟아지는 마지막 햇살에 집중하는 듯했다. 그는 믿고 따를 수 있는 남자로 보였다. 결단력 있고 확신에 차 있고 강하고 믿음직했다.

"퀸투스 세르토리우스라는 이름을 한 번은 들어봤을 겁니다." 그가 말했다. "바티아투스 같은 무리를 양성해낸 체제에 반기를 든 로마인이지요. 그는 히스파니아를 장악했고, 조만간 로마로 진군해 독재관 자리에 올라 새로운 공화정을 수립할 것입니다. 검투 경기를 치르려고 바깥에 나갈 때마다 사람들이 하는 이야기를 들었으니 다 알고 있겠죠. 또한 많은 이탈리아 사람들이 퀸투스 세르토리우스가 로마의 최고 지도자가 되기를 바란다는 사실도 알고 있을 겁니다. 특히 삼니움 사람들이 그렇지요."

그는 잠시 멈추더니 입술을 적셨다. "나는 앞으로 해야 할 일을 알고 있습니다! 히스파니아로 가서 퀸투스 세르토리우스에게 합류할 것입니다. 그런데 가능하다면, 그를 위한 새로운 군대를 이끌고 가고 싶습니다. 술라와 그 계승자들의 로마를 산산조각 낼 수 있는 그런 군대 말이죠. 이탈리아의 유산이 사라지는 꼴을 지켜보느니 새로운 로마를 설립하길 원하는 삼니움, 루카니아 등 다양한 이탈리아 지역 사람들을 모집할 겁니다. 또한 캄파니아의 노예들을 모집하고, 퀸투스 세르토리우스의 로마가 완성되면 완전한 시민권을 제공할 겁니다. 지금은 우리 머릿수보다 무기의 숫자가 더 많습니다. 하지만 병사를 추가로 모집한다면 얘기가 달라지겠죠. 로마에서 우리를 체포하려고 군대를 파견하면 그들을 물리치고 그 무기도 챙길 겁니다!"

그는 어깨를 으쓱했다. "내게는 목숨밖에 잃을 것이 없습니다. 이제 다시는 바티아투스 같은 인간들에게 당하지 않으리라 스스로 맹세했습니다. 인간에게는, 심지어 노예에게도, 동료들과 자유롭게 어울리고 바깥으로 나다닐 자유가 보장되어야 합니다. 감옥은 죽음보다 더 끔찍합니다. 다시는 그 어떤 감옥으로도 돌아가지 않을 것입니다!"

그는 갑자기 흐느끼기 시작했지만, 급히 눈물을 훔쳐냈다. "나는 인간이고, 내 흔적을 남길 것입니다! 하지만 여러분도 그렇게 말할 수 있어야 합니다! 우리가 뭉쳐 새로운 군대의 핵을 형성한다면 목숨을 지키면서 훌륭한 업적까지 남기게 될 가능성이 있습니다. 우리가 백 개의 방향으로 흩어진다면 우리는 하나같이 도망치고, 도망치고, 또 도망쳐야만 할 겁니다. 인간답게 당당히 행진해야지, 어째서 사슴처럼 도망쳐야 합니까? 어째서 퀸투스 세르토리우스에게 동조하는 이탈리아인들을 모아 그에게 합류함으로써, 세르토리우스의 로마에 우리가 설 자리를 마련하지 않는 겁니까? 다들 아시다시피 지금 이탈리아 내에는 로마군이 거의 없습니다. 로마군의 진지가 텅 비어서 생계가 어려워졌다는 카푸아 주민들의 불평을 못 들어본 사람이 있습니까? 그럼 누가 우리를 막을 수 있을까요? 나는 한때 로마군의 참모군관이었습니다. 크릭수스, 오이노마우스를 비롯해 여러분 중 많은 이들도 한때 로마 군단 소속이었을 겁니다. 군대 조직 및 운영과 관련해 루쿨루스나 폼페이우스 마그누스 같은 무리가 가진 지식이 나와 크릭수스, 오이노마우스, 그리고 이곳의 다른 사람들이 가진 지식보다 월등히 뛰어날까요? 군대를 이끄는 것은 그리 어려운 일이 아닙니다! 그렇다면 우리가 군대를 조직하는 건 어떻겠습니까? 우린 승리를 거둘 수 있습니다. 이탈리아에는 우리를 저지할 만큼 경험 많은 군단이 전무하고, 새파란 신병들로 구성된 보병대대 몇 개뿐입니다. 로마로부터 자유를 쟁취하려고 싸웠던 삼니움과 루카니아의 노련한 병사들은 우리 편으로 넘어올 겁니다. 또한 우리는 우리에게 합류하는 경험이 부족한 병사들을 잘 훈련시킬 겁니다. 노예에게는 군사적인 역량이나 용기가 부족하다고 생각합니까? 노예군은 지금껏 몇 번이나 로마를 멸망 직전까지 몰아넣은 바 있습니다. 그들이 끝내 패배한 이유는 노예군 지도자들이 로마군의 전투 방식에 대해 무지했기 때문입니다. 노예군의 지도자들은 로마인이 아니었습니다!"

그는 건장한 두 팔을 머리 위로 번쩍 들어올렸다. 스파르타쿠스는 양손으로 주먹을 쥐고 흔들었다. "나는 우리 군대를 이끌 겁니다! 우리 군대를 승리로 이끌 겁니다! 우리 군대를 이끌고 월계관을 쓴 퀸투스 세르토리우스를 찾아가서, 이탈리아 내의 로마를 우리 발밑에 둘 것입니다!" 양팔이 아래로 내려왔다. "내가 지금 한 말을 곰곰이 생각해보십시오. 내 부탁은 그뿐입니다."

검투사와 여자 들로 이루어진 무리는 스파르타쿠스가 아래로 내려올 때 아무 말도 하지 않았다. 하지만 그를 향하는 표정들은 뜨거웠다. 알루소는 그에게 환한 미소를 보냈다.

"내일 다들 당신 의견에 찬성할 거예요." 알루소가 말했다.

"나도 그렇게 생각하오."

"그럼 이제 나를 따라 샘물이 있는 곳으로 가요. 샘물이 많은 사람들에게 생명을 주려면 정화 의식이 필요하거든요."

스파르타쿠스는 그녀가 어떻게 이런 일을 해낼 수 있는지 알 길이 없었다. 그저 놀라울 따름이었다. 그녀가 주문을 외운 뒤 악취가 나고 뜨거운 물이 샘솟는 곳 옆의 무너진 벽 아래를 바티아투스의 잘린 팔로 파내자, 갈증을 달래줄 수 있는 시원하고 달콤한 샘물이 솟아났다.

"이건 길조야." 스파르타쿠스가 말했다.

20일 만에 천여 명의 지원자가 베수비우스 산 정상의 구덩이로 몰려들었다. 스파르타쿠스는 아직 주변 마을로 전령이나 모병 담당자를 보내지도 않았는데 어떻게 소문이 퍼진 것인지 의아했다. 검투사들에게 합류한 무리 중 10분의 1 정도는 탈출한 노예로 보였다. 하지만 대다수는 삼니움 출신의 자유인이었다. 인근에는 놀라가 있었고, 놀라는 로마를 증오했다. 처음에는 이탈리아 전쟁에서, 그다음에는 폰티우스 텔레시누스를 위해 목숨 걸고 술라와 맞섰던 폼페이와 네아폴리스를 비롯한 이탈리아 도시들도 로마를 증오하기는 마찬가지였다. 로마는 이제 삼니움을 완전히 장악했다고 착각했다. 하지만 스파르타쿠스는 연이어 등장하는 삼니움 이름들을 신병 명단에 기록하면서, 삼니움 사람들을 모조리 죽이지 않는 한 그런 일은 벌어지지 않을 것이라 생각했다. 많은 사람들이 갑옷을 입고 무기를 챙겨 왔다. 나이 지긋한 참전병들은 술라의 이름이 언급되기만 하면 침을 뱉었고, 삼니움의 심장부를 파괴한 케테구스와 베레스의 이름이 언급되기만 하면 '악마의 눈'을 막아내는 동작을 취했다.

"보여드릴 게 있습니다." 크릭수스는 기대에 찬 목소리로 스파르타쿠스에게 말했다. 9월 마지막날의 아침이었다.

노예로 구성된 백인대를 훈련시키던 스파르타쿠스는 다른 검투사에게 임무를 넘겨주고 크릭수스와 함께 자리를 떴다. 크릭수스는 초조하게 스파르타쿠스의 팔을 잡아끌었다. "무슨 일인가?" 스파르타쿠스가 물었다.

"직접 보시는 게 나을 겁니다." 크릭수스는 화구벽에 난 틈으로 스파르타쿠스를 이끌고 갔다. 거기서는 베수비우스 산 북쪽 경사면이 훤히 내려다보였다.

보초 근무를 서고 있던 삼니움족 두 명은 신이 난 얼굴로 그들의 지도자를 돌아보았다. "저기를 보십시오!" 한 명이 말했다.

스파르타쿠스는 내려다보았다. 정상에서 300미터 아래까지는 산의 위쪽 부분에 해당했으며 험준한 바위와 구덩이가 많아 사람이 살기에 적합하지 않았다. 그보다 더 아래에는 잘 정돈된 경작지가 있었다. 바로 그곳의 밀밭에 로마 병사들이 구불구불하게 줄지어 있는 것이 보였다. 아티케식 투구와 고위급 군관의 흉갑을 착용한 네 사람이 말을 타고 병사들을 이끌고 있었다. 나란히 앞선 세 사람을 뒤따라오는 한 사람은 반짝이는 흉갑 위에 임페리움을 상징하는 자주색 장식띠를 두르고 있었다.

"좋아, 좋아! 법무관급 이상의 인물을 보냈군!" 스파르타쿠스는 웃으며 말했다.

"몇 개 군단일까요?" 크릭수스는 걱정스러운 얼굴로 물었다.

스파르타쿠스는 충격을 받고 그를 바라보았다. "몇 개 군단? 크릭수스, 자네는 한때 군단에 속해 있었으니 보면 알 것 아닌가!"

"그래서 모르는 겁니다! 저는 군단에 속해 있었습니다. 거기에 속해 있을 때는 바깥에서 보이는 모습이 어떤지 알 수 없단 말이죠."

스파르타쿠스는 활짝 웃으며 크릭수스의 머리를 헝클어뜨렸다. "걱정 접어두게. 저 정도는 1개 군단의 절반밖에 안 되니까. 내가 본 중에 가장 새파란 신병으로 구성된 5개 보병대대야. 줄도 삐뚜름하고 간격도 안 맞고 아주 제멋대로 아닌가? 더 중요한 것은 저들의 지도자 역시 새파란 신참이라는 사실이야! 저기 말을 타고 자신의 보좌관들을 뒤따라오는 모습이 보이지 않나? 그렇다면 분명해! 자신감 넘치는 사령관은 항상 선두를 지키는 법이거든."

"5개 보병대대요? 그렇다면 최소 2천500명 아닙니까?"

"한 번도 군단으로 편성되지 않은 5개 보병대대라네, 크릭수스."

"전투 배치 명령을 내리겠습니다."

"아니야, 나와 함께 여기 있게. 우리가 알아챘다는 티를 내면 안 되네. 지금 나팔과 함성 소리를 들으면 저들은 진군을 멈추고 저 아래에 진지를 마련할 거야. 하지만 우리가 눈치챈 걸 모르게 둔다면 저 멍청한 지도자는 계속해서 이리로 올라오겠지. 온통 바위밖에 없어 진지를 세울 수도 없는 곳까지 말이야. 그때쯤이면 다시 내려가기에도 늦은 시간이라, 병사들은 몇 명씩 나뉘어 여기저기서 선잠을 자야 할 걸세. 멍청한 것들! 남쪽 기슭으로 돌아서 올라오면 우리가 있는 구덩이까지 바로 이어지는 길을 이용할 수 있을 텐데."

어둠이 내릴 무렵이 되자 스파르타쿠스는 이 로마군 토벌대가 정말 새파란 신병으로만 구성되어 있으며, 그들의 지도자는 가이우스 클라우디우스 글라베르라는 법무관임을 확인할 수 있었다. 원로원은 글라베르에게 카푸아의 신병들을 이끌고 반란군이 있는 곳까지 진군해 그들을 베수비우스 산의 구덩이에서 몰아내라는 명령을 내렸다.

새벽녘이 되자 죄인들을 응징하러 파견된 토벌대는 완전히 사라졌다. 스파르타쿠스는 밤새 토벌대가 머물던 바위틈으로 조용한 습격대를 보냈다. 일부는 밧줄을 타고 내려가 아주 신속하고 소리 없이 로마군을 죽였다. 로마군 신병들은 경험이 너무 부족한 나머지 갑옷을 벗고 무기를 한쪽에 쌓아둔 뒤 모닥불 주변에 모여 있었다. 그 모닥불 탓에 로마군의 잠자리는 모조리 발각되었다. 글라베르도 경험이 부족하기는 마찬가지였다. 그곳의 지형조건이 제대로 구축한 진지보다 더 안전하다고 판단했던 것이다. 황혼보다는 새벽에 가까운 시각에, 그나마 눈치 빠른 로마 병사들은 무슨 일이 벌어지는지 파악하고 경고 신호를 울렸다. 우르르 정신없는 도주가 시작되었다.

그때부터 스파르타쿠스는 여자들이 횃불을 들고 길을 밝혀주는 가운데 전면 공격에 나섰다. 글라베르의 병사 중 절반은 사망했고, 나머지 절반은 무기와 갑옷을 버리고 도주했다. 가장 빨리 현장에서 달아난 사람은 글라베르와 그의 세 보좌관이었다.

2천800명분의 무기와 갑옷은 구덩이 내의 무기 은닉처로 옮겨졌다. 스파르타쿠스는 날로 늘어나는 그의 병사들에게 검투사 양성소의 장비 대신 로마 군단의 장비를 쥐여주었다. 또한 글라베르가 가져온 물자 수송용 수레와 가축도 잘 챙겨두었다. 자원 입대자들이 쏟아졌다. 대부분 훈련 경험이 있는 병사들이었다. 무리가 5천 명을 넘어서자 스파르타쿠스는 베수비우스 산의 구덩이가 너무 좁다는 판단 아래, 그의 군단을 이끌고 나섰다.

그는 어디로 향해야 할지 정확히 알고 있었다.

그리하여 법무관 푸블리우스 바리니우스와 루키우스 코시니우스는 2개 군단을 이끌고 카푸아에서 놀라 방면으로 진군하면서, 폐허로 변한 빌라 바티아투스로부터 멀리 떨어지지 않은 곳에 아주 잘 지어진 로마군 요새를 발견했다. 이번 임무의 사령관 바리니우스와 보좌관 코시니우스는 둘 다 참전 경험이 풍부했다. 그들은 자신들이 이끌게 될 2개 군단의 병사들을 처음 보고 충격에 빠졌다. 이제 막 기초훈련을 시작한 아주 새파란 신병들이었다! 두 법무관에게는 설상가상으로, 날씨가 춥고 비가 잦고 바람이 거센 것은 물론 병사들 사이에서 감염성 호흡기 질환이 유행했다. 바리니우스는 놀라로 향하는 도로 옆에 세워진 튼튼한 요새를 보고 그곳이 반란군의 진지라 확신했다. 하지만 그는 자기 병사들로는 그 진지를 공격할 수 없음을 잘 알고 있었다. 그래서 반란군 진지 근처에 새로운 진지를 만들어 로마군 2개 군단이 머물도록 했다.

그때까지는 반란군이 나이우스 코르넬리우스 렌툴루스 바티아투스의(장부상으로는 그가 소유주였다) 검투사 양성소를 파괴하고 베수비우스 산으로 숨어들었다가 삼니움과 루카니아 사람들, 혹은 노예 출신 불평분자 수천 명과 세력을 합치게 되었다는 것 외에 관련자의 이름이나 구체적인 정보는 전혀 알려져 있지 않았다. 다만 글라베르의 패배로 인해 이제 로마군의 무기와 장비가 반란군의 손에 넘어갔고, 반란군은 마치 전문가처럼 글라베르의 5개 보병대대를 박살냈다는 소식이 전해졌다.

하지만 바리니우스와 코시니우스는 정찰병을 통해 반란군 진지 내의 병력은 겨우 5천 명에 불과하며, 그중에는 여자도 포함되어 있음을 알게 되었다. 바리니우스는 용기를 얻었고, 비록 병에 걸린 신병들이 많긴 해도 수적으로 우세하다는 확신이 들었다. 그는 다음날 아침 2개 군단을 이끌고 전투를 개시했다. 그때까지도 비가 억수같이 쏟아지고 있었다.

전투가 끝나자 바리니우스는 패배 원인이 로마군을 벌벌 떨게 만든 반란군의 무시무시한 모습 때문인지, 아니면 로마 병사들로 하여금 무기를 내려놓고 이렇게는 못 싸우겠다며 진짜로 싸울 힘이 없다고 애걸하게 만든 몹쓸 전염병 때문인지 헷갈렸다. 가장 안타까운 것은 로마 병사들의 탈영을 막으려다 목숨을 잃은 코시니우스였다. 반란군은 전장에 떨어져 있던 수많은 무기와 장비를 수거해갔다. 그들은 비를 뚫고 진지로 돌아갔으므로, 그들을 추격하는 것은 무의미한 짓이었다. 바리니우스는 비에 젖고 사기가 바닥으로 추락한 로마군을 이끌어 카푸아로 돌아갔고, 원로원으로 보낼 솔직한 보고서를 작성했다. 본인에 대해서도 가차없는 편지였지만, 원로원에 대한 비난 역시 가차없었다. 그는 현재 이탈리아 내에 경험 많은 군대가 단 하나도 없으며, 만약 있다면 반란군뿐이라고 적었다.

그에게는 이번 보고서에 포함할 하나의 이름이 있었다. 트라키아인 검투사 스파르타쿠스였다.

6주 동안 바리니우스는 시원찮은 신병들을 훈련시키는 데 총력을 기울였다. 이들은 전투에서 살아남았을지언정, 아직도 한창인 감염성 호흡기 질환으로부터는 살아남기 어려울 듯 보였다. 바리니우스는 한때 술라 밑에서 일했던, 이제는 나이 지긋한 백인대장들을 징발해 신병 훈련을 맡겼다. 하지만 그들을 설득해 입대시키는 데는 실패했다. 원로원은 추가로 4개 군단을 모집하는 것이 좋겠다고 판단했고, 바리니우스가 어떤 방법을 이용하든 그의 결정을 지지한다는 입장을 밝혔다. 그 해의 법무관 여덟 명 중 네번째 법무관이 바리니우스의 수석 보좌관 역할을 맡기 위해 로마로부터 파견되었다. 그는 푸블리우스 발레리우스였다. 첫번째 법무관은 도주했고, 두번째 법무관은 전사했고, 세번째 법무관은 완패했으니, 네번째 법무관이라고 기분이 좋을 리 없었다.

11월 말이 되자 바리니우스는 병사들이 충분한 훈련을 받았으니 작전에 투입될 수 있다고 판단했다. 그는 카푸아의 병사들을 이끌고 스파르타쿠스의 진지로 갔다. 하지만 진지는 텅 비어 있었다. 스파르타쿠스는 몰래 도주한 것이다. 진짜 트라키아인인지 아닌지 알 길이 없지만, 그것은 그가 로마 무관의 방식으로 사고하는 인물이라는 또하나의 증거였다. 유행병은 그때까지도 끈질기게 가엾은 바리니우스를 괴롭혔다. 그는 다소 병력이 부족한 2개 군단을 남쪽으로 이끌고 가던 중, 몇몇 보병대대가 진군을 중단하는 장면을 무력하게 지켜봐야 했다. 그 보병대대의 백인대장들은 병사들의 상태가 호전되는 즉시 바리니우스를 뒤쫓아 가겠다고 맹세했다. 마침내 바리니우스는 피켄티아 인근 실라루스 강의 여울에서 반란군을 발견했다. 그는 스파르타쿠스의 군단이 군대 규모로 불어난 모습을 보고 충격에 빠졌다. 두 달 전까지만 해도 5천 명이었는데 이제는 2만 5천 명이라니! 바리니우스는 공격은 엄두도 내지 못하고, 갑자기 불어난 반란군이 실라루스 강을 건너 포필리우스 가도를 따라서 루카니아로 진군하는 장면을 지켜볼 수밖에 없었다.

유행병 때문에 뒤처졌던 보병대대가 도착하고 먼저 도착한 병사들의 상태도 한결 나아지자 바리니우스와 발레리우스는 회의를 열었다. 반란군을 쫓아 루카니아로 갈 것인가, 아니면 카푸아로 돌아가 겨우내 더 큰 군대를 양성할 것인가?

"그러니까 이런 말씀이겠죠." 발레리우스가 말했다. "수적으로 한참 열세라도 당장 전투를 개시하는 것이 나은가, 아니면 겨울 동안 추가 병력을 모집하고 봄까지 전투를 미루는 것이 현명한가."

"내 생각엔 선택의 여지가 없습니다." 바리니우스가 말했다. "지금 당장 저들을 뒤쫓아야 해요. 봄이 올 때쯤이면 반란군 병력이 두 배로 불어 있을 테고, 반란군의 신병들은 루카니아에서 경험을 쌓아 모두 훌륭한 군인이 되어 있을 겁니다."

그리하여 바리니우스와 발레리우스는 반란군을 뒤쫓기 시작했다. 반란군이 포필리우스 가도를 벗어나 루카니아 산속으로 점점 더 깊이 이동하고 있는 게 분명했지만 추격을 멈추지 않았다. 그들은 여드레 동안 추격하면서도 오래된 흔적들밖에 발견할 수 없었고, 매일 밤 튼튼한 진지를 마련했다. 진지 건설은 고된 작업이었지만 신중한 처사였다.

아홉번째 날 저녁 무렵, 안전한 진지의 필요성과 이점을 이해하기에는 너무 경험이 부족한 군단병들이 툴툴거리는 가운데 진지 건설 작업이 시작되었다. 구덩이에서 파낸 흙으로 벽을 쌓아올리던 바로 그때, 스파르타쿠스의 공격이 시작되었다. 병력도 부족하고 전술에서도 밀린 바리니우스는, 대부분의 병사들은 물론 아름답게 장식된 자신의 공마마저 버리고 후퇴했다. 그가 카푸아에서 이끌고 온 18개 보병대대 중에 살아서 루카니아를 빠져나온 것은 5개 보병대대뿐이었다. 바리니우스와 발레리우스는 재무관 가이우스 토라니우스에게 이 5개 보병대대를 맡겨 여울을 수비하도록 하고 실라루스 강을 건너 캄파니아로 넘어갔다.

두 법무관은 로마로 돌아와 최대한 빨리 더 많은 병사를 훈련시켜야 한다고 원로원을 압박했다. 나날이 상황이 악화되고 있음은 자명했다. 하지만 동방에서는 루쿨루스와 마르쿠스 코타가, 히스파니아에서는 폼페이우스가 전쟁을 치르고 있었으므로 많은 의원들은 모병 자체가 시간 낭비라고 생각했다. 이탈리아의 우물은 완전히 말라버린 것이다. 그러다 1월에 스파르타쿠스가 무려 4만 명의 병사들로 8개 군단을 조직해 루카니아를 벗어났다는 소식이 전해졌다. 반란군은 실라루스 강으로 진군해 가엾은 토라니우스와 5개 보병대대의 로마 병사들을 모조리 죽였다. 캄파니아는 이제 스파르타쿠스의 손아귀에 들어갔다. 보고에 따르면 그는 삼니움 인구가 많은 도시들로 하여금 그의 편에 설 것을, 자유로운 이탈리아의 명분을 지지할 것을 설득중이라고 했다.

국고 담당관들은, 이제 불평은 집어치우고 퇴역병들을 불러낼 돈을 마련하라는 따끔한 충고를 들었다. 법무관 퀸투스 아리우스(가이우스 베레스 후임으로 시칠리아 총독 직을 맡을 예정이었다)는 서둘러 카푸아로 가서 4개 군단의 집정관급 병력을 양성하되, 퇴역병들을 최대한 많이 포함시키라는 명령을 받았다. 신임 집정관 루키우스 겔리우스 포플리콜라와 나이우스 코르넬리우스 렌툴루스 클로디아누스는 스파르타쿠스 전쟁의 공식 지휘권을 얻게 되었다.

스파르타쿠스는 캄파니아로 돌아온 이후 이 모든 내용을 하나씩 알게 되었다. 그의 군대는 나날이 커지고 있었으므로, 그는 진군 도중에 새로운 보병대대를 조직하고 훈련시켜 기존 병력에 흡수시켰다. 바리니우스와 발레리우스의 진지 습격작전은 성공했지만 오이노마우스를 잃은 것이 안타까웠다. 그래도 크릭수스는 아직 무사했고, 몇몇 실력 있는 보좌관들이 두각을 드러내고 있었다. 바리니우스의 소유였던 공마는 최고사령관에게 어울릴 법한 훌륭한 말이었다! 아주 보기 좋았다. 스파르타쿠스는 아침마다 그 말의 코에 입맞춤을 하고 부드러운 은색 갈기를 쓰다듬은 다음 말에 올라탔다. 그는 그 말을 '바티아투스'라고 불렀다.

그는 놀라, 누케리아와 같은 도시들이 그의 편에 설 것이라 확신하며 즉각 그곳의 정무관들에게 특사를 파견했다. 세르토리우스를 도와 새로운 이탈리아 공화정을 수립할 계획이니 병력, 군수물자, 자금을 지원해줄 것을 요구했다. 하지만 캄파니아의 어느 도시도, 아니 이탈리아의 어느 지역도 세르토리우스의 명분이나 검투사 출신 사령관인 스파르타쿠스의 명분을 지지하겠다고 나서지 않았다.

"우리는 로마를 좋아하지 않습니다." 놀라의 정무관은 말했다. "또한 놀라가 이탈리아 전역의 어느 지역보다 로마를 상대로 오랫동안 버텼다는 사실을 자랑스럽게 생각합니다. 하지만 더는 안 됩니다. 그 일을 다시 겪을 수는 없습니다. 우리의 부는 사라졌고, 우리 젊은이들은 다 죽었어요. 우리는 당신을 도와 로마와 싸우지 않을 겁니다."

누케리아에서도 같은 답변이 돌아오자 스파르타쿠스는 크릭수스와 알루소를 불러 소규모 회의를 열었다.

"약탈해버려요." 트라키아의 여사제가 말했다. "우리 편에 서는 게 더 현명하다는 걸 알려줘야죠."

"동의합니다." 크릭수스가 말했다. "하지만 다른 이유에서입니다. 우리에게는 4만 병력이 있고 그들을 위한 무기와 장비, 식량도 충분합니다. 하지만 그뿐입니다, 스파르타쿠스. 우리 병사들에게 퀸투스 세르토리우스의 정권 아래서 더 나은 삶과 부를 누리게 될 것이라 약속하는 것도 좋지만, 지금 당장 그 부를 조금이라도 맛보게 해줄 수 있다면 더 좋겠지요. 우리의 명분에 불참하는 도시를 약탈하면, 앞으로 지나게 될 도시들도 겁을 집어먹을 겁니다. 또한 우리 병사들을 기쁘게 할 수 있습니다. 여자와 재물을 얻을 수 있으니까요. 약탈을 싫어하는 병사란 없는 법이죠!"

스파르타쿠스는 이탈리아 도시들이 고마운 줄도 모르고 그의 제안을 거절한 데 마음이 상해 있었다. 그래서 검투사 생활 이전의 그보다는 훨씬 빨리 마음을 정했다. 과거의 삶은 지금과 완전히 달랐고, 그는 완전히 다른 사람이 되어 있었다. "알겠네. 우리는 누케리아와 놀라를 공격할 거야. 병사들에게 자비를 베풀지 말라고 전하게."

병사들은 자비를 베풀지 않았다. 결과를 확인한 스파르타쿠스는 도시 약탈에 많은 이점이 있다는 결론에 도달했다. 누케리아와 놀라에서는 돈, 식량, 여자를 비롯해 많은 보물이 발견되었다. 앞으로도 약탈을 계속한다면 그는 세르토리우스에게 군대뿐 아니라 거대한 부를 안겨줄 수 있으리라! 그렇게만 된다면 세르토리우스는 트라키아인 검투사 스파르타쿠스를 기병대장 자리에 앉힐지도 몰랐다.

그러면 우선 이탈리아를 벗어나기 전에 큰돈을 마련해야 했다. 각 지역에서 그에게 합류하겠다는 사람들의 요청이 넘쳐났다. 또한 이탈리아 전쟁의 불길을 피해 간 루카니아, 브루티움, 칼라브리아 일부 지역에 많은 재물이 남아 있다는 소식이 전해졌다. 그래서 반란군은 캄파니아에서 남쪽으로 이동하며 처음에는 브루티움의 콘센티아를, 그다음에는 타렌툼 만의 투리와 메타폰툼을 약탈했다. 스파르타쿠스로서는 아주 기쁘게도, 세 도시 모두 엄청난 양의 보물을 보유하고 있었다.

알루소가 바티아투스의 두개골을 완전히 다듬은 직후, 스파르타쿠스는 그녀가 두개골 안쪽을 도금할 수 있도록 얇은 은을 구해주었다. 하지만 콘센티아, 투리, 메타폰툼을 약탈한 이후 그녀에게 그 은을 쓰레기 더미에 버리고 이제 금으로 바꾸라고 했다. 이 모든 변화에는 분명 유혹적인 요소가 있었고, 알루소 역시 늘 유혹적이었다. 그녀는 야만인의 사고방식을 가지고 있었다. 하지만 무시무시한 마술을 부릴 수 있었고, 그에게 있어 행운의 부적 같은 존재였다. 알루소가 곁에 있는 한 그는 포르투나 여신으로부터 선택받은 사람 중 하나일 수 있었다.

그렇다, 그녀는 참으로 대단했다. 물을 찾는 법을 알았고, 다가오는 위험을 감지했으며, 언제나 현명한 조언을 제공했다. 스파르타쿠스의 아이를 잉태해 나날이 배가 불러왔고, 붉은 입술은 아마 빛깔의 머리카락과 흰 야생 늑대를 닮은 옅은 색 눈동자 덕분에 더욱 돋보였다. 손목과 발목에 찬 금 장신구에서는 쟁강거리는 소리가 났다. 그는 특히 그녀가 트라키아인이고 그 역시 '트라키아인'이 되었다는 이유에서 그녀를 완벽한 존재로 여겼다. 그들은 서로에게 속해 있었고, 그녀는 이 기이하고 새로운 삶의 화신이었다.

4월 초, 그는 동부 삼니움으로 진군하며 적어도 이곳 도시들은 그에게 동참하리라 확신했다. 하지만 아이세르니아, 보비아눔, 베네벤툼, 사이피눔은 모두 그의 제의를 거절했다. 우리는 당신에게 동참할 수 없다, 당신을 원하지 않는다, 그러니 제발 사라져라! 게다가 이 도시들은 약탈할 만큼 부유하지도 않았다. 베레스와 케테구스가 아무것도 안 남기고 쓸어간 뒤였기 때문이다. 하지만 삼니움의 개개인들은 계속해서 그의 군대로 몰려들었다. 이제 총 병력은 9만 명에 달했다.

스파르타쿠스는 사람이 너무 많으면 통제가 힘들다는 점을 깨달았다. 병사들은 로마 군단으로 조직되어 로마식으로 무장하고 있었다. 하지만 이 병사들의 충동적인 성향, 포도주로 인해 야기되는 소란, 문제 병사들이 여자 숙소를 함부로 드나들며 생기는 갈등 따위를 철저히 통제할 수 있는 유능한 보좌관과 군관은 늘 부족했다. 그는 이제 이탈리아 갈리아를 지나, 알프스 너머 갈리아를 지나, 세르토리우스가 있는 가까운 히스파니아로 진군할 때라는 결론을 내렸다. 로마 인근 지역을 약탈할 마음은 없었으므로 아펜니누스 산맥 서쪽으로 넘어가지는 않을 생각이었다. 그는 아드리아 연안을 따라, 로마의 지배에 처절하게 맞섰던 마루키니족, 베스티니족, 프렌타니족, 남부 피케눔족의 땅을 지나 북진하기로 했다. 그곳의 많은 주민들이 그에게 합류하리라!

하지만 크릭수스는 가까운 히스파니아로 가고 싶지 않았다. 그가 지휘하는 3만 병력의 분대도 마찬가지였다.

"왜 그렇게 멀리까지 가야 하죠?" 그가 물었다. "퀸투스 세르토리우스에 대해 하신 말씀이 모두 사실이라면 그는 언젠가 이탈리아에 도착할 겁니다. 그가 이탈리아에 도착했을 때 우리가 로마의 목을 짓밟고 있는 게 낫지 않겠습니까. 히스파니아는 이곳에서 800킬로미터나 더 떨어져 있습니다. 게다가 우리를 그저 새로운 로마인 무리로 볼 것이 분명한 야만인들의 땅을 통과해야만 해요. 저와 제 병사들은 이탈리아를 떠나는 계획에 반대합니다."

"자네와 자네 병사들이 이탈리아를 떠나는 계획에 반대한다면 떠날 필요 없지!" 스파르타쿠스는 화난 목소리로 말했다. "내가 신경이나 쓸 것 같나? 내가 돌봐야 할 사람들이 거의 10만 명인데, 이미 너무 많아! 그러니 떠나게, 크릭수스. 멀리 갈수록 더 좋겠지! 자네의 그 멍청한 3만 병사를 데리고 이탈리아에 남든지 말든지 마음대로 해!"

이리하여 스파르타쿠스와 그의 7만 병사들이—거대한 물자 수송대와 4만여 명의 여자, 영유아, 어린이와 함께—티베르누스 강을 건너려고 북쪽을 향할 때, 크릭수스와 그를 따르는 3만여 명은 브룬디시움을 향해 남진했다. 때는 4월의 막바지였다.

그 무렵, 집정관 겔리우스와 클로디아누스는 로마를 떠나 카푸아의 병사들을 데리러 갔다. 전직 법무관 퀸투스 아리우스는 신병으로 구성된 4개 군단이 이제 카푸아에서 충분한 훈련을 마쳤다고 원로원에 보고했던 것이다. 그는 신병들이 과연 잘 싸워줄지 확신할 수 없었지만, 부디 잘 싸워주기를 바랐다.

카푸아에 도착한 두 집정관은 스파르타쿠스와 크릭수스가 갈라졌으며, 스파르타쿠스는 자기 무리를 이끌고 북쪽으로 방향을 틀었다는 소식을 접했다. 이에 따라 전략이 완성되었다. 아리우스는 1개 군단을 이끌고 즉시 남쪽으로 가서 크릭수스 무리를 처리하고, 겔리우스는 다른 1개 군단을 이끌고 아리우스가 합류할 때까지 스파르타쿠스 무리를 뒤쫓기로 했다. 한편 클로디아누스는 나머지 2개 군단과 함께 재빨리 로마를 지나고 발레리우스 가도를 따라 아드리아 해 방향으로 동진해서, 스파르타쿠스 무리를 북쪽에서 막아서기로 했다. 그렇게만 되면 두 집정관은 양방향에서 스파르타쿠스를 압박할 수 있을 터였다.

며칠 뒤 아리우스에게서 좋은 소식이 도착했다. 그는 병력이 5분의 1 수준으로 열세였음에도 불구하고, 아풀리아의 가르가누스 산에 매복하고 있다가 크릭수스의 오합지졸 병사들이 덫 안으로 걸어들어오는 순간을 놓치지 않고 급습했다. 크릭수스와 그를 따르는 3만 병사들은 대부분 전사했다. 살아남은 사람들은 전투 이후 처형당했다. 아리우스는 등뒤에 적을 남겨둘 마음이 전혀 없었다.

반면 겔리우스는 그리 운이 좋지 않았다. 아리우스가 크릭수스에게 써먹은 작전을 스파르타쿠스가 그에게 똑같이 써먹은 것이다. 겔리우스가 이끌던 1개 군단의 병사들은, 그들을 향해 돌진하는 거대한 무리를 보는 순간 극심한 공포에 휩싸여 사방으로 흩어졌다. 가만히 있던 사람들은 죄다 학살당했으니 아주 현명한 대처였다. 또한 적어도 이번에는 달아나면서 무기와 갑옷을 벗어던지지는 않았다. 덕분에 뒤늦게 합류한 아리우스와 겔리우스가 병사들을 다시 모았을 때 그들은 무기와 장비를 지니고 있었고, (어디까지나 이론적으로는) 카푸아로 돌려보내지 않고 전투에 재투입할 수 있는 상태였다.

물론 패배 직후 아리우스와 겔리우스는 곧장 스파르타쿠스를 추격했다. 스파르타쿠스는 생포된 로마 군관에게서 로마군의 작전을 알아냈고, 클로디아누스를 처단하기 위해 바로 북쪽으로 향했다. 두 군대는 아드리아 연안의 하드리아에서 충돌했다. 클로디아누스는 겔리우스와 같은 운명을 맞았다. 클로디아누스의 병사들은 겁에 질려 달아났다. 두 차례의 전투에서 승자로 등극한 스파르타쿠스는 아무런 방해도 받지 않고 계속해서 북진했다.

겔리우스, 클로디아누스, 아리우스는 조금도 굴하지 않고 병사들을 재정비한 뒤 피르뭄 피케눔에서 다시 한번 전투를 개시했다. 그들은 이번에도 패배했다. 스파르타쿠스는 갈리아 땅으로 진군했다. 8월 말경에는 파두스 강을 건너 이탈리아 갈리아로 진입했고, 아이밀리우스 가도를 따라 플라켄티아와 서부 알프스로 향했다. 퀸투스 세르토리우스, 여기 우리가 왔습니다!

초록이 무성한 파두스 강 골짜기에는 가축의 먹이가 많았고 도시의 곡물 저장소들은 곡식으로 넘쳐났다. 스파르타쿠스는 훔칠 것이 많아 보이는 도시를 체계적으로 약탈했기에, 이탈리아 갈리아 주민들은 그와 그의 군대를 전혀 반기지 않았다.

알프스 산맥으로 가는 길목에 위치한 무티나에서, 스파르타쿠스의 대군은 1개 군단만을 이끌고 그들을 저지하러 나선 이탈리아 갈리아 총독 가이우스 카시우스 롱기누스와 맞닥뜨렸다. 카시우스의 시도 자체는 용맹했으나 결과는 실패일 수밖에 없었다. 카시우스의 보좌관 나이우스 만리우스는 이틀 뒤 이탈리아 갈리아의 또다른 1개 군단을 이끌고 나타났다. 하지만 그도 카시우스와 똑같은 운명을 맞았다. 이 두 차례 전투에서 로마군은 달아나지 않고 맞서 싸웠으므로, 스파르타쿠스는 1만 명분의 무기와 갑옷을 전장에서 거둬들일 수 있었다.

스파르타쿠스가 개인적으로 대화를 나눴던 마지막 로마인은—그와 마찬가지로, 그를 따르는 거대하고 무시무시한 무리도 로마인과 접촉할 기회가 거의 없었다—몇 달 전 겔리우스에게 첫 패배를 안겨줄 당시 생포한 군관이었다. 하드리아나 피르뭄 피케눔에 머물면서 그는 겔리우스, 클로디아누스, 아리우스를 가까이서 만날 기회가 없었다. 하지만 이곳 무티나에서는 로마 출신의 고위급 인사인 카시우스와 만리우스를 생포했으니, 그들과 대화를 한번 나눠보고 싶었다. 이탈리아와 이탈리아 갈리아에서 소문이 자자한 인물에 관해 원로원 의원들에게 알려줄 시간이었다! 원로원에 그의 정체를 밝힐 시간이었다. 그는 카시우스와 만리우스를 죽이거나 구금할 의사가 없었다. 대신 그들이 로마로 돌아가 직접 보고 들은 내용을 전달하기를 원했다.

그는 두 포로를 쇠사슬로 결박해두었고, 그들이 끌려올 때 새하얀 토가를 입고 연단 위에 앉아 있었다. 카시우스와 만리우스는 가만히 쳐다보고만 있었다. 하지만 스파르타쿠스가 캄파니아 억양의 훌륭한 라틴어로 말을 시작하자, 그들은 그의 정체를 알아차렸다.

"당신은 이탈리아인이군!" 카시우스가 말했다.

"로마인이오." 스파르타쿠스가 정정했다.

카시우스 씨족의 인물치고 겁쟁이는 드물었다. 그들은 호전적이며 사나웠고, 가끔 군사적 실책을 범하는 사람은 있었지만 도망가는 사람은 없었다. 그는 수갑이 채워진 팔을 번쩍 들어 연단 위의 건장하고 잘생긴 인물에게 주먹을 휘두름으로써 자신이 진정한 카시우스 씨족 출신임을 증명했다.

"이 치욕스러운 결박을 당장 풀어주시오. 안 그러면 당신은 곧 죽은 로마인이 될 거요!" 그는 호통을 쳤다. "로마군 탈영병이라 이거지? 트라키아인 검투사로 경기장에서 싸워야 했을 테고!"

스파르타쿠스의 얼굴이 달아올랐다. "나는 탈영병이 아니오." 그는 단호하게 말했다. "지금 당신 눈앞의 인물은, 일리리쿰에서 부당한 반란 혐의로 유죄판결을 받은 참모군관이오. 그 결박이 치욕스럽다고 생각하시오? 그렇다면 벌레나 다름없는 바티아투스가 운영하는 검투사 양성소에 보내졌을 때 내가 느꼈을 치욕은 어땠을 것 같소? 하나의 쇠사슬은 다른 쇠사슬을 부르는 법이오, 집정관 권한대행 카시우스!"

"우리를 죽이고 다 끝내시오." 카시우스가 말했다.

"당신들을 죽이라고? 오, 안 될 소리지. 그럴 마음은 없소." 스파르타쿠스는 웃으며 말했다. "결박당하는 치욕을 몸소 체험했으니 이제 당신들을 풀어주겠소. 당신들은 로마로 돌아가 내가 누구인지, 어디로 향하는 중인지, 목적지에 도착하면 무엇을 할 예정인지, 또 나중에 이곳으로 돌아와 어떤 존재가 될 것인지 원로원에 전하시오."

만리우스가 답을 하려는 듯 움직였다. 카시우스는 고개를 돌려 만리우스를 쏘아보았고, 만리우스는 가만히 있기를 택했다.

"당신은 누구? 반란자. 당신이 향하는 곳은? 지옥. 그곳에서 할 일은? 썩어 문드러지기. 이곳으로 돌아온 뒤 당신의 존재는? 실질도 그림자도 없는 무의미한 존재." 카시우스는 조롱하듯 말했다. "기쁜 마음으로 이 모든 말을 원로원에 전하겠소!"

"그렇다면 원로원에 이 말도 함께 전하시오!" 스파르타쿠스는 자리에서 벌떡 일어서서 티 없이 깨끗한 토가를 찢으며 사납게 말했다. 그는 배변 후 만족스럽게 뒷발질을 하는 개처럼, 떨어진 토가를 발로 모아 연단 아래로 차버렸다. "내가 이끄는 무리에는 무장과 훈련을 제대로 마쳐 로마 군단병처럼 싸울 수 있는 남자가 8만 명이나 있소. 대부분은 삼니움과 루카니아 출신이지만, 내 밑에서 싸우는 노예들도 하나같이 용감한 병사들이오. 또한 약탈을 통해 마련한 수천 탈렌툼이 있소. 나는 가까운 히스파니아의 퀸투스 세르토리우스를 찾아가는 길이오. 우리는 힘을 모아 가까운 히스파니아와 먼 히스파니아의 로마군과 사령관을 격파할 것이고, 그런 다음 함께 이탈리아로 돌아올 것이오. 당신의 로마는 가망이 없소, 집정관 권한대행! 내년이 끝나기 전에 퀸투스 세르토리우스는 독재관이 될 것이고, 나는 그의 기병대장이 될 것이오!"

이 말을 듣고 있는 카시우스와 만리우스의 얼굴에는 분개, 두려움, 분노, 당혹, 놀라움 등 다양한 표정이 차례대로 스치고 지나갔다. 그리고 마침내 스파르타쿠스의 말이 끝났다 싶을 무렵, 그들의 얼굴에는 '유쾌한' 표정이 떠올랐다! 두 사람은 고개를 젖히고 가식 없는 웃음을 터뜨렸다. 가만히 서 있던 스파르타쿠스는 양쪽 볼이 서서히 붉게 달아오르는 것을 느꼈다. 뭐가 그리 우습단 말인가? 무모함을 비웃는 것일까? 아니면 정신 나갔다고 여기는 것일까?

"오, 이 멍청한 양반!" 카시우스는 범람하는 강물처럼 한바탕 눈물을 쏟으며 힘겹게 말했다. "이 시골뜨기! 얼간이! 당신에겐 정보망도 없단 말이오? 물론 없겠지! 당신은 로마군 사령관의 똥구멍도 못 따라오니까! 당신의 무리와 야만인 무리가 대체 뭐가 다르단 말이오? 다를 게 하나 없지, 그건 분명해! 아직도 그걸 모르다니 정말 믿기 힘들지만, 진짜 모르는 모양이군!"

"뭘 모른단 말이오?" 안색이 창백해진 스파르타쿠스가 물었다. 카시우스의 목소리에 깃든 조롱이나 그가 남발하는 모욕적 언사에 대해 분노할 여유도 없었다. 지금 스파르타쿠스가 느끼는 감정은 오직 두려움뿐이었다.

"세르토리우스는 죽었소! 선임 보좌관 페르페르나에게 작년에 암살당했단 말이지. 이제 히스파니아에는 반란군이 없소! 그곳에는 승전한 메텔루스 피우스와 폼페이우스 마그누스의 군대만 있지. 그들은 지금 당신과 당신의 야만인 무리를 처단하려고 로마로 돌아오는 중이오!" 카시우스는 다시 웃음을 터뜨렸다.

스파르타쿠스는 가만히 듣고 있을 수가 없었다. 그는 양손으로 귀를 틀어막고 그 방에서 빠져나와 알루소를 찾았다.

이제 스파르타쿠스의 아들을 출산한 알루소는 무슨 말로 그를 달래야 할지 몰랐다. 그는 긴 의자에 놓여 있던 사령관의 자줏빛 망토를 머리에 뒤집어쓴 채 울고, 울고, 또 울었다.

"내가 어떻게 해야 한단 말이오?" 그는 몸을 앞뒤로 흔들며 그녀에게 물었다. "내게는 목표가 사라진 군대, 고향을 잃은 사람들뿐인 것을!"

알루소는 피를 담는 잔과 손가락 마디뼈들, 처참하도록 너덜너덜해진 바티아투스의 손을 챙겨 무릎을 넓게 벌리고 앉았다. 그녀의 머리카락이 얼굴을 가렸다. 바티아투스의 잘린 손으로 손가락 마디뼈들을 휘저은 다음 가만히 쳐다보며 뭐라고 중얼거렸다.

"서쪽에 있던 로마의 거대한 적은 죽었어요." 그녀는 마침내 입을 열었다. "하지만 동쪽에 있는 로마의 거대한 적은 아직 살아 있어요. 이 뼈들은 우리가 미트리다테스에게 합류해야 한다고 말하고 있어요."

오, 왜 혼자서는 그 생각을 하지 못했을까? 스파르타쿠스는 사령관의 망토를 집어던지고 눈물이 그렁그렁한 커다란 눈으로 그녀를 바라보았다. "미트리다테스! 그렇지, 미트리다테스! 알프스 산맥 동쪽으로 넘어가 일리리쿰으로 진군하고, 트라키아를 통과해 흑해로 가서 폰토스와 세력을 합치면 되겠군." 그는 손등으로 코를 닦고 훌쩍이더니 알루소에게 뜨거운 눈길을 보냈다. "트라키아는 당신의 고향이오, 부인. 혹시 그곳에 정착하고 싶소?"

그녀는 코웃음을 치며 말했다. "내가 있을 곳은 당신 곁이에요, 스파르타쿠스. 베시족이 이미 깨달았는지 못 깨달았는지 몰라도, 그들은 이미 패배한 부족이에요. 어떤 부족도 로마를 상대로 영원히 저항을 이어갈 만큼 강하지 않아요. 미트리다테스 같은 위대한 왕에게만 가능한 일이죠. 아니요, 여보, 우린 트라키아에 정착해서는 안 돼요. 미트리다테스 왕에게 합류해야 해요."

스파르타쿠스의 군대처럼 어마어마한 대군은 구성원 간의 직접적인 의사소통이 절대 불가능하다는 문제점을 안고 있었다. 그는 최대한 많

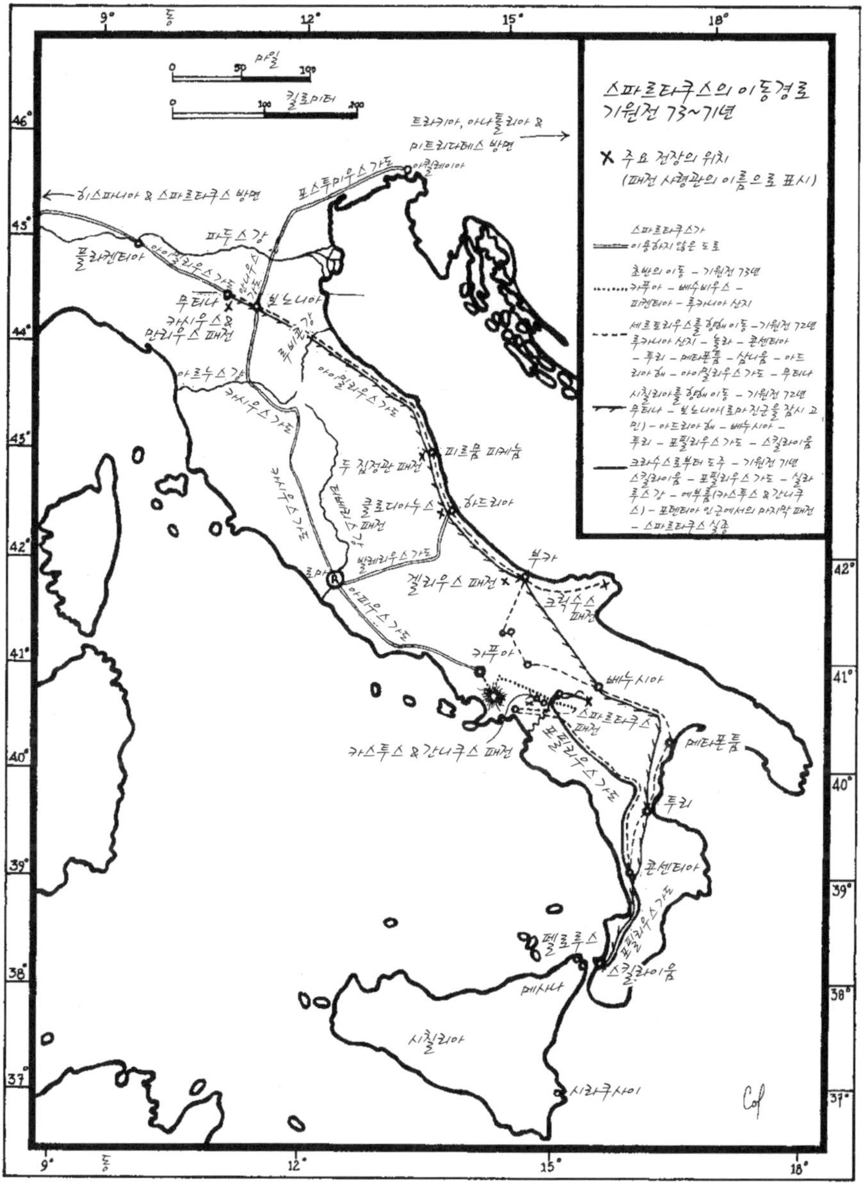
스파르타쿠스의 이동경로
기원전 73~71년
주요 전장의 위치
(패전 사령관의 이름으로 표시)
스파르타쿠스가 이용하지 않은 도로
초반의 이동 – 기원전 73년 카푸아 – 베수비우스 – 피켄티아 – 루카니아 산지
세르토리우스를 향해 이동 – 기원전 72년 루카니아 산지 – 놀라 – 콘센티아 – 투리 – 메타폰툼 – 삼니움 – 아드리아 해 – 아이밀리우스 가도 – 무티나
시칠리아를 향해 이동 – 기원전 72년 무티나 – 보노니아(로마 진군을 잠시 고민) – 아드리아 해 – 베누시아 – 투리 – 포필리우스 가도 – 스킬라이움
크라수스로부터 도주 – 기원전 71년 스킬라이움 – 포필리우스 가도 – 실라루스 강 – 에부룸(카스투스 & 간니쿠스) – 포텐티아 인근에서의 마지막 패전 – 스파르타쿠스 실종
마일
킬로미터
트라키아, 아나톨리아 & 미트리다테스 방면
히스파니아 & 스파르타쿠스 방면
아퀼레이아
포스투미우스 가도
파두스 강
플라켄티아
아이밀리우스 가도
무티나
보노니아
카시우스 & 만리우스 패전
루비콘 강
아르누스 강
카시우스 가도
아이밀리우스 가도
피르뭄 피케눔
두 집정관 패전
클로디아누스 패전
하드리아
티베리스 강
발레리우스 가도
로마
아피우스 가도
겔리우스 패전
부카
크락수스 패전
카푸아
베누시아
스파르타쿠스 패전
카스투스 & 간니쿠스 패전
포필리우스 가도
메타폰툼
투리
콘센티아
포필리우스 가도
펠로루스
스킬라이움
메사나
시칠리아
시라쿠사이

은 사람들을 모아놓고 어째서 갑자기 왔던 길을 되짚어 아이밀리우스 가도를 따라 보노니아 방향으로 가는지, 또 어째서 거기서부터 안니우스 가도를 따라 북동쪽의 아퀼레이아로 가는지, 최선을 다해 모든 남자와 여자 들을 이해시키려 했다. 일부는 이해했지만 대다수는 이해하지 못했다. 스파르타쿠스가 하는 말을 제대로 못 듣고 있다가 이후 왜곡된 이야기를 전해 들은 탓이기도 했고, 동방의 군주에 대한 이탈리아인 특유의 두려움과 혐오 탓이기도 했다. 퀸투스 세르토리우스는 적어도 로마인이었다. 반면 미트리다테스는 이탈리아 아기들을 잡아먹고 모두를 노예로 만들어버리는 야만인이었다.

행군은 계속되었고, 이번에는 동쪽으로 이동했다. 하지만 보노니아에 가까워질수록 병사들과 그들을 따르는 민간인들 사이에서 불만이 커졌다. 히스파니아도 그렇게 멀다던데, 폰토스는 대체 얼마나 멀까? 병사들 중에 가장 큰 비중을 차지하고 있던 삼니움과 루카니아 사람들은 오스키어와 라틴어만을 구사했고 그리스어는 거의 할 줄 몰랐다. 그런데 그리스어도 못하면서 어떻게 폰토스 같은 곳에서 산단 말인가?

보노니아에서 보좌관, 군관, 백인대장, 사병 등 백여 명으로 구성된 대표단이 스파르타쿠스에게 면담을 요청했다.

"우리는 이탈리아를 떠나지 않겠습니다." 그들이 말했다.

"그렇다면 나도 당신들을 버리지 않겠소." 스파르타쿠스는 지독한 실망감을 속으로 삼키며 말했다. "내가 없으면 이 조직은 완전히 와해될 것이오. 또 로마가 당신들을 모두 죽일 것이오."

대표단이 물러간 후 그는 언제나처럼 알루소를 찾아갔다. "나는 패배하고 말았소, 부인. 게다가 외부의 적에게, 심지어 로마에게 진 것도 아니오. 저들은 너무 두려워하고 있소. 그래서 이해를 하지 못하고 있소."

알루소의 뼈들은 좋은 점괘를 보여주지 않았다. 그녀는 신경질적으로 뼈들을 흩어버리더니 이내 다시 주워 주머니에 담았다. 점괘의 내용은 남편에게 알려주지 않을 생각이었다. 어떤 것들은 대지와 가까운 여성의 마음속에 묻어두는 편이 더 나았다.

"그렇다면 우리는 시칠리아로 가야 해요." 그녀가 말했다. "그곳의 노예들은 이미 두 번이나 반란을 일으킨 적이 있으니 이번에도 우리를 위해 봉기할 거예요. 충분한 양의 곡물을 저가에 판매하겠다고 약속한다면, 로마인들도 우리가 시칠리아를 점령하도록 내버려둘지도 모르죠."

그녀는 확신이 없어 불안한 마음을 완전히 감출 순 없었다. 스파르타쿠스도 그것을 감지했다. 아주 잠깐이었지만, 그는 대군을 이끌고 카시우스 가도를 따라 로마로 남진하는 건 어떨까 고민했다. 하지만 알루소의 제안이 더 타당하다는 결론을 내렸다. 그녀가 옳았다. 그녀는 항상 옳았다. 다음 목적지는 시칠리아여야 했다.

대신관이 된다는 것은 로마의 정계에서 가장 독점적인 집단의 일원이 된다는 것을 의미했다. 물론 조점관도 거의 대등한 지위였고, 귀한 대신관 직을 다른 가문에 빼앗기지 않으려고 애쓰는 것처럼 일부 가문에서는 조점관 직도 귀히 여기며 지키려고 애썼다. 하지만 조점관보다는 대신관이 늘 조금 더 중요하게 여겨졌다. 그렇기 때문에 가이우스 율리우스 카이사르는 대신관단의 일원이 되었을 때 자신의 최종 목표, 다시 말해 집정관 직에 한 발 더 가까워졌다고 생각했다. 또한 이번 취임을 통해 유피테르 대제관으로 실패했던 과거를 만회할 수 있으리라 확신했다. 어느 누구도 그에게 손가락질을 하며 그의 자격에 문제가 있다고, 그는 유피테르 대제관이 되어야 마땅하다는 식으로 말하지는 못하리라. 기존 대신관들의 논의를 거쳐 신임 대신관으로 임명되었다는 사실은, 이제 카이사르가 공화정의 가장 중심부에 무사히 안착했음을 모두에게 알려주었다.

그는 어머니가 마메르쿠스와 그의 아내 코르넬리아 술라와 친해졌으며, 수부라 지구의 인술라에서 지내면서부터 자연히 멀어진 귀족들과 최근 부쩍 가깝게 지낸다는 것을 알게 되었다. 그녀는 많은 존경과 칭찬을 받았다. 율리아 고모는 나이가 들어감에 따라 당대의 그라쿠스 형제의 어머니 코르넬리아로 추앙받을 만한 인물이었다. 하지만 가이우스 마리우스와 결혼했다는 이유로 미움을 받았고 그 자리를 빼앗겼다. 그런데 조만간 그 별명을 그의 어머니가 물려받을 것처럼 보였다! 최근 들어 그녀는 카툴루스의 아내 호르텐시아, 호르텐시우스의 아내 루타티아는 물론, 세르빌리아—죽은 브루투스의 아내였다가 데키무스 유니우스 실라누스와 재혼한 여자로, 브루투스에게서 난 아들 하나와 실라누스에게서 난 두 어린 딸을 두고 있었다—와 같은 젊은 기혼 여성, 여러 리키니아, 마르키아, 코르넬리아 스키피오니스, 유니아 들과 곧잘 함께 식사를 했다.

"멋지네요, 어머니. 하지만 어째서죠?" 그는 눈을 반짝이며 물었다.

그녀의 아름다운 눈이 반짝였다. 입가의 주름이 깊어지더니 양쪽 볼에 작은 보조개가 패었다. "답이 뻔한 질문을 왜 하는 거지?" 그녀가 물었다. "너도 나만큼이나 잘 알잖니, 카이사르. 너의 경력이 점점 쌓이고 있으니 나도 널 도와주는 거야." 그녀는 헛기침을 했다. "게다가 이 여자들은 대부분 상식이 턱없이 부족하더구나. 그들은 내게 고민을 털어놓곤 한단다." 그녀는 잠시 자신이 한 말을 되짚어보더니 정정했다. "세르빌리아만 제외하면 다 그렇단 말이지. 세르빌리아는 아주 중심이 바로잡힌 여자야! 자신이 향하는 방향을 정확히 알고 있거든. 너도 세르빌리아를 한번 만나보렴, 카이사르."

그는 이루 말할 수 없이 지루해 보였다. "어머니, 고맙지만 사양할게요. 어머니의 도움에 대해서는 모두 감사하게 생각해요. 아무리 그래도 물을 탄 포도주와 작은 케이크를 나눠 먹는 모임에까지 나가고 싶지는 않아요. 어머니와 킨닐라 외에 제 관심을 끄는 여자는, 제가 괴롭히기로 작정한 남자들의 아내들뿐이에요. 데키무스 유니우스 실라누스와는 갈등이 전혀 없었으니 그의 아내와 친해질 이유도 없어요. 세르빌리우스 씨족의 파트리키들은 견딜 수 없는 인간들이죠!"

"세르빌리아는 그렇지 않아." 아우렐리아가 말했다. 하지만 이제 할 말이 다 끝났다는 어투는 아니었다. 그녀는 주제를 바꿨다. "네가 도시 생활로 완전히 돌아올 마음이라는 증거는 하나도 안 보이는구나."

"그럴 마음이 없으니까요. 알프스 너머 갈리아의 마르쿠스 폰테이우스에게 가서 짧은 전쟁을 치를 만큼의 시간이 있으니 그곳으로 떠날 생각이에요. 내년 6월이면 돌아오겠죠. 그때 군무관 선거에 출마할 계획이에요."

"현명하구나." 그녀는 아들의 계획에 찬성했다. "네가 최고의 군인이라는 칭찬이 들리는 걸 보면 잘해낼 수 있을 거야. 바라건대 너에게 주어진 공식적인 권한 내에서 말이다."

그는 움찔했다. "그건 잔인하고 부당한 말이에요, 어머니!"

대부분의 알프스 너머 갈리아 총독들이 그러듯 마실리아에 터를 잡은 폰테이우스는 10개월 동안 카이사르를 바쁘게 돌릴 작정이었다. 그는 보콘티족과의 전투에서 왼쪽 다리에 중상을 입는 바람에 말을 탈 수 없었고, 지금까지 해온 일들이 물거품으로 돌아갈지 모른다는 생각에 애가 탔다. 그래서 카이사르가 도착했을 때, 폰테이우스는 그에게 알프스 너머 갈리아의 2개 군단을 넘겨주면서 드루엔티아 강에서 전투를 마무리하라는 명령을 내렸다. 폰테이우스 자신은 히스파니아로의 보급로 확보에 전념할 생각이었다. 세르토리우스의 사망 소식이 전해지자 총독은 안도의 한숨을 내쉬었다. 그는 카이사르와 협력하여 로

다누스 강 골짜기에 위치한 알로브로게스족의 땅을 대대적으로 공격했다.

폰테이우스와 카이사르는 둘 다 타고난 군인이라 마음이 아주 잘 맞았다. 두번째 전투가 끝날 무렵에는, 탁월한 군사적 감각을 지닌 인물끼리 함께 작업하는 것만큼 즐거운 일도 없다고 스스럼없이 인정하게 되었다. 카이사르는 이로써 일곱번째 전투 출전 기록을 남기고 평소처럼 다소 황급히 로마로 돌아왔다. 앞으로 세 번만 더 채우면 된다! 그는 이제껏 알프스 산맥의 서쪽을 경험한 적이 없었고, 갈리아에서의 시간은 즐거웠다. 또한 갈리아인들을 상대하는 것은 생각보다 훨씬 수월했다. 그는 가정교사 마르쿠스 안토니우스 니포와 카르딕사, 어머니의 인술라에 머물던 일부 세입자 덕분에 갈리아의 몇 가지 방언을 유창하게 구사했기 때문이다. 살루비족과 보콘티족 정찰병들은 그들의 언어를 구사하는 로마인이 없다고 생각해서 로마인의 귀에 들어가면 안 되는 정보를 교환할 때는 갈리아어를 사용했다. 하지만 카이사르는 그 말을 다 알아듣고서 그가 알아선 안 될 정보를 얻었으며, 절대 티를 내는 법이 없었다.

군무관 선거 후보로 출마하기에 좋은 시기였다. 스파르타쿠스의 존재 덕분에, 군무관으로 집정관의 군단에 배치되면 이탈리아 내에 머물 수 있었다. 하지만 우선 당선되는 것이 중요했다. 눈처럼 하얗게 백악 가루를 칠한 입후보자의 토가를 입고 로마의 모든 시장과 회당, 아케이드와 안뜰, 조합과 단체, 주랑현관과 주랑건물을 다니며 유권자들을 만나야 했다. 트리부스회에서는 매년 군무관을 스물네 명씩 선출하기에 그중 한 명으로 뽑히는 것은 그리 어렵지 않았다. 하지만 카이사르는 단순한 당선보다 더 큰 목표를 세웠다. 관직의 사다리를 오르면서 겪게 될 모든 선거에서 최다 득표자가 되기로 마음먹은 것이다. 따라서 그는 가장 낮은 직급의 정무관 입후보자치고는 조금 과하다 싶을 정도로 열심히 선거운동을 펼쳤다. 또한, 주인을 위해 이제껏 만난 사람들의 이름을 일일이 기억해주는 노멘클라토르의 역할까지 본인이 직접 맡았다. 그는 스스로의 노멘클라토르였으며, 한 번 만난 사람의 얼굴과 이름조차 절대 까먹지 않았다. 카이사르가 몇 년 만에 다시 만난 자리에서도 얼굴만 보고 이름을 떠올려주자 사람들은 기분이 우쭐해졌다. 그들은 이 똑똑하고 예의바르고 유능한 청년을 긍정적으로 평가했고 그에게 기꺼이 표를 던졌다. 대부분의 입후보자들은 이상하게도 수부라 지구를 간과했다. 차라리 로마에 없었으면 더 좋았을, 밑바닥 인생들이 우글거리는 동네로 치부했다. 하지만 평생을 수부라 지구에서 보낸 카이사르는 그곳에 가장 형편이 어려운 1계급과 가장 형편이 좋은 2계급이 많다는 것을 알고 있었다. 그들 중에 카이사르를 모르는 사람은 없었고, 그에게 투표해달라는 부탁을 거절할 사람도 없었다.

그는 선거에서 최다 득표를 기록했다. 그는 같은 날 열린 트리부스회 선거에서 당선된 재무관 스무 명과 마찬가지로 신년 첫날이 아니라 12월의 다섯째 날에 취임할 예정이었다. 군단 배치를 결정하기 위한 추첨(그는 다른 군무관 다섯 명과 함께 집정관의 4개 군단 중 하나에 배치될 예정이었다)은 취임 이후에나 진행되었다. 게다가 그는 임기 시작 전에 집정관의 군단을 미리 방문해 민폐를 끼칠 수도 없었다. 카푸아에조차 드나들 수 없었다. 올해의 끔찍한 군사적 사건들을 고려해 볼 때 이 얼마나 안타까운 일인가!

7월 말쯤 되자, 가장 둔감한 원로원 의원조차도 집정관 겔리우스와 클로디아누스가 스파르타쿠스를 진압하기는 역부족임을 명백히 깨닫게 되었다. 필리푸스의 주도하에(겔리우스와 클로디아누스는 필리푸스 자신만큼이나 폼페이우스의 열렬한 추종자였으므로 쉽지는 않았다) 원로원은 두 집정관들에게서 스파르타쿠스와의 전쟁 지휘권을 박탈한다는 내용을 눈치껏 전달했다. 그들은 이제 로마를 통치해야 하며, 이 전쟁의 지휘권은 집정관급 임페리움을 부여받은 사람에게 돌아가는 것이 최선이라고 전했다. 퇴역병들과 친분이 있으면서 그들을 다시 독수리 깃대 아래로 집합시킬 만큼 영향력을 지닌 사람, 그리고 가능하다면 술라의 신념을 따르는 사람. 원로원 의원이면서 동시에 최소 법무관을 지낸 경험이 있는 사람이어야 했다.

원로원 안팎의 모든 이들은 그 일에 적합한 후보를, 현재 속주 총독이나 전쟁 임무를 맡지 않고 로마에 남아 있으며 퇴역병들과의 친분과 참전 경험을 두루 갖춘 자를 단 한 사람 알고 있었다. 마르쿠스 리키니우스 크라수스였다. 전년도 수도 담당 법무관을 역임한 크라수스는 올해 속주 총독 직을 사양하며 자신은 해외 속주가 아니라 본국인 로마에 더 필요한 사람이라는 핑계를 댔다. 다른 사람이었다면 이러한 게으름과 정치적 열정 부족에 대해 즉각 지탄받았을 테지만, 마르쿠스 크라수스에게는 충분히 허용될 수 있는 약점이었다. 허용되어야만 했다! 원로원 의원들은 대부분 그에게 크든 작든 빚을 지고 있기 때문이었다.

그는 이런 직책에 안달하지 않았다. 그런 건 그의 스타일이 아니었다. 그는 쿠페데니스 시장에 위치한 스위트룸 형태의 사무실에 편안히 앉아 있었다. '스위트룸 형태의 사무실'이라고 하면 뭔가 대단해 보이지만, 크라수스의 사무실을 한번 방문해보면 생각이 달라졌다. 벽에 걸린 값비싼 그림도, 편안한 긴 의자도 없었다. 피호민들이 모여 대화를 나눌 널찍한 공간도, 팔레르눔 포도주나 귀한 치즈를 권하는 하인들도 없었다. 다른 곳에서는 일반적으로 기대할 수 있는 것들이었다. 일례로—크라수스의 옛 파트너였으나 지금은 그를 증오하게 된—티투스 폼포니우스 아티쿠스는 지극히 아름다운 사무실에서 다양한 사업을 운영했다. 하지만 크라수스는 왜 어수선한 사업가의 영혼을 아름답고 편안한 것들로 둘러싸야 하는지 도무지 이해할 수 없었다. 크라수스에게 있어 공간 낭비는 돈 낭비였고, 사무실을 예쁘게 꾸미는 것도 돈 낭비였다. 그는 스위트룸 형태의 사무실에서 넓고 북적거리는 공간의 한 구석에 놓인 책상에 앉았다. 한 공간에서 바쁘게 움직이는 회계원, 서기, 비서 들을 밀치고 지나다니거나 그들에게 떠밀리는 일도 많았다. 약간 불편하기는 했지만, 그 덕분에 직원들은 절대 그의 눈을 벗어날 수 없었다. 그의 눈은 아무것도 놓치지 않았다.

아니, 그는 이런 직책에 대해 안달하지 않았다. 원로원 의원들을 매수할 필요도 없었다. 그런 일에는 폼페이우스 마그누스나 돈을 낭비하도록 내버려두자! 돈이 궁한 원로원 의원에게 금액을 막론하고, 그것도 무이자로 대출을 해줄 수 있는 사람이라면 그럴 필요가 없었다. 폼페이우스는 절대 자신의 돈을 회수할 수 없으리라. 하지만 크라수스는 언제든 대출 상환을 요구할 수 있었고, 주머니가 텅 빌 위험도 없었다.

9월이 되자 원로원은 마침내 행동에 나섰다. 마르쿠스 리키니우스 크라수스는 원로원으로부터 집정관급 임페리움을 수락하고 8개 군단을 이끌어 트라키아인 검투사 스파르타쿠스와의 전쟁을 지휘해달라는 부탁을 받았다. 그는 며칠이 지난 다음에야 특유의 간결함과 신중함이 묻어나는 답변을 원로원에서 발표했다. 카이사르는 원로원 의사당의 맞은편 자리에 앉아 그 장면을 지켜보며, 존재감의 위력과 돈냄새의 위대함을 새삼 실감했다.

크라수스는 키가 큰 편이었지만 옆으로 아주 떡 벌어져서 그렇게 장신처럼 보이지 않았다. 그렇다고 뚱뚱하지도 않았다. 그의 체격은 황소 같아서 손목이 두껍고 손이 크고 목과 어깨가 건장했다. 토가를 걸치면 그저 거대한 덩어리처럼 보였다. 하지만 노출된 오른쪽 팔뚝 근육은 탄탄했고, 악수를 하는 손아귀는 떡갈나무처럼 단단했다. 얼굴은 크고 넓적하고 무표정했지만 절대 불쾌한 인상은 아니었다. 옅은 회색 눈동자는 상대를 바라볼 때 부드러운 온화함을 품었다. 머리카락과 눈썹은 쥐색이 아닌 흐린 갈색이었고, 피부는 햇볕에 금방 까맣게 그을리곤 했다.

그는 평소 목소리로, 그러니까 아주 놀라울 정도로 높은 목소리(아폴로니오스 몰론이라면 짧은 목을 원인으로 지적했을 것이라고 카이사르는 생각했다)로 말했다. "원로원 의원 여러분, 여러분에게 최고 지휘권을 제안받는 것이 얼마나 영광스러운 일인지 잘 알고 있습니다. 물론 저는 수락하고 싶습니다만……."

그는 잠시 멈추더니 사근사근한 눈길로 이 얼굴, 저 얼굴을 둘러보았다. "저는 변변치 못한 사람이고, 제가 가진 모든 영향력은 오늘 원로원 회의에 참석하지 못한 수많은 기사들에게서 비롯되었음을 알고 있습니다. 그들 역시 동의한다는 확신이 없다면, 저는 이 최고 지휘권을 수락할 수 없습니다. 그래서 트리부스회에 원로원 결의를 전달할 것을 정중하게 부탁드립니다. 트리부스회가 투표를 통해 저에게 최고 지휘권을 넘겨주는 데 동의한다면, 저는 기꺼이 그 뜻을 따르겠습니다."

영리한 크라수스! 카이사르는 속으로 갈채를 보냈다.

원로원에서 부여한 권한은 원로원이 언제든 박탈할 수 있다. 겔리우스와 클로디아누스의 경우처럼. 하지만 원로원 결의에 대한 승인을 트리부스회에 요청한다면—그리고 실제로 승인이 이루어진다면—그 권한은 트리부스회만이 박탈할 수 있게 된다. 어느 모로 보나 절대 불가능한 일은 아니다. 하지만 호민관단은 술라에게 발톱과 송곳니를 제거당했고, 원로원은 일반적인 문제에 대해서도 제대로 결정을 못 내리고 있다. 그러니 트리부스회에서 통과한 법은 크라수스의 입지를 아주 강력하게 만들어줄 것이다. 영리해, 아주 영리해, 크라수스!

원로원에서 순순히 결의를 내린 것이나, 트리부스회에서 압도적인 표차로 그 결의를 통과시킨 것을 보고 놀라는 사람은 없었다. 마르쿠스 리키니우스 크라수스는 가까운 히스파니아의 폼페이우스보다도 더 단단한 기반 위에서 스파르타쿠스와의 전쟁을 지휘할 수 있게 된 것이다. 폼페이우스의 임페리움은 원로원이 단독으로 부여한 것으로, 로마의 석판 위에 새겨진 법이 아니었다.

헐값에 사들인 노예들에게 값비싼 기술을 훈련시키는 다소 미심쩍은 사업으로 큰 성공을 거두었던 때와 마찬가지로, 크라수스는 새로운 임무를 아주 효율적으로 처리했다.

그는 우선 보좌관들을 지명했다. 집정관들과 법정 입장에서는 아주 성가신 존재이자 올해 쉰두 살이 된 루키우스 퀸티우스, 이제 거의 법무관의 나이가 된 마르쿠스 뭄미우스, 나이가 어린 편이지만 이미 원로원 의원인 퀸투스 마르키우스 루푸스, 젊은 무관 가이우스 폼프티누스, 스파르타쿠스와의 전쟁 경험이 있는 인물 중 유일하게 크라수스의 선택을 받은 퀸투스 아리우스였다.

이후에 그는 두 집정관의 군대가 사상자와 탈영병 발생으로 인해 4개 군단에서 2개 군단 규모로 줄었으니, 자신은 군무관 스물네 명 중 가장 훌륭한 열두 명만을 임명할 것이라고 발표했다. 그리고 올해의 군무관들을 임명하지는 않을 것이라 했다. 올해 군무관들은 임기 만료를 앞두고 있었는데, 그는 전투에 나선 지 한 달 만에 병사들의 직속상관들이 교체되는 것만큼 끔찍한 사태는 없다고 생각했던 것이다. 그렇기 때문에 내년 군무관들에게 조금 빨리 임무를 맡기고자 했다. 또한 그는 내년 재무관 중 한 사람을 요청했다. 오래된 법무관 가문 출신의 나이우스 트레멜리우스 스크로파였다.

한편 그는 카푸아로 가서 과거에 카르보, 삼니움족과 맞설 때 함께했던 퇴역병들에게로 대행인을 보냈다. 신속히 6개 군단을 모집해야 했다. 크라수스의 일부 비판자들은, 병사들이 투데르 같은 도시의 전리품을 나누기를 꺼렸던 그를 좋아하지 않기 때문에 자원입대는 거의 없을 것이라 했다. 하지만 세월이 흘러 기억이나 마음이 물렁해진 것인지, 과거의 병사들은 크라수스의 독수리 깃대 아래로 우르르 몰려들었다. 11월 초에 스파르타쿠스의 무리가 방향을 틀어 다시 아이밀리우스 가도로 내려온다는 소식이 전해질 무렵, 크라수스는 전쟁 준비를 거의 끝마쳤다.

하지만 우선 집정관의 군단에서 남아 있는 병사들을 처리해야 했다. 그들은 겔리우스와 클로디아누스의 패배 이후 피르뭄 피케눔의 진지에서 단 한 발짝도 움직인 적이 없었다. 그들은 20개 보병대대(2개 군단에 해당하는 숫자)로 구성되어 있었지만 원래 4개 군단에서 살아남은 생존자들이었다. 따라서 그들은 군단 단위로 협력해 전투를 치른 경험이 거의 없었다. 크라수스의 6개 군단이 완전히 조직되기 전에 그들을 카푸아로 옮기는 것은 불가능했다. 지난 몇 년 동안 군단병 모집 활동이 거의 중단되어 카푸아 주변의 훈련소 절반이 문을 닫거나 망가져버린 탓이었다.

폼미우스와 군무관 열두 명에게 피르뭄 피케눔의 20개 보병대대를 데려오라는 명령을 내릴 당시, 크라수스는 스파르타쿠스와 그의 추종자들이 아리미눔으로 이동중임을 알고 있었다. 뭄미우스는 엄중한 명령을 받았다. 피르뭄 피케눔에서 한참 북쪽으로 떨어진 곳에 있다고 예상되는 스파르타쿠스와의 접촉을 어떻게든 피하라는 명령이었다. 하지만 뭄미우스 입장에서는 안타깝게도, 스파르타쿠스는 아리미눔에 도착한 후부터는 배후에 위협 요소가 없다고 판단해 추종자 무리와 물자 수송대를 뒤에 두고 군대를 앞세웠다. 때문에 뭄미우스가 겔리우스와 클로디아누스가 세운 진지에 닿을 무렵, 스파르타쿠스 군대의 머리 부분도 그곳에 도착했다.

충돌은 불가피했다. 뭄미우스는 최선을 다했지만, 그와 그의 군무관들(카이사르도 포함되어 있었다)은 어찌할 도리가 없었다. 이 로마군 병사들을 잘 아는 사람은 아무도 없었고, 이들은 제대로 훈련을 받은 적도 없었다. 이들은 이야기 속 괴물을 무서워하는 어린아이처럼 스파르타쿠스를 두려워했다. 이윽고 벌어진 사태는 차마 전투라고 부르기도 민망했다. 스파르타쿠스의 무리는 진지가 아예 존재하지 않는 것처럼 계속 밀어닥쳤고, 집정관 군단의 병사들은 겁을 집어먹고 사방으로 뿔뿔이 흩어졌다. 무기를 버리고, 쇠사슬 갑옷과 투구를 벗어던지고, 도주를 방해할 만한 것들은 전부 내던졌다. 발이 느린 사람은 목숨을 잃었고, 발이 빠른 사람은 멀리 달아났다. 스파르타쿠스의 무리는 추격할 생각도 하지 않고 버려진 무기와 갑옷을 줍거나 도주에 실패한 시체에서 무기와 갑옷을 챙겼다.

"이 상황을 피하기 위해 보좌관님께서 할 수 있었던 일은 아무것도 없었습니다." 카이사르는 뭄미우스에게 말했다. "우리의 정보에 문제가 있었던 겁니다."

"마르쿠스 크라수스는 분개할 걸세." 뭄미우스는 절망스럽게 외쳤다.

"그냥 분개하는 정도가 아니겠지요." 카이사르는 음울하게 말했다. "하지만 스파르타쿠스의 무리도 규율이 안 잡혀 있기는 매한가지였습니다."

"그래도 10만 명이 넘네!"

그들은 수많은 사람들이 여전히 남쪽으로 이동하고 있는 곳에서 멀지 않은 언덕 위에 있었다. 카이사르는 먼 곳을 바라보다가 손가락을 들어올렸다.

"저중에 병사들은 8만 명을 넘지 않을 테고, 훨씬 적을 수도 있습니다. 지금 우리가 보고 있는 것은 종군 민간인들입니다. 여자, 아이, 아니면 남자라고 해도 무기를 소지하지 않은 듯 보이는 사람들입니다. 그런 사람들이 적어도 5만 명은 됩니다. 스파르타쿠스는 어깨에 아주 무거운 짐을 짊어지고 있어요. 지금 보이는 저 사람들은 군대가 아니라 실향민들입니다, 뭄미우스 보좌관님."

뭄미우스는 고개를 돌렸다. "이제 여기 있을 필요가 없을 것 같네. 마르쿠스 크라수스에게 무슨 일이 벌어졌는지 알려야 하니까. 빠를수록 좋겠지."

"스파르타쿠스 무리는 하루나 이틀 안에 다 빠져나갈 겁니다. 그들이 다 사라질 때까지 기다렸다가 집정관 군단의 병사들을 다시 모아서 간다면 어떨까요? 이대로 두면 병사들은 사라질 겁니다. 제 생각에, 마르쿠스 크라수스께서는 아무리 오합지졸이라도 이 병사들을 만나보는 편을 선호하실 것 같습니다." 카이사르가 말했다.

뭄미우스는 완전히 매혹되어 자신의 선임 군무관을 바라보았다. "카이사르 자네는 제법 머리를 굴릴 줄 아는군, 안 그런가? 자네 말이 맞네. 저 몹쓸 놈들을 다시 모아 데려가는 게 좋겠어. 그렇지 않으면 우리 사령관님의 분노는 끝을 모를 테니."

폐허가 된 진지에는 5개 보병대대에 해당하는 병사들은 물론, 대부분의 백인대장들이 죽어 있었다. 15개 보병대대의 병사들은 살아남았다. 뭄미우스가 생존병사들을 추적해 다시 모으기까지 열하루가 걸렸다. 걱정했던 것만큼 힘든 작업은 아니었다. 병사들은 정신없이 흩어졌을 뿐, 머리를 써서 제대로 도주할 정신도 없었기 때문이다.

15개 보병대대는 튜닉과 샌들 차림으로, 이제는 보비아눔 외곽의 진지에 머물고 있는 크라수스에게로 행군했다. 그는 스파르타쿠스의 본대로부터 떨어져나와 서쪽으로 떠돌고 있던 무리를 발견하고 6천여 명을 죽였다. 하지만 스파르타쿠스는 계속 베누시아를 향해 이동했고, 크라수스는 상대적으로 훨씬 적은 병력으로 전투를 치르기에 불리한 지역까지 적을 뒤쫓는 것은 현명하지 못하다고 판단했다. 이제 12월 초였지만, 달력의 날짜는 계절보다 40여 일 앞서고 있었으므로 아직 겨울은 아니었다.

사령관은 불길한 침묵 속에서 뭄미우스의 보고를 경청했다. 그러다 입을 열었다. "자네에게 책임을 묻지는 않겠네, 마르쿠스 뭄미우스. 하지만 저 신뢰할 수도 없고 전투에 임할 배짱도 없는 15개 보병대대를 대체 어떻게 해야 한단 말인가?"

아무도 답을 하지 않았다. 괜히 한번 질문을 던져보긴 했지만, 크라수스는 본인이 어떻게 해야 할지 답을 알고 있었다. 그곳의 모든 사람들도 그러리라고 생각했다. 하지만 크라수스 외에 그가 어떤 행동을 취할 것인지를 정확히 알고 있던 사람은 카이사르뿐이었다.

크라수스의 부드러운 눈길이 한 얼굴에서 다른 얼굴로 천천히 옮아가더니 카이사르의 얼굴에 한참 동안 머물렀고, 이내 다시 움직였다.

"총 몇 명인가?" 그가 물었다.

"7천500명입니다, 마르쿠스 크라수스. 보병대대 하나당 500명씩입니다." 뭄미우스가 답했다.

"그들을 십분형에 처하겠네."

깊은 침묵이 내렸다. 아무도 꼼짝하지 않았다.

"내일 동틀 무렵에 병사들을 전부 데려오고 준비를 마치게. 카이사르, 자네는 대신관이니 의식을 집행하게. 어떤 동물을 제물로 바칠 것인지도 정하고. 유피테르 옵티무스 막시무스에게 제물을 바쳐야 할까? 아니면 다른 신?"

"유피테르 스타토르에게 제물을 바쳐야 한다고 생각합니다, 마르쿠스 크라수스. 그는 아군 병사들의 도주를 저지하는 신이니까요. 또 솔 인디게스와 벨로나에게도 제물을 바쳐야 합니다. 제물은 검은 수송아지여야 합니다."

"뭄미우스, 자네의 군무관들에게 제비뽑기를 맡기게. 카이사르만 빼고 말이지."

이후 사령관은 군관들을 해산했다. 군관들은 서로 무슨 말을 꺼내야 할지 몰라 입을 다물고 사령부 막사를 나왔다. 십분형이라니!

동이 틀 무렵, 크라수스의 6개 군단은 열을 맞추어 집합했다. 그들의 맞은편으로 750명씩 열 줄을 이룬 남자들이 걸어들어왔다. 곧 십분형에 처해질 병사들이었다. 뭄미우스는 가장 신속하고 정확하게 십분형을 집행할 방안을 고민했는데, 십분형을 실시함에 있어 가장 중요한 단위는 열 명으로 이루어진 십인대였다. 너무 당연해서 말할 필요도 없겠지만, 이와 같은 계획을 세울 때 크라수스가 큰 도움을 주었다.

병사들은 뭄미우스와 그의 군무관들에게 잡힐 당시처럼 튜닉 차림에 샌들을 신고 있었다. 하지만 다들 오른손에 곤봉을 쥐고 있었고, 제비뽑기를 위해 각각 1부터 10까지의 숫자 중 하나를 배정받았다. 겁쟁이의 낙인이 찍혀서인지 그들은 정말 겁쟁이처럼 보였다. 눈에 보일 정도로 덜덜 떨지 않는 사람은 단 한 명도 없었다. 모두들 두려움에 사로잡힌 표정이었고, 이른 아침의 한기 속에서도 땀을 줄줄 흘리고 있었다.

"불쌍한 것들." 카이사르는 동료 군무관 가이우스 포필리우스에게 말했다. "죽음을 맞게 될 한 사람으로 뽑히는 것과 그를 죽여야 할 아홉 명 중 하나가 되는 것 중에 저들이 무엇을 더 두려워하는지 모르겠소. 저들에게 호전적인 면은 전혀 없단 말이지."

"다들 너무 어린 것 같소." 포필리우스는 약간 슬픈 어조로 말했다.

"그건 보통 장점으로 작용하지." 카이사르가 말했다. 그는 오늘 넓은 심홍색과 자주색 줄무늬로 장식되어 눈부시게 화려한 대신관의 토가를 입고 있었다. "열일곱이나 열여덟 살 때 대체 뭘 알겠소? 고향에 두고 온 처자식이 있는 것도 아닌데. 젊음은 격동의 시기이며, 폭력적인 충동을 발산할 만한 배출구가 필요한 법이오. 그러니 포도주, 여자, 술집에서의 몸싸움에 시간을 허비할 바에야 전장에서 싸우는 게 낫지 않겠소. 적어도 국가는 그들에게서 유용한 무언가를 취할 수 있을 테니 말이오."

"당신은 냉정한 사람이오." 포필리우스가 말했다.

"그렇지 않소. 그저 실리를 따지는 사람이라면 모를까."

크라수스는 시작할 준비를 마쳤다. 카이사르는 의식에 필요한 도구들이 놓여 있는 곳으로 향하면서 토가 자락을 머리에 둘러썼다. 모든 군단에는 그 군단 소속의 신관과 조점관이 있었다. 이번에 검은 수송아지의 간을 살펴본 것도 군단 내의 조점관 중 한 명이었다. 하지만 십분형은 집정관급 임페리움을 가진 사령관만이 내릴 수 있는 형벌인지라, 군단 소속의 신관보다 더 높은 권한을 가진 대신관이 필요했다. 그래서 카이사르에게 이 일이 맡겨졌고, 그는 조점관의 점괘를 검증해주어야 했다. 그는 유피테르 스타토르, 솔 인디게스, 벨로나가 이 제물을 받아들이고자 한다고 큰 소리로 외쳤고, 의식을 마무리짓는 기도를 올렸다. 그리고 크라수스에게 이제 시작해도 된다는 뜻으로 고개를 끄덕였다.

크라수스는 신들의 허락이 떨어졌음을 확인하고 입을 열었다. 형벌을 받게 될 보병대대의 한쪽 옆에 높다란 재판소가 설치되어 있었고, 그 위에 크라수스와 보좌관들이 서 있었다. 군무관 출신 중에서 이들과 한자리에 있는 사람은 의식 진행을 맡은 대신관인 카이사르뿐이었다. 나머지 군무관들은 퇴역병 군단과 십분형에 처해질 보병대대 사이의 공간에 마련된 탁자에 둘러앉아 있었다. 그들의 임무는 제비를 뽑아 나눠주는 것이었다.

"보좌관, 참모군관, 수습군관, 백인대장, 일반 사병 여러분." 크라수스는 전달력이 뛰어난 높은 목소리로 말했다. "여러분은 너무도 희귀한, 그리고 너무도 가혹해서 몇 세대째 실행된 적이 없었던 형벌을 지켜보기 위해 오늘 이 자리에 모였습니다. 십분형은 로마의 군단병이 될 자격이 없는 병사들, 가장 비겁하고 용서받을 수 없는 방식으로 독수리 깃대를 등지고 달아난 병사들만을 위한 형벌입니다. 저는 여기 튜닉을 입고 서 있는 15개 보병대대 병사들에게 아주 타당한 이유에서 십분형을 선고했습니다. 그들은 올해 초 입대한 이후로 전장에 싸우라고 보내놓으면 매번 달아나기 바빴습니다. 또한 가장 최근의 패주에서는 병사로서 가장 궁극적인 죄를 저질렀습니다. 전장에 무기와 갑옷을 버리고 달아남으로써 적들이 그것을 주워 사용하도록 둔 것입니다. 단 한 명도 살아남을 가치가 없지만, 이들을 모조리 처형하는 것은 제 권한 밖입니다. 그것은 원로원에게만, 오로지 원로원에게만 허락된 권한입니다. 그렇기 때문에 저는 집정관급 임페리움을 지닌 총사령관의 권한으로 이들을 십분형에 처할 것입니다. 그렇게 함으로써 이들 중 생존자들이 앞으로 진정한 로마 병사처럼 싸우게 되기를 바랍니다. 또한 나머지 여러분께, 저의 충직하고 변함없는 추종자인 여러분께, 저는 결코 겁쟁이를 용납하지 않는다는 사실을 분명히 보여주고자 합니다! 로마 병사의 명성과 명예를 되찾기 위한 이 설욕의 의식에 모든 신들이 증인이 되어 주시기를!"

크라수스의 연설이 막바지로 치닫자 카이사르는 긴장했다. 십분형 집행을 참관하려고 모인 6개 군단의 병사들이 환호를 터뜨린다면, 크라수스는 그 군대의 동의를 얻은 셈이 된다. 하지만 그의 연설 뒤에 침묵이 뒤따른다면 그는 전쟁 내내 군사 반란의 조짐에 시달리게 될 것이다. 십분형을 좋아하는 사람은 아무도 없었다. 십분형을 내리는 사령관이 없었던 것도 그런 이유에서였다. 과연 크라수스는 사업과 정치 분야에서 빈틈없는 만큼, 로마 퇴역병들의 성향을 파악하는 데 있어서도 빈틈이 없을까?

6개 군단은 진심을 담아 환호했다. 카이사르는 가까이에 있던 크라수스의 몸이 안도감에 살짝 아래로 처지는 것을 보았다. 이 일에 있어서만큼은 그조차도 확신이 없었구나!

제비뽑기가 시작되었다. 십인대는 750개였으므로 총 750명이 죽게 될 운명이었다. 제비뽑기에는 아주 긴 시간이 소요되지만, 크라수스와 뭄미우스는 훌륭한 체계를 도입해 속도를 끌어올렸다. 거대한 바구니에 750개의 판이 들어 있었는데 그중 75개에는 I, 다른 75개에는 II, 그런 식으로 X까지 총 열 개의 숫자가 적혀 있었다. 그 판들을 큰 바구니에 아무렇게나 담아 잘 섞었다. 군무관 가이우스 포필리우스는 무작위로 섞인 판들을 작은 바구니 열 개에 옮겨 담는 업무를 배정받았다. 그는 나머지 군무관 열 명에게 바구니를 하나씩 건네주었다.

이런 이유에서 유죄판결을 받은 보병대대의 병사들은 넉넉한 간격을 두고 열 줄로 세워졌고, 한 줄마다 총 75개의 십인대가 배치되었다. 군무관은 자신이 맡은 줄의 한쪽 끝에서 반대쪽 끝으로 걸어가면서 각 십인대 앞에 멈춰 바구니에서 제비를 뽑았다. 그가 제비에 적힌 숫자를 외치고 그 번호를 배정받은 병사가 앞으로 나오면, 군무관은 다음 십인대로 넘어갔다.

그의 등뒤로는 살육이 시작되었다. 이 과정에도 꼼꼼한 절차가 적용되었다. 크라수스의 6개 군단 소속이자 처형당할 보병대대의 구성원들과 친분이 없는 백인대장들이 처형 현장을 감독했다. 15개 보병대대의 생존자 중 백인대장은 거의 없었지만, 살아남았다 해도 십분형을 면제받지 못했고 일반 사병들과 마찬가지로 운명에 목숨을 맡겨야 했다. 제비에서 뽑힌 사람은 십인대의 나머지 아홉 명에게 죽임을 당했다. 그 아홉 명은 뽑힌 사람이 죽을 때까지 곤봉으로 내리쳐야 했다. 이러한 방식 덕분에, 살아남는 아홉 명이든 죽음을 맞게 된 한 명이든 그 누구도 고통을 피해 갈 수 없었다.

감독을 맡은 백인대장들은 처형 방식을 잘 알고 있었으므로 그 내용을 전달했다. 사형수에게는 "거기 당신, 무릎 꿇고, 피하지 마시오", 가장 왼쪽에 선 병사에게는 "거기 당신, 이 사람의 머리를 내려쳐 죽이시오", 그 옆의 병사에게도 "거기 당신, 이 사람을 내려쳐 죽이시오"라고 말했다. 이런 식으로 아홉 명은 끝이 뭉툭한 곤봉으로 돌아가며 무릎 꿇은 사내의 무방비한 뒤통수를 내리쳐야 했다. 처벌치고는 인도적이었는데, 적어도 사형수의 전신을 무자비하게 구타하는 폭력성은 없었기 때문이다. 누구도 사람을 죽일 용기가 없었고, 모든 공격이 치명적이지도 않았다. 아예 헛방망이질을 하는 경우도 있었다. 하지만 감독관을 맡은 백인대장은 계속해서 강하게 때리라고, 더 정확히 때리라고 고함치고, 고함치고, 또 고함쳤다. 시간이 갈수록 십인대 구성원들은 점점 더 능숙해지고 빨라졌다. 같은 행동의 반복에 불가피한 현실에 대한 체념이 더해진 결과였다.

십분형은 열세 시간 동안 진행되었다. 마지막 십인대는 어둠을 밝힌 횃불 속에서 처형을 마쳤다. 크라수스는 마지막 사람이 죽을 때까지 한자리에 서서 지켜보느라 다리가 저리고 따분해진 군단병들을 해산했다. 750구의 시신은 서른 개의 장작더미 위에서 태워졌다. 골분은 유족에게 전달되지 않고 진지의 변소용 구덩이에 버려졌다. 고인의 유언도 지켜지지 않았다. 그들이 가지고 있던 돈이나 소지품은 몰수되어 국고로 들어갔고, 버려진 무기, 투구, 방패, 쇠사슬 갑옷 및 각종 장비를 다시 마련하는 비용으로 쓰였다.

수십 년 만에 처음으로 십분형을 목격하고 동요하지 않는 사람은 아무도 없었다. 십분형의 여파는 참으로 대단했다. 십분형에서 살아남은, 이제는 병력이 살짝 부족한 14개 보병대대로 줄어든 병사들은 두려움과 자만심을 집어삼키고 크라수스가 요구하는 형태의 군단병으로 거듭나기 위해 죽을힘을 다했다. 크라수스의 군대가 진군에 나서기 전, 카푸아에서 제대로 훈련을 마친 7개 보병대대가 추가로 도착했다. 그

7개 보병대대에 기존의 14개 보병대대가 더해져 완전한 2개 군단이 조직되었다. 크라수스는 여전히 그 군단을 '집정관의 군단'이라 칭하고 있었기에, 군무관 열두 명은 그곳에 배치되었다. 선임 군무관인 카이사르는 제1군단을 책임지게 되었다.

크라수스가 스파르타쿠스의 무리와 맞설 용기가 없던 병사들을 십분형에 처할 무렵, 스파르타쿠스는 베누시아 외곽에서 크릭수스를 애도하기 위한 장례식 경기를 치르고 있었다. 그는 일반적으로 포로를 잡아두지 않았지만, 피르뭄 피케눔의 로마군 진지에서 집정관 군단의 병사 중 300명을(또한 이 순간을 위해 다른 몇몇 사람을) 예외적으로 살려두었다. 그는 베누시아로 오는 길에 그중 절반은 갈리아인 검투사, 나머지 절반은 트라키아인 검투사로 훈련시켰다. 그런 다음 그들에게 가장 훌륭한 의복과 장비를 마련해주고 크릭수스를 기리는 차원에서 죽을 때까지 싸우도록 했다. 스파르타쿠스는 최종 우승자 역시 로마식으로 처리했다. 태형에 처한 다음 참수한 것이다. 300명의 피를 모두 마신 뒤, 크릭수스의 영혼은 대단히 만족했다.

크릭수스의 장례식 경기에는 다른 목적도 있었다. 스파르타쿠스는 그를 따르는 거대한 무리가 마음 편히 축제를 즐기는 동안, 무티나 외곽에서보다 훨씬 개인적으로 그들과 접촉했다. 그들이 정착할 수 있는 비옥한 땅이라는 복잡한 문제에 관한 해답은 시칠리아라고 사람들을 설득하고 다닌 것이다. 물론 그는 이동 경로에 위치한 모든 곡물 저장소와 창고를 탈탈 털었다. 치즈, 콩, 뿌리채소, 장기 보관용 과일도 쌓여 있었고, 양, 돼지, 암탉, 오리 등 수천 마리의 가축도 함께 이동했다. 하지만 그를 따르는 무리를 굶기지 않는 것은 그 어떤 무시무시한 로마군과 상대하는 것보다 더 살벌한 임무였다. 겨울이 오고 있었다. 그는 날씨가 아주 추워지기 전에 자신을 따르는 무리를 시칠리아에 정착시키리라 다짐했다.

그래서 그는 12월에 다시 남쪽의 타렌툼 만으로 이동했다. 강물이 풍부하고 토지가 비옥한 인근 마을들은, 불행히도 가을에 거둬들인 곡식과 초겨울 채소를 모두 잃었다. 투리—스파르타쿠스의 지난번 방문 때 이미 한 차례 약탈을 당한 도시였다—에서 그는 무리를 이끌고 내륙으로 방향을 틀어 크라티스 강의 상류로 올라가다가 포필리우스 가도로 들어섰다. 매복중인 로마군은 없었다. 그는 이 가도를 이용해 편안하게 브루티움 산맥을 건넜고, 마침내 작은 어촌 항구인 스킬라이움에 도착했다.

그곳의 좁은 해협 너머로 시칠리아가 보였다! 짧은 바닷길만 지나면 긴 여정이 끝난다. 하지만 그 바닷길은 얼마나 무시무시한가! 그 위험한 해협에는 스킬라와 카리브디스가 살고 있었다. 배를 타고 스킬라이움 만을 벗어나면, 스킬라는 여섯 개의 머리마다 달린 세 겹의 이빨을 갈며 사람들을 공격했다. 그녀의 허리를 지키는 개들은 침을 흘리며 울어댔다. 운좋게 스킬라가 잠든 사이 그 옆을 몰래 지난다고 해도, 시칠리아의 카리브디스가 남아 있었다. 카리브디스는 시끄럽게 돌고, 돌고, 또 돌며 모든 것을 빨아들이는 거대한 탐욕의 소용돌이였다.

물론 스파르타쿠스가 이런 터무니없는 미신을 다 믿었던 것은 아니다. 하지만 그는 미처 깨닫기도 전에, 양파 껍질이 벗겨지듯 로마인으로서의 모든 꺼풀들을 잃어가고 있었다. 그리고 마침내 훨씬 더 원시적이고 어린아이를 닮은 작은 알맹이만 남게 되었다. 코스코니우스의 군단에서 퇴출당한 이후로 그는 단 한 번도 진정한 로마인으로서의 삶을 누리지 못했고, 그게 벌써 거의 5년 전 일이었다. 그가 선택한 여자는 스킬라와 카리브디스의 존재를 절대적으로 믿고 있었고, 그를 따르는 많은 사람들도 마찬가지였다. 그리고 가끔은—그러니까 아주 가끔은!—그 끔찍한 존재들이 그의 꿈에 등장하기도 했다.

스킬라이움은 이동하는 다랑어떼를 뒤쫓는 어선단이 일 년에 두 차례씩 정박하는 항구였다. 동시에 해적의 출몰지이기도 했다. 인접한 포필리우스 가도를 따라 로마 군단이 로마와 시칠리아를 오갔기 때문에, 대규모 해적단은 스킬라이움을 안식처로 삼을 수 없었다. 하지만 거대한 스파르타쿠스의 무리가 몰려오던 그 겨울, 스킬라이움을 자주 찾던 소규모 약탈자들은 그들의 작고 날렵하고 갑판 없는 배를 뭍으로 옮겨두고 때마침 그곳에 머무르고 있었다.

스파르타쿠스는 병사들이 생선으로 포식하도록 내버려두고, 현지 해적들의 지도자를 찾아가서 혹시 아는 사람 중에 대형 선박을 다수 보유한 해적 두목이 있냐고 물었다. "아, 물론입죠, 여럿 알고 있습니다!"라는 답이 돌아왔다.

"그렇다면 그들을 만나보고 싶소." 스파르타쿠스가 말했다. "나는 가장 뛰어난 병사 수천 명을 당장 시칠리아로 데려가야 하오. 이달 안에 우리를 시칠리아까지 태워다주기만 하면 은화 1천 탈렌툼을 제공하겠소."

크릭수스와 오이노마우스는 죽었지만, 스파르타쿠스의 보좌관과 군관으로 활동하는 다양한 언어 사용자들 중 두 사람이 그 자리를 채웠다. 카스투스와 간니쿠스는 둘 다 삼니움 사람이었다. 이탈리아 전쟁 때는 무틸루스 밑에서, 술라와의 전쟁 때는 폰티우스 텔레시누스 밑에서 싸운 경험이 있었다. 그들은 호전적인 천성을 타고났으며 지휘관으

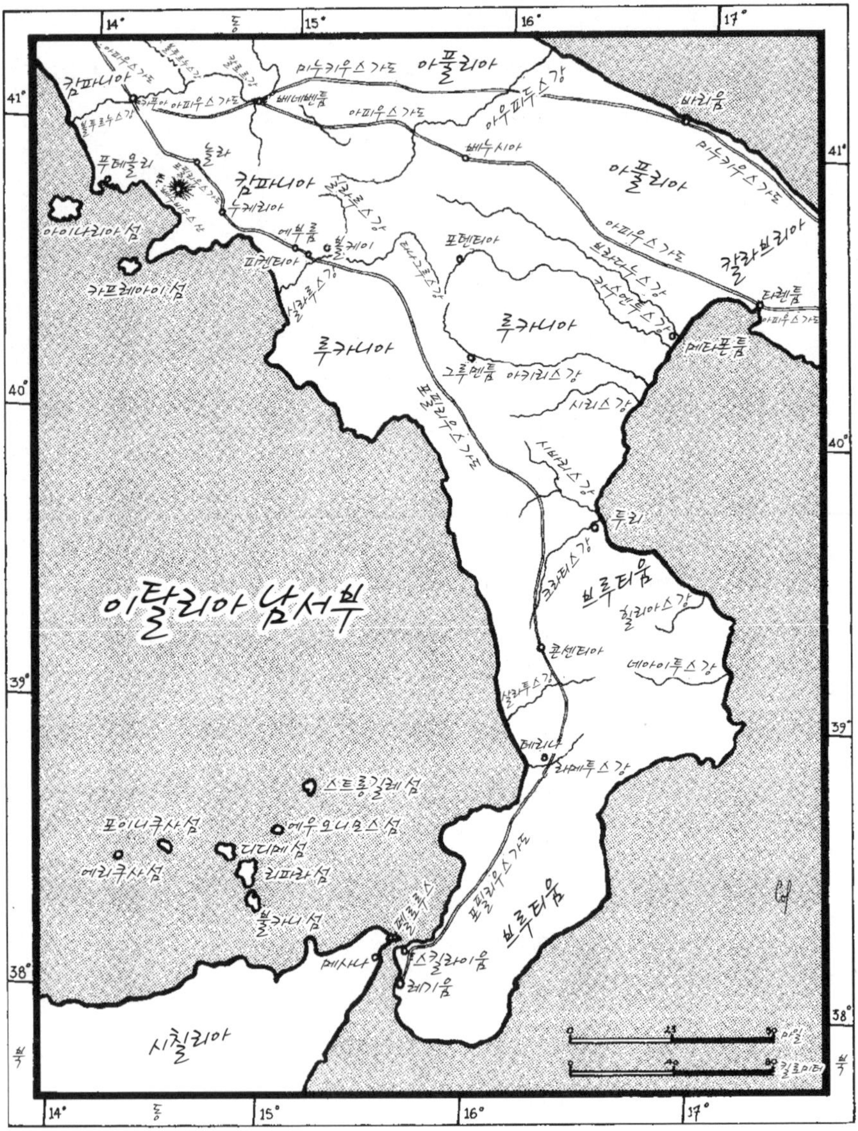

이탈리아 남서부
캄파니아
아피우스 가도
볼투르누스 강
미누키우스 가도
아풀리아
베네벤툼
아우피두스 강
바리움
베누시아
놀라
푸테올리
아이나리아 섬
카프레아이 섬
누케리아
에부룸
볼케이
피켄티아
실라루스 강
포텐티아
칼라브리아
타렌툼
루카니아
메타폰툼
그루멘툼
아키리스 강
시리스 강
포필리우스 가도
투리
브루티움
콘센티아
네아이투스 강
테리나
라메투스 강
스트롱길레 섬
포이니쿠사 섬
디디메 섬
에리쿠사 섬
리파라 섬
불카니 섬
메사나
스킬라이움
레기움
시칠리아
마일
킬로미터
동
북

로서의 경험도 갖고 있었다. 적의 위협이 임박하지 않은 이상, 병사들이 하나의 군대로서 진군하는 것을 꺼린다는 사실을 스파르타쿠스는 차차 이해하게 되었다. 많은 병사들은 무리 중에 자기 여자가 있었고, 일부는 자식까지 있었으며, 심지어 부모를 모시고 다니는 경우도 있었다. 이렇게 제멋대로인 무리를 한 사람이 통제하거나 통솔하기란 불가능했다. 그래서 스파르타쿠스는 그의 무리와 물자 수송대를 세 그룹으로 나누었다. 선두에 위치한 가장 큰 그룹은 본인이 통솔했고, 나머지 두 그룹은 각각 카스투스와 간니쿠스에게 맡겼다.

두 해적 두목이 이쪽으로 오고 있다는 소식이 전해지자 스파르타쿠스는 알루소, 카스투스, 간니쿠스를 불러모았다.

"2만 병사를 바다 건너 펠로루스까지 이송해줄 선박이 조만간 마련될 것 같네." 그가 말했다. "하지만 내가 이곳에 남겨두고 가게 될 많은 사람들이 걱정이야. 그들을 시칠리아로 데려오려면 몇 개월은 걸릴지도 모르네. 그들을 이곳 스킬라이움에 두고 가는 것에 대해 어떻게 생각하나? 식량은 충분하겠나? 아니면 남은 사람들을 전부 브라다누스 지역으로 돌려보내는 것이 낫겠나? 현지 농부와 어부 말에 따르면 올해 겨울은 추울 거라더군."

간니쿠스보다 나이가 많고 경험이 풍부한 카스투스는 곰곰이 생각하다가 대답했다.

"스파르타쿠스, 사실 이곳에 머무는 것도 나쁘지 않습니다. 항구 서쪽에는 바다로 뻗은 작은 곶이 있는데, 그곳 평지는 비옥해요. 그곳에서라면 보급품이 동나는 일 없이 남은 사람들이 잘 버틸 수 있을 것 같습니다. 한두 달은 가능할 겁니다. 가장 식성 좋은 2만 병사가 시칠리아로 떠난 뒤라면 석 달도 가능하겠죠."

스파르타쿠스는 결단을 내렸다. "그렇다면 남은 사람들은 전부 여기에 머무르는 걸로 하겠네. 도시 서쪽으로 진지를 옮기고, 아녀자들에게는 작물을 심도록 하게. 양배추와 순무 같은 것도 도움이 될 거야."

두 삼니움 사람이 떠나자, 알루소는 야생 늑대를 닮은 눈으로 남편을 바라보며 목구멍 뒤편으로 그르렁대는 소리를 냈다. 그녀는 다른 영혼의 지배를 받아 미래를 예언할 때면 기이한 짐승 소리를 내곤 했다. 그 소리는 항상 스파르타쿠스의 온몸에 털이 쭈뼛 서게 했다.

"조심해요, 스파르타쿠스!" 그녀가 말했다.

"뭘 조심하라는 말이오?" 그가 인상을 찡그리며 물었다.

그녀는 고개를 젓더니 다시 그르렁거렸다. "모르겠어요. 무언가. 누군가. 눈을 뚫고 오고 있어요."

"앞으로 눈이 오려면 적어도 한 달은 더 걸릴 거요." 그는 다정하게 말했다. "그때쯤이면 나는 내가 선택한 병사들과 시칠리아에 가 있을 테고, 시칠리아에서의 전투는 그리 힘들지 않을 거요. 그렇다면 여기 남아 기다리는 사람들이 조심해야 한다는 뜻이오?"

"아니." 그녀는 분명히 말했다. "당신에게 하는 말이에요."

"시칠리아는 아주 무르고 방비도 허술해요. 그곳의 민병대와 지주들은 큰 위협이 되지 않을 거요."

그녀의 몸이 뻣뻣해지더니 이내 부르르 떨었다. "당신은 그곳에 결코 닿을 수 없을 거예요, 스파르타쿠스. 당신은 절대 시칠리아에 닿을 수 없어요."

하지만 다음날이 되고 보니 그 예언은 거짓처럼 느껴졌다. 두 해적 두목이 스킬라이움에 도착한 것이다. 스파르타쿠스도 들어본 적이 있을 만큼 유명한 사람들이었다. 바로 파르나케스와 메가다테스였다. 그들은 시칠리아에서 한참 동쪽으로 떨어진 흑해에서 처음 해적활동을 시작했다. 하지만 지난 10년 동안은 시칠리아와 아프리카 사이의 바다를 장악하고, 방비가 삼엄한 로마의 곡물 운송선을 제외한 모든 배들을 습격했다. 그들은 기분이 내키면 시라쿠사이 항까지 가서 식량과 최고급 포도주를 약탈했다. 시칠리아 총독의 코앞에서!

스파르타쿠스는 무역상처럼 세련된 두 사람의 모습에 감탄했다. 그들은 피부가 희고 통통했으며 까다로워 보였다.

"내가 누구인지 알고 있을 거요." 그는 직설적으로 말했다. "로마인들을 무시하고 나와 거래하겠소?"

두 사람은 음흉하게 눈빛을 교환했다.

"우리는 원래 어디서든, 누구를 상대로 하든 로마인은 무시하고 거래합니다." 파르나케스가 말했다.

"나의 2만 병사를 이곳에서 펠로루스까지 태워주면 좋겠소."

"아주 짧은 여정이지만 겨울에는 위험천만하지요." 대변인 역할이 분명해 보이는 파르나케스가 말했다.

"현지 어부들 말을 들어보니 충분히 가능하다던데."

"물론입죠, 물론입죠."

"그렇다면 나를 도와주겠소?"

"어디 보자……. 총 2만 명을 옮겨야 하고, 배 한 척당 정원은 250명이에요. 거리가 아주 짧으니 병에 담긴 무화과처럼 빽빽하게 태워도 상관없을 테죠. 그렇다면 총 80척이 필요하군요." 파르나케스는 얼굴을 살짝 찡그렸다. "우리에게는 그렇게 많은 배가 없어요, 스파르타쿠스. 두 사람이 총 20척을 가지고 있지요."

"한 번에 5천 명씩 옮길 수 있겠군." 스파르타쿠스는 이맛살을 구기며 말했다. "그렇다면 네 번을 왕복하면 되지 않겠소! 얼마를 원하시오? 언제 시작할 수 있소?"

두 사람은 쌍둥이 도마뱀처럼 완벽히 동시에 눈을 껌뻑거렸다.

"친애하는 스파르타쿠스, 흥정도 안 하십니까?" 메가다테스가 물었다.

파르나케스가 다시 말을 받았다. "한 번 태워줄 때마다 배 한 척당 은화 50탈렌툼, 총 4천 탈렌툼입니다."

이번에는 스파르타쿠스가 눈을 껌뻑거릴 차례였다. "4천 탈렌툼! 내가 가진 전 재산과 맞먹는 돈이오."

"거래하기 싫으면 관두시지요." 두 해적 두목이 완벽히 동시에 말했다.

"닷새 안에 배를 준비하겠다고 약속하면 거래하겠소." 스파르타쿠스가 말했다.

"4천 탈렌툼을 선불로 지급하신다면 약속드리죠." 파르나케스가 말했다.

스파르타쿠스는 호락호락하지 않았다. "오, 그럴 순 없지!" 그가 소리쳤다. "절반은 지금 주고, 나머지 절반은 임무 완수 시점에 지급하겠소."

"좋습니다!" 파르나케스와 메가다테스가 완벽히 동시에 말했다.

알루소는 이 회의에 참석할 수 없었다. 스파르타쿠스는 이유를 확실히 알 수 없었지만, 그녀에게 무슨 이야기가 오갔는지 알려주기가 꺼려졌다. 그가 절대 시칠리아에 닿지 못할 운명이라면, 어쩌면 그녀가 본 그의 미래는 바닷속 무덤이었을지도 모른다. 하지만 그녀는 그를 추궁하는 데 성공했다. 스파르타쿠스 입장에서는 놀랍게도, 그녀는 흡족하게 고개를 끄덕였다.

"합당한 가격이에요." 그녀가 말했다. "시칠리아에 도착하면 비용을 회수할 수 있을 거예요."

"당신이 나더러 절대 시칠리아에 도착하지 못할 것이라 말할 줄 알았소!"

"그건 어제 일이에요. 예언의 이미지가 거짓말을 했어요. 오늘은 선명한 이미지를 봤는데, 모든 것이 다 괜찮았어요."

이리하여 은화 2천 탈렌툼은 수레에서 꺼내져, 파르나케스와 메가다테스가 스킬라이움까지 타고 왔던 자주색과 금색 돛이 달린 아름다운 장식의 5단 노선으로 옮겨졌다. 5단 노선의 거대한 노들이 바닷물을 때리며 느릿느릿 만을 빠져나갔다.

"지네 같아요." 알루소가 말했다.

스파르타쿠스가 소리내어 웃었다. "당신 말이 맞구려, 정말 지네 같소! 그래서 저 배는 스킬라를 두려워하지 않는 모양이오."

"스킬라가 씹어 삼키기엔 너무 크니까요."

"스킬라는 사고가 잦은 바위 무더기일 뿐이오." 스파르타쿠스가 말했다.

"스킬라는," 그녀가 말했다. "하나의 실체예요."

"닷새가 지나면 확실히 알게 되겠지."

닷새 뒤 1차로 떠날 병사 5천 명이 스킬라이움 항구에 집합했다. 모두들 옆에 장비를 두고, 등에 갑옷을 지고, 머리에 투구를 쓰고, 옆구리에 무기를 끼고 있었다. 그리고 가슴에는 무시무시한 두려움을 품고 있었다. 그들은 곧 배를 타고 스킬라와 카리브디스 사이('스킬라와 카리브디스 사이'는 '진퇴양난의 상황'을 뜻하는 관용구이기도 하다 — 옮긴이)를 지나게 될 운명이었다! 대부분의 병사들은 현지 어부들과의 대화를 통해 그 항해에 나서기 위한 용기를 얻었다. 어부들은 스킬라와 카리브디스가 분명 존재하지만, 그들을 잠재우는 주문이 있으니 그 주문을 걸어주겠다고 약속했다.

지난 닷새 내내 날씨가 좋았고 바닷물도 잔잔했다. 하지만 해적선 20척은 나타나지 않았다. 스파르타쿠스는 이맛살을 구기며 카스투스, 간니쿠스와 대책을 논의했다. 결국 병사 5천 명에게 현재 위치에서 밤을 보내라는 명령이 떨어졌다. 엿새, 이레, 여드렛날이 지나갔다. 해적선은 감감무소식이었다. 열흘, 열닷새가 흘렀다. 병사 5천 명은 이미 진지로 돌아간 지 오래였다. 하지만 날이면 날마다 항구 입구의 고지대에서 손그늘을 만들며 남쪽을 뚫어져라 바라보는 스파르타쿠스의 모습이 목격되었다. 그들은 올 것이다! 반드시 와야 한다!

"당신은 사기당한 거예요." 열엿새 되는 날, 알루소가 말했다. 스파르타쿠스가 처음으로 바다를 보러 나갈 기미를 보이지 않던 날이었다.

눈물이 터져나왔지만, 그는 발작적으로 그것을 삼켰다. "내가 사기를 당했어." 그가 말했다.

"오, 스파르타쿠스, 이 세상은 온통 속임수와 거짓말로 가득해요!" 그녀가 소리쳤다. "적어도 우리는 선의를 품고 이 일을 준비했어요. 당신은 저 불쌍한 사람들의 아버지예요! 저 바다 건너로 우리의 땅이 보였어요. 너무 선명해서 금방이라도 만져질 것 같았죠! 하지만 우리는 결코 그곳에 닿지 못할 거예요. 뼈를 이용한 맨 처음 점괘에서 그것을 봤지만, 나중에는 뼈들조차도 나를 속였어요. 속임수와 거짓말, 속임수와 거짓말투성이에요!" 그녀의 눈동자가 타올랐고 목소리가 그르렁거렸다. "하지만 눈을 뚫고 오는 그 사람을 조심해요!"

스파르타쿠스는 그 소리를 듣지 못했다. 너무도 비통하게 흐느끼고 있었기 때문이다.

"난 웃음거리가 됐네." 스파르타쿠스는 그날 오후 카스투스와 간니쿠스에게 말했다. "그자들은 처음부터 오지 않을 작정으로 내 돈을 들고 달아났어. 순식간에 사기를 쳐서 2천 탈렌툼을 챙긴 거야."

"스파르타쿠스 당신의 잘못이 아닙니다." 평소 과묵하던 간니쿠스가 말했다. "심지어 사업을 하더라도 도의라는 게 있는데 말이죠."

카스투스가 어깨를 으쓱했다. "그들은 사업가가 아니오, 간니쿠스. 그들은 그저 빼앗아가기만 할 뿐이지. 해적은 아주 대놓고 전부 도적이오."

"다 끝난 일이네." 스파르타쿠스는 한숨을 쉬며 말했다. "이제부터 중요한 것은 우리의 미래야. 우리는 내년 여름까지 이탈리아에 머물러야만 해. 내년 여름에 캄파니아와 레기움 사이의 모든 어선을 징발해 시칠리아로 넘어갈 거야."

이탈리아 내에 새로운 로마군이 조직되었다는 소식은 당연히 스파르타쿠스의 귀에도 들어갔다. 하지만 너무 오랫동안 별다른 저지 없이 이탈리아 전역을 누빈 까닭에, 로마의 군사적인 노력 따위는 그리 걱정되지 않았다. 그의 정찰병들은 점점 게을러졌고, 그는 게을러졌다기보다도 다소 무관심해졌다. 거대한 추종자 무리를 이끌면서 그는 점차 전쟁과는 무관한 관점에서 자신의 존재이유를 이해하게 되었다. 그는 왕이나 장군이 아니었다. 자녀들에게 따뜻한 안식처를 마련해주려고 애쓰는 가장이었다. 그런데 이제 또 이 자녀들을 이끌고 길을 나서야 했다. 어디로 가야 하지? 먹성도 좋은 이 아이들을 데리고서!

크라수스는 남쪽으로 진군을 시작하면서 한 가지만을 목표로 하는 군대의 선봉에 섰다. 그 목표란 스파르타쿠스 무리를 소탕하는 것이었다. 그는 한순간도 서두를 이유가 없었다. 사냥감의 현재 위치를 정확히 알고 있었기 때문이다. 그 사냥감의 최종 목적지는 시칠리아라고 짐작했다. 하지만 그것 역시 크라수스에게는 별로 중요하지 않았다. 그가 스파르타쿠스의 무리와 시칠리아에서 싸워야 한다면, 어쩌면 그게 더 나으리라. 그는 시칠리아 총독(여전히 가이우스 베레스였다)과 꾸준히 접촉했고, 그곳 노예들은 스파르타쿠스 무리가 무사히 도착한다 한들 로마를 상대로 세번째 봉기를 일으킬 형편이 아님을 확신했다. 베레스는 경계령을 내려 펠로루스 부근에 민병대를 배치하는 한편, 자신의 로마군은 전투 양상을 보고 투입할 요량으로 대기시켜놓았다. 그는 크라수스가 스파르타쿠스 무리를 바로 뒤쫓아와서 자신의 공격에 힘을 실어주리라는 것을 알고 있었다.

하지만 아무 일도 벌어지지 않았다. 어마어마한 규모의 스파르타쿠스 무리는 계속 스킬라이움에 머물렀다. 아마도 마땅한 배편을 찾지 못해서인 듯했다. 그때 가이우스 베레스의 편지가 도착했다.

이상한 이야기를 전해 들었소, 마르쿠스 크라수스. 스파르타쿠스가 해적 두목 파르나케스와 메가다테스에게 접근해, 그의 정예군 2만 명을 스킬라이움에서 펠로루스까지 배로 옮겨달라고 부탁했던 것 같소. 두 해적 두목은 선금으로 2천 탈렌툼, 임무 완수 시점에 추가로 2천 탈렌툼, 이렇게 총 4천 탈렌툼을 대가로 지불받기로 했다더군요.

스파르타쿠스가 선금 2천 탈렌툼을 지불하자 그들은 배를 타고 떠났소. 아주 자지러지게 웃어대면서 말이오! 그들은 지키지도 않을 약속 하나만으로 어마어마한 돈을 벌었소. 그냥 끝까지 도와주고 잔금 2천 탈렌툼까지 받는 게 낫지 않겠냐는 사람도 있겠지만, 파르나케스와 메가다테스는 손 하나 까딱하지 않고 돈을 챙기는 편을 선호하는 듯했소. 그들은 스파르타쿠스를 좋게 보지 않았고, 잔금 2천 탈렌툼까지 받으려다 위험에 빠지는 상황을 걱정했던 거요.

내 개인적인 생각에 스파르타쿠스는 순전히 아마추어, 촌뜨기 같소. 파르나케스와 메가다테스는 로마 사기꾼이 아풀리아인에게 사기 치는 것처럼 아주 손쉽게 그를 속였소. 작년에 이탈리아 내에 훌륭한 로마군이 있었다면, 내 확신하건대 진작 그자를 끝장낼 수 있었을 거요. 그가 가진 무기라고는 순전히 머릿수뿐이니까. 크라수스, 당신이 그와 맞대결을 벌인다면 그는 무사할 수 없을 거요. 스파르타쿠스에게는 행운이 따르지 않는 반면, 친애하는 마르쿠스 크라수스 당신은 포르투나 여신에게 선택받은 사람이니 말이오.

카이사르는 이 마지막 문장을 읽고 큰 웃음을 터뜨렸다. "이 사람은 대체 뭘 원하는 걸까요?" 그는 크라수스에게 편지를 건네주면서 물었다. "대출이 필요한 걸까요? 세상에, 원체 돈을 펑펑 쓰는 사람이긴 하죠!"

"그에게 돈을 빌려주지는 않을 걸세." 크라수스가 말했다. "베레스는 오래갈 사람이 아니니까."

"그 말이 사실이었으면 좋겠어요! 그런데 그는 어떻게 해적 두목과 스파르타쿠스 사이에서 벌어진 일을 그리 잘 알고 있을까요?"

크라수스는 싱긋 웃었다. 마치 작은 마술처럼, 그의 크고 매끈한 얼굴이 갑자기 한결 젊고 짓궂게 변했다. "오, 그가 그 2천 탈렌툼에 대한 자기 몫을 요구하는 자리에서 해적 두목들이 전부 털어놓았을 테지."

"그들이 그에게 돈의 일부를 지불했다고 생각하시는 겁니까?"

"의심의 여지가 없네. 그는 그들이 시칠리아를 근거지로 삼을 수 있도록 해주고 있으니까."

그들은 튼튼하게 지어놓은 진지의 사령부 막사에 단둘이 앉아 있었다. 진지는 스킬라이움에서 수백 킬로미터 떨어진 테리나 외곽의 포필리우스 가도 옆에 위치하고 있었다. 달력상으로는 2월 초였고, 겨울은 이제 막 시작되었다. 두 개의 화로에서 열기가 뿜어져 나오고 있었다.

마르쿠스 크라수스가 어떤 연유에서 방년 스물여덟 살의 카이사르를 친구로 선택했는지는 그의 보좌관들 사이에서 뜨거운 토론 주제였다. 보좌관들은 둘의 우정을 질투하기보다는 어리둥절하게 여겼다. 여가 시간을 함께할 상대로 카이사르를 선택하기 이전까지 크라수스에게는 친구가 전혀 없었기에, 어떤 보좌관도 갑자기 무시당한다거나 자기 자리를 빼앗겼다고 느끼지는 않았다. 가장 이해할 수 없는 부분은 이 관계에 드러난 놀라운 부조화였다. 두 사람은 나이차가 열여섯 살이나 됐고 돈을 대하는 태도가 극과 극이었다. 둘이 함께 있는 모습은 부적절해 보였고, 문학이나 예술 취향도 겹치지 않았다. 루키우스 퀸티우스처럼 오랫동안 크라수스와 알고 지내며 정치적·상업적으로 긴밀한 관계를 맺고 있는 사람들 중에서도 그와 뿌리깊은 우정을 나눈다고 선뜻 말하는 이는 없었다. 하지만 크라수스는 올해 군무관들에게 일반적인 취임 시기보다 두 달 앞서 임무를 맡긴 이후, 카이사르에게 접근해 가까워지고 싶다는 의사를 밝혔다. 이에 카이사르도 긍정적으로 화답했다.

진실은 실로 단순했다. 그들은 서로 상대방이 앞으로 중요한 인물이 될 것이며 두 사람이 똑같은 정치적 야망을 품고 있음을 인식한 것이다. 그러한 인식이 없었더라면 이 우정은 애초에 시작되지도 않았으리라. 하지만 일단 우정이 시작되자 둘의 관계를 더 단단히 묶어주는 다른 요소들이 등장했다. 크라수스에게서는 겉으로 드러나는 단단함을, 훨씬 부드럽고 매력적으로 보이는 카이사르 역시 갖추고 있었던 것이다. 또한 두 사람은 귀족 세계의 환상에 현혹되지 않았고, 상식이라는 기반에 단단히 발을 딛고 있었으며, 개인적인 수준의 사치를 추구하지 않았다.

두 사람의 차이는 표면적인 것에 불과했다. 하지만 그것은 사람들의 눈을 멀게 하기에 충분했다. 여자 후리기로 대단한 명성을 누리고 있는 미남 난봉꾼 카이사르와 외도에는 전혀 관심이 없는 가정적인 크라수스. 스타일과 화려함을 겸비한 지식인 카이사르와 우직한 실용주의자 크라수스. 참으로 이상한 한 쌍이다. 넋을 잃고 두 사람을 지켜보던 이들은 이렇게 결론을 내렸고, 이후로 카이사르를 주목해야 할 인물로 여겼다. 그렇지 않다면 왜 마르쿠스 크라수스가 그와 어울리겠는가?

"오늘밤에 눈이 올 걸세." 크라수스가 말했다. "우리는 아침에 나갈 거야. 눈에 발이 묶이기보다는 눈을 이용하고 싶네."

"우리의 달력과 계절이 맞아떨어진다면 훨씬 더 좋았겠죠!" 카이사르가 말했다. "이런 부정확함은 도저히 못 견디겠어요!"

크라수스가 뚫어져라 쳐다보았다. "어째서 그런 말을 하는 거지?"

"벌써 2월인데, 이제 겨우 겨울 추위가 느껴지기 시작했다는 사실 때문이죠."

"마치 그리스인 같은 발언이군. 날짜를 정확히 알 수 있고 문밖으로 손을 뻗어 기온을 확인할 수 있는데, 대체 뭐가 문제란 말인가?"

"너무 엉성하고 정돈되어 있지 않은 것이 문제지요!" 카이사르가 말했다.

"세상이 너무 정돈되어 있으면 돈을 벌기도 어려울 거야."

"그 말은 돈을 숨기기가 어렵다는 뜻이겠죠." 카이사르는 활짝 웃으며 말했다.

스킬라이움이 가까워질 무렵, 정찰병들은 스파르타쿠스가 여전히 항구 너머의 곶에 머물고 있지만 조만간 이동할 것 같은 조짐을 보인다고 전해왔다. 스파르타쿠스 무리가 그 지역의 식량을 모조리 먹어치운 탓이었다.

크라수스와 카이사르는 공병들, 호위를 맡을 일단의 기병들과 함께 말을 타고 나섰다. 그들은 스파르타쿠스에게 기병이 없음을 알고 있었다. 스파르타쿠스는 한때 보병들에게 승마를 가르치고 루카니아의 숲과 산맥에 사는 야생마를 길들이려 했다. 하지만 기병 훈련과 야생마 길들이기에 모두 실패했다.

바람 한 점 없는 오후, 눈은 쉬지 않고 계속 내렸다. 두 로마 귀족과 그 일행은 스파르타쿠스 무리가 머무는, 바다 쪽으로 툭 튀어나온 삼각형 땅 뒤쪽을 배회했다. 감시병이 있는지 없는지 모르겠지만, 그들을 가로막지 않는 것으로 봐서 만약 있다 해도 불성실한 감시병 같았다. 눈은 도움이 되었다. 소음을 덮어주는 것은 물론 말과 사람을 흰색으로 가려주었던 것이다.

"기대했던 것보다 훨씬 낫군." 크라수스는 일행과 진지로 돌아오는 길에 만족스럽게 말했다. "우리가 저곳에 구덩이를 파고 양쪽 골짜기를 가로지르는 벽을 세운다면, 스파르타쿠스를 지금 저 땅 안에 아주 깔끔하게 가둬버릴 수 있을 걸세."

"오랫동안 가둬두지는 못할 겁니다." 카이사르가 말했다.

"내 목표 달성에 필요한 시간만큼은 가능할 거야. 나는 저들이 배고픔과 추위에 떨고 절망을 맛보기를 원하네. 그러다 저 벽을 뚫은 뒤에는 북쪽의 루카니아로 향하기를 바란다네."

"적어도 마지막 부분은 현실이 될 것 같네요. 저들은 우리의 가장 약한 부분을 공략할 테니까요. 설마 그게 남쪽일 리는 없겠죠. 땅 파는 일은 대부분 집정관의 군단에게 맡기실 생각이겠지요."

크라수스는 놀란 표정이었다. "그들도 땅을 파야 하지만, 다른 사람들도 전부 나서야 할 걸세. 구덩이를 파고 벽을 세우는 작업은 한 주 안에 마쳐야 해. 그러니 가장 흰머리가 성성한 노장이라도 삽을 들어야 할 거야. 게다가 운동은 추위를 물리치는 데도 도움이 되지."

"제가 이 일을 책임지고 맡겠습니다." 카이사르가 제안했다. 하지만 실제로 허락이 떨어지리라는 기대는 하지 않았다.

크라수스는 당연히 거절했다. "자네에게 맡기고 싶네만 그럴 수는 없어. 내 선임 보좌관은 루키우스 퀸티우스라네. 이 일은 그가 맡게 될 걸세."

"아쉽군요. 그는 너무 관료주의적이고 말만 앞서는데 말이죠."

관료주의적이고 말만 앞서든 말았든, 루키우스 퀸티우스는 대단한 열정을 품고 스파르타쿠스 무리를 벽 안으로 가두는 작업에 착수했다. 다행히도 그는 공병들의 전문 지식에 기댈 줄 아는 분별력을 갖추고 있었다. 그가 방어시설 건설에 소질이 없을 것이라는 카이사르의 예상은 사실이었다.

골짜기의 한쪽 끝에서 반대쪽 끝까지 폭 4.5미터, 깊이 4.5미터의 구덩이를 파냈다. 구덩이에서 나온 흙으로는 통나무 기둥으로 보강한 벽을 세웠고, 그 위에 방책을 두르고 감시탑을 세웠다. 골짜기 끝에서 끝까지 13킬로미터의 거리에 구덩이와 벽, 방책, 감시탑이 모두 들어섰다. 매일 눈이 내렸음에도 불구하고 이 작업은 여드레 만에 끝났다. 벽 아래에는 일정한 간격으로—각 군단마다 하나씩—여덟 개의 진지가 세워졌다. 사령관에게는 13킬로미터의 요새를 방어하기에 충분한 병력이 있었다.

이와 같은 움직임이 시작될 무렵, 스파르타쿠스는 크라수스가 도착했음을 알게 되었지만—물론 더 빨리 알아챘을 수도 있다—별다른 관심을 보이지 않았다. 그는 난데없이 거대한 뗏목을 만드는 데 모든 에너지를 쏟았다. 스킬라이움의 어선 뒤편에 뗏목을 연결해 해협을 건널 작정인 듯했다. 이를 지켜보던 로마인들의 눈에는 스파르타쿠스가 해협을 통과해 탈출할 수 있다고 굳게 믿는 듯 보였고, 육로 탈출구가 빠른 속도로 막혀가고 있다는 사실을 무시할 정도로 자신의 계획이 완벽하다고 믿는 듯 보였다. 마침내 해로를 통한 대규모 탈출 예정일이 왔다. 딱히 할 일을 배정받지 않은 로마인들은 전망 좋은 인근의 실라 산으로 올라가 스킬라이움 항구에서 무슨 일이 벌어지는지 지켜보았다. 재앙이었다. 뗏목 중에서 사람들이 올라탈 수 있을 만큼 오래 바다에 떠 있었던 것들조차도, 해협 횡단은 고사하고 항구조차 벗어나지 못했다. 어선은 그렇게 무겁고 거추장스러운 물체를 끌기 위해 만들어진 게 아니었다.

"적어도 익사자는 그리 많지 않아 보이는군요." 카이사르는 실라 산에서 아래를 내려다보며 크라수스에게 말했다.

"스파르타쿠스는 아마 그 점을 아쉽게 생각할 걸세." 크라수스는 무심한 어조로 말했다. "익사자가 많았다면 먹여야 할 입이 줄어들었을 테니까."

"제 생각에는 말입니다." 카이사르가 말했다. "스파르타쿠스는 저들을 사랑하는 것 같아요. 자력으로 왕이 된 사람이 그의 백성을 사랑하는 것처럼."

"자력으로 왕이 된 사람?"

"통치의 운명을 타고난 왕은 백성을 그리 아끼지 않아요." 통치의 운명을 타고난 왕을 만나본 경험이 있는 카이사르가 말했다. 그는 광란의 현장이나 다름없는 항구를 손가락으로 가리켰다. "하나만큼은 분명합니다, 마르쿠스 크라수스. 저 남자는 그에게 고마워할 줄도 모르는 최후의 한 사람까지, 이 거대한 무리에 포함된 모든 이들을 사랑해요! 그렇지 않았다면 이미 1년 전에 그들을 끊어냈겠죠. 저 사람의 정체가 정말 궁금하군요."

"가이우스 카시우스의 증언을 출발점으로 해서 그 문제를 조사해오고 있다네." 크라수스는 이 말을 하고는 산에서 내려갈 채비를 했다. "어서 오게, 카이사르, 이미 충분히 봤네. 사랑이라! 진짜 그렇다면 그는 멍청한 인간일세."

"오, 그는 진짜 그럴 거예요." 카이사르는 뒤따라가며 말했다. "조사를 통해 어떤 걸 알아냈습니까?"

"그의 실명을 제외한 거의 모든 것들이지. 실명은 끝내 밝혀지지 않을지도 몰라. 멍청한 문서 보관 담당자 탓이지. 술라의 기록보관소에 군사 문서를 비롯해 뭐든 보관해도 된다고 생각하고 따로 물이 새지 않는 곳으로 문서를 옮겨놓지도 않았어. 지금은 글씨를 알아볼 수도 없고, 코스코니우스는 아무 이름도 기억 못하고 있네. 혹시 몰라서 그의 하급 군관들을 찾아보고 있는 중이지."

"행운이 따르기를! 하지만 그들도 이름을 기억해내지는 못할 겁니다."

크라수스는 끙 하는 소리를 냈다. 어쩌면 짧은 웃음이었을지도 몰랐다.

"로마를 중심으로 그가 트라키아인이라는 소문이 돌고 있는데, 들어봤나?"

"뭐, 그가 트라키아인이라는 건 모르는 사람이 없죠. 검투사는 트라키아인과 갈리아인, 이렇게 두 종류뿐이잖아요." 카이사르는 아주 즐거워하며 크게 웃었다. "하지만 그 소문을 가장 열심히 퍼뜨리는 이들은 원로원의 대행인들이라고 생각해요."

크라수스는 멈칫하더니 고개를 돌려 화들짝 놀란 표정으로 카이사르를 쳐다보았다. "오, 자넨 정말 똑똑하군!"

"사실입니다, 전 똑똑하죠."

"그래, 그래야 말이 되겠지?"

"물론이죠." 카이사르가 말했다. "우리는 근래에 로마인 변절자를 너무 많이 봐왔어요. 가이우스 마리우스, 루키우스 코르넬리우스 술라, 퀸투스 세르토리우스 같은 군사 전문가 명단에 한 사람을 더 추가하는 것은 어리석은 짓이죠, 안 그래요? 차라리 그를 트라키아인으로 남겨두는 게 백번 낫죠."

"그것참!" 크라수스는 이번에는 진짜로 끙 하는 소리를 냈다.

"정말이지 그를 제 눈으로 직접 확인하고 싶군요!"

"그를 전장으로 끌어내기만 하면 눈으로 확인할 수 있을 걸세. 그는 아주 화려하고 얼룩덜룩한 회색 말을 타는데, 붉은색 가죽 마구에 온갖 기사의 장식으로 치장해놓았다고 하더군. 원래는 바리니우스의 말이었지. 게다가 그를 가까이에서 본 카시우스와 만리우스가 외모를 설명해주었네. 머릿속에 쉽게 그려지는 외모야. 아주 크고 건장하고 새하얗지."

처절한 줄다리기는 한 달 이상 이어졌다. 스파르타쿠스는 크라수스의 요새를 뚫으려 했고, 크라수스는 스파르타쿠스를 저지했다. 로마군 사령부는 스파르타쿠스 무리가 극심한 식량난에 시달리고 있음을 알 수 있었다. 스파르타쿠스 수하의 모든 병사들이—카이사르의 추정에 따르면 7만 명에 달했다—로마군의 방어벽에서 약한 부분을 찾아내기 위해 13킬로미터의 전선을 따라 총공격을 개시했기 때문이다. 스파르타쿠스의 병사들은 요새의 가운데 부분에서 약점을 발견한 듯했다. 그곳의 구덩이에서 샘물이 솟아나면서, 쌓아둔 흙벽이 바닥으로 약간 꺼져 있었다. 스파르타쿠스는 그쪽으로 병력을 집중시켰지만, 그것은 결국 함정으로 드러났다. 스파르타쿠스의 병사 중 1만 2천 명이 전사했고 나머지는 도주했다.

그 이후, 이 트라키아인 아닌 트라키아인은 집정관의 군단에서 잡아들인 포로들을 고문했다. 그는 부하들에게 뜨겁게 달군 펜치와 부지깽이를 준비하도록 하고, 많은 로마 병사들이 잔혹한 고문 장면을 목격할 수 있고 동료의 비명을 생생히 들을 수 있는 장소에 부하들을 배치했다. 하지만 크라수스의 군단병들은 앞서 십분형의 공포를 맛본지라, 고문으로 살이 찢기고 타들어가는 동료에 대한 안타까움보다 크라수스에 대한 두려움이 훨씬 컸다. 그래서 아예 그쪽으로 눈을 돌리지 않거나 양털로 귀를 틀어막는 편을 택했다. 절박해진 스파르타쿠스는 가장 귀한 포로, 즉 겔리우스의 두번째 군단 소속 최고참 백인대장을 십자가형에 처했다. 팔목과 발목에 못을 박았고, 신속히 숨을 거둘 수 있도록 다리뼈를 부러뜨리는 자비를 베풀지도 않았다. 이에 크라수스는 요새를 따라 최고의 궁수들을 배치했다. 십자가에 매달린 백인대장은 빗발치는 화살 세례 속에 숨을 거두었다.

3월이 되자 스파르타쿠스는 알루소를 보내 항복 협상을 요청했다. 크라수스는 보좌관, 군무관 들과 함께 사령부 막사에서 그녀를 맞았다.

"어째서 스파르타쿠스가 직접 오지 않은 거요?" 크라수스가 물었다.

그녀는 연민 어린 미소를 지었다. "왜냐하면 제 남편이 없으면 저 무리는 곧 와해되기 때문이죠. 게다가 그는 당신을 신뢰하지 않습니다, 마르쿠스 크라수스. 설령 휴전중이라도 말이죠."

"그렇다면 그도 해적들에게 2천 탈렌툼을 사기당할 때보다는 똑똑해진 모양이오."

하지만 알루소는 이런 미끼를 덥석 물 사람이 아니었다. 그녀는 상대를 뚫어져라 쳐다보면서 아무 대답도 하지 않았다. 카이사르가 생각하기에, 그녀의 외모에는 문명화된 로마인들의 마음을 불편하게 만들려는 의도가 엿보였다. 그녀는 전형적인 야만인처럼 보였다. 아마 빛깔의 머리카락은 등과 어깨 위로 거친 물결처럼 구불구불 흘러내렸다. 소매가 길고 거무스름한 펠트 튜닉을 걸쳤고, 그 아래로 다리에 딱 붙는 바지를 입고 있었다. 팔뚝과 발목을 가린 옷감 위로 황금 사슬과 팔찌 등이 화려하게 빛났다. 아래로 길게 처진 귓불에는 금붙이가 달려 있고, 헤나 염색을 한 손가락에는 반지가 여러 개 끼여 있었다. 목에는 작은 새의 두개골을 엮어 만든 목걸이가 여러 개 걸려 있었고, 날씬한 허리에 걸친 단단한 황금 허리띠에는 소름 끼치는 장신구들—손톱과 살점이 남아 있는 잘린 팔, 어린아이의 두개골, 꼬리까지 연결되어 있는 개나 고양이의 등뼈—이 주렁주렁 매달려 있었다. 이 모든 의상과 장신구의 마무리는 참으로 멋진 늑대 털가죽이었다. 늑대의 두 앞다리는 그녀의 가슴 한가운데에 가지런히 모여 있었고, 눈알 대신 보석이 박혔고 이빨이 그대로인 늑대 머리가 그녀의 이마 위에 걸쳐져 있었다.

이런 모든 것에도 불구하고, 그곳에서 조용히 지켜보던 남자들의 눈에 그녀가 매력적으로 비치지 않은 것은 아니었다. 물론 '아름답다'라는 표현이 어울리는 여자는 아니었다. 광기 어린 밝은 빛깔 눈동자의 그 얼굴은 너무도 이질적이었다.

하지만 그녀는 크라수스에게만은 애초에 자신이 의도했던 강한 인상을 심어주지 못했다. 크라수스에게는 돈을 제외하면 그 어떤 유혹도 통하지 않았다. 그는 여느 사람들을 쳐다볼 때와 마찬가지로, 특유의 부드러움과 침착함이 담긴 표정으로 그녀를 쳐다보았다.

"말하시오, 여인이여." 그가 말했다.

"저는 항복 협상을 요청하러 왔습니다, 마르쿠스 크라수스. 우리는 음식이 바닥났고, 여자와 아이 들은 병사들에게 식량을 양보하느라 굶고 있습니다. 제 남편은 불쌍한 사람들이 고통당하는 것을 가만히 보고 있을 사람이 아니에요. 차라리 자진해서 포로가 되고 군대를 내놓는 편을 택할 사람이죠. 저에게 로마군의 요구사항을 알려주시면 남편에게 전하겠습니다. 그리고 내일 그의 답변을 가지고 다시 오겠어요."

로마군 사령관은 등을 돌렸다. 그는 알루소보다 더 순수한 억양의 그리스어로 말했다. "나는 어떤 조건하에서도 항복을 받아들이지 않겠다고 당신 남편에게 전하시오. 절대 그의 항복을 허락하지 않을 거요.

이것은 그가 시작한 일이오. 그러니 그는 반드시 끝장을 볼 때까지 싸워야만 할 것이오!"

알루소는 숨이 턱 막혔다. 다른 모든 상황에는 준비돼 있었지만 이 상황만은 피하고 싶었다. "제 남편에게 그 말을 전할 수는 없습니다! 그의 항복을 허락해주셔야 해요!"

"싫소." 크라수스는 여전히 등을 돌린 채 말했다. 그는 오른손을 들어 올리더니 손가락으로 딱 소리를 냈다. "저 여자를 당장 밖으로 끌어내고 적진으로 넘어가는지 잘 확인하게, 마르쿠스 뭄미우스."

카이사르는 이 접견에 대해 논의하고 싶어 입이 근질거렸다. 하지만 얼마쯤 시간이 지난 후에야 크라수스와 단둘이 이야기를 나눌 기회를 얻었다.

"정말 훌륭하게 대응하시더군요." 그가 말했다. "그 여자는 본인이 사령관님 마음을 뒤흔들 수 있을 거라 확신했던 모양이에요."

"어리석은 여자 같으니라고! 보고에 따르면 그녀는 베시족의 여사제라고 했네. 하지만 내 눈에는 그저 마녀 같았어. 로마인 중에는 미신을 믿는 사람이 많고, 카이사르 자네도 미신을 믿는 것 같더군! 하지만 난 아닐세. 나는 눈에 보이는 것만 믿는다네. 내 눈에 비친 그녀는 잘 알지도 못하면서 딴에는 고르곤처럼 차려입은 여자에 불과했어." 그는 발작적인 웃음을 터뜨렸다. "그러고 보니 술라가 젊은 시절에 메두사처럼 차려입고 파티에 갔다는 일화가 떠오르는군. 그는 살아 있는 뱀으로 만든 가발을 머리에 써서 연회장의 모든 사람들을 기겁하게 만들었지. 하지만 나도 알고 자네도 알듯이 사람들을 기겁하게 만든 건 뱀이 아니었다네. 그저 술라 자신 탓이었지. 그녀에게도 그런 특징이 있었더라면 나 역시 벌벌 떨었을지도 모를 일이지."

"동의합니다. 하지만 그녀는 분명 미래를 내다보는 능력을 지니고 있어요."

"그런 능력은 많은 사람이 가지고 있어! 나는 양떼처럼 무식하면서 예지 능력을 가지고 있다고 떠드는 할망구도 많이 봤고, 세상의 모든 문제를 법률로 해결할 수 있다고 믿는 위풍당당한 변호인 양반도 많이 봤네. 그런데 왜 그 여자에게 예지 능력이 있다는 생각을 하게 됐나?"

"왜냐하면 그녀는 당신을 너무도 두려워하는 상태로 이곳을 찾아왔으니까요."

퀸투스 세르토리우스의 어머니라면, 이후 한 달간의 기상상태를 지켜보고 마침내 날씨가 '굳었다'라고 표현했을 것이다. 밤 기온은 영하로 뚝 떨어졌고 낮 기온도 그리 높지 않았다. 하늘은 맑았으며 발밑의 눈은 얼음으로 변했다. 그러다 3월의 이두스가 지난 뒤, 끔찍한 눈보라가 몰아쳤다. 진눈깨비로 시작했다가 종국에는 눈이 쌓이고 또 쌓여갔다. 스파르타쿠스는 기회를 놓치지 않았다.

구덩이와 방벽으로 막힌 골짜기에서 스킬라이움과 가장 가까운 쪽으로—근처에는 크라수스의 가장 오래된 퇴역병 군단 진지가 위치하고 있었다—10만 명에 달하는 스파르타쿠스의 무리 전체가 정신없이 몰려들어 구덩이를 메우고 방벽을 넘으려고 엎치락뒤치락했다. 통나무, 돌덩이, 인간과 짐승의 사체, 심지어 약탈한 물건 중 부피가 큰 것은 모조리 구덩이로 던져지고 방벽을 넘기 위한 발판으로 이용되었다. 거대한 스파르타쿠스 무리는 마치 망자의 유령처럼, 이 임시 통로를 따라 물밀듯이 밖으로 쏟아져나와서 눈보라 속으로 달아났다. 아무도 그들을 막지 않았다. 크라수스는 근방을 지키는 로마 군단에게 무력으로 진압하지 말고 진지 안에서 조용히 기다리라는 명령을 미리 전달해둔 것이다.

이 혼란스럽고 무계획한 도주로 인해, 스파르타쿠스 무리가 지니고 있던 미미한 수준의 조직력은 회복이 불가능한 수준으로 와해되고 말았다. 전투 능력을 갖춘 병사들은 그나마 기강이 잡혀 있고 지도자들의 지휘를 받을 수 있는 입장이라 스파르타쿠스, 카스투스, 간니쿠스와 함께 포필리우스 가도를 따라 북쪽으로 달아났다. 하지만 여자, 아이, 노인, 비전투원 들은 대부분 어찌할 바를 몰라 실라 산으로 숨어들었다. 그들은 낮은 가지, 바위, 덤불 따위에 발이 걸려 넘어졌고 배고픔과 추위로 죽어갔다. 기온이 따뜻해질 때까지 가까스로 살아남은 사람들은 이후 브루티움의 정착촌을 찾아갔지만 정체가 발각되는 즉시 처형당했다.

스파르타쿠스 무리 중 여자와 아이 들의 운명은 크라수스에게 전혀 관심사가 아니었다. 그는 눈발이 잦아들자 진지를 철거했고, 8개 군단을 이끌고 포필리우스 가도를 따라 스파르타쿠스의 병사들을 추격했다. 늘 체계적이고 장군으로서의 책략이 비상했기 때문에 그의 움직임은 황소처럼 느리고 꾸준했다. 서둘러 뒤쫓을 필요는 없었다. 스파르타쿠스 군대의 부담스러운 규모뿐 아니라 추위, 허기, 실질적인 목표의 부재가 그들의 발목을 잡을 것이 분명했다. 물자 수송대를 공격 위험에 노출시키느니 이동중인 로마 군단 사이에 배치해 보호하는 편이 나았다. 어차피 조만간 적을 따라잡을 수 있을 터였다.

반면 그의 정찰병들은 아주 재빠르게 움직였다. 3월이 끝나갈 무렵, 정찰병들은 크라수스에게 스파르타쿠스 군대가 실라루스 강에 도착한 뒤 두 개의 세력으로 나뉘었다는 보고를 전달했다. 스파르타쿠스가 이끄는 하나의 세력은 계속 포필리우스 가도를 따라 캄파니아로 향했고, 카스투스와 간니쿠스가 이끄는 나머지 하나의 세력은 실라루스 강 중류의 골짜기를 따라 동쪽으로 이동중이라고 했다.

"잘됐군!" 크라수스가 말했다. "스파르타쿠스는 잠시 내버려두고, 먼저 삼니움 사람 둘을 처단하는 데 집중하는 게 좋겠네."

이후 정찰병들은 카스투스와 간니쿠스가 그리 멀리까지 가지 못했다는 소식을 전했다. 그들은 얼마 가지 않아 작고 부유한 마을 볼케이를 발견했고, 그곳에서 두 달 만에 처음으로 배불리 먹을 수 있었다. 그러니 서두를 필요가 있으랴!

크라수스의 물자 수송대 전방에 배치된 4개 군단이 도착할 무렵, 카스투스와 간니쿠스는 배를 채우느라 바빠 로마군을 알아차리지 못했다. 두 사람이 이끄는 스파르타쿠스 무리는 작은 호숫가를 따라 진지라고 부르기도 민망한 구조물을 세워두고 있었다. 그 호수는 매년 이맘때쯤이면 식수로 적합한 달콤한 물로 채워져 있었지만, 가을이 되면 그리 매력적이지 못한 장소로 변했다. 호수 뒤에는 산이 있었다. 크라수스는 그 즉시 다음 계획이 떠올랐다. 그는 물자 수송대 후방에 배치된 4개 군단을 기다리지 않기로 결정했다.

"폼프티누스와 루푸스, 12개 보병대대를 이끌고 적군 몰래 저 산 뒤편으로 가시오. 그리고 준비를 마치면 산 아래로 내려오며 적을 공격하시오. 그러면 아마 저들의 진지 한가운데를 칠 수 있을 거요. 저런 걸 진지라고 할 수 있을지 모르겠지만 말이지. 당신들이 공격을 개시하는 즉시, 나는 정면에서 적을 공격하겠소. 우리는 저들을 벌레처럼 양쪽에서 뭉개버릴 거요."

이 계획은 성공했어야 마땅했다. 최고의 정찰병들도 절대 미리 알아낼 수 없었을 예기치 못한 사건만 아니었더라면 분명 성공했으리라. 카스투스와 간니쿠스는 볼케이에 식량이 넘쳐나는 것을 확인하고, 스파르타쿠스에게 사람을 보내 이곳으로 돌아와 함께 축제를 즐기는 것이 어떻겠냐고 전했다. 스파르타쿠스는 당연히 발길을 돌렸다. 그는 크라수스가 공격을 시작하던 바로 그 순간 호수 반대편에서 모습을 드러냈다. 카스투스와 간니쿠스의 병사들은 새로 도착한 무리 속으로 피신했고, 스파르타쿠스의 무리 전체가 재빨리 사라졌다.

여느 사령관이라면 허공을 내려치며 분개했을 테지만 크라수스는 달랐다. "운이 따르지 않았군. 하지만 결국 우리가 승리할 것이오." 그는 담담하게 말했다.

연이어 몰아치는 폭풍은 모두의 발길을 묶어버렸다. 두 덩어리로 나뉜 스파르타쿠스의 군대는 모두 실라루스 강 주변에 머물러 있었다. 하지만 이번에는 카스투스와 간니쿠스가 포필리우스 가도를 따라 캄파니아로 진입하는 동안, 스파르타쿠스가 포필리우스 가도에서 벗어날 차례인 듯했다. 크라수스는 이미 뚱뚱하지만 더 뚱뚱해질 작정으로 사냥에 나선 거미처럼 이들의 뒤를 밟았다. 이제 로마군의 8개 군단이 모두 모였다. 물자 수송대도 안전했기 때문에, 로마군도 병력을 둘로 나누었다. 크라수스는 루키우스 퀸티우스와 트레멜리우스 스크로파에게 모든 기병과 2개 군단의 보병을 맡겨 스파르타쿠스 무리 중 포필리우스 가도를 벗어난 쪽을 추격할 것을 명령했다. 한편 자신은 포필리우스 가도를 이용하는 쪽을 추격하기로 했다.

크라수스는 맷돌처럼 멈추지 않고 상대의 숨통을 죄었다. 카이사르의 소속 군단은 크라수스와 함께 움직였기 때문에, 카이사르는 이 범상치 않은 인물의 무시무시한 집요함과 체계적인 전략을 가까이서 지켜보며 감탄을 금할 수 없었다. 실라루스 강 북쪽으로 그리 멀지 않은 에부룸에 이르러, 크라수스는 마침내 카스투스와 간니쿠스를 따라잡았고 그들의 군대를 전멸시켰다. 3만 명이 책략에 속거나 덫에 걸려 전사했다. 극소수의 병사들만이 로마군의 전선을 무사히 통과해 스파르타쿠스가 있는 내륙으로 달아났다.

승전한 로마군 병사들에게 가장 큰 기쁨을 안겨다준 것은, 전투 직후 어지럽게 쌓여 있는 적의 짐더미에서 크라수스가 발견한 물건들이었다. 그곳에는 앞서 로마군이 수차례 패배하면서 빼앗긴 은 독수리 깃대 다섯 개, 보병대대 군기 스물여섯 개, 다섯 법무관의 파스케스가 있었다.

"이것 좀 보게나!" 크라수스는 환하게 웃으며 소리쳤다. "정말 대단한 장관 아닌가?"

이제 총사령관은 그가 마음만 먹으면 아주 신속하게 움직일 수도 있음을 증명해 보였다. 루키우스 퀸티우스에게서 그와 스크로파가 적에게 매복 공격을 당했고—큰 피해는 없었다고 했다—스파르타쿠스가 아직 근방에 있다는 소식이 도착했던 것이다.

크라수스는 서둘러 진군했다.

위대한 시도는 실패로 끝났다. 이제 스파르타쿠스에게 남은 것은 그와 함께 타나그루스 강의 수원을 향해 이동하는 그의 군대 중 일부, 알루소, 그리고 그의 아들뿐이었다.

퀸티우스와 스크로파의 기병들이—그들은 보병보다 훨씬 기동력이 뛰어났다—로마군 보병들을 한곳으로 모아 퇴로를 열어주는 바람에, 스파르타쿠스는 로마군을 완패시키는 데 실패했다. 이후로 그는 그 지역을 떠나지 않았다. 그곳의 작은 세 마을에는 당장 그의 군대를 먹일 만한 식량이 충분했다. 하지만 다음 골짜기, 또 그다음 골짜기에서는 어떤 상황이 펼쳐질지 알 수 없었다. 봄이 다가오고 있어 곡물 저장소는 점점 바닥을 드러냈고, 혹독한 겨울이 막 끝난 터라 아직 씨앗이 맺히고 속이 차오른 채소가 없었다. 암탉은 뼈만 앙상했고, 돼지는(교활한 짐승 같으니라고!) 숲에 숨어 나타날 줄 몰랐다. 인근 마을인 포텐티아에서 불쾌한 손님 한 명이 스파르타쿠스를 찾아왔다. 그는 이제 마케도니아에 있던 바로 루쿨루스가 배를 타고 브룬디시움에 도착할 것이고, 원로원 명령에 따라 곧바로 크라수스와 협공에 나설 것이라는 소식을 아주 기쁜 마음으로 전했다.

"이제 당신은 살날이 얼마 안 남았소, 검투사 양반!" 불쾌한 손님은 고소해하며 말했다. "로마는 천하무적이란 말이지!"

"당신 목을 따버리겠소." 검투사는 지친 목소리로 말했다.

"어디 해보시지! 그렇게 나올 줄 알았소! 난 어차피 상관없어!"

"그렇다면 당신이 고귀한 죽음을 맞는 영광을 누리게 하지 않겠소. 그냥 집으로 돌아가시오!"

알루소는 곁에서 듣고 있었다. 자신의 생혈을 바닥에 쏟지 못해 무척이나 실망한 그 손님이 떠난 후, 알루소는 스파르타쿠스에게 다가가 다정하게 그의 팔뚝에 손을 얹었다.

"여기에서 모든 것이 끝나요." 그녀가 말했다.

"알고 있소, 여보."

"당신이 전장에서 쓰러지는 모습을 봤어요. 하지만 당신의 죽음을 보지는 못했어요."

"나는 전장에서 쓰러지는 순간 죽게 될 거요."

그는 무척 피곤했다. 스킬라이움에서의 참사는 아직까지도 그를 괴롭혔다. 순전히 그의 어리석음과 부주의로 인해 크라수스의 우리 속에 갇혀버린 것이다. 무슨 낯짝으로 그를 따르는 병사들과 마주할 것인가? 여자와 아이 들은 모두 사라졌다. 그들이 다시 세상에 모습을 드러내는 일은 없으리라. 브루티움의 험한 산속 어딘가에서 모두 굶어죽었을 테니.

포텐티아에서 온 남자가 바로 루쿨루스에 대해 했던 말이 진실인지 거짓인지 알 수 없으니, 스파르타쿠스로서는 브룬디시움으로 갈 수 없는 노릇이었다. 크라수스가 포필리우스 가도를 장악하고 있었다. 또한 스파르타쿠스가 퀸티우스와 스크로파를 상대로 매복 공격을 개시하기도 전에 카스투스와 간니쿠스의 패배 소식이 전해졌다. 어디로도 갈 곳이 없었다. 마지막 전장을 제외한다면 그 어디로도. 그는 기쁘고, 기쁘고, 또 기뻤다……. 그는 이 거대한 무리의 목숨과 안녕이라는 거대한 책임을 짊어질 만한 혈통이나 능력을 타고난 사람이 아니었다. 베수비우스 산자락의 이탈리아 가정에서 태어난 로마인으로, 그곳에서 아버지와 형과 함께 평범한 삶을 살아야 할 운명이었다. 그런 그가 감히 무슨 자격으로 새로운 나라를 세우려 한단 말인가? 귀족의 혈통도, 훌륭한 교육도, 위대함도 갖추지 못한 주제에. 하지만 자유인으로서 전장에서 맞는 죽음에는 어딘가 명예로운 구석이 있었다. 그는 다시는 감옥으로 돌아가지 않을 작정이었다. 두 번 다시는.

크라수스와 그의 군대가 접근중이라는 소식이 들리자, 스파르타쿠스는 알루소와 그의 아들이 로마군의 추격을 무사히 피할 수 있도록 노새 여섯 마리가 끄는 수레에 태웠다. 그는 알루소와 아들이 당장 떠나기를 원했지만, 알루소는 전투 결과를 확인할 때까지 기다렸다가 달아나겠다고 고집을 부렸다. 보이지 않게 잘 덮어놓은 수레의 뒤편에는 금, 은, 보물, 동전이 실려 있었다. 아내와 아들의 미래를 위한 조치였다. 물론 그들이 죽임을 당할 수도 있음을 알고 있었다. 하지만 그들의 운명은 신들의 손에 달려 있었고, 신들의 섭리란 참으로 오묘하지 않았던가.

스파르타쿠스의 병사 4만 명은 크라수스와 맞설 준비를 했다. 스파르타쿠스는 전투 직전에 연설을 하지 않았다. 하지만 그가 얼룩덜룩한 회색의 아름다운 애마 바티아투스를 타고 나타나자 병사들은 귀가 떨어져나갈 정도로 함성을 내질렀다. 그는 그의 무리를 상징하는—갈리아인 검투사의 투구에 달린 뛰어오르는 물고기 형상의—깃발 아래에 멈추더니 방향을 틀었다. 이윽고 양손을 번쩍 들어 두 주먹을 불끈 쥐더니 말에서 내려왔다. 그의 오른손에는 트라키아인 검투사가 사용하는 곡선 형태의 칼이 들려 있었다. 그는 눈을 감고 칼을 들어올려 바티아투스의 목을 내리쳤다. 피가 콸콸 쏟아지고 사방으로 튀었지만, 그 사랑스러운 생명체는 저항하지 않았다. 마치 희생제물처럼 무릎을 꿇고 옆으로 쓰러지더니 숨을 거두었다.

그뿐이었다. 연설은 필요하지 않았다. 그는 애마를 직접 죽임으로써 그의 추종자들에게 모든 메시지를 전달했다. 스파르타쿠스는 살아서 이 전장을 떠날 마음이 없었다. 그래서 전장을 탈출하기 위해 필요한 수단을 직접 없애버린 것이다.

마침내 시작된 전투는 단도직입적이고 전혀 복잡하지 않았으며 진한 피냄새로 가득했다. 스파르타쿠스를 따르는 병사들 대부분은 그들의 장군을 본받아 죽음 혹은 탈진으로 쓰러질 때까지 멈추지 않고 싸웠다. 스파르타쿠스는 로마군 백인대장 두 명을 죽인 뒤, 그에게 달려든 수많은 로마 병사 중 하나의 칼에 허벅지 뒤쪽 근육이 잘렸다. 그는 다리에 힘을 잃고 무릎을 꿇었지만 끈질기게 싸웠다. 그리고 마침내 그의 옆에 쌓여 있던 시체 더미가 무너지면서 그 속에 묻혔다.

스파르타쿠스의 병사 중 1만 5천 명은 무사히 전장에서 달아났다. 6천 명은 아풀리아 방향으로 갔고, 나머지는 브루티움의 산지가 위치한 남쪽으로 갔다.

"겨우 6개월 만에 끝났고, 그것도 겨울 동안 치른 전쟁이었네." 크라수스는 카이사르에게 말했다. "다 따져봤을 때 아군 사상자 숫자는 얼마 안 되고, 스파르타쿠스는 결국 죽었어. 로마는 은 독수리 깃대와 파스케스를 되찾았고, 우리가 되찾은 약탈품은 대부분 원래 주인에게 돌려주는 것이 불가능하겠지. 이만하면 일을 잘 처리했다고 할 수 있어."

"하지만 문제가 있습니다, 마르쿠스 크라수스." 카이사르가 말했다. 그는 생존자를 파악하는 임무를 맡아 전장을 다녀온 뒤였다.

"뭔가?"

"스파르타쿠스 문제입니다. 그는 전장에 없었습니다."

"그럴 리가!" 크라수스는 화들짝 놀라 말했다. "그가 쓰러지는 것을 내 눈으로 똑똑히 봤네!"

"저도 마찬가지입니다. 그가 있던 자리를 정확히 기억해두기까지 했어요. 지금 그곳으로 안내해드릴 수도 있습니다. 이러지 말고 당장 저와 함께 가보셔도 좋아요! 하지만 그는 정말 그곳에 없습니다, 마르쿠스 크라수스. 거기 없단 말이죠."

"이상한 일일세!" 사령관은 처음에는 씩씩거리다가 잠시 조용히 생각하더니 어깨를 으쓱했다. "그게 뭐 그리 중요한 일이겠나? 중요한 건 그의 군대가 사라졌다는 사실이야. 나는 노예로 분류된 적을 상대하여 승리를 거두었으니 개선식을 치를 수도 없을 걸세. 원로원에서는 약식 개선식을 허락하겠지만 그게 일반 개선식과 같을 순 없지. 똑같을 순 없단 말이야!" 그는 한숨을 내쉬었다. "그의 여자, 그 트라키아인 마녀는 어떻게 됐나?"

"그 여자도 못 찾았습니다. 하지만 스파르타쿠스를 따르는 민간인들이 한데 모여 있기에 모두 체포했습니다. 그들에게 물어보니 그 여자 이름은 알루소라고 하더군요. 그런데 그들의 증언에 따르면 그녀는 이글거리는 뱀이 이끄는, 뜨겁고 붉게 달아오른 전차를 타고 하늘 높이 날아갔다고 합니다."

"메데아가 떠오르는군! 그렇다면 스파르타쿠스는 이아손이겠어!" 크라수스는 쓰러진 스파르타쿠스가 묻혔던 시체 더미 쪽으로 카이사르와 함께 걸어갔다. "어떻게 된 영문인지 몰라도 두 사람은 함께 달아난 모양이야, 안 그런가?"

"저도 그렇게 생각합니다." 카이사르가 말했다.

"어차피 시골 지역까지 샅샅이 뒤져 스파르타쿠스 무리의 잔당을 소탕해야 한다네. 그 과정에 두 사람이 잡힐지도 모를 일이지."

카이사르는 아무 대답도 하지 않았다. 그는 개인적으로 두 사람이 잡히지 않을 것이라 생각했다. 그 검투사는 현명했다. 현명하기 때문에 새로이 군대를 일으키는 일은 없으리라. 현명하기 때문에 끝까지 무명으로 남으리라.

5월 한 달 내내 로마군은 루카니아와 브루티움 곳곳에 숨어 있던 스파르타쿠스 무리의 잔당을 소탕했다. 이곳은 산적이 활동하기 좋은 지형이었으므로, 살아남은 스파르타쿠스의 세력을 마지막 한 명까지 체포하는 것이 시급했다. 카이사르의 추산에 따르면 남쪽으로 달아난 사람은 9천 명에서 1만 명 정도였지만, 그의 추격대가 체포한 사람은 총 6천600명에 불과했다. 나머지는 아마도 앞으로 산적이 되어, 무장 경호 없이 포필리우스 가도를 이용해 레기움으로 이동하는 사람들을 위협할 것이 분명했다.

"제가 계속 잔당을 잡아들이겠습니다." 카이사르는 6월의 칼렌다이에 크라수스에게 말했다. "물론 체포되는 사람의 숫자도 점점 줄어들 테고, 체포 작전도 점점 힘들어지겠지요."

"아니, 됐네." 크라수스에게는 다른 계획이 있었다. "나는 다음 장날까지 내 군대를 카푸아로 데려갈 생각이네. 집정관의 군단까지 포함해서 말일세. 다음달에 고등 정무관 선거가 열릴 예정이니, 여유 있게 로마로 돌아가 집정관 후보로 출마할 계획이네."

놀랄 만한 일은 아니었다. 카이사르는 그것에 대해 따로 말을 덧붙일 필요성을 못 느꼈다. 그 대신 달아난 스파르타쿠스 무리에 관한 이야기를 이어나갔다. "그러면 북동쪽의 아풀리아로 도망친 6천여 명은 어떻게 되는 겁니까?"

"그들은 이탈리아 갈리아 국경까지 달아났다네." 크라수스는 말했다. "그러다 히스파니아에서 귀환중이던 폼페이우스 마그누스와 그의 군단에 맞닥뜨렸지. 자네도 마그누스가 어떤 사람인지 알지 않나! 그는 그 무리를 다 죽여버렸네."

"그렇다면 이곳 포로들만 해결하면 되겠군요. 저들을 어떻게 하실 생각입니까?"

"카푸아로 데려갈 생각이네." 선임 군무관을 바라보는 크라수스의 얼굴은 평소처럼 침착했지만, 눈빛에는 완고한 냉기가 서려 있었다.
"로마는 이런 무의미한 노예 전쟁을 필요로 하지 않네, 카이사르. 노예와의 전쟁은 국고를 거덜낼 뿐이야. 이번에 운이 따르지 않았다면 우리는 은 독수리 깃대 다섯 개와 파스케스 다섯 벌을 영원히 잃었을지도 몰라. 그것은 로마의 명예에 오점으로 남았을 테지. 나로서는 절대 견딜 수 없는 일이야. 나중에 로마의 적들 사이에서 또 스파르타쿠스 같은 인물이 나타날 수도 있네. 추잡한 진실에 대해서는 까맣게 모른 채 그를 모방하려는 사람이 나타날지도 모르지. 자네나 나는 스파르타쿠스가 로마 군단 출신이며, 학대당하는 노예보다도 퀸투스 세르토리우스에 가까운 인물이라는 것을 잘 알지 않나. 그가 로마 군단 출신이 아니었다면 절대 그렇게까지 세력을 확장할 수 없었겠지. 나는 그가 무슨 노예 영웅 따위로 추앙받는 것을 원하지 않네. 그래서 이번 기회에 스파르타쿠스 전쟁을 본보기로 삼아 노예 봉기 현상에 종지부를 찍을 작정이네."

"이번 봉기의 주체는 노예라기보다도 삼니움족에 훨씬 가깝습니다."

"맞는 말일세. 하지만 삼니움족은 로마가 영원히 안고 가야 할 저주 같은 존재라네. 반면 노예들은 자기들의 주제를 파악해야 해. 내게는 그들의 주제 파악을 도와줄 수단이 있다네. 그러니 그 수단을 사용할 작정이야. 내게 포로로 잡힌 스파르타쿠스 무리를 처리하고 나면, 이제 다시는 우리 로마 세계에서 노예 봉기 따위는 일어나지 않을 걸세."

누구보다도 두뇌 회전이 빠르고 타인의 의중을 잘 읽는 카이사르였지만, 이번만큼은 크라수스가 대체 무슨 일을 꾸미는지 짐작조차 할 수 없었다.

"어떻게 그 일을 해내실 생각이죠?" 그가 물었다.

이제 회계사로 변신한 크라수스가 말했다. "포로의 숫자가 6천600명이라는 소리를 듣고 좋은 생각이 떠올랐네. 카푸아에서 로마까지의 거리는 132마일(약 200킬로미터—옮긴이)이고, 1마일은 5천 피트지. 그렇다면 총 66만 피트라네. 그것을 6천600명으로 나누면 100피트(약 30미터—옮긴이)라는 답이 나오지. 나는 카푸아와 로마 구간에서, 100피트마다 스파르타쿠스 추종자를 한 명씩 십자가형에 처할 생각이네. 그들은 살이 썩어 문드러지고 뼈만 남을 때까지 십자가에 매달려 있게 될 걸세."

카이사르는 숨을 한번 들이쉬었다. "끔찍한 장면이겠군요."

"질문이 하나 있네." 크라수스가 말했다. 그의 매끈하고 팽팽한 이마에 주름이 잡혔다. "자네는 도로 한쪽 방향에 십자가를 줄줄이 세워야 한다고 생각하나, 아니면 양쪽에 번갈아가며 하나씩 세워야 한다고 생각하나?"

"한쪽에 세워야죠." 카이사르는 지체 없이 답했다. "당연히 도로 한쪽에 줄줄이 세워야 합니다. 지금 말하는 도로가 라티나 가도가 아니라 아피우스 가도라면 말이죠."

"오, 당연히 아피우스 가도여야 하네. 화살처럼 직선으로 길게 뻗어 있고, 주변에 언덕도 많이 없으니 말이지."

"그렇다면 도로 한쪽으로만 세우는 게 낫습니다. 그편이 더 보기 좋을 테니까요." 카이사르는 미소를 지었다. "십자가형에 관해서라면 저도 경험이 조금 있거든요."

"나도 들었네." 크라수스는 진지하게 말했다. "하지만 자네에게 이 임무를 맡길 순 없어. 군무관에게 어울리는 임무가 아니니 말일세. 군무관은 선출직 정무관이지. 그런데 이 임무는 원칙적으로 공병대장이 맡아야 한다네."

이번 전쟁의 공병대장은 크라수스를 통해 자유를 얻은 해방노예로, 워낙 일을 잘하는 사람이었다. 그래서 카이사르와 크라수스는 그가 이번 작업도 순조롭게 마치리라는 것을 믿어 의심치 않았다.

덕분에 6월 말이 되어 크라수스와 그의 보좌관, 군무관, 그가 직접 임명한 참모군관 들이 1개 대대의 호위를 받으며 말을 타고 카푸아를 떠날 무렵, 그 오래되고 장엄한 도로의 왼쪽 편으로는 온통 십자가가 늘어서 있었다. 30미터를 지날 때마다, 팔꿈치와 무릎 아래가 십자가에 단단히 묶인 스파르타쿠스 추종자의 몸이 축 늘어져 있었다. 크라수스는 자비를 베풀지 않았다. 6천600명의 스파르타쿠스 추종자들은 미리 다리를 부러뜨려주지 않아서 오랫동안 죽음의 고통에 시달렸다. 카푸아에서 로마의 카페나 성문에 이르기까지 신음 소리가 끊이지 않았다.

어떤 사람은 그 장면을 멀리서 구경하러 왔다. 또 어떤 사람은 말 안 듣는 노예를 데려와 크라수스의 작품을 보여주고 바로 이것이야말로, 이 십자가형이야말로 모든 주인의 권리라고 강조했다. 하지만 그 광경을 직접 목격한 사람 중에는 서둘러 고개를 돌리고 집으로 돌아가는 이들이 많았다. 카푸아와 로마 구간의 아피우스 가도를 어쩔 수 없이 이용해야 하는 행인들은 십자가가 한쪽 방향에만 세워져 있다는 사실에 감사했다. 멀리서 보면 그나마 견딜 만했기 때문에, 로마 거주자들이 가장 즐겨 찾는 관람 장소는 카페나 성문 양쪽으로 이어진 세르비우스 성벽이었다. 그곳에서는 몇 킬로미터씩 이어진 십자가를 구경할 수 있는 반면, 희생자의 얼굴은 잘 보이지 않았다.

희생자들은 18개월 동안 그곳에 매달린 채, 피부와 근육 덩어리가 삐걱거리는 해골로 변할 때까지 느린 부패의 과정을 견뎠다. 크라수스는 자신의 집정관 임기가 끝나는 그날까지 십자가형을 당한 사람들을 풀어주지 않으려 했다.

로마 역사상 이토록 깔끔하고 확실하고 완전무결한 전쟁은 없었다고 생각하며, 카이사르는 경탄을 금치 못했다. 십분형으로 시작된 전쟁은 십자가형으로 끝을 맺은 것이다.

8장

CHAPTER EIGHT
May. 71 B.C. ~ Mar. 69 B.C.

기원전 71년 5월부터
기원전 69년 3월까지

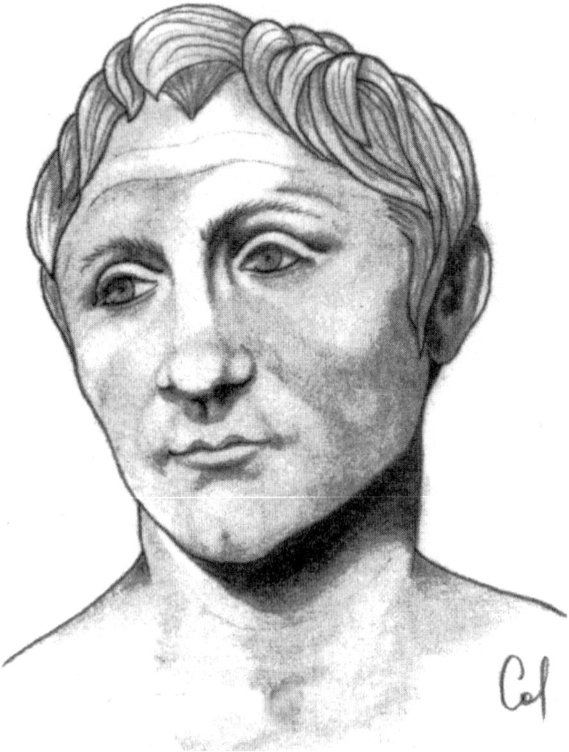

집정관 폼페이우스

나이우스 폼페이우스 마그누스는 국경인 루비콘 강에 도착했을 때 군대를 멈추지 않았다. 그가 소유한 갈리아 땅은 이탈리아에 위치하고 있었다. 그는 술라의 법이 어떻든 간에 이탈리아로 향할 생각이었다. 그의 병사들은 고향을 애타게 그리워했고, 병사들 중에는 다른 지역 출신보다 피케눔과 움브리아 출신이 많았다. 그는 군관의 허가 없이는 진지를 떠날 수 없다는 명령과 함께 세나 갈리카 외곽의 대형 진지에 병사들을 남겨두었다. 자신은 1개 보병대대의 호위를 받으며 플라미니우스 가도를 따라 로마로 내려갔다.

그가 나르보에서 알프스 산맥의 새로운 고갯길로 긴 행군을 시작한 지 얼마 지나지 않아 그에게 답이 찾아왔다. 그 답을 진작 발견하지 못한 자신의 우둔함이 새삼 놀라울 지경이었다. 그는 세 차례에 걸쳐 특별 직권을 부여받았다. 한 번은 술라를 통해, 두 번은 원로원을 통해서였다. 두 번은 법무관급 임페리움을, 한 번은 집정관급 임페리움을 얻었다. 그는 자신이 의심의 여지가 없는 로마의 일인자임을 알고 있었다. 하지만 그 사실을 인정하는 주요 인사는 단 한 명도 없다는 것 역시 알고 있었다. 그렇기 때문에 그 사실을 모두에게 증명해 보여야 했다.

그렇게 할 수 있는 유일한 방법은 충격적일 정도로 대담하고 누가 봐도 법체계에 위배되는 정변을 일으켜, 모든 사람들이 그에게 마땅히 주어져야 할 로마의 일인자 자리를 내줄 수밖에 없는 상황을 만드는 것이었다.

아직 기사 신분인 그는 원로원을 압박해 집정관이 될 작정이었다.

원로원에 대한 그의 평가는 계속해서 바닥으로 떨어졌다. 좋은 감정이라고는 전혀 남아 있지 않았다. 원로원 의원들은 빵집의 케이크만큼이나 쉽게 돈으로 살 수 있었고, 어찌나 무기력한지 원로원의 추락조차도 막지 못할 지경이었다. 그가 개선식을 요구하며 타렌툼에서 로마까지 병사들을 이끌고 진군하려 했을 때, 술라는 한발 물러섰다! 당시에는 그렇게 생각하지 않았지만—술라가 사람에게 미치는 영향 탓이었다—이제 그는 그 사건이 술라의 승리가 아니라 마그누스 자신의 승리였음을 이해하게 되었다. 그리고 술라는 원로원 따위와는 비교도 되지 않는 막강한 적이었던 것이다.

서방에서 지낸 마지막 한 해 동안, 폼페이우스는 스파르타쿠스의 승승장구 소식을 전해 들으며 자신의 귀를 의심했다. 집정관 겔리우스와 클로디아누스는 마그누스의 사람들이었다. 하지만 그들이 전장에서 보여준 무능함은 정말이지 믿기 힘들 정도였다. 그런데도 그들은 병사들의 부족한 자질 탓이라는 핑계만 대고 있었다! 마그누스는 자신이라면 고자로만 이루어진 군대를 데리고도 그보다는 더 잘 싸웠을 거라는 편지를 쓰려다가, 그냥 자제하기로 했다. 이미 비싼 값을 치른 사람들을 적으로 돌려봐야 득이 될 것이 없었다.

그가 나르보에서 추가로 접한 두 가지 소식은 더욱 믿을 수 없었다. 첫번째 소식은 겔리우스와 클로디아누스의 서신을 통해 전해졌는데,

그들이 원로원에 의해 스파르타쿠스와의 전쟁 지휘권을 박탈당했다는 내용이었다. 두번째 소식을 전해준 것은 필리푸스였다. 마르쿠스 리키니우스 크라수스가 원로원을 협박해 트리부스회에서 법을 제정한 뒤, 8개 군단과 넉넉한 규모의 기병대가 포함된 군대의 지휘권을 못 이기는 척 받아들였다는 것이다. 크라수스와 함께 전투에 참여한 경험이 있던 폼페이우스는 그를 썩 뛰어나지 않은 인물로 평가했다. 또한 그의 군대도 그리 훌륭하지 않다고 평가했다. 따라서 그는 필리푸스의 소식을 전해 듣고 고요한 절망 속에 고개를 가로저었다. 크라수스도 스파르타쿠스를 물리치지는 못하리라.

그가 나르보를 막 떠날 무렵, 스파르타쿠스와의 전쟁에 대한 그의 평가에 못을 박아주는 마지막 소식이 도착했다. 크라수스가 너무도 자질이 부족한 자신의 병사들을 십분형에 처할 수밖에 없었다는 소식이었다! 모든 사령관이 역사나 군사 교본을 통해 잘 알고 있겠지만, 그것은 결국 실패할 수밖에 없는 최후의 형벌이었다. 병사들의 사기를 완전히 꺾어놓기 때문이었다. 십분형에 처해질 정도의 겁쟁이들이라면 그 무엇도 그들에게 용기를 불어넣을 수 없으리라. 그런데도 저 덩치만 크고 느릿느릿한 크라수스는 십분형이 자기 군대의 병폐를 치유할 수 있는 해결책이라고 믿는 것일까?

그는 적당한 시기에 이탈리아로 돌아가 스파르타쿠스 일당을 쓸어버리면 좋겠다고 생각했다. 그러다 벼락처럼 난데없이 기발한 아이디어가 떠올랐다. 원로원 의원들은 당연히 그에게 또 특별 직권을 맡아달라고, 이번에는 스파르타쿠스 일당을 척결해달라고 무릎 꿇고 빌 것이 분명했다. 하지만 그는 자신을 집정관으로 만들어주지 않는 한 그 임무를 맡지 않겠다고 고집을 부릴 작정이었다. 크라수스는 원로원 의원들을 협박해 트리부스회에서 승인한 지휘권을 손에 넣었다. 그런데 원로원 의원들이 무슨 근거로 나이우스 폼페이우스 마그누스를 막을 수 있단 말인가? 이제 임기를 마친 집정관 자격이 아닌 그해 집정관 권한대행 자격만으로는 부족하다! 매번 진정한 권력과는 무관한 임페리움에 속아 넘어가 영원히 원로원의 노새로 일할 것인가? 아니, 두 번 다시는 그럴 수 없다! 그는 집정관 자격으로 원로원에 입성할 수 있다면 의원이 되는 것도 그리 나쁘지 않다고 생각했다. 그가 기억하는 한 집정관 자격으로 원로원에 입성한 사람은 아무도 없었다. 그것은 최초의, 게다가 아주 어마어마한 최초의 사례가 될 것이 분명했다. 또한 그가 로마의 일인자임을 전 세계에 공표하는 사건이 될 것이 분명했다.

폼페이우스는 도미티우스 가도를 내려오면서 이런저런 꿈에 젖어 있었다. 너무 즐겁고 행복한 모습이라, 곁에서 지켜보던 바로는(다른 사람들도 마찬가지였겠지만 굳이 한 명만 언급하자면) 그가 대체 무슨 꿍꿍이인지 알 수가 없었다. 폼페이우스는 가끔씩 말을 꺼내고 싶어 입이 근질거렸다. 하지만 곧바로 마음을 접고, 그 달콤한 계획을 혼자만의 비밀로 남겨두었다. 바로와 나머지 사람들도 조만간 그 이유를 알게 되리라.

즐거운 상상에 따른 유쾌한 분위기는, 새로운 고갯길의 측량과 공사가 끝나고 군대가 살라시 계곡을 따라 이탈리아 갈리아로 내려올 때까지 이어졌다. 아이밀리우스 가도를 지나면서도 폼페이우스는 여전히 기분좋게 콧노래를 하고 휘파람을 불었다. 그러다 이탈리아 내륙의 작은 마을 포룸 포필리에서 충격적인 소식을 접했다. 그의 6개 군단은 서로 밀쳐대는 모습이나 단정치 못한 차림새, 허술한 무장상태로 봐서 스파르타쿠스의 잔당이 분명해 보이는 무리와 떡하니 마주쳤다. 그들을 모조리 잡아 죽이는 것은 식은 죽 먹기였다. 하지만 약 한 달 전에 크라수스가 스파르타쿠스 군대를 궤멸했다는 소식은 엄청난 충격이었다. 스파르타쿠스와의 전쟁은 끝난 것이다.

폼페이우스의 비통한 심정은 그의 모든 보좌관들에게 전해졌다. 그가 아이밀리우스 가도를 지나며 콧노래를 하고 휘파람을 불렀던 건 곧 바로 다른 전쟁에 참여할 수 있다는 기대 때문이었다고 그들은 결론을 내렸다. 그 누구도 전쟁을 빌미로 집정관 직을 요구하려던 그의 계획을 알아차리지 못했다. 그는 며칠 동안 심각하게 우울해했고, 바로조차도 그런 그를 피해 다녔다.

폼페이우스는 왜 알프스 너머 갈리아에서 진작 이 소식을 듣지 못했을까 하고 생각하며 한탄했다. 이제 해산하지 않은 내 군대를 위협수단으로 이용해야 할 텐데, 나는 이미 술라의 법을 어기고 군대를 이탈리아 국경 안으로 데려왔단 말이지. 그런데 크라수스도 아직 전쟁을 마친 군대를 가지고 있어. 내가 지금 알프스 너머 갈리아에 있다면, 크라수스가 약식 개선식을 마치고 그의 군대를 해산할 때까지 거기 머물며 시간을 벌 수 있었을 텐데. 나의 고분고분한 원로원 의원들을 이용해 내가 나서기 전까지 고등 정무관 선거를 미룰 수도 있었을 텐데. 하지만 지금 나는 이탈리아에 있어. 그렇다면 내 군대를 위협수단으로 이용하는 수밖에 없는데.

하지만 우울한 며칠이 지나자 분위기가 새로이 바뀌었다. 폼페이우스는 세나 갈리카의 진지에 병사들이 머물도록 하면서 휘파람을 불거나 콧노래를 부르지는 않았다. 그렇다고 해서 딱히 우울해하지도 않았다. 고심 끝에 그에게는 아주 중요한 질문 하나가 떠올랐다. 크라수스의 병사들이 어떤 존재들인가? 그에 대해 답하자면, 이탈리아의 밥벌레이자 제대로 서서 싸울 줄도 모르는 겁쟁이들이었다. 크라수스가 승전했다는 이유만으로 그 사실이 바뀔 수 있을까? 폼페이우스가 포룸 포필리에서 마주친 스파르타쿠스 잔당 6천 명은 딱할 정도로 형편없었다. 어쩌면 십분형 덕분에 크라수스의 병사들이 아주 조금 용감해졌을지도 모르지. 하지만 그게 얼마나 갈까? 몇 년간 제대로 된 봉급도, 전리품도, 훌륭한 먹거리도 없이, 저 고귀하신 원로원으로부터 인정도 못 받으면서 히스파니아의 열기와 냉기를 견뎌낸 내 병사들의 눈부신 용기, 인내와 비교될 수 있을까? 아니, 그럴 순 없다. 그에 대한 명백하고도 분명한 답은 '아니다'였다!

로마가 가까워질수록 폼페이우스의 기분은 이전처럼 아주 행복한 상태로 바뀌었다.

"대체 무슨 생각을 하고 있나?" 바로는 폼페이우스와 나란히 말을 타고 도로 한가운데를 지나면서 물었다.

"공마 한 마리 값을 받아내야 한다는 생각을 하고 있었지요. 국고위원회에서는 나의 죽은 애마 휜둥이에 대한 값을 치르지 않았거든요."

"자네의 공마는 이 말 아닌가?" 바로는 폼페이우스가 타고 있는 거세한 밤색 말을 가리켰다.

"이 하찮은 말이요?" 폼페이우스는 경멸이 담긴 코웃음을 쳤다. "내 공마는 반드시 흰색이어야 합니다."

"이건 하찮은 말이 아니라네, 마그누스." 로세아 루라의 토지 소유주이자 말의 혈통에 대해서라면 전문가인 바로가 말했다. "아주 훌륭한 혈통이란 말이지."

"페르페르나의 소유였다는 이유 때문인가요?"

"그 자체로 훌륭한 말이기 때문이네!"

"그래도 나한테 어울릴 정도로 훌륭하진 않습니다."

"정말 그 생각을 하고 있었던 건가?"

"그럼요. 내가 무슨 생각을 하고 있었다고 생각한 거죠?"

"내가 먼저 물어보지 않았나! 아닌가?"

"한번쯤 짐작을 해볼 수도 있는 거 아닙니까?"

바로는 이맛살을 구겼다. "포룸 포필리 외곽에서 스파르타쿠스 잔당과 마주쳤을 때에는 짐작 가는 구석이 있었지. 나는 자네가 새로운 특별 직권을 염두에 두고 있었는데 스파르타쿠스 무리가 궤멸됐다는 소식에 크게 실망한 줄 알았네. 하지만 지금은…… 도무지 모르겠어!"

"바로, 계속 고민해봐요. 당분간은 혼자만의 비밀로 간직할 생각이니까요." 폼페이우스가 말했다.

로마로 향하는 폼페이우스의 경호를 맡은 1개 보병대대는 로마가 고향인 병사들로 구성되어 있었다. 폼페이우스다운 상식적인 행동이었다. 다른 곳에 있기를 원하는 병사들을 왜 굳이 로마까지 끌고 온단 말인가? 그는 렉타 가도에 작은 진지를 마련한 뒤, 함께 온 병사들은 민간인 의복으로 갈아입고 로마 안에 들어갈 수 있도록 허락해주었다. 아프라니우스, 페트레이우스, 가비니우스, 사비누스를 비롯한 보좌관들은 재빨리 각자의 길로 흩어졌다. 바로도 그리운 아내와 자녀들이 있는 집으로 서둘러 돌아갔다.

폼페이우스는 마르스 평원의 사령부에 홀로 남았다. 아니, 적어도 그의 진지 내에서는 그랬다. 그의 왼쪽으로 로마와 조금 더 가까운 위치에 자그마한 진지가 하나 더 있었다. 크라수스의 진지였다. 그곳에도 대략 1개 보병대대에 해당하는 병력이 머물고 있는 듯했다. 폼페이우스와 마찬가지로, 크라수스는 사령부 막사 바깥쪽에 자주색 깃발을 걸어둠으로써 그곳에 사령관이 머무르고 있음을 드러냈다.

애석하고 또 애석한 일이야……. 어째서 이탈리아 내에 군대가 하나 더 있단 말인가? 비록 겁쟁이 군대이기는 해도 말이지. 폼페이우스의 원래 계획에는 내전이 포함되어 있지 않았다. 충성심이나 애국심 탓에 내전을 꺼리는 것은 아니었다. 다만 그에게는 술라 같은 인물이 가지고 있던 감정이 결여되어 있었다. 술라에게는 다른 대안이 전혀 없었다. 술라에게 로마는 그의 심장, 명예, 삶의 모든 근원이 안치된 성채나 다름없었다. 반면 폼페이우스의 성채는 과거에도 그랬고 앞으로도 영원히 피케눔뿐이었다. 그렇다, 그는 내전을 일으킬 마음이 전혀 없었다. 하지만 다른 사람의 눈에는 내전도 불사할 것처럼 비춰야 했다.

그는 자리에 앉아 원로원에 보낼 편지를 작성했다.

로마 원로원에게

저, 나이우스 폼페이우스 마그누스는 6년 전 원로원으로부터 가까운 히스파니아에서 일어난 퀸투스 세르토리우스의 반란을 진압하라는 특별 직권을 부여받았습니다. 다들 아시겠지만 저는 먼 히스파니아의 동료 퀸투스 카이킬리우스 메텔루스 피우스와 협력하여 반란 진압에 성공했고, 퀸투스 세르토리우스를 죽음으로 몰아넣었습니다. 사악한 마르쿠스 페르페르나 베이엔토를 비롯한 그의 보좌관들도 죽였습니다.

전리품은 많이 얻지 못했습니다. 오랫동안 연이은 재앙에 시달린 지역이라 전리품이 대단하지 않았죠. 히스파니아에서의 전쟁은 로마가 손해를 감수하고 치를 수밖에 없는 싸움이었습니다. 그럼에도 불구하고 저는 원로원의 요구에 부응했고 로마의 적을 수천 명씩 죽였기에, 정식 개선식을 요구합니다. 저의 개선식이 지체 없이 진행되어, 제가 7월에 열릴 고등 정무관 선거에 집정관 후보로 출마할 수 있기를 바랍니다.

그는 원래 편지 초안만 직접 작성하고, 바로에게 부탁해 문장을 더 깔끔하고 외교적으로 다듬을 생각이었다. 하지만 아주 짧은 이 편지를 여러 번 읽어본 뒤, 폼페이우스는 다듬을 필요가 없다는 결론을 내렸다. 그들에겐 강한 한 방이 필요했다!

그가 만족스럽게 의자에 등을 기대고 앉아 있을 때 필리푸스가 찾아왔다.

"마침 잘 오셨습니다!" 폼페이우스는 자리에서 일어나 필리푸스와 악수를 나눴다. 필리푸스의 손은 힘이 없고 땀으로 축축했다. "전해줄 편지가 하나 있습니다. 원로원에서 나 대신 읽어주시면 좋겠군요."

"마땅히 진행되어야 할 개선식을 요구하는 편지 말인가?" 필리푸스는 한숨을 내쉬고 자리에 앉으면서 말했다. 가마가 너무 느려서 그는 렉타 가도로 직접 걸어왔다. 하지만 그 길이 얼마나 먼지, 계절상으로는 아직 봄이지만 6월의 한낮이 얼마나 무더운지를 깜빡한 것이 문제였다.

"다른 내용도 조금 더 있지요." 폼페이우스는 활짝 웃으며 밀랍 서판을 내밀었다.

"우선 뭐 좀 마실 거 없나?"

필리푸스가 폼페이우스의 지독한 악필을 해독하기까지는 꽤 오랜 시간이 걸렸다. 물을 탄 포도주를 한 모금 꿀꺽 들이킨 직후, 그는 마지막 문장의 요점을 파악하고 숨이 턱 막혔다. 너무 심하게 기침을 해대고 캑캑거리는 바람에, 폼페이우스는 자리에서 일어나 필리푸스의 등을 두드려주었다. 필리푸스는 한참이 지난 후에야 무슨 말이든 할 수 있는 상태로 돌아왔다.

하지만 그는 아무 말도 하지 않았다. 그 대신 마치 폼페이우스를 처음 보는 것처럼 그의 얼굴을 뚫어져라 쳐다보았다. 진지한 관찰의 눈길이 아직까지 흉갑과 프테루게스를 걸치고 있는 근육질 몸통을, 주근깨가 희미하게 비치는 흰 피부를, 가운데가 움푹 꺼진 턱과 알렉산드로스를 닮은 환한 금발의 매력적인 얼굴을 훑고 지나갔다. 저 크고 솔직하고 열정적인 눈은 얼마나 선명한 푸른빛인지! 폼페이우스 마그누스, 새로운 알렉산드로스. 이런 요구를 가능케 한 뻔뻔스러움은 도대체 어디에서 비롯된 것일까? 그의 아버지는 아주 묘한 사람이었지만, 그 아들은 다른 이들에게 늘 자기가 묘한 사람이 아니라는 믿음을 심어주었다. 오, 하지만 아들은 아버지보다 훨씬 더 묘했다! 필리푸스에게 놀랄 만한 일이란 거의 없었다. 하지만 이것은 단순한 놀라움 이상이었다. 사람의 숨통을 끊어놓을 수도 있는 종류의 충격이었다!

"진심은 아니겠지?" 필리푸스는 조심스럽게 물었다.

"왜 진심이 아니라고 생각하시죠?"

"마그누스, 지금 요구한 일은 절대 불가능하네! 절-대-안-돼! 그건 성문법과 불문법에 모두 위배된다네! 원로원 의원을 지내지 않고 집정관에 오른 사람은 아무도 없어! 마리우스 2세와 스키피오 아이밀리아누스도 원로원에 입성한 뒤에야 집정관으로 당선되었단 말이야! 물론 스키피오 아이밀리아누스는 법무관을 지내지 않고 집정관이 된 전례를 남겼지. 또 마리우스 2세는 재무관도 역임하지 않고 집정관 자리에

올랐다고 반박할 수도 있겠지. 하지만 그조차도 집정관 선거가 열리기 한참 전에 원로원에 입성했네! 게다가 술라는 이러한 전례가 반복되는 것을 엄금했어! 마그누스, 제발 부탁이니 그 편지를 보내지 말게!"

"나는 집정관이 되고 싶습니다!" 폼페이우스가 말했다. 그의 작은 입술이 점차 얇아졌다.

"이 편지는 한바탕 비웃음의 광풍을 타고 자네에게로 돌아올 걸세! 절대 불가능한 일이야!"

폼페이우스는 자리에 앉았다. 잘빠진 한쪽 다리를 휙 의자 손잡이에 올려놓더니 군화가 신겨진 발을 까딱거렸다. "충분히 가능한 일입니다, 필리푸스!" 그는 다정한 어조로 말했다. "세상에서 가장 강하고 훌륭한 내 6개 군단이 이건 충분히 가능한 일이라고 말하고 있으니까요."

필리푸스는 숨을 내쉬며 들릴 정도로 크게 헉 소리를 냈다. 그는 몸을 떨기 시작했다. "그럴 수는 없어!" 그는 크게 외쳤다.

"난 그럴 수 있습니다. 다 아시겠지만."

"하지만 카푸아에는 크라수스의 8개 군단이 있네! 또 내전이 벌어질 걸세!"

"흥!" 폼페이우스는 여전히 발을 까딱거리며 말했다. "겁쟁이로만 구성된 8개 군단이죠. 저녁식사거리로 다 잡아먹을 수도 있어요."

"퀸투스 세르토리우스에 대해서도 그렇게 말하지 않았나."

까딱거리던 발이 멈췄다. 폼페이우스는 창백해지더니 뻣뻣하게 굳었다. "다시는 내게 그런 말을 꺼내지 마십시오, 필리푸스."

"이런 맙소사!" 필리푸스는 초조함에 양손을 쥐어짜며 낮은 목소리로 탄식했다. "마그누스, 마그누스, 제발 그러지 말게! 어째서 크라수스의 병사들이 다 겁쟁이라고 생각하는 건가? 집정관의 군단과 십분형 때문인가? 그렇다면 잘못된 편견일세! 그는 아주 훌륭한 군대를 만들어냈네. 자네의 병사들이 자네에게 충성하듯, 그의 병사들은 그에게 충성하고 있어. 마르쿠스 크라수스는 겔리우스나 클로디아누스와는 달라! 그가 카푸아와 로마 구간의 아피우스 가도를 어떻게 바꿔놓았는지 소식 못 들었나?"

"못 들었는데요." 폼페이우스는 잘 모르겠다는 표정이었다. "그가 무슨 짓을 했답니까?"

"카푸아와 로마 구간의 아피우스 가도를 따라 스파르타쿠스 추종자 6천600명이 6천600개의 십자가에 매달려 있네. 30미터마다 십자가가 하나씩 세워진 꼴일세, 마그누스! 그는 집정관 군대의 생존자들을 십분형에 처함으로써 비겁한 병사들에게 본때를 보여주었고, 스파르타쿠스 군대의 생존자들을 십자가형에 처함으로써 이탈리아의 모든 노예들에게 노예 반란의 대가를 보여줬어. 이건 가볍게 얕잡아볼 수 있는 사람의 행동이 아닐세, 마그누스! 본인 사업에 도움이 되지 않을 내전을 개탄하면서도, 원로원이 요청한다면 충분히 자네와 무력으로 맞설 만한 사람의 행동이야. 그가 자네를 완전히 파멸시킬 가능성도 아주 높아!"

불확실함은 사라졌다. 폼페이우스의 얼굴은 고집스러운 노새처럼 변했다. "필경사에게 내 편지를 깔끔하게 옮겨 적으라고 시키겠어요, 필리푸스. 당신은 내일 원로원에서 이 편지를 읽어야 합니다."

"자네는 자멸하게 될 걸세!"

"그렇지 않습니다."

면담은 이렇게 끝난 것이 분명했다. 필리푸스는 자리에서 일어났다. 그가 사령부 막사를 미처 빠져나가기도 전에 폼페이우스는 서둘러 다른 편지를 작성했다. 이번에는 크라수스에게 보내는 편지였다.

안부와 더불어 축하 인사를 전합니다, 카르보와 싸우던 시절의 내 오랜 친구이자 동지여. 내가 히스파니아를 평정하는 동안 당신은 이탈리아를 평정했다는 소식을 전해 들었습니다. 당신이 집정관 군대의 겁쟁이 병사들을 아주 훌륭한 전사로 바꿔놓았고, 반란 노예를 처리하는 방법을 모두에게 가르쳐주었다고 하더군요.

다시 한번 진심으로 축하 인사를 전합니다. 오늘 저녁 숙소에 머물 예정이라면, 내가 잠시 들러 즐거운 담소를 나누어도 되겠습니까?

"이 인간은 도대체 무슨 꿍꿍이 같나?" 크라수스는 카이사르에게 물었다.

"흥미롭군요." 카이사르는 폼페이우스의 편지를 돌려주며 말했다. "그의 문체는 별로 마음에 들지 않아요."

"그에게는 문체 따위가 없네! 그는 야만인이니까."

"우리 친구가 잠시 들러 '즐거운 담소'를 나눌 수 있도록 오늘 저녁 숙소에 계실 생각인가요? 과연 이 표현은 악의 없는 진심일까요? 아니면 간교한 속임수?"

"폼페이우스를 알아서 하는 말인데, 아마 진심으로 한 말일 거야. 그리고 나는 물론 오늘 저녁 숙소에 있을 생각이네." 크라수스가 말했다.

"저도 함께 있을까요? 아니면 자리를 비워드릴까요?" 카이사르가 물었다.

"자네도 있어야지. 그를 알고 있나?"

"오래전에 딱 한 번 만나봤어요. 그런데 그가 제 얼굴이나 그때 상황을 기억할 것 같지는 않습니다."

이러한 예측은 몇 시간 뒤 방문한 폼페이우스에 의해 사실임이 확인되었다. "내가 전에 당신을 만나본 적이 있소, 가이우스 율리우스? 기억이 나질 않는군."

카이사르는 갑자기 웃음을 터뜨렸지만 비웃음은 아니었다. "놀랍지도 않군요, 나이우스 폼페이우스. 그때 당신은 무키아에게서 눈을 떼지 못하고 있었으니까요."

갑자기 기억이 떠올랐다. "오! 내가 아내를 만나러 갔을 때, 율리아의 저택에 있었군! 아무렴, 그렇고말고!"

"무키아는 어떻게 지냅니까? 몇 년 동안 그녀를 만나보지 못했어요."

"아내는 피케눔에 두었소." 폼페이우스는 이런 답변이 이상하게 들릴 수 있다는 것을 인식하지 못했다. "우리 부부 사이에는 이제 아들과 딸이 하나씩 있소. 아마 앞으로 더 생길 테지. 나도 오랫동안 아내 얼굴을 보지 못했소, 가이우스 율리우스."

"카이사르라고 부르십시오. 카이사르라고 불리는 걸 선호하거든요."

"그거 잘됐군. 나도 마그누스라고 불리는 걸 훨씬 더 선호하니 말이오."

"그럴 거라 예상했습니다!"

크라수스는 이제 본인이 끼어들 차례라고 생각했다. "이제 자리에 앉으시오, 마그누스. 나이든 사람치고 피부도 많이 그을렸고 건강해 보이는군. 이제 서른다섯이라고 했소?"

"9월 말일 전날이 지나기 전까지는 아닙니다."

"너무 꼬치꼬치 따지는군. 서른다섯 해 동안 남들보다 두 배나 많은 일을 해냈으니, 일흔 살까지 대체 얼마나 더 많은 일을 해낼지 상상만 해도 무시무시하오. 히스파니아는 말끔히 정리했소?"

"아주 보기 좋게 말끔히 정리했습니다. 하지만……." 폼페이우스는 관대한 표정으로 덧붙였다. "다들 알겠지만, 큰 도움이 있었기에 가능한 일이었죠."

"그렇지, 우리 모두를 놀라게 한 그 늙은이 피우스 말이군. 히스파니아로 가기 전까지는 전혀 업적을 남기지 않았던 인물이지." 크라수스는 자리에서 일어났다. "포도주 한잔 하겠소?"

폼페이우스는 웃음을 터뜨렸다. "고급 포도주가 아니라면 사양하겠어요. 이 구제불능 구두쇠 양반."

"늘 변함이 없어요." 카이사르가 말했다.

"식초맛이지."

"내가 전쟁 내내 저분 곁에 머물 수 있었던 건 포도주를 입에 대지 않기 때문이 아니었을까요?" 카이사르는 웃으며 말했다.

"포도주를 안 마신단 말이오? 세상에나!" 폼페이우스는 할말을 잃었다. 그는 크라수스에게 고개를 돌려 물었다. "그나저나 개선식은 아직 신청 안 했습니까?"

"나는 정식 개선식을 치를 자격이 없소. 원로원에서 스파르타쿠스 전쟁을 노예 전쟁으로 규정하는 바람에, 약식 개선식만 신청할 수 있는 입장이오." 크라수스는 약간 실망한 표정으로 헛기침을 했다. "어쨌든 약식 개선식은 이미 신청해놓았소. 최대한 빨리 치르고 싶다고 했지. 정식으로 임페리움을 넘겨주고 집정관 선거에 출마하기 위해서라오."

"그렇죠, 당신은 2년 전 법무관을 지냈으니 제한사항이 아무것도 없겠군요, 안 그렇습니까?" 폼페이우스는 쾌활하게 말했다. "이토록 화려한 완승을 거두었고 하니 아무 어려움 없이 집정관에 당선될 것 같습니다. 하루는 약식 개선식의 주인공, 바로 그 다음날은 집정관이 되겠죠."

"그게 내 계획이오." 크라수스는 이 말을 하면서 웃음 짓지는 않았다. "내 병사 중 최소 절반에게 땅을 나누어주도록 원로원을 설득할 계획이오. 집정관이 된다면 그 작업이 수월해질 거요."

"분명 그럴 겁니다." 폼페이우스는 화기애애하게 대답하더니 벌떡 일어섰다. "이제 나는 가야겠습니다. 잠깐 산책을 가고 싶어졌어요. 그래야 몸도 말을 잘 듣고, 진짜 늙은이가 되는 것을 막을 수도 있을 테니까!"

그가 자리를 뜨자, 멀뚱히 마주앉은 크라수스와 카이사르만 남게 되었다.

"이게 대체 무슨 꿍꿍이 같나?" 크라수스가 물었다.

"이상한 예감이 드는데요." 카이사르는 생각에 잠겨 있었다. "곧 답을 알게 될 것 같아요."

필경사가 깔끔하게 옮겨 쓴 폼페이우스의 편지를 전령을 통해서 전달받은 후, 필리푸스는 자신이 원로원에서 그 편지를 읽을 때까지 폼페이우스로부터 또다른 소식이 도착하리라고 예상하지 못했다. 하지만 그날 늦은 오후 그가 식사를 마치고 막 일어날 무렵, 폼페이우스가 보낸 다른 전령이 나타나 다시 마르스 평원을 방문해줄 것을 요청했다. 아주 잠깐이지만 필리푸스는 딱 잘라 거절해버릴까 고민했다. 그러다 폼페이우스가 매년 그에게 지불하는 후한 보수를 떠올렸다. 그는 한숨을 내쉬고 가마를 대령하라고 외쳤다. 이번에는 걸어가지 않으리라!

"내일 내가 편지를 읽는 것을 중단시키고 싶었다면, 마그누스, 그냥 그렇다고 말만 해줘도 되잖나! 왜 하루에 두 번씩이나 나를 이곳으로 불러들이는 건가?"

"오, 편지는 걱정하지 마세요!" 폼페이우스는 급히 말했다. "그냥 읽어주고 의원들이 한바탕 웃도록 두세요. 조만간 크게 후회할 일이 생길 테니까요. 실은 그 문제 때문에 보자고 한 것이 아니에요. 당신에게 맡길 더 중요한 일이 있는데, 당장 작업을 시작해줬으면 해서 말이지요."

필리푸스는 얼굴을 찡그리며 물었다. "무슨 일로?"

"나는 크라수스를 적당히 활용할 생각이에요." 폼페이우스가 말했다.

"오호! 어떤 방법을 이용해 그리할 계획인가?"

"나는 아무것도 하지 않을 거예요. 대신 당신을 비롯해 나를 대변하는 의원들이 움직여줘야 합니다. 여러분은 원로원 내에서 크라수스의 병사들에게 땅을 나눠주지 않는 분위기를 조성해야 해요. 그 작업은 크라수스가 약식 개선식을 치르기 전에, 또 고등 정무관 선거가 시작되기 한참 전에 시작돼야 합니다. 그러니까 지금 당장 말이죠. 여러분은 원로원이 나를 무력으로 짓누르고 싶어도 크라수스가 기꺼이 병력을 제공하지 않을 상황을 만들어야 합니다. 처음에는 어떻게 그 일을 해낼 수 있을지 몰랐지만, 조금 전 크라수스를 만나고서야 답을 얻었지요. 그는 곧 집정관 후보로 출마하겠다고 밝혔어요. 그렇게 하면 자신의 퇴역병들에게 수월하게 땅을 마련해줄 수 있을 것 같아서라고 했죠. 크라수스가 어떤 사람인지 아시잖습니까! 그는 죽었다 깨어나도 병사들을 위해 직접 땅값을 치를 리 없어요. 그런데 어떤 방식으로든 보상이 없으면 군대를 해산할 수도 없죠. 그가 무리한 요구를 하지는 않을 겁니다. 이러니저러니 해도 아주 짧은 전쟁이었으니까요. 당신은 바로 그

점을 역이용해야 합니다. 6개월간의 전쟁을 마쳤다고 해서, 그것도 적군이 노예인 전쟁을 마친 마당에 공유지를 나눠줄 수는 없다고 말이죠. 만약 병사들에게 나누어줄 전리품이 충분하다면 별문제 없이 넘어가겠죠. 하지만 크라수스가 어떤 사람입니까! 그가 획득한 전리품은 대부분 국고로 들어가지도 않을 겁니다. 크라수스 자신도 별수없겠죠. 전리품을 혼자 다 챙겨야 직성이 풀릴 테니까요. 그러고서 자기 병사들을 위한 몫은 원로원에 떠넘기겠지요."

"실은 말일세, 전리품이 많지 않다고 들었네." 필리푸스는 웃으며 말했다. "크라수스 말에 따르면 스파르타쿠스는 병사들을 시칠리아까지 태워다주는 대가로 해적들에게 거의 전 재산을 털어주었다고 하더군. 하지만 또다른 소식통에 따르면 그 말은 사실이 아니라고 했네. 스파르타쿠스가 해적에게 지불한 것은 그가 현금으로 소지하고 있던 돈의 절반일 뿐이라고 말이지."

"크라수스가 뭐 그렇죠!" 폼페이우스는 회상에 잠겨 미소 지으며 말했다. "내가 크라수스 자신도 별수없을 거라고 했잖습니까. 그가 가진 군단은 몇 개죠? 8개라고 했나요? 2할은 국고, 2할은 크라수스, 2할은 그의 보좌관과 군관, 1할은 기병대와 백인대장, 3할은 보병의 몫이죠. 그렇다면 보병 한 명당 대략 185세스테르티우스군요. 그걸론 어림도 없겠어요, 안 그렇습니까?"

"이렇게 산수에 능한지 미처 몰랐네, 마그누스!"

"읽기나 쓰기보다는 늘 산수를 더 잘했지요."

"자네 병사들은 전리품을 얼마나 나눠 받게 될 예정인가?"

"대략 비슷합니다. 하지만 내 기록은 늘 정확하고, 병사들도 그 점을 잘 알고 있어요. 나는 항상 사병 출신 참관인이 출석한 자리에서 전리품을 정리하니까요. 그렇게 하면 병사들은 장군의 정직함 때문이라기보다도 그들이 존중받는 기분에 더 만족스러워하죠. 내 병사 중에 아직 땅이 없는 사람들은 땅을 얻게 될 겁니다. 원로원에서 토지를 제공해줬으면 하는 것이 나의 바람이죠. 하지만 원로원에서 주지 않는다면 내 땅이라도 나누어줄 생각입니다."

"정말이지 너그럽군, 마그누스."

"그렇지도 않아요, 필리푸스. 이건 뒷일을 고려한 조치니까요. 나는 앞으로 이 병사들과 그들의 아들들에게 도움을 받아야 하는 입장입니다. 그러니 지금 당장은 너그럽게 굴 수 있는 거죠. 하지만 내가 늙어 마지막 전투까지 마친 후에는 제 살 깎아먹기 식의 너그러움은 없을 거예요." 폼페이우스는 단단히 결심한 표정이었다. "내 마지막 전쟁을 통해, 나는 로마가 지난 100년 동안 봐왔던 것보다 더 많은 돈을 벌어들일 겁니다. 어떤 전쟁이 될지 모르겠지만 어쨌든 보수가 아주 두둑한 전쟁을 선택할 거예요. 파르티아가 어떨까 고민중이지요. 내가 파르티아의 재산을 로마에 가져다주면, 그때는 로마가 책임지고 내 병사들에게 토지를 나누어줘야 할 겁니다. 나는 지금까지 경력을 쌓으면서 돈을 너무 많이 써왔어요. 내가 당신과 다른 의원들에게 매년 얼마나 많은 대가를 지불하는지 당신도 잘 알고 있을 테죠!"

의자에 앉아 있던 필리푸스는 뜨끔해져 방어적인 자세를 취했다. "지불하는 대가만큼 많은 걸 얻고 있지 않나!"

"그건 틀린 말이 아닙니다, 내 친구여. 그러니 내일 당장 작업을 시작하시죠." 폼페이우스는 쾌활하게 말했다. "원로원은 반드시 크라수스가 병사들에게 땅을 나누어주는 것을 반대해야 합니다. 또한 고등 정무관 선거일을 뒤로 미뤄야 해요. 게다가 집정관 후보 출마에 대한 내 요구가 원로원에서 당장 논의되고, 앞으로도 꾸준히 논의되기를 원합니다. 잘 아시겠어요?"

"잘 알겠네." 폼페이우스에게 매수된 고용인은 자리에서 일어났다. "하지만 실질적인 문제가 하나 있네, 마그누스. 원로원 의원 중 상당수는 크라수스에게 빚을 지고 있다는 걸세. 그들을 우리 편으로 돌릴 수 있을지 모르겠어."

"우리 편으로 돌릴 수 있어요. 크라수스에게 큰돈을 빌리지 않은 의원들의 빚을 대신 갚아준다면 말이죠. 크라수스에게 진 빚이 4만 세스테르티우스 이하인 의원이 몇 명인지 알아보세요. 그들이 이미 우리 편이거나 우리 편으로 전향할 마음이 있다면, 당장 크라수스에게 빚을 갚도록 하세요. 다른 것은 몰라도, 그걸 보면 크라수스도 사태의 심각성을 알게 될 겁니다." 폼페이우스가 말했다.

"그렇다 해도 편지 낭독은 나중으로 미뤄주면 좋겠네!"

"내일 반드시 그 편지를 낭독해야 합니다, 필리푸스. 누구도 내 의도를 오해해서는 안 돼요. 내가 내년 집정관이 될 것이라는 사실을 현시점에 원로원과 로마에 알리고 싶어요."

이튿날 오후 바로가 헝클어진 차림새로 숨을 몰아쉬며 폼페이우스의 막사에 뛰어들어온 것을 보면, 로마와 원로원은 그 사실을 다 알게 된 것이 분명했다.

"설마 진심은 아니겠지!" 바로는 의자에 털썩 주저앉아 달아오른 얼굴을 한손으로 부채질하며 헐떡이듯 말했다.

"진심입니다."

"물, 물 좀 마셔야겠네." 바로는 아주 힘겹게 일어나 폼페이우스가 음료를 마련해둔 탁자로 갔다. 그는 단숨에 한 잔을 들이켜고 다시 잔을 채워 자리로 돌아왔다. "마그누스, 의원들이 자네를 나방처럼 철썩 때려잡을 거야!"

폼페이우스는 경멸의 몸짓을 취하며 이 말을 무시했다. 그는 호기심 가득한 눈으로 바로를 응시했다. "그들의 반응이 어땠습니까, 바로? 하나도 빠짐없이 다 듣고 싶군요!"

"필리푸스는 6월 한 달 동안 파스케스를 쥐고 있는 집정관 오레스테스에게 회의 전에 발언을 신청했네. 애초에 회의 개최를 요구한 사람이 필리푸스였기 때문에, 그는 조점이 끝나자마자 발언 기회를 얻었지. 그는 자리에서 일어나 자네 편지를 읽었어."

"의원들이 비웃던가요?"

바로는 화들짝 놀란 나머지 물을 마시다 고개를 들었다. "비웃어? 맙소사, 그렇지 않네! 다들 넋이 나간 채 굳어버렸어. 그러다 의사당 내에서 웅성대는 소리가 들리기 시작했지. 처음에는 작게 수군거리던 소리가 점점 커지더니 이내 야단법석으로 변했어. 집정관 오레스테스가 가까스로 의원들을 진정시킨 후, 카툴루스가 발언을 신청했네. 그가 무슨 말을 했을지 자네도 짐작이 갈 테지."

"논의할 가치도 없는 일이다. 위헌이다. 로마 역사상의 모든 법적, 윤리적 규범에 어긋난다."

"물론 그 말도 다 나왔고, 더 심한 말도 나왔네. 연설이 끝날 때쯤 그는 입가에 말 그대로 게거품을 물고 있더군."

"그 연설이 끝난 뒤에는 어떻게 됐나요?"

"필리푸스가 아주 감명 깊은 연설을 했네. 내가 들어본 그의 연설 중 단연 최고였고, 웅변술도 정말 대단했지. 그는 자네가 집정관이 될 자격이 충분하다고 했어. 두 번의 법무관급 임페리움과 한 번의 집정관급 임페리움을 경험한 인물에게, 발언권도 없는 의원 자격으로 원로원에 입성하라는 건 터무니없는 요구라고 했네. 그는 자네가 세르토리우스로부터 로마를 구하고, 가까운 히스파니아를 고분고분한 속주로 바꿔 놓고, 알프스 산맥에 새로운 고갯길을 닦았다고 했어. 이 모든 업적을 통해 자네가 예나 지금이나 로마의 가장 충직한 하인임이 증명되었다고 말했지. 그의 미사여구를 다 설명하긴 힘들 것 같으니, 궁금하면 그에게 연설문 사본을 부탁해 읽어달라고 하게. 하지만 어쨌든 정말이지 강렬한 인상을 남긴 명연설이었어.

그런데 말이야." 바로는 어리둥절한 표정으로 말을 이어나갔다. "그는 난데없이 말을 갈아탔어! 아주 묘했지! 아까까지만 해도 자네의 집정관 후보 출마를 옹호하더니, 어느 순간부터 탐욕스러운 일반 병사들에게 로마의 귀한 공유지를 야금야금 떼어주는 세태를 비판하더군. 가이우스 마리우스의 전례 때문에, 이제 일반 병사들은 지극히 사소하고 하찮은 전쟁을 치른 뒤에도 그 대가로 공유지를 원한다고 말이지. 게다가 그 공유지는 로마의 이름이 아닌 장군의 이름으로 병사들에게 주어진다고 말일세! 그는 이런 관행이 근절되어야 한다고 말했네. 이런 관행으로 인해, 원로원과 인민들이 비용을 부담함에도 불구하고 각 장군에게 소속된 사병(私兵)들이 양산된다고 했네. 병사들은 자기들이 제일 먼저 장군에게 속해 있고 로마의 존재는 그보다 한참 뒤라고 착각하게 된다는 거지."

"오, 훌륭하군요!" 폼페이우스는 만족스럽게 말했다. "거기에서 끝났나요?"

"아니, 끝이 아니야." 바로는 물을 한 모금 마시며 말했다. 그는 초조한 듯 입술을 혀로 적셨다. 갑자기 폼페이우스가 이 모든 사건의 배후

일지도 모른다는 생각이 들었다. "이윽고 그는 스파르타쿠스 전쟁과 크라수스가 원로원으로 보낸 보고서를 콕 찍어서 언급했네. 그를 묵사발로 만들어놓더군, 마그누스! 필리푸스가 크라수스를 아주 묵사발로 만들어놨어! 크라수스는 어떻게 감히 고작 6개월간의 전쟁을 마친 퇴역병들을 위해 토지 보상을 요구한단 말인가! 어떻게 감히 십분형에 처해질 수밖에 없었던 겁쟁이 병사들을 위해 토지 보상을 요구한단 말인가! 어떻게 감히 충성스러운 로마인이라면 누구나 기꺼이 해야 할 일, 다시 말해 조국을 위협하는 적을 물리치는 일에 동참한 병사들을 위해 토지 보상을 요구한단 말인가! 필리푸스는 외세를 상대로 치르는 전쟁과 이탈리아 내에서 흉악범이 이끄는 노예군을 상대로 치르는 전쟁은 결코 같을 수 없다고 말했네. 본인들 삶의 터전을 지키기 위한 전쟁이니만큼 병사들은 보상을 요구할 자격이 없다고 말일세. 필리푸스는 크라수스의 무분별함을 참아 넘겨서는 안 된다고 했네. 크라수스가 로마의 재산을 이용해서 그에 대한 병사들의 충성심을 키우도록 놔둬서도 안 된다고 했지."

"아주 기막히네요!" 폼페이우스는 환한 얼굴로 몸을 앞으로 기울였다. "그다음에는 어떻게 됐나요?"

"카툴루스가 다시 일어나더니 이번에는 필리푸스를 지지하는 발언을 했네. 가이우스 마리우스 때부터 시작된, 국가의 땅을 병사들에게 나누어주는 관행의 중단을 요구하는 필리푸스가 백번 옳다고 했지. 카툴루스는 이러한 관행이 반드시 근절되어야 한다고 말했네! 로마의 공유지는 공적인 용도로 유지해야지, 장군에 대한 사병들의 충성심을 키우기 위한 뇌물로 이용되어선 안 된다고 말일세."

"거기에서 논의가 끝났나요?"

"아닐세. 케테구스가 발언권을 얻었고, 필리푸스와 카툴루스를 절대적으로 지지한다고 말했네. 이후에 쿠리오, 겔리우스, 클로디아누스를 비롯한 의원들 10여 명의 지지발언이 이어졌어. 그러자 오레스테스가 원로원 회의를 마무리할 수밖에 없는 분위기가 됐지." 바로는 말을 마쳤다.

"아주 멋지군요!" 폼페이우스가 소리쳤다.

"전부 마그누스 자네 짓이군, 안 그런가?"

커다란 푸른빛 눈이 더욱 커졌다. "내가 한 짓이라고요? 무슨 뜻이죠, 바로?"

"무슨 뜻인지 잘 알 텐데." 바로는 입술을 앙다물었다. "지금 막 눈치챈 거지만, 어쨌거나 난 눈치챘어! 자네는 원로원 의원들을 매수해 크라수스와 원로원 사이를 이간질하고 있군! 그 작업이 성공하면 원로원은 크라수스의 군대를 이용할 수 없는 상태가 될 테고. 그렇게 원로원이 부릴 수 있는 군대가 사라지면, 로마는 자네에게 꼭 필요한 교훈을 가르쳐줄 수도 없겠지, 나이우스 폼페이우스!"

진심으로 상처받은 폼페이우스는 애원하는 눈길로 친구를 바라보았다. "바로, 바로! 나는 집정관이 돼야 마땅해요!"

"자네는 십자가형에 처해야 마땅하네!"

폼페이우스는 늘 반대에 직면하면 더 단단해졌다. 바로는 얼음이 얼어가는 것을 감지했고, 그 모습에 언제나처럼 마음이 약해졌다. 그는 상대의 마음을 달래려 애쓰며 말했다. "미안하네, 마그누스, 너무 화가 나서 내뱉은 말일세. 방금 그 말은 취소하겠네. 하지만 자네의 행동이 얼마나 끔찍한 짓인지는 잘 알고 있겠지! 공화정이 유지되려면 그 속의 모든 영향력 있는 인물들은 법체계에 위배되는 행동을 피해야 해.

그런데 자네가 원로원에 요구한 내용은 모스 마이오룸의 모든 원칙에 위배된단 말일세. 스키피오 아이밀리아누스도 그렇게까지 무리한 요구를 하진 않았어. 아프리카누스와 파울루스의 직계 후손인 그조차도!"

하지만 이 발언은 오히려 상황을 악화시켰다. 폼페이우스는 심한 분노에 몸이 굳은 채 자리에서 일어났다. "오, 그냥 가세요, 바로! 무슨 말씀인지 잘 알아들었습니다! 가장 고귀한 혈통의 위인도 그리 무리한 요구를 하지 않았거늘, 피케눔 출신의 하찮은 인물 따위가 어찌 그런 요구를 하냐는 말씀이지요? 그래도 나는 반드시 집정관이 될 겁니다!"

마르쿠스 테렌티우스 바로가 그날 원로원 회의에서 받은 충격도, 마르쿠스 리키니우스 크라수스가 받은 충격에 비할 바는 아니었다. 크라수스는 카이사르에게 소식을 전해 들었다. 그날 회의가 끝난 뒤, 카이사르는 퀸투스 아리우스를 비롯한 원로원 의원 출신 보좌관들을 진정시켜야 했다. 특히 루키우스 퀸티우스를 설득하느라 애를 먹었다.

"제가 직접 말씀드리겠습니다." 카이사르는 애원하다시피 말했다. "여러분들은 지금 너무 열받은 상태라 크라수스를 더 열받게 만들 겁니다. 크라수스는 냉정을 유지해야 합니다."

"우리에게는 우리 입장을 밝힐 기회조차 주어지지 않았어." 퀸티우스는 주먹으로 반대쪽 손바닥을 내리치며 말했다. "오레스테스 그 개자식은 찬성하는 사람들에게만 발언 기회를 주고, 우리가 반박하기도 전에 서둘러 회의를 마무리해버렸지!"

"저도 알고 있습니다." 카이사르는 침착하게 말했다. "다음 회의에서는 우리가 먼저 발언권을 얻게 될 테니 너무 걱정하지 마세요. 오레스테스는 분별 있게 행동했어요. 다들 너무 흥분된 상태였으니까요. 다음에는 분명 우리에게 먼저 발언 기회가 주어질 겁니다. 아직 아무것도 결정되지 않았어요! 그러니 부디 제가 마르쿠스 크라수스에게 이 내용을 전할 수 있게 해주세요."

이리하여 보좌관들은 마지못해 집으로 발길을 돌렸고, 카이사르만이 크라수스가 머무르고 있는 마르스 평원의 막사로 바쁘게 걸어갔다. 회의에서 논의된 내용은 바람처럼 급속히 퍼졌다. 포룸 로마눔 낮은 구역의 군중 사이를 날렵하게 빠져나가 아르겐타리우스 언덕길로 향하는 동안, 카이사르 귀에는 다가오는 내전에 대한 이런저런 수군거림이 들렸다. 폼페이우스는 집정관이 되려고 한다—그런데 원로원은 허락하지 않으려 한다—크라수스는 땅을 얻지 못할 것이다—이제 로마가 저 뻔뻔스러운 장군들에게 본때를 보여줄 때가 왔다—폼페이우스는 얼마나 대단한 인물인가—등의 이야기였다.

"……그런 일이 있었습니다." 카이사르는 상황 설명을 마쳤다.

크라수스는 카이사르의 깔끔하고 명료한 상황 요약을 무심한 표정으로 들었다. 그는 이야기가 끝난 뒤에도 무심한 표정을 거두지 않았다. 한동안 아무 말도 없이, 그저 막사의 열린 문틈으로 보이는 마르스 평원의 고요한 아름다움을 응시했다. 마침내 그는 바깥 풍경을 손으로 가리키며 카이사르를 돌아보지도 않고 말했다. "사랑스럽지 않나? 라타 가도에서 얼마 떨어지지도 않은 곳에 로마 같은 시궁창이 있을 것이라고는 상상하기도 힘들지, 안 그런가?"

"네, 정말 사랑스럽습니다." 카이사르는 진심을 담아 말했다.

"그렇다면 오늘 아침 원로원에서 있었던 별로 사랑스럽지 않은 사건에 대한 자네 생각은 어떤가?"

“제 생각에는 말이죠.” 카이사르는 조용히 말했다. “크라수스 사령관님이 폼페이우스에게 불알을 잡힌 것 같습니다.”

이 대답에 미소가 떠올랐고, 이윽고 소리 없는 웃음이 따라왔다. “자네 표현이 아주 정확하네, 카이사르.” 크라수스는 돈주머니가 즐비한 자기 책상을 손으로 가리켰다. “저게 다 뭔지 아나?”

“당연히 돈이겠죠. 다른 답은 생각나지 않는군요.”

“저건 나에게 소액의 빚을 진 모든 의원들을 뜻한다네.” 크라수스가 말했다. “총 50명이 빚을 갚았어.”

“원로원에서 50표가 줄어든 셈이군요.”

“바로 그거야.” 크라수스는 손쉽게 의자를 휙 돌려놓고 앉았다. 책상에 놓인 돈주머니 위에 양발을 올리고 의자에 등을 기대며 한숨을 내쉬었다. “카이사르, 자네 말마따나 폼페이우스는 내 불알을 잡고 있어.”

“그 사실을 차분히 인정하시니 마음이 놓이는군요.”

“소리를 지르고 발광한다고 뭐가 달라지겠나? 그건 도움이 되지 않지. 그런다고 상황이 바뀌지도 않고. 더 중요한 문제는 이것이라네. 과연 이 상황을 바꿔놓을 방법이 존재하는가?”

“불알에 관련해서라면 달리 방법이 없겠죠. 하지만 폼페이우스가 정해놓은 조건 내에서 운신의 여지는 있어요. 누군가 털이 숭숭한 앞발로 사령관님 불알을 붙들고 있는 상황에서도, 몸을 움직이는 건 충분히 가능하단 거죠.” 카이사르는 활짝 웃으며 말했다.

크라수스는 말했다. “그렇지. 폼페이우스에게 이런 똑똑한 면이 있을 줄 누가 알았겠나?”

“오, 그는 똑똑합니다. 교육받지 않은 사람치고는 말이죠. 하지만 이건 정치적 술책이 아닙니다. 그는 먼저 망치로 크라수스 사령관님을 세게 내리치고, 그다음에 자신의 요구사항을 내걸었어요. 정치 감각이 있는 사람이라면 먼저 사령관님을 찾아와 자신의 의도를 밝혔을 겁니다. 그런 다음, 모든 로마인들을 또다른 내전의 공포에 벌벌 떨게 하는 대신에 평화롭고 조용하게 상황을 정리했을 테죠. 폼페이우스의 문제는 다른 사람의 생각이나 반응에 대해 전혀 신경을 안 쓴다는 겁니다. 남들의 생각이나 반응이 본인과 일치하지 않은 경우엔 말이죠."

"자네 말이 맞을지도 모르지. 하지만 그건 폼페이우스가 가진 자기회의에서 비롯되었다고 생각하네. 원로원이 그에게 집정관 자리를 허락할 거라는 강한 확신이 있었다면, 그는 행동에 나서기 전에 날 찾아오지도 않았을 걸세. 그에게 있어 나는 원로원보다 중요하지 않은 존재라네, 카이사르. 그가 휘어잡아야 하는 대상은 원로원이야. 나는 그의 도구일 뿐이고. 그러니 내가 충격을 받든 말든 뭔 상관이겠나? 그는 내 불알을 잡아버렸어. 이제 내 병사들에게 땅을 마련해주려면 원로원에 내 입장을 밝혀야만 하네. 나와 내 병사들에게 폼페이우스와 맞서는 일을 맡길 수는 없을 거라고 말이지." 크라수스는 군화를 신은 두 발의 위치를 바꿨다. 돈주머니에서 잘랑거리는 소리가 났다.

"이제 어떻게 하실 생각입니까?"

"나는 말일세." 크라수스는 책상에서 발을 내리더니 자리에서 일어섰다. "지금 당장 자네를 폼페이우스에게 보낼 생각이야. 자네에게 따로 무슨 말을 하라고 알려주지는 않겠네. 알아서 협상하게, 카이사르."

카이사르는 협상을 하러 나섰다.

지금 상황에서 확신할 수 있는 것은 거의 없었지만, 카이사르는 두 사령관이 현재 각자의 거처에 머물고 있으리라는 사실만은 확신할 수 있었다. 정식 개선식이나 약식 개선식이 개최되기 전까지는 그 어떤 사령관도 신성경계선을 넘어 로마로 들어갈 수 없었다. 신성경계선을 넘으면 임페리움은 자동으로 소멸되고, 그로 인해 개선식의 주인공이 될 자격을 박탈당하기 때문이었다. 그래서 보좌관과 군관, 일반 병사 들은 자유롭게 로마를 드나들 수 있었지만 사령관만은 마르스 평원에 남아 있어야 했다.

아니나 다를까, 폼페이우스는 집에 있었다. 임시 막사를 집이라고 부를 수 있다면 말이다. 그의 곁에 있던 선임 보좌관 아프라니우스와 페트레이우스가 카이사르에게 탐색하는 눈길을 보냈다. 그들은 카이사르에 대한 소문—해적 사건 등등—을 들은 적이 있었고, 그가 스무 살 나이에 시민관을 받았다는 사실도 알고 있었다. 이 모든 것은 아프라니우스나 페트레이우스 같은 무관들에게 큰 존경심을 불러일으켰다. 하지만 멋쟁이라고 불려도 무방할 만큼 티 없이 깔끔하고 눈부신 그의 외모는 소문과는 전혀 어울리지 않았다. 군인의 의복이 아니라 토가 차림이었고, 손톱은 짧게 다듬어져 있었다. 원로원 의원용 신발에는 흠집이나 흙이 묻은 흔적이 전혀 없었고 머리카락은 완벽하게 정돈되어 있어서, 크라수스의 막사에서 폼페이우스의 막사까지 바람과 햇살을 뚫고 걸어온 사람처럼 보이지 않았다!

"포도주를 안 마신다고 했던 걸로 기억하고 있소. 물이라도 한잔 하겠소?" 폼페이우스가 의자 쪽을 가리키며 물었다.

"고맙습니다. 하지만 나는 그저 단둘이 잠시 이야기를 나누었으면 합니다." 카이사르는 자리에 앉으며 말했다.

"자네들과는 나중에 이야기하겠네." 폼페이우스가 보좌관들에게 말했다.

두 보좌관이 렉타 가도 쪽으로 대화를 엿듣지 못할 만큼 멀리 걸어간 것을 확인한 다음에야 그는 카이사르에게 눈을 돌렸다. "대체 무슨 일로?" 그는 특유의 느닷없는 말투로 물었다.

"마르쿠스 크라수스의 명을 받고 왔습니다."

"크라수스가 직접 찾아올 줄 알았소만."

"나를 상대하는 편이 훨씬 나을 겁니다."

"그는 화가 난 모양이오?"

카이사르의 눈썹이 위로 올라갔다. "크라수스가요? 화를 내요? 그럴 리가요!"

"그럼 왜 그가 직접 나를 찾아오지 않은 거요?"

"괜히 그랬다가 지금도 어수선한 로마를 더 어수선하게 만들라고요?" 카이사르가 물었다. "나이우스 폼페이우스, 당신과 마르쿠스 크라수스가 거래를 할 생각이라면 나처럼 신중하고 상관에게 충실한 사람을 통해 거래하는 게 최선입니다."

"당신은 크라수스에게 속한 사람이란 말이군, 안 그렇소?"

"이번 문제에 있어서는 그렇죠. 하지만 일반적으로 나는 그저 내게 속한 사람입니다."

"올해 몇 살이오?" 폼페이우스는 툭 까놓고 물었다.

"7월이면 스물아홉 살이 됩니다."

"크라수스라면 너무 꼬치꼬치 따진다고 했을 거요. 당신은 그때쯤 원로원 의원이 되겠군그래."

"나는 이미 원로원 의원입니다. 거의 9년째 의원으로 있었죠."

"아니, 어떻게?"

"나는 미틸레네에서 시민관을 받았습니다. 술라의 법에 따르면 군사 영웅은 곧바로 원로원 의원 자격을 얻게 되죠."

"모두들 로마의 법을 술라의 법이라고 부르는군." 폼페이우스는 시민관 따위의 달갑지 않은 정보를 의도적으로 무시하고 넘어갔다. 그는 이제껏 단 한 번도 관을 수여받은 적이 없던 터라 자존심이 상했다. "술라에게 뭘 고마워해야 하는 건지 잘 모르겠소!"

"당연히 고마워해야죠. 술라 덕분에 당신은 다양한 특별 직권을 맡을 수 있었으니까요." 카이사르가 말했다. "하지만 이번 사건 이후로 원로원은 기사에게 새로운 특별 직권을 맡기지 않을 것 같더군요."

폼페이우스는 카이사르를 응시했다. "그게 무슨 뜻이오?"

"말 그대로입니다. 원로원을 압박해서 집정관 자리에 오른 후에 원로원으로부터 쉽게 용서받을 수 있다고 생각하진 않으시겠죠, 나이우스 폼페이우스. 원로원을 영원히 통제할 수 있다고 생각해서도 안 됩니다. 필리푸스는 이미 노인이에요. 케테구스도 마찬가지고요. 그들이 떠나면 과연 누가 그들을 대신하게 될까요? 원로원 의원들은 죄다 카툴루스의 설득에 넘어갈 겁니다. 카이킬리우스 메텔루스, 코르넬리우스, 리키니우스, 클라우디우스 가문 출신까지 모두 다 말이죠. 그러니 특별 직권을 부여받고자 한다면 인민에게 기대야 할 겁니다. 여기서 인민이란 귀족과 평민을 모두 포함한 개념이 아니에요. 여기에선 평민만을 의미하죠. 과거 로마는 거의 평민회에 의해 운영되었어요. 그리고 내 예상에 따르면 앞으로도 다시 그런 방식으로 운영될 겁니다. 호민관은 지극히 유용한 정치도구예요. 그들에게 입법 권한이 있다면 말이죠." 카이사르는 기침을 했다. "필리푸스나 케테구스 같이 귀하신 원로원 의원들보다 호민관을 매수하는 편이 비용도 적게 들죠."

이 모든 내용은 충분히 이해되고 있었다. 카이사르는 폼페이우스의 마음속으로 그 내용들이 재빠르게 흡수되는 모습을 태연히 지켜보았다. 그는 폼페이우스가 마음에 들지 않았다. 그 이유는 꼬집어 말할 수 없었다. 어린 시절부터 갈리아인을 자주 접했기 때문에, 단순히 폼페이우스가 가진 갈리아적인 특징에의 거부감 탓은 아니었다. 그렇다면 무엇 때문일까? 폼페이우스가 자리에 앉아 상대방의 말을 곱씹는 동안 카이사르는 이 문제에 대해 고민했다. 그러다가 폼페이우스가 싫은 이유는, 그가 상징하는 무언가가 아니라 그 사람 자체가 싫기 때문이라는 결론에 도달했다. 그 자만심, 마치 어린아이 같은 자기중심적 태도, 법을 존중할 줄 모르는 허술한 의식까지.

"크라수스가 내게 원하는 것은 무엇이오?" 폼페이우스가 재촉하듯 물었다.

"그는 협상을 원합니다, 나이우스 폼페이우스."

"어떤 내용에 대해서?"

"당신이 먼저 요구사항을 내놓는 편이 낫지 않겠습니까, 나이우스 폼페이우스?"

"제발 그렇게 좀 부르지 마시오! 그 이름은 딱 질색이니까! 세상 사람들은 모두 나를 마그누스로 알고 있소."

"이것은 공식적인 협상입니다, 나이우스 폼페이우스. 관습과 전통에 따르면 나는 당연히 당신을 프라이노멘과 노멘으로 칭해야 합니다. 이제 먼저 요구사항을 말씀해주시겠어요?"

"오, 알겠소, 알겠어!" 폼페이우스는 쏘듯이 말했다. 왜 이렇게까지 신경이 거슬리는지 꼬집어 말할 수는 없었다. 다만 그것이 크라수스가 대리인으로 파견한 이 매끈하고 세련된 젊은이와 관련 있다는 것만은 분명했다. 지금까지 카이사르가 한 말은 의심의 여지없이 모두 이치에 맞아떨어졌다. 하지만 그 때문에 더 환장할 것 같았다. 이 상황을 주도

해야 할 사람은 바로 그 자신, 마그누스 자신이었지만, 이 면담은 예상대로 진행되고 있지 않았다. 카이사르는 마치 본인이 권력을 쥐고 있으며 우위를 점하고 있는 것처럼 행동했다. 그는 죽은 멤미우스보다 더 잘생겼고, 필리푸스와 케테구스를 합친 것보다 더 교묘했으며, 로마에서 두번째로 위대한 무공훈장을 수여받기도 했다. 그것도 루쿨루스처럼 절대 돈으로 매수할 수 없는 인물에게서. 그러니 그는 대단히 용감할 것이고 대단히 훌륭한 군인임이 틀림없었다. 폼페이우스가 해적 소탕작전, 니코메데스 왕의 유언, 마이안드로스 전투에 관한 소식을 진작 접했더라면 그는 이 면담을 지금과는 다른 방식으로 진행했을지도 모른다. 아프라니우스와 페트레이우스는 어느 정도 알고 있었지만, 폼페이우스는—너무나 그답게도—그런 이야기를 전혀 모르고 있었다. 그렇기 때문에 이 면담은, 다른 상황에서라면 이 정도까지는 아니었겠지만, 폼페이우스가 자신의 진짜 모습을 많이 드러내는 방식으로 진행되었다.

"요구사항은 무엇입니까?" 카이사르가 재촉했다.

"원로원을 설득해 나의 집정관 후보 출마를 허락받는 것이오."

"원로원 의원 자격 없이 말인가요?"

"원로원 의원 자격 없이 말이오."

"원로원을 설득해 집정관 후보 출마를 허락받았는데, 막상 선거에서 떨어지면 어떻게 할 겁니까?"

폼페이우스는 진심으로 재미있다는 듯 웃음을 터뜨렸다. "출마하기만 하면 떨어질 리 없소!" 그가 말했다.

"이번 선거는 치열한 접전이 예상된다고 들었습니다. 마르쿠스 미누키우스 테르무스, 섹스투스 페두카이우스, 루키우스 칼푸르니우스 피소 프루기, 마르쿠스 판니우스, 루키우스 만리우스. 거기에 현재 당선 후보로 꼽히고 있는 작은 염소 메텔루스와 마르쿠스 크라수스." 카이사르는 즐거운 표정으로 말했다.

폼페이우스에게 다른 이름들은 하나도 중요하지 않았지만, 마지막 이름만은 달랐다. 그는 허리를 펴고 자세를 바로잡았다. "그는 아직도 집정관에 출마할 작정이란 말이오?"

"그런 것 같더군요, 나이우스 폼페이우스. 당신의 뜻처럼 그가 원로원 요구에 불복해 그의 군대를 동원하지 않는다면, 그는 반드시 집정관 후보로 출마해 당선되어야만 하는 입장이 되죠." 카이사르는 부드럽게 말했다. "내년에 집정관으로 당선되지 못하면 1월이 다 가기도 전에 반역 혐의로 기소될 테니까요. 하지만 당장 집정관 당선인이 되면 내년 집정관 직과 이후 집정관급 임페리움이 부여된 총독 직이 끝날 때까지, 그래서 다시 일개 원로원 의원 신분으로 돌아가기 전까지 어떤 행동에 대해서도 기소를 면제받을 수 있습니다. 크라수스는 일단 집정관 자리에 오른 뒤 호민관단의 권한을 전면적으로 회복시킬 계획입니다. 그런 다음 호민관 한 명을 설득해, 군대를 동원하라는 원로원 명령에 불복한 그의 행동을 정당화하는 법을 통과시킬 겁니다. 그리고 나머지 아홉 명도 거부권을 행사하지 않도록 설득할 생각입니다. 그렇게 해두면 일개 원로원 의원으로 돌아온 뒤에도, 당신으로 인해 그가 저지를 수밖에 없었던 반역행위 때문에 기소당하는 일을 면할 수 있겠죠."

폼페이우스의 얼굴에는 다양한 감정들이 꼬리에 꼬리를 물고 떠올랐다가 사라졌다. 놀라움, 깨달음, 어리둥절함, 엄청난 혼란, 그리고 마침내 두려움. "그래서 지금 무슨 말을 하려는 거요?" 그는 깊은 물에 잠겨 슬슬 질식의 고통을 느끼는 사람처럼 외쳤다.

"그러니까 내 말은, 솔직히 내 생각은 이렇습니다! 지금 두 분이 원로원과 애초에 로마 소유인 두 군대를 두고 펼치는 신경전으로 인해 훗날 반역 혐의를 뒤집어쓰지 않으려면, 두 분이 나란히 내년 집정관으로 당선되어야 합니다. 또한 호민관단의 권한을 예전 상태로 돌려놓기 위해 함께 노력해야 합니다." 카이사르는 단호하게 말했다. "두 분이 끔찍한 사태를 피하고 싶다면, 군대 문제와 원로원 배후 조작과 관련하여 두 분의 무혐의를 보증하는 법을 평민회에서 통과시키는 방법밖에 없어요. 그도 그럴 것이, 나이우스 폼페이우스 당신은 군대를 이끌고 루비콘 강을 건너 이탈리아로 들어오지 않았습니까?"

폼페이우스는 몸을 부르르 떨었다. "난 다른 의도가 있어 그런 게 아니오!" 그는 크게 외쳤다.

"원로원 의원들은 대부분 양떼와 같아요." 카이사르는 친근한 어투로 말했다. "그걸 모르는 사람은 없죠. 하지만 그것 때문에 사람들이 놓치는 부분이 있습니다. 원로원에는 늑대도 어느 정도 숨어 있다는 사실이죠. 나는 필리푸스가 원로원의 늑대라고 생각하지는 않아요. 그 점에 있어서는 케테구스도 마찬가집니다. 하지만 작은 염소 메텔루스는 솔직히 '큰 늑대'라는 별명이 더 잘 어울리는 사람이에요. 카툴루스 역시 풀을 씹는 어금니가 아니라 살을 뜯는 송곳니를 가진 인물이죠. 아직 집정관을 지내지는 않았지만, 어마어마한 영향력과 타의 추종을 불허하는 법 지식을 갖춘 호르텐시우스도 마찬가지입니다. 거기에 나의 똑똑한 막내외삼촌 루키우스 코타도 있어요. 어쩌면 나 역시도 원로원의 늑대라 할 수 있겠지요! 내가 언급한 사람 중 적어도 한 명은, 아니 아마도 이 모든 사람들이 힘을 모아서 당신과 마르쿠스 크라수스를 반역 혐의로 기소하려고 할 겁니다. 그리고 두 분은 순전히 원로원 의원들로 배심원단이 구성된 법정에서 재판을 받게 될 겁니다. 당신이 이미 수많은 의원들을 실컷 조롱한 다음에 말이죠. 마르쿠스 크라수스는 운좋게 풀려날 수도 있어요. 하지만 당신은 힘들 겁니다, 나이우스 폼페이우스. 원로원에는 당신의 추종자가 많다고 들었지만, 당신이 원로원을 내전의 공포로 위협해 뜻을 이룬 뒤에도 그들이 당신 편에 서려고 할까요? 물론 집정관 직과 집정관급 임페리움을 가진 총독 직을 수행하는 동안에는 추종 세력을 붙들어둘 수 있겠죠. 하지만 그 직위를 잃은 이후에는 힘들 겁니다. 물론 남은 평생 동안 당신 군대를 독수리 깃대 아래에 모아두고 살 수 있다면 상황이 달라지겠죠. 하지만 국가에서는 그 비용을 부담하지 않을 테고, 당신처럼 돈 많은 사람에게도 그건 불가능한 일입니다."

이 얼마나 어마어마한 파문인가! 무시무시한 질식감은 점점 더 커져갔다. 그 순간 폼페이우스는 라우로의 전장으로 되돌아가 퀸투스 세르토리우스에게 속수무책으로 당하고 있는 것만 같은 기분이었다. 그러다 그는 정신을 차렸고, 아주 굳고 결의에 찬 표정을 지었다. "금방 말한 내용에 대해 마르쿠스 크라수스는 어느 정도나 알고 있소?"

"알 만큼 알고 있습니다." 카이사르는 평온하게 말했다. "그는 오랫동안 원로원에 몸담아왔고, 그보다 더 오랜 세월 동안 로마에 거주했어요. 이제껏 법정을 자주 드나들었고, 법체계를 낱낱이 다 알고 있습니다. 이 모든 내용은 법에 명시되어 있어요! 술라의 법, 그리고 로마의 법에 말이죠."

"그러니까 당신 말은 내가 한발 물러나야 한다 이거잖소." 폼페이우스는 숨을 들이쉬었다. "그런 거라면 싫소! 집정관이 되고 싶단 말이오! 나는 집정관이 될 자격이 충분하고, 집정관이 되고야 말 것이오!"

"그 부분은 조율할 수 있습니다. 하지만 내가 정한 틀 안에서만 가능합니다." 카이사르는 침착함을 유지했다. "당신과 마르쿠스 크라수스 두 분이 나란히 고관 의자를 차지하고, 호민관단의 권한을 복원해 둘의 무죄를 입증하는 법을 통과시키고, 이후 두 군대의 병사들에게 토지를 나눠주는 법까지 통과시키는 겁니다." 그는 가볍게 어깨를 으쓱했다. "나이우스 폼페이우스, 이러니저러니 해도 당신에겐 함께 집정관을 역임할 동료가 필요하잖습니까! 동료 없이 홀로 집정관이 될 수는 없어요. 그러니 이왕이면 당신과 똑같은 약점을 지닌 사람, 똑같은 위험에 노출된 사람을 동료로 두는 편이 낫지 않겠어요? 작은 염소 메텔루스가 동료 집정관으로 당선되는 상황을 상상해보십시오! 취임 첫날부터 그의 이빨은 당신의 뒷목을 물어뜯으려고 할 거예요. 그는 무슨 수단을 동원해서라도 호민관단의 권한을 복원하려는 당신의 시도를 저지할 겁니다. 반면 두 집정관이 끈끈한 협력관계를 유지한다면 원로원으로서도 그들을 막아내기가 쉽지 않을 겁니다. 특히나 새롭게 권력을 손에 넣은 호민관 열 명이 똘똘 뭉쳐 집정관들을 돕는다면 더더욱 그렇겠죠."

"무슨 말인지 이제 알겠소." 폼페이우스는 천천히 말했다. "그렇지, 말이 통하는 동료와 함께 일하는 것은 대단한 이점이 될 거요. 좋소. 그렇다면 마르쿠스 크라수스와 함께 집정관이 되겠소."

"조건이 하나 있습니다." 카이사르는 기분좋게 말했다. "두번째 법을 잊으셔서는 안 됩니다! 마르쿠스 크라수스에게는 반드시 그 토지가 필요하거든요."

"문제없소! 당신 말대로라면 내 병사들도 다 땅을 얻게 될 테니까."

"그렇다면 이미 첫 단계는 시작되었습니다."

카이사르와 이런 충격적인 논의를 나누기 전까지, 폼페이우스는 필리푸스가 그를 집정관 후보로 만들어주고 필요한 모든 문제를 해결해 주리라 믿었다. 하지만 이제 의심이 들었다. 필리푸스는 이 모든 결과를 예견했을까? 어째서 그는 반역 혐의로 기소될 수 있다는 말이나 호민관단의 권한을 복원해야 한다는 말을 하지 않은 것일까? 이제 돈을 받고 일하는 데 지쳐버린 것일까? 아니면 그도 한물간 것일까?

"난 정치에 대해선 아주 무식하오." 폼페이우스는 호감을 유발하는 솔직함을 내보이며 말했다. "문제는 내가 정치에 전혀 흥미를 못 느낀다는 점이오. 그러나 군사 지휘에 관해선 훨씬 더 흥미를 가지고 있으니, 집정관 직 역시 일종의 거대한 민간인 지휘권으로 봤던 거요. 하지만 당신 덕분에 상황을 다른 눈으로 보게 됐소. 당신이 한 말은 모두 합당하오, 카이사르. 그러니 이제 내게 알려주시오. 나는 어떻게 해야 되는 거요? 계속 필리푸스를 통해 원로원에 편지를 전달하면 되겠소?"

"그렇지 않습니다. 벌써 그렇게 했고, 이미 도전장을 던지지 않았습니까." 카이사르는 말했다. 그는 폼페이우스의 정치 자문 역할을 꺼리지 않는 듯했다. "필리푸스에게 고등 정무관 선거를 연기해달라는 명령은 이미 내리셨을 테니 그 문제는 언급하지 않겠습니다. 원로원의 다음 조치는 우위를 선점하는 데 중점을 맞출 겁니다. 원로원에서는 당신과 마르쿠스 크라수스에게 정확한 날짜를 정해줄 겁니다. 당신에게는 정식 개선식 날짜, 크라수스에게는 약식 개선식 날짜를 정해주겠죠. 또한 원로원 결의를 통해 두 사람에게 개선식이 끝나는 즉시 각자 군대를 해산하라고 명령할 겁니다. 아주 일반적인 상황이죠."

폼페이우스는 카이사르가 처음 이곳에 도착했을 때와 한 치도 다름없는 모습으로 자리에 앉아 있음을 깨달았다. 목마른 기색도 없었고,

무더운 한낮에 커다란 토가를 입고 있으면서도 불편해 보이지 않았다. 딱딱한 의자 탓에 엉덩이가 아파 보이지도 않았고, 폼페이우스를 향해 내내 고개를 돌리고 있으면서 목이 결린 것 같지도 않았다. 그의 생각을 드러내는 단어들은 잘 정리된 생각만큼이나 신중하게 선택된 것들이었다. 그렇다, 카이사르는 분명 눈여겨봐야 할 인물이었다!

카이사르는 말을 이어나갔다. "첫 움직임은 당신에게서부터 시작되어야 합니다. 원로원에서 개선식 날짜를 잡아주면, 갑자기 손사래를 치며 먼 히스파니아의 메텔루스 피우스가 돌아올 때까지 개선식을 미루기로 약속했던 게 기억났다고 하세요. 애초에 두 사람이 공동 개선식을 치르기로 했다고 말이죠. 이렇다 할 전리품도 없다든지, 뭐 이런저런 핑계를 대세요. 당신이 이런 핑계로 군대 해산을 차일피일 미룰 때, 마르쿠스 크라수스 역시 손사래를 치며 본인 군대를 해산할 수 없다고 나올 겁니다. 그가 군대를 해산하면 이탈리아 내에는 단 하나의 군대, 즉 당신의 군대만 남게 될 테니까요. 두 분은 올해 연말까지 계속 이런 익살극을 펼치셔야 합니다. 원로원에서는 며칠 지나지 않아 두 사람 중 누구도 자기 군대를 해산할 마음이 없다는 걸 알게 되겠죠. 또 둘의 행동이 명백한 불법이 아니라는 사실도 깨닫게 될 겁니다. 로마를 상대로 군사 도발을 하지만 않는다면 두 사람 모두 문제없을 겁니다."

"마음에 드는군!" 폼페이우스는 환한 얼굴로 말했다.

"나도 아주 기쁘군요. 이미 내 편으로 마음이 돌아선 사람에게 상황을 설명하는 편이 훨씬 덜 부담스러우니까요. 내가 어디까지 이야기했죠?" 카이사르는 기억을 더듬듯 미간을 찌푸렸다. "오, 생각났어요! 원로원에서 두 분 중 누구도 군대를 해산할 마음이 없다는 걸 알아차리면, 두 분의 부재중 집정관 후보 출마를 허락하는 원로원 결의를 내릴 겁니다. 두 분 중 누구도 직접 로마 안으로 들어와 선거 관리인에게 후보 등록을 할 수 없는 입장이니까요. 오레스테스와 렌툴루스 수라 중에 누가 선거 관리인이 될지는 추첨을 통해 정해질 텐데, 누가 되든 별 차이는 없을 겁니다."

"내가 원로원 의원이 아니라는 문제는 어떻게 해결하는 것이 좋겠소?" 폼페이우스가 물었다.

"직접 해결하실 필요가 없습니다. 그건 원로원이 해결할 문제니까요. 원로원은 기사의 집정관 후보 출마를 허가하는 내용의 원로원 결의를 트리부스회에 전달할 겁니다. 내 생각에 트리부스회에서는 기꺼이 그 법을 통과시킬 거예요. 모든 기사들이 이를 대단한 쾌거로 여길 테니까요!"

"마르쿠스 크라수스와 나는 그렇게 선거에 당선된 직후 군대를 해산하면 되겠군." 폼페이우스는 만족스럽게 말했다.

"오, 아니에요." 카이사르는 부드럽게 고개를 저으며 말했다. "새해 첫날이 될 때까지 군대를 해산해서는 안 됩니다. 그러니 정식 개선식이나 약식 개선식을 12월 중순 이전에 치러서는 안 돼요. 마르쿠스 크라수스가 약식 개선식을 먼저 치르도록 해주세요. 그런 다음 12월 말일에 당신의 개선식을 진행하면 되겠죠."

"전부 완벽하게 맞아떨어지는군." 폼페이우스는 이 말을 내뱉고는 눈살을 찌푸렸다. "어째서 필리푸스는 이런 내용을 적절히 설명해주지 않은 거요?"

"그야 나도 모르죠." 카이사르는 천진한 표정으로 말했다.

"나는 왠지 알 것 같소." 폼페이우스는 엄한 표정으로 말했다.

카이사르는 자리에서 일어나더니 아주 세심하게 토가의 옷매무새를 다듬는 일에 열중했다. 그 일을 마친 뒤, 어깨가 반듯하고 우아한 걸음으로 사령부 막사의 출입구로 걸어갔다. 그는 출입구 앞에서 멈추더니 뒤돌아보며 미소를 지었다. "막사는 가장 영구적이지 못한 숙소 형태입니다, 나이우스 폼페이우스. 개선식을 기다리는 사령관이라면 영구적이지 못한 숙소에 머무는 것도 나쁘지 않겠지요. 하지만 당신은 앞으로 사람들에게 그런 인상을 심어줘서는 안 된다고 생각해요. 올 연말까지 핑키우스 언덕의 값비싼 빌라를 하나 빌려 머무는 것이 어떨까요? 피케눔에 있는 부인도 데려오시고? 적당히 유흥을 즐기고? 예쁜 물고기도 몇 마리 키우는 건 어떨까요? 내가 책임지고 마르쿠스 크라수스도 똑같이 하시도록 하지요. 두 분은 필요하다면 마르스 평원에서 여생을 보낼 작정인 것처럼 남들 눈에 비쳐야 합니다."

그렇게 카이사르는 떠났다. 홀로 남은 폼페이우스는 평정심을 되찾고 생각을 정리했다. 전쟁놀이나 즐기던 방학은 끝났다. 이제 바로와 마주앉아 법을 공부해야 할 때가 왔다. 카이사르는 그보다 여섯 살이나 어린데도 원로원의 미묘한 역학관계를 죄다 꿰뚫고 있는 듯했다. 원로원에 몇몇 늑대가 숨어 있는 것이 사실이라면, 나이우스 폼페이우스 마그누스는 양이 될 것인가? 무슨 소리! 신년이 될 무렵이면 나이우스 폼페이우스 마그누스는 그의 법과 그의 원로원에 대해 모두 다 파악하게 되리라!

"세상에, 카이사르, 자넨 정말 영리하군!" 카이사르가 폼페이우스에 관한 보고를 마치자 크라수스는 맥없이 말했다. "나는 그 절반도 미리 계산하지 못했어! 물론 오랫동안 고심했다면 나도 그런 결론에 도달할 수 있었겠지. 하지만 자네는 내 막사에서 그의 막사로 이동하는 그 짧은 순간에 모든 계산을 마치지 않았나. 핑키우스 언덕의 빌라, 과연 그렇군! 하지만 팔라티누스 언덕에는 내가 큰돈을 들여 실내 장식을 새로 마친 완벽한 저택이 있다네. 그런데 왜 핑키우스 언덕의 빌라에 또 돈을 써야 한단 말인가? 지금 이 막사도 충분히 안락한데 말일세."

"정말 구제불능 수전노가 따로 없네요, 마르쿠스 크라수스!" 카이사르는 웃으며 말했다. "핑키우스 언덕에 위치한, 최소한 폼페이우스의 거처만큼 값비싼 저택을 하나 빌리고 당장 테르퉅라와 아들들을 그곳으로 데려오세요. 그 정도 돈은 있잖습니까. 꼭 필요한 투자라고 생각하세요. 실제로 그렇기도 하고요! 사령관님과 폼페이우스는 앞으로 거의 6개월간 철천지원수처럼 보여야 해요."

"그럼 자네는 무엇을 할 계획인가?" 크라수스가 물었다.

"저는 호민관을 한 명 알아볼 계획입니다. 피케눔 출신이라면 더 좋겠지요. 이유는 잘 모르겠지만 피케눔 출신 중에는 호민관이 되려는 사람이 많고, 또 훌륭한 호민관들이 많더군요. 그러니 그리 어려운 작업은 아닐 겁니다. 올해 호민관 중에 거의 대여섯 명이 피케눔 출신이니까요."

"어째서 피케눔 출신이어야 하는 건가?"

"굳이 이유를 들자면 폼페이우스에게 호의적일 테니까요. 피케눔인들은 파벌을 많이 따지거든요. 또다른 이유를 들자면 불을 삼킬 수 있을 테니까요. 피케눔인들은 불 뿜는 묘기로 유명하잖아요!"

"그렇다면 손에 화상을 입지 않게 조심하게." 크라수스가 말했다. 그는 벌써부터 자신의 해방노예 중에 누가 핑키우스 언덕의 빌라 임대 중개업자들과 가장 깐깐하게 가격 협상을 할 수 있을지 고민했다. 그곳 부동산에 진작 투자할 생각을 하지 못한 게 한스러웠다! 그야말로 이상적인 위치였다. 로마에서의 궁전을 찾는 외국의 모든 왕과 왕비가 머무는 곳. 이대로 저택을 빌려서는 안 된다! 매매를 하고 말지! 임대료 지불은 꼴사나운 돈 낭비에 불과하다. 임대료는 단 1세스테르티우스도 돌려받을 수 없으니.

11월이 되자 원로원은 항복했다. 마르쿠스 리키니우스 크라수스는 부재중 집정관 후보로 출마할 수 있다는 통보를 받았다. 나이우스 폼페이우스 마그누스는, 원로원에서 그의 집정관 후보 등록을 위해 트리부스회에 일반적인 후보 자격조건—원로원 의원 지위와 재무관 및 법무관 경력—의 완화를 요구하는 결의를 전달했다는 소식을 들었다. 트리부스회에서 필요한 법이 통과되자 원로원은 기쁜 마음으로 나이우스 폼페이우스 마그누스에게 부재중 후보로 집정관에 출마할 수 있음을 밝힌다, 어쩌고저쩌고하는 내용의 서신을 보내왔다.

부재중 후보로 출마하는 사람은 선거 유세를 펼치기 어려웠다. 신성경계선을 넘어 로마 시내로 들어가서 유권자들을 직접 만날 수도 없었고, 포룸 로마눔의 사람들과 대화를 나눌 수도 없었다. 호민관이 집회를 열어 후보 지지연설을 할 때 그 옆에 점잖게 서 있을 수도 없었고, 경쟁 후보에 대한 비방 선전을 할 수도 없었다. 부재중 후보 출마는 원로원의 특별 허가를 필요로 했기 때문에 그리 흔한 일이 아니었다. 특히 두 명이 동시에 부재중 집정관 후보로 출마하는 것은 전례 없던 사건이었다. 하지만 일반적으로는 약점으로 작용해야 할 조건들은 그리 중요하지 않은 것으로 드러났다. 원로원에서는—해산되지 않은 두 군대로부터 위협받고 있는 상황에도—몹시 뜨겁고 끈질긴 논의가 이어졌다. 원로원이 결국 한발 물러나자, 집정관에 출마한 다른 후보들은 폼페이우스의 후보 출마라는 명백한 불법성에 항의하는 차원에서 전원 후보에서 사퇴했다. 다른 후보들이 모두 사라져준다면 폼페이우스와 크라수스가 그들의 실제 모습으로, 즉 가면을 쓴 독재관들로 비칠 것이라는 심산에서였다.

폼페이우스와 크라수스에게는 다양한 협박이 전달되었다. 그중에도 그들의 임페리움이 소멸되는 즉시 그들을 기소할 것이라는 내용이 주를 이루었다. 그렇기 때문에 피케눔 출신의 호민관 마르쿠스 롤리우스 팔리카누스가 마르스 평원의 플라미니우스 경기장에서 평민회 특별회의를 신청했을 때, 폼페이우스와 크라수스를 등졌던 원로원 의원들은 일제히 사태의 심각성을 파악하고 몸이 뻣뻣해졌다. 두 사람은 호민관단에게 과거 권한을 회복해주고, 은혜 입은 호민관 열 명을 통해서 자기들의 행동에 면책특권을 제공하는 법을 통과시켜 반역 혐의에서 벗어나고자 하는구나!

많은 로마인들은 호민관단의 권한이 회복되기를 원했다. 대부분의 경우 호민관단이 모스 마이오룸과 조화를 이루는 신성한 기관이라고 믿기 때문이었다. 하지만 포룸 로마눔의 선동정치가가 평민회를 뜨겁게 달구면 주먹이 왔다갔다하고 고용된 전직 검투사가 몸싸움에 끼어들던 그 시절의 열기와 소란스러움이 그리워서 그러는 사람도 적지 않았다. 팔리카누스의 회의는 호민관단의 권한 회복을 논의하는 자리로 대대적으로 홍보되었고, 덕분에 많은 관중이 몰릴 수밖에 없었다. 그런데 그 회의에서 집정관 후보 폼페이우스와 크라수스가 팔리카누스에 대해 지지연설을 할 것이라는 소문까지 퍼지자, 시민들의 열기는 술라가 평민회를 이빨 빠진 사교클럽으로 바꿔놓은 이래 가장 뜨거운 수준으로 치솟았다.

플라미니우스 경기장은 비교적 시시한 경기가 펼쳐지는 장소로 수용 인원이 5천 명에 불과했다. 하지만 팔리카누스의 회의가 열리던 날 경기장의 모든 관람석은 만원이었다. 운좋게 연단에서 몇백 미터 이내의 자리를 차지한 사람들만이 몇 마디라도 알아들을 수 있는 상황이었다. 그럼에도 불구하고 수많은 인파가 이곳으로 몰려와 티베리스 강둑을 따라 늘어선 이유는, 군사 영웅이기도 한 두 집정관 후보가 호민관단의 권한 회복을 약속하는 바로 그 자리에 자신도 있었노라고 훗날 손주들에게 자랑하기 위해서였다. 그 후보들은 반드시 그 약속을 지킬 것이므로! 분명 그 약속을 지키리라!

팔리카누스는 고등 정무관 선거에서 폼페이우스와 크라수스에게 최대한 많은 표를 몰아주기 위한 열정적인 지지연설로 회의를 시작했다. 이 연설이 들릴 정도로 충분히 가까운 거리에 있던 사람들은 선거에서 실질적인 투표권을 행사할 수 있을 만큼 높은 계급 출신이었다. 팔리카누스의 호민관 동료 아홉 명이 전원 참석했고, 그들도 모두 폼페이우스와 크라수스에 대해 지지발언을 했다. 그러다 크라수스가 큰 박수를 받으며 나타났고, 큰 박수를 받으며 연설을 했다. 주요 무대가 펼쳐지기 전에 이어진 일련의 예비공연들이었다. 그러더니 마침내 그가, 위대한 폼페이우스가 등장했다! 태양처럼 눈부시고 찬란한 황금 갑옷을 입고 너무도 화려한 모습으로. 그는 훌륭한 웅변가일 필요가 없었다. 관중은 그가 횡설수설 무의미한 헛소리를 지껄였어도 개의치 않았으리라. 그들은 위대한 폼페이우스를 눈으로 확인하기 위해 그 자리에 온 것이었으므로, 행복에 겨운 상태로 귀가할 수 있었다.

그러니 12월의 노나이 전날 진행된 고등 정무관 선거에서 폼페이우스가 수석 집정관, 크라수스가 차석 집정관으로 당선된 것은 놀랄 일도 아니었다. 이제 로마는 단 한 번도 원로원 의원인 적이 없었던 사람을 집정관으로 맞게 되었다. 게다가 훨씬 나이 많고 정통파에 속하는 사람을 제쳐놓고 그를 수석 집정관 자리에 앉혀놓았다.

"이제 로마 최초로 원로원 의원인 적도 없었던 사람이 집정관이 되겠군요." 카이사르는 선거 인파가 뿔뿔이 흩어진 뒤 크라수스에게 말했다. 그는 핑키우스 언덕에 위치한 빌라의 로지아에 크라수스와 함께 앉아 있었다. 한때 누미디아의 유구르타 왕이 머물며 음모를 계획했던 장소였다. 크라수스는 지난 몇 년간 그 빌라를 임대했던 수많은 해외 유명인사의 명단을 살펴본 뒤 부동산을 매입했다. 두 사람은 공공노예들이 가설투표소의 울타리, 다리, 투표용 연단을 정리하는 모습을 지켜보고 있었다.

"그가 집정관이 되고 싶어한다는 이유 하나만으로." 크라수스는 폼페이우스의 투덜대는 목소리를 흉내내며 말했다. "그는 덩치만 큰 아기일세!"

"어떤 면에서는 그렇다고 할 수 있죠." 카이사르는 고개를 돌려 크라수스의 얼굴을 힐끗 쳐다봤다. 평소처럼 무덤덤한 표정이었다. "크라수스 사령관님이 실질적인 통치를 맡으셔야 할 겁니다. 그는 아예 방법을 모르니까요."

"오, 나라고 그걸 모를까! 하지만 지금쯤이면 바로가 마련한 원로원 의원과 집정관의 품행 교본을 통해 뭘 좀 배웠을 걸세." 크라수스는 이 말을 하고는 끙 소리를 냈다. "놀랍지 않나! 품행 교본을 급히 공부해야 하는 수석 집정관이라니! 감찰관 카토께서 보면 뭐라고 하실지 눈에 선하군!"

"그는 호민관단의 권한을 회복해주는 법의 초안 작성을 저에게 부탁했어요. 혹시 그 소식을 그에게 전해 들으셨나요?"

"그가 언제 내게 그런 일을 보고한 적이 있었나?"

"전 거절했습니다."

"어째서?"

"첫째, 그는 자신이 수석 집정관이 될 거라고 장담하고 있었거든요."

"당연히 자신이 수석 집정관이 될 줄 알고 있었겠지!"

"둘째, 사령관님께는 두 집정관이 발표하려는 그 법안을 작성할 능력이 충분하기 때문입니다. 수도 담당 법무관도 지내셨잖아요!"

크라수스는 커다란 머리를 가로젓더니 카이사르의 어깨에 한 손을 얹었다. "자네가 하게, 카이사르. 그도 기뻐할 걸세. 버릇없고 덩치 큰 아기들이 대개 그렇듯, 그는 자기 목적을 달성하기 위해 가장 적합한 인재를 골라낼 줄 아는 재능을 가지고 있어. 자네가 이용당하기 싫어서 그의 제안을 거절하는 거라면 나도 개의치 않겠네. 하지만 자네가 도전 과제를 원하고 그 일이 자네의 입법 관련 경험을 풍부하게 해줄 것 같다면, 한번 해보게나. 어차피 아무도 자네가 작성한 법안이란 걸 알지 못할 걸세. 그는 그 부분에 대해서 확실히 할 테니까."

"지당하신 말씀입니다!" 카이사르는 웃음을 터뜨렸다가 다시 침착해졌다. "솔직히 말해 그 법안을 직접 작성하고 싶어요. 제가 아이였을 때 이후로 로마에는 훌륭한 호민관이 없었어요. 술피키우스가 마지막이었죠. 앞으로는 우리 모두에게 호민관이 통과시킨 법이 필요할지도 모르는 시대가 올 겁니다. 파트리키 귀족인 저로서는 최근처럼 호민관들과 어울리는 것이 아주 흥미로운 경험이었어요. 아, 그나저나 팔리카누스가 저를 위해 다음 호민관 후보를 준비해줬어요."

"누구지?"

"플라우티우스라는 사람이에요. 오래된 실바누스 가문 출신은 아닙니다. 이 사람은 피케눔 출신으로, 해방노예인 것 같아요. 아주 좋은 친구예요. 활기를 되찾은 평민회를 통해 제가 실현하고자 하는 일을 뭐든 도와줄 준비가 되어 있죠."

"호민관 선거는 아직 열리지 않았을 텐데. 플라우티우스가 당선되지 않을지도 모르지." 크라수스가 말했다.

"당선될 겁니다." 카이사르는 자신 있게 말했다. "그가 낙선할 리 없어요. 그는 폼페이우스의 사람이거든요."

"그거야말로 현시대의 폐단을 고스란히 드러내는 발언 아닌가?"

"폼페이우스는 크라수스 사령관님을 동료 집정관으로 두어 천만다행이에요. 작은 염소 메텔루스가 그 자리에 있는 상황이 자꾸 상상되어서 말이죠. 그야말로 재앙이었겠죠! 물론 사령관님이 수석 집정관이 되지 못한 점은 정말 유감입니다."

크라수스는 유감 따위는 섞이지 않은 듯한 미소를 지었다. "걱정 말게, 카이사르. 이미 마음을 비웠네." 그는 한숨을 쉬었다. "다만 우리가 집정관 직에서 물러날 무렵엔 로마인들이 폼페이우스의 퇴임보다는 나의 퇴임을 더 아쉬워했으면 하는 바람이 있다네."

"그럼 전 이만," 카이사르는 자리에서 일어났다. "집에 가봐야겠어요. 로마에 돌아온 이후로 우리 집안 여자들과 거의 시간을 보내지 못했거든요. 지금쯤 선거 결과 소식을 애타게 기다리고 있을 거예요."

응접실을 확인한 카이사르는 집으로 돌아가기로 한 본인의 선택을 단번에 후회했다. 거실 안은 온통 여자들뿐이었다! 머릿수를 세어보니 총 여섯 명이었다. 그의 어머니, 아내, 유유 누나, 율리아 고모, 폼페이우스의 아내, 그리고 마지막 한 여성은 자세히 살펴보니 그의 육촌누이 율리아였다. 그녀는 해적 소탕 임무를 맡았던 마르쿠스 안토니우스와 혼인한 사이라서 '율리아 안토니아'라고 불렸다. 모든 사람의 관심은 그녀에게 집중되어 있었다. 딱히 놀라운 일도 아니었다. 그녀는 의자 끄트머리에 앉아 다리를 앞으로 쭉 뻗고 시끄럽게 울어대고 있었던 것이다.

카이사르가 미처 움직이기도 전에 누군가가 그의 등허리에 엄청난 충격을 가했다. 뒤돌아보자 안토니우스 집안 출신이 분명해 보이는 덩치 큰 사내아이가 씩 웃고 있었다. 어림도 없지! 카이사르는 사내아이의 코를 세게 잡고 앞으로 끌어당겼다. 크게 벌어진 아이의 입에서 아이 어머니의 울음보다 더 큰 소리가 터져나왔다. 하지만 아이는 몸을 웅크린 채 항복할 기미를 전혀 보이지 않았다. 오히려 카이사르의 정강이를 힘껏 걷어차고 두 주먹을 휘둘렀다. 바로 그때, 덩치가 더 작은 사내아이 두 명이 카이사르에게 달려들어 그의 옆구리와 가슴을 마구 때렸다. 하지만 카이사르가 걸친 넉넉한 토가 자락 덕분에 세 아이의 공격은 그에게 심각한 타격을 입히지 못했다.

뭐가 어떻게 된 것인지 누구도 제대로 보지 못했을 만큼 순식간에, 세 아이는 전투력을 상실했다. 카이사르는 덩치 작은 두 아이의 머리를 잡아 쾅 소리가 나도록 박치기를 시킨 뒤 벽으로 내동댕이쳤다. 가장 덩치 큰 아이는 눈물이 핑 돌 정도로 세게 뺨을 얻어맞고 등짝에 여러 차례 발길질을 당하며 동생들이 있는 곳으로 밀쳐졌다.

시끄럽게 울고 있던 어머니는 이 모든 일이 시작될 무렵 통곡을 멈추었다. 그녀는 의자에서 벌떡 일어나, 사랑스럽고 소중한 세 아들을 괴롭히는 사람에게 급히 다가갔다.

"자리에 앉으시오, 부인!" 카이사르는 쩌렁쩌렁한 소리로 외쳤다.

그녀는 비틀거리며 의자로 돌아가 주저앉더니 다시 시끄럽게 울었다.

그는 세 소년이 반쯤은 드러눕고 반쯤은 벽에 기대앉아 그들의 어머니만큼 시끄럽게 엉엉대는 모습을 뒤돌아보았다.

"너희 중 누구라도 지금 움직인다면 이 세상에 태어난 걸 후회하게 만들어주마. 이곳은 핑키우스 동물원이 아니라 내 집이다. 내 집 손님으로 온 이상, 너희는 팅기타나 원숭이가 아니라 문명화된 로마인처럼 굴어야 해. 잘 알아들었니?"

그는 구겨지고 지저분해진 토가 자락을 잡고서 서재 입구로 가려고 여자들 사이를 지났다. "전 그럼 옷매무새를 정리하고 오겠습니다." 그의 목소리는 거짓말처럼 조용했으므로, 그의 어머니와 아내는 그가 분노를 꾹 눌러 참고 있음을 알아차렸다. "제가 돌아왔을 때는 아름다운 평화가 내려 있기를 바랍니다. 필요하다면 저 비참한 여인에게 재갈을 물려서라도 입을 다물게 하고, 저 아이들은 부르군두스에게 보내세요. 부르군두스에게는 정 안 되면 저애들의 목을 매다는 것도 허락한다고 전해주시고요."

카이사르는 오랫동안 자리를 비우지 않았다. 하지만 그가 되돌아왔을 때 사내아이들은 사라져 있었고, 여섯 명의 여자들은 완벽한 침묵

속에 허리를 바로 세우고 앉아 있었다. 그가 어머니와 아내 사이에 자리를 잡는 동안, 여섯 쌍의 크게 뜨인 눈들이 그의 움직임을 뒤쫓았다.

"어머니, 대체 무슨 문제인가요?" 그는 사근사근하게 물었다.

"마르쿠스 안토니우스가 죽었단다." 아우렐리아가 설명했다. "크레타 섬에서 자결을 했다는구나. 그가 바다에서 두 차례, 육지에서 한 차례 해적에게 패배해 함선과 병사들을 죄다 잃었다는 건 너도 알고 있겠지. 하지만 그가 해적 두목 파나레스와 라스트헤네스의 강요에 못 이겨 로마와 크레타 주민 간의 조약에 서명했다는 건 아마 너도 몰랐을 거야. 그 조약은 불쌍한 마르쿠스 안토니우스의 골분과 함께 이제 막 로마에 도착했단다. 아직 그 일과 관련된 원로원 회의는 열리지 않았어. 하지만 마르쿠스 안토니우스가 영원히 자기 이름을 더럽혔다는 소식이 벌써부터 로마 전역에 파다하단다. 심지어 사람들은 그를 마르쿠스 안토니우스 '크레티쿠스'라고 부른다는구나! '크레타 섬의 정복자'가 아니라, 바스러지기 쉬운 '백악 인간'이라는 뜻이지."

카이사르는 슬픔보다는 분노가 엿보이는 표정으로 한숨을 내쉬었다. "그는 그 임무에 적합한 사람이 아니었어요." 그는 이제 과부가 된 어리석기 그지없는 여성의 감정 따위는 무시하며 말했다. "기테이온에서 그의 군관으로 일하면서 그 사실을 직접 확인했지요. 하지만 솔직히 말해 이런 결말일 거라고 예상하진 못했어요. 여러 가지 조짐이 보이긴 했지만요." 그는 율리아 안토니아를 쳐다봤다. "정말 안타까운 일입니다, 부인. 하지만 내가 당신을 위해 어떤 일을 해줄 수 있을지 모르겠군요."

"율리아 안토니아는 너에게 마르쿠스 안토니우스의 장례식 준비를 부탁하러 왔단다." 아우렐리아가 말했다.

"하지만 그녀에게는 남자형제가 있잖아요. 루키우스 카이사르가 하면 안 되나요?" 카이사르가 무심하게 물었다.

"루키우스 카이사르는 마르쿠스 코타의 군대와 함께 동방에 있고, 네 사촌 섹스투스 카이사르는 이번 일에 관여하지 않겠다고 딱 잘라 거절했단다." 율리아 고모가 말했다. "가이우스 안토니우스 히브리다도 없으니, 로마에 남은 사람들 중에서는 우리가 율리아 안토니아와 가장 가까운 친척들이야."

"그렇다면 제가 장례식을 준비할게요. 하지만 이번 장례는 아주 조용히 치르는 편이 현명할 거예요."

율리아 안토니아가 자리에서 일어나자 손수건, 브로치, 머리핀, 빗 따위가 폭포처럼 줄줄이 떨어졌다. 카이사르가 자기 아들들을 때려눕힌 것이나, 죽은 남편에 대해 냉정한 평가를 내린 것을 두고 원한을 품지는 않은 듯했다. 카이사르는 그녀를 문밖으로 안내하면서, 그녀가 처신 잘하라며 욕을 먹고 윽박지름 당하는 것을 선호하는 사람임을 깨달았다. 죽은 마르쿠스 안토니우스의 영향이기도 하리라! 다만 안토니우스가 아내로선 감당하지 못하는 아들들의 버릇을 고쳐주지 못한 점이 아쉬웠다. 율리아 안토니아의 아들들은 부르군두스의 숙소로 옮겨져 아주 유익한 교육을 받았다. 카르딕사와 부르군두스의 아들들은 그 아이들의 기를 잔뜩 꺾어놓았다. 어머니와 마찬가지로 아이들도 앙심을 품진 않은 듯했다. 세 아이는 카이사르에게 일제히 경계하는 눈길을 보냈다.

"상식적인 수준을 넘어서지 않는다면 날 무서워할 필요 없어." 카이사르는 눈을 반짝이며 쾌활하게 말했다. "하지만 또다시 아까처럼 굴다가 걸리면 가만 안 둘 거야!"

"당신은 아주 키가 크지만 그렇게 힘이 세 보이지 않아요." 가장 나이 많은 사내아이가 말했다. 세 아이 중에 제일 잘생기긴 했지만, 카이사르의 기준에는 눈이 너무 가운데로 몰려 있었다. 그러나 그 눈은 카이사르를 똑바로 응시하고 있었고, 용기나 지성도 부족해 보이지 않았다.

"나중에 아주 덩치 작은 친구가 나타나서 네가 손가락 하나도 까딱하기 전에 네 등을 후려치는 날이 올 거야." 카이사르가 말했다. "이제 집으로 가서 어머니를 보살펴드리렴. 수부라 지구를 어슬렁거리며 못된 짓을 일삼거나 너한테 해를 끼치지도 않은 사람들의 물건을 훔치지 말고, 숙제나 열심히 해. 길게 보면 숙제를 하는 것이 훨씬 도움이 될 테니까."

마르쿠스 안토니우스는 눈을 깜빡거렸다. "내가 그러는 걸 어떻게 알지요?"

"난 전부 다 안단다." 카이사르는 이렇게 말하며 문을 닫고, 나머지 여자들에게로 돌아가 다시 자리에 앉았다. "게르만족의 침략이 따로 없군요." 그는 웃으며 말했다. "작은 사내애들로 이루어진 야만족이에요! 저 아이들은 봐주는 사람이 없나요?"

"아무도 없단다." 아우렐리아가 말했다. 그녀는 기쁨에 찬 한숨을 내쉬었다. "오, 네가 걔들을 때려눕히는 걸 보니 속이 다 후련하더구나! 걔들이 처음 왔을 때부터 엉덩이를 한 대 후려치고 싶어 손이 근질근질했거든."

카이사르의 시선은 무키아 테르티아를 향했다. 그는 그녀가 놀랍도록 매력적이라 생각했다. 폼페이우스와의 결혼생활이 무척 만족스러운 모양이었다. 그는 미래에 정복해야 할 여인들의 명단에 그녀의 이름을 추가했다. 폼페이우스는 그런 벌을 받아 마땅한 짓을 충분히 저질렀다! 하지만 아직은 일렀다. 우선 저 추악한 꼬마 도살자가 더 높은 자리까지 오르도록 두자. 카이사르는 자기가 무키아 테르티아를 유혹할 수 있다고 확신했다. 그는 그녀가 벌써 여러 번이나 자신을 힐끔거리는 것을 확인했다. 그래도 아직은 일렀다. 그녀는 나중에 그가 따서 맛보기 전까지 폼페이우스의 나뭇가지에 매달려 더 무르익을 필요가 있었다. 당장은 베레스의 아내인 작은 염소 메텔라를 상대하는 것만으로도 벅찼다. 그녀의 밭고랑에 쟁기질을 하는 것은 너무도 만족스러운 원예활동이었던 것이다!

작고 사랑스러운 아내가 쳐다보고 있었으므로, 그는 무키아 테르티아에게서 시선을 떼고 아내에게 집중했다. 그가 윙크를 날리자 킨닐라는 터져나오려는 웃음을 꾹 참았다. 그러자 그녀의 아버지로부터 물려받은 한 가지 특징이 드러났다. 붉게 달아오른 얼굴이었다. 사랑스러운 여인. 그녀는 필시 카이사르에 대한 소문을 들었을 테고 그 소문이 아마 사실일 거라 짐작했을 테지만, 절대 질투하는 법이 없었다. 그 오랜 세월을 함께했으니 그녀도 카이사르가 어떤 사람인지 잘 알고 있으리라! 하지만 아우렐리아에게 교육받은 그녀는 그의 외도에 대해 일절 언급하지 않았다. 그도 당연히 그런 이야기는 꺼내지 않았다. 그의 외도는 그녀와 아무런 상관이 없었던 것이다.

그도 어머니에게는 그렇게까지 신중한 모습을 보이지 않았다. 동료의 아내들을 유혹하는 것은 애초에 어머니의 아이디어였다. 게다가 그는 어떤 여자가 잘 넘어오지 않을 때 거리낌없이 어머니에게 조언을 구하기까지 했다. 여자들이야말로 영원히 풀리지 않는 수수께끼 같은 존재였고, 아우렐리아의 조언은 늘 새겨들을 가치가 있었다. 이제 그녀는 팔라티누스와 카리나이 지구의 친구들과 어울리며 다양한 소문을 접했고, 그것을 아무런 윤색 없이 카이사르에게 전해주었다. 그는 여자들이 정신 못 차릴 정도로 그에게 푹 빠지게 만들어놓고서 헤어지는 것을 좋아했다. 그러면 이후로 그녀들은 남편들에게 전혀 쓸모없는 존재가 돼버리고 말았다.

"다들 율리아 안토니아를 위로하려고 여기 오신 모양이에요." 그는 이 말을 하면서, 그의 어머니가 그에게 물을 탄 포도주와 작은 케이크를 대접하는 심술궂은 짓을 하지는 않을까 걱정했다.

"율리아 안토니아는 온갖 잡다한 장신구와 저 끔찍한 사내아이들을 꽁무니에 달고 우리집을 찾아왔어." 율리아 고모가 말했다. "그 네 사람을 나 혼자서는 도저히 감당할 수 없었지. 그래서 이리로 데려온 거란다."

"부인은 율리아 고모 댁에 놀러와 있었던 건가요?" 카이사르는 무키아 테르티아에게 치명적인 미소를 보내며 물었다.

그녀는 숨을 들이쉬다 목에 걸려 캑캑거렸다. "나는 율리아를 자주 방문한답니다, 카이사르. 퀴리날리스 언덕은 핑키우스 언덕에서 아주 가까우니까요."

"네, 물론이지요." 그는 율리아 고모에게도 비슷한 미소를 보냈다. 율리아 고모도 그 미소 앞에 무감각할 수는 없었지만, 당연히 다른 식으로 받아들였다.

"앞으로 율리아 안토니아가 훨씬 더 자주 날 찾아올 것 같구나." 율리아 고모는 한숨을 쉬며 말했다. "나한테도 너처럼 그녀의 아들들을 잘 다루는 기술이 있으면 좋으련만!"

"앞으로 계속 그렇게 찾아오지는 않을 거예요, 율리아 고모. 그리고 제가 책임지고 그 아이들에게 미리 경고해놓을 테니 너무 걱정 마세요. 율리아 안토니아는 조만간 재혼하게 될 거예요."

"아무도 그녀와 결혼하려 하지 않을걸!" 아우렐리아는 코웃음을 치며 말했다.

"지독히 불쌍한 여자에게 매력을 느끼는 별난 남자는 어디에나 있기 마련이지요." 카이사르가 말했다. "하지만 안타깝게도 그녀는 사람 보는 눈이 없어요. 그러니 그녀의 재혼 상대라고 해서 '백악 인간' 마르쿠스 안토니우스보다 만족스러운 남편일 리는 없겠죠."

"아들아, 그 점에 대해서라면 네 말이 옳단다."

그는 그때까지 말이 없던 유유 누나에게 관심을 돌렸다. 그녀는 활달한 기질을 타고났지만 늘 집안에서 조용한 편이었다. "예전에 난 리아 누나에게 사람 보는 눈이 없다고 했지." 그가 말했다. "하지만 유유 누나에게는 사람 보는 눈이 있는지 없는지를 보여줄 만한 기회를 따로 주지 않았어, 안 그래?"

그녀는 카이사르에게 그를 닮은 미소를 보냈다. "난 카이사르 네가 골라준 남편에게 아주 만족하고 있어. 내가 결혼 전에 좋아했던 젊은 남자들은 다소 실망스러운 사람들이었다는 것도 인정할 준비가 되어 있지."

"그렇다면 나중에 누나 딸아이의 남편감을 고르는 일도 아티우스와 나에게 맡겨주는 게 좋겠어. 아티아는 아주 아름답게 자랄 거야. 게다가 똑똑한 여자가 될 거고. 다시 말해서 모두가 그 아이에게 매력을 느끼진 않겠지."

"정말 안타까운 일 아니야?" 유유가 물었다.

"그 아이가 똑똑하다는 점이? 아니면 남자들이 그걸 안 좋아한다는 점이?"

"두번째 말이야."

"난 개인적으로 똑똑한 여자가 좋아. 하지만 그런 여자는 너무 드물고 흔히 볼 수 없지. 걱정할 거 없어. 우리는 아티아의 진가를 알아보는 사람을 남편감으로 골라줄 테니까."

율리아 고모가 일어났다. "이제 곧 어두워지겠어, 카이사르. 넌 심지어 네 어머니에게도 이 이름으로 불리는 걸 좋아하지. 하지만 내겐 아직도 쉽지 않은 일이란다! 이제 난 가야겠다."

"루키우스 데쿠미우스의 아들들한테 가마로 모셔다드리라고 할게요." 카이사르가 말했다.

"내게도 가마가 있어." 율리아 고모가 말했다. "무키아는 밖에서 걸어다닐 수 없는 몸이라, 우리는 퀴리날리스 언덕에서 수부라 지구까지 아주 편하게 이동했단다. 율리아 안토니아만 없었더라면 훨씬 더 편했겠지. 그 눈물의 홍수에 떠내려가는 줄 알았거든. 게다가 우리를 호위해줄 아주 건장한 남자들도 있어."

"저도 가마를 타고 왔어요." 유유가 말했다.

"퇴폐적이야!" 아우렐리아가 콧방귀를 뀌었다. "좀 걸어다니는 것도 좋을 텐데."

"저도 좀 걸어다니고 싶어요." 무키아 테르티아가 조심스럽게 말했다. "하지만 남편들의 사고방식은 당신과 달라요, 아우렐리아. 나이우스 폼페이우스는 제가 바깥을 걸어다니는 걸 못마땅하게 생각해요."

카이사르는 귀를 쫑긋 세웠다. 아하! 희미한 불만의 목소리! 그녀는 너무 갑갑하고 제약이 심하다고 느끼고 있었다. 하지만 그는 거기에 대해 아무런 언급도 하지 않고, 하인이 교차로 광장에서 가마를 불러오는 동안 모두와 담소를 나누었다.

"피곤해 보이세요, 율리아 고모." 이것은 그가 꺼낸 마지막 주제였다.

그는 폼페이우스가 무키아 테르티아를 위해 마련한 널찍한 가마에 율리아 고모를 태우면서 이 말을 뱉었다.

"난 늙어가고 있단다, 카이사르." 그녀는 그의 손을 꽉 잡으며 속삭이듯 말했다. "이제 쉰일곱 살이야. 하지만 날이 추울 때 뼈가 시린 것 외에 큰 문제는 없어. 그냥 겨울이 다가오는 게 무서울 뿐이지."

"퀴리날리스 언덕 외곽은 충분히 따뜻한가요?" 그는 날카로운 질문을 던졌다. "고모 댁은 북풍에 노출되어 있잖아요. 제가 히포카우시스(온돌—옮긴이)를 설치해드릴까요?"

"돈을 아끼렴, 카이사르. 꼭 필요하면 내가 직접 난로라도 마련하면 돼." 그녀는 이 말을 남기고 커튼을 닫았다.

"고모는 몸이 안 좋으세요." 그는 집으로 돌아오는 길에 어머니에게 말했다.

아우렐리아는 한동안 고민하다가 신중하게 의견을 내놓았다. "율리아에게 살아갈 이유가 충분하다면 더 건강할 수 있을 거야, 카이사르. 하지만 그녀의 남편과 아들은 모두 죽었어. 그녀에겐 우리와 무키아 테르티아 외에는 아무도 없어. 그리고 우리로는 충분하지 않은 거지."

응접실은 등불에서 나온 작은 불빛으로 밝혀져 있었다. 채광정에 파고드는 찬바람을 막기 위해 덧문이 내려져 있었다. 따뜻하고 행복한 풍경이었다. 방바닥의 킨닐라 옆에는 이제 거의 여섯 살이 된 카이사르의 딸이 있었다. 가느다란 뼈대와 우아함을 갖춘 매우 섬세한 아이였다. 살결은 하얗다못해 은빛으로 보였다.

아버지를 보자 아이의 아름다운 파란 눈이 반짝거렸다. 아이는 양팔을 내밀었다. "아빠, 아빠!" 아이가 외쳤다. "안아주세요!"

그는 딸아이를 안아올리더니 옅은 분홍빛 볼에 입을 맞추었다. "우리 공주님은 오늘 뭘 하고 놀았지?"

그가 여자아이의 사소한 일상 이야기에 완전히 매료되어 있는 동안, 아우렐리아와 킨닐라는 부녀를 지켜보았다. 킨닐라의 감상은 그녀가 두 사람을 너무 사랑한다는 데에서 더 나아가지 않았다. 하지만 아우렐리아는 '공주님'이라는 단어를 곱씹고 있었다. 말 그대로 저 아이는 공주님이야. 카이사르는 장차 크게 될 인물이고, 훗날 아주 큰 부자가 될 거야. 저 아이에게는 셀 수 없이 많은 구혼자들이 나타나겠지. 하지만 카이사르는 내 어머니와 양아버지 겸 숙부께서 내게 그랬던 것처럼 딸아이에게 관대하게 굴지는 않을 거야. 딸아이가 어떻게 받아들이든 간에, 자기에게 가장 필요한 사람과 딸을 결혼시키겠지. 그렇다면 나는 저 아이가 기꺼운 마음으로 품위 있게 자기 운명을 받아들일 수 있도록 미리 교육시켜야겠구나.

12월의 스물네번째 날 마르쿠스 크라수스는 마침내 약식 개선식을 치렀다. 스파르타쿠스 군대에 삼니움족이 상당수 포함되어 있었다는 점을 부인할 수 없었기에, 그는 원로원으로부터 두 가지 특혜를 허락받았다. 그는 걷는 대신 말을 타고, 도금양관 대신 개선장군의 월계관을 쓸 수 있게 되었다. 많은 관중이 몰려와서 크라수스와 이번 행사를 위해 카푸아에서 온 그의 군대에게 환호를 보냈다. 하지만 형편없는 수준의 전리품을 보고는 옆 사람에게 눈짓을 하거나 옆구리를 쿡쿡 찔러댔다. 모든 로마인들은 크라수스의 고질적인 악습을 익히 알고 있었다.

12월 마지막날, 폼페이우스의 개선식에 몰려든 인파는 훨씬 더 어마어마했다. 폼페이우스는 로마인들에게 큰 사랑을 받고 있었다. 아마도 비교적 젊은 그의 나이, 황금빛 아름다움, 알렉산드로스 대왕을 빼닮은 외모, 그에게서 풍기는 밝은 기운 때문인 듯했다. 하지만 로마인들이 폼페이우스에게 느끼는 애정은 과거에 가이우스 마리우스에게 느꼈던 애정과는 다른 종류였다. 마리우스는 (술라의 온갖 노력에도 불구하고) 사람들의 기억 속에 가장 사랑받는 인물로 남아 있었다.

고등 정무관 선거가 한창이던 12월 초, 메텔루스 피우스는 마침내 군대를 이끌고 알프스 산맥을 넘어 이탈리아 갈리아로 들어왔다. 그는 군대를 해산한 뒤 파두스 강 이북의 광활하고 비옥한 땅에 병사들을 정착시켰다. 히스파니아에서 폼페이우스와 함께하던 시절의 막바지에 폼페이우스가 이대로 순순히 무명으로 돌아가지 않으리라고 예감했던 것인지, 새끼 똥돼지는 로마에서의 문제에 철저히 거리를 두려고 했다. 카툴루스, 호르텐시우스, 카이킬리우스 메텔루스 가문의 명망 높은 인물들에게서 입장 표명을 요구하는 편지를 받고서도, 그는 자신이 너무 오랫동안 히스파니아에 머물러 있었던지라 로마의 일에 관해 언급할 자격이 없다는 입장을 고수했다. 그는 1월 말에 로마로 돌아와 그를 따라온 병사들과 함께 화려하지 않은 개선식을 치렀다. 그러고는 마치 아무것도 잘못된 일이 없다는 듯 폼페이우스와 크라수스가 집정관을 맡고 있는 원로원에 자리를 잡았다. 이러한 태도로 인해 그는 귀찮은 일을 피할 수 있었다. 하지만 한편으로 세르토리우스를 물리친 데 대한 자신의 공을 충분히 인정받을 수 없었다.

1월 초, 수석 집정관으로서 그달의 파스케스를 쥐게 된 폼페이우스의 제안으로 폼페이우스 · 리키니우스 호민관법 법안이 원로원에 상정되었다. 호민관단의 전권을 회복해주는 이 법안의 인기는 원로원 내의 반대파를 납작하게 눌러주기에 충분했다. 폼페이우스와 크라수스가 예상하기에 원로원에서 소란을 피우며 이 법안에 결사반대할 것 같았던 사람들은 맥없는 푸념을 조금 늘어놓는 데 그쳤다. 트리부스회에 이 법안의 통과를 요구하는 원로원 결의는 거의 만장일치로 채택되었다. 일각에서는 원칙적으로 이 법안의 승인을 백인조회에 맡겨야 하는 것이 아니냐고 이의를 제기했다. 하지만 카이사르, 호르텐시우스, 키케로는 트리부스와 관련된 법안 승인은 반드시 트리부스 기반의 민회에서 이뤄져야 한다고 강하게 주장했다. 3주가 지나기도 전에 폼페이우스 · 리키니우스 법안은 트리부스회를 통과해 법으로 제정되었다. 호민관들은 다시금 법률과 정무관에 대해 거부권을 행사할 수 있게 되었다. 또한 원로원 결의 형태의 허가 없이 평민회에서 법을 제정할 수 있게 되었고, 반역, 부당취득, 총독 직 수행과 관련된 여타 범법행위를 기소할 수 있게 되었다.

카이사르는 이제 원로원에서 정기적으로 연설을 했다. 그의 연설은 늘 귀담아들을 가치가 있었기에—재치 넘치고 흥미롭고 간결하면서도 자극적이었다—곧 그를 따르는 무리가 형성되었다. 그의 연설은 키케로의 연설만큼이나 훌륭하다고 평가받았으므로, 출판물로 발행하자는 제의도 나날이 늘어갔다. 심지어 키케로조차도 카이사르가 로마 최고의 웅변가임을 인정한다고 발언했다. 하지만 어디까지나 자기 다음으로 최고라는 의미였다.

호민관 플라우티우스는 새롭게 손에 넣은 권력을 한시라도 빨리 사용하고 싶었다. 그는 레피두스와 세르토리우스의 추종세력으로 낙인찍힌 사람들에게 시민권과 권리를 회복해주는 법을 평민회에서 통과시키겠다고 원로원에 발표했다. 카이사르는 자리에서 벌떡 일어나 이 법안에 대한 지지발언을 했다. 또한 아주 감동적인 연설을 통해 술라의 공권박탈자 명단에 오른 사람들까지도 이 법안에 포함되어야 한다고 호소했다. 원로원은 그와 같은 확대 적용을 거부하고, 레피두스와 세르토리우스의 추종세력으로 유죄판결을 받은 사람들에게만 적용되는 플라우티우스 법안을 지지한다는 입장을 밝혔다. 하지만 그 순간, 카이사르는 이상하리만치 기분좋아 보였고 전혀 실망한 기색이 없었다.

"원로원은 자네 제안을 거절했네, 카이사르." 크라수스는 어리둥절한 표정으로 말했다. "그런데도 자네는 아주 기분좋아 보이는군!"

"친애하는 크라수스, 저는 원로원 의원들이 술라의 공권박탈자 명단에 오른 인물에 대해서까지 사면을 허락할 리 없다는 걸 잘 알고 있었어요!" 카이사르는 웃으며 말했다. "그렇게 되면 그 덕분에 배를 불린 수많은 주요 인사들이 모든 것을 도로 토해내야 하니까요. 절대 불가능한 일이죠! 그런데 카툴루스 일당은 레피두스와 세르토리우스로 인해 파면당한 사람에 대한 사면 허가조차 막으려는 것 같았어요. 그래서 전 괜히 술라 이야기를 끄집어냄으로써 앞서 나온 제안이 좀더 그럴듯해 보이도록 만들었죠. 어떤 일을 해내고 싶은데 반대에 부딪힐 것 같은 상황에선 항상 원하는 수준보다 더 심한 수준까지 밀어붙이면 된답니다, 마르쿠스 크라수스. 그러면 반대파는 추가로 덧붙여진 부분에 집중하느라, 애초에 그들이 조금 덜한 수준에 대해서도 반대했었다는 사실을 까먹게 되죠."

크라수스는 활짝 웃었다. "자네는 뼛속까지 정치인이군, 카이사르. 자네 적들이 자네 전략을 너무 철저히 분석하지 않았으면 하는 바람이네. 안 그러면 자네 인생이 지금보다 훨씬 힘들어질 테니까."

"전 정치를 사랑해요." 카이사르는 담담하게 말했다.

"자넨 자네가 하는 모든 일을 사랑하지. 그러니까 전력을 다해 뛰어드는 것이고. 그게 자네의 비밀일세. 거기에다 자네가 가진 정신의 크기도 그렇고."

"너무 띄워주지 마세요, 크라수스. 제 머리는 충분히 크니까 말이죠." 카이사르가 말했다. '머리'가 사람의 어깨 위에 붙은 신체 부위와 남자의 다리 사이에 붙은 신체 부위를 동시에 의미한다는 점을 이용한 말장난이었다.

"굳이 말하자면 지나치게 크지." 크라수스는 소리내어 웃었다. "다른 남자의 아내들을 상대하는 일에 있어서는 조금 더 신중하게 처신하는 게 좋을 걸세. 소문을 듣자니, 우리 신임 감찰관들께서는 깐깐한 유모가 서캐를 골라내는 것처럼 원로원 의원들을 심사할 거라고 하더군."

술라가 감찰관 직을 폐지한 이후 최초로 두 감찰관이 선출되었다. 나이우스 코르넬리우스 렌툴루스 클로디아누스와 루키우스 겔리우스 포플리콜라, 이 두 사람은 잘 어울리지 않고 묘한 조합이었다. 그들이 폼페이우스의 고용인임을 모르는 사람은 없었다. 폼페이우스가 원로원에서 그들의 이름을 거론하자 감찰관 선거에 출마하려 했던 더 적절한 인물들—카툴루스, 메텔루스 피우스, 바티아 이사우리쿠스, 쿠리오—은 전원 후보에서 사퇴했고, 클로디아누스와 겔리우스만 남게 되었다.

크라수스의 예상은 적중했다. 감찰관은 보통 국가가 발주하는 계약을 먼저 처리하는 것이 관례였다. 클로디아누스와 겔리우스는 카피톨리누스 언덕의 거위와 닭을 먹이는 것과 여타 종교 관련 계약을 마친 다음, 곧바로 원로원 의원 조사에 착수했다. 조사 결과는 그들이 포룸 로마눔의 로스트라 연단에서 개최한 특별 집회에서 발표되었고, 그것은 큰 소란을 야기했다. 무려 예순네 명의 의원들이 원로원에서 추방된 것이다. 대부분 배심원 의무를 수행하면서 뇌물을 제공받거나 제공했다는 혐의를 받고 있었다. 스타티우스 알비우스 오피아니쿠스 재판의 배심원 중 상당수가 추방되었다. 또한 오피아니쿠스의 기소인이자 그의 의붓아들인 클루엔티우스는 기존 지방 트리부스에서 수도 트리부스인 에스퀼리누스로 강등되었다. 하지만 무엇보다 충격적인 것은, 추방자 명단에 작년 재무관 퀸투스 쿠리우스, 작년 수석 집정관 푸블리우스 코르넬리우스 렌툴루스 수라, 오르코메노스 호수의 괴물 가이우스 안토니우스 히브리다가 포함되어 있다는 사실이었다.

추방당한 의원이 원로원으로 복귀하는 것이 불가능한 일은 아니었다. 하지만 그를 추방한 감찰관을 통해서 다시 원로원으로 돌아올 수는 없었다. 그는 재무관이나 군무관 선거에 재출마해야만 했다. 이미 집정관까지 지낸 바 있는 렌툴루스 수라에게는 몹시 기운 빠지는 일이었다! 하지만 렌툴루스 수라는 사랑에 빠져 있었고, 원로원에 별 관심이 없어 이런 일을 당장 고민하지 않았다. 원로원에서 추방당한 지 얼마 지나지 않아서 그는 무력하기 그지없는 율리아 안토니아와 혼인했다. 카이사르가 옳았다. 율리아 안토니아는 남편을 고르는 눈이 없는 여자였다. 렌툴루스 수라는 마르쿠스 안토니우스보다 더 끔찍한 선택이었다.

원로원 의원 조사를 마친 뒤, 클로디아누스와 겔리우스는 계약을 처리하는 임무로 돌아갔다. 이번에는 종교와 관계된 계약이 아니라 민간 계약이었다. 일부는 공중변소, 경기장 관람석, 교량, 회당 등 다양한 국유시설과 공공시설의 건설 및 보수공사에 관한 것이었다. 하지만 대부분은 속주세와 십분의일세 징수에 관한 내용이었다. 그런데 이로 인해 또 한 차례 큰 소란이 벌어졌다. 감찰관들은 술라가 아시아 속주의 부담을 덜어주기 위해 도입한 조세제도를 폐지한 것이다.

루쿨루스와 마르쿠스 코타는 미트리다테스 왕과의 전쟁을 아주 성공적으로 마무리하고 있었다. 두 사람 중 월계관의 주인공은 단연 루쿨루스였다. 폼페이우스와 크라수스가 집정관을 지내던 그해, 미트리다테스는 사위인 아르메니아 왕 티그라네스의 궁정으로 도주해야만 했다. 그곳에서 티그라네스는 미트리다테스를 접견하는 것을 거부했다. 한편 루쿨루스는 카파도키아와 비티니아는 물론 폰토스까지 완전히 점령하기 일보 직전이었다. 이제 티그라네스만 잘 해결하면 되는 일이었다. 오랜만에 미뤄두었던 행정업무에 관심을 쏟을 수 있게 된 루쿨루스는, 그가 킬리키아와 더불어 벌써 3년째 다스리고 있는 아시아 속주의 복잡한 재정문제를 한눈에 파악했다. 그는 징세청부업자들을 아주 엄격하게 단속했다. 또한 과거 마르쿠스 아이밀리우스 스카우루스가 그랬던 것처럼, 속주 총독의 즉결처형 권한을 이용해 두 차례에 걸쳐 수많은 관련 인물을 참수하기까지 했다.

로마에서 터져나온 분노의 비명은 어마어마했다. 특히 루쿨루스의 개혁안은 징세청부업자들의 입장에서는 술라의 기존 조세제도보다도 훨씬 더 수익을 올리기 힘든 구조였다. 원로원 내에서도 극단적인 보수주의자인 루쿨루스는 단 한 번도 재계에서 인기 있었던 적이 없었다. 다시 말해 크라수스와 아티쿠스 같은 사람들은 그를 혐오했다. 또한 현직 사령관으로 활동하는 인물 중에서는 루쿨루스가 가장 위협적인 존재였으므로, 폼페이우스 역시 루쿨루스를 싫어했다.

그러므로 폼페이우스의 고분고분한 감찰관들이 아시아 속주에 적용되는 술라의 조세제도를 폐지한다고 발표한 것은 그리 놀라운 일이 아니었다. 이제 그곳의 조세체계는 술라 이전의 방식으로 돌아가야 했다.

하지만 이 모든 발표는 루쿨루스에게 전혀 영향을 끼치지 못했고, 그는 감찰관의 지시를 단박에 무시했다. 그는 자신이 아시아 속주의 총독으로 있는 한, 하나의 이상적인 본보기이자 로마 속주의 모든 사람들이 마땅히 따라야 할 술라의 조세제도를 버리지 않을 것이라 했다. 아시아 속주로 인력을 투입한 엉성한 회사들은 휘청거리기 시작했다. 포룸 로마눔과 원로원에선 원성의 목소리가 높아졌고, 강한 권력을 지닌 기사들은 루쿨루스를 당장 총독 직에서 해임해야 한다고 소리쳤다.

그럼에도 불구하고 루쿨루스는 계속 로마로부터의 지시를 무시하고, 자신의 위태로운 입장도 무시했다. 그에게는 큰 전쟁을 마친 뒤에는 따라오기 마련인 혼란 상황을 수습하는 일이 더 시급했다. 그가 떠날 무렵에 이 두 개의 속주는 '제대로' 정비된 상태여야 했다.

카이사르는 천성이나 기질적으로 카툴루스나 루쿨루스 같은 극단적인 보수주의자와 잘 맞지 않았다. 하지만 그는 루쿨루스에게 고마워해야 할 이유가 한 가지 생겼다. 비티니아의 오라달티스 왕비로부터 도착한 편지 때문이었다.

내 딸이 집으로 돌아왔답니다, 카이사르. 루키우스 리키니우스 루쿨루스가 미트리다테스 왕과의 전쟁에서 큰 승리를 거두었고, 이제 벌써 1년째 폰토스 내에서 전쟁을 치르고 있다는 소식은 이미 들었을 거예요. 미트리다테스 왕 소유의 많은 요새들 중에서도 카베이라는 늘 가장 강력한 요새로 손꼽혀왔지요. 그런데 올해 루쿨루스는 카베이라를 함락시켰고 그곳에서 온갖 끔찍한 것들을 발견했어요. 그곳의 지하감옥은 정치범과, 미트리다테스 왕에게 잠재적으로 위협이 되는 친척들로 가득했어요. 그들은 고문을 당하거나 왕의 지속적인 독약 실험 대상으로 이용되었죠. 지금 나는 너무 행복하기 때문에, 그런 극악무도한 내용을 일일이 다 늘어놓지는 않겠어요.

루쿨루스는 그곳에서 기거하는 여자들 중에서 니사를 발견했어요. 그애는 거의 20년 동안 그곳에서 살았고 이제 예순 넘은 나이에 내게 돌아오게 되었지요. 하지만 미트리다테스의 평소 행태를 고려할 때 내 딸은 나쁘지 않은 대접을 받았더군요. 그애는 미트리다테스 왕이 그곳에 가두어두는 한 무리의 아내들, 첩들과 다를 바 없는 생활을 했어요. 미트리다테스 왕은 자기 누이들도 그곳에 가둬놓고 결혼을 하지도, 2세를 출산하지도 못하게 했어요. 그래서 내 불쌍한 딸에겐 독신 여성 동지들이 많았어요. 그 점에 대해 더 자세히 언급하자면, 왕은 너무 많은 아내와 첩을 거느리고 있어서 카베이라에 있는 왕의 여자들은 몇 년씩 거의 독신 여성처럼 살곤 했어요! 거대한 노처녀 무리처럼 말이죠.

그들을 감옥에서 풀어준 루쿨루스는 그곳의 모든 여성들에게 친절했고, 그들이 남자들이 저지를 수 있는 범죄의 희생양이 되지 않도록 섬세하게 배려했어요. 니사의 말에 따르면 그는 마치 다리우스 3세의 어머니, 아내들, 할렘 여인들을 대하는 알렉산드로스 대왕 같았다고 해요. 나는 루쿨루스가 그 폰토스 여성들을 킴메리아에 있는 그의 우방이자 미트리다테스 왕의 아들인 마카레스에게 보냈을 거라고 믿어요.

그는 니사의 신분을 파악하고 즉시 그애를 풀어주었어요. 뿐만 아니랍니다, 카이사르. 그는 내 딸에게 많은 금과 선물을 내렸고, 호위병들에게는 내 딸의 명예를 더럽히지 않겠다는 맹세까지 받아냈어요. 나이 많고 그리 아름답지도 않은 이 여성이 새처럼 자유로운 몸으로 시골길을 여행할 때 느꼈을 기쁨을 상상할 수 있겠어요?

오, 이렇게 딸아이를 다시 만나다니! 나는 그애가 레바에 있는 내 빌라의 정문으로 걸어들어오는 그 순간까지 아무것도 모르고 있었어요. 니사는 나를 다시 보게 되어 진심으로 기뻐했죠! 내 딸을 되찾게 되다니, 내 마지막 소원이 이뤄졌어요.

그애는 가장 적절한 순간에 도착했답니다. 딸이 도착하기 한 달 전 애견 술라가 늙어죽는 바람에 나는 절망에 빠져 있었거든요. 하인들은 내게 얼른 새로운 애견을 구하라고 성화였지만 그게 어디 쉬운 일인가요. 그 사랑스러운 개가 보여주었던 별난 재주와 익살맞은 몸짓, 가족생활에서 차지했던 역할을 떠올리면, 죽은 개를 묻고 서둘러 그 녀석의 바구니를 다른 짐승에게 내주는 일이 배신처럼 느껴지니까요. 물론 그게 나쁜 짓이란 건 아니지만, 자신만의 특별함을 갖춘 새로운 애완동물을 받아들이려면 어느 정도 시간이 지나야 하는 법이죠. 게다가 새 애완동물이 하나의 인격체로 변해가기도 전에 내가 먼저 세상을 떠날지도 모른다는 걱정까지 하고 있었어요.

하지만 지금 죽을 순 없어요! 물론 니사는 아버지의 죽음 소식을 듣고 눈물을 흘렸죠. 그래도 지금 우리는 이곳에 자리를 잡고 조화롭게 행복하게 지내고 있어요. 부두에 나가 손낚시를 즐기거나 마을 산책을 다니기도 한답니다. 루쿨루스는 우리 모녀에게 니코메디아의 궁전에서 살지 않겠냐고 제안했지만 우린 지금 이곳에 머무르기로 했어요. 게다가 지금은 루쿨루스라는 이름의 작고 귀여운 강아지를 키우고 있어요.

카이사르, 제발 부탁이니 시간을 내서 다시 한번 동방으로 와주세요! 당신에게 니사를 꼭 소개해주고 싶어요. 나도 당신이 몹시 보고 싶고요.

시라쿠사이와 메사나를 제외한 시칠리아 섬의 모든 도시에서 파견한 대표단이 가이우스 베레스를 기소하기 위해 처음으로 찾아간 사람은 지난해의 호민관 마르쿠스 롤리우스 팔리카누스였다. 하지만 팔리카누스는 그들을 폼페이우스에게 보냈고, 폼페이우스는 그 일을 맡을 만한 적임자로 마르쿠스 툴리우스 키케로를 추천했다.

베레스는 수도 담당 법무관을 마친 뒤 시칠리아에 총독으로 파견되었고—대체로 스파르타쿠스 덕분에—3년 연속 그 자리를 지켰다. 시칠리아 대표단이 1월에 키케로를 찾아갔을 때, 베레스는 이제 막 로마로 돌아온 상태였다. 폼페이우스와 팔리카누스 모두 이 문제에 이해관계가 얽혀 있었다. 팔리카누스는 베레스에게 기소당한 사람들의 의뢰를 받아 일한 적이 있었고, 폼페이우스는 술라를 위해 시칠리아 섬을 점령하고 있을 때 그곳에서 상당히 많은 사람들을 피호민으로 만들었다.

키케로는 베레스가 후임으로 오기 전까지 시칠리아 총독 섹스투스 페두카이우스 밑에서 릴리바이움의 재무관으로 일한 경험이 있었다.

그 기간 동안 시칠리아에 대한 그의 애정은 아주 깊어졌다. 그에게 적지 않은 시칠리아인 피호민이 생긴 것은 두말할 나위도 없었다. 하지만 시칠리아 대표단이 찾아왔을 때 그는 한발 뒤로 물러났다.

"난 기소는 하지 않습니다." 그가 사정을 설명했다. "변호만 한단 말입니다."

"하지만 나이우스 폼페이우스 마그누스께서 의원님을 추천하셨어요! 이 재판에서 승리할 수 있는 사람은 의원님뿐이라고 하셨어요. 그러니 제발 부탁입니다, 이번만 원칙을 깨고 가이우스 베레스를 기소해 주세요! 재판에 승소하지 못하면 시칠리아는 로마를 상대로 폭동을 일으킬지도 모릅니다."

"그가 그 지역을 다 쓸어버렸나요?" 키케로는 감정을 배제한 목소리로 물었다.

"네, 완전히 쓸어버렸습니다. 하지만 그걸로 부족했는지 그런 다음에 발기발기 찢어놓기까지 했어요, 마르쿠스 툴리우스 의원님. 우리에겐 아무것도 남지 않았어요! 모든 신전에 안치된 예술품들이 그림이며 조각상이며 할 것 없이 다 사라졌어요. 개인 소유의 귀중품들도 다 사라졌고요. 직물을 짜는 솜씨로 이름 높은 자유인 여성을 데려가 영리 목적의 공장에서 노예처럼 부려먹는 인간에게 대체 무얼 기대하겠어요? 그는 로마 국고위원회에서 곡물을 구입하라고 지급한 돈을 중간에서 가로챘고, 정작 농부들에게는 값을 치르지도 않고 곡식을 강탈했어요! 농장, 토지, 심지어 상속재산까지 훔쳤어요. 죄를 다 언급하자면 끝이 없습니다!"

이 범죄 목록을 듣고 키케로는 크게 놀랐다. 하지만 여전히 고개를 가로저었다. "미안하지만 나는 기소를 하지 않습니다."

대표로 나선 사람은 숨을 들이쉬었다. "그렇다면 우리는 고향으로 돌아가야겠군요. 사라진 아르키메데스의 무덤을 다시 찾아낼 정도로 시칠리아 역사에 정통하고 수고를 마다하지 않는 사람이라면, 우리 곤경을 이해하고 도와주실 줄 알았어요. 하지만 시칠리아에 대한 의원님의 애정은 이제 식어버렸군요. 또한 의원님은 나이우스 폼페이우스가 의원님을 귀하게 여기는 것만큼 그를 귀하게 여기지 않는 것이 분명합니다."

폼페이우스에 대한 언급과 키케로의 유명한 성공담—그는 시라쿠사이 외곽에서 사라진 아르키메데스의 무덤을 다시 찾아냈던 것이다—에 대한 언급은 그냥 듣고 넘길 수 없었다. 키케로가 생각하기에 기소는 그의 재능을 낭비하는 일에 불과했다. 기소인이 받는 수임료(수임료 자체가 불법이긴 하지만)는, 모든 것을 잃을 위기에 처해 식은땀을 흘리는 전직 총독이나 징세청부업자가 변호인에게 내놓는 수임료에 비하면 늘 보잘것없는 까닭이었다. 게다가 사람의 마음이 참 웃긴게, 기소인은 대중에게 인기가 없었다! 기소인은 늘 불쌍한 개인의 삶을 파괴하기로 작정한 저속한 인간으로 비쳤고, 반면 그 불쌍한 개인의 삶을 구제해주는 변호인은 인민의 영웅이었다. 이 불쌍한 개인들이 대부분 교활하고 탐욕스러운 인간들이며 명백히 유죄라고 해도, 달라지는 것은 거의 없었다. 각자 원하는 방식대로 삶을 영위할 권리를 위협하는 것은 무조건, 개인에게 마땅히 주어진 권리의 침해로 간주되었다.

키케로는 한숨을 내쉬었다. "알겠어요, 알겠어, 내가 이 사건을 맡겠습니다!" 그가 말했다. "하지만 항상 기소인 발언이 끝난 후 변호인 발언이 이어지기 때문에, 평결을 내리라는 지시를 받을 때쯤 배심원들은 기소인이 했던 말을 까맣게 잊어버린다는 사실을 기억해주세요. 또한 가이우스 베레스의 연줄이 대단하다는 점을 잊지 마십시오. 그의 아내는 카이킬리아 메텔라고, 그의 처남은 올해 집정관 당선인으로 점쳐지던 사람이며, 다른 처남은 현재 시칠리아 총독으로 일하고 있어요. 그러니 여러분은 그쪽으로부터는 아무 도움도 받을 수 없을 것이고, 그건 나도 마찬가지예요! 게다가 카이킬리우스 메텔루스 가문의 모든 사람들이 그의 편에 설 겁니다. 내가 그를 기소하면 퀸투스 호르텐시우스가 그의 변호를 맡을 것이고, 또 그만큼이나 유명한 다른 변호인들도 돕겠다고 나설 겁니다. 나는 이 사건을 맡겠다고만 했어요. 승소할 것을 예상한다는 말이 아닙니다."

키케로는 대표단이 그의 저택을 떠나기가 무섭게 자신의 결정을 후회했다. 집정관이 되기 위해 법정에서의 능력이라는 아주 변변찮은 기반에 의지해야 하는 사람이라면, 그 누가 카이킬리우스 메텔루스 가문 전체를 적으로 돌리고 싶겠는가? 키케로는 평소 자신이 몹시 싫어하던 아르피눔 출신의 인물 가이우스 마리우스만큼이나 신진 세력이었다. 하지만 그에게는 군사적 재능이 전혀 없었고, 전장에서 명성을 쌓지 못하면 신진 세력으로서 높은 지위에 오르는 것이 더욱 어려웠다.

그는 자신이 왜 이 제안을 수락할 수밖에 없었는지 잘 알고 있었다. 그가 폼페이우스에 대해 느끼는 다소 황당한 충성심 탓이었다. 오랜 세월이 지났고 그간 많은 일이 있었지만, 열일곱 살 수습군관이 자기 아버지가 경멸해 마지않는 다른 수습군관에게 보여준 무심한 듯한 친절함을 어떻게 잊을 수 있단 말인가? 키케로는 목숨이 붙어 있는 한, 폼페이우스 스트라보의 수습군관으로 있던 섬뜩하고 비참한 시절에 그를 도와준 폼페이우스에게 고마워할 터였다. 폼페이우스는 폼페이우스 스트라보의 냉담한 잔혹함과 등골 서늘한 분노로부터 그를 보호해주었다. 아무도 그에게 도움의 손길을 내밀지 않았지만, 사령관의 아들인 어린 폼페이우스는 손을 내밀었다. 폼페이우스 덕분에 그는 그 겨울을 따뜻하게 보낼 수 있었고, 폼페이우스 덕분에 행정직을 맡을 수 있었으며, 폼페이우스 덕분에 전장에서 칼 한 번 들지 않고 전쟁을 마칠 수 있었다. 그는 그걸 절대, 무슨 일이 있어도 잊을 수 없었다.

그는 카리나이 지구를 찾아가 폼페이우스를 만났다.

"자네한테 해줄 말이 있어 왔네." 그는 재앙을 예감하는 목소리로 말했다. "가이우스 베레스를 기소하기로 결심했어."

"오, 참 잘됐군!" 폼페이우스는 진심으로 말했다. "베레스한테 당한 사람 중에는 내 피호민이 많다네. 이미 죽은 사람들도 많고 말이지. 자네는 충분히 승소할 수 있어. 나한테 부탁할 게 있으면 다 말하게."

"자네한테 부탁할 건 없네, 마그누스. 내가 자네에게 빚을 졌다는 건 의심할 여지가 없는 사실이니까."

폼페이우스는 깜짝 놀란 표정이었다. "자네가? 대체 무엇 때문에?"

"자네 덕분에 자네 아버지 군대에서 복무하던 시절을 잘 견딜 수 있었네."

"오, 그거!" 폼페이우스는 키케로의 팔을 잡고 흔들며 웃었다. "그게 평생 두고두고 감사할 일은 아닌 것 같은데."

"나한테는 그렇다네." 눈가가 촉촉해진 키케로가 말했다. "우리는 이탈리아 전쟁중에 많은 것을 함께 나누었지."

폼페이우스는 두 사람이 함께 나눈 별로 유쾌하지 않은 기억, 이를테면 아버지의 발가벗겨지고 훼손된 시신을 찾아다니던 일 따위가 떠오른 모양인지, 이탈리아 전쟁의 기억을 떨쳐버리려는 듯 고개를 좌우로 흔들었다. 그는 키케로에게 아주 훌륭한 포도주 한 잔을 건넸다. "이

보게, 친구. 혹시라도 내 도움이 필요하면 꼭 말해주게."

"그렇게 하겠네." 키케로는 고마워하며 말했다.

"카이킬리우스 메텔루스 가문의 염소들은 하나같이 이 기소에 반대하고 나설 거야." 폼페이우스는 생각에 잠긴 채 말했다. "카툴루스나 호르텐시우스 같은 사람들도 마찬가지고."

"자네가 지금 막 언급한 이름들은, 올해가 가기 전에 이번 재판을 마쳐야만 하는 주된 이유라네. 이 재판을 내년까지 끌고 가는 건 너무 위험해. 주변에서 다들 작은 염소와 호르텐시우스가 내년 집정관이 될 거라고 하더군."

"어떻게 보면 참 애석한 일이지." 폼페이우스가 말했다. "하지만 내년에는 배심원들이 다시 기사로 바뀔 텐데, 그렇다면 베레스에게 불리하지 않겠나."

"집정관이 배후에서 법정을 조작하지 않는다면 그렇겠지, 마그누스. 게다가 우리 법무관 루키우스 코타가 기사들에게 배심원 의무를 맡기는 것에 동의하지 않을지도 모른다네. 며칠 전에 그를 만나 이야기를 나누었는데, 그는 배심원단 구성에 관한 조사만 해도 몇 달쯤 걸릴 것 같다더군. 게다가 기사로 구성된 배심원단이 원로원 의원으로 구성된 배심원단보다 나을 거라는 확신도 없다고 했어. 기사들은 뇌물 수수 혐의로 기소할 수도 없으니까."

"그렇다면 우리가 법을 고치면 되겠군." 폼페이우스가 말했다. 법을 존중하는 마음이 결여된 그는 마음에 들지 않는 법은 지금 당장, 그것도 자기 마음대로 뜯어고치면 된다고 생각했다.

"그건 어려울지도 몰라."

"이유를 모르겠군."

"그건 말이지." 키케로는 인내심을 가지고 말했다. "법을 바꾸려면 트리부스회나 평민회에서 새로운 법을 제정해야 하기 때문이야. 그런데 그곳은 모두 기사들이 꽉 잡고 있단 말일세."

"하지만 그들은 크라수스와 내가 작년에 저지른 행동에 면책특권을 제공해줬어." 하나의 법과 또다른 법의 차이를 구분할 줄 모르는 폼페이우스가 말했다.

"그건 자네가 그들에게 이제껏 아주 친절했기 때문이지, 마그누스. 또 자네가 앞으로도 그들에게 아주 친절하기를 바라기에 그렇게 해준 거야. 하지만 그들의 뇌물 수수행위 자체를 불법화하는 법은 완전히 다른 문제란 말이야."

"오, 그렇다면 자네 말마따나 루키우스 코타가 기사들로 배심원단을 구성하는 데 동의하지 않을지도 모르겠군. 그건 그냥 내 의견이었네."

키케로는 자리에서 일어났다. "고맙네, 마그누스."

"계속 소식 전해주게나."

한 달 뒤, 키케로는 수도 담당 법무관 루키우스 코타에게 시칠리아 섬의 도시들을 대신해 부당취득 법정에서 가이우스 베레스를 기소할 것이라 전했다. 또한 베레스가 시칠리아 신전과 시민들에게서 훔친 모든 예술품과 귀중품의 반환은 물론, 총 4,250만 세스테르티우스—1천 700탈렌툼—의 피해보상금을 요구할 것이라고 했다.

베레스는 그 누구도 작은 염소 메텔루스의 매부인 자신을 기소하지는 못하리라 굳게 믿고 으스대며 시칠리아에서 로마로 돌아왔다. 하지만 키케로가—기소는 절대 하지 않는 그 키케로가!—기소 의사를 밝혔다는 소식에 크게 당황했다. 베레스는 처남이자 시칠리아 총독인 루키우스 메텔루스에게, 그가 미처 덮지 못했을지도 모르는 약탈의 증거들을 인멸해달라는 부탁을 즉시 전달했다. 놀랍게도 시라쿠사이와 메사나는 다른 도시들의 기소에 동참하지 않았다. 시라쿠사이와 메사나가 베레스를 방조하고 그의 사악한 범죄행위로 인한 수익을 나눠 먹었기 때문이다. 그렇다 해도 신임 총독이 아내의 둘째 오빠라는 건 얼마나 다행인가!

로마에 남아 있던 두 처남, 작은 염소 퀸투스(내년 집정관에 당선될 것이 분명했다)와 메텔루스 카프라리우스의 세 아들 중 막내인 마르쿠스는 서둘러 베레스에게 연락해서 재판의 재앙을 피해 갈 수 있는 방법을 물색했다. 또한 이 사건을 퀸투스 호르텐시우스에게 맡기기로 동의했다. 호르텐시우스는 이 사건이 법정까지 가게 된다면 수석 변호인을 맡을 예정이었다. 하지만 지금 이 시점에선 재판 자체를, 그것도 키케로가 기소인으로 나서는 재판을 애초에 막기 위한 계책이 필요했다.

3월에 호르텐시우스는 수도 담당 법무관에게 이의를 제기했다. 그는 키케로가 베레스의 기소를 맡기에 적합한 인물이 아니라고 했다. 호르텐시우스는 키케로 대신 퀸투스 카이킬리우스 니게르라는 사람을 지명했다. 그는 작은 염소의 친척이자 베레스가 시칠리아 총독으로 지내던 두번째 해에 그의 재무관으로 일했던 인물이었다. 키케로가 기소인으로 적합한지를 따지기 위해서는 '디비나티오'라 불리는 특별 청문회를 여는 수밖에 없었다. 디비나티오는 '어림짐작'이라는 의미였는데, 재판관들이 구체적인 증거가 제시되지 않는 상황에서 짐작만으로 판결을 내려야 했기 때문에 이렇게 불렸다. 각 기소인 후보들은 재판관들에게 왜 자신이 수석 기소인이 되어야 마땅한지 설명해야 했다. 재판관들은 카이킬리우스 니게르의 엉성한 발표와 키케로의 발표를 경청한 뒤, 키케로를 이번 사건의 기소인으로 지명하며 하루빨리 이 사건을 법정으로 가져올 것을 지시했다.

베레스, 메텔루스 가문의 두 작은 염소, 호르텐시우스는 전략을 수정해야 했다.

"당신은 내년에 법무관이 될 것이오, 마르쿠스." 위대한 변호인이 세 형제 중 막내에게 말했다. "그렇다면 당신이 부당취득 법정의 재판장이 되도록 추첨 과정에 손을 써야 하오. 올해 재판장 글라브리오는 가이우스 베레스라면 질색하는 사람이오. 글라브리오는 베레스 당신에 대한 증오 때문에라도, 자신의 법정에서 아주 작은 추문이 나오는 것조차 막으려고 할 거요. 그렇소, 다시 말해 이 재판이 올해 진행되고 글라브리오가 재판장으로 있는 한 배심원에게 뇌물을 먹일 수도 없다는 뜻이오. 또한 올해엔 루키우스 코타가 쥐를 지켜보는 고양이처럼 모든 주요 배심원들을 주시하고 있다는 걸 잊어서는 안 되오. 이번 재판은 세간의 이목을 많이 끌 것이니, 내 생각에 루키우스 코타는 이 재판을 통해 전원 원로원 의원으로 구성된 배심원단의 적절성 여부를 판단할 것 같소. 또 집정관 폼페이우스와 크라수스에 관해 말하자면, 그들은 우릴 전혀 안 좋아하고 말이지!"

"그렇다면 내 재판을 어떻게든 내년으로 미뤄야 한다는 뜻이군요." 황동빛의 잘생긴 외모가 요즘 들어 약간 퇴색한 듯한 베레스가 말했다. "내년에는 마르쿠스가 부당취득 법정의 재판관이 될 테니 말이오."

"바로 그거요." 호르텐시우스가 말했다. "퀸투스 메텔루스와 나는 내년 집정관으로 당선될 거요. 그렇다면 큰 도움이 되지 않겠소! 우리가 추첨을 조작해 마르쿠스에게 부당취득 법정을 맡기는 것은 어렵지 않을 것이고, 그때 가선 배심원단이 원로원 의원이든 기사든 별 차이도 없을 거요. 어차피 다 뇌물을 받아먹을 테니까!"

"하지만 이제 겨우 4월이오." 베레스는 우울하게 말했다. "내년 말까지 재판을 미룰 방법을 모르겠소."

"오, 충분히 가능하오." 호르텐시우스는 자신 있게 말했다. "이번 사건처럼 로마에서 멀리 떨어진 지역에서 증거를 수집해야 하는 경우, 기소인이 재판 준비를 마치려면 6개월에서 8개월은 걸리기 마련이오. 게다가 시칠리아처럼 거대한 지역을 이곳저곳 헤집고 다닌다고 생각해 보시오! 키케로가 아직 로마에 있는 걸 보면 조사를 시작하지 않았고, 아직 시칠리아로 대행인을 파견하지도 않았소. 물론 그는 한시바삐 증거를 수집하고 증인을 모으려 할 거요. 그런데 바로 이 점에서 루키우스 메텔루스의 역할이 중요하오. 그는 시칠리아 총독이니, 온갖 장애물을 설치해 키케로와 그 대행인들의 발목을 잡아야 해요."

호르텐시우스의 얼굴이 환해졌다. "그러면 키케로는 10월까진 준비를 마칠 수 없을 거요. 물론 그때도 재판을 할 시간은 충분하겠지. 하지만 우리가 그렇게 내버려두지 않을 것이오! 가이우스 베레스 당신의 재판이 시작되기 전에 우리가 글라브리오의 법정에서 다른 소송을 제기할 테니까요. 그 희생양은 우리가 재빠르게 재판을 준비할 수 있을 만큼 구체적인 증거를 많이 남겨둔 사람이어야 할 거요. 사소한 부당취득죄를 범한 어느 불쌍한 사람, 그러면서도 속주 총독 같은 거물급은 아닌 사람. 곡물 담당관 중에 하나를 고르면 좋을 것 같은데, 이를테면 그리스 같은 지역의 담당관이 좋겠지요. 괜찮은 후보가 한 명 있소. 7월 말까지 수도 담당 법무관을 만족시킬 만큼 충분한 증거를 수집해 소송을 제기할 수 있을 거요. 키케로는 아마 그때까지 준비를 마칠 수 없을 테지. 하지만 우리는 다를 거요!"

"어떤 사람을 희생양으로 점찍어둔 거요?" 작은 염소 메텔루스가 안심이 되는 표정으로 물었다. 그와 그의 동생들은 당연히 가이우스 베레스의 수익을 함께 나눠 가졌다. 그는 자신의 매부가 국외로 추방되거나 부당취득죄로 유죄판결을 받는 치욕을 감당하게 둘 수는 없었다.

"바로 루쿨루스의 보좌관이었던 퀸투스 쿠르티우스라는 사람이오. 그는 바로 루쿨루스가 마케도니아 총독으로 있을 때 아카이아의 곡물 담당관으로 일했소. 바로 루쿨루스가 트라키아에서 베시족을 정복하고 다누비우스 강에서 바다까지 배를 타고 다니느라 그토록 바쁘지 않았다면 진작 자기 손으로 쿠르티우스를 기소했을 거요. 하지만 그가 돌아와 쿠르티우스의 횡령 사실을 발견했을 때, 그는 이 문제가 너무 사소하고 지금 와서 거론하긴 늦었다고 여겨 소송을 제기하지 않았소. 하지만 증거는 충분히 남아 있으니 수집하기만 하면 됩니다. 바로 루쿨루스는 우리가 이 물고기를 낚는 작업을 기쁜 마음으로 도와줄 거요. 나는 올해 안에 부당취득 법정에서 퀸투스 쿠르티우스 사건을 다루고 싶다는 의사를 밝히겠소." 호르텐시우스가 말했다.

"그렇다면," 베레스는 열성적으로 말했다. "루키우스 코타는 글라브리오에게 두 개 사건 중 재판 준비가 먼저 끝나는 사건을 우선 다루라고 지시하겠군요. 당신 말에 따르면 그건 쿠르티우스의 사건일 테고. 그런 다음 재판이 시작되면 당신은 그 재판을 내년까지 끌고 가는 거지! 키케로와 나의 재판은 계속 미뤄질 수밖에 없을 테고. 기막힌 생각이오, 퀸투스 호르텐시우스, 정말이지 기가 막힙니다!"

"그렇소. 내가 생각해도 아주 교묘한 작전이오." 호르텐시우스는 의기양양하게 말했다.

"키케로는 격분하겠군." 작은 염소 메텔루스가 말했다.

"그 꼴을 직접 본다면 얼마나 좋겠소!" 호르텐시우스가 말했다.

하지만 그들은 키케로가 격분하는 모습을 볼 수 없었다. 호르텐시우스가 부당취득 법정에서 전직 아카이아 곡물 담당관을 기소하겠다는 의사를 밝혔다고 전해 듣자, 키케로는 곧바로 호르텐시우스의 의도를 정확히 간파했다. 낭패감이 그를 덮쳤고, 뒤이어 절망감이 찾아왔다.

아르피눔에서 그의 집을 찾아온 사촌 루키우스 키케로는, 서재로 걸어들어오는 키케로를 보고 그가 얼마나 심란한 상태인지 단박에 알아차렸다. "무슨 일인가?" 루키우스 키케로가 물었다.

"호르텐시우스 탓이네! 내가 가이우스 베레스를 기소하는 데 필요한 증거를 수집하기도 전에 다른 사건을 준비해서 부당취득 법정에서 다루려고 하네." 키케로는 절망의 형상화와도 같은 모습으로 자리에 앉았다. "우리 사건은 내년으로 미뤄질 거야. 메텔루스 가문의 작은 염소들이 호르텐시우스와 짜고 내년 법무관 마르쿠스에게 부당취득 법정을 맡길 거라는 데 전 재산을 걸 수도 있어."

"그렇다면 가이우스 베레스는 무죄를 선고받겠군."

"그럴 수밖에 없겠지! 안 그럴 리가 없지!"

"그럴수록 자네는 더 빨리 움직여야지." 루키우스 키케로가 말했다.

"뭐, 7월 말일 이전에 준비를 끝내라고? 우리 친구 호르텐시우스는 수도 담당 법무관에게 그 날짜를 비워달라고 부탁했단 말일세. 그때까지 준비를 마칠 순 없어! 시칠리아 섬은 거대하고, 그곳의 현직 총독은 베레스의 처남이라 내가 가는 곳마다 방해하려 들겠지. 못 해, 못 해, 못 한단 말일세!"

"자네는 당연히 할 수 있네." 루키우스 키케로는 활기차게 일어서며 말했다. "친애하는 마르쿠스 툴리우스, 자네는 어떤 사건에 몰두하면 그 누구보다 매끄럽고 체계적으로 일을 처리하지 않나. 자네는 질서정연하고 논리적이고 자신만의 체계가 있어! 게다가 시칠리아를 훤히 알고 있고, 그곳에 친구도 많고, 그중에는 저 끔찍한 가이우스 베레스로 인해 고생한 사람도 많지. 그래, 현 시칠리아 총독은 자네를 방해하려고 애쓰겠지만, 베레스로부터 수난당한 모든 사람들은 그보다 더 열심히 자네를 도와주려고 애쓸 거야! 지금은 4월 말이네. 2주가 지나기 전에 지금 자네가 로마에서 하고 있는 일을 마무리하게. 그러는 동안 나는 시칠리아로 가는 배편을 알아볼 것이고, 우리 두 사람은 5월 중순이면 시칠리아에 도착하게 될 걸세. 기운 내게, 마르쿠스, 자네는 할 수 있어!"

"정말 나와 함께 가겠나, 루키우스?" 키케로는 밝아진 얼굴로 물었다. "자네는 나만큼이나 체계적인 사람이니, 자네가 함께 가준다면 아주 큰 도움이 될 거야." 그가 지닌 본연의 열정이 돌아왔다. 갑자기 이 모든 일의 무게가 그리 무시무시하지 않게 느껴졌다. "우선 내 의뢰인들을 만나야겠네. 빠른 배편이라든지, 발 빠르게 시칠리아 전역을 다니는 데 필요한 노새가 끄는 이륜마차 비용을 나는 감당할 수 없거든." 그는 손바닥으로 책상을 내리쳤다. "루키우스, 유피테르 신께 맹세코 이 일을 해낼 걸세! 호르텐시우스가 어떤 표정을 지을지 보기 위해서라도!"

"우리는 꼭 해낼 거야!" 루키우스는 웃으며 외쳤다. "로마에서 출발해 다시 로마로 돌아오기까지 정확히 50일, 우리에게 주어진 시간은 그것뿐이네. 왕복 이동에 소요되는 기간이 10일, 증거 수집에 소요되는 기간이 40일이지."

루키우스 키케로가 로마 항의 아이밀리우스 주랑건물로 떠난 사이,

키케로는 의뢰인들이 머물고 있는 퀴리날리스 언덕의 저택을 찾아 갔다.

그는 의뢰인들 중에서 가장 윗사람이 누구인지 알고 있었다. 키케로가 시칠리아 재무관을 역임하던 시절, 시칠리아 섬 서부의 주요 항구도시 릴리바이움의 행정관으로 일했던 히에론이라는 인물이었다.

"내 사촌 루키우스와 함께 50일 안에 시칠리아 섬의 모든 증거를 수집해야만 합니다." 키케로가 설명했다. "호르텐시우스보다 더 빨리 사건을 준비해 소송을 제기하려면 말이죠. 우리는 해낼 수 있을 거예요. 하지만 그러려면 우선 당신들에게 그 비용을 감당할 의사가 있어야 합니다." 그의 얼굴이 붉어졌다. "히에론, 나는 부자가 아니라 발 빠른 운송수단을 마련할 수가 없어요. 또 필요한 증거나 정보를 얻기 위해 돈을 지불해야 하는 상황이 생길지도 모르고, 증인들을 로마로 데려오는 비용도 필요합니다."

히에론은 늘 키케로에게 애정과 존경을 품어왔다. 키케로는 회계나 재정 문제에 있어 빠르고 영리하고 혁신적이라, 시칠리아 섬에서 사업하는 모든 그리스인들은 키케로가 릴리바이움에 있는 동안 아주 즐겁게 일할 수 있었다. 키케로가 애정과 존경의 대상이 될 수 있었던 다른 이유는 그가 참 보기 드문 사람이어서였다. 그는 정직한 사람이었던 것이다.

"필요하신 것은 무엇이든 기꺼이 마련해드리겠습니다, 마르쿠스 툴리우스 의원님." 히에론이 말했다. "이쯤에서 수임료 문제도 논의하는 게 좋을 것 같군요. 우리가 드릴 수 있는 것이라고는 현금밖에 없는데, 로마 변호인들은 현금을 싫어한다고 하더군요. 너무 쉽게 감찰관에게 적발될 수 있으니까요. 그래서 예술품 따위로 비용을 지불하는 것이 관례라고 알고 있습니다. 하지만 우리에게는 그렇게 가치 있는 물건이 아무것도 남지 않았어요."

"오, 그건 걱정하지 마세요." 키케로는 쾌활하게 말했다. "내가 수임료로 무엇을 원하는지 미리 생각해뒀어요. 나는 내년에 평민 조영관 선거에 출마할 생각입니다. 내가 준비하는 경기대회는 그리 나쁘지 않을 테지만, 솔직히 조영관을 맡는 대단한 부자들과 경쟁하기는 힘든 입장이죠. 하지만 저렴한 가격에 곡물을 판매한다면 나도 큰 인기를 끌 수 있을 겁니다. 그러니 내 수임료는 곡물로 지불하세요, 히에론. 그건 땅으로부터, 게다가 매년 새롭게 자라나는 유일한 황금이니까요. 나는 조영관이 징수하는 벌금으로 곡물값을 치르게 될 텐데, 그걸로는 1모디우스당 2세스테르티우스밖에 줄 수 없어요. 그 가격에 내가 원하는 양만큼 곡물을 사게 해준다면 이번 소송에 대한 수임료를 요구하지 않겠습니다. 어디까지나 내가 승소한다는 전제하에 말이죠."

"좋습니다!" 히에론은 즉시 대답했고, 그의 은행 잔고에서 10탈렌툼을 인출해 키케로에게 지불한다는 내용의 서류를 작성했다.

마르쿠스 키케로와 루키우스 키케로는 정확히 50일간 떠나 있었다. 그동안 두 사람은 쉴새없이 증거와 증인을 모았다. 시칠리아 총독, 다양한 해적, 시라쿠사이와 메사나의 정무관, 일부 로마인 징세청부업자들이 두 사람의 발목을 잡으려 안간힘을 썼다. 하지만 훨씬 더 많은 사람들—그중에는 대단한 권력가도 섞여 있었다—이 두 사람의 작업에 속도를 더해주었다. 시라쿠사이의 재무기록은 유실되거나 불충분했지만, 릴리바이움의 재무기록을 통해 엄청난 양의 증거가 확보되었다. 증인들이 자진해서 나섰고 회계 담당자나 상인도 마찬가지였다. 농부들은 두말할 것도 없었다. 포르투나 여신도 키케로를 도왔다. 전체 일정 50일 중 겨우 나흘만 남겨두고 집으로 돌아오게 되었을 때, 바다 날씨는 너무도 완벽했다. 키케로와 루키우스, 모든 증인과 증거들은 갑판이 없는 작고 가볍고 빠른 배를 이용해 오스티아 항에 무사히 도착할 수 있었다. 그들은 6월 말일에 로마에 도착했다. 소송 준비 기간으로 한 달이 남아 있었다.

바로 그 한 달 동안 키케로는 소송을 준비하는 동시에 평민 조영관 후보로 출마했다. 키케로는 훗날 그때를 떠올리며, 어떻게 그 많은 일을 한꺼번에 다 해낼 수 있었는지 스스로도 믿기지 않았다. 하지만 사실 키케로는 책상 표면이 안 보일 정도로 다양한 일감이 눈앞에 쌓여 있을 때 가장 효율적으로 움직이는 사람이었다. 전광석화처럼 결정을 내리면 모든 것이 제자리를 찾아갔다. 은빛 혀와 금빛 목소리는 재치 넘치고 지혜로운 말을 쏟아냈고, 큼직하고 둥그스름하니 잘생긴 머리통은 사람들에게 고귀한 인상을 심어주었다. 때때로 키케로의 마음속 가장 어두운 한구석에 숨어 있던 눈부신 자아가 전면에 드러나기도 했다. 그 한 달 동안 키케로는 완전히 새로운 재판 진행방식까지 고안해냈다. 이것은 지금까지 로마의 소송 절차로는 불가능하던 일을 가능케 했다. 즉 배심원들에게 구체적이고 확실하며 산더미 같은 증거들을 아주 신속하고 효율적으로 제시함으로써, 변호인단이 피고인을 변호할 방도가 없도록 만드는 것이었다.

시칠리아로 떠난 지 며칠 되지도 않은 것 같은 키케로가 그새 다시 나타나자, 호르텐시우스는 숨이 턱 막혔다. 설상가상으로, 바로 루쿨루스와 아티쿠스와 아테네 시의 협조에도 불구하고 퀸투스 쿠르티우스의 기소에 필요한 증거 수집은 예상처럼 순조롭지 않았다. 하지만 잠시 머리를 식히고 찬찬히 생각해보니, 키케로가 허세를 부리는 것이란 확신이 들었다. 아무리 서둘러도 9월 전에 소송 준비를 마칠 수는 없을 것이다!

로마로 돌아온 키케로 역시 모든 것이 만족스러운 상태는 아니었다. 작은 염소 메텔루스와 그의 막냇동생이 키케로의 시칠리아인 의뢰인들을 어찌나 훌륭하게 구워삶았는지, 그들은 이제 키케로가 이 사건에 흥미를 잃었다고 굳게 믿었다. 메텔루스 집안의 작은 염소들이 엄선된 대행인들을 통해 키케로가 막대한 뇌물을 받아 챙겼다는 말을 흘렸던 것이다. 몇 번의 방문 끝에, 키케로는 히에론과 그의 동료들이 왜 그렇게까지 초조해하는지 이유를 알아낼 수 있었다. 일단 원인을 파악하고 나서는 어렵지 않게 그들의 두려움을 달래줄 수 있었다.

7월에는 세 가지 선거가 진행되었다. 첫번째는 고등 정무관을 선출하는 백인조회 선거였다. 키케로의 소송과 관련해서 그 선거의 결과는 끔찍했다. 호르텐시우스와 작은 염소 메텔루스가 내년 집정관으로 선출되었고, 작은 염소 마르쿠스는 법무관 중 한 명으로 뽑혔기 때문이다. 그다음으로 트리부스회 선거가 열렸다. 그 선거에서 카이사르가 최다 득표를 통해 재무관으로 선출되었다는 사실은 키케로의 머릿속에 별 인상을 남기지 못했다. 마지막으로 7월의 스물일곱번째 날, 키케로는 마르쿠스 카이소니우스(코그노멘이 카이사르인 율리우스 씨족과는 무관했다)라는 사람과 함께 평민 조영관으로 당선되었다. 그들은 서로 힘을 모아 일하는 데 어려움이 없으리라 예상했다. 또한 키케로는 그의 동료 평민 조영관이 대단한 부자라는 사실에 마음 깊이 감사했다.

집정관 폼페이우스와 크라수스 덕분에 그해 여름 로마에서는 너무 많은 일들이 벌어지고 있었으므로, 선거는 그다지 중요하게 다가오지 않았다. 선거 관리관들과 원로원은 선거를 가장 중요한 문제로 부각시키는 대신, 선거와 관련된 일이라면 전부 얼른 끝내버리고 싶었다. 그렇기 때문에—세 가지 선거 중 가장 마지막에 열린—평민회 선거 바로 다음날, 각자 내년에 맡을 임무를 정하는 추첨을 진행했다. 그 추첨에서 작은 염소 마르쿠스가 마치 마술처럼 부당취득 법정을 배정받은 것은 그리 놀랍지도 않았다! 이제 신년 초에 가이우스 베레스에게 무죄판결을 내려주기 위한 모든 준비가 완료되었다.

7월의 마지막날, 키케로는 선수를 쳤다. 민회가 예정되지 않은 날이었기에 수도 담당 법무관의 재판소는 열려 있었다. 루키우스 코타는 자리를 지키고 있었다. 이때 키케로가 의뢰인들을 줄줄이 이끌고 나타나, 자신은 가이우스 베레스의 기소를 위한 준비를 마쳤다고 전했다. 또한 루키우스 코타와 부당취득 법정의 재판장 글라브리오에게 재판을 시작하기에 적당한 날짜를 잡아달라고 말했다. 그것도 최대한 빠른 날짜가 좋겠다고 했다.

모든 원로원 의원들은 숨을 죽이고 키케로와 호르텐시우스의 맞대결을 지켜보았다. 카이킬리우스 메텔루스 가문은 소수집단이었고, 루키우스 코타나 글라브리오는 그 가문 소속이 아니었다. 사실 대부분의 원로원 의원들은, 호르텐시우스와 메텔루스 가문의 작은 염소들이 베레스의 무죄 석방을 위해 마련해놓은 체계를 키케로가 무너뜨리는 모습을 보고 싶어 안달이었다. 그렇기 때문에 루키우스 코타와 글라브리오는 기쁜 마음으로 최대한 빠른 날짜를 잡아주었다.

8월의 첫날과 둘째 날은 휴일이었지만 형사 사건의 공판이 열릴 수 없는 건 아니었다. 하지만 셋째 날은 '십자가형을 당한 개들'의 행진이 예정된 날이라 문제가 좀 있었다. 400년 전 갈리아인들이 로마를 침입해 카피톨리누스 언덕에 교두보 마련을 시도할 당시, 감시견들은 짖지 않고 가만히 있었다. 집정관 마르쿠스 만리우스를 깨워 갈리아인들의 시도를 무산시킨 것은 신성한 거위의 꽥꽥대는 소리였다. 그날 밤 이후로 매년 같은 날이 오면 근엄한 행렬이 대경기장 주변을 돌았다. 개의 배반행위와 거위의 영웅적 면모를 기리기 위해 아홉 개의 딱총나무 십자가에 개 아홉 마리가 매달렸고, 거위 한 마리는 화관을 씌워 자주색 가마에 태웠다. 개는 지하세계의 동물이므로, 형사소송을 진행하기에 좋은 날은 아니었다.

그렇기 때문에 가이우스 베레스의 기소는 8월 다섯번째 날에 시작하는 것으로 정해졌다. 로마가 한창 여름 더위로 푹푹 찌는 시기였다. 로마 전역은 폼페이우스와 크라수스가 마련한 특별행사를 구경하러 몰려든 방문객들로 가득했다. 크라수스의 대중 연회와 폼페이우스의 빅토리아 경기대회가 열리는 기간이 겹쳤고, 이들은 만만치 않은 경쟁 상대였다. 하지만 가이우스 베레스의 재판이 구경꾼을 전혀 끌지 못하리라고 착각하는 사람은 아무도 없었다.

술라의 법에 따라, 상설 법정의 재판 절차는 가이우스 세르빌리우스 글라우키아로부터 시작된 기본적인 틀을 유지하되 훨씬 더 정교한 형태로 바뀌었다. 다만 지나치게 정교해져서 속도가 너무 느렸다. 재판 절차는 1차 공판과 2차 공판 두 단계로 나뉘었고 중간에는 며칠 정도의 휴정기가 있었다. 하지만 재판장 재량으로 훨씬 긴 휴정을 선언할 수도 있었다.

1차 공판은 수석 기소인의 긴 연설과 그에 맞먹는 수석 변호인의 긴 연설로 시작되었다. 뒤이어 기소인단과 변호인단의 모든 차석 기소인들과 차석 변호인들이 번갈아가며 훨씬 더 오랜 시간 연설을 했다. 그런 다음 기소인단의 증인들이 등장했다. 각각의 증인들은 변호인단으로부터 반대신문을 받고, 기소인단으로부터 재신문을 받기도 했다. 그런 다음 수석 기소인과 수석 변호인의 긴 토론이 이어졌다. 한쪽이라도 원한다면, 증인이 바뀌는 중간중간에 이러한 긴 토론이 반복될 수도 있었다. 1차 공판은 마침내 수석 변호인의 마지막 연설로 마무리되었다.

2차 공판은, 증인을 안 부르기도 한다는 점만 빼면 1차 공판의 반복이나 다름없었다. 이때 가장 위대하고 열정적인 연설을 들을 수 있었는데, 기소인단과 변호인단의 최종 연설 직후 배심원단이 평결에 들어가기 때문이었다. 배심원단에게는 평결을 논의할 시간이 주어지지 않았다. 다시 말해 배심원들은 수석 변호인의 연설이 아직 귓전을 맴도는 상태에서 결정을 내려야만 했다. 바로 이것이 키케로가 변호인이 되기를 선호하고 기소인이 되기를 꺼리는 주된 이유였다.

하지만 키케로는 가이우스 베레스의 소송에서 승리할 방법을 알고 있었다. 필요한 것은 그를 도울 의사가 있는 재판장뿐이었다.

"이 법정의 재판장이자 법무관인 마니우스 아킬리우스 글라브리오, 저는 이번 소송을 기존과는 다른 방식으로 진행하고 싶습니다. 제가 제안하는 것은 불법이 아닙니다. 다만 참신할 뿐이지요. 이런 방식을 제안하는 이유는 제가 소환할 증인들이 놀라울 정도로 많고, 제가 제시할 가이우스 베레스의 혐의들이 놀라울 정도로 다양하기 때문입니다." 키케로가 말했다. "이 법정의 재판장께서는 제가 생각한 재판 절차에 대해 한번 들어볼 의향이 있으십니까?"

호르텐시우스가 황급히 앞으로 나섰다. "무슨 일이오, 대체 무슨 일이오?" 그는 따져 물었다. "다시 묻겠소, 이게 다 뭐요? 가이우스 베레스의 재판은 반드시 기존 절차대로 진행되어야 합니다! 무슨 일이 있어도!"

"마르쿠스 툴리우스 키케로의 제안을 한번 들어보겠습니다." 글라브리오는 이렇게 말하고는 부드럽게 덧붙였다. "말을 끊는 일은 없어야 합니다."

"저는 긴 연설을 생략하고 한 번에 하나의 혐의에만 집중했으면 합니다. 가이우스 베레스의 혐의는 그 수를 헤아리기 힘들고 종류도 각양각색이라, 배심원들에게 각 혐의를 하나씩 정확히 짚어주는 것이 무엇보다 중요합니다. 한 번에 하나의 혐의를 다룸으로써 저는 이 법정에서 모든 것을 정확히 밝히고 싶습니다. 그렇기 때문에 제가 제안하는 바는 간단히 하나의 혐의를 소개한 다음, 그 혐의와 관련된 저의 증인과 증거를 제시하는 방식입니다. 보시다시피 저는 혼자입니다. 저에게는 차석 기소인이 단 한 명도 없습니다. 가이우스 베레스 사건의 1차 공판에서는 변호인단과 기소인단 양측의 긴 연설을 모두 생략했으면 합니다. 그것은 법정의 시간을 잡아먹기만 할 뿐입니다. 게다가 이 법정에서 올해 안에 다루어야 할 사건이 적어도 하나는 더 있으니까요. 퀸투스 쿠르티우스의 재판 말이죠. 그러니까 제 말은, 웅장한 연설은 모두 2차 공판으로 미루자는 겁니다! 배심원들이 평결을 내리는 것은 2차 공판의 모든 웅장한 연설들이 끝난 직후입니다. 그러므로 저의 동료 퀸투스 호르텐시우스 역시 1차 공판 절차 변경에 대한 저의 요구에 반대할 이유가 없을 듯합니다. 이러한 절차상의 변화로 인해, 2차 공판으로 넘어가서 배심원들은 우리의 열정적인 웅변을 마치 처음 듣는 듯이 집중해서 듣게 될 것입니다. 왜냐하면 진짜로 그때 처음 듣게 될 테니까요! 얼마나 신선할까요! 얼마나 기대될까요! 얼마나 즐거울까요!"

호르텐시우스는 약간 미심쩍은 표정이었다. 키케로의 말은 상당히 합리적이었다. 따지고 보면 키케로의 제안에 변호인단의 발언권을 제한하는 구석은 전혀 없었다. 호르텐시우스 자신의 멋들어진 연설을 2차 공판의 막바지로 아껴둠으로써 배심원들에게 충격을 안겨줄 수 있다는 점도 마음에 들었다. 그렇다, 키케로 말이 옳다! 1차 공판에서 지겨운 작업을 최대한 빨리 끝내버리고, 알렉산드리아의 등대처럼 장엄한 연설은 대미를 장식할 수 있도록 아껴두자.

글라브리오가 의견을 묻는 눈짓을 하자, 호르텐시우스는 부드럽게 말했다. "마르쿠스 툴리우스가 더 구체적으로 설명할 수 있도록 해주십시오."

"더 구체적으로 설명해주시오, 마르쿠스 툴리우스." 글라브리오가 말했다.

"덧붙일 말은 거의 없습니다, 마니우스 아킬리우스. 다만 변호인들의 발언 시간이 저에게 허락된 발언 시간을 넘지 않았으면 합니다. 물론 어디까지나 1차 공판에서만 말이죠! 2차 공판에서는 변호인단에게 원하는 만큼 시간을 양보할 용의가 있습니다. 저는 단독 기소인인 반면, 변호인단은 상당히 인원이 많습니다. 그것만으로도 저는 변호인단에게 필요 이상의 이점을 제공했다고 생각합니다. 저의 요구사항은 단 하나, 제가 제시한 방식대로 1차 공판이 진행되는 것뿐입니다."

"그 제안에는 상당한 이점이 있는 것 같군요, 마르쿠스 툴리우스." 글라브리오가 말했다. "퀸투스 호르텐시우스, 어떻게 생각합니까?"

"마르쿠스 툴리우스가 제안한 대로 했으면 합니다." 호르텐시우스가 말했다.

베레스 혼자만 걱정스러운 표정이었다. "오, 이게 대체 무슨 꿍꿍인지 알면 좋으련만!" 그는 작은 염소 메텔루스에게 속삭였다. "호르텐시우스는 수락하지 말았어야 했소!"

"가이우스 베레스, 내 장담하건대 2차 공판으로 넘어갈 때쯤 배심원들은 앞서 증인들이 했던 말을 모조리 까먹고 말 거요." 그의 처남이 속삭이며 답했다.

"그렇다면 키케로는 왜 이런 변화를 고집하는 거요?"

"왜냐하면 자신의 패배를 이미 예감하고 있으니 한바탕 소동이라도 벌이려는 거겠지. 혁신을 꾀하는 것말고 달리 방법이 있겠소? 카이사르도 큰 돌라벨라를 기소할 당시 똑같은 작전을 썼소. 혁신을 주장했단 말이오. 그로 인해 많은 찬사를 받았지만, 그는 결국 재판에서 패하고 말았소. 키케로도 딱 그렇게 될 것이오. 걱정하지 마시오! 호르텐시우스는 반드시 승소할 테니까!"

키케로가 가이우스 베레스의 첫번째 협의를 설명하기에 앞서 유일하게 언급한 내용은 배심원들을 향한 것이었다.

"원로원에서 우리의 수도 담당 법무관 루키우스 아우렐리우스 코타에게 배심원단의 구성에 대한 조사를 맡겼다는 사실을 잊어서는 안 됩니다. 또한 그의 조사 결과를 트리부스회에 전달해 법제화하는 데 동의했음을 잊어서는 안 됩니다. 가이우스 그라쿠스의 시대부터 독재관 루키우스 코르넬리우스 술라의 시대가 오기 전까지, 원로원은 그 이전에는 단 한 번도 빼앗겨본 적 없는 권리를 완전히 상실했습니다. 바로 로마의 형사 법정에서 배심원 자격을 맡을 권리입니다. 가이우스 그라쿠스는 그러한 특권을 기사들에게 넘겨주었고, 우리 모두는 그것이 불러온 결말을 알고 있습니다! 술라는 새로운 상설 법정을 원로원 의원들에게 돌려주었습니다. 하지만 최근 감찰관들이 원로원에서 퇴출시킨 예순네 명의 의원들을 보면 알 수 있듯이, 우리의 원로원 의원들은 술라의 기대를 저버렸습니다. 오늘 이 자리에서 재판받는 사람은 가이우스 베레스만이 아닙니다. 로마 원로원 역시 재판받게 될 것입니다! 원로원 의원으로 구성된 이 자리의 배심원단이 명예롭고 정직하게 처신하지 못한다면, 루키우스 코타가 원로원 의원에게서 배심원 자격을 박탈해야 한다는 보고서를 작성한다 한들 누구를 원망할 수 있겠습니까? 배심원 여러분, 애원하건대 여러분은 무거운 짐을 어깨에 짊어지고 있다는 사실을 단 한순간도 잊어서는 안 됩니다. 그 짐은 바로 로마 원로원의 운명입니다! 또 로마 원로원의 명성입니다!"

키케로의 연설이 끝난 뒤, 변호인단에게도 그가 사용한 것과 똑같은 시간이 주어졌다. 이후 키케로는 증인을 소환하고 증거를 제시했다. 증인들은 하나둘 증언을 시작했다. 다른 지역에서의 곡물 절도는 차치하더라도 작은 지역 한 곳에서 단 1년 동안 저지른 30만 모디우스에 달하는 곡물 절도, 한 지역의 농부 숫자를 단 3년 만에 250명에서 80명으로 줄여놓을 만큼 악랄한 토지 절도, 곡물 구입을 위한 국고위원회의 자금 횡령, 이율이 2할 4푼 넘어서는 고리대금업, 십분의일세 기록 파기 및 조작, 신전의 조각상과 그림 약탈, 만찬 손님으로 초대받아 갔다가 집주인의 면전에서 잔에 박힌 보석 빼내기, 만찬 손님으로 초대받아 갔다가 금접시와 은접시를 전부 자루에 쓸어 담아오기, 약탈한 물건을 로마로 옮기기 위한 배를 무임으로 건조하기, 해적 소굴을 눈감아주고 해적과 수익을 나눠 먹기, 유언 바꿔치기 등 혐의는 끝없이 이어졌다.

키케로에게는 숫자를 조작한 흔적이 그대로 남아 있는 기록, 문서, 밀랍 서판은 물론 수많은 증인들이 있었다. 이 증인들이 반대신문 도중에 위협당하거나 모욕당하는 일은 있을 수 없었다. 게다가 키케로가 데려온 곡물 절도의 증인들은 한 지역이 아니라 다양한 지역에서 온 사람들이었다. 프락시텔레스, 페이디아스, 폴리클레이토스, 미론, 스트롱길리온 등 유명 조각가들의 작품 중에서 베레스가 약탈한 작품 목록이 제출되었다. 또한 프락시텔레스가 만든 큐피드 조각상이 원래 소유주로부터 베레스에게 거의 공짜로 넘어갔다고 봐도 무방할 정도의 '판매' 영수증이 제출되었다. 거대하고 빠져나갈 틈이 없는 증거들이었다. 증거들이 홍수처럼 쏟아졌고, 아흐레 내내 하나의 절도, 혹은 권력 남용, 혹은 착취 혐의에 또다른 혐의가 꼬리를 물고 이어졌다. 1차 공판은 8월의 열네번째 날이 되어서야 마무리되었다.

호르텐시우스는 법정을 떠나면서 몸을 떨었다. 베레스가 무슨 말을 붙이려 하자 그는 세차게 고개를 가로저었다. "그냥 가만히 있으시오!" 그는 쏘아붙이듯 말했다. "가서 당신 처남들이나 데려오시오!"

베레스의 저택은 팔라티누스 언덕에서 가장 좋은 구역에 위치하고 있었으며 팔라티누스 언덕에서도 가장 큰 편에 속했다. 하지만 내부는 예술품으로 가득했기 때문에 벨라브룸 구역에 있는 조각가의 작업실처럼 비좁고 산만해 보였다. 조각상을 세워놓을 수 없거나 그림을 걸어둘 수 없는 곳에는 찬장이 놓여 있었다. 그 안에는 금접시나 은접시, 혹은 보석, 혹은 우아한 자수나 태피스트리 작품을 말아놓은 것이 들어 있었다. 상아와 황금 다리가 달린 희귀한 무늬의 산다락나무 원목 탁자들 가까이에는 금박을 입힌 의자들이나 기막히게 멋진 긴 의자들이 놓여 있었다. 바깥의 주랑정원에는 조금 더 큼직한 작품들이 빼곡히 전시되어 있었다. 대부분 동상이었지만, 거기에도 반짝이는 금과 은이 보였다. 15년간의 약탈과 그로 인해 축적된 막대한 재산을 잘 보여주는 어수선한 풍경이었다.

네 사람은 역시나 난장판인 베레스의 서재에 모였다. 그들은 귀한 물건들 틈에 불편하게 자리를 잡았다.

"당신은 자진 추방을 선택해야만 하오." 호르텐시우스는 말했다.

베레스는 입을 딱 벌렸다. "농담하지 마시오! 아직 2차 공판이 남았잖소! 당신의 연설이 내 혐의를 풀어줄 것이오!"

"멍청하긴!" 호르텐시우스가 크게 소리쳤다. "아직도 모르겠소? 나는 완전히 속고, 기만당하고, 눈가림당하고, 사기당했소. 키케로는 내가 이 참담한 사건에서 승소할 가능성을 완전히 없애버렸단 말이오! 가이우스 베레스, 1차 공판과 2차 공판 사이에 1년의 휴정을 요구할 수도 있고, 나와 차석 변호인들이 한 달 내내 지상 최고의 웅변을 할 수도 있소. 하지만 아무리 그래도 배심원단은 산사태처럼 쏟아진 저 증거들을 결코 잊지 못할 것이오! 솔직히 말하겠소, 가이우스 베레스. 당신이 저지른 범죄에 대해 10분의 1이라도 진작 알았더라면 나는 당신의 변호를 맡지 않았을 거요! 당신의 범행은 뭄미우스나 파울루스조차 풋내기로 보이게 만들었소! 대체 그 많은 돈을 어디다 썼소? 맙소사, 그 돈은 다 어디로 갔단 말이오? 프락시텔레스의 큐피드 조각상을 공짜나 다름없는 헐값으로 사들이는 사람이 어떻게 그 돈을 다 썼단 말이오? 내 평생 지독한 악당들을 많이 변호해왔지만, 당신은 그중에서도 단연 최고요! 어서 자진 추방을 떠나시오, 가이우스 베레스!"

베레스와 메텔루스 가문의 작은 염소들은 놀라서 입을 딱 벌리고 이 장황한 연설을 들었다.

호르텐시우스가 자리에서 일어났다. "가져갈 수 있는 것을 챙겨 추방지로 떠나시오. 조언을 하나 하자면, 시칠리아에서 약탈한 예술작품은 모두 두고 떠나시오. 어차피 사모스 섬의 헤라 신전에서 훔친 물건

정도밖에 못 들고 갈 거요. 또 내일 새벽에 당장 로마에 예금된 돈을 모두 옮기시오. 그보다 조금이라도 더 지체해서는 안 되오." 그는 귀한 예술작품 사이를 조심스럽게 지나 문 쪽으로 갔다. "어쨌든 나는 페이디아스의 상아 스핑크스를 받아가겠소. 어디 있소?"

"뭐라고?" 베레스는 기가 차다는 듯 말했다. "나는 당신에게 빚진 게 없소. 내게 무죄판결을 받아주지도 못했잖소!"

"당신은 내게 페이디아스의 상아 스핑크스를 지불해야 하오." 호르텐시우스가 말했다. "내가 더 많이 요구하지 않은 것을 행운으로 여겨야 할 거요. 다른 건 몰라도, 내가 금방 해준 조언은 분명 가장 큰 도움이 될 테니까. 내 상아 스핑크스를 가져오시오, 베레스. 지금 당장!"

그것은 충분히 작아서, 호르텐시우스가 왼쪽 겨드랑이에 숨겼더니 토가 주름에 잘 가려졌다. 날개 깃털부터 발톱 달린 발가락 사이로 삐져나온 털까지 빈틈없이 재현해낸 정교한 예술작품이었다.

"저 사람은 이걸로 됐소." 호르텐시우스가 떠난 뒤 작은 염소 마르쿠스가 말했다.

"배은망덕한 인간!" 베레스가 으르렁거렸다.

하지만 집정관 당선인인 작은 염소 메텔루스는 눈살을 찌푸렸다. "그의 말이 맞소, 가이우스. 당신은 늦어도 내일 저녁에 당장 로마를 떠나야만 합니다. 키케로는 당신이 떠날 채비를 한다는 소식이 들리는 즉시 법정을 통해 이 저택을 봉쇄할 거요. 그런데 대체 왜 물건들을 다 여기에 보관하고 있는 거요?"

"여기에 있는 것이 전부가 아니오, 퀸투스. 이것들은 내가 매일 보지 않고는 못 배기는 작품들이오. 나머지는 전부 코르토나에 있는 내 저택에 보관돼 있소."

"그럼 이거말고도 더 있단 말이오? 세상에, 가이우스, 벌써 당신을 수년째 알고 지내지만 아직도 계속 나를 놀라게 하는군! 여기 있는 건 매일 보지 않고는 못 배기는 작품들이라고? 난 당신이 자기 노예조차 신뢰하지 않아서 이 저택을 마르가리타리아 주랑건물의 골동품 가게처럼 만들어놨다고 생각했소!"

베레스는 비웃으며 말했다. "당신 여동생이 불평이라도 한 모양이지? 벌써 몇 달째 카이사르가 그 여자의 그곳을 흠뻑 젖게 만들고 있는데, 대체 무슨 권리로 그런 불평을 하는 거지? 그 여자는 날 바보로 알고 있나? 아니면 미론의 동상말고는 아무것도 보지 못하는 장님으로 아는 건가?" 그는 자리에서 일어섰다. "호르텐시우스에게 내 돈이 대부분 어디로 흘러갔는지 말할 걸 그랬소. 그럼 당신 얼굴이 아주 시뻘겋게 달아올랐겠지? 작은 염소 셋은 아주 돈이 많이 드는 처남들이고, 그중에서도 퀸투스 당신이 최고지! 예술작품은 대부분 내가 챙겼다지만, 곡물을 팔아 남긴 수익은 누가 다 삼켰소? 이러나저러나, 이제 다 끝났소! 나는 스핑크스를 훔쳐간 내 변호인의 조언에 따라 추방지로 떠날 거요. 운이 따른다면 내가 챙겨간 물건만큼은 뺏기지 않고 내 차지가 될 수 있겠지! 이제 작은 염소 집안사람들에게 돈 쓰는 일은 없을 거요! 메텔라 카프라리아도 포함해서. 카이사르에게 길들여진 그 여자는 이제 카이사르더러 가지라고 하시오. 당신들이 부디 그 사람에게서도 돈을 뜯어낼 수 있기를 기도해주겠소! 당신 여동생의 지참금을 돌려받을 생각은 하지 마시오. 나는 오늘부로 카이사르와의 간통을 이유로 그 여자와 이혼할 테니까."

이 발언이 끝나자 그의 두 처남은 분개하며 문을 박차고 나갔다. 베레스는 그들이 떠난 뒤 잠시 동안 책상 뒤에 가만히 서서, 폴리클레이토스가 조각한 헤라 대리석상의 부드럽고 채색된 뺨을 한 손가락으로 무심히 쓸어내렸다. 그러다가 어깨를 으쓱하며 큰 소리로 노예들을 불렀다. 오, 이 저택의 작품들을 어떻게 하나라도 남겨두고 떠날 수 있단 말인가? 하지만 더 큰 화를 피해야 한다는 생각과 전부 잃는 것보단 일부라도 챙기는 것이 낫다는 생각 때문에, 그는 집사와 함께 귀한 예술품들을 하나씩 살펴볼 기운을 얻었다. 이건 챙기고, 이건 두고, 이건 두고, 이건 챙기고…….

"수레를 빌려오면서 누구한테라도 떠벌렸다가는 네놈을 십자가형에 처하겠다! 자정까지 뒷길로 수레들을 가져오도록. 그리고 물건은 전부 궤짝에 안전하게 담아야 한다, 알아들었느냐?"

호르텐시우스의 예상대로 키케로와 글라브리오는 베레스가 야반도주를 한 다음날 아침, 그의 저택을 봉쇄하고 은행으로 사람을 보내 그의 자금 이체를 정지시켰다. 하지만 때는 이미 늦었다. 돈은 모든 자산 중에 가장 쉽게 운반이 가능했다. 여행 목적지에 도착한 뒤 수표 한 장만 제시하면 끝이었다.

"글라브리오는 손해배상을 위한 위원회를 구성하고 있어요. 하지만 내 생각에 실제 손해배상 금액은 그리 대단하지 않을 것 같습니다." 키케로가 릴리바이움의 히에론에게 말했다. "그는 로마에 예치된 돈을 모두 챙겨 달아났어요. 하지만 시칠리아 신전에서 훔친 물건들은 거의 다 두고 갔죠. 안타깝게도, 그는 개인 소장자들에게서 훔친 보석과 접시 일부를 챙겨 달아났어요. 양이 너무 많아서 전부 다 가져가진 못했지만요. 그가 남겨두고 떠난 노예들은 참 딱한 사람들인데, 베레스에 대한 그들의 분노가 도움이 되었어요. 그들에 따르면, 베레스의 로마 저택에 보관된 물건들은 코르토나 인근 저택에 숨겨진 물건들과 비교하면 새발의 피라고 하더군요. 아마도 메텔루스 가문의 형제들은 그곳으로 떠난 듯한데, 내 친구이자 내가 아는 중 가장 빠른 사나이인 카이사르의 전략을 빌려 쓰기로 했어요. 내 짐작에는 부당취득 법정에서 파견한 사람들이 먼저 코르토나에 도착할 겁니다. 그러니 그곳에서 시칠리아의 도난품들을 더 발견할지도 모를 일이죠."

"가이우스 베레스는 어디로 갔습니까?" 히에론은 궁금하다는 듯 물었다.

"마실리아로 떠난 것 같습니다. 자진 추방을 선택한 예술 애호가들이 즐겨 찾는 도시니까요." 키케로가 말했다.

"우리는 시칠리아의 문화유산을 돌려받게 되어 정말 기쁩니다." 히에론은 환한 얼굴이었다. "고맙습니다, 마르쿠스 툴리우스, 정말 고맙습니다!"

"오히려 내 쪽에서 더 고마워해야 한다고 생각해요." 키케로는 조심스럽게 말을 꺼냈다. "이 재판의 결과에 만족해서, 내년 곡물가에 관한 우리의 합의사항을 제대로 이행해준다면 말이죠. 평민 경기대회는 11월쯤에나 열릴 예정이니 올해 수확한 곡물을 그 가격에 제공할 필요는 없을 겁니다."

"기쁜 마음으로 그렇게 해드리겠습니다, 마르쿠스 툴리우스. 당신이 로마인들에게 나눠주게 될 곡물의 양은 참으로 엄청날 것이라고 약속드리죠."

"그렇게 된 일이라네." 키케로는 나중에 친구인 티투스 폼포니우스 아티쿠스에게 말했다. "평소 잘 맡지 않던 기소 사건을 맡은 것이 나에게는 꼭 필요한 특전이 된 셈이지. 나는 1모디우스당 2세스테르티우스에 곡물을 매입해 3세스테르티우스에 판매할 생각이야. 1세스테르티우스의 차익이면 운송비를 지불하고도 남을 걸세."

"1모디우스당 4세스테르티우스는 받아야지." 아티쿠스가 말했다. "그러면 자네 지갑도 두둑해질 텐데. 자네 지갑은 살을 좀 찌워야 해."

하지만 키케로는 충격받은 표정이었다. "그럴 수는 없네, 아티쿠스! 감찰관들은 내가 변호 활동을 통한 불법 수임료로 주머니를 채웠다고 할지도 모르잖나."

아티쿠스는 한숨을 내쉬었다. "키케로, 키케로! 자네는 부자가 되기는 글렀어. 그리고 그건 전적으로 자네 책임이지. 아르피눔에서 사람을 끄집어낼 수는 있지만, 사람에게서 아르피눔을 끄집어낼 수는 없다는 말은 사실인 것 같군. 자네 사고방식은 촌구석 대지주에 가깝단 말일세!"

"나는 정직한 사람답게 사고할 뿐이네." 키케로는 말했다. "그리고 그 점을 스스로 자랑스럽게 여기고 있고."

"그 말인즉, 난 정직한 사람이 아니라는 얘기 아닌가?"

"아니, 아니야!" 키케로는 황급히 덧붙였다. "자네는 로마에 기반을 둔 고위층 출신 사업가 아닌가. 자네에게 적용되는 법과 내게 적용되는 법은 달라. 나는 카이킬리우스 가문과 무관하지만, 자네는 연관이 있으니까!"

아티쿠스는 주제를 바꿨다. "베레스를 기소했던 이번 사건을 출판물로 발행할 계획인가?"

"그럴 생각이야, 물론이지."

"결국 공개되지 못했던 2차 공판의 훌륭한 연설까지 포함해서? 그 연설은 미리 작성해놓았나?"

"당연하지. 난 항상 실제 연설 시기보다 몇 달 전에 초고를 작성해둔다네. 물론 1차 공판에서 논의했던 내용을 기반으로 2차 공판의 연설을 많이 손보기는 할 거야. 응당 더 보기 좋게 다듬어야 하지 않겠나."

"응당 그렇게 해야지." 아티쿠스는 사뭇 진지하게 말했다.

"그건 왜 물어보는 건가?"

"요즘 구상중인 취미생활이 하나 있다네, 키케로. 사업은 너무 지루하고, 내가 만나는 사람들은 그 사업보다 더 지겨운 인간들이야. 그래서 아르길레툼에 큰 작업장이 딸린 작은 가게를 하나 차릴까 생각중이지. 이제 소시우스에겐 경쟁 상대가 생길 걸세. 왜냐하면 난 출판업자가 될 생각이거든. 자네만 괜찮다면 앞으로 자네의 모든 저서를 출판할 수 있는 독점권을 얻고 싶어. 그 대가로 자네에게는 저서 판매가의 10분의 1을 지불하겠네."

키케로는 낄낄거렸다. "그것참, 구미가 당기는군! 좋네, 아티쿠스, 좋아!"

4월이었다. 새롭게 선출된 감찰관들이 마메르쿠스를 원로원 최고참 의원으로 확정한 지 얼마 지나지 않아, 폼페이우스는 빅토리아 경기대회를 개최하겠다고 발표했다. 빅토리아 경기대회는 8월에 시작되어 로마 경기대회가 예정된 9월 넷째날 직전에 끝날 예정이었다. 이 발표를 하면서 폼페이우스가 드러낸 만족감은 누가 봐도 뚜렷했다. 하지만 그 만족감이 순전히 빅토리아 경기대회 개최에서 비롯된 것은 아니었다. 피케눔 출신인 폼페이우스가 집안의 혼사를 통해 대단한 성공을 거둔 것이다. 과부가 된 그의 여동생 폼페이아는 죽은 독재관의 조카 푸블리우스 술라, 다시 말해 섹스투스 페르퀴티에누스와 약혼했다. 그렇다, 북부 피케눔의 폼페이우스 가문이 로마 세계에서 부상하고 있었다! 폼페이우스의 할아버지와 아버지 대에서는 루킬리우스 가문과의 인연으로 만족해야 했다. 하지만 그 자신은 무키우스, 리키니우스, 코르넬리우스 가문과 연을 맺은 것이다! 이 얼마나 만족스러운가!

크라수스는 폼페이우스 여동생의 재혼 상대가 누구든 전혀 관심이 없었다. 그를 짜증나게 하는 것은 오로지 빅토리아 경기대회였다.

"그는 시골 사람들이 두 달 넘게 로마에서 흥청망청 놀도록 할 작정이야. 그것도 지독히 더운 여름 동안!" 크라수스는 카이사르에게 말했다. "상점 주인들은 도시 곳곳에 그의 동상을 세울 걸세. 늙은 할망구와 할아범 들은 여름내 민박으로 푼돈이라도 벌 수 있으니 좋아할 테고!"

"로마로서는 잘된 일이죠. 수입 면에서도 그렇고요."

"그렇지. 하지만 거기에 내가 설 자리가 어디 있나?" 크라수스는 빽빽거렸다.

"설 자리를 스스로 만드셔야 할 겁니다."

"대체 어떻게? 그리고 언제 말인가? 아폴로 경기대회는 7월 이두스까지 계속되고, 그다음에는 5일 간격으로 세 가지 선거가 예정되어 있네. 백인조회, 트리부스회, 평민회 선거 말이지. 또 그는 7월 이두스에 저 끔찍한 공마 행진을 거행할 작정이야. 평민회 선거가 끝나면 쇼핑하기에 넉넉한 시간이 주어지겠지. 하지만 관광객들이 고향인 시골로 내려갔다가 다시 로마로 올라올 만한 시간 여유는 없을 테고! 그러고 나서 8월 중순에는 그의 빅토리아 경기대회가 시작될 걸세. 무려 15일간 계속! 기막힐 노릇이지! 그게 끝나면 곧바로 로마 경기대회고! 세상에, 카이사르, 그가 준비한 오락거리는 두 달이 아니라 거의 석 달간 시골뜨기들의 발을 로마에 묶어둘 걸세! 그런데 그 과정에 내 이름이 한 번이라도 거론될까? 천만에! 나는 존재하지도 않는 사람이지!"

카이사르는 평온해 보였다. "제게 생각이 있습니다." 그가 말했다.

"무슨 생각?" 크라수스가 추궁했다. "날 폴룩스로 분장이라도 시킬 셈인가?"

"그럼 폼페이우스는 카스토르로 분장시키고요? 참 웃기겠네요! 하지만 이건 심각한 이야기예요. 친애하는 크라수스 집정관님, 무엇을 준비하든 간에 폼페이우스가 오락거리에 쏟아부은 것보다 더 많은 돈을 써야 합니다. 안 그러면 무엇에 있어서든 폼페이우스를 능가할 수 없을 테니까요. 그런 어마어마한 돈을 쓸 의향이 있으십니까?"

"폼페이우스보다 더 당당한 모습으로 임기를 마칠 수만 있다면 돈이야 얼마든지 쓸 의향이 있네!" 크라수스는 코웃음을 쳤다. "이러니저러니 해도 난 로마에서 제일가는 부자일세. 지난 2년 동안 줄곧 그래 왔지."

"착각에 빠져서는 안 됩니다." 카이사르가 말했다. "집정관님은 자신의 부에 대해 입을 여는 사람이고, 이제껏 더 많은 돈을 가졌다고 주장하는 사람은 없었지요. 하지만 우리의 폼페이우스는 큰 땅을 소유한 전형적인 시골 귀족이에요. 자신의 부에 대해서는 입을 여는 법이 없죠. 그는 집정관님보다 훨씬 많은 재산을 가지고 있어요. 그것 하나만큼은 단언할 수 있지요. 갈리아 땅이 공식적으로 이탈리아에 편입되면서 그곳 땅값이 많이 올랐습니다. 그는 이탈리아에서 가장 좋은 땅을 수백만 유게룸이나 소유하고 있어요. 임대한 땅이 아니라 전부 그의 소유예요! 게다가 움브리아와 피케눔에만 땅이 있는 게 아니죠. 그는 루킬리우스 가문의 소유였던 타렌툼 만의 훌륭한 땅을 전부 상속받았어요. 또 아프리카에서 돌아온 직후 티베리스 강, 볼투르누스 강, 리리스 강, 아테르누스 강 주변의 비옥한 땅을 손에 넣었죠. 크라수스 집정관님은 로마에서 제일가는 부자가 아닙니다. 단언컨대 로마 제일의 부자는 폼페이우스예요."

크라수스는 카이사르를 가만히 쳐다보았다. "말도 안 되는 소리!"

"말이 되는 소리란 걸 아시잖습니까. 재산에 대해 떠들지 않는다고 해서 그가 가난하단 뜻은 아니에요. 집정관님은 가난하게 시작했기 때문에 모든 사람들에게 본인의 재산에 대해 이야기하죠. 하지만 폼페이우스는 평생 가난했던 적이 없는 사람이고, 앞으로도 절대 가난해지지 않을 겁니다. 그가 퇴역병사들에게 자기 땅을 나누어줄 때면 아주 너그러워 보이죠. 하지만 그가 병사들에게 제공하는 것은 토지에 대한 사용권이지 소유권이 아니라는 데 돈을 걸 수도 있어요. 게다가 그들은 그 땅에서 거둔 수익을 기준으로 폼페이우스에게 십분의일세를 지불해요. 폼페이우스는 일종의 왕이에요, 크라수스 집정관님! 그가 괜히 스스로를 마그누스라고 부르는 게 아니란 말이죠. 그의 피호민들은 그를 왕으로 여기고 있어요. 이제 집정관 자리에까지 올랐으니 그는 자신의 왕국이 한층 더 커졌다고 믿고 있을 겁니다."

"내게는 1만 탈렌툼이 넘는 재산이 있네." 크라수스는 퉁명스럽게 말했다.

"그렇다면 총 2억 5천만 세스테르티우스군요." 카이사르가 미소를 짓고 고개를 저었다. "연간 수익이 이 재산의 1할 정도 됩니까?"

"오, 물론이네."

"올해 수익은 없는 셈 칠 의향이 있나요?"

"1천 탈렌툼을 쓰란 말인가?"

"바로 그겁니다."

생각만 해도 속이 쓰렸다. 크라수스의 표정에는 그 고통이 고스란히 드러났다. "알겠네. 그것말고 폼페이우스를 능가할 방법이 없다면."

"8월 이두스 전날은 폼페이우스의 빅토리아 경기대회가 시작되기 나흘 전이에요. 헤르쿨레스 인빅투스를 기리는 축일이기도 하죠. 기억하고 계시겠지만, 술라는 잔칫상 5천 개가 마련된 연회를 베풀어 자신이 가진 재산의 10분의 1을 그 신에게 바쳤습니다."

"그날을 어떻게 잊을 수 있겠나? 그 검은 개가 첫번째 제물의 피를 마셨지. 술라가 겁에 질린 표정을 짓는 건 그때 처음 봤네. 물론 그게 마지막이기도 했고. 그의 풀잎관은 더럽혀진 피 위에 떨어졌지."

"그날의 공포는 잊으세요. 크라수스 집정관님이 헤르쿨레스 인빅투스에게 재산의 10분의 1을 바칠 때에는 근처에 검은 개가 한 마리도 없을 테니까요! 집정관님은 잔칫상 1만 개가 마련된 연회를 베풀게 될 겁니다!" 카이사르가 말했다. "그러면 로마에서의 오락거리 구경보다 느긋한 해변 휴양을 선호하는 사람들도 죄다 로마에 남게 되겠죠. 모든 이들이 공짜 연회 참석을 최우선으로 여기니까요."

"잔칫상 1만 개? 그 모든 잔칫상에 리커피시, 굴, 민물장어, 땅꾼 숭어를 한 수레 분량씩 쌓아올려도 200탈렌툼을 넘어가진 않을 텐데." 모든 것의 가격을 다 알고 있는 크라수스가 말했다. "게다가 자고로 사람은 오늘 배가 부르면 다시는 배고플 일이 없을 거라고 생각하지만, 내일이면 또 배가 고파지는 법이지. 연회는 하루면 끝나버린다네. 연회에 대한 기억도 마찬가지고."

"물론 그렇죠." 카이사르는 꿈을 꾸는 듯이 말했다. "하지만 200탈렌툼을 썼으니 이제 800탈렌툼이 남았잖아요. 8월에서 11월 사이에 로마에 남아 있을 로마 시민이 대략 30만 명이라고 가정해봅시다. 일반적으로 로마 시민은 매달 1인당 5모디우스, 즉 1메딤노스의 밀을 50세스테르티우스에 제공받아요. 저렴한 가격이지만 실제 곡물가만큼 싼 가격은 아니지요. 국고위원회에서는 심지어 흉년이 들어도 이윤을 조금씩 남기니까요. 그런데 올해는 흉년이 들지 않을 거라고 하더군요. 게다가 작년도 흉년이 아니었어요. 집정관님에겐 참 행운이죠! 왜냐하면 집정관님은 작년 수확한 곡물을 사들여야 할 테니까요."

"사들인다고?" 크라수스는 혼란스러운 표정이었다.

"아직 안 끝났어요. 5모디우스의 밀을 3개월 동안…… 곱하기 30만 명을 하면…… 총 450만 모디우스가 되는군요. 여름이 아니라 지금 당장 사들인다면 1모디우스당 5세스테르티우스에 450만 모디우스의 밀을 구입할 수 있을 겁니다. 그러면 총 2,250만 세스테르티우스군요. 대략 800탈렌툼에 해당하는 금액이죠." 카이사르는 의기양양하게 말했다. "친애하는 크라수스 집정관님, 바로 거기에 나머지 800탈렌툼을 쓰는 겁니다. 석 달간 매달 5모디우스의 밀을 모든 로마 시민에게 무상으로 지급하는 거죠. 더 저렴한 가격이 아니라, 친애하는 크라수스 집정관님, 아예 공짜로 말이죠!"

"어마어마하게 후한 선물이 되겠군." 크라수스는 무표정한 얼굴로 말했다.

"물론 그렇죠. 그리고 여기에는 폼페이우스가 고안한 모든 전략을 넘어서는 대단한 이점이 하나 있어요. 그가 준비한 오락거리는 두 달간 이어지지만, 집정관님이 마지막 달 무료 곡물을 배급하기 전에 끝나고 말 거예요. 인간의 기억이란 짧기 때문에, 마지막으로 무대에 남는 사람은 집정관님이어야 해요. 로마인들은 마르쿠스 리키니우스 크라수스 집정관님 덕분에, 곡물가가 슬슬 오르는 시기부터 올해 수확물로 인해 곡물가가 떨어질 때까지 공짜로 빵을 먹게 되겠죠. 집정관님은 영웅이 될 겁니다! 그들은 집정관님을 영원히 사랑하게 될 거예요!"

"그렇게 되면 더는 나를 방화범이라 부를 수 없겠지." 크라수스가 활짝 웃었다.

"바로 거기에 집정관님과 폼페이우스가 가진 부의 차이점이 있어요." 카이사르도 활짝 웃으며 말했다. "폼페이우스가 가진 재산은, 로마

하늘에 까만 재를 흩뿌리며 날아다니지 않으니까요. 이제 집정관님의 대중 이미지를 개선할 때가 왔어요."

크라수스는 8월 이두스 전날에 헤르쿨레스 인빅투스에게 그가 가진 재산의 10분의 1을 바칠 작정이라는 말은 일언반구도 없이, 익명으로 어마어마한 양의 밀을 사들이기로 결심했다. 한편 폼페이우스는 허를 찔릴 것이라는 예상을 전혀 못한 채 자신의 계획을 진행해나갔다.

폼페이우스의 의도는 모든 로마인들에게—그리고 이탈리아인들에게—안 좋은 시절이 이제 끝났음을 알려주는 것이었다. 그렇다면 모든 사람들이 축제와 휴가를 즐기도록 해주는 것보다 좋은 방법이 어디 있을까? 나이우스 폼페이우스 마그누스가 집정관을 지낸 해는 사람들의 기억 속에서 번영의 시기, 불안으로부터 해방된 시기로 기억되리라. 전쟁도, 기아도, 내부갈등도 사라진 시기로 기억되리라. 자기 과시적 요소 때문에 약간 퇴색되는 경향이 있었지만, 그의 의도에는 충분히 진정성이 담겨 있었다. 술라의 공권박탈자 명단에 오르지 않은 평범한 사람들은 향수에 젖어 술라가 독재관이었던 시기를 그리워하곤 했다. 하지만 나이우스 폼페이우스 마그누스의 집정관 임기가 끝나면, 술라의 치세는 사람들의 기억 속에서 그리 크게 부각되지 않으리라.

7월 초, 로마에 시골 사람들이 몰려들기 시작했다. 이들은 대부분 9월 중순까지 쭉 머물 수 있는 숙소를 찾고 있었다. 또한 로마 거주민, 심지어 상류층 중에서도 해변 휴양지로 떠나는 사람의 숫자가 평소보다 적었다. 폼페이우스는 범죄와 질병이 증가하리라 예상하고 특유의 놀라운 조직력을 발휘해 범죄와 질병 발생의 위험을 감소시켰다. 전직 검투사들을 고용해 로마의 골목길과 샛길을 순찰하게 하고, 릭토르단에게 포룸 로마눔과 주요 장터를 자주 드나드는 사기꾼과 협잡꾼을 감시하도록 하고, 물놀이 장소인 트리가리움의 웅덩이를 넓혔다. 또한 빈 벽마다 깨끗한 식수 이용하기, 공중변소에서만 대소변 해결하기, 손 씻기와 상한 음식 피하기에 대한 주의사항을 적어두었다.

로마 수석 집정관이 당선 당시 기사 신분이었다는 것이(또 신년 첫날 취임하기 전까지 원로원 의원이 아니었다는 것이) 얼마나 놀라운 일인지 촌사람들이 제대로 알고 있는지 확신할 수 없었기에, 폼페이우스는 공마 분열식을 통해 그 점을 한번 확인시켜주기로 했다. 그래서 고분고분한 두 감찰관 클로디아누스와 겔리우스는 가이우스 그라쿠스 시기 이후로 거행된 적이 없었던 공마 분열식 '트란스벡티오'를 되살려냈다. 집정관 나이우스 폼페이우스 마그누스는 그의 공마를 이용해 한바탕 주목을 받고 싶었던 것이다.

분열식은 7월 이두스 새벽에 마르스 평원의 플라미니우스 경기장에서 시작되었다. 공마를 소유한 1천800명의 기사들은 경기장 내에 위치한 신전에서 마르스 인빅투스, 즉 무적의 마르스에게 공물을 바쳤다. 이후 기사들은 자신의 공마를 타고 백인대별로 엄숙한 행진을 시작했다. 채소 시장의 문을 통과하고 벨라브룸 구역을 따라 유가리우스 구로 진입한 뒤 포룸 로마눔의 낮은 구역으로 들어갔다. 거기서부터는 방향을 틀어 위쪽으로 올라갔고, 카스토르 · 폴룩스 신전 앞에 설치된 특별 심사장에는 두 감찰관이 그들을 심사하기 위해 기다리고 있었다. 심사장 근처에 도착하면 각 기사는 공마에서 내려 말을 이끌고 감찰관들에게 걸어갔다. 감찰관들은 공마와 기사의 상태를 꼼꼼히 검사했다. 공마나 기사가 고대 기사계급의 기준에 미달하면, 감찰관들은 재량껏 그 기사에게서 공마를 압수하고 그를 기존 18개 백인대에서 제명할 수 있었다. 감찰관 카토는 특히 공마 심사에 깐깐하기로 유명한 인물이었다.

이 분열식은 대다수의 로마인들에게 너무도 진기한 행사였기에 포룸 로마눔으로 구경꾼들이 몰려들었다. 하지만 많은 사람들은 플라미니우스 경기장과 포룸 로마눔 구간의 어딘가에서 행진하는 공마를 구경하는 것으로 만족해야 했다. 지붕, 징두리돌, 주랑현관, 계단, 언덕, 절벽, 나무 등 전망 좋은 장소는 전부 사람들로 꽉 들어차 있었다. 음식, 부채, 햇빛 가리개, 음료를 파는 상인들은 각자 판매하는 상품 종류를 크게 외치며 군중 사이를 위태롭게 비집고 다녔다. 그들의 목에 걸린 상자는 다른 사람의 머리를 때리기 일쑤였고, 그들은 밀침을 당하는 만큼 다른 사람을 마구 밀쳤다. 그들 곁에 따라붙은 노예는 빈 상자에 물건을 채워주거나, 손버릇 나쁜 사람이 물건이나 판매 수익금을 슬쩍하지 못하도록 감시했다. 아기를 들어올려 아래에 있는 사람들 머리 위로 오줌을 누였고, 갓난쟁이들은 시끄럽게 울어댔다. 어린아이들은 군중 속을 요리조리 헤집고 다녔고, 튜닉에 떨어진 그레이비소스는 폭포 모양으로 흐른 커스터드 크림과 훌륭한 보색대비를 이루었다. 주먹다짐이 벌어졌고, 비위 약한 사람들은 기절하거나 구토했으며, 다들 쉴새 없이 먹어댔다. 전형적인 로마의 휴가철 풍경이었다.

기사들은 18개 백인대로 나뉘어 행진했다. 늑대, 곰, 쥐, 새, 사자 등 각 백인대에 부여된 고대의 상징들이 제일 앞자리를 차지했다. 일부 행진 구간은 길이 너무 좁아서 최대 네 사람까지밖에 나란히 걸을 수 없었다. 다시 말해 각 백인대는 스물다섯 줄로 늘어서야 했고, 전체 행진대는 1.5킬로미터 가까이 길게 늘어졌다. 기사들은 갑옷을 입고 있었다. 일부는 기묘해 보일 정도로 아주 오래된 고대의 갑옷이었고, 나머지는(폼페이우스 가문처럼 원래 18개 백인대 소속이 아니었다가 나중에 합류한 까닭에 에트루리아나 라티움 출신으로 비칠 만한 고대의 갑옷이 없는 경우) 금과 은으로 눈부시게 장식된 갑옷이었다. 하지만 그 무엇도 공마들의 위엄에 비할 바가 아니었다. 공마들은 하나같이 로세아 루라에서 온 훌륭한 품종의 말이 분명해 보였고, 대부분 흰색 아니면 얼룩덜룩한 회색이었다. 상상할 수 있는 모든 장식품과 장신구, 화려한 안장과 염색한 가죽 굴레, 기막히게 멋진 담요, 눈부신 색상으로 현란하게 치장되어 있었다. 어떤 말들은 다리를 높이 쳐들고 뽐내듯이 걷도록 훈련받은 상태였고, 다른 말들은 갈기털과 꼬리털이 금과 은으로 땋아져 있었다.

분열식은 멋지게 진행되었다. 이것은 모두 폼페이우스의 자태를 과시하기 위한 행사였다. 감찰관들이 아무리 서두른다 한들, 분열식에 참여한 모든 기사를 심사하기란 불가능했다. 행진대 구성원들이 모두 심사장을 통과하려면 한여름 무더위 속에서 서른 시간은 족히 걸릴 것이 분명했다. 하지만 폼페이우스의 백인대는 비교적 앞쪽에 배치되어 있었고, 감찰관들은 기사 300명에게 한 명씩 이름이 무엇인지, 소속 트리부스는 어떻게 되는지, 아버지의 성함이 무엇인지, 열 번의 전투 또는 6년간의 군복무를 마쳤는지를 물었다. 해당 기사의 재정 상태가 사전에 정해진 수준 이상임이 증명되면, 그는 자신의 공마를 이끌고 조용히 사라졌다.

네번째 백인대의 첫 줄이 말에서 내렸을 때, 폼페이우스는 그들 중에서도 제일 앞쪽에 있었다. 폼페이우스가 미리 풀어놓은 하수인들 덕분에 포룸 로마눔에는 침묵이 내렸다. 그의 황금빛 갑옷은 햇빛에 반짝거렸고, 어깨에는 집정관임을 드러내는 자주색 휘장과 사령관임을 드러내는 심홍색 휘장이 함께 휘날렸다. 그가 이끄는 커다란 백마는 심홍색 가죽과 황금색 팔레라이로 장식되어 있었다. 그 자신은 다양한 기사의 황동 장식과 장신구를 잔뜩 걸치고 있었고, 아티케식 투구 위에는 염색한 왜가리 깃털들이 심홍빛으로 솟아 있었다.

"이름은?" 수석 감찰관인 클로디아누스가 물었다.

"나이우스 폼페이우스 마그누스!" 폼페이우스가 큰 소리로 답했다.

"소속된 트리부스는?"

"크루스투메리움!"

"아버지 성함은?"

"집정관 나이우스 폼페이우스 스트라보!"

"열 번의 전투, 또는 6년간의 군복무를 마쳤소?"

"그렇소!" 폼페이우스는 목소리를 한껏 높여 대답했다. "이탈리아 전쟁에서 두 번, 포위당한 로마를 방어하면서 한 번, 이탈리아에서 루키우스 코르넬리우스 술라와 함께 두 번, 시칠리아에서 한 번, 아프리카에서 한 번, 누미디아에서 한 번, 레피두스와 브루투스로부터 로마를 방어하면서 한 번, 히스파니아에서 여섯 번, 스파르타쿠스 일당을 소탕하면서 한 번! 총 열여섯 번의 전투를 치렀고, 수습군관 신분으로 참여한 전투를 제외하면 모두 내가 사령관 자격으로 마친 전투들이오!"

흥분한 군중은 함성을 지르고 환호하고 박수치고 발을 구르고 팔을 흔들었다. 박수갈채의 물결에 두 감찰관과 나머지 행렬의 귀가 떨어져 나갈 정도였고, 일부 말들이 비틀대면서 어떤 기사들은 길바닥에 떨어졌다.

마침내 소음이 잦아들자—폼페이우스가 공마의 굴레를 붙들고 카스토르 신전의 트인 공간으로 걸어가 사방을 향해 천천히 돌며 군중의 환호에 화답했기 때문에, 조용해지기까지는 오랜 시간이 걸렸다—감찰관들은 긴 두루마리를 말아 넣고, 폼페이우스의 백인대를 뒤따르던 14개 백인대가 말을 타고 빠른 걸음으로 지나가는 것을 지켜보며 근엄하게 고개를 끄덕였다.

"대단한 공연이었네!" 크라수스는 으르렁거리며 말했다. 그의 공마는 이제 스무 살이 된 그의 장남에게로 넘어갔다. 크라수스와 카이사르는 크라수스 저택의 로지아에서 이 모든 것을 지켜보았다. 원래 마르쿠스 리비우스 드루수스의 소유였던 이 집은 포룸 로마눔의 낮은 구역이 훤히 내려다보이는 전망을 자랑했다. "익살극이 따로 없군!"

"하지만 정말 훌륭한 공연이었어요, 크라수스 집정관님, 정말 훌륭했어요! 기발함과 군중 장악력에 있어서는 폼페이우스에게 최고점을 줘야만 할 겁니다. 그가 준비한 경기대회라면 분명 이보다 더 멋지겠죠."

"열여섯 번의 전투라! 게다가 수습군관 신분으로 참여한 전투를 제외하면 모두 자신이 사령관으로 나선 전투였다니! 물론 그러시겠지. 로마가 포위되었을 때 자기 아빠가 죽고 나서 한 주 동안 사령관 역할을 했으니까. 그때 한 일이라고는 아빠 군대가 피케눔으로 돌아갈 수 있도록 준비시킨 것밖에 없지만 말이지. 또 이탈리아에서는 술라와 메텔루스 피우스가 사령관이었네. 레피두스와 브루투스를 물리칠 당시의 사령관은 카툴루스였고. 게다가 '스파르타쿠스 일당을 소탕'했다는 마지막 주장에 대해선 어떻게 생각하나? 세상에, 카이사르, 모두들 저 인간처럼 자기 경력을 제멋대로 해석한다면 이 세상 사람들은 전부 사령관이 될 걸세!"

"카툴루스와 메텔루스 피우스도 아마 비슷한 생각을 하고 있을 테니, 그걸 위안으로 삼으세요." 역시나 기분이 상한 카이사르가 말했다. "저자는 이탈리아 촌구석에서 온 벼락출세자에 불과해요."

"무료 곡물을 제공하는 전략이 성공했으면 좋겠네!"

"분명 성공할 겁니다, 크라수스 집정관님. 그것만큼은 약속할 수 있어요."

폼페이우스는 매우 의기양양하게 카리나이 지구에 위치한 자신의 저택으로 돌아갔다. 하지만 그 기분은 오래가지 못했다. 다음날 아침 크라수스의 포고관들은 집정관 마르쿠스 리키니우스 크라수스가 헤르쿨레스 인빅투스 연회에서 본인의 재산 10분의 1을 신에게 바칠 것이고, 잔칫상 1만 개가 준비된 연회를 베풀 것이며, 신에게 바치는 돈의 대부분은 9월, 10월, 11월까지 로마에 머무는 모든 로마 시민에게 매달 5모디우스의 밀을 무료로 제공하는 데 사용할 것이라는 소식을 전했다.

"어떻게 감히!" 폼페이우스는 필리푸스에게 말했다. 필리푸스가 찾아온 이유는 폼페이우스가 준비한 분열식의 성공에 찬사를 보내는 동시에, 이 위인께서 크라수스의 술책에 어떤 반응을 보일지 확인하기 위해서였다.

"아주 똑똑한 전략일세." 필리푸스는 유감스러운 목소리로 말했다. "특히나 로마인들은 모든 상품의 가격이 얼마인지 잘 알고 있으니 말이야. 경기대회의 비용은 이해하기 어렵지만, 음식 가격은 누구나 아는 상식이지. 그들은 리커피시부터 청어에 이르기까지 가격을 다 알고 있네. 청어를 사먹을 형편이 안 되는 사람도 시장에서 청어 가격을 물어보곤 하니까. 인간의 호기심이란. 크라수스가 밀을 몇 모디우스나 구입했는지, 또 얼마에 구입했는지 곧 모두들 알게 될 거야. 주판알 튕기는 소리에 귀가 멀어버릴지도 모르지."

"지금 당신이 빙빙 돌려가며 말하려는 건, 다들 나보다 크라수스가 로마인들에게 돈을 더 썼다는 결론에 도달할 거라는 말이잖습니까!" 폼페이우스가 말했다. 그의 파란 눈에 붉은 빛이 번쩍했다.

"안타깝게도 그렇네."

"그렇다면 나는 하수인들을 보내 경기대회 비용이 얼마나 드는지 소문을 내야겠어요." 폼페이우스는 눈을 내리깔며 필리푸스를 흘깃 쳐다보았다. "크라수스는 얼마나 쓴 것 같습니까? 혹시 알고 있나요?"

"1천 탈렌툼 정도 될 걸세."

"크라수스가? 1천 탈렌툼을?"

"그 정도는 족히 되겠지."

"그 인간은 수전노란 말입니다!"

"올해는 그렇지 않다네. 마그누스 집정관의 너그러움과 군중 장악력에 자극을 받았는지, 그 거대한 황소가 두 뿔로 들이받는군."

"내가 어떻게 해야 할까요?"

"경기대회를 성황리에 마치는 것 외에는 방도가 없겠지."

"뭔가 숨기고 있군요, 필리푸스."

턱 아래로 늘어진 두툼한 목살이 떨리고 어두운 색 눈동자가 깜빡거렸다. 필리푸스는 한숨을 내쉬더니 어깨를 으쓱했다. "뭐, 적의 입을 통해 듣는 것보단 나에게 듣는 게 낫겠지. 무료 곡식 때문에 결국 크라수스의 승리로 끝날 걸세."

"무슨 뜻입니까? 그가 굶주린 배를 채워주었다는 이유로? 어차피 올해 로마에는 굶주린 사람들도 없잖습니까!"

"그는 9월, 10월, 11월까지 로마에 있는 모든 로마 시민에게 매달 5 모디우스의 곡물을 무료로 나눠줄 걸세. 산수를 해보게나! 그 정도 양이면 매일 300그램의 빵 두 개를 90일 동안 먹을 수 있네. 게다가 그 90일은 자네가 준비한 다양한 오락거리가 끝난 뒤에도 한참 동안 이어질 거야. 다들 자네나 자네가 준비한 행사에 대해서는 까맣게 잊어버리겠지. 반면 11월 말까지 로마인들은 빵을 입에 집어넣으면서 마르쿠스 리키니우스 크라수스에게 감사의 기도를 올릴 걸세. 그러니 그가 패배할 리는 없네, 마그누스!" 필리푸스가 말했다.

폼페이우스가 한바탕 짜증을 부리는 것은 참으로 오랜만이었다. 하지만 필리푸스의 설명을 듣고 난 뒤 그가 부린 짜증은 그의 기준에서도 가히 최고 수준이었다. 머리털이 한 움큼씩 뜯겨나가고, 뺨과 목은 긁힌 자국으로 붉어지고, 바닥과 벽에 부딪혀 온몸이 시퍼렇게 멍들었다. 그는 빗줄기처럼 눈물을 쏟고, 가구와 예술품을 산산조각 내고, 지붕이 떠나가라 울어댔다. 무키아 테르티아는 무슨 일인지 보려고 달려왔다가 현장을 확인하더니 바로 도망갔다. 하인들도 마찬가지였다. 하지만 필리푸스는 바로가 도착할 때까지 완전히 넋이 나가 감탄하며 자리에 앉아 있었다.

"오, 유피테르 신이시여!" 바로가 속삭였다.

"참으로 놀랍지 않나?" 필리푸스가 물었다. "아까보단 훨씬 잠잠해진 걸세. 조금 전 모습을 봤어야 하는 건데. 정말 어마어마했네!"

"전에도 이러는 걸 본 적이 있습니다." 바로가 말했다. 그는 검은색과 흰색 대리석 타일 위에 엎어져 있는 덩어리를 피해서 필리푸스가 앉아 있는 긴 의자로 갔다. "물론 크라수스에 대한 소식 때문이겠죠."

"그렇네. 예전에 이런 모습을 봤을 때는 무슨 일 때문이었나?"

"개선식의 코끼리들이 너무 커서 성문으로 통과시킬 수 없을 때였습니다." 바로는 바닥에 벌렁 누운 폼페이우스가 듣지 못하도록 낮은 소리로 답했다. 그는 폼페이우스의 짜증 중 얼마만큼이 작위적인 것인지, 또 얼마만큼이 주변의 대화나 움직임도 인식하지 못할 정도의 진짜 고통에서 비롯된 것인지 늘 확신할 수 없었다. "스폴레티움을 포위하고 있던 중 카리나스가 달아났을 때도 이랬고요. 상대에게 당하고는 못 배기는 성격이라."

"황소가 두 뿔로 받아버렸으니 말일세." 필리푸스가 수심에 잠겨 말했다.

"그 황소는 요즘 뿔이 세 개라고 하던데요." 바로는 신랄하게 말했다. "여자들 사이에 떠도는 소문에 따르면 그 세번째 뿔이 가장 거대하다고 하더군요."

"아! 그렇다면 그 뿔에는 이름이 있겠군."

"가이우스 율리우스 카이사르."

폼페이우스는 벌떡 일어나 앉았다. 옷은 너덜너덜했고 두피와 얼굴에서는 피가 흐르고 있었다. "다 들었습니다!" 폼페이우스가 말했다. 바로가 입 밖으로 내지 못한, 그의 짜증에 대한 의문에 답을 해준 셈이었다. "카이사르가 어쨌다는 겁니까?"

"크라수스의 지지도를 끌어올리기 위한 작전을 그가 계획했다고 들었네." 바로가 말했다.

"누구에게 들었습니까?" 폼페이우스는 유연한 동작으로 자리에서 일어서더니 필리푸스의 손수건을 건네받았다.

"팔리카누스."

"그라면 당연히 알겠지. 그는 카이사르의 말을 잘 듣는 호민관 중 한 명이니까." 필리푸스가 말했다. 폼페이우스가 손수건에 팽 소리가 나도록 힘껏 코를 풀자 당황해서 움찔했다.

"카이사르가 크라수스와 가까운 사이라는 건 알고 있어요." 폼페이우스는 코맹맹이 소리로 말했다. 그는 얼굴에서 손수건을 떼더니, 메스꺼운 표정을 짓고 있던 필리푸스에게 던져주었다. "작년에 협상을 성사시킨 것도 그자였어요. 우리에게 호민관단의 권한을 회복시켜야 한다고 제안한 것도 그자였죠." 폼페이우스는 이 말을 하면서, 먼저 나서서 그 제안을 하지 못한 필리푸스에게 험악한 눈길을 보냈다.

"나도 카이사르의 재능을 아주 높이 사고 있네." 바로가 말했다.

"크라수스도 마찬가지입니다. 나도 그렇고요." 폼페이우스는 여전히 험악한 표정이었다. "뭐, 적어도 카이사르의 충성심이 어느 쪽을 향하고 있는지는 분명하군요!"

"카이사르의 충성심은 카이사르 본인을 향하고 있네." 필리푸스가 말했다. "절대 그 점을 잊어서는 안 돼. 자네가 현명한 사람이라면 카이사르와 크라수스의 친분을 무시하고 카이사르를 이용할 줄 알아야 하네. 카이사르 집안사람의 도움이 필요하지 않은 경우는 없을 테니까. 특히 내가 죽은 다음에는 더더욱 그렇겠지. 그것도 멀지 않았네. 나는 너무 뚱뚱해서 일흔 살까지 살기 힘들 거야. 알다시피 루쿨루스도 카이사르를 두려워하네! 그건 정말 대단한 일이야. 루쿨루스가 두려워했던 사람이 딱 한 명 더 있네. 술라 말이야. 카이사르를 유심히 살펴보면 누군가 떠오른다네. 바로 술라!"

"필리푸스 당신이 내게 카이사르를 이용해야 한다고 말한다면 그렇게 하지요." 폼페이우스는 관대하게 말했다. "하지만 내가 집정관을 지낸 해를 그자가 망쳤다는 사실을 잊으려면 오랜 시간이 걸릴 겁니다."

폼페이우스의 빅토리아 경기대회가 끝난 후(연극과 공연에 대한 폼페이우스의 취향은 딱 일반인 수준이었으므로, 빅토리아 경기대회는 대성공이었다) 로마 경기대회가 시작하기 전에 9월의 칼렌다이가 끼여 있었다. 9월 칼렌다이에는 늘 원로원 회의가 열렸다. 이 회의에서는 항상 중요한 문제가 논의되었고, 올해에도 그 전통은 이어졌다. 올해 회의에서 루키우스 코타는 특별조사 결과를 발표했다.

"원로원 의원 여러분, 여러분께서 연초에 저에게 맡긴 임무를 완수했습니다." 루키우스 코타는 고관석 단상에서 말했다. "여러분께서 그 결과를 인정해주시기를 바랍니다. 구체적인 보고에 앞서, 제가 여러분께 법제화를 권하는 사항의 개요를 간단히 알려드리겠습니다."

그의 손에는 두루마리나 종이가 들려 있지 않았고, 수도 담당 법무관 서기에게도 아무런 문서가 없는 듯했다. 날이 대단히 뜨거웠기 때문에(계절상으로는 여전히 한여름이었다) 원로원 의원들은 작게 안도의 한숨을 내쉬었다. 그는 이 회의를 질질 끌지 않으리라. 하기야 그가 뭐든 질질 끄는 사람은 절대 아니었다. 코타 가문의 세 형제 중에서 루키우스는 가장 젊었고 가장 총명했다.

"솔직히 말하겠습니다, 원로원 의원 여러분." 루키우스 코타는 맑고 또랑또랑한 목소리로 말했다. "배심원의 의무 수행과 관련해서 원로원 의원이든 기사든 어느 쪽도 만족스럽지 않았습니다. 배심원이 전부 원로원 의원일 때, 배심원단은 원로원의 질서를 우선시했습니다. 반면 배심원이 전부 공마를 소유한 기사일 때, 배심원단은 기사계급의 질서를 우선시했습니다. 또한 두 종류의 배심원단 모두 뇌물에 취약했습니다. 원로원 의원이든 기사든 간에, 동료 배심원들이 모두 같은 계급이기 때문이죠.

그래서 저는 배심원 의무를 이전 그 어느 때보다 더 공평하게 나눌 것을 제안하고 싶습니다. 가이우스 그라쿠스는 원로원에게서 배심원 의무를 빼앗아 1계급의 18개 백인대에게 넘겨주었습니다. 공마를 소유하고 있고 연 수입이 40만 세스테르티우스 이상인 상급 기사들 말이죠. 제가 하고 싶은 말은 가이우스 그라쿠스의 조치가 충분히 과감하지 않았다는 겁니다. 그렇기 때문에 저는 모든 배심원단을 3분의 1은 원로원 의원, 3분의 1은 공마를 가진 상급 기사, 3분의 1은 하급 기사로 구성할 것을 제안합니다. 하급 기사는 1계급 내에서 가장 큰 비중을 차지하고 있는 기사들이자, 연 수입이 30만 세스테르티우스 이상인 사람들이죠."

웅성거리는 소리가 들렸지만 분노에 찬 웅성거림은 아니었다. 루키우스 코타라는 태양을 향한 해바라기 같은 얼굴들은 크게 놀란 듯 보였다. 하지만 동시에 깊은 생각에 잠겨 있었다.

루키우스 코타는 점점 더 설득력을 더해갔다. "제가 보기에 가이우스 그라쿠스의 시기에서 독재관 루키우스 코르넬리우스 술라의 시기로 넘어가는 동안, 우리 원로원 의원들이 점점 더 감상적으로 변한 것 같습니다. 우리는 배심원 의무 수행이라는 특권을 애타게 갈망하면서도 그 의무 수행의 현실에 대해선 떠올리지 않았죠. 공마를 가진 기사 1천800명이 하던 일을 원로원 의원 300명이 다 해야 하는데 말입니다. 그러다 술라는 우리가 그토록 원했던 배심원 의무를 원로원에 돌려주었습니다. 하지만 술라가 문제 해결을 위해 원로원 정원을 늘렸음에도 불구하고, 로마에 남아 있는 의원들은 매번 이런저런 배심원 의무에 시달릴 수밖에 없음을 깨닫게 됐습니다. 상설 법정 개설로 인해 배심원이 필요한 재판이 확 늘어나기도 했죠. 민사소송이 대부분 민회에서 개별적으로 이뤄지던 시절에는 재판 숫자가 훨씬 적었습니다. 술라는 배심원단 규모를 줄이고 원로원 규모를 늘림으로써 끊임없이 배심원 의무에 얽매이는 문제를 피해 갈 수 있다고 생각했습니다. 하지만 그건 지나친 과소평가였죠.

저는 한 가지 사실에 대해 확신을 품고 처음 이 조사에 착수했습니다. 원로원은 정원이 늘어난 지금도 모든 재판에 배심원을 제공할 만큼 구성원이 넉넉한 조직이 아니란 점입니다. 하지만 원로원 의원 여러분, 저는 공마를 소유한 18개 백인대에게 법정을 되돌려주기는 너무 싫었습니다. 그것은 두 가지 측면에서 배신이기 때문이죠. 첫째, 제가 소속된 원로원의 질서에 대한 배신이고, 둘째, 술라가 상설 법정을 통해 우리에게 마련해준 진정으로 훌륭한 사법체계에 대한 배신입니다."

모든 사람들이 몸을 앞으로 기울이고 몰입했다. 루키우스 코타의 말은 이치에 안 맞는 부분이 하나도 없었다!

"그래서 우선 원로원과 18개 백인대에 배심원 의무를 똑같이 나눠주는 방법을 생각해봤습니다. 배심원단의 절반은 원로원 의원으로, 나머지 절반은 기사로 채우는 방법이지요. 하지만 또 계산을 해보니, 그렇게 바뀌어도 원로원 의원들의 부담은 여전히 과중했습니다."

루키우스 코타는 반짝이는 눈으로 아주 심각한 표정을 짓고, 양팔을 앞으로 뻗으며 이야기의 방향을 살짝 틀었다. "누군가가 다른 사람의 재판에 배심원 자격으로 참석한다고 생각해보십시오." 그는 조용히 말했다. "이때 그 사람의 신분과 계급이 무엇이든 간에, 그는 생기와 활력이 넘치고 재판과정에 관심을 기울일 수 있는 상태여야 합니다. 하지만 그 배심원이 너무 많은 재판에 참석해야 한다면 그러긴 힘들겠죠. 그 사람은 점점 더 지치고 회의적이고 무관심하게 변하게 될 겁니다. 또 뇌물에 넘어가기 쉬운 상태로 바뀌게 될 겁니다. 그는 스스로에게 묻겠죠. 뇌물말고 다른 보상이 어디 있단 말인가? 원로원은 배심원 의무를 수행하는 의원에게 대가를 지불하지 않습니다. 그렇기 때문에 원로원은 누군가의 시간을 그렇게까지 많이 빼앗을 권리가 없습니다."

고개를 끄덕이는 이들이 보였고 찬성의 웅얼거림이 들렸다. 원로원 의원들은 루키우스 코타의 이야기가 흘러가는 방향이 아주 마음에 쏙 들었다.

"이곳의 많은 분들도 비슷한 생각을 하고 계셨다는 걸 알고 있습니다. 배심원 의무가 원로원보다 더 큰 조직으로 넘어가야 한다고 말이죠. 또한 아주 짧은 기간이지만 한때 두 계급이 배심원 의무를 나누어 맡았다는 것도 알고 있습니다. 하지만 이미 말씀드렸다시피, 우리가 이제껏 생각해낸 해결책 중에 그 어떤 것도 충분히 과감하지 않았습니다. 1천800명에서 18개 상급 백인대에 포함된 원로원 의원들을 제외한다 해도, 기사들의 숫자는 충분합니다. 기사 한 명당 1년에 한 번 정도 배심원 의무를 수행하게 되겠지요."

루키우스 코타는 잠시 멈췄다. 눈앞에 펼쳐지는 광경은 아주 만족스러웠다. 그는 더 힘차게 말을 이어나갔다. "원로원 의원 여러분, 1계급은 말 그대로입니다. 가장 높은 계급이지요. 재산을 가진 중요한 시민들이자 연 수입이 적어도 30만 세스테르티우스 이상인 사람들입니다. 그런데 로마는 오랜 역사를 자랑합니다. 그렇기 때문에 어떤 것은 변하지 않는 반면, 또 어떤 것은 예전 방식을 유지하되 추가적인 인물이나 기능이 더해지곤 합니다. 1계급이 바로 그렇습니다. 아주 초창기에는 백인대가 딱 18개 있었습니다. 그런데 그 18개 백인대는 1개당 정원이 정확히 100명으로 제한됐기 때문에, 1계급의 숫자를 늘리려면 새로운 백인대를 추가하는 수밖에 없었습니다. 그렇게 73개의 추가 백인대가 생겨난 뒤, 우리는 1계급의 숫자를 다른 방식으로 늘리기로 결정했습니다. 추가 백인대의 개수를 늘리는 대신 백인대 정원을 처음에 정한 100명 이상으로 늘리는 방법이었죠. 그래서 생겨난 것이 최상단이 아주 얄팍한 형태의 1계급입니다! 18개 상급 백인대에는 정확히 1천800명이 소속되어 있고, 73개 하급 백인대에는 나머지 수천 명이 소속되어 있기 때문이죠.

그래서 저는 아주 명망 높은 집안 출신이 아니라서 18개 상급 백인대에 포함되지 못한 수천 명의 1계급 구성원들에게 이 사회적 의무를 나누어주면 어떨까 하고 자문해봤습니다. 이러한 1계급 구성원들이 모든 배심원단 구성의 3분의 1을 맡아주면, 한 사람에게 돌아가는 배심원 의무 부담은 아주 가벼워집니다. 동시에 이 거대한 하급 기사 집단도 대단한 특혜를 누리게 됩니다. 쉰한 명으로 구성된 배심원단이 있다고 생각해보십시오. 그중 열일곱 명은 원로원 의원, 열일곱 명은 공마를 가진 상급 기사, 열일곱 명은 하급 기사입니다. 원로원 의원 열일곱 명에게는 연륜, 법 지식, 오랫동안 배심원 의무를 수행한 경험이 있습니다. 공마를 가진 상급 기사 열일곱 명에게는 걸출한 가문 출신이란 배경과 막대한 부가 있습니다. 마지막으로 하급 기사 열일곱 명에게는 새로운 활력, 신선하고 색다른 종류의 경험, 1계급 로마 시민의 자격, 그리고 상당한 수준의 부가 있습니다."

양손이 다시 한번 앞으로 나왔다. 루키우스 코타는 오른손을 떨어뜨리고 원로원 의사당의 거대한 청동 현관문을 향해 왼손을 뻗었다. "이것이 제가 준비한 해결책입니다, 원로원 의원 여러분! 세 종류의 1계급 출신들이 각각 같은 비율로 투입되는 배심원단 말입니다. 저에게 원로원 결의를 허락해주신다면, 저는 정식으로 이 해결책이 담긴 결의문을 작성해 트리부스회에 전달하겠습니다."

폼페이우스는 9월의 파스케스를 쥐고 단상 앞쪽의 고관 의자에 앉아 있었다. 그의 옆자리는 텅 비어 있었다. 크라수스의 자리였다.

"수석 집정관 당선인은 어떻게 생각하십니까?" 폼페이우스는 올바른 관행에 따라 퀸투스 호르텐시우스에게 먼저 물었다.

"수석 집정관 당선인 본인은, 이번 임무를 아주 훌륭하게 마친 루키우스 코타를 칭찬하고 싶습니다." 호르텐시우스가 말했다. "고등 정무관 당선인이자 법정의 변호인으로서, 이 골치 아픈 문제에 대한 현명한 해결책에 박수를 보내고 싶군요."

"차석 집정관 당선인은 어떠십니까?" 폼페이우스가 물었다.

"수석 집정관 당선인의 의견에 동의합니다." 작은 염소 메텔루스가 말했다. 베레스의 재판은 이미 옛일이었다. 베레스는 자취를 감췄으니, 딱히 이 조치에 반대할 이유가 없었다.

순서대로 각자 의견을 묻는 질문이 돌아갔다. 꼬투리를 잡는 사람은 아무도 없었다. 물론 입이 근질거리는 사람도 몇몇 있었지만, 막중한 배심원 의무 탓에 나중에 얼마나 고생하게 될지 떠올릴 때마다 몸서리가 나서 결국 입을 다물기로 했다.

"정말 대단했소." 키케로는 원로원 의사당을 빠져나오면서 카이사르에게 말했다. "우리는 둘 다 정직한 배심원과 함께 일하는 것은 좋아하는 사람들이잖소. 루키우스 코타의 교묘함이란 정말! 원하는 평결을 얻기 위해서는 두 부류의 배심원들에게 뇌물을 먹여야 할 거요. 절반에게 뇌물을 주는 것보다 비용이 훨씬 많이 들겠지! 게다가 한 부류의 배심원들이 뇌물을 받은 사건에 대해 나머지 두 부류의 배심원들은 뇌물을 받을 마음이 없을 가능성이 높소. 친애하는 카이사르, 내 예상대로라면 배심원들에게 뇌물을 주는 관행이 완전히 사라지지는 않겠지만 예전보단 훨씬 줄어들 거요. 하급 기사들은 품위 있는 처신으로 그들에게 주어진 배심원 의무에 정당성을 부여하는 것이 명예와 관련된 문제라고 생각할 테니 말이오. 정말이지, 루키우스 코타는 아주 영리했소!"

카이사르는 자신의 저택 식당에서 저녁을 먹으면서 루키우스 코타에게 기쁜 마음으로 이 이야기를 전했다. 그 자리에는 아우렐리아와 킨닐라가 없었다. 킨닐라는 임신 4개월에 접어들어 거의 매일 복통에 시달렸다. 아우렐리아는 잔병치레하는 손녀 율리아를 돌보느라 바빴다. 그래서 두 남자만 남게 되었는데, 그 점에 대해서는 고맙게 생각하지 않을 수 없었다.

"솔직히 나도 뇌물에 대한 생각을 먼저 했어." 루키우스 코타가 웃으며 말했다. "하지만 원로원의 승인을 얻기 위해선 그렇게까지 다 까놓고 말할 수가 없었지."

"맞는 말씀입니다. 하지만 뇌물 문제는 대부분의 의원들 머릿속에 떠올랐을 거예요. 키케로와 제 의견을 말씀드리자면, 그건 아주 기막힌 추가 혜택이에요. 반면 호르텐시우스는 속으로 개탄했을지도 모르죠. 뇌물 문제를 접어둔다면 이 해결책의 가장 큰 장점은 술라의 상설 법정을 지금 상태로 유지할 수 있다는 거예요. 배심재판 제도가 도입된 이래로, 그 상설 법정을 통해 로마의 사법체계는 가장 큰 발전을 이룩했으니까요."

"오, 대단한 극찬이구나, 카이사르!" 루키우스 코타는 잠시 얼굴이 붉어졌다. 그러다 포도주잔을 식탁에 내려놓고 눈살을 찌푸렸다. "카이사르, 너는 마르쿠스 크라수스의 신임을 얻고 있으니 어쩌면 내 불안을 조금 달래줄 수 있을지도 모르겠구나. 많은 면에서 올 한 해는 아주 평온했어. 우리가 감당하기 힘들어 보이는 전쟁의 조짐도 없었고, 국고위원회는 과거 어느 때보다 안정적인 상태였지. 이탈리아 내의 모든 로마 시민을 대상으로 적절한 인구조사가 이루어졌고, 이탈리아와 로마 속주에는 풍년이 들었고, 현 정부는 신구 세대가 훌륭한 조화를 이루고 있어. 마그누스가 집정관으로 당선되는 과정의 위헌성만 제외한다면 그야말로 훌륭한 한 해지. 이곳 수부라 지구를 지날 때면, 평범한 로마인들이 지난 수십 년을 통틀어 요즘 가장 행복한 삶을 누리고 있음을 느낄 수 있단다. 투표에 참여할 일도 거의 없고 크라수스의 무료 곡물로 인해 형편이 확 펴진 사람들 말이야. 물론 누군가 참수형을 당하고 포룸 로마눔의 배수로가 피로 물들 때 그들이 직접적인 피해를 보는 건 아니지. 하지만 그들 역시 그런 사건으로 인해 조성되는 분위기에 영향을 받는단다. 당장 자기 목이 떨어져나갈 위험에 처한 게 아니라도 말이야."

루키우스 코타는 잠시 숨을 돌리고 포도주를 한 모금 마셨다.

"무슨 말을 하시려는 건지 대충 알 것 같아요. 하지만 계속 말씀하세요." 카이사르가 말했다.

"올여름은 특히 하층민들에게 아주 즐거운 시간이었어. 다양한 오락거리가 많았고, 본인도 배 터지게 먹고 집에 있는 가족들도 배 터지게 먹일 만큼 음식이 넘쳐났지. 거기에 사자 사냥과 코끼리 공연, 수많은 전차 경주, 로마 무대에 알려진 모든 희극과 익살극 공연, 또 공짜 곡식까지! 공마 행진도 있었고 이번엔 선거도 제때 평화롭게 진행되었지. 심지어 원로원 의원이 기소된 재판에서 악당에겐 정당한 벌이 내려졌고, 호르텐시우스는 정면으로 한 방 얻어맞았어! 트리가리움의 물놀이용 웅덩이도 깨끗이 청소했고, 예상했던 것보다 질병 발생도 많지 않았고, 여름철마다 찾아오는 마비 증상도 없었지. 범죄와 사기도 적절히 진압했고!" 루키우스 코타는 미소를 지었다. "카이사르, 과연 그들에게 그럴 자격이 있는지 모르겠지만, 이 모든 성과에 대한 칭찬과 인정은 결국 집정관들 몫이 될 거야. 두 집정관에 대한 민중의 감정은 낭만적인 동시에 왜곡되어 있어. 하지만 너나 나는 더 잘 알고 있지. 그들이 훌륭한 집정관이었다는 걸 부인할 수는 없지만, 사실 그들은 본인들 목숨을 부지하기 위한 법을 제정했을 뿐 나머지는 있는 그대로 내버려두었어. 그런데 말이야, 그런데 말이지, 이상한 소문이 퍼지고 있어, 카이사르. 폼페이우스와 크라수스의 관계가 그리 원만하지 않다는 소문 말이야. 서로 말도 안 섞고, 한 사람이 꼭 참석해야 하는 자리에는 다른 한 사람이 절대 나타나지 않는다고 하더구나. 정말 염려스러워. 그 소문이 사실인 거 같아서 말이지. 게다가 난 상류계급에 속한 우리들이 평범한 로마인들에게 완벽한 한 해를 선물해줘야 한다고 믿고 있어."

"네, 그 소문은 사실이에요." 카이사르는 침착하게 말했다.

"어째서지?"

"마르쿠스 크라수스가 폼페이우스 몫의 관심을 가로챘고, 폼페이우스는 상대에게 가려지는 것을 못 견디는 사람이기 때문이죠. 그는 그 웃기지도 않은 공마 행진부터 시작해 빅토리아 경기대회가 끝나는 시기까지 본인이 만인의 영웅으로 추앙받으리라 믿었어요. 그런데 크라수스가 석 달간 무료 곡물을 배급하기로 한 거죠. 게다가 로마에서 막대한 재산을 가진 사람은 폼페이우스 혼자만이 아님을 증명해 보였어요. 그래서 폼페이우스는 공직생활과 사생활에서 크라수스를 완전히 제외함으로써 복수를 꾀했어요. 예를 들어, 그는 크라수스에게 오늘 원로원 회의가 열릴 예정이라고 사전 통지를 했어야 했죠. 오, 물론 9월 칼렌다이에 원로원 회의가 열린다는 걸 모르는 사람은 없어요. 하지만 수석 집정관이 정식으로 회의를 소집하고 나머지 의원들에게 사전 통지를 하는 것이 관례니까요."

"나에게는 통지를 했던데." 루키우스 코타가 말했다.

"크라수스만 빼고 모든 사람에게 통지했어요. 크라수스는 그것을 명백한 모욕으로 받아들였고요. 그래서 참석하지 않았어요. 전 그를 설득하려 했지만, 꿈쩍도 않더군요."

"이런 젠장!" 루키우스 코타가 외쳤다. 그는 넌더리가 난다는 듯 긴 의자에 털썩 등을 기댔다. "그 두 사람은 천 년에 한 번 찾아올까말까 하는 한 해를 망쳐버릴 거야!"

"아니요." 카이사르가 말했다. "그럴 순 없을 거예요. 제가 그렇게 두지 않을 겁니다. 하지만 제가 두 사람을 억지로 사이좋게 만들려 한들 그 평화는 오래가지 않을 거예요. 그렇기 때문에 연말까지 조용히 기다리다가 코타 집안사람을 제 작전에 투입시킬 생각이에요. 올해 말에 두 집정관으로 하여금, 보는 이들이 모두 눈물을 흘릴 만한 대국민 화합의 무대를 연출할 수밖에 없도록 만들 거예요. 그렇게 되면 한 해의 마지막 날에 모든 사람들이 목청껏 노래하며 전원 퇴장할 수 있겠죠. 그런 마무리라면 플라우투스라 해도 자랑스럽게 여길 거예요."

"그런데 말이야." 루키우스 코타는 자세를 바로잡더니 조심스럽게 말했다. "카이사르, 나는 네가 어렸을 때부터 마음속으로 너를 아르키메데스가 정의한 일명 '부동의 원동자(스스로 움직이지 않으면서 만물을 움직이는 자—옮긴이)' 부류로 분류해놓았단다. 왜 있잖니. '나에게 설 자리를 준다면 지구라도 들어올리겠다!' 나는 진심으로 네가 그런 부류의 사람이라 생각했어. 네가 유피테르 대제관이 된 것을 애석하게 여긴 것도 그 이유에서였지. 그래서 네가 유피테르 대제관 직에서 벗어났을 때, 난 너를 원래 있던 자리로 다시 분류해놓았어. 하지만 여태껏 넌 내가 예상했던 방식으로 움직이지 않더구나. 톱니바퀴와 각종 장치로 구성된 가장 복잡한 체계를 통해 움직이고 있지! 넌 원로원부터 수부라 지구에 이르기까지 다양한 장소에서 젊은 사람치곤 아주 유명해. 하지만 부동의 원동자로 알려져 있진 않아. 오히려 동방 궁정의 지체 높은 시종장 이미지랄까. 배후에서 일을 계획하는 데 만족하고, 다른 사람들이 영광을 독차지하도록 내버려두고 말이지." 그는 고개를 가로저었다. "그게 참 이상하다고 생각했어!"

카이사르는 입술을 꾹 다물고 이 말을 듣고 있었다. 평소 상앗빛이던 두 볼이 빨갛게 달아올랐다. "저의 성향을 잘못 분류하신 건 아니에요, 외삼촌. 지금은 거기에서 벗어났으니 할 수 있는 말이겠지만, 저는 유피테르 대제관으로 지낸 시간이 어쩌면 제 인생에서 가장 큰 행운이었을지도 모른다고 생각해요. 그 경험을 통해 강해지는 법은 물론 섬세해지는 법을 배웠고, 저의 광채를 드러냈다가 위험에 처할 수 있는 상황에선 그것을 숨기는 법을 배웠어요. 돈이나 스승보다 시간이 더 소중한 아군이라는 것을 배웠고, 제 어머니께서 저에게 절대적으로 부족하다고 생각했던 인내를 배웠고, 그 무엇도 헛되지 않다는 사실을 배웠어요! 지금도 배우는 중이에요, 외삼촌. 결코 배움을 멈추지 않았으면 해요! 저는 루쿨루스에게서, 아이디어를 구상하고 다른 사람을 통해 실험해보는 방식으로 배움을 이어갈 수 있다는 걸 배웠어요. 한발 물러서서 어떤 일이 벌어지나 지켜보는 거죠. 안심하세요, 외삼촌. 제가 가장 위대한 부동의 원동자로서 제일 앞자리에 서게 될 날이 올 테니까요.

때가 되면 집정관 자리에도 오를 거예요. 하지만 그건 저에게 있어 시작에 불과할 겁니다."

계절과 달력이 잘 맞아떨어질 때의 3월처럼 청명하고 쾌적한 날씨에도 불구하고, 11월은 잔인한 달이었다. 율리아 고모는 알 수 없는 통증을 호소하며 병석에 누웠다. 루키우스 투키우스를 비롯해 그 어떤 의사도 원인을 진단할 수 없었다. 체중, 정신, 기력, 흥미 등 모든 것을 상실해가는 병이었다.

"내 생각에 율리아는 지친 것 같구나, 카이사르." 아우렐리아가 말했다.

"하지만 분명 삶에 지친 건 아닐 거예요!" 카이사르는 소리쳤다. 그에게 율리아 고모가 없는 세상은 상상만 해도 견디기 힘들었다.

"아니, 그게 맞아." 아우렐리아가 대답했다. "그게 가장 큰 원인이란다."

"율리아 고모에겐 아직 살아가야 할 이유가 너무 많아요!"

"그렇지 않아. 남편과 아들이 모두 죽었으니 율리아에겐 이제 살아가야 할 이유가 아무것도 남지 않았어. 내가 전에 말했잖니." 그리고 너무나 놀랍게도, 그 아름다운 자줏빛 눈에 눈물이 가득 고였다. "나도 절반쯤은 이해한단다. 내 남편도 죽었으니까. 그런데 카이사르 너마저 죽는다면 내 삶도 끝나는 거야. 나에겐 살아가야 할 이유가 하나도 안 남을 테니까."

"물론 슬프기는 하겠지만 그게 어머니 삶의 끝은 아닐 거예요." 카이사르가 말했다. 그는 자신이 어머니에게 이토록 중요한 존재라는 걸 믿을 수 없었다. "게다가 어머니께는 손주들과 두 딸이 있잖아요."

"그건 그래. 하지만 율리아에겐 아무도 없어." 아우렐리아는 재빨리 눈물을 훔쳤다. "그렇지만 여자의 인생은 딸이나 딸이 낳은 아이들에게 달린 것이 아니라, 그 여자의 남자들에게 달려 있단다, 카이사르. 자신의 운명을 진심으로 높이 평가하는 여자는 없어. 여자란 존재는 감사받기도 힘들고 눈에 잘 보이지도 않거든. 세상을 움직이고 통제하는 건 여자가 아니라 남자야. 그래서 똑똑한 여자들은 남자들을 통해 자기 인생을 사는 거란다."

그는 어머니가 약해진 순간을 포착하고 기습 공격에 들어갔다. "어머니, 술라는 어머니께 어떤 의미였나요?"

약해진 아우렐리아는 질문에 대답했다. "그는 즐겁고 흥미로운 존재였어. 너희 아버지는 절대 인정하지 않은 방식으로 나의 가치를 높이 평가해주었지. 그렇다고 해서 내가 술라의 아내가 되기를 바란 적은 단 한 번도 없어. 그의 정부가 되고 싶었던 적도 없고. 너희 아버지는 나의 진정한 짝이었어. 술라는 나의 꿈이었지. 그가 가진 위대함 때문이 아니라 그의 고통 때문이었어. 술라는 동료 중에 친구가 한 명도 없었어. 친구라고는 은퇴하는 그를 따라나선 그리스인 배우와, 여자인 나뿐이었지." 그녀에게서 나약함이 사라지고 곧 활기찬 모습으로 변했다. "하지만 그걸로 됐어! 나와 함께 율리아를 보러 가자꾸나."

율리아의 외모와 목소리는 과거의 율리아에게서 그림자만 남은 듯했다. 하지만 그녀는 카이사르를 보더니 안색이 살짝 밝아졌다. 카이사르는 어머니가 자신에게 했던 말을 이제야 조금 이해할 수 있었다. 똑똑한 여자는 남자를 통해 인생을 산다. 과연 그럴까? 그는 궁금했다. 여자에게도 다른 무언가가 있지 않을까? 하지만 그는 여자들이 포룸 로마눔과 원로원 의사당의 절반을 채우고 있는 장면을 머릿속에 떠올리고 이내 몸서리를 쳤다. 그들은 쾌락, 사적인 기쁨, 편의성, 유용성을 위한 존재일 뿐이었다. 그 이상을 바란다면 참 애석한 일이겠지만!

"포룸 로마눔에서 있었던 이야기를 들려주렴." 율리아는 카이사르의 손을 잡으며 말했다.

그는 고모의 손이 점점 더 맹금류의 갈고리 발톱을 닮아가고 있음을 눈치챘다. 너무도 친숙한 고모의 달콤한 향수 내음 속에서, 이젠 향수로도 가릴 수 없는 시큼한 냄새가 함께 느껴졌다. 단순히 늙어서 나는 냄새가 아니었다. '죽음'이라는 단어가 그에게 떠올랐다. 그는 그 단어를 슬며시 밀어내고 애써 미소를 지었다.

"실은 고모에게 들려줄 포룸 로마눔 이야기가 있어요. 더 정확히 말하자면 회당 이야기에 가깝죠." 그는 가볍게 말했다.

"회당? 어느 회당 말이니?"

"감찰관 카토가 100년 전에 세운 최초의 회당인 포르키우스 회당에 관한 이야기예요. 아시다시피 포르키우스 회당의 1층 한구석은 호민관단 본부로 이용되고 있어요. 호민관단이 전권을 되찾았기 때문인지 몰라도, 올해 호민관들은 이참에 그들의 터전을 손보기로 마음먹었어요. 호민관단 본부 한가운데엔 거대한 기둥이 있어서 호민관 열 명 외에 다른 사람들까지 참석하는 회의는 아예 불가능했어요. 그래서 호민관단 대표 플라우티우스는 그 기둥을 없애버리기로 작정했죠. 그는 가장 유명한 회사의 건축가들을 불러 이 기둥을 제거하는 것이 가능한지 물어봤어요. 전문가들이 오랫동안 수치를 측정하고 계산을 거듭한 끝에 그에게 답이 돌아왔어요. 물론이다, 기둥을 제거하는 것은 충분히 가능하며 기둥이 없어도 이 건물은 무너지지 않고 튼튼히 서 있을 것이다라는 답이었죠."

율리아는 긴 의자에 걸터앉은 카이사르에게 몸을 향한 채 누워 있었다. 요즘 들어 마치 멍든 것처럼 움푹 꺼진 그녀의 커다란 회색 눈이 카이사르의 얼굴에 고정되어 있었다. 그녀는 미소를 지으며 진심으로 흥미를 보였다. "이야기가 어떤 방향으로 흘러갈지 전혀 상상이 안 되는구나." 그녀는 그의 손을 꽉 잡으며 말했다.

"호민관 자신들도 상상을 못했을 걸요! 건설업자들은 비계를 설치하고 주변을 안전하게 정돈했어요. 그리고 건축가들이 조사와 점검을 마친 끝에 기둥 철거 준비가 완료되었어요. 바로 그때 스물세 살 먹은 젊은이가 등장했죠. 올 12월에 스물네 살이 된다고 하더군요. 그런데 그 젊은이는 자신이 이 기둥의 철거를 금지한다고 선언했어요!"

'당신은 누구요?' 플라우티우스가 물었죠.

'이 회당을 건설한 감찰관 카토의 증손자 마르쿠스 포르키우스 카토요.' 그 젊은이는 답했어요.

'아, 그러시구먼!' 플라우티우스가 말했어요. '이제 그 기둥이 당신 머리 위로 무너지기 전에 당장 거기서 비키시오!'

하지만 그는 비키지 않았어요. 그들이 무슨 짓을 하고 무슨 말을 해도 비키려 하지 않았죠. 그 성가신 장애물 아래에 진을 치고, 주변에 누구든지 보이면 무자비하게 열변을 토했어요. 쉬지도 않고 계속, 그것도 플라우티우스의 묘사에 따르면 청동상을 두 동강으로 쪼개놓을 것처럼 쨍쨍한 목소리로 말이죠. 제가 직접 들어봐서 하는 말인데, 플라우티우스의 표현에 전적으로 동의해요."

이제 아우렐리아도 율리아만큼 큰 흥미를 보이며 코웃음을 쳤다. "그런 터무니없는 경우가!" 그녀가 말했다. "호민관들이 그의 출입을 아예 금지시켰으면 좋겠구나!"

"시도는 했어요. 하지만 그는 그 금지조치를 받아들이지 않았지요. 그는 평민회의 일원이고, 그의 증조부는 그 회당을 건설한 인물이었어요. 그를 죽이기 전에는 절대 기둥을 제거할 수 없을 터였죠. 마치 쥐를 붙잡은 개처럼 기둥에 붙어 떨어지지 않았어요! 그가 쏟아놓는 이유란 끝이 없었어요. 하지만 결국 그의 증조부가 포르키우스 회당을 어떤 법도에 따라 건설했고, 그 법도는 경건하고 신성한 것으로 모스 마이오룸의 일부라는 말의 반복에 불과했죠."

율리아가 픽 웃었다. "그래서 누가 이겼니?" 그녀가 물었다.

"당연히 청년 카토가 이겼지요. 호민관들이 그 쨍쨍한 목소리를 더는 견딜 수 없었거든요."

"왜 그 청년을 힘으로 제압하지 않았지? 타르페이아 바위에서 던져버릴 수도 있었을 텐데?" 아우렐리아는 분개한 표정으로 물었다.

"물론 그렇게 하고 싶었을 거라 생각해요. 하지만 그들이 힘으로 상대를 제압하려고 마음먹었을 무렵엔 이미 구경꾼이 너무 많이 몰려들어 있었죠. 플라우티우스는 기둥을 제거함으로써 얻는 이득보다, 보는 눈이 많은 장소에서 호민관들이 폭력을 사용했을 때 발생할 손실이 더 크다고 판단했어요. 오, 호민관들은 그를 회당 밖으로 열두 번도 더 끌어냈지만 그는 계속 돌아왔어요! 그가 절대 포기하지 않으리라는 것은 자명해 보였죠. 그래서 플라우티우스는 회의를 열었고, 호민관 열 명은 이 불편한 기둥과의 동거를 이어나가는 데 전원 동의했어요." 카이사르는 말했다.

"그 카토라는 젊은이는 어떻게 생겼니?" 율리아가 물었다.

카이사르는 이맛살을 찌푸렸다. "설명하기 어려워요. 잘생긴 듯 못생겼거든요. 가장 그럴듯하게 설명하자면, 그를 보면 격자 구조물 사이로 사과를 먹으려고 애쓰는 고급 품종의 말이 떠올라요."

"이빨과 코밖에 안 보이겠구나." 율리아가 즉시 말했다.

"바로 그거예요."

"그에 대한 다른 이야기를 하나 알고 있단다." 아우렐리아가 말했다.

"이야기해주세요!" 카이사르는 율리아 고모가 흥미를 보이는 것을 알아채고 말했다.

"그 청년 카토가 스무 살이 되기 전에 있었던 일이야. 그는 자신의 외사촌이자 마메르쿠스의 딸인 아이밀리아 레피다를 열렬히 사모했어. 그녀는 메텔루스 스키피오가 부친을 따라 히스파니아로 떠날 무렵 이미 메텔루스 스키피오와 약혼한 사이였단다. 그런데 그가 아버지보다 몇 년 앞서 로마로 돌아왔을 때, 그와 아이밀리아 레피다의 사이가 그만 틀어지고 말았어. 그녀는 약혼을 취소했고 대신 카토와 혼인하겠다고 선언했지. 마메르쿠스는 몹시 화가 났어! 내 친구이자 카토의 이부누나인 세르빌리아가 마메르쿠스에게 카토와 아이밀리아 레피다의 관계에 대해 미리 경고까지 한 적이 있으니 더 그랬겠지. 어찌되었든 마지막에는 모든 일이 순조롭게 해결되었어. 왜냐하면 아이밀리아 레피다는 애당초 카토와 결혼할 마음이 없었거든. 메텔루스 스키피오의 질투를 유발하려고 카토를 이용했던 거야. 그러니 메텔루스 스키피오가 다시 찾아와 용서를 빌자 카토는 내쳐졌고 메텔루스 스키피오가 다시 선택을 받았지. 얼마 지나지 않아 두 사람은 결혼했단다. 그런데 카토는 버림받은 데 앙심을 품고 메텔루스 스키피오와 아이밀리아 레피다를 둘 다 죽이려고 했어. 그러더니 그 계획이 좌절되자, 이번에는 아이밀리아 레피다의 사랑을 빼앗아갔다는 이유로 메텔루스 스키피오를 고소하려고 했지! 그에게는 세르빌리우스 카이피오라는 아주 점잖은 이부형이 있는데, 최근에 호르텐시우스의 딸과 혼인했단다. 그 형이 카토에게 바보짓을 그만두라고 했고, 카토는 형의 말을 듣기로 했어. 하지만 그는 이후 한 해 동안 끊임없이 시를 써댄 것 같더구나. 내 장담컨대 아주 형편없는 시였겠지."

"너무 웃기네요." 카이사르는 어깨를 들썩이며 말했다.

"하지만 당시엔 웃기지 않았어, 정말이야! 청년 카토가 나중에 어떤 인물이 될지 모르겠다만, 지금까지의 전적을 살펴보면 다른 사람을 몹시 성가시게 하는 재능은 타고난 것 같아." 아우렐리아가 말했다. "세르빌리아는 말할 것도 없고, 마메르쿠스와 코르넬리아 술라도 그를 끔찍이 싫어한단다. 내 생각에 아이밀리아 레피다도 마찬가지겠지."

"그는 다른 여자와 결혼하지 않았나요?" 카이사르가 물었다.

"아틸리아라는 여자와 결혼했어. 아주 훌륭한 짝이라고 할 수는 없지만, 어쨌든 그에게 재산이 아주 많진 않으니까. 그의 아내는 작년에 딸을 낳았단다."

율리아 고모의 상태를 지켜보던 카이사르는 고모에게 더 이야기를 들을 힘이 없다고 판단했다.

"저도 믿기 싫지만, 어머니 말씀이 옳아요. 율리아 고모는 곧 돌아가실 거예요." 그는 율리아의 저택을 나선 직후 아우렐리아에게 말했다.

"결국에는 그렇게 되겠지만 아직은 아니란다, 아들아. 율리아는 내년까지 살아 있을 거야. 어쩌면 더 오래 살아 있을지도 모르지."

"오, 제가 히스파니아로 떠나기 전에는 안 돌아가셨으면 좋겠어요!"

"카이사르! 그건 겁쟁이나 가질 법한 바람이야." 그의 매정한 어머니가 말했다. "너는 견디기 힘든 일이라고 해서 피하는 사람이 아니잖니."

그는 알타 세미타 한복판에 멈추더니 양손을 내밀어 주먹을 불끈 쥐었다. "오, 절 좀 내버려두세요!" 그가 너무 큰 소리로 외치는 바람에, 지나가던 행인 두 명은 이 잘생긴 모자를 호기심 어린 눈길로 흘깃 쳐다보았다. "늘 의무, 의무, 의무 타령! 어머니, 로마에 남아 율리아 고모를 땅에 묻는 건 제가 원치 않는 의무예요!" 집으로 돌아오는 그 불편한 시간 동안 그가 어머니 곁을 떠나지 않은 이유는 순전히 관습과 예의범절 때문이었다. 어머니가 혼자 수부라 지구로 돌아가도록 두고 자신은 도망칠 수만 있다면, 그는 자신이 가진 것을 무엇이든 내놓았을 것이다.

집 역시 세상에서 가장 행복한 장소는 아니었다. 이제 임신 6개월에 접어든 킨닐라는 몸 상태가 좋지 않았다. 카이사르가 농담 삼아 '밤낮 없는 통증'이라 명명한 증상은 사라졌지만 이제 발과 다리가 붓기 시작했다. 이는 출산을 앞둔 임신부에게 고통과 불안을 안겨주었다. 그녀는 다리를 높이 들어올린 채 거의 모든 시간을 침대에 누워 보내야 했다. 킨닐라는 이런 상황이 단지 불편하고 두렵기만 한 것이 아니었다. 그녀는 몹시 화가 나 있었다. 킨닐라의 이러한 태도는 그녀의 천성과 너무 다른 모습이었기에, 모든 집안사람들은 어떻게 처신해야 할지 몰라 당황했다.

그렇기 때문에 카이사르는 로마에서 지내는 기간 중에는 최초로, 수부라 지구의 아파트가 아닌 다른 곳에서 낮시간은 물론 밤시간도 보내기로 결정했다. 크라수스와 함께 지내는 것은 불가능했다. 인생에서 가장 값비싼 한 해를 마무리하는 마당에, 그는 식객의 입으로 들어갈 식비만 걱정할 것이 뻔했다. 가이우스 마티우스마저 최근 결혼하는 바람에, 아우렐리아의 인술라 1층에 위치한 또다른 아파트(어쩌면 가장 편리한 피난처가 되었을 곳이었다)에 머무는 것도 불가능했다. 게다가 지금은 여자와 놀아날 기분도 아니었다. 작은 염소 카이킬리아 메텔라와의 불륜은 베레스가 마실리아로 달아나면서 급작스럽게 중단되었다. 아직까진 그녀를 대체할 만큼 매력적인 여자도 없었다. 솔직히 말해 고모와 아내가 모두 시름시름 앓고 있으니 도무지 여자를 만날 마음이 생기지 않았다. 그래서 파트리키 구에 위치한 방 네 칸짜리 작은 아파트를 빌렸고, 그곳에서 루키우스 데쿠미우스를 벗삼아 대부분의 시간을 보냈다. 그 동네도 어머니의 인술라가 위치한 곳만큼이나 인기 없는 지역이라서 정치 동료들은 그의 집을 방문하지 않았다. 비밀스러운 면모를 가진 그는 그런 점마저도 마음에 들었고, 여자를 만날 의욕이 생기면 그 아파트를 잘 활용할 수 있겠다고 미리 계산까지 해두었다. 그는 그 공간(훌륭한 건물 내에 위치한 아파트였다)에 관심을 쏟기 시작했고, 훌륭한 가구와 예술품 몇 점을 사들였다. 훌륭한 침대는 말할 것도 없었다.

12월 초, 카이사르는 가장 감동적인 화해를 연출해냈다. 두 집정관은 나란히 서서 수도 담당 법무관 루키우스 코타가 트리부스회를 소집하기를 기다리고 있었다. 그날은 배심원 제도 개혁에 관한 코타의 법안이 승인받기로 예정되어 있었다. 크라수스가 12월의 파스케스를 쥐고 있었지만, 폼페이우스는 본인이 참석하지 않는 자리에서 이런 공개적인 행사가 진행되는 것을 두고볼 수 없었다. 두 집정관이 로스트라 연단의 양쪽 끝에 떨어져 서 있으면 군중이 수군댈 것이 분명했으므로, 그들은 나란히 서 있었다. 물론 둘 다 침묵하고 있었지만 적어도 겉으로는 사이좋은 모습이었다.

그 회의에는 카이사르의 외사촌이자 죽은 집정관 가이우스 코타의 아들인 가이우스 코타 2세도 참석했다. 그는 아직 원로원 의원이 아니었지만, 그 무엇도 그가 소속 트리부스에서 투표권을 행사하는 것을 막을 수는 없었다. 게다가 이 법을 발의한 사람은 그의 삼촌인 루키우스 코타였다. 그런데 가이우스 코타는 폼페이우스와 크라수스가 몇 달 만에 가장 사이좋은 모습으로 함께 있는 것을 보고 크게 소리를 질렀다. 그 소리가 어찌나 쩌렁쩌렁했던지 그의 주변에서 잡음이 사라지고 모든 움직임이 정지되었다. 모두들 그를 주목했다.

"오!" 그는 다시 한번, 더 크게 소리쳤다. "내 꿈이! 내 꿈이 이루어졌어!"

그가 로스트라 연단으로 급작스럽게 뛰어오르는 바람에, 폼페이우스와 크라수스는 반사적으로 서로에게서 한 걸음씩 물러났다. 젊은 가이우스 코타는 두 사람 사이로 들어가서 두 집정관에게 팔을 하나씩 둘렀다. 그는 눈물을 줄줄 흘리며 민회장에 모인 군중을 응시했다.

"퀴리테스 여러분!" 그가 외쳤다. "저는 어젯밤에 꿈을 꾸었습니다! 유피테르 옵티무스 막시무스는 구름과 불을 통해 제게 말씀을 전하시며 저를 적시고 태웠습니다! 제가 서 있는 곳보다 훨씬 아래쪽에 우리 집정관 나이우스 폼페이우스 마그누스와 마르쿠스 리키니우스 크라수스의 모습이 보였습니다. 하지만 두 사람은 오늘처럼 이렇게 나란히 서 있지 않았습니다. 한 명은 동쪽에, 다른 한 명은 서쪽에, 그것도 고집스럽게 서로 반대쪽을 향해 고개를 돌리고 있었죠. 위대한 신의 목소리는 구름과 불을 통해 제게 말씀하셨습니다. '저들은 절대 서로를 미워하며 집정관 임기를 마쳐서는 안 된다! 저들은 반드시 친구로서 임기를 마쳐야 한다!'"

깊은 정적이 흘렀다. 천 개의 얼굴들이 세 사람을 향하고 있었다. 가이우스 코타는 집정관들에게서 팔을 내리고 앞으로 한 걸음 나왔다. 그러더니 집정관들을 향해 몸을 돌렸다.

"나이우스 폼페이우스, 마르쿠스 리키니우스, 두 분은 친구가 되지 않으시렵니까?" 젊은이는 낭랑한 목소리로 물었다.

오랫동안 그 누구도 움직이지 않았다. 폼페이우스는 굳은 표정을 짓고 있었다. 크라수스도 마찬가지였다.

"어서 악수를 나누세요! 친구가 되세요!" 가이우스 코타가 외쳤다.

두 집정관은 꼼짝하지 않았다. 그러다 갑자기 크라수스가 폼페이우스를 향해 휙 돌더니 거대한 손 하나를 내밀었다.

"턱수염도 나기 전부터 '마그누스'라 불리고, 개선식을 한 번도 아니고 두 번씩 치른 인물에게 수석 집정관 자리를 양보할 수 있었던 것을 아주 기쁘게 생각하고 있소." 크라수스가 큰 소리로 말했다.

폼페이우스는 까악과 꽥액의 중간쯤 되는 소리를 냈다. 그러더니 환해진 얼굴로 크라수스의 두툼한 손과 팔뚝을 꽉 움켜잡았다. 그들은 각자 한 걸음씩 다가와 서로의 어깨에 얼굴을 묻었다. 군중의 반응은 열광적이었다. 이 화해의 소식은 곧 벨라브룸 구역으로, 수부라 지구로, 케롤리아이 늪지 너머의 제조공장으로 퍼져나갔다. 두 집정관이 다시 친구가 된 것이 사실인지 확인하려고 곳곳에서 사람들이 몰려들었다. 그날 하루종일 두 집정관은 함께 로마를 거닐며 사람들과 악수하고, 사람들이 그들의 몸을 만질 수 있도록 내버려두며 축하 인사를 받았다.

"세상엔 이런 승리도 있고 저런 승리도 있어요." 카이사르는 외삼촌 루키우스와 외사촌 가이우스에게 말했다. "오늘 건 더 나은 종류의 승리였죠. 특히 네가 도와줘서 너무 고마웠어."

"그들에게 이렇게 해야만 한다는 걸 납득시키기가 어려웠나?" 가이우스 코타 2세가 물었다.

"꼭 그렇지는 않아. 그 두 사람은 다른 건 몰라도 인기의 중요성에 대해선 잘 알고 있으니까. 둘 다 타협에는 소질이 없는 사람들이야. 하지만 나는 두 사람의 기여도를 정확히 반으로 나누어주었고, 그것이 그들을 만족시켰어. 크라수스는 자존심을 접어두고 친애하는 폼페이우스에게 그 욕지기나는 말을 건네야만 했어. 하지만 다른 한편으로 보면, 그는 먼저 손을 내밀고 양보했기 때문에 더 많은 칭송을 듣고 있지. 그러니까 군중을 기쁘게 하는 대결로 치면 크라수스의 승리인 셈이야. 다행히도 폼페이우스는 그걸 모르지만 말이지. 그는 자기가 뚱하게 있는 상황에 동료 집정관이 먼저 굽히고 나왔으니 자기 승리라 믿고 있지."

"그렇다면 올해가 끝날 때까지는 누가 진정한 승자인지 마그누스가 눈치채지 못하기를 바라야겠군." 루키우스 코타가 말했다.

"외삼촌의 회의를 방해한 것에 대해선 유감스럽게 생각해요. 오늘은 투표를 진행하기에 충분한 인원을 모으기 힘들 거예요."

"내일 해도 되는 일이란다."

코타 가문의 두 사람과 카이사르는 포룸 로마눔을 떠나 팔라티누스 언덕 방향의 베스타 계단으로 갔다. 카이사르는 계단을 반쯤 올라갔을 때 잠깐 멈춰 뒤를 돌아보았다. 그곳에는 그들이, 바로 폼페이우스와 크라수스가 행복한 로마인들 무리에 둘러싸여 있었다. 이전의 불화 따위는 완전히 잊어버린 채 그들 역시 행복한 모습이었다.

"올해는 하나의 분수령을 이룬 해예요." 카이사르는 남은 계단을 오르면서 말했다. "우리는 모두 어떤 장애물을 극복했어요. 하지만 우리 중 누구도 다시는 이런 삶을 누리지 못할 것 같은 이상한 기분이

들어요."

"그래, 네가 무슨 말을 하는지 알고 있단다." 루키우스 코타가 말했다. "역사책에 내 이름이 기록될 해는 바로 올해야. 내가 발의한 배심원법 덕분이지. 내가 나중에 집정관 출마를 결심한다면, 그건 아마 실망스러운 결말로 이어질 거야."

"실망스러운 결말 같은 걸 생각하고 있었던 게 아니에요." 카이사르는 웃으며 말했다.

"폼페이우스와 크라수스는 올해 이후에 무슨 일을 하게 될까요?" 가이우스 코타 2세가 물었다. "둘 다 속주 총독이 될 마음은 없다고들 하던데."

"그건 사실이란다." 루키우스 코타가 말했다. "두 사람은 사적인 삶으로 돌아갈 거야. 왜 아니겠어? 그들은 최근까지 큰 전쟁을 치렀고, 속주 수익으로 주머니를 불릴 필요가 없을 만큼 대단한 부자니까. 게다가 함께 집정관을 지내면서 그들을 반역 혐의로부터 지켜줄 법과, 그들의 퇴역병사들에게 원하는 만큼의 땅을 나눠줄 법까지 통과시켰잖니. 내가 그 입장이라도 속주 총독으로 떠나진 않겠어!"

"그들의 입장이 생각보다 불편하다는 걸 곧 알게 되실 거예요." 카이사르가 말했다. "그들이 앞으로 뭘 할 수 있겠어요? 폼페이우스는 사랑하는 고향 피케눔으로 돌아가 다시는 원로원에 발을 들여놓지 않겠다고 했어요. 크라수스는 올해 써버린 1천 탈렌툼을 다시 벌기로 단단히 작심했고요." 그는 행복한 한숨을 크게 내쉬었다. "그리고 저는 재무관 자격으로 먼 히스파니아로 떠날 예정이에요. 우연히도 제가 좋아하는 총독 밑에서 일하게 되었죠."

"폼페이우스의 예전 처남인 가이우스 안티스티우스 베투스 말이군."

청년 코타가 웃으며 말했다.

카이사르는 그의 가장 간절한 소원을 입 밖에 내지 않았다. 바로 율리아 고모가 돌아가시기 전에 히스파니아로 떠나는 것이었다.

하지만 그 소원은 이루어지지 않았다. 바람이 거센 2월 중순 어느 밤, 카이사르는 율리아의 침상으로 호출되었다. 그의 어머니는 며칠 전부터 율리아의 저택에 머무르고 있었다.

율리아는 의식이 있었고 여전히 앞을 볼 수 있었다. 그가 방으로 들어서자 그녀의 눈이 살짝 반짝였다. "너를 기다렸단다." 그녀가 말했다.

그는 감정을 억누르느라 가슴이 아파왔다. 하지만 그녀에게 입을 맞추고 미소를 지어 보였다. 그런 다음 평소처럼 그녀의 침대에 걸터앉았다. "고모가 그냥 가시도록 두지 않을 거예요." 그는 가볍게 말했다.

"널 보고 싶었어." 그녀가 말했다. 그녀의 목소리는 아주 강하고 분명했다.

"지금 보고 계시잖아요, 율리아 고모. 제가 뭘 해드리면 될까요?"

"뭘 해줄 수 있겠니, 가이우스 율리우스?"

"뭐든지 다요." 그가 말했다. 그것은 진심이었다.

"오, 그렇다면 안심이구나! 그건 네가 날 용서할 수 있다는 말일 테니까."

"용서요?" 그는 깜짝 놀랐다. "고모는 용서받을 일을 하나도 안 하셨어요, 단 하나도!"

"가이우스 마리우스가 너를 유피테르 대제관으로 만들 때 말리지 못한 나를 용서해주렴."

"율리아 고모, 가이우스 마리우스가 무언가를 하려고 하면 누구도 그를 말릴 수 없어요!" 카이사르가 외쳤다. "그러려고 시도했던 사람들의 무덤이 로마 외곽에 즐비하잖아요! 고모를 비난하고 싶었던 적은 단 한 순간도 없었어요! 그러니 절대 자책하지 마세요."

"너만 괜찮다면 그러도록 하마."

"전 괜찮아요. 약속드릴 수 있어요."

그녀의 눈이 감겼다. 눈꺼풀 아래로 눈물이 새어나왔다. "불쌍한 내 아들." 그녀가 속삭였다. "위인의 아들로 산다는 건 끔찍한 일이란다……. 너에겐 아들이 없으면 좋겠구나. 넌 분명 대단한 위인이 될 테니까."

그의 시선이 어머니의 시선과 만났다. 그는 어머니의 얼굴에서 문득 질투의 빛을 발견했다.

그에 대한 반응은 격렬하고도 즉각적이었다. 그는 양팔로 율리아 고모를 끌어안고 자기 뺨을 고모의 뺨에 갖다대었다. "율리아 고모." 그는 고모의 귀에 대고 속삭였다. "절 안아주는 고모 없이, 그 모든 입맞춤 없이 저더러 어떻게 살란 거예요?" 바로 이분이에요! 그의 눈은 어머니에게 말하고 있었다. 어린 시절 내게 포옹과 입맞춤을 해준 사람은 바로 이분이에요, 어머니가 아니라! 어머니는 절대 그런 사람이 아니셨죠! 율리아 고모마저 없으면 전 이제 어떻게 살죠?

하지만 율리아 고모는 답이 없었다. 눈을 뜨고 그를 바라보지도 않았다. 그녀는 두 번 다시 말할 수도 볼 수도 없게 되었다. 그렇게 뻣뻣하게 죽은 채로 카이사르의 품에 몇 시간이나 안겨 있었다.

루키우스 데쿠미우스와 그의 아들들이 그 자리에 있었고 부르군두스도 곁에 있었다. 카이사르는 어머니를 그들과 함께 집으로 돌려보냈다. 단 한 사람의 얼굴도 제대로 보지 않으면서, 사람들로 북적거리는 한낮의 거리를 돌아다녔다. 율리아 고모가 돌아가셨다. 그런데 그와 그의 가족 외에는 아무도 이 사실을 몰랐다. 가이우스 마리우스의 아내가 죽었다. 그런데 그와 그의 가족 외에는 아무도 이 사실을 몰랐다. 눈물이 떨어지려던 찰나에 어떤 생각이 떠올랐다. 그러자 눈물은 영원히 속으로 들어가 자취를 감췄다. 로마는 그녀의 죽음에 대해 알아야 한다! 로마는 그녀의 죽음에 대해 알게 될 것이다!

"장례는 조용히 치르는 게 좋겠어." 아우렐리아는 해가 넘어갈 무렵 그녀의 아파트로 걸어들어오는 아들에게 말했다.

"오, 그럴 순 없어요!" 카이사르는 말했다. 그는 빛과 힘으로 충만하고 아주 키가 커 보였다. "율리아 고모는, 그라쿠스 형제의 어머니 코르넬리아의 죽음 이후 여자로서는 가장 성대한 장례식의 주인공이 될 거예요! 가이우스 마리우스와 그 아들의 이마고는 물론, 모든 조상들의 이마고를 전부 공개할 거예요."

아우렐리아는 숨이 턱 막혔다. "카이사르, 그럴 수는 없어! 호르텐시우스와 작은 염소 메텔루스가 올해 집정관이고, 로마는 무섭도록 보수적으로 변했단 말이야! 로마가 반역자로 규정한 그 두 사람의 이마고를 공개한다면, 호르텐시우스 수하의 호민관들이 널 타르페이아 바위에서 던져버릴 거야!"

"마음대로 하라고 해요." 카이사르는 비꼬듯 말했다. "전 율리아 고모가 마땅히 누려야 할 명예와 칭송 속에 그분을 어둠으로 보내드릴 테니까요."

이러한 굳은 결심은 슬픔을 그나마 감당할 수 있는 수준으로 만들어주었다. 카이사르에게는 구체적으로 해야 할 일이 있었다. 무엇으로도 채울 수 없는 상실감에 계속 눈물을 쏟는 것보다 저 사랑스러운 고인을 더욱 위해줄 수 있는 감정 배출방법이었다. 바쁘게 일하자. 쉬지 말고 움직이자. 고모를 위해서.

물론 그는 어떻게 해야 자신이 위기를 모면할 수 있는지 알고 있었다. 그 어떤 정무관도 그의 계획을 방해하거나 그를 기소하는 것이 불가능하도록 만들어야 했다. 하지만 이왕이면 그들이 아예 시도할 엄두조차 못 내도록 하는 편이 나았다. 장례식 준비는 로마에서 가장 유명한 장의사들이 맡았고 비용은 은화 50탈렌툼으로 합의되었다. 이 어마어마한 금액 덕분에, 카이사르가 가이우스 마리우스와 아들 마리우스의 이마고를 만천하에 공개할 예정임에도 불구하고 모두들 장례식 준비에 참여하겠다고 나섰다. 배우를 고용하고 그들이 올라탈 마차도 마련했다. 장례식 공연에 등장할 인물로는 앙쿠스 마르키우스 왕, 퀸투스 마르키우스 렉스, 율루스, 율리우스 가문의 최근 집정관 섹스투스 카이사르와 루키우스 카이사르, 그리고 가이우스 마리우스와 그의 아들이 포함되었다.

하지만 이보다 더 중요한 준비가 필요했다. 그는 루키우스 데쿠미우스와 교차로 형제들 외에는 누구에게도 이 일을 믿고 맡기지 않았다. 바로 로마 전역에 가능한 멀리까지 말을 퍼뜨리는 임무였다. 가이우스 마리우스의 아내인 위대한 율리아가 사망했으며, 이틀 뒤 세번째 시각에 장례를 치를 예정이라고, 또 원한다면 누구든 장례에 참석할 수 있다는 말이었다. 가이우스 마리우스 사후에는 공개적인 장례식이 없었다. 그의 아들의 최후는 잘린 목이 로스트라 연단에 내걸린 채 썩어가는 장면이었다. 그러니 율리아의 장례식은 성대하게 치러질 것이며, 로마인들은 율리아의 장례식 참석을 통해 늦었지만 마리우스 부자를 함께 애도할 수 있을 것이라고 했다.

그는 모든 정무관들의 허를 찔렀다. 그들에게 미리 언질을 준 사람도 없었고, 그들 중 누구도 애당초 율리아의 장례식에 참석할 마음이 없었던 것이다. 하지만 마르쿠스 크라수스는 나타났고, 바로 루쿨루스도 마찬가지였다. 마메르쿠스는 코르넬리아 술라와 함께 참석했고 필리푸스도 참석했다. 새끼 똥돼지 메텔루스 피우스도 자리를 지켰고, 두 코타도 당연히 빠지지 않았다. 그들에게는 모두 사전 경고를 했다. 카이사르는 그 누구도 의도치 않게 다치는 것을 원치 않았다.

그리고 수많은 로마인들이 장례식에 참석했다. 금지령과 추방령, 신성모독 관련 법령 따위에 전혀 개의치 않는 평범한 사람들이 수천 명씩 모습을 드러냈다. 가이우스 마리우스를 애도할 수 있는 마지막 기회였다. 생전의 마리우스만큼이나 키가 크고 어깨가 넓은 배우가 착용한 이마고를 통해 그의 사랑스럽고 사나운 얼굴과 거대한 눈, 고집스럽게 미간을 찡그린 표정을 볼 수 있는 마지막 기회였다. 게다가 너무나 훤칠하고 인상적인 아들 마리우스의 이마고도 볼 수 있었다! 하지만 그보다 더 인상적인 것은 마리우스의 살아 있는 처조카였다. 그는 마차를 끄는 말만큼이나 새까만 상복을 입고 있었다. 그의 금빛 머리칼과 창백한 얼굴은 그의 주변을 둘러싼 짙은 먹구름과 눈에 띄는 대비를 이루었다. 어쩜 저렇게 잘생겼는지! 어쩜 저렇게 완벽한지! 카이사르가 이렇게 거대한 군중 앞에 나타나는 것은, 늙고 절름발이가 된 마리우스를 부축하던 시절 이후 처음이었다. 그는 로마인들에게 절대 잊을 수 없는 깊은 인상을 심어줘야 했다. 그는 가이우스 마리우스가 남긴 유일한 후계자였고, 율리아의 장례식을 찾아온 모든 사람들에게 자신의 존재를 분명히 인식시키고자 했다. 그가 바로 가이우스 마리우스의 후계자라는 것을.

그는 로스트라 연단에서 율리아를 위한 조문을 읽었다. 그 높은 연단에서 연설하는 것도 처음이었고, 그에게 시선을 고정하고 있는 수많은 얼굴들을 내려다보는 것도 처음이었다. 율리아의 시신은 최후의 가장 공개적인 행사를 앞두고 아주 아름답게 꾸며졌다. 얼마나 공들여 화장하고 옷 안에 솜을 채워 넣었는지 마치 젊은 여인처럼 보였다. 그녀의 아름다움만으로도 군중을 울리기에 충분했다. 로스트라 연단에 놓인 그녀의 시신 곁에는 아름다운 여성이 세 명 더 있었다. 50대로 보이는 여성은, 루키우스 데쿠미우스의 심부름꾼들이 여기저기서 수군대는 바에 따르면 카이사르의 어머니였다. 마흔 살가량의 여성은 붉은빛 도는 금발을 보니 술라의 딸이 분명했다. 검은색 의자 가마에 앉아 있는 몸집 작고 살결이 검은 젊은 임신부는 카이사르의 아내로 드러났다. 그녀의 무릎에는 일곱 살쯤 돼 보이는 기막히게 새하얀 아이가 앉아 있었다. 누가 봐도 카이사르의 딸아이가 분명했다.

"우리 가문은 여자들로 이루어진 집안입니다!" 카이사르는 로스트라 연단에서 카랑카랑한 웅변가의 목소리로 외쳤다. "제 아버지 세대에는 살아 있는 남자가 아무도 없습니다. 제 세대에는, 오늘 이곳 로마에서 우리 가문의 여성 중 최고 연장자의 죽음을 애도하는 남자가 저 하나뿐입니다. 율리아 고모는 율리우스 가문의 같은 세대 여자들 중 가장 맏이라서, 그 이름을 축약하거나 덧붙인 형태로 바꿔 부르는 일이 없었습니다. 또한 로마에는 이런 여성이 또 없다 싶을 정도로 율리우스 가문의 이름을 빛내주었습니다. 고모는 아름다움, 온화한 성격, 여느 남자가 아내나 어머니나 고모에게 요구하는 신의, 애정 넘치는 따뜻한 천성, 너그러운 영혼의 친절함을 갖추고 있었습니다. 고모와 비견될 수 있는 유일한 여성 역시 본인이 죽음을 맞기 훨씬 전에 남편과 자식을 잃었습니다. 역시나 위대한 파트리키 가문 출신 여성이자 그라쿠스 형제의 어머니인 코르넬리아 말입니다. 코르넬리아와 율리아 고모는 둘 다 아들을 참수형으로 잃었고, 아들의 장례도 제대로 치르지 못했습니다. 그러니 두 분의 인생이 아주 다르다고 할 수는 없겠죠. 한 명은 두 아들을 모두 잃었지만 남편의 불명예라는 치욕을 겪지 않았고, 다른 한 명은 외아들을 잃었지만 남편의 불명예라는 치욕과 노년기의 가난에 시달려야 했습니다. 그러니 이들 중 누구의 슬픔이 더 대단했다고 함부로 단언할 수 있겠습니까? 코르넬리아는 80대까지 살아 있었고, 율리아 고모는 쉰아홉 나이에 숨을 거두었습니다. 율리아 고모의 용기가 부족해서였을까요? 아니면 코르넬리아의 삶이 더 수월해서였을까요? 로마 인민 여러분, 우리는 그 답을 알 수 없을 것입니다. 그런 질문조차 하지 말아야 합니다. 그들은 모두 위대하고 걸출한 여성들이니까요.

하지만 저는 코르넬리아가 아니라 율리아 고모를 기리기 위해 오늘 이 자리에 서 있습니다. 율리우스 카이사르 가문의 율리아 고모는 다른 어떤 로마 여성보다 뛰어난 혈통을 이어받았습니다. 율리아 고모에게는 로마의 왕들과 로마를 처음 세운 신들의 피가 흘렀습니다. 율리아 고모의 어머니는 퀸투스 마르키우스 렉스의 막내딸 마르키아였습니다. 퀸투스 마르키우스 렉스는 로마의 네번째 왕 앙쿠스 마르키우스의 후손입니다. 또한 모든 로마 광장과 교차로의 분수대에 달콤하고 신선한 물이 콸콸 흘러넘칠 수 있도록 해준 덕분에, 이 위대한 도시로부터 매일 감사와 칭찬의 말을 듣는 인물입니다. 율리아 고모의 아버지는 섹스투스 율리우스 카이사르의 작은아들 가이우스 율리우스 카이사르였습니다. 율리우스 집안사람들은 파비우스 트리부스 소속의 파트리키 귀족입니다. 한때 알바롱가의 왕들이었으며, 베누스 여신의 아들이었던 아이네아스의 아들 율루스의 후예들입니다. 율리아 고모에게는 강하고 위대한 여신은 물론, 마르스와 로물루스의 피도 흐르고 있었습니다. 로물루스와 레무스의 어머니 레아 실비아는 누구였습니까? 바로 율리우스 가의 여성이었습니다! 그렇기 때문에 저의 혈친인 율리아 고모의 몸속에서는, 왕들이 가진 인간만의 위대하고 유한한 힘과 가장 훌륭한 왕도 꼼짝 못하게 만드는 신들의 무한한 힘이 하나가 되었습니다.

고모는 열여덟 살 나이에 여기 모든 분들이 알고 계시고, 또 일부는 살아생전의 모습까지 기억하고 계시는 그분과 혼인하셨습니다. 고모의 혼인 상대는 가이우스 마리우스였습니다. 그는 유례없이 일곱 번이나 집정관을 역임했고 로마 제3의 건국자라 불렸습니다. 누미디아의 유구르타 왕을 물리쳤고, 게르만족을 정복했으며, 이탈리아 전쟁 초반에 승리를 거두었습니다. 이 논란의 여지없이 위대한 인물이 권력의 정점에서 목숨을 잃을 때까지, 율리아 고모는 그의 충실하고 믿음직한 아내로 남아 있었습니다. 두 분 사이에는 외아들 가이우스 마리우스 2세가 있었습니다. 그는 스물여섯 살 나이로 로마의 수석 집정관 자리에 올랐습니다.

그 남편과 아들이 사후에 깨끗한 명성을 유지하지 못한 것은 고모 탓이 아닙니다. 금지 조치로 인해, 스물여덟 해를 보낸 보금자리에서 쫓겨나 퀴리날리스 언덕 외곽의 날카로운 북풍에 그대로 노출된 훨씬 더 허름한 집으로 옮겨가야 했던 것은 고모 탓이 아닙니다. 포르투나 여신이 고모에게 이 새로운 동네에서 힘든 이웃을 돕는 것 외에 삶의 의미를 아무것도 남겨두지 않은 것은 고모 탓이 아닙니다. 때 이른 죽음을 맞은 것은 고모 탓이 아닙니다. 남편과 아들의 이마고가 다시는 공개될 수 없는 처지가 된 것도 고모 탓이 아닙니다.

저는 어릴 때부터 고모와 잘 알고 지냈습니다. 가이우스 마리우스가 두번째 뇌졸중으로 절름발이가 되었던 그 끔찍한 해에 저는 그분 곁에서 재활을 도왔기 때문입니다. 매일 그 저택으로 가서 고모부를 돕는 의무를 다하고, 고모에게 달콤한 감사의 인사를 들었습니다. 저는 다른 여자에게서 받아보지 못한 사랑을 고모에게 받았습니다. 저의 어머니는 아버지 역할까지 해야 했기에 저에게 포옹이나 입맞춤을 해줄 수 없는 입장이었죠. 그것은 아버지의 영역이 아니니까요. 대신 제게는 포옹과 입맞춤을 아끼지 않는 율리아 고모가 있었습니다. 앞으로 천년을 더 산다고 해도 저는 단 하나의 포옹, 단 하나의 입맞춤, 그 아름다운 회색 눈동자가 보내는 단 하나의 눈길조차 절대 잊지 못할 겁니다. 로마 인민 여러분께 부탁드립니다. 고모의 죽음을 애도하십시오! 저처럼 고모의 죽음을 애도하십시오! 고모의 운명과 부당하리만치 슬픈 인생의 서러움을 애도하십시오. 또한 오늘 제가 이마고를 공개하게 될 고모의 남편과 아들의 운명을 애도하십시오. 저는 마리우스 부자의 이마고를 공개해서는 안 된다는 말을 들었습니다. 그런 괘씸한 범죄를 저지르면 제 직위와 시민권을 박탈당할 수도 있다고 들었습니다. 마리우스 부자도 자주 드나들던 이 포룸 로마눔에서, 밀랍과 페인트와 다른 누군가의 머리카락으로 만들어진 움직이지도 않는 이마고 두 개를 공개하는 것이 범죄라고 말이죠! 만일 그런 명령이 떨어진다면, 마리우스 부자의 이마고를 공개했다는 이유로 제 직위와 시민권을 박탈하겠다고 한다면, 어디 마음대로 하라고 하십시오! 저는 제 혈친인 고모의 죽음을 마땅한 방식으로 추모할 것입니다. 그러기 위해서는 율리아 고모가 헌신을 쏟았던 두 마리우스, 다시 말해 고모의 남편과 아들이 필요합니다. 저는 율리아 고모를 위해 이 이마고들을 공개할 것입니다. 이 도시의 그 어떤 정무관도 고모의 장례 행렬에서 이 이마고들을 제거하도록 내버려두지 않을 것입니다! 앞으로 나오십시오, 가이우스 마리우스, 앞으로 나오십시오, 가이우스 마리우스 2세! 두 분의 아내이자 어머니, 율리우스 카이사르 가문의 율리아, 왕들과 신들의 딸을 추모하십시오!"

군중은 처량하게 눈물을 흘렸다. 가이우스 마리우스와 아들 마리우스의 이마고를 쓴 배우들이 상여 위에 뻣뻣하게 굳어 있는 여성에게 다가가 경의를 표하자, 웅성거림은 탄성으로 변했고 이내 목청껏 우는 통곡으로 바뀌었다. 원로원 의사당 계단 꼭대기에서 기겁한 표정으로 이 장면을 내려다보고 있던 호르텐시우스와 작은 염소 메텔루스는 패배한 표정으로 돌아섰다. 가이우스 율리우스 카이사르의 범죄는 법과 징계의 침묵 속에 조용히 넘어가게 되리라. 로마가 그의 행동을 진심으로 승인했으니.

"아주 기발했네." 호르텐시우스는 잠시 후 카툴루스에게 말했다. "그는 술라와 원로원의 법도를 어겼을 뿐 아니라, 이번 기회를 통해 그곳에 모인 모든 사람들에게 자신이 왕들과 신들의 후손임을 상기시켜주었으니 말이야!"

"카이사르, 교묘하게 위기를 모면했구나." 긴 하루가 끝날 무렵 아우렐리아가 말했다.

"이렇게 될 줄 알고 있었어요." 그는 너무도 피곤한 듯 한숨을 내쉬고 검은색 토가를 바닥에 떨어뜨렸다. "원로원의 보수 세력이 올해 정권을 잡고 있을지 몰라도, 내년에도 유권자들이 같은 선택을 하리라고 확신하는 의원은 아무도 없어요. 로마인들은 정권 교체를 좋아하니까요. 또 로마인들은 소신 있고 용기 있는 사람을 좋아해요. 특히 그 사람이 가이우스 마리우스를 높이 받들어 모신다면 더욱 그렇겠죠. 그의 동상이 얼마나 많이 파괴되었든 간에, 로마 인민들은 그를 버린 적이 없어요."

킨닐라는 수종에 시달리는 고대의 여인처럼 힘겹게 몸을 끌며 방으로 들어왔다. 그녀는 카이사르가 앉은 긴 의자 옆에 자리를 잡았다. "정말 훌륭했어요." 그녀는 자기 손을 그의 손에 집어넣었다. "조문을 읽는 자리에 참석할 만큼 몸이 나아져서 정말 기뻤어요. 물론 그 이상은 도저히 움직일 수 없었지만요. 어쩜 그렇게 말을 멋지게 잘하는지!"

그는 옆으로 몸을 틀었다. 손가락으로 그녀의 볼을 감싸고, 한 가닥 삐져나온 머리카락을 정돈해주었다. "불쌍한 우리 킨닐라." 그는 다정하게 말했다. "이제 얼마 남지 않았소." 그는 바닥에 놓인 그녀의 두 발을 자기 무릎 위에 올려놓았다. "이렇게 발을 바닥에 두고 앉으면 안 된다는 것을 잘 알잖소."

"오, 카이사르, 정말 너무 힘들어요! 율리아를 임신했을 때는 아무 문제도 없었는데, 두번째 임신은 엉망진창이에요! 영문을 모르겠어요." 그녀의 눈에 눈물이 차올랐다.

"난 알고 있단다." 아우렐리아가 말했다. "이번에는 아들이라서 그런 거야. 나도 두 딸을 임신했을 때는 아무 문제가 없었지만, 카이사르 너를 임신했을 때는 정말 힘들었어."

"그럼 저는 이만." 카이사르는 킨닐라의 두 발을 긴 의자 위로 옮겨놓고 자리에서 일어났다. "제 아파트로 돌아가 잠을 청해야겠어요."

"오, 부탁이에요, 카이사르, 가지 마세요!" 그의 아내가 일그러진 얼굴로 간절히 부탁했다. "오늘은 여기 있어요. 아기 이야기나 여자들의 고충 이야기는 절대 꺼내지 않겠다고 약속할게요. 아우렐리아, 카이사르를 좀 말려주세요. 안 그러면 떠날 거예요."

"흥!" 아우렐리아는 의자에서 일어서며 말했다. "에우티코스는 어디 있지? 지금 우리에게 꼭 필요한 건 약간의 음식이야."

"그는 스트로판테스를 진정시키고 있어요." 킨닐라는 슬픈 목소리로 말했다. 카이사르가 포기했다는 듯 다시 긴 의자에 주저앉자, 일그러져 있던 그녀의 얼굴이 펴졌다. "불쌍한 늙은이! 모두 다 먼저 가버렸으니까요."

"그도 곧 따라가게 될 거요." 카이사르가 말했다.

"오, 그런 말 하지 마요!"

"그의 얼굴에 다 쓰여 있소, 부인. 오히려 그게 더 자비로운 일이 될 거요."

"난 혼자 마지막까지 살아남는 일이 없었으면 좋겠어요." 킨닐라가 말했다. "그건 모든 운명 중에서도 최악이라고 생각해요."

"더 끔찍한 운명은," 고통스러운 기억을 떠올리고 싶지 않은 카이사르가 말했다. "계속 우울한 이야기만 하는 거요."

"이곳이 로마라서 그런 걸 거예요." 그녀는 입술 안쪽의 작은 분홍색 주름이 드러나도록 미소를 지었다. "히스파니아로 떠나면 한결 나아지겠죠. 당신은 로마에 머무는 동안엔 단 한 번도 여행하는 동안만큼 행복해한 적이 없으니까요."

"다음 장날이오, 부인. 초겨울에 배를 타고 떠나는 거요. 당신 말이 맞소. 로마는 내가 머물고 싶은 곳이 아니오. 그러니 다음 장날이 오기 전에 아이를 낳는 것이 어떻겠소? 출발하기 전에 내 아들 얼굴을 보고 싶소."

그는 다음 장날 출발하기 전에 아들의 얼굴을 보았다. 하지만 산파와 루키우스 투키우스가 산도에서 아기를 꺼냈을 때, 아기는 벌써 며칠 전부터 죽어 있었던 것이 분명해 보였다. 킨닐라는 몸이 부어 있었고 경련을 일으켰으며 심각한 뇌졸중으로 반신이 마비되었다. 사산된 아들이 세상으로 나오는 순간 그녀는 숨을 거두었다.

누구도 믿기 힘든 일이었다. 율리아의 죽음이 충격과 슬픔으로 다가왔다면, 킨닐라의 죽음은 감당할 수 없는 고통이었다. 카이사르는 지금껏 살아오면서 가장 서럽게 울었다. 옆에서 누가 보든 신경쓰지 않았다. 끔찍한 첫 경련이 시작되던 순간부터 그녀를 묻는 순간까지, 몇 시간이나 울고 또 울었다. 하나는 어떻게든 가능했다. 하지만 둘이라니, 절대 깨어날 수 없는 악몽으로 다가왔다. 죽은 아기에 대해서는 생각할 여유도, 그럴 마음도 없었다. 킨닐라가 죽었다. 그녀는 그가 열네 살 되던 해부터 가족의 일부였고, 유피테르 대제관으로 살면서 느꼈던 고통의 일부였다. 아내로 사랑한 기간만큼이나 오랫동안 여동생으로 아꼈던 통통하고 까무잡잡한 어린것이었다. 17년이었다! 그들은 어린 시절을 함께했고, 그 집에 사는 유일한 아이들이었다.

그녀의 죽음은 율리아의 죽음과는 달리 아우렐리아에게도 큰 충격을 안겼다. 그 무쇠처럼 단단하던 여인은 아들만큼이나 서럽게 울었다. 그녀의 남은 삶을 밝혀주던 빛 하나가 사라졌다. 어찌 보면 손녀 같고 어찌 보면 며느리 같던 그 작고 사랑스러운 존재는 이제 메아리, 텅 빈 베틀, 비어 있는 침대 절반으로 남게 되었다. 브루군두스도 울고 카르딕사도 울고 그 아들들도 울었다. 루키우스 데쿠미우스, 스트로판테스, 에우티코스도 울고 모든 하인들이 울었다. 그들에게 킨닐라 없는 아우렐리아의 인술라는 상상조차 힘들었다. 인술라의 모든 세입자들이 울고 수부라 지구의 많은 주민들도 울었다.

이번 장례식은 율리아의 장례식과는 달랐다. 지난 장례식은 영광스러운 무대였고, 웅변가가 위대한 여성과 자기 자신의 가문을 과시하기 위한 자리였다. 하지만 공통점도 있었다. 카이사르는 마리우스 부자의 이마고와 함께 창고에 보관해둔 코르넬리우스 킨나 집안의 이마고를 밖으로 꺼냈다. 그리고 그것을 배우들에게 씌움으로써 호르텐시우스와 작은 염소 메텔루스를 분개하게 만들었다. 젊은 여성의 죽음을 로스트라 연단에서 애도하는 것은 일반적으로 용인되지 않았지만, 카이사르는 이번에도 공개적인 장례식을 준비했다. 하지만 찬양하는 분위기는 아니었다. 그는 조용한 목소리로 조문을 읽었다. 그 내용은 전부 그가 고인과 나누었던 기쁨이나, 유년의 자유를 잃은 그에게 위로가 되어준 고인과의 추억에 관한 것뿐이었다. 그는 그녀의 웃음에 대해, 유피테르 여제관으로서 의무를 다하려고 묵묵히 짜야 했던 털이 달린 끔찍한 의상에 대해 이야기했다. 또 지금 그의 팔에 안겨 있는 어린 딸에 대해 이야기했다. 그는 눈물을 흘렸다.

그리고 이런 말로 마무리를 했다. "저는 지금 제가 느끼는 것 이상의 슬픔을 알지 못합니다. 그것이 슬픔의 비극이죠. 우리는 늘 자신의 슬픔이 타인의 슬픔보다 더 크다고 생각하니까요. 하지만 여러분께 먼저 고백하고 싶은 점은, 제가 자신의 권위를 최우선으로 여기는 차갑고 냉철한 사람일지도 모른다는 겁니다. 그렇다면 그렇겠죠. 저는 한때 킨나의 딸과 이혼하기를 거부했습니다. 명령에 불복하기로 한 거죠. 저의 개인적인 이득과 뒤따르게 될 다양한 가능성을 염두에 두고, 그녀와 이혼하라는 술라의 명령을 어겼습니다. 여러분께 이미 슬픔의 비극에 대해 한 차례 말씀드렸습니다. 하지만 그 비극은, 누군가가 죽기 전까지 그가 얼마나 소중한 존재인지를 한 번도 깨닫지 못하는 비극에 비하면 아무것도 아닙니다."

루키우스 코르넬리우스 킨나와 그 조상들의 이마고를 보고 환호하는 사람은 없었다. 하지만 이번에는 로마인들이 너무 구슬피 우는 바람에, 카이사르의 적들은 두 주가 지나기도 전에 두 번씩이나 무력하게 물러나야 했다.

그의 어머니는 비통함에 젖어 갑자기 몇 년은 더 늙어버린 듯했다. 아직도 위로의 포옹과 입맞춤을 거부당하는 아들로서는 감당하기 힘든 일이었다.

내가 이토록 차갑고 냉정한 것은, 어머니가 이리도 차갑고 냉정하기 때문일까? 하지만 어머니는 나말고 다른 사람에게는 차갑고 냉정하지 않아! 지금도 킨닐라를 위해 저렇게 슬퍼하고 있잖아. 또 어머니는 그 끔찍한 술라의 죽음을 얼마나 슬퍼했던가.

내가 여자라면 자식들은 내게 큰 위안이 될 거야. 하지만 나는 로마 귀족 남성이고, 로마 귀족 남성에게 자식이란 인생의 주변부에 지나지 않아. 내가 아버지 얼굴을 몇 번이나 봤지? 내가 아버지와 나눌 만한 이야기가 있었나?

"어머니." 그가 말했다. "어머니께 제 딸 율리아를 맡길게요. 이제 그 애는 킨닐라가 처음 우리집에 왔을 때와 거의 비슷한 나이예요. 시간이 흐르면서 그애는 어머니의 빈 가슴을 가장 많이 채워주는 존재가 될 거예요. 그애를 어머니에게서 빼앗는 짓은 절대 하지 않을게요."

"난 그애가 태어날 때부터 곁에 있었어." 아우렐리아가 말했다. "그리고 그건 나도 다 알고 있단다."

늙은 스트로판테스가 발을 질질 끌며 걸어들어왔다. 그는 젖은 눈으로 두 모자를 쳐다보더니 다시 발을 끌며 나갔다.

"스미르나에 계신 푸블리우스 외삼촌께 편지를 써야겠어." 아우렐리아가 말했다. "그분 역시 주변 사람들을 먼저 보내고 혼자 남아 계시니까. 불쌍한 분이지."

"네, 어머니, 그렇게 하세요."

"카이사르, 나는 네가 혼자 꿀 케이크를 다 먹어놓고 케이크가 없어졌다고 우는 아이처럼 구는 걸 이해할 수 없구나."

"갑자기 왜 그런 말을 하시는 거죠?"

"율리아의 장례식에서 네 입으로 말했잖아. 난 너에게 어머니와 아버지 역할을 다 해야 했고, 그래서 율리아처럼 포옹과 입맞춤을 해줄 수 없었다고 말이야. 그 말을 듣고 난 안심했어. 마침내 네가 날 이해했다고 생각했지. 하지만 넌 지금 예전과 똑같이 씁쓸한 표정이야. 운명을 받아들이렴, 아들아. 너는 나에게 내 삶보다, 손녀 율리아보다, 킨닐라보다, 아니 그 누구보다 더 의미 있는 존재야. 네 아버지보다 더 의미 있는 존재라고. 또 설사 내가 나약해졌을 때 술라가 아무리 큰 의미로 다가왔다 해도, 너는 그보다 훨씬 더 의미 있는 존재란다. 우리가 완전히 평화롭게 지낼 수 없다면 휴전이라도 맺는 게 어떻겠니?"

그는 일그러진 미소를 지었다. "안 될 게 뭐가 있겠어요?"

"로마를 벗어나면 너도 괜찮아질 거야, 카이사르."

"킨닐라가 했던 말이네요."

"그애가 옳았어. 그 무엇도 이번 죽음으로 인한 네 슬픔을 말끔히 씻어주진 못하겠지. 하지만 상쾌한 바다 여행을 떠나면 마음속의 너저분한 찌꺼기들을 날려버릴 수 있을 거야. 안 그럴 리가 없어."

안 그럴 리가 없다. 카이사르는 로마에서 그의 배가 기다리고 있는 오스티아까지 비교적 짧은 거리를 이동하면서 그 말을 되뇌었다. 사실이다. 내 영혼은 멍투성이지만 내 정신은 아직 멀쩡하다. 새로운 일, 새롭게 만날 사람, 새로운 나라에서의 모험. 게다가 이젠 루쿨루스도 없다! 나는 살아남을 것이다.

〈『포르투나의 선택』 끝, 제4부 『카이사르의 여자들』로 이어짐〉

작가의 말

『포르투나의 선택』은 〈마스터스 오브 로마〉 시리즈의 마지막 책은 아니지만, 로마사와 관련하여 사료가 다소 빈약한 마지막 시기를 다룬다. 이 시기에는 역사가 리비우스와 카시우스 디오가 없었고, 키케로도 왕성한 저술활동을 하지 않았기 때문이다. 그 결과 제1~3부에서는 지중해 전역에서 일어난 역사적 사건을 거의 빠짐없이 다룰 수 있었다. 따라서 3부인 『포르투나의 선택』은 내가 '로마 공화정의 몰락'이라는 주제를 다루는 데 있어 하나의 전환점이기도 하다. 앞으로 나올 책에서는 당시 발생했던 모든 역사적 사건을 다루는 대신 몇 가지 사건만을 집중적으로 다루게 될 텐데, 이는 글을 쓰는 작가와 책을 읽는 독자 모두에게 유리하게 작용하리라 생각한다.

그럼에도 불구하고 두 동물 캐릭터의 등장에서 알 수 있듯이, 늘어나는 사료 덕분에 『포르투나의 선택』의 내용은 훨씬 풍부해질 수 있었다. 하나는 비티니아의 국왕 니코메데스의 아내의 애완견이고, 다른 하나는 퀸투스 세르토리우스가 아끼던 그 유명한 새끼 사슴이다. 이 애완견과 새끼 사슴은 각각 역사가 스트라본과 플루타르코스에 의해 언급된 바 있다.

『포르투나의 선택』은 로마 역사와 할리우드 영화가 만나는 첫 시기를 의미하기도 한다. 이 과정에서 할리우드는 이득을 봤을지 몰라도 로마 역사는 상당히 왜곡되었다. 독자들은 이 책에서 스파르타쿠스가 영화 속의 동일인물과는 다르게 묘사되어 있다고 느낄 것이다. 책에서 스파르타쿠스를 그렇게 묘사한 이유에 대해 구구절절 설명하기에는 지면도 부족하고, 내게 그럴 마음도 없다. 학자들이라면 내가 어떤 연유에서, 또 누구의 사료에 근거해서 스파르타쿠스를 그렇게 그렸는지 알아차릴 것이다.

용어풀이는 3부 내용에 어울리게끔 처음부터 다시 썼다. '강철'과 '포도주' 같은 몇몇 일반적인 표제어를 삭제했음을 미리 알려두고 싶다. 새로운 책이 나올 때마다 표제어 항목을 줄이지 않으면 용어풀이의 분량은 계속 늘어날 테고, 그대로 둔다면 필연적으로 본문보다 용어풀이 분량이 더 많아지는 사태가 발생할 것이 분명했다.

관심이 많은 독자들이라면 제3부 『포르투나의 선택』과 더불어 제1부 『로마의 일인자』, 제2부 『풀잎관』 용어설명을 모두 확인함으로써 필요한 정보를 대부분 얻을 수 있을 것이다.(한국어판에서는 주요 용어들을 추려 각 부의 첫째 권에 실었고, 원저 제1~3부 용어설명을 통합하여 『마스터스 오브 로마 가이드북』이라는 별도의 번역서로 출간하였다.) 로마 공화정의 정부 구조와 관련된 표제어는 모든 책에 포함되어 있지만, 각각의 책에서 다루는 시대의 다양한 법과 인물을 중심으로 조금씩 내용을 재구성했다. 지명, 민족명, 부족명의 경우, 독자들이 새롭게 확인하고자 할 만한 부분만을 포함시켰다. 추가된 부분 중에 가장 흥미로운 표제어는 이제부터 더욱 중요해진 선박 관련 용어들이다.

『포르투나의 선택』 용어설명에서는 '2단 노선, 3단 노선, 5단 노선, 16단 노선, 상선, 헤미올리아, 미오파로' 같은 용어들을 확인할 수 있다.

삽화의 경우, 실제 폼페이우스의 흉상을 기반으로 청년 시절의 폼페이우스와 30대의 폼페이우스를 그렸다. 젊은 카이사르의 삽화는 중년의 카이사르를 담은 흉상을 보고 그의 청년 시절을 상상해서 그린 것이다. 카이사르는 중년이 될 때까지 외모가 크게 달라지지 않았으므로 폼페이우스의 청년 시절을 상상해서 그리는 것보다는 훨씬 수월했다. 술라의 삽화도 그의 흉상을 기반으로 완성했다. 현존하는 두 개의 흉상 중에 어느 쪽이 진짜 술라인지를 두고 논란이 많다. 둘 중 하나는 잘생긴 30대 후반 남자의 흉상이고, 나머지 하나는 노인의 흉상이다. 개인적인 의견으로는 두 개의 흉상이 모두 술라라고 생각한다. 귀, 코, 턱, 얼굴형, 얼굴 주름이 일치하기 때문이다. 다만 나이 지긋한 두번째 흉상에서 그는 아주 꼬불꼬불한 가발을 쓰고 있고(직모 몇 가닥이 귀 앞으로 삐죽 튀어나온 것을 보면 곱슬머리는 가발임을 알 수 있다), 이가 다 빠졌고(덕분에 턱이 길게 늘어났다), 이전에 비해 체중이 상당히 줄어들었다. 술라는 사망 당시 기껏해야 예순두 살이었을 텐데, 병환으로 인해 몸이 많이 망가졌던 것이 분명해 보인다. 이는 플루타르코스의 기록과도 일치하는 부분이다. 루키우스 리키니우스 루쿨루스의 삽화 역시 그의 실제 흉상을 보고 그렸다.

반면 메텔루스 피우스, 퀸투스 세르토리우스, 크라수스의 삽화는 공화정 시대로부터 전해지는 익명의 인물들의 흉상을 기반으로 완성했다. 제1부인 『로마의 일인자』에서는 익명의 인물의 흉상을 보고 세르토리우스의 젊은 시절을 상상해서 그렸는데, 제3부에서는 그 흉상을 눈에 보이는 나이 그대로 옮겼다. 다만 왼쪽 눈을 없애고 의학서적의 사진을 참고해 그 자리에 흉터 자국을 남겼다.

마르쿠스 리키니우스 크라수스는 당시 아주 위대한 인물 중 하나였음에도 불구하고, 오늘날까지 전해지는 그의 초상화나 흉상은 전무하다. 그래서 나는 다부진 몸매에 차분해 보이는 익명의 인물의 흉상을 참고해 그의 삽화를 그렸다. 우리에게 알려진 정보를 통해 크라수스는 몸집이 크고 침착한 인물이었음을 짐작할 수 있기 때문이었다. 그렇지 않다면 애초에 황소에 관한 농담은 나오지 않았으리라.

니코메데스 왕은 실제 그의 모습을 보고 그린 것이 아니다. 동전에 찍힌 옆모습이 남아 있긴 하지만, 니코메데스 2세(마리우스가 기원전 97년에 만났던 인물) 이후에 두 명의 왕, 즉 니코메데스 3세와 4세가 존재했는지, 아니면 로마로 망명을 떠났다가 왕위를 되찾은 인물이 모두 니코메데스 3세였는지를 두고 아직도 의견이 분분하다. 개인적으로 니코메데스라는 이름으로 왕위에 오른 마지막 왕이 니코메데스 3세라고 생각한다. 어쨌든 간에 나는 공화정 시대로부터 전해지는, 어딘지 모르게 옆모습이 니코메데스 왕을 닮은 익명의 인물의 흉상을 기반으로 삽화를 완성했다. 물론 그 흉상의 주인공은 왕이 아니었으므로 디아데마를 두르고 있지 않았다. 하지만 나는 독자들에게 디아데마를 착용하면 어떤 모습인지 한번쯤 보여주고 싶었다.

독자들이 항의 편지를 보내는 수고를 덜어주기 위해 언급하자면, 수에토니우스는 카이사르의 눈을 "nigris vegetisque oculis"라고 묘사했고, 이는 '예리한 검은 눈동자' 혹은 '날카로운 검은 눈동자' 혹은 '활기 넘치는 검은 눈동자' 정도로 번역된다는 사실을 나도 잘 알고 있다. 하지만 수에토니우스는 카이사르의 피부색이 흰 편이라 언급하기도 했고, 그가 기록을 남긴 시기는 카이사르가 죽은 지 150년이 흐른 뒤였다. 그 정도의 시간이 흐른 뒤라면 흉상에 몇 번씩 덧칠을 하면서 원래 모델의 눈동자 색깔과는 많이 달라졌을지도 모른다. 피부색이 흰 사람의 눈동자가 검은 것은 매우 드문 경우다. 카이사르의 조카딸의 아들인 아우구스투스 역시 피부가 흰색이었다. 그의 눈동자는 회색으로 알려져 있는데, 흰 피부색에 훨씬 잘 어울리는 눈동자 빛깔이다. 홍채 가장자리에 어두운 색 테두리가 둘러진 흐린 빛깔의 눈동자는 언제 봐도 날카로운 느낌을 주기 마련이다. 그래서 나는 수에토니우스가 기록한 눈동자 색깔보다는 그가 언급한 전반적인 피부색을 더 신뢰하기로 마음먹었다. 플루타르코스는 실망스러울 정도로 카이사르의 외모에 대한 기록을 남기지 않았지만, 그조차도 카이사르의 피부가 흰 편이었다고 기록했다. 벨레이우스 파테르쿨루스는 카이사르가 "외모의 아름다움에 있어서 모든 사람을 능가했다"고 기록한 바 있다. 또한 카이사르는 장신에 날씬하면서도 탄탄한 몸매를 자랑했다는 수에토니우스의 기록도 있다. 독자들로부터 내가 여성 소설가들이 흔히 빠지는 유혹을 이기지 못해 주요 등장인물에게 역사적 사실과는 다른 신체적 매력을 부여한 것이라고 오해받는 상황은 정말이지 피하고 싶다! 하지만 안타깝게도 카이사르는 두뇌와 미모, 큰 키에 훌륭한 몸매까지 모든 것을 갖추고 있었다.

한 가지만 더 언급하고 흉상이나 삽화 이야기는 마무리하고 싶다. 삽화는 정확히 실제 비율을 따라 그렸기 때문에, 기이할 정도로 커다란 눈은 원래 조각가의 취향이 반영된 것일 뿐이다. 그는 어쩌면 조각상의 눈을 커다랗게 만듦으로써 모델의 환심을 사고 싶었을지도 모른다. 로마인에게 있어 아름다움의 가장 중요한 기준은 커다란 눈이었다.

폼페이우스가 원로원에 보낸 편지 내용이 살루스티우스의 기록과는 크게 다르다거나, 키케로의 법정 연설이 우리에게 전해지는 출판물의 내용과 상이한 것을 의아해하는 독자들도 있을 것이다. 하지만 폼페이우스의 서신에 관한 살루스티우스의 진실성에 대해서는 많은 논란이 존재하고, 키케로는 자신의 연설문을 다듬은 뒤에야 출간했다. 그렇기 때문에 나는 그들의 서신이나 연설문을 내 언어로 다시 풀었다. 코끼리의 경우, 로마인들이 접할 수 있었던 것은 인도코끼리가 아닌 아프리카코끼리였으며, 아프리카코끼리는 덩치가 훨씬 더 크고 길들이기 힘들었다는 사실을 유념해야 한다.

참고문헌에 관심이 있는 독자들은 언제든지 내 편집자를 통해 연락해주기를 바란다.

이어지는 제4부의 제목은 『카이사르의 여자들』이다.

〈마스터스 오브 로마〉 시리즈 제3부 『포르투나의 선택』은 기원전 83년에서 69년까지 술라의 2차 로마 진군과 독재 그리고 사후 10여 년을 다룬다. 이 시리즈의 실질적 주인공인 카이사르를 기준으로 보면 청년기, 즉 열일곱 살에서 서른한 살에 해당하는 시기다. 흔히들 카이사르의 활약이 본격화되는 때를 서른 살 이후로 보지만(이 시리즈의 4부 이하가 될 터이다) 그는 열아홉 살에 로마군에서 두번째로 높은 무공훈장인 시민관을 받았고, 해적에게 잡혀갔다 도리어 해적을 소탕하는 등 청년기에도 다양한 일화를 남겼다. 불가해한 매력의 인물 술라가 로마에서 최초로 장기 독재관이 되어 그 스스로 뒤틀어버린 공화정 체계를 재정비한 뒤 권좌에서 친히 물러나 은거하며 퇴폐적인 몇 달을 보내고 죽기까지의 과정 역시 흥미로운 역사의 한 도막이고, 그뒤 이어진 10여 년 역시 와해의 조짐이 끊이지 않는 불안한 시국을 기회 삼아 폼페이우스, 크라수스, 레피두스, 세르토리우스, 스파르타쿠스 등 다양한 인물이 저마다 시대의 큰 별이 되고자 자웅을 겨룬 격동의 시기였다.

로마사에 익숙한 이들이라면 앞서 기술한 역사적 사건들을 이미 알고 있을 것이다. 이들 독자로서는 수많은 별들 중에서도 특히 카이사르가 활약한 이 매력적인 시기를 다시 한 번 읽는 것만으로도 매컬로의 소설을 읽는 이유가 충분할지 모르겠으나, 감히 거기에 이유를 하나 더 보탠다면 그것은 역사 속 질문들에 대한 콜린 매컬로 나름의 답을 음미하는 재미가 아닐까 싶다. 사료가 불충분한 고대 로마 역사서에서 인물들에 대한 기록은 이 빠진 그릇처럼 누덕누덕하다. 객관성을 견지해야 할 역사서들은 사료가 불충분한 배경에 대해 대개 간단한 짐작만으로 넘어가거나 그저 공백으로 남겨둘 뿐이다. 흔히 마리우스를 비롯한 민중파 세력에 대한 복수심으로 로마에 진군하여 독재관 자리에 올라 무자비하게 정적을 제거한 인물로 기록되는 술라가 왜 마리우스의 조카 카이사르를 살려두는지(그는 카이사르 안에서 수없이 많은 마리우스를 보았다는 유명한 말까지 남긴 터다), 카이사르가 죽을 위험을 무릅쓰면서도 킨나의 딸과 이혼하지 않은 까닭은 무엇인지, 그는 정말 비티니아 왕의 애인이었는지 등등 역사 속 여러 의문점들에 답하기 위해, 작가는 기존에 정설로 인정되는 부분들을 그대로 살리면서도 사료로 해명되지 않은 부분은 인물의 개성과 그의 삶을 관통하는 가치들을 낱낱이 분석하여 그럼직한 인물상을 구성해낸다. 역사적인 개별 사건들을 유기적으로 이어 시대의 초상을 신중하게 복원해내는 작가의 모습은 때때로, 흩어진 유물의 조각들을 이어붙여 한 시대의 찬란한 예술작품을 재현해내는 고고학자 같은 인상마저 준다.

마지막으로 밝혀두어야 할 사항이 있다. 이 시리즈가 고대의 세계를 재현한 작품이니만큼 역자들은 당대의 분위기를 살리는 데 많은 노력을 기울였다. 눈 밝은 독자들은 눈치챘겠지만 고대의 라틴어 및 그리스어 명칭을 되도록 그대로 쓰고자 한 것도 그러한 이유에서였다. 라틴어와 그리스어 명칭이 혼재하는 경우 소설 속 맥락에 해당되는 문화권의 명칭을 살려 썼고, 되도록 한 지역권에서 서로 다른 언어가 섞여 쓰이는 상황은 피하려 했다. 따라서 고대 명칭이 외래어로 토착화한 영어 어휘는 그 어원이 된 라틴어나 그리스어 어휘를 파악해 다시 한국어로 옮기는 것을 원칙으로 삼았다. 그러나 영어에서 고대어로 거슬러올라가 다시 고대어를 한국어로 옮기는 과정은 생각보다 수월치 않았고, 드물게 영어의 외래어 어휘를 고대 라틴어로 착각해 음차한 것을 발견하고 뒤늦게 바로잡은 경우도 있다. 라틴어로 한 달의 첫째 날을 가리키는 칼렌다이(Kalendae), 다섯째 또는 일곱째 날을 가리키는 노나이(Nonae), 열셋째 또는 열다섯째 날을 가리키는 이두스(Idus)가 그러한 예다. 이들 단어는 앞서 1, 2부와 가이드북에서 각각 칼렌드스, 노네스, 이데스로 잘못 표기했음을 밝히며 이 자리를 빌려 독자들의 너른 양해를 구한다. 한편 유피테르와 제우스의 예처럼 라틴어 명칭과 그리스어 명칭을 원문에서 독특하게 섞어 사용한 경우 작가의 의도를 존중해 그대로 옮겼다. 또한 알프스 산맥이나 나일 강처럼 우리에게 익숙한 외래어 지명은 현대 영어 어휘이더라도 독자들의 빠른 이해를 돕기 위해 그대로 썼음을 아울러 밝혀둔다.

2016년 6월

포르투나의 선택 3
마스터스 오브 로마 3

1판 1쇄 2016년 6월 22일
1판 4쇄 2020년 11월 30일

지은이 콜린 매컬로 | 옮긴이 강선재 신봉아 이은주 홍정인 | 펴낸이 신정민

편집 신정민 신소희 | 디자인 고은이 이주영
마케팅 정민호 김경환 | 홍보 김희숙 김상만 지문희 김현지 이소정 이미희
저작권 한문숙 김지영 이영은 | 모니터링 서승일 이희연 전혜진
제작 강신은 김동욱 임현식 | 제작처 한영문화사

펴낸곳 (주)교유당
출판등록 2019년 5월 24일 제406-2019-000052호

주소 10881 경기도 파주시 회동길 210
문의전화 031) 955-8891(마케팅), 031) 955-3583(편집)
팩스 031) 955-8855
전자우편 gyoyudang@munhak.com

ISBN 978-89-546-4128-9 04840
978-89-546-4125-8 (세트)

* 이 도서의 국립중앙도서관 출판예정도서목록(CIP)은 서지정보유통지원시스템 홈페이지(http://seoji.nl.go.kr)와 국가자료종합목록 구축시스템(http://kolis-net.nl.go.kr)에서 이용하실 수 있습니다. (CIP제어번호: CIP2016013696)